ullstein

Das Buch

Kaum aus dem Urlaub zurückgekehrt, wird Kriminalkommissarin Pia Kirchhoff zu einem Leichenfund in Kelkheim gerufen: Drei Tage lag der tote Nachtwächter im Treppenhaus der Firma für Windkraftanlagen, die Verwesung ist bereits in vollem Gange. Auch wenn der Mann ein Alkoholproblem hatte, ist ein Unfall unwahrscheinlich. Denn die Überwachungskamera zeigt einen Einbrecher, außerdem liegt ein toter Hamster auf dem Schreibtisch des Firmenchefs. Aber jegliche Einbruchsspuren fehlen, und gestohlen wurde angeblich auch nichts.

Die Ermittlungen führen Pia und ihren Chef Oliver von Bodenstein zu einer Bürgerinitiative, die sich mit der Firma einen erbitterten Krieg um eine geplante Windkraftanlage im Taunus liefert; die Rede ist von Korruption und gefälschten Gutachten. Dann gibt es einen weiteren Toten. Geht jemand über Leichen, um Profit zu machen? Je intensiver Pia nachforscht, umso mehr Verdächtige tauchen auf; die Motive reichen von Gier über Rachsucht bis zu blankem Hass. Und Bodenstein hat plötzlich ganz andere Dinge zu tun, als bei der Aufklärung der Morde zu helfen ...

Die Autorin

Nele Neuhaus lebt mit Mann, Hund und Pferden im Taunus. Ihre Krimis um das Ermittlerduo Oliver von Bodenstein und Pia Kirchhoff machten sie zu einer der meistgelesenen deutschen Krimiautorinnen und auch international berühmt: Ihre Romane wurden bisher in über 15 Sprachen übersetzt.

Weitere Informationen finden Sie unter: www.neleneuhaus.de

Von Nele Neuhaus sind in unserem Hause bereits erschienen:

Eine unbeliebte Frau
Mordsfreunde
Tiefe Wunden
Schneewittchen muss sterben

NELE NEUHAUS

WER WIND SÄT

Kriminalroman

Ullstein

Besuchen Sie uns im Internet:
www.ullstein-taschenbuch.de

Für Vanessa

Originalausgabe im Ullstein Taschenbuch
1. Auflage Juni 2011
7. Auflage 2011
© Ullstein Buchverlage GmbH, Berlin 2011
Umschlagkonzept: HildenDesign, München
Umschlaggestaltung und Titelillustration:
© bürosüd° GmbH, München
Satz: Pinkuin Satz und Datentechnik, Berlin
Gesetzt aus der Sabon
Papier: Holmen Book Cream von
Holmen Paper Central Europe, Hamburg GmbH
Druck und Bindearbeiten: CPI – Ebner & Spiegel, Ulm
Printed in Germany
ISBN 978-3-548-28351-7

Prolog

Sie rannte die menschenleere Straße entlang, so schnell sie rennen konnte. Am nachtschwarzen Himmel explodierten erste verfrühte Silvesterraketen. Wenn es ihr doch nur gelingen würde, den Park zu erreichen, die feiernden Menschenmassen, in denen sie untertauchen konnte! Sie kannte die Gegend nicht, hatte völlig die Orientierung verloren. Die Schritte ihrer Verfolger hallten von den hohen Häusermauern wider. Sie waren ihr dicht auf den Fersen, trieben sie immer weiter von den größeren Straßen weg, weg von Taxis, U-Bahn und Menschen. Wenn sie jetzt stolperte, war alles aus.

Die Todesangst schnürte ihr die Luft ab, das Herz hämmerte gegen ihre Rippen. Lange konnte sie das Tempo nicht mehr durchhalten. Da! Endlich! Zwischen den endlosen Fassaden der hohen Häuser gähnte ein düsterer Spalt. Sie bog in vollem Lauf in die schmale Gasse ein, aber ihre Erleichterung dauerte nur den Bruchteil einer Sekunde, bis sie begriff, dass sie den größten Fehler ihres Lebens gemacht hatte. Vor ihr erhob sich eine fensterlose glatte Mauer. Sie saß in der Falle! Das Blut rauschte in ihren Ohren, ihr Keuchen war das einzige Geräusch in der plötzlichen Stille. Sie duckte sich hinter ein paar stinkende Mülltonnen, presste ihr Gesicht an die raue, feuchte Hausmauer und schloss die Augen in der verzweifelten Hoffnung, die Männer würden sie nicht sehen und weitergehen.

»Da ist sie!«, rief jemand mit halblauter Stimme. »Jetzt haben wir sie.«

Ein Scheinwerfer flammte auf, sie hob einen Arm und blinzelte geblendet in das grelle Licht. Ihre Gedanken rasten. Sollte sie um Hilfe schreien?

»Hier kommt sie nicht raus«, sagte ein anderer.

Schritte auf dem Pflaster. Die Männer kamen näher, langsam jetzt, ohne Eile. Ihr Körper schmerzte vor Angst. Sie ballte die schweißfeuchten Hände zu Fäusten, ihre Fingernägel gruben sich schmerzhaft ins Fleisch.

Und dann sah sie *ihn*! Er trat in das Licht und blickte auf sie herab. Für einen winzigen erleichterten Moment durchzuckte sie die wahnsinnige Hoffnung, er sei gekommen, um ihr zu helfen.

»Bitte!«, flüsterte sie heiser und streckte die Hand nach ihm aus. »Ich kann alles erklären, ich …«

»Zu spät«, schnitt er ihr das Wort ab. Sie las kalten Zorn und Verachtung in seinen Augen. Der letzte Funken Hoffnung in ihrem Innern verglühte und zerfiel zu Asche, so, wie die schöne weiße Villa am Seeufer.

»Bitte, geh nicht!« Ihre Stimme klang schrill. Sie wollte zu ihm kriechen, ihn um Verzeihung anbetteln, ihm schwören, dass sie alles, alles für ihn tun würde, aber er wandte sich ab und verschwand aus ihrem Blickfeld, ließ sie allein mit den Männern, von denen sie keine Gnade zu erwarten hatte. Die Panik schlug wie eine schwarze Welle über ihr zusammen. Sie blickte sich wild um. Nein! Nein, sie wollte nicht sterben! Nicht in dieser dunklen, dreckigen Gasse, die nach Pisse und Müll stank!

Mit einer Kraft, die ihr die Angst verlieh, wehrte sie sich, sie trat und schlug um sich, kämpfte verbissen ihren allerletzten Kampf. Doch sie hatte keine Chance, die Männer drückten sie auf den Boden und bogen ihre Arme brutal nach hinten. Dann spürte sie den Stich an ihrem Arm. Ihre Muskeln wurden schlaff, die Gasse zerfloss vor ihren Augen, während man ihr die Kleider vom Leib zerrte, bis sie nackt und hilflos dalag. Sie fühlte sich davongetragen, erhaschte einen letzten Blick auf den schmalen Streifen nachtschwarzen Himmels zwischen den hohen Mauern, sah die blinkenden Sterne. Dann stürzte sie und fiel und fiel in endlose, schwarze Tiefe. Für einen kurzen, herrlichen Moment fühlte sie sich schwerelos, der rasende Fall raubte ihr den Atem, es wurde dunkel, und sie war ein klein bisschen verwundert, dass Sterben so leicht war.

Sie fuhr in die Höhe. Das Herz raste in ihrer Brust, und sie brauchte ein paar Sekunden, um zu begreifen, dass sie nur geträumt hatte. Dieser Traum verfolgte sie seit Monaten, aber nie war er so real gewesen, und nie hatte sie ihn bis zu Ende geträumt. Zitternd schlang sie die Arme um ihren Oberkörper und wartete, bis sich ihre verkrampften Muskeln entspannten und die Kälte aus ihrem Körper wich. Das Licht der Straßenlaterne fiel durch das vergitterte Fenster. Wie lange war sie hier in Sicherheit? Sie ließ sich nach hinten sinken, presste ihr Gesicht ins Kopfkissen und begann zu schluchzen, denn sie wusste, dass diese Angst sie nie mehr loslassen würde.

Die Sonne war gerade aufgegangen, als er das Gartentor hinter sich schloss und mit geschultertem Gewehr wie jeden Morgen den leicht ansteigenden Weg zum Wald einschlug. Tell, der drahthaarige braune Pudelpointerrüde, trabte ein paar Meter vor ihm her, schnupperte hier und da und nahm mit seiner feinen Nase die tausend Gerüche auf, die die Nacht zurückgelassen hatte. Ludwig Hirtreiter atmete tief die frische, kühle Luft ein und lauschte dem Frühkonzert der Vögel. Auf der Wiese am Waldrand ästen zwei Rehe. Tell blickte zu ihnen hinüber, machte aber keine Anstalten, sie aufzuscheuchen. Er war ein kluger, gehorsamer Hund, der wusste, dass ihn das Wild nur zu interessieren hatte, wenn sein Herr es ihm gestattete.

»Brav so, Junge«, brummte Ludwig Hirtreiter. Von seinem Hof war es nicht weit bis zum Wald. Er passierte die rotweiße Schranke, deren Errichtung vor ein paar Jahren notwendig geworden war, weil die lauffaulen Wochenendspaziergänger aus Frankfurt immer häufiger bis tief in den Wald hineinfuhren. Den Menschen von heute, vor allem den Städtern, fehlte jede Demut vor der Natur. Sie konnten einen Baum nicht vom anderen unterscheiden, plärrten lautstark herum und ließen ihre unerzogenen Hunde selbst in der Schonzeit frei herumlaufen. Manche ergötzten sich sogar daran, wenn diese dann Wild aufstöberten und hetzten. Ludwig Hirtreiter hatte für ein solches Verhalten kein Verständnis. Der Wald war ihm heilig. Er kannte ihn so gut wie seinen Garten, kannte die einsamen Lichtungen, wusste, wo das Wild stand und welche Wege die Wildschweine nahmen. Vor ein paar Jahren hatte er selbst die Hinweistafeln des Waldlehrpfades Lindenkopf entworfen und aufgestellt, um den Unwissenden die Geheimnisse des Waldes näherzubringen.

Die Sonne schickte ihre Strahlen durch das dichte Laub und verwandelte den Wald in eine stille, grüngoldene Kathedrale. An der ersten Weggabelung bog Tell in den rechten Weg ein, als ob er die Gedanken seines Herrchens gelesen hätte. Sie wanderten an der mächtigen Köhlereiche vorbei und erreichten den Kahlschlag, wo ein Sturm im vergangenen Herbst eine Schneise in den Wald gerissen hatte. Plötzlich hielt Ludwig Hirtreiter inne. Auch Tell stand still und spitzte die Ohren. Motorengeräusche! Kurz darauf zerriss das grelle Knattern einer Motorsäge die Stille. Das konnten keine Forstarbeiter sein, denn die hatten um diese Jahreszeit im Wald nichts zu tun. Ludwig Hirtreiter spürte heißen Zorn in sich aufsteigen. Er machte kehrt und marschierte in die Richtung, aus der die Geräusche kamen. Sein Herz klopfte heftig. Er hatte geahnt, dass sie sich nicht an die Vereinbarung halten, sondern einfach mit der Rodung beginnen würden, um schon vor der Bürgerversammlung für vollendete Tatsachen zu sorgen.

Minuten später sah er seine Befürchtungen bestätigt. Er bückte sich unter dem rotweißen Flatterband hindurch, das rings um die kleine Lichtung unterhalb des Bergkammes gespannt war, und schaute fassungslos auf die geparkten orangefarbenen Lastwagen und ein halbes Dutzend Männer, die geschäftig hin und her liefen. Erneut kreischte die Motorsäge, Späne flogen. Eine große Fichte schwankte und krachte mit einem Ächzen auf die Lichtung. Diese hinterhältigen Mistkerle! Bebend vor Zorn nahm Ludwig Hirtreiter sein Gewehr von der Schulter und entsicherte es.

»Stopp!«, brüllte er, als die Motorsäge im Leerlauf blubberte. Die Männer wandten sich zu ihm um, schoben die Visiere ihrer Helme hoch. Hirtreiter trat auf die Lichtung, Tell dicht an seiner Seite.

»Verschwinden Sie!«, rief ihm einer der Männer zu. »Sie haben hier nichts zu suchen!«

»Ihr verschwindet!«, entgegnete Ludwig Hirtreiter grimmig. »Und zwar auf der Stelle! Wie kommt ihr dazu, hier Bäume zu fällen?«

Der Vorarbeiter bemerkte das Gewehr und die Entschlossenheit in Hirtreiters Gesicht.

»He, beruhigen Sie sich.« Er hob besänftigend die Hände. »Wir machen nur unseren Job.«

»Aber nicht hier. Raus aus dem Wald, und zwar sofort.«

Die anderen Männer kamen näher. Die Motorsäge war verstummt. Tell knurrte aus tiefer Kehle, und Hirtreiter legte den Zeigefinger an den Abzug. Ihm war todernst. Der Baubeginn war für Anfang Juni angesetzt, diese vorgezogene Rodungsaktion war illegal, selbst wenn sie mit stillschweigendem Einverständnis des Bürgermeisters oder des Landrats geschah.

»Ihr habt genau fünf Minuten, um eure Sachen zu packen und zu verschwinden!«, rief er dem Trupp zu. Keiner rührte sich. Da legte er an, zielte auf die Motorsäge in der Hand des einen Arbeiters und zog den Abzug durch. Ein Schuss krachte. Erst im letzten Moment hatte Ludwig Hirtreiter das Gewehr ein Stück nach oben gezogen, so dass die Kugel etwa einen Meter am Kopf des Mannes vorbeiflog. Ein paar Sekunden standen die Männer wie gelähmt da und starrten ihn fassungslos an. Dann ergriffen sie Hals über Kopf die Flucht.

»Das wird Konsequenzen für Sie haben!«, schrie der Vorarbeiter ihm noch zu. »Ich rufe die Polizei an.«

»Von mir aus.« Ludwig Hirtreiter nickte nur und schulterte sein Gewehr. Niemand würde die Polizei rufen, denn damit würden sie sich nur ins eigene Fleisch schneiden, diese verlogenen Verbrecher.

Beinahe hätte er den scheinheiligen Versprechungen geglaubt. Kein Baum sollte gefällt werden, bevor nicht alles entschieden sei, das hatten sie noch am Freitag hoch und heilig versichert. Dabei mussten sie zu dem Zeitpunkt der Rodungsfirma bereits den Auftrag gegeben haben, gleich am Montagmorgen loszulegen. Er wartete, bis die Lastwagen die Lichtung verlassen hatten und das Motorengeräusch in der Ferne verklungen war, dann lehnte er das Gewehr an einen Baumstamm und machte sich daran, das Absperrband aufzuwickeln. Hier würde kein Baum mehr fallen, solange er das verhindern konnte. Er war bereit für den Kampf.

*

Pia Kirchhoff stand am Gepäckband und streckte gerade die Hand nach ihrem Koffer aus, als es in ihrer Jackentasche leise zirpte. Es dauerte einen Moment, bis sie den Ton mit ihrem Handy assoziierte, das sie kurz nach der Landung wieder angeschaltet hatte. Drei herrliche Wochen lang hatte das Handy geschwiegen und war von einem der wichtigsten Utensilien ihres täglichen Lebens zur völligen Nebensache geworden. Ihr Gepäck war momentan allerdings ungleich wichtiger als der Anruf. Christophs Koffer war einer der ersten gewesen, er war schon hinausgegangen in der Annahme, Pia werde sofort folgen, aber sie hatte geschlagene fünfzehn Minuten warten müssen, denn die Gepäckstücke von Flug Nr. LH729 aus Shanghai erreichten das Förderband in nervtötender Unregelmäßigkeit und mit meterweiten Abständen.

Erst als sie ihren grauen Hartschalenkoffer auf den Gepäckwagen gewuchtet hatte, kramte sie in ihrer Tasche nach ihrem Telefon. Lautsprecheransagen schallten durch die Halle, jemand rammte ihr unsanft seinen Gepäckwagen in die

Waden und brachte nicht einmal eine Entschuldigung über die Lippen. Ein weiteres Flugzeug hatte seine Passagiere ausgespuckt, vor der Zollabfertigung gab es einen Stau. Endlich fand Pia das unermüdlich zirpende Handy und ging dran.

»Ich bin grad beim Zoll!«, rief sie. »Rufen Sie später noch mal an!«

»Oh, entschuldige bitte«, erwiderte Hauptkommissar Oliver von Bodenstein am anderen Ende der Leitung. Ihr Chef klang belustigt. »Ich dachte, ihr wärt gestern Abend zurückgekommen.«

»Oliver!« Pia stieß einen Seufzer aus. »Tut mir leid. Unser Flug hatte neun Stunden Verspätung, wir sind eben erst gelandet. Was gibt's?«

»Ich hab ein kleines Problem«, antwortete Bodenstein. »Wir haben eine Leiche, aber heute um elf ist die standesamtliche Trauung von Lorenz und Thordis. Wenn ich da nicht auftauche, bin ich bei meiner Familie völlig unten durch.«

»Eine Leiche? Wo?« Pia wollte an der Zollabfertigung vorbeigehen, aber eine kleine, dicke Zollbeamtin, die mit ausdrucksloser Miene die vorbeigehenden Passagiere beobachtete, hob die Hand. Offensichtlich hatte Pias letzte Bemerkung ihr Interesse geweckt. Äußerst unklug, wenn man es eilig hatte.

»In einem Firmengebäude in Kelkheim«, sagte Bodenstein. »Die Meldung kam eben rein. Ich schicke unseren Neuen hin, aber es wäre mir lieb, wenn du auch hinfahren könntest.«

»Haben Sie etwas zu verzollen?«, schnarrte die Beamtin.

»Nein.« Pia schüttelte den Kopf.

»Wie – nein?«, fragte Bodenstein erstaunt.

»Nein, ich meine – ja«, entgegnete Pia genervt. »Nein, ich habe nichts zu verzollen. Ja, ich fahre hin.«

»Was denn jetzt?« Die Zöllnerin hob die Augenbrauen. »Öffnen Sie bitte Ihren Koffer.«

Pia klemmte das Handy zwischen Wange und Schulter,

fummelte an den Verschlüssen des Koffers und brach sich beim Öffnen einen Fingernagel ab. Das relaxte Urlaubsfeeling löste sich in nichts auf. Der Stress hatte sie wieder.

»Ja, okay, ich fahre hin. Gib mir die Adresse.«

Sie klappte den Koffer auf. Die Zollbeamtin durchwühlte bedächtig Pias nachlässig gepackten Koffer, in der Hoffnung, zwischen der schmutzigen Wäsche womöglich eine illegal eingeführte Ming-Vase, eine geschmuggelte Flasche Schnaps oder mehrere Stangen Zigaretten zu entdecken. Hinter ihr stauten sich andere Reisende. Wütend funkelte Pia die Frau an, die sie nach ergebnisloser Suche mit einem blasierten Kopfnicken entließ. Pia knallte den Kofferdeckel zu, warf den Koffer auf den Gepäckwagen und marschierte zum Ausgang. Die Milchglastüren glitten zur Seite. Hinter der Absperrung wartete Christoph mit einem leicht angestrengten Lächeln im Gesicht, neben ihm stand, deutlich missvergnügt, Pias Exmann Dr. Henning Kirchhoff. Auch das noch! Eigentlich hatte Miriam, die sich während Pias Abwesenheit auf dem Birkenhof um die Tiere gekümmert hatte, sie vom Flughafen abholen wollen; vor ihrem Abflug hatten sie deswegen noch miteinander telefoniert.

»Mein Koffer war der letzte auf dem Band«, entschuldigte Pia sich. »Und dann musste die Tante vom Zoll noch alles durchwühlen. Tut mir leid. Was machst du denn hier?«

Der letzte Satz war an ihren Exmann gerichtet. Gegen Christoph mit seiner zentralchinesischen Sonnenbräune wirkte Henning blass und hager.

»Ich freue mich auch, dich wiederzusehen«, erwiderte er sarkastisch und schnitt eine Grimasse. »Mein Auto steht seit über einer Stunde im Halteverbot. Wenn ich einen Strafzettel kriege, kannst du ihn bezahlen.«

»Entschuldige.« Pia küsste Henning flüchtig auf die Wange. »Danke, dass du uns abholst. Was ist mit Miriam?«

Die Beziehung zwischen ihrem Exmann und ihrer besten

Freundin war kompliziert geworden, seitdem Henning unter Generalverdacht stand, Vater des noch ungeborenen Kindes seiner früheren Geliebten zu sein. Nach einer mehrmonatigen absoluten Funkstille, in der Henning ernsthaft erwogen hatte, sich feige ins Ausland abzusetzen, hatten sich die beiden wieder angenähert, aber von einem harmonischen Vertrauensverhältnis konnte nicht die Rede sein.

»Miriam hat um neun einen Termin in Mainz, sie konnte nicht warten, bis euer Flugzeug endlich landet«, erklärte Henning mit einem vorwurfsvollen Unterton, als sie sich auf den Weg nach draußen machten. »Ich hätte es ja nicht weit vom Institut hierher, meinte sie. Ach, wie war eigentlich euer Urlaub?«

»Schön«, erwiderte Pia und wechselte einen raschen Blick mit Christoph. ›Schön‹ war die Untertreibung des Jahrhunderts. Die drei Wochen China waren ihr erster richtiger Urlaub und einfach perfekt gewesen. Obwohl sie jetzt schon eine ganze Weile zusammen waren, verursachte Christophs Anblick noch immer dieses wohlig-aufregende Kribbeln in ihrem Bauch, und sie konnte es manchmal gar nicht fassen, dass sie so viel Glück gehabt hatte, einen Mann wie ihn zu finden. Sie waren sich im Sommer vor drei Jahren im Zuge von Ermittlungen in einem Mordfall begegnet, als Pia sich beinahe schon damit abgefunden hatte, für den Rest ihres Lebens allein mit ihren Tieren auf dem Birkenhof zu versauern. Es hatte auf Anhieb zwischen ihnen gefunkt. Damals hatte Bodenstein ihn für dringend tatverdächtig gehalten, was die Sache nicht gerade einfach gemacht hatte.

Die kühle Luft des frühen Maimorgens ließ Pia frösteln. Nach vierzehn Stunden Flug fühlte sie sich klebrig und schmutzig und sehnte sich nach einer Dusche, doch die musste jetzt wohl noch eine Weile warten.

Hennings Auto war strafzettelfrei geblieben, was möglicherweise daran lag, dass er das Schild »Arzt im Einsatz« deutlich sichtbar hinter der Windschutzscheibe platziert hatte. Er und Christoph verstauten die beiden Koffer in den Kofferraum, während Pia rasch auf die Rückbank des Mercedes schlüpfte.

»Was hast du jetzt vor?«, erkundigte sie sich, als Henning Minuten später auf die Autobahn Richtung Kelsterbach fuhr. Sie kamen wegen des Berufsverkehrs Richtung Frankfurt nur langsam voran.

»Wieso?«, fragte er sofort misstrauisch zurück. Pia verdrehte die Augen. Noch nie hatte er eine einfache Antwort auf eine einfache Frage geben können! Sie massierte sich die pochenden Schläfen. In den vergangenen drei Wochen hatte sie wirklich völlig abgeschaltet, die Alltagssorgen, ihren Job, ja sogar die drohende Abrissverfügung für den Birkenhof verdrängt. Aber jetzt stürzte alles wieder auf sie ein. Ohne zu zögern hätte sie den Urlaub auf unbestimmte Zeit verlängert, aber vielleicht lag ja das wahre Glück in der Beschränkung.

»Ich muss zu einem Leichenfund nach Kelkheim«, entgegnete sie. »Mein Chef hat eben angerufen. Der Urlaub ist wohl wirklich vorbei.«

*

Das große Tor des Tierheims war abgeschlossen, der Parkplatz vor dem flachen Verwaltungsgebäude leer. Mark ging unruhig an dem hohen Zaun auf und ab und warf einen Blick auf sein Handy. Viertel nach sieben. Wo Ricky nur blieb? In spätestens zwanzig Minuten musste er los. Die Lehrer machten einen Riesenaufstand, wenn er auch nur eine Minute zu spät zum Unterricht kam, und schrieben sofort E-Mails an seine Mutter, nur weil er in der letzten Zeit ein paar Mal die Schule geschwänzt hatte. Bescheuert. Warum kapierten seine Eltern nicht, dass er keinen Bock mehr auf die Schule hatte?

Seitdem er aus dem Internat gekommen war, fühlte sich sein ganzes Leben fremd und falsch an. Mark hätte tausend Mal lieber etwas Gescheites gemacht, statt sinnlos die Stunden in der Schule abzusitzen. Irgendetwas mit Tieren, dazu eine eigene Wohnung mit lauter Hunden und Katzen, wie bei Ricky und Jannis. Das wäre geil. Aber sein Vater würde tot umfallen, wenn er ihm mit diesem Vorschlag käme. Abi und Studium waren Pflicht, ein paar Auslandssemester gerngesehene Kür. Alles darunter war Proletenkram. Totales Versagen. Quasi der direkte Weg in den Hartz-IV-Abgrund.

Er konnte von hier aus den asphaltierten Feldweg gut überblicken, der bis hinunter nach Schneidhain führte, aber außer ein paar frühen Hundespaziergängern war niemand zu sehen. Die halbe Nacht hatte er vor dem Computer gesessen, weil er nicht schlafen konnte. Sobald er die Augen zumachte, kamen die Erinnerungen. Er hatte Ricky eine SMS geschrieben, und sie hatte geantwortet, dass sie morgens um sieben im Tierheim sein würde. Jetzt war es schon halb acht. Mark beschloss, ihr entgegenzufahren.

Als die Richterin ihn damals zu 80 Stunden gemeinnütziger Arbeit im Tierheim verknackt hatte, hatte er fast die Krise gekriegt: so ein blöder Scheiß. Aber dann hatte er Ricky kennengelernt und Jannis, ihren Freund, und plötzlich hatte er wieder etwas gehabt, auf das er sich freuen konnte. Die Arbeit im Tierheim hatte ihm voll Spaß gemacht, und er half dort noch immer, obwohl er seine Strafe längst abgeleistet hatte. Es war so, als ob er bei Ricky und Jannis ein neues Zuhause gefunden hätte, eine neue Familie, in der er immer willkommen war. Jannis war sein großes Vorbild, manchmal diskutierten sie abendelang über Sachen, die Mark bis dahin null interessiert hatten: Afghanistan-Konflikt, Siedlungen in Israel, Aufnahme von Guantánamo-Häftlingen in Deutschland oder über Jannis' Lieblingsthema, die Klimalüge. Jannis wusste über alles richtig gut Bescheid und hatte komplett andere Ansichten als Marks Vater, der sich höchstens mal über die Steuerpolitik der Bundesregierung oder über die Linken und die GRÜNEN aufregte. Vor allen Dingen ließ Jannis seinen Worten Taten folgen. Schon ein paarmal hatte Mark ihn auf Demos und Kundgebungen begleiten dürfen und war tief beeindruckt, weil Jannis tausend Leute kannte.

Er setzte gerade den Helm auf und ließ seinen Roller an, da kam Rickys dunkler Kombi die Straße hoch. Sein Herz machte einen Satz, als sie neben ihm anhielt und die Scheibe herunterließ.

»Guten Morgen«, lächelte sie. »Tut mir leid, dass ich etwas spät bin.«

»Morgen.« Er merkte, dass er knallrot wurde. Leider eine normale Reaktion bei ihm, dieses blöde Rotwerden.

»Hilf mir doch schnell beim Füttern«, schlug sie vor. »Dabei können wir reden, okay?«

Mark zögerte. Ach was, scheiß auf die Schule. Er hatte dort alles gelernt, was es fürs Leben zu lernen gab. Das wahre Leben fand sowieso woanders statt.

»Okay«, sagte er.

*

Die Morgensonne spiegelte sich in der hohen, gläsernen Fassade des futuristisch anmutenden Gebäudes, das im Gewerbegebiet auf einer sorgfältig gemähten Rasenfläche hockte wie ein gestrandetes Raumschiff. Henning stellte seinen Kombi auf dem Parkplatz ab, der bis auf wenige Autos noch völlig leer war. Er nahm die beiden Alukoffer aus dem Kofferraum und brummte nur »Geht schon«, als Pia ihm einen abnehmen wollte. Seitdem sie Christoph vor einer Viertelstunde am Tor vor dem Birkenhof abgesetzt hatten, hatte er morgenmuffelig geschwiegen, aber da Pia sechzehn Jahre mit ihm verheiratet gewesen war und seine Eigenheiten bestens kannte, störte sie sich nicht daran. Manchmal schaffte Henning es, drei Tage lang überhaupt kein Wort von sich zu geben. Sie überquerten den gepflasterten Vorplatz mit üppig bepflanzten Blumenrabatten und einem Springbrunnen, neben dem zwei Streifenwagen parkten. Pias Blick streifte im Vorbeigehen das Firmenschild. WindPro GmbH. Das stilisierte Windrad daneben deutete an, womit sich die Firma beschäftigte. Ein Polizeibeamter stand gähnend auf der Treppe vor der Eingangstür und ließ sie mit einem Nicken passieren. Der unverwechselbar süßliche Geruch von verfaulendem Fleisch drang Pia in die Nase, kaum dass sie die imposante offene Eingangshalle betreten hatten.

»Na, da lag wohl jemand übers ganze Wochenende in diesem Brutkasten«, bemerkte Henning neben ihr. Pia überhörte seinen Zynismus. Ihr Blick wanderte die drei Stockwerke hoch, die über geschwungene Freitreppen und einen gläsernen Aufzug zu erreichen waren. Vor dem langgestreckten Tresen aus Edelstahl auf der rechten Seite saß eine Frau vornübergebeugt auf einem Stuhl, die Ellbogen auf die Knie gestützt, das Gesicht in den Händen vergraben. Um sie herum standen ein paar uniformierte Beamte und ein Mann in Zivil. Das musste der neue Kollege sein, von dem Bodenstein gesprochen hatte.

»Ach, schau an«, sagte Henning.

»Was ist? Kennst du ihn?«

»Ja. Cemalettin Altunay. Er war bis jetzt beim K11 in Offenbach.«

Als stellvertretender Direktor des Instituts für Rechtsmedizin in Frankfurt kannte Henning die meisten Mitarbeiter der Dezernate für Gewaltdelikte im Rhein-Main-Gebiet und ganz Südhessen.

Pia musterte den Mann, der sich über die Frau gebeugt hatte und leise mit ihr sprach. Höchstens Ende dreißig, schätzte sie, und rein optisch eine deutliche Verbesserung zu seinem

Vorgänger Frank Behnke. Schneeweißes Hemd, schwarze Jeans, blitzblanke Schuhe, das dichte, schwarze Haar militärisch kurz geschnitten – ein makelloses Erscheinungsbild. Sofort fühlte sie sich noch ein bisschen unwohler in ihrem zerknitterten grauen T-Shirt mit den Schweißrändern unter den Achseln und ihrer fleckigen Jeans. Vielleicht hätte sie sich doch noch duschen und umziehen sollen. Zu spät.

»Hallo, Herr Dr. Kirchhoff«, sagte der Neue mit einer angenehmen, tiefen Stimme, dann wandte er sich Pia zu und reichte ihr die Hand.

»Kriminaloberkommissar Cem Altunay. Ich freue mich, dich kennenzulernen, Pia. Kai und Kathrin haben schon eine Menge von dir erzählt. Hattest du einen schönen Urlaub?«

»Ich … äh ja, da… danke«, stotterte sie. »Ich bin erst vor einer halben Stunde gelandet, der Flug hatte neun Stunden Verspätung …«

»Und dann gleich eine Leiche. Tut mir leid.« Cem Altunay lächelte entschuldigend, als sei er dafür verantwortlich. Ein paar Sekunden sahen sie sich an, dann schlug Pia die Augen nieder. Sein Zartbitterschokoladenblick irritierte sie. Die Sekunden verstrichen, und ihr Schweigen wurde peinlich. Hinter ihnen stieß Henning ein kleines, spöttisches Schnauben aus, das Pia in die Realität zurückholte. Sie riss sich zusammen.

»Was haben wir hier?«, erkundigte sie sich.

»Der Tote heißt Rolf Grossmann und arbeitete seit ein paar Jahren hier als Nachtwächter. Sieht wie ein Unfall aus«, erwiderte Cem Altunay. »Eine Mitarbeiterin hat die Leiche heute Morgen gegen halb sieben gefunden. Kommt mit.«

Der süßliche Geruch wurde stärker. Leichen, die schon so penetrant rochen, sahen meistens nicht mehr sehr appetitlich aus. Pia folgte ihm die Treppe hinauf und wappnete sich innerlich, dennoch verschlug ihr der Anblick für einen Moment den Atem. Der Tote, dessen aufgedunsenes und verfärbtes Gesicht kaum noch menschliche Züge hatte, lag mit grotesk verdrehten Gliedern auf dem Treppenabsatz zwischen dem zweiten und dem dritten Stock. Sie hatte in ihrem Beruf schon viel gesehen, trotzdem hob sich ihr Magen angesichts der Fliegen, die auf der Leiche herumkrabbelten. Nur ihre professionelle Selbstbeherrschung verhinderte, dass sie sich vor dem neuen Kollegen übergab.

»Wieso denkst du, dass es sich um einen Unfall handelt?«, fragte sie und kämpfte den Brechreiz nieder. Die Hitze, die in der großen Halle herrschte, trieb ihr den Schweiß aus allen Poren. »Puh! Kann man nicht mal die Klimaanlage einschalten oder die Glaskuppel öffnen?«

»Untersteh dich!«, rief Henning, der gerade einen weißen Einwegoverall überzog. »Wehe, du versaust mir den Fundort.«

Pia bemerkte den erstaunten Blick ihres neuen Kollegen.

»Wir waren mal verheiratet«, gab sie als knappe Erklärung. »Also, was denkst du?«

»Es sieht so aus, als sei er gestolpert und die Treppe hinuntergefallen«, erwiderte Cem Altunay.

»Hm.« Pias Augen folgten der Treppe, die sich in einem sanften Bogen hoch in den dritten Stock schwang. »Konntest du schon mit der Frau sprechen, die ihn gefunden hat? Was macht sie überhaupt morgens um halb sieben hier?«

Henning klappte geräuschvoll seine Koffer auf. Die Fliegen summten um ihn herum, als er sich nun über die Leiche beugte und sie kritisch betrachtete.

»Angeblich fängt sie immer so früh an. Arbeitet in der Buchhaltung.« Altunay drehte sich zu der Frau um, die noch immer reglos auf dem Stuhl saß. »Sie steht unter Schock. Offenbar haben sie und der Tote sich gut verstanden, öfter morgens eine Tasse Kaffee zusammen getrunken.«

»Aber wieso soll er einfach so die Treppe hinuntergefallen sein?«

»Er hatte wohl ein Alkoholproblem, das behauptet auf

jeden Fall die Buchhalterin«, antwortete Cem Altunay. »Die Leiche riecht auch nach Alkohol, und in der Teeküche hinter dem Empfangstresen steht eine angebrochene Flasche Jack Daniels.«

*

Der dunkelbraun gekleidete Fahrer vom Paketdienst schnaufte, als er ihr das elektronische Gerät und den Stift entgegenhielt, damit sie die Lieferung quittierte.

Sie kritzelte ihre Unterschrift auf das zerkratzte Display und lächelte zufrieden. Der Mann machte sich keine Mühe, seinen Unmut darüber zu verbergen, dass sie ihn gezwungen hatte, die Pakete ins Lager zu schleppen, anstatt sie einfach auf dem Hof abzustellen. Aber das war Frauke Hirtreiter ziemlich schnuppe.

Sie ging in den Verkaufsraum, schaltete das Licht ein und blickte sich um. Auch wenn der Laden genaugenommen Ricky gehörte, liebte sie ihn, als sei er ihr Eigentum. Endlich hatte sie einen Platz im Leben gefunden, an dem sie sich rundum wohl fühlte. Das »Tierparadies« verdiente seinen Namen; es hatte nichts mit den muffigen, feuchten, schlecht beleuchteten Zoogeschäften zu tun, die Frauke aus ihrer Kindheit kannte. Sie öffnete die Tür zum Nebenraum, in dem sich der Hundesalon befand. Das war ihr Reich. In Abendkursen hatte sie eine Ausbildung zum Hundefriseur – heute nannte man das »Groomer« – absolviert, ihr Service wurde von der Kundschaft gut angenommen und rechnete sich. Dazu kamen Rickys Hundeschule und seit ein paar Wochen noch der Onlineshop, der immer besser lief. Frauke ging durch den Laden zurück ins Büro, wo Nika schon am Computer saß und die eingegangenen Bestellungen abfragte.

»Wie viele sind es?«, erkundigte sich Frauke neugierig.

»Vierundzwanzig«, antwortete Nika. »Eine Steigerung

von hundert Prozent im Vergleich zu Montag letzter Woche. Ich kann nur die neuen Artikel nicht eingeben.«

»Warum?« Frauke nahm zwei Kaffeetassen aus dem Hängeschrank, der über dem Spülbecken in der Miniküche hing. Die Kaffeemaschine gluckste und blubberte eifrig.

»Keine Ahnung. Es ist immer dasselbe Problem. Ich gebe den Artikel ein, aber wenn ich ihn speichern will, passiert nichts.«

»Das soll Mark sich mal anschauen. Er hat sicher eine Idee.«

»Ist wohl das Beste.« Nika gab einen Druckbefehl, und wenig später spuckte der Tintenstrahldrucker die Bestellungen aus. Sie streckte sich gähnend. »Ich geh rüber ins Lager.«

»Lass uns doch erst einen Kaffee trinken. Ist ja noch etwas Zeit.«

Sie schenkte Kaffee in zwei Tassen und reichte eine Nika.

»Milch ist schon drin.«

»Danke.« Nika lächelte und pustete in den heißen Kaffee.

Frauke war heilfroh, dass Nika das Team im Tierparadies verstärkte, denn Ricky hatte immer weniger Zeit für den Laden. Die Aushilfen, die das Arbeitsamt geschickt hatte, waren nicht viel wert gewesen. Die eine hatte geklaut, die nächste war zu doof gewesen, um die Bestellungen zu kommissionieren, und die dritte hatte nach drei Tagen angeblich Rückenschmerzen von der schweren Arbeit. Nika hingegen war tüchtig und beschwerte sich nie, sie hatte ein System in die chaotische Buchhaltung gebracht und putzte abends sogar noch den Laden, seitdem die Putzfrau gekündigt hatte. Frauke wusste nicht viel über sie: nur, dass sie eine alte Freundin von Ricky war und bei ihr und Jannis in Schneidhain zur Untermiete wohnte. Als sie Nika zum ersten Mal gesehen hatte, war sie nicht sonderlich beeindruckt gewesen: dünn und schweigsam mit aschblonden, strähnigen Haaren, Brille und einer ungesunden Blässe, dazu Kleider, die andere

Leute in die Rotkreuzcontainer steckten. Gegen Ricky wirkte sie so unscheinbar wie ein Rebhuhn im Vergleich zu einem Pfau, aber vielleicht waren sie und Ricky genau deshalb einmal dicke Freundinnen gewesen. Ricky schätzte Konkurrenz nicht besonders, und Nika war ganz sicher keine, so wenig wie Frauke. Zu gerne hätte sie mehr über Nika erfahren, sie war so still und wirkte oft traurig, aber zu Fraukes Bedauern sprach sie so gut wie nie über sich. Gelegentlich konnte sie ihre Neugier nicht bezähmen und stellte beiläufige Fragen, aber Nika lächelte dann nur und behauptete, ihr Leben sei so unspektakulär gewesen, dass es sich kaum lohne, darüber zu sprechen.

»So, ich leg dann mal los.« Nika stellte ihre Tasse in die Spüle. »Ricky will gegen halb zehn hier sein, um die Bestellungen auszuliefern. Rufst du Mark an?«

»Klar, mach ich.« Frauke nickte und lächelte zufrieden. Ihr Leben hatte sich wirklich nur zum Positiven verändert. Hoffentlich würde es so bleiben. Am besten für immer.

*

Henning hatte die Leiche gründlich untersucht und erste Erkenntnisse gewonnen. Er zog den Mundschutz herunter und wandte sich an Pia und Cem Altunay.

»Ich schätze, der Tod ist zwischen drei und sechs Uhr am Samstagmorgen eingetreten«, sagte er. »Die Totenstarre hat sich bereits wieder gelöst, die Totenflecken sind kaum noch wegzudrücken.«

»Danke.« Pia nickte ihrem Exmann zu, der mit gerunzelter Stirn die Leiche betrachtete.

»Was ist?«, fragte sie.

»Hm. Es kann sein, dass ich mich täusche, aber irgendwie glaube ich nicht an den Treppensturz als Todesursache. Sein Genick ist nicht gebrochen.«

»Du denkst, es könnte jemand nachgeholfen haben?«

»Möglich wär's.« Henning nickte. Pia überlegte kurz, ob sie Bodenstein anrufen sollte, entschied sich aber dagegen. Er hatte ihr die Leitung der Ermittlung übertragen, also oblag es ihr, die Situation zu beurteilen. Hennings vager Verdacht, dass ein Tötungsdelikt vorliegen könnte, reichte aus, um die Maschinerie in Gang zu setzen.

»Wir rufen die Spurensicherung und noch ein paar Kollegen, die den Tatort sichern«, sagte sie zu Cem Altunay. »Das Gebäude bleibt so lange abgesperrt, bis wir wissen, was hier vorgefallen ist. Und ich will eine Obduktion.«

»Okay, ich kümmere mich darum.« Cem nickte und zog sein Handy aus der Hosentasche. Sie gingen die Treppen hinunter. An der noch immer abgesperrten Eingangstür wurden Stimmen laut. Einer der Beamten, die verhindern sollten, dass die Mitarbeiter der WindPro durch die Halle trampelten und mögliche Spuren vernichteten, verließ seinen Posten und kam auf Pia zu.

»Was ist da los?«, erkundigte sie sich.

»Der Chef ist gekommen und will rein«, antwortete der Polizist.

»Bringen Sie ihn her. Aber die anderen müssen draußen bleiben.«

Der Polizist nickte und ging zurück.

»Können wir jetzt mal etwas frische Luft reinlassen?«, wandte Pia sich an Henning. Sie war schweißgebadet und der Fäulnisgeruch einfach unerträglich.

»Nein«, erwiderte Henning knapp. »Nicht bevor die Spurensicherung da ist. Ich lass mir doch von Kröger keine Vorwürfe machen.«

»Die macht er dir sowieso«, sagte Pia. »Weil du die Leiche vor ihm angefasst hast.«

Cem Altunay hatte in rascher Folge drei Telefonate geführt und steckte sein Handy wieder ein.

»Die Spurensicherung ist unterwegs, wir kriegen noch Verstärkung, und Kai kümmert sich um den Staatsanwalt«, berichtete er.

»Gut. Der Chef unseres Toten ist gekommen. Wie machen wir's?«, fragte Pia ihren neuen Kollegen.

»Du fragst, ich höre zu«, erwiderte der.

»Okay.« Sie war erleichtert, dass es mit Cem Altunay offenbar kein Kompetenzgerangel wie mit Behnke geben würde, der bei jeder Ermittlung und Befragung kleinlich auf seinen Status als Dienstältester gepocht hatte. Wenig später kam ein hochgewachsener breitschultriger Mann in Begleitung des Polizeibeamten quer durch die Halle. Der ekelerregende Geruch und die Nachricht, dass in seiner Firma ein Mitarbeiter zu Tode gekommen war, hatten ihm die Farbe aus dem Gesicht gewischt. Doch bevor er sich Pia vorstellen konnte, erwachte die Frau, die den Toten gefunden hatte, aus ihrer Erstarrung. Sie sprang von ihrem Stuhl auf und stürzte mit einem unartikulierten Klagelaut auf ihren Chef zu, der sie zuerst irritiert anblickte, sie dann aber in die Arme schloss und ihr tröstend die mageren Schultern tätschelte. Nur mit sanftem Nachdruck gelang es Cem Altunay, die schluchzende Frau zum Loslassen zu überreden. Die Mitarbeiter, die sich weiter vorne in der Halle hinter der Absperrung drängten, verstummten pietätvoll. Der Chef der WindPro war sichtlich betroffen, hatte sich aber im Griff.

»Pia Kirchhoff vom K11 in Hofheim, das ist mein Kollege, Cem Altunay«, stellte Pia sich vor.

»Stefan Theissen«, erwiderte er. »Was ist passiert?«

Theissens Händedruck war fest und ein wenig schwitzig, was Pia ihm angesichts der Umgebungstemperatur und der Aufregung nicht verdenken konnte. Sie musste zu ihm aufblicken. Er war mindestens eins neunzig groß und sah ziemlich gut aus. Der herbe Duft seines Rasierwassers verdrängte für einen Moment den Leichengeruch. Sein akkurat gescheiteltes

Haar war noch feucht, die Haut an seinem Hals über dem Hemdkragen leicht gerötet vom Rasieren.

»Ihr Nachtwächter, Herr Grossmann, hatte offenbar einen tödlichen Unfall.«

Pia beobachtete Theissen, gespannt auf seine Reaktion.

»Das ist ja schrecklich. Wie … was … ich meine …« Er verstummte betroffen. »Großer Gott.«

»Nach unseren bisherigen Erkenntnissen stürzte er die Treppe hinunter«, fuhr Pia fort. »Aber lassen Sie uns das Gespräch doch besser woanders weiterführen.«

»Ja. Wollen wir in mein Büro gehen?« Theissen blickte Pia fragend an. »Es ist im dritten Stock. Wir können den Aufzug nehmen.«

»Besser nicht. Wir warten noch auf die Kollegen von der Spurensicherung. So lange darf auch niemand das Gebäude betreten.«

»Was ist mit meinen Mitarbeitern?«, wollte Theissen wissen.

»Sie können heute leider erst etwas später anfangen«, erwiderte Pia. »Bis wir den Unfallhergang genau rekonstruiert haben.«

»Wie lange wird das dauern?«

Immer dieselbe Frage. Und Pia gab wie immer dieselbe Antwort.

»Das kann ich Ihnen noch nicht genau sagen.«

Sie wandte sich an Cem Altunay.

»Cem, sagst du Bescheid, dass sie mich anrufen, wenn die Spurensicherung eingetroffen ist?«

Es war ein komisches Gefühl, diesen Fremden so selbstverständlich zu duzen. Irgendwie kam er Pia noch nicht vor wie ein Kollege. Vielleicht fiel ihr die Routine auch deshalb nur schwerer als sonst, weil sie gestern um diese Zeit noch so weit weg gewesen war. Sie dachte flüchtig an Christoph und berührte mit dem Daumen den Ring an ihrem Finger, der nicht einmal dem scharfäugigen Henning aufgefallen war. Zu gerne hätte sie noch einen Moment in der Erinnerung an ihre letzte Nacht in China verweilt, da wurde ihr bewusst, dass Theissen sie abwartend anblickte.

Cem kehrte zurück, und sie folgten dem Chef der WindPro in ein Besprechungszimmer im Erdgeschoss.

»Setzen Sie sich doch bitte.« Theissen wies auf den Konferenztisch. Er schloss die Tür und stellte seinen Aktenkoffer ab. Bevor er sich ebenfalls setzte, knöpfte er sein Jackett auf. Kein Gramm Fett zu viel, konstatierte Pia, obwohl er knapp fünfzig sein musste. Vermutlich joggte er jeden Morgen, aber er konnte auch zu den Radfahrern gehören, die in aller Herrgottsfrühe mit einem Mountainbike durch den Taunus rasten. Der erste Schock war überwunden, Theissen entspannte sich etwas, und die Farbe kehrte allmählich in sein Gesicht zurück.

»Wie kann ich Ihnen helfen?«

»Eine Ihrer Mitarbeiterinnen hat die Leiche von Herrn Grossmann heute Morgen gefunden«, begann Pia und erinnerte sich daran, wie Theissen die Frau vorhin tröstend umarmt hatte. Chef mit Herz. Ein Sympathiepunkt für ihn.

»Frau Weidauer.« Theissen nickte bestätigend. »Sie ist unsere Buchhalterin und kommt immer sehr früh zur Arbeit.«

»Sie hat uns gesagt, dass Herr Grossmann ein Alkoholproblem hatte. Entspricht das den Tatsachen?«

Der Geschäftsführer nickte und seufzte.

»Ja, das hatte er. Er trank nicht regelmäßig, aber hin und wieder stürzte er regelrecht ab.«

»War er dann als Nachtwächter für Ihre Firma nicht ein Risiko?«

»Tja.« Stefan Theissen fuhr sich mit einer Hand durchs Haar und suchte kurz nach den richtigen Worten. »Rolf war ein Klassenkamerad von mir.«

Das überraschte Pia. Entweder hatte sie sich bei Theissen

im Alter gründlich verschätzt, oder Tod und einsetzende Verwesung hatten Rolf Grossmann sehr viel älter wirken lassen, als er gewesen war.

»Wir waren in der Schulzeit eng befreundet, danach verloren wir uns aus den Augen. Als ich ihn auf einem Klassentreffen vor ein paar Jahren wiedertraf, war ich schockiert. Seine Frau hatte ihn verlassen, er lebte in einem Männerwohnheim in Frankfurt, war arbeitslos.« Theissen zuckte bedauernd die Achseln. »Er tat mir leid, deshalb habe ich ihn eingestellt. Als Chauffeur und, nachdem er den Führerschein verloren hatte, als Nachtwächter. Die meiste Zeit ging es gut, er war zuverlässig und blieb nüchtern, wenn er im Dienst war.«

»Die meiste Zeit«, bemerkte Cem. »Nicht immer?«

»Nein, nicht immer. Einmal habe ich ihn überrascht, als ich nach einer Geschäftsreise noch spät in die Firma kam. Er lag sturzbetrunken in der Teeküche. Danach war er ein Vierteljahr in einer Entziehungskur. Seit über einem Jahr gab es aber keine Vorkommnisse mehr, und ich nahm an, er hätte die Trinkerei im Griff.«

Offen. Aufrichtig. Keine Beschönigungen.

»Nach der ersten Einschätzung des Rechtsmediziners starb Herr Grossmann am Samstagmorgen gegen vier Uhr in der Frühe«, sagte Pia. »Wie ist es möglich, dass ihn bis heute Morgen niemand vermisst hat?«

»Er lebte ja allein. Und übers Wochenende ist hier niemand, es sei denn, wir sind in der heißen Phase vor der Fertigstellung eines Projekts«, antwortete Stefan Theissen. »Manchmal komme ich samstags oder sonntags in mein Büro, aber an diesem Wochenende war ich verreist. Rolf ... also Herr Grossmann ... beendet seine Schicht üblicherweise um 6 Uhr morgens und fängt dann um 18 Uhr wieder an.«

Was Theissen sagte, klang schlüssig. Pia bedankte sich für die Auskünfte, sie standen auf. In dem Moment summte ihr Handy. Es war Henning.

»Ich habe etwas Hochinteressantes gefunden«, sagte er knapp. »Komm mal zur Treppe. Am besten gleich.«

*

Er betrachtete ihr Gesicht und kämpfte gegen das schlechte Gewissen, weil er sie so lange nicht besucht hatte. Sie hatte die Augen geöffnet, doch ihr Blick ging ins Leere. Ob sie verstand, was er sagte, seine Berührung spürte?

»Es war ein unglaublicher Erfolg gestern Abend.« Er streichelte ihre Hand. »Jeder, wirklich jeder war da. Sogar Frau Merkel. Und natürlich die Presse. Heute ist das Buch schon der Aufmacher in allen Zeitungen. Ach, es würde dir gefallen, mein Schatz.«

Durch das schräg gestellte Fenster drangen die Geräusche der Stadt: das Klingeln der Straßenbahn, Hupen, Motorengeräusche. Dirk Eisenhut nahm die Hand seiner Frau und küsste ihre kalten Finger. Jedes Mal, wenn er ihr Zimmer betrat und sie mit offenen Augen in ihrem Bett liegen sah, keimte Hoffnung in ihm auf. Es hatte Fälle gegeben, in denen Menschen noch nach Jahren aus dem Wachkoma erwacht waren. Und bis heute konnte niemand mit Sicherheit sagen, was im Bewusstsein eines solchen Patienten vor sich ging. Er wusste, dass sie ihn hörte. Bisweilen schien sie sogar auf seine Stimme zu reagieren, hin und wieder erwiderte sie den Druck seiner Hand, und manchmal glaubte er sie lächeln zu sehen, wenn er ihr von früher erzählte oder sie küsste.

Mit leiser Stimme berichtete er ihr von der Premiere seines neuen Buches, die gestern unter großem Medieninteresse in der Deutschen Oper stattgefunden hatte. Er zählte ihr die Namen der illustren Gäste aus Politik, Wirtschaft und Kultur auf, richtete ihr Grüße von Bekannten und Freunden aus. Als es an der Tür klopfte, wandte er sich nicht um.

»Ich kann dich jetzt leider eine Weile nicht besuchen kommen«, flüsterte er. »Ich muss verreisen. Aber ich denke immer an dich, mein Herz.«

Ranka, die tüchtige Pflegedienstleiterin, hatte das Zimmer betreten, das konnte er riechen. Sie duftete immer ganz leicht nach Lavendel und nach Rosen.

»Ach, der Herr Professor. Sie waren ja lange nicht mehr da.« In ihrer Stimme meinte er eine Spur von Missbilligung zu hören, aber er würde sich nicht rechtfertigen.

»Hallo, Ranka«, erwiderte er nur. »Wie geht es meiner Frau?« Üblicherweise erzählte sie dann wortreich von Bettinas Alltag, von einem Ausflug auf den Balkon oder einem winzigen Erfolg bei der Physiotherapie. Heute sagte sie jedoch nichts dergleichen.

»Gut«, antwortete Ranka nur. »Wie immer. Gut.«

Schlechte Antwort. Dirk Eisenhut wollte nicht hören, dass sich nichts änderte. Stillstand war Rückschritt. Zuerst hatte die Frührehabilitation gut angeschlagen, und Bettinas Zustand hatte sich dank basaler Stimulationsbehandlung, Physiotherapie und Logopädie langsam, aber stetig verbessert. Sie hatte gelernt, wieder selbständig zu schlucken, so dass man die Trachealkanüle und später die Magensonde entfernen konnte. Die Chance auf eine Erholung aus dem apallischen Syndrom lag bei 50 %. Als Wissenschaftler wusste er, dass es keine Garantien gab und wie gering eine fünfzigprozentige Chance war. Kam es innerhalb eines Jahres nicht zu einer merklichen Verbesserung der physischen und psychischen Leistungen und blieb der Patient bewusstlos, so würde man in der Behandlung zur Phase F übergehen. Der nüchterne medizinische Ausdruck für diese Rehabilitationsphase hieß »dauerhafte aktivierende Behandlungspflege«. Und das bedeutete das Ende aller Hoffnung auf Heilung.

Er verabschiedete sich mit einem Kuss von seiner Frau, sagte Ranka, dass er beruflich für ein paar Tage verreisen müsse, und verließ das Zimmer.

Seit jener schrecklichen Silvesternacht hatte er die Villa in Potsdam, beziehungsweise das, was die Flammen von ihr übriggelassen hatten, nur noch zwei Mal betreten: mit den Brandsachverständigen der Polizei und um seine Unterlagen aus dem weitgehend unversehrten Arbeitszimmer zu holen. Danach nie wieder. Er wohnte jetzt in der Wohnung in Mitte, die Bettina so sehr geliebt hatte, unweit des Pflegeheims in der Rosenthaler Straße. Es störte ihn nicht, dass er nun jeden Morgen quer durch die Stadt zur Arbeit fahren musste, es war seine Buße. Er nickte dem Pförtner zu und trat hinaus auf die Straße. Lärm und Hektik stürzten auf ihn ein, er blieb stehen und atmete tief ein und aus. Eine Horde Touristen auf dem Weg zu den Hackeschen Höfen strömte schwatzend und lachend um ihn herum, ein Taxifahrer hielt vor ihm am Straßenrand und blickte ihn fragend an, aber er signalisierte ihm mit einem Kopfschütteln, dass er seine Dienste nicht benötigte. Nach einem Besuch bei Bettina brauchte er immer einen Spaziergang, außerdem war es nur ein Katzensprung bis nach Hause. Er setzte sich in Bewegung, überquerte die Straße und bog bereits nach ein paar hundert Metern in die Neue Schönhauser Straße ein, in der seine Wohnung lag.

Vielleicht würde er das alles besser ertragen, wenn er die Tragödie nicht hätte selbst verhindern können. Als er nach der Feier im Institut am späten Nachmittag nach Hause gekommen war, hatte das Haus in Flammen gestanden. Wegen der eisigen Kälte und Problemen mit dem Löschwasser hatte es endlos lang gedauert, bis die Feuerwehr in die Flammenhölle hatte vordringen können. Bettina hatte wie durch ein Wunder überlebt. Dem Notarzt war es gelungen, sie zu reanimieren, doch ihr Gehirn war durch die starke Rauchentwicklung sehr lange nicht mit Sauerstoff versorgt worden. Zu lange.

Den Schock hatte er bis heute nicht überwunden, und ihm

war klar, dass es seine Schuld war. Er hatte einen gewaltigen Fehler gemacht, einen Fehler, den er nie mehr gutmachen konnte.

*

Heute war der Tag, der die Entscheidung bringen konnte. Wochen, ja Monate hatte er Informationen zusammengetragen, ausgewertet und in allgemein verständliches Deutsch übersetzt, um Mitstreiter zu gewinnen. Seine Bemühungen waren von Erfolg gekrönt, die Bürgerinitiative »Keine Windräder im Taunus« zählte über 200 Mitglieder und zehn Mal so viele Sympathisanten. Es war seine Idee gewesen, kurz vor der Bürgerversammlung das Thema noch einmal ins Fernsehen zu bringen, er hatte sich um alles gekümmert, und heute Nachmittag würde es so weit sein. So viel hing davon ab! Die Gegenseite musste begreifen, dass sie es nicht nur mit einer Handvoll Spinnern zu tun hatte, sondern dass Hunderte Bürger gegen das unsinnige Windkraftprojekt waren. Jannis Theodorakis trat aus der Dusche, griff nach dem Handtuch und trocknete sich ab. Er fuhr sich kritisch über das unrasierte Kinn. Eigentlich gefiel ihm der Drei-Tage-Bart, aber vielleicht kam es bei den Fernsehzuschauern besser an, wenn er gepflegt und seriös auftrat. Nachdem er sich rasiert hatte, ging er ins Schlafzimmer und unterzog seinen Kleiderschrank einer gründlichen Inspektion. Wäre ein Anzug übertrieben? Es war Jahre her, dass er in Anzug und Krawatte zur Arbeit gegangen war, wahrscheinlich passten die Sachen überhaupt nicht mehr. Schließlich entschied er sich für eine Jeans in Kombination mit einem weißen Hemd und einem Sakko. Seit Nika sich um den Haushalt kümmerte, waren die Schränke immer voll und alle Kleider ordentlich gebügelt. Jannis legte Hemd und Jeans auf das Doppelbett, dessen Anblick seiner guten Laune unwillkürlich einen Dämpfer versetzte.

Ricky schlief nur noch auf der Couch im Wohnzimmer oder auf dem Fußboden; sie behauptete, sie könne wegen ihrer Rückenschmerzen im Bett nicht mehr liegen. Längst ächzte sie unter dem gewaltigen Pensum, das sie sich Tag für Tag auflud, aber das würde sie niemals zugeben. Der Laden, die Arbeit im Tierheim und in der Hundeschule, die Versorgung ihrer ganzen Menagerie und die Organisation der Bürgerinitiative erforderten mehr Zeit, als sie eigentlich hatte, für ein Privatleben blieb kaum noch etwas übrig. Das Ergebnis ihrer Arbeitswut waren immer heftigere Rückenschmerzen, die sie regelmäßig zum Chiropraktiker trieben und ihr eine, wie er argwöhnte, willkommene Ausrede boten, ihm den Sex zu verweigern.

Jannis verließ das Schlafzimmer und ging quer durch den Flur in die Küche. Die Katzen, die schläfrig auf der Eckbank und dem Stuhl in der Sonne gehockt hatten, flüchteten sofort durch die Katzenklappe auf die Terrasse. Das Viehzeug, das Ricky in ihrer grenzenlosen Tierliebe anschleppte, ging ihm auf die Nerven. Die beiden Hunde konnte er gerade noch akzeptieren, aber die Katzen, diese arroganten Leisetreter, die überall ihre Haare hinterließen, waren ihm zuwider. Sie erwiderten seine Abneigung mit stolzer Missachtung und legten offenbar so wenig Wert auf seine Gesellschaft wie er auf ihre.

Helles Sonnenlicht flirrte durch das Fenster. Ein perfekter Frühsommertag für die Dreharbeiten am Nachmittag. Jannis schenkte sich einen Kaffee ein, bestrich eines der frischen Brötchen mit Butter und Erdbeermarmelade und biss hinein. Seine ziellos kreisenden Gedanken wanderten wieder zu Nika, wie so häufig in letzter Zeit.

Zuerst waren ihm an ihr nur Äußerlichkeiten ins Auge gefallen: ihre grotesken Klamotten, die unmögliche Frisur, die Eulenbrille. Nika redete wenig und war so zurückhaltend, dass er ihre Anwesenheit im Haus gelegentlich sogar vergessen hatte. Er wusste nichts über sie, und sie hatte ihn auch nicht interessiert, bis zu jenem Vorfall vor drei Wochen.

Jannis wurde heiß, als er sich den Moment in Erinnerung rief, der alles verändert hatte. Er hatte eine Flasche Wein für das Abendessen aus dem Keller geholt, und Nika war just in der Sekunde, als er den Weinkeller verließ, aus ihrem Badezimmer gekommen – splitternackt, das feuchte Haar straff aus dem Gesicht gekämmt. Ein paar Sekunden lang hatten sie sich erschrocken angesehen, dann war er hastig weitergegangen in Richtung Treppe, eine Entschuldigung murmelnd. Keiner von ihnen hatte diese Begegnung je wieder erwähnt, aber seitdem war die Unbefangenheit weg. Nikas Anblick hatte sich unauslöschlich in sein Gehirn gefressen. Seitdem dachte er nur noch an sie, wenn er allein im Bett lag und Ricky schnarchend auf dem Fußboden; mit jeder sexlosen Nacht wurde sein Verlangen nach ihr stärker, es hatte sich zu einer Obsession ausgewachsen, die ihn quälte und wütend machte. Sollte Ricky mit ihrer Eifersucht jemals auch nur den geringsten Verdacht schöpfen, dann war der Teufel los. Trotzdem wollte es ihm nicht gelingen, Nikas nackte Titten aus seinem Kopf zu verbannen.

»Nika«, murmelte er und genoss die lustvolle Qual, die es ihm bereitete, ihren Namen laut auszusprechen. Der bloße Gedanke an ihre Begegnung im Keller, die in seinen immer wilderen Phantasien längst nicht mehr mit seiner verschämten Flucht endete, machte ihn unwillkürlich scharf. »Verdammt, Nika, verdammt.«

*

Kriminalhauptkommissar Oliver von Bodenstein stand vor der Spiegeltür des Kleiderschranks und band sich missmutig die Krawatte. Was für eine Schnapsidee, an einem Montagvormittag zu heiraten und damit den berufstätigen Teil der

Familie zu einem Tag Urlaub zu zwingen! Er betrachtete sich kritisch von der Seite. Obwohl er den Bauch einzog, wölbte der sich zu seiner Verärgerung über den Hosenbund. Gestern Abend hatte sich der Zeiger der Waage zum ersten Mal in seinem Leben über der 90-Kilo-Markierung eingependelt, und das hatte ihm einen Schock versetzt. Nur noch neun Kilo, dann wog er zwei Zentner! Wenn er nicht schleunigst damit aufhörte, jeden Abend bei seinen Eltern zu essen und anschließend mit seinem Vater eine Flasche Rotwein zu leeren, konnte er sich bald überlegen, ob er den Bauch über oder unter dem Gürtel tragen wollte.

Er streifte das Jackett über. Der Anzug kaschierte das Schlimmste, trotzdem fühlte er sich unwohl. Und das lag nicht nur an der bevorstehenden Hochzeitsfeier und seiner Gewichtszunahme. Über zwanzig Jahre lang war sein Leben in geruhsamen Bahnen verlaufen, aber seit seiner Trennung von Cosima vor sechs Monaten war alles durcheinandergeraten, nicht nur seine Essgewohnheiten. Schnell hatte er gemerkt, dass es ein Fehler gewesen war, sich auf eine Affäre mit Heidi Brückner einzulassen, die er während der Arbeit an einem Fall im letzten November kennengelernt hatte. Sie war ihm begegnet, als sein Leben durch Cosimas Untreue in seinen Grundfesten erschüttert worden war, und hatte ihm über den ersten Schmerz hinweggeholfen, aber für eine neue, feste Beziehung war er noch längst nicht bereit gewesen. Sie hatten noch ein paar Mal telefoniert, dann hatte er sie nicht mehr angerufen, und die ganze Sache war im Sande verlaufen, ohne Diskussionen und ohne, dass es ihn berührt hätte.

Der eigentliche Grund aber, weshalb er jetzt lieber mit seinen Kollegen neben einer Leiche gestanden hätte als zum Standesamt im Kelkheimer Rathaus zu fahren, war Cosima. Seit sie ihn vor einem halben Jahr vor vollendete Tatsachen gestellt hatte und kurz darauf mit ihrem russischen Liebhaber zu einer Weltumsegelung aufgebrochen war, hatte er kaum mit ihr gesprochen. Noch immer nahm er es ihr übel, dass sie aus reinem Egoismus die Familie und damit sein Leben zerstört hatte. Über Wochen und Monate schon hatte sie eine heimliche Beziehung mit diesem Abenteurer Alexander Gawrilow geführt, während er nicht das Geringste geahnt hatte. Sie hatte ihn zum Trottel gemacht, und ihm war wieder einmal nichts anderes übriggeblieben, als ihre Entscheidungen zu akzeptieren, schon allein der Kinder zuliebe. Lorenz und Rosalie waren erwachsen und standen auf eigenen Füßen, aber Sophia war gerade mal zweieinhalb. Sie hatte ein Recht auf Vater und Mutter, egal, was zwischen Cosima und ihm war. Bodenstein warf seinem Spiegelbild einen letzten resignierten Blick zu. Er hatte sich fest vorgenommen, den Leichenfund als Grund vorzuschieben und die Familienfeier sofort nach der Trauungszeremonie zu verlassen, sollte Cosima tatsächlich so unverfroren sein, diesen Gawrilow mitzubringen. Insgeheim hoffte er beinahe, dass sie genau das tun würde.

*

Er sah schon von weitem die zwei Autos im Hof stehen und ahnte, was ihn erwartete. Ludwig Hirtreiter war kein Mensch, der einem Konflikt aus dem Weg ging, deshalb stapfte er weiter und stieß das Gartentor auf. Tell rannte auf die beiden Männer zu und begann zu bellen.

»Tell!«, rief er. »Aus. Bei Fuß!«

Der Hund gehorchte sofort.

»Was wollt ihr?«, knurrte Hirtreiter. Noch immer war er innerlich auf hundertachtzig wegen der illegalen Rodungsaktion im Wald. Ein denkbar schlechter Moment, den seine Söhne sich für ihren Besuch ausgesucht hatten.

»Guten Morgen, Papa«, sagte Matthias, der jüngere, und lächelte. »Hast du Zeit für einen Kaffee?«

Was für ein durchsichtiges Manöver.

»Nicht, wenn ihr wieder mit der Pfaffenwiese anfangt.«
Ihm war glasklar, dass sie genau deswegen gekommen waren. Jahrelang hatten sie jeden Kontakt gemieden, bis auf die
alljährliche nichtssagende Weihnachtskarte und den pflicht-
schuldigen Anruf zu seinem Geburtstag, und das war ihm
nur recht gewesen. Er blickte seine Söhne mit hochgezogenen
Brauen an. Kleinlaut und betreten standen sie da, in ihren
schicken Anzügen, neben ihren dicken Autos.

»Vater, bitte«, begann Gregor in einem unterwürfigen
Tonfall, der so wenig zu ihm passte wie sein alberner Sportwagen. »Du kannst doch nicht wirklich wollen, dass wir alles
verlieren, was wir uns aufgebaut haben.«

»Was geht mich das an?« Ludwig Hirtreiter nahm das Gewehr von der Schulter, stemmte es auf den Boden und stützte
sich darauf. »Euch hat nie interessiert, was mit mir ist, weshalb soll mich nun interessieren, was mit euch ist?«

Vor zwei Wochen hatten sie ihn zum ersten Mal angerufen.
Einfach so, hatten sie behauptet. Er war sofort misstrauisch
gewesen, und das zu Recht, wie sich schnell herausgestellt hatte. Ludwig Hirtreiter wusste bis heute nicht, wie seine Söhne
vom Angebot der WindPro erfahren hatten, aber dies allein
war der Grund für die plötzlich wiederentdeckte Vaterliebe.
Wie verzweifelt mussten sie sein, dass sie nach all der Zeit bei
ihm auftauchten? Matthias war es gewesen, der die Pfaffenwiese zuerst angesprochen hatte. Auf die Phase der Nettig-
keit war die der Bettelei gefolgt, eingebettet in die zögerliche
Offenbarung ihrer prekären finanziellen Situation. Als auch
das nicht fruchtete, appellierten sie an seine väterliche Ver-
pflichtung. Sie waren so gut wie pleite, der eine fürchtete den
Insolvenzverwalter, der andere den Gerichtsvollzieher. Beide
brauchten dringend Geld, beide hatten Angst vor der Häme
und dem Gespött derjenigen, die sie jahrelang mit ihrem ge-
leasten und geliehenen Luxusleben geblendet hatten.

»War es das?« Hirtreiter musterte die beiden Männer, die ihm gleichgültig geworden waren. Er hegte keine Gefühle mehr für sie, weder gute noch böse. »Ich habe zu tun.«

Er schulterte das Gewehr und wandte sich zum Gehen.

»Warte noch, Vater, bitte!« Matthias machte einen Schritt auf ihn zu. In seinen Augen lag keine Überheblichkeit mehr, nur noch nackte Verzweiflung. »Wir verstehen nicht, weshalb du dich so sehr gegen den Verkauf dieser Wiese sträubst. Die bauen dir hier doch keine Bundesstraße vor die Nase. Du hast höchstens während der Bauphase ein paar Wochen lang Krach und Dreck, und dann kommt vielleicht noch mal alle paar Tage ein Techniker vorbeigefahren.«

Er hatte nicht ganz unrecht. Es war die reinste Dummheit, das Angebot der WindPro auszuschlagen, zumal sie es noch um eine weitere Million erhöht hatten. Aber wie zum Teufel stand er dann vor den anderen da, die auf sein Wort vertrauten? Heinrich würde nie wieder mit ihm reden! Wenn er die Wiese verkaufte, war der Windpark nicht mehr zu verhindern, alles wäre umsonst gewesen.

Matthias deutete das Schweigen seines Vaters offenbar als Etappensieg.

»Es tut uns beiden wirklich leid, was damals vorgefallen ist«, setzte er nach. »Wir haben viele dumme Sachen gesagt und dich verletzt. Das lässt sich nicht mehr ungeschehen machen, aber vielleicht können wir einen neuen Anfang schaffen. Als Familie. Deine Enkel würden ihren Opa wirklich gerne öfter sehen.«

Ein plumper Manipulationsversuch.

»Das ist eine wirklich schöne Geste von dir«, erwiderte Ludwig Hirtreiter. Er sah die Hoffnung in den Augen seines Jüngsten aufglimmen und zerstörte sie mit Wonne. »Aber sie kommt leider zu spät. Ihr seid mir egal, alle beide. Lasst mich in Ruhe, wie ihr es zwanzig Jahre lang getan habt.«

»Aber Vater«, demütigte Gregor sich in einem letzten,

verzweifelten Versuch. »Wir sind doch deine Kinder, und wir …«

»Ihr wart eine Episode in meinem Leben, mehr nicht«, schnitt Ludwig Hirtreiter ihm das Wort ab. »Ich verkaufe die Wiese nicht. Ende der Diskussion. Und jetzt verschwindet von meinem Hof.«

*

Die Mitarbeiter des Erkennungsdienstes hatten unter der Regie von Kriminalhauptkommissar Christian Kröger das Kommando übernommen. In ihren weißen Overalls mit Kapuze und Mundschutz erledigten sie routiniert die Tatort-arbeit, machten Fotos und suchten, sicherten und numme-rierten jede Spur, die sich später als tatrelevant herausstellen konnte. Eine mühsame, zeitraubende Arbeit, für die Pia die Geduld gefehlt hätte. Zwei Beamte waren damit beschäftigt, die Edelstahlhandläufe der Brüstungen in allen drei Stock-werken mit Rußpulver zu bestäuben, um Fingerabdrücke zu nehmen. Pia hielt dies für sinnlos, da täglich wohl Dutzende von Personen ihre Hände auf das Geländer legten, aber sie behielt ihre Meinung für sich, um bei Kröger nicht gleich am ersten Tag nach dem Urlaub in Ungnade zu fallen.

Die Menschenmenge hatte man inzwischen vor die Tür ins Freie verbannt, auch Frau Weidauer war verschwunden. Es herrschte eine fast weihevolle Stille, nur unterbrochen vom Klicken der Fotoapparate.

»Hi, Christian«, begrüßte Pia den Leiter des Erkennungs-dienstes. Er und Henning knieten auf dem Treppenabsatz neben der Leiche, gänzlich unbeeindruckt von Gestank und surrenden Fliegenschwärmen.

»Hi, Pia«, erwiderte Kröger ohne aufzublicken. »Schau mal, was der Herr Rechtsmediziner gefunden hat.«

Pia und Cem Altunay traten näher. Dr. Henning Kirchhoff

und Christian Kröger arbeiteten seit Jahren immer wieder zusammen und trafen sich regelmäßig an Schauplätzen von Mord und Totschlag, dennoch herrschte zwischen ihnen keine Sympathie, im Gegenteil: Sie zollten der Fachkompetenz des anderen widerwilligen Respekt, konnten sich darüber hinaus aber nicht ausstehen.

»Da.« Henning ergriff die rechte Hand des Toten, die zu einer Faust geballt war, und bog die Finger auseinander. »Wenn mich nicht alles täuscht, dann ist das, was er da in der Hand hält, ein Stück von einem Latexhandschuh.«

»Ja und?« Pia schüttelte begriffsstutzig den Kopf. »Was soll das bedeuten?«

»Es kann natürlich möglich sein, dass der Mann aus reiner Gewohnheit mit einem Stück Latexhandschuh in der Hand seine nächtlichen Runden gedreht hat, als eine Art Fetisch vielleicht«, entgegnete Henning in jenem oberlehrerhaften Tonfall, der Pia zur Weißglut zu bringen vermochte. »Da habe ich schon ganz andere Sachen erlebt. Du erinnerst dich an den Bankdirektor vor ein paar Jahren, der sich in seinem Büro aufgehängt hatte. Der den BH seiner Mutter ...«

»Ich erinnere mich«, unterbrach Pia ihn ungeduldig. »Was hat das mit dem Toten hier zu tun?«

»Nichts«, räumte Henning ein. »Das mit dem Latexhandschuh mag etwas dünn sein. Aber was haltet ihr hiervon?«

Er richtete sich auf und bedeutete Pia und Cem, ihm die Treppe hinauf zu folgen. Etwa fünf Stufen oberhalb des Absatzes blieb er stehen und wies auf einen etwa handtellergroßen Fleck in einer getrockneten Blutlache auf dem grauen Granit.

»Das hier«, sagte er, »ist unzweifelhaft der Teil eines Schuhabdrucks. Allerdings nicht von Grossmanns eigenem Schuh.«

Pia betrachtete den unscheinbaren Fleck. Konnte das der Beweis dafür sein, dass Grossmann getötet worden war?

Unten in der Halle lehnte Stefan Theissen am Empfangstresen und telefonierte mit gesenkter Stimme, dabei verfolgte er das Treiben auf der Treppe aufmerksam, aber ohne sichtliche Gemütsregung.

»Chef!« Ein Kollege der Spurensicherung beugte sich über die Brüstung im dritten Stock. »Komm mal rauf!«

Christian Kröger machte sich auf den Weg in den dritten Stock, wobei er sich auf der Treppe ganz links hielt, um keine Spuren zu zerstören.

»Wir sind fertig mit der Leiche. Du kannst sie abholen lassen«, sagte Henning zu Pia, zog den Overall aus und faltete ihn sorgfältig zusammen.

»Gut. Ich lasse sie zu dir bringen. Die Genehmigung für eine Obduktion sollte eine Formsache sein.«

»Hoffentlich. Die Staatsanwaltschaft wird ja immer geiziger.« Er schloss seine Koffer und streifte sich sein Jackett über. »Der Urlaub hat dir übrigens gutgetan. Du siehst erholt aus.«

»Danke«, sagte Pia, gleichermaßen verblüfft und erfreut über diese beiläufige Äußerung, die aus Hennings Mund ein echtes Kompliment war. Hätte er es dabei belassen, so wäre es eine jener raren Begegnungen mit ihrem Exmann gewesen, die ihr positiv im Gedächtnis bleiben würde. Aber Henning, der nur bei seiner Arbeit, nicht aber im Umgang mit seinen Mitmenschen Fingerspitzengefühl an den Tag legte, zerstörte den Eindruck umgehend.

»Ich freue mich für dich, dass du jemanden gefunden hast, der dir ein bisschen mehr bietet, als ich es getan habe.«

Sie hätte ihm diese Bemerkung nicht übelgenommen, hätte sie nicht so gönnerhaft geklungen.

»Das ist ja wohl keine Kunst«, antwortete sie spitz. »Genau betrachtet hast du mir gar nichts geboten.«

»Nun ja. Eine schöne Wohnung, ein flottes Auto, die Pferde und jede Menge forensischer Erfahrung, um die dich manch ein Kollege glühend beneidet.« Henning hob die Augenbrauen und sah sie an. »Das würde ich jetzt nicht nichts nennen.«

»Man kann sich wirklich alles schönreden«, zischte Pia, denn prompt war die Erinnerung an ihre schicke, aber vollkommen seelenlose Altbauwohnung in Frankfurt wieder da, in der sie so viele einsame Stunden verbracht hatte, während Henning seiner Arbeit nachgegangen war, ohne Rücksicht auf sie zu nehmen. Viel zu lange hatte sie diesen Zustand ertragen, bis zu dem Tag, an dem er, ohne ihr auch nur Bescheid zu geben, zum Schauplatz eines Seilbahnunglücks nach Österreich gereist war. Sie hatte ihre Sachen gepackt und war ausgezogen. Bezeichnenderweise war es ihm erst vierzehn Tage später aufgefallen. Pia wollte noch etwas zu diesem Thema sagen, doch da meldete sich ihr Handy. Es war Kröger.

»Kommt mal hoch ins Chefbüro. Dritter Stock, letzte Tür links«, sagte er nur und legte wieder auf.

»Tschüs. Grüß Miriam«, sagte Pia leicht verstimmt zu ihrem Ex und bedeutete Cem Altunay, der mit einem Anruf den Abtransport der Leiche organisiert hatte, ihr zu folgen.

Theissens Büro war das letzte auf dem Gang. Es war groß und geschmackvoll eingerichtet. Der Kontrast vom Parkettfußboden zur bodentiefen Fensterfront, Glas und dunklen Holzmöbeln gefiel Pia. Sie sah sich um und rümpfte die Nase. Der Verwesungsgeruch war bis in das Büro im dritten Stock gedrungen. Das mochte nicht verwunderlich sein, denn die Tür zum Flur hatte offen gestanden, und warme Luft zog nach oben. Trotzdem war sie überrascht über die Intensität des Geruchs.

»Was gibt's?«, fragte Pia.

»Ah.« Christian Kröger, der am Schreibtisch zugange war, wandte sich um. »Schaut euch das hier mal an.«

Der süßliche, Übelkeit erregende Geruch wurde aufdringlicher. Wie konnte das sein? Pia schnupperte unauffällig am Kragen ihres T-Shirts, aber das roch nur leicht nach Schweiß und einem Hauch Waschpulver. Sie blieben vor dem Schreibtisch stehen. Der faulige Geruch wurde so stark, dass sie die Luft anhielt. Mitten auf der spiegelblanken Glasoberfläche lag ein braunweißes Fellknäuel. Und dann sah sie die Maden. Hunderte weißer Würmchen, die über die Glasplatte krochen, nachdem sie sich an dem kleinen Kadaver satt gefressen hatten.

»Ein toter Hamster.« Cem Altunay verzog das Gesicht. »Was hat das denn zu bedeuten?«

»Ich denke, das sollten wir Herrn Theissen fragen«, entgegnete Pia. Nur zwei Minuten später trat der Chef der WindPro aus dem Aufzug. Er war von der Okkupation seiner Firma nicht besonders begeistert, beschwerte sich aber nicht.

»Was gibt es?«, erkundigte er sich.

»Kommen Sie.« Pia führte ihn in sein Büro und wies auf den Schreibtisch. Theissen erblickte den toten Hamster und prallte zurück.

»Können Sie sich erklären, was das soll?«, fragte Pia.

»Nein. Keine Ahnung«, würgte er angewidert hervor. Sie bemerkte ein nervöses Zucken in seinem blassen Gesicht, und in diesem Moment schaltete ihr Geist unvermittelt vom trägen Urlaubs-Stand-by in den Polizistenmodus. Ihr Instinkt war hellwach. Theissen wusste sehr wohl, was der tote Hamster auf seinem Schreibtisch zu bedeuten hatte. Sein letzter Satz war eine glatte Lüge.

*

Im Laden herrschte nach einem kurzen Andrang wieder Ruhe. Frauke hatte die ersten Montagmorgentermine hinter sich gebracht, den ungebärdigen Airedale einer Kronberger Kundin und die zwei Yorkshires einer Witwe aus dem Johanniswald, die alle vierzehn Tage auf dem Plan standen. Ricky übernahm die Beratung der wenigen Kunden, nachdem sie von ihrer Lieferfahrt zurückgekehrt war, Nika und Frauke räumten neu eingetroffene Ware in die Regale. Die Glocken der nahen Kirche St. Marien schlugen elf Mal, als Mark den Laden betrat.

»Hey«, sagte er zu Frauke, zog einen der weißen Ohrstecker, die zum unvermeidlichen iPod in seiner Jackentasche führten, aus dem Ohr und blieb neben ihr stehen. Sein Blick wanderte zu Ricky, die gerade mit vollem Einsatz einen ihrer Ladenhüter einem Kunden andrehte, der eigentlich nur ein Zeckenhalsband für seinen Rhodesian Ridgeback hatte kaufen wollen. Wortgewandt und charmant pries sie dem Mann die schweineteure Luxus-Transportbox an, nachdem sie herausgefunden hatte, dass er eine längere Reise nach Kanada plante und seinen Hund mitnehmen wollte.

»Ricky kann echt alles verkaufen, was?« Mark grinste bewundernd, und Frauke nickte zustimmend. Der Mann leistete schon keine Gegenwehr mehr und lächelte wie unter Hypnose. Ricky hatte als Verkäuferin echt was drauf, das musste man ihr lassen. Und sie verstand es meisterhaft, die Männerwelt um den Finger zu wickeln. Das blonde Haar zu zwei Zöpfen geflochten, dazu die sonnengebräunte Haut im tiefen Dekolleté ihres Trachtenkleides, dessen Mieder sich an ihren schlanken Oberkörper schmiegte – diese Kombination hatte ihr in Königstein und Umgebung einen wahren Fanclub beschert. Ihr mangelte es nie an freiwilligen männlichen Helfern für das Tierheim, und sie sonnte sich in ihrer Bewunderung.

»Was habt ihr für 'n Problem?«, erkundigte sich Mark. Frauke folgte ihm an der Kasse vorbei ins Büro. Er zog seinen Rucksack von der Schulter, ließ ihn achtlos auf den Boden plumpsen und setzte sich an den Schreibtisch. Frauke erläuterte ihm den Fehler, der immer wieder auftrat, wenn sie neue Ware ins System eingeben wollten. Mark fläzte sich auf den Stuhl, streckte die Beine aus, stöpselte sich den Ohrstecker wieder ein und zog die Tastatur zu sich heran. Sein Kopf bewegte sich im Rhythmus der Musik, er wippte mit einem Fuß. Frauke betrachtete ihn von der Seite. Das fettige, dunkelblonde Haar trug er ins Gesicht gekämmt, es fiel ihm immer wieder in die Augen.

»Is noch was?« Er hob den Kopf und warf Frauke einen ungehaltenen Blick zu.

»Nein, nein. Du machst das schon.« Sie lächelte, unterdrückte den Impuls, seine Schulter zu tätscheln, und ging zurück in den Laden. Ricky half dem Kunden gerade, die Riesentransportbox in dessen Auto zu verfrachten, und kam wenig später mit einem breiten Grinsen zurück.

»Das Ding wären wir los«, kicherte sie zufrieden. »Ich hab ihm zwanzig Prozent Rabatt gegeben. Aber ich hätte es ihm auch geschenkt.«

»Glückwunsch«, erwiderte Frauke. »Dann kann ich die Ecke ja jetzt umdekorieren.«

»Ja, endlich.«

Frauke besaß echte Begabung für die Dekoration von Räumen. Nach und nach hatte Ricky ihr die Verantwortung für die Gestaltung des Ladens überlassen, und Frauke war ihr dafür dankbar.

»Kommt, Mädels, wir trinken einen Kaffee«, schlug Ricky vor. Frauke und Nika folgten ihr ins Büro. Mark unterbrach seine konzentrierte Arbeit, nahm die Ohrstöpsel heraus und blickte Ricky an. Der mürrische Ausdruck verschwand von seinem Gesicht, und für einen Moment sah er beinahe hübsch aus.

»Hey, mein bester Mann ist da«, strahlte Ricky. »Danke, dass du sofort gekommen bist.«

»Kein Problem«, murmelte Mark verlegen und wurde knallrot.

Frauke schenkte sich und Ricky einen Kaffee ein und reichte ihr die Tasse, Nika nahm sich selbst einen.

»Sag mal, Mark«, sagte Ricky beiläufig. »Hättest du jetzt noch ein bisschen Zeit? Ich muss die neuen Hindernisse für den Agility-Kurs aufbauen und könnte Hilfe gebrauchen.«

»Ich ... ich bin hier noch nicht ganz fertig.« Mark warf Frauke einen fragenden Blick zu. In seiner grenzenlosen Verehrung für Ricky wäre der Junge barfuß bis zum Nordpol gelaufen, hätte sie ihn darum gebeten, das wusste Frauke. Und Ricky wusste das zweifellos auch. Ob sie das Gefühl genoss, so unverhohlen von einem aknegeplagten Sechzehnjährigen angehimmelt zu werden? Ganz so selbstbewusst, wie sich ihre Chefin immer gab, war sie in ihrem tiefsten Innern nämlich nicht, deshalb suchte sie unbewusst nach einem Publikum, das sie kritiklos bewunderte.

»Der Computer läuft schon nicht weg«, sagte Frauke.

Mark blinzelte unter seinem Pony hervor, äußerlich cool und lässig, aber seine Augen glänzten.

»Okay, ich hab Zeit.« Er schnappte seinen Rucksack und stand auf.

»Prima.« Ricky stellte ihre Kaffeetasse ab. »Dann kann's ja losgehen.«

Der Junge folgte Ricky hinaus auf den Hof, so wie der Golden Retriever und der Samojede, die am Fuß der Treppe geduldig auf ihre Herrin gewartet hatten. Frauke blickte dem sonderbaren Quartett nach und schüttelte den Kopf.

*

»Ach, Herr Dr. Theissen«, sagte Cem Altunay. »Ich habe noch eine Bitte. Es gibt auf allen Stockwerken Überwachungskameras. Ist es in Ordnung, wenn wir uns die Bänder ansehen?«

Stefan Theissen zögerte ganz kurz, dann riss er seinen Blick vom Schreibtisch los und nickte.

»Ja, selbstverständlich. Unser Sicherheitschef ist draußen. Er soll Ihnen die Bänder so schnell wie möglich zur Verfügung stellen. Vielleicht darf er hereinkommen? Und die Empfangsdame auch, damit sie ans Telefon gehen kann?«

»Ist in Ordnung«, sagte Pia. »Aber alle anderen müssen draußen bleiben, bis die Kollegen hier fertig sind.«

Sie wartete, bis Theissen und Cem verschwunden waren.

»Was hast du noch?«, fragte sie Kröger.

»Wie kommst du darauf, dass es noch etwas gibt?«, fragte er zurück. »Reicht dir etwa ein verwester Hamster im Chefbüro nicht?«

Pia grinste und legte den Kopf schief.

»Na gut. Wir haben auf dem Boden unter dem Kopierer im Vorzimmer ein Blatt gefunden. Ich weiß nicht, ob es etwas zu bedeuten hat. Vielleicht ist es der Sekretärin runtergefallen, vielleicht aber auch nicht.«

Pia folgte Kröger in den Nachbarraum und ergriff das Blatt, das bereits in einer Plastikhülle steckte. Sie überflog den Text.

»Seite 21 eines Windgutachtens«, stellte sie fest. »Scheint mir jetzt bei einer Firma, die Windkraftanlagen baut, nicht ungewöhnlich zu sein.«

»Seite 21 von 63 Seiten«, entgegnete Christian Kröger. »An deiner Stelle würde ich mir dieses Gutachten mal zeigen lassen. Oder versuch herauszufinden, wann zuletzt kopiert wurde.«

»Geht das denn?«

»Bei einem Kopierer wie diesem hier ja. Nach Ausführung eines Kopierjobs bleiben temporäre Dateien auf der Festplatte gespeichert. Wie bei einem PC.«

»Großer Gott. Was du alles weißt.«

Christian Kröger gehörte zu der Sorte Mensch, die über

Unmengen unglaublichster Dinge Bescheid wusste. Bodenstein hätte ihn gerne für sein Team gehabt, aber Kröger fühlte sich wohl als Chef des Erkennungsdienstes und war mit seinen gerade mal fünfunddreißig Jahren vermutlich noch nicht am Ende der Karriereleiter angekommen.

»Darf ich jetzt weiterarbeiten?«, fragte er.

»Klar.« Pia lehnte mit verschränkten Armen in der Tür von Theissens Büro und beobachtete zwei von Krögers Leuten, die in ihren weißen Overalls auf dem Boden herumkrochen, den toten Hamster und äußerst lebendige Maden eintüteten und Folien auf beinahe jede Fläche klebten, um Fingerabdrücke, Haare und Hautpartikel zu fixieren. Ihr Gehirn arbeitete auf Hochtouren.

Wer hatte den toten Hamster auf Theissens Schreibtisch gelegt? Nach dem Verwesungszustand des Tierchens zu urteilen, musste das ungefähr zu dem Zeitpunkt geschehen sein, als Rolf Grossmann in den Tod gestürzt war. Pia wandte sich um und ging langsam den Flur entlang. Welches letztendlich tödliche Drama hatte sich hier in der Nacht von Freitag auf Samstag abgespielt? Ihr Handy meldete sich mit dem normalen Klingelton, den sie vorhin im Auto wieder eingestellt hatte. Es war Kai Ostermann.

»Hey, Urlauberin«, begrüßte er sie fröhlich. »Wie war's in China?«

»Hey, Kai«, antwortete Pia und schickte sich an, die Treppe hinunterzugehen. »Super. Zu kurz. Hat Cem dich erreicht?«

»Ja. Ich hab mit der Staatsanwältin gesprochen. Obduktion geht klar.«

»Gut. Dann sehen wir uns später.« Pia nahm die letzten Stufen und blickte sich nach ihrem neuen Kollegen um. Die Männer des Beerdigungsinstituts hoben Grossmanns Körper in einen Leichensack, die Klimaanlage lief wieder, und der unangenehme Geruch hatte sich durch das geöffnete Glaskuppeldach weitgehend verflüchtigt. Hinter dem Empfangstresen hatte eine mollige, dunkelhaarige Frau Mitte vierzig Platz genommen, deren eingefrorener Miene deutlich anzusehen war, wie unwohl sie sich an ihrem Arbeitsplatz fühlte. Durchaus verständlich, schließlich hatte Rolf Grossmann nur ein paar Meter entfernt sein Leben ausgehaucht, und in der Teeküche hinter ihr waren weiß vermummte Kripobeamte mit dem Sichern von Spuren beschäftigt. Es war sicher nicht der angenehmste Montag in ihrem Leben.

»Wissen Sie, wo mein Kollege ist?«, erkundigte Pia sich.

»Im EDV-Raum.« Die Empfangsdame lächelte bemüht und rührte sich keinen Millimeter. »Den Gang entlang, die zweite Tür links.«

»Danke.« Pia wollte gerade weitergehen, als ihr noch etwas einfiel. »Ach, Sie haben Herrn Grossmann doch gekannt, oder?«

»Ja, natürlich.«

»Wie war er so, als Kollege?«

Die Frau zögerte eine Sekunde zu lang.

»Ganz nett«, sagte sie dann mit wenig Überzeugung. »Wir haben nie direkt zusammengearbeitet. Er war ja nur nachts da. Und an den Wochenenden.«

»Hm.« Pia nahm ihren Block aus der Tasche und machte sich ein paar Notizen. Tanja Simic arbeitete seit zwei Jahren auf 400-Euro-Basis für die WindPro und kannte jeden der 48 Mitarbeiter, dazu auch die 22 Außendienstler, die auf den Baustellen der Windparks arbeiteten. Ihre ersten Antworten kamen zaudernd; sie taute erst auf, als Pia ihr versicherte, dass ihr Gespräch absolut vertraulich sei.

»Haben Sie mitbekommen, dass Grossmann ein Alkoholproblem hatte?«

Das hatte Tanja Simic allerdings. Es war niemandem in der Firma verborgen geblieben, denn Grossmann hatte sich immer wieder danebenbenommen. Außerdem war er mit dem Sicherheitschef aneinandergeraten, denn allein im vergange-

nen Monat hatte er dreimal vergessen, die Überwachungsanlage einzuschalten, und vorletzten Mittwoch war er mitten
in der Nacht mit dem Mofa zur Tankstelle gefahren.

»Wahrscheinlich wollte er sich noch Zigaretten und Sprit
besorgen.« Tanja Simic rollte die Augen. »Aber er hatte den
Schlüssel vergessen. Morgens lag er betrunken vor dem Hintereingang und war nicht wach zu kriegen. Und zwei Wochen vorher ...« Sie senkte die Stimme und blickte nach links
und rechts, um sich zu vergewissern, dass niemand zuhörte,
»... da hat er eine Frau angeschleppt und mit ihr Party gemacht, im Büro vom Chef.«

Rolf Grossmann war bei den Mitarbeitern der WindPro
alles andere als beliebt gewesen. Er hatte in den Schreibtischen geschnüffelt, gelauscht, im Suff in der Tiefgarage gegen
Autos gepinkelt und anzügliche Bemerkungen gemacht, deren Niveau mit dem Steigen seines Alkoholpegels sank. Die
weibliche Belegschaft hatte tunlichst darauf geachtet, Grossmann nicht allein über den Weg zu laufen. Pia lauschte interessiert und machte sich Notizen. Das hörte sich völlig anders
an als das, was Theissen vorhin über seinen Nachtwächter
gesagt hatte.

»Er war ein Schwein«, schloss Tanja Simic und zog die
Nase kraus. »Keiner hat verstanden, weshalb er sich das alles
erlauben durfte.«

Das ging Pia ähnlich. Steckte hinter Theissens Duldsam-
keit möglicherweise etwas anderes als alte Freundschaft und
ein soziales Gewissen, wie er sie das hatte glauben machen
wollen? Wieso hatte er ihr nicht die Wahrheit gesagt? Pia bedankte sich bei Tanja Simic für ihre Auskünfte und machte
sich auf die Suche nach Cem Altunay. Sie würde schon herausfinden, warum Theissen sie angelogen hatte. Plötzlich
empfand sie wieder das aufgeregte Prickeln, wie jedes Mal,
wenn ein Fall anlief, bei dem man nicht absehen konnte,
welche Ausmaße er annehmen würde. Eines schien jedoch

sicher: Dies hier war nicht länger eine Ermittlung in einem Unglücksfall. Sie waren auf der Jagd nach einem Mörder.

*

Frauke Hirtreiter deckte sorgfältig den kleinen Tisch im Büro und hob vorsichtig die Pizza mit Parmaschinken, Sardellen und doppelt Käse aus der Pappschachtel auf einen Teller. Ein bisschen Stil musste sein. Natürlich hätte Frauke die paar Meter in die Limburger Straße laufen und in der Pizzeria essen können, aber sie mochte es nicht, in der Öffentlichkeit allein an einem Tisch zu sitzen und beim Essen beobachtet zu werden. Voller Vorfreude betrachtete sie die Pizza, die knusprigen Ränder, den goldgelben geschmolzenen Käse und die Schinkenstreifen. Gerade als sie das erste Stück abschnitt, mit der Gabel aufspießte und zum Mund führen wollte, klopfte es an der Hintertür. Verdammt. Wer war das denn? Sie hasste es, beim Essen gestört zu werden. Mit einem Fluch stemmte sie sich von ihrem Stuhl hoch, watschelte zur Tür und drehte den Schlüssel im Schloss. Ein Mann lehnte lässig am Geländer und grinste sie mit unnatürlich weißen Zähnen an.

»Was machst du denn hier?«, fragte Frauke unfreundlich.

»Hey, Schwesterchen. Nette Begrüßung.«

Frauke musterte ihren jüngeren Bruder misstrauisch. Matthias meldete sich grundsätzlich nur bei ihr, wenn er irgendein Problem hatte. Das kannte sie schon.

»Ich esse gerade. Komm halt rein.«

Sie drehte sich um und ging zurück ins Büro. Matthias Hirtreiter folgte ihr, schloss die Tür hinter sich ab und blieb im Türrahmen stehen, die Hände in den Hosentaschen.

»Du hast abgenommen«, stellte er lächelnd fest. »Siehst gut aus.«

Frauke schnaubte verächtlich und biss in die Pizza.

»Du brauchst mir keinen Honig ums Maul zu schmieren«, erwiderte sie mit vollem Mund. »Ich weiß, wie ich aussehe.«

Das Fett tropfte ihr übers Kinn, sie wischte es achtlos mit dem Handrücken ab und warf ihrem Bruder einen Blick zu. Die Sonnenbräune, der helle Leinenanzug, das am Hals geöffnete Hemd und die beigefarbenen Schuhe verliehen ihm etwas Dandyhaftes. Fehlte nur noch der Strohhut, und er sähe aus wie ein Zeitreisender aus den zwanziger Jahren des vergangenen Jahrhunderts.

»Sag schon, was du willst. Du bist doch nicht zufällig hier.«

»Stimmt.« Er zog den Schreibtischstuhl heran und setzte sich ihr gegenüber an den kleinen Tisch. »Ich habe heute einen Anruf bekommen.«

»Aha.« Frauke aß das nächste Stück Pizza. Nach ihren letzten Informationen lief seine Firma für Sicherheitssysteme und Alarmanlagen recht gut. Seine Kinder gingen auf Privatschulen, er war im Lions Club, im Golfclub und in zig anderen Vereinen, die dem Ansehen förderlich und beim Networking hilfreich waren, wohnte mit seiner Familie in einer Luxusvilla und stellte seinen Wohlstand gerne und hemmungslos zur Schau.

»Da gibt's doch diese Firma, die den Windpark in Ehlhalten bauen will. Hast du vielleicht schon gehört.«

Frauke nickte. Der Windpark war ständiges Thema bei Jannis und Ricky; beide waren in der Bürgerinitiative aktiv, die sich gegen die Windräder organisiert hatte.

»Und was ist damit?«, fragte sie.

Matthias fuhr sich mit der Hand durch sein lichter werdendes Haar, und aus der Nähe bemerkte Frauke zum ersten Mal Sorgenfalten im jungenhaften Gesicht ihres Bruders.

»Vater hat von denen ein Wahnsinns-Kaufangebot für die Wiese in der Nähe des Hofes bekommen. Zwei Millionen Euro!«

»Wie bitte?« Fraukes Hand mit der Gabel blieb in der Luft stehen, ihr Mund klappte auf. »Das ist nicht dein Ernst!«

»O doch.« Matthias nickte. »Er hat uns natürlich nichts davon gesagt, der alte Scheißkerl. Und offenbar hat er nicht vor zu verkaufen.«

»Das gibt's doch nicht!« Frauke hatte es den Appetit verschlagen. Zwei Millionen Euro! Für eine Wiese! »Woher weißt du das?«

»Die Typen von dieser Firma haben mich gebeten, auf Vater einzuwirken.« Matthias stieß ein freudloses Lachen aus. »Gregor und ich waren deswegen bei ihm, aber er hat uns hochkant rausgeschmissen.«

»Seit wann wisst ihr von dem Angebot?«, fragte Frauke argwöhnisch.

»Seit ein paar Wochen«, gab ihr Bruder zu.

»Und warum erfahre ich erst jetzt davon?«

»Na ja ... Du verstehst dich ja nicht so gut mit Vater«, druckste er verlegen herum. »Und da dachten wir ...«

»Quatsch! Ihr habt gedacht, ich kriege es gar nicht mit, und ihr könnt euch den Kuchen teilen.« Wütend knallte sie das Stück Pizza auf den Teller. »Ihr seid schon zwei hinterhältige Mistkerle!«

»Das stimmt nicht!«, widersprach Matthias Hirtreiter. »Wirklich! Aber jetzt hör mir erst mal zu. Die Sache ist nämlich die, dass die WindPro ihr Angebot erhöhen wird, aber nur dann, wenn Vater dem Verkauf innerhalb der nächsten vierundzwanzig Stunden zustimmt. Danach werden sie ein Enteignungsverfahren anstrengen.«

Frauke begriff, was das bedeutete.

»Sie wollen *drei* Millionen zahlen!« Matthias senkte die Stimme und beugte sich vor. »Das ist wahnsinnig viel Geld, und ich könnte es gerade echt gut gebrauchen.«

»Schau an. Ich denke, du schwimmst im Geld.« Frauke grinste spöttisch, und ihr Bruder sprang auf.

»Meine Firma ist pleite«, gestand er schließlich, ohne sie anzusehen. »Wahrscheinlich bin ich sowieso schon dran wegen Insolvenzverschleppung. Wir verlieren die Firma, das Haus, einfach alles, wenn es mir nicht innerhalb von einer Woche gelingt, fünfhunderttausend Euro aufzutreiben.«

Er drehte sich um. Plötzlich war da keine Spur mehr von der jugendlichen Unbekümmertheit, mit der er durchs Leben zu gehen und alle Menschen um sich herum zu blenden verstand. Der Schauspieler hatte seine Maske fallen lassen, und übrig blieben Schatten unter den Augen, hohle Wangen und Verzweiflung im Blick.

»Die stecken mich in den Knast.« Er hob hilflos die Schultern. »Meine Frau droht damit, mich zu verlassen, und mein eigener Vater will mir nicht helfen.«

Frauke wusste, wie viel ihrem Bruder und seiner Frau ihr gesellschaftliches Ansehen bedeutete. Sie waren beide unfähig, ihre Ansprüche und ihren Lebensstil herunterzuschrauben.

»Und was ist mit Gregor?«, erkundigte sie sich.

»Dem geht's auch nicht viel besser.« Matthias schüttelte den Kopf. Einen Moment schwiegen beide. Frauke empfand tatsächlich ein wenig Mitleid mit ihrem kleinen Bruder, doch tief in ihrem Innersten machte sich schäbige, verachtenswerte Schadenfreude breit. Jetzt waren die beiden großartigen, erfolgreichen Goldjungs also genauso weit wie sie selbst, sie steckten in der Schuldenfalle und wussten nicht mehr ein noch aus. Doch während es ihr gelungen war, sich mit dieser schmachvollen Situation einigermaßen zu arrangieren, kämpften Gregor und Matthias verzweifelt darum, die schöne Fassade zu erhalten.

»Was wollt ihr machen?«, fragte sie nach einer Weile. »Du kennst den Alten. Wenn er irgendetwas nicht will, dann will er nicht.«

»Er *kann* uns nicht einfach übergehen«, erwiderte Matthias heftig. »Ich war bei einem Anwalt. Laut gesetzlicher

Erbfolge haben wir von Mama Anteile an den Wiesen und dem Hof geerbt.«

»Stimmt nicht. Sie haben sich gegenseitig beerbt. Vergiss es.«

»Nein, das tue ich nicht!«, begehrte Matthias auf. »Für mich steht alles auf dem Spiel! Ich lasse mir von Vater nicht mein Leben ruinieren!«

»Du hast es dir selbst ruiniert.«

»Verdammt, ich hatte Pech!« Matthias musste sich bemühen, nicht zu schreien. »Die Wirtschaftskrise hat uns kalt erwischt! Wir hatten einen Auftragsrückgang von sechzig Prozent, und dann ist ein großer Kunde bankrottgegangen! Das war eine knappe Million, die wir einfach abschreiben mussten!«

Frauke legte den Kopf schräg und betrachtete ihren jüngeren Bruder.

»Was schlägst du vor?«, wollte sie wissen.

»Wir reden noch einmal zu dritt mit ihm. Und wenn er stur bleibt, zwingen wir ihn.«

»Wie willst du das denn wohl anstellen?«

»Keine Ahnung. Irgendwie.« Matthias steckte die Hände wieder in die Hosentaschen, sein Blick irrte ziellos durch den Raum.

Frauke klappte das letzte Stück der kalt gewordenen Pizza zusammen. »Wann?«, fragte sie.

»Die WindPro-Leute unterbreiten ihm heute oder morgen früh das neue Angebot und faxen mir eine Kopie. Ich würde sagen, wir gehen morgen Abend hin. Bist du dabei?«

Frauke schob sich die Pizza in den Mund und kaute bedächtig. Drei Millionen geteilt durch drei. Das war einfach unfassbar. Sie würde endlich ihre Schulden zurückzahlen können und danach immer noch genug Geld haben, um ein sorgenfreies Leben zu führen. Das erste Mal seit über zehn Jahren könnte sie Urlaub machen. Sie würde sich die Bauchstraffung, die ihr die Krankenkasse nicht bezahlte, leisten können. Und ein gescheites Auto.

»Klar«, sagte sie und lächelte ihren Bruder an. »Ich bin dabei. Morgen Abend am Hof.«

*

»Es gibt sechs Kameras im Gebäude«, erläuterte Cem Altunay seinen Kollegen. »Jeweils eine auf jedem Stockwerk, eine in der Tiefgarage und eine in der Eingangshalle, aber nur die Kameras in der Tiefgarage und in der Halle waren eingeschaltet, warum auch immer.«

Sie saßen im Besprechungsraum des K11 im ersten Stock der Regionalen Kriminalinspektion in Hofheim und warteten darauf, sich das Band der Überwachungskamera aus der Eingangshalle der WindPro anschauen zu können.

»Grossmann hat sich seine Nachtschicht gelegentlich mit Damenbesuchen versüßt.« Pia erinnerte sich an das, was ihr die Empfangsdame erzählt hatte. »Erst neulich muss er mit einer Frau in Theissens Büro eine kleine Privatparty veranstaltet haben. Vielleicht hatte er das ja wieder vor und deshalb die Kameras ausgeschaltet.«

»Möglich.« Cem war nicht ganz überzeugt.

»Bin gleich so weit.« Kriminaloberkommissar Kai Ostermann tippte konzentriert auf der Tastatur des Computers herum. »Ah ja. Da ist es.«

Pia und Cem richteten ihre Blicke auf den großen Wandmonitor, auf dem das großzügige Foyer in Schwarz-Weiß zu sehen war.

»Die Überwachungsanlage der WindPro ist so programmiert, dass immer 72 Stunden aufgezeichnet werden«, erklärte Ostermann. »Man kann Sequenzen daraus kopieren, aber wenn das Band nicht angehalten wird, überspielt es sich nach diesem Zeitraum selbst.«

»Grossmann begann seinen Dienst immer um 18:00«, sagte Pia zu Kai. »Spul doch bitte mal zum Freitagabend.«

Ostermann nickte. Auf dem Monitor war ein geschäftiges Hin und Her zu sehen, die Mitarbeiter der Firma verließen ihre Büros. Gegen halb sechs war der Großteil der Belegschaft gegangen, es kamen nur noch vereinzelt Leute durch die Halle.

Kathrin Fachinger kam herein, stellte Pia eine Tasse Kaffee hin und setzte sich neben sie.

»Danke«, sagte Pia überrascht.

»Gern geschehen.« Kathrin zwinkerte ihr zu. Seitdem Frank Behnke und Andreas Hasse nicht mehr da waren, hatte sich die Stimmung im K11 erheblich verbessert. Behnkes permanent schlechte Laune, seine unterschwellige Aggressivität, die zum Schluss in offene Feindseligkeit Kathrin gegenüber umgeschlagen war, hatte die Arbeit für jeden zur Hölle gemacht. Der dauerkranke Hasse wurde genauso wenig vermisst.

»Da ist Grossmann«, bemerkte Cem und wies auf den Empfangstresen, der an der äußersten rechten Ecke im Bild war. »Er muss durch den Nebeneingang und dann durch die Teeküche gekommen sein.«

Bis kurz nach sieben saß Rolf Grossmann hinter dem Tresen, dann ging er quer durch die Halle, wohl um die Eingangstür abzuschließen. Eine Putzkolonne kam ins Bild, im Zeitraffer wuselten zwei Leute durch die Halle und wischten den Boden, Grossmann war vorübergehend nicht mehr zu sehen. Um neun Uhr sprach er kurz mit dem Reinigungspersonal, das dann im Flur hinter dem gläsernen Aufzug verschwand. Zweieinhalb Stunden geschah gar nichts. Ein Flimmern, das durch die Tür der Teeküche fiel, ließ darauf schließen, dass Grossmann fernsah.

»Stopp!«, rief Pia plötzlich. »Da ist jemand gekommen! Spul mal ein Stück zurück.«

Kai tat, worum Pia ihn gebeten hatte, und ließ das Band dann in normaler Geschwindigkeit weiterlaufen.

»Theissen!«, sagten Pia und Cem verblüfft.

»Er hat uns gar nicht erzählt, dass er am Freitagabend noch einmal in der Firma gewesen ist.« Pia starrte konzentriert auf den Monitor. Theissen war von links ins Bild gekommen, also aus der Richtung, wo es zur Tiefgarage ging. Er trat hinter den Tresen, warf einen Blick in die Teeküche, aber Grossmann tauchte nicht auf.

»Haben wir auch Ton bei der Aufnahme?«, erkundigte sich Cem.

»Ja, aber das Mikrophon ist nicht besonders sensibel.« Kai drehte die Regler hoch. »Normale Gespräche kann man nicht verstehen.«

»Vielleicht hat er gar nichts gesagt und wollte sich nur vergewissern, ob Grossmann schläft«, entgegnete Pia. »Eigenartig. Ich als Chef wäre ziemlich sauer, wenn ich meinen Nachtwächter im Tiefschlaf überraschen würde.«

Theissen ging zum Aufzug und stieg ein, die Glaskapsel glitt geräuschlos nach oben, Theissen verschwand aus dem Bild. Im Schnellvorlauf verrannen die Minuten, bis um 2:54 Uhr Grossmann erschien. Er reckte sich und gähnte, dann schlenderte er durch die Halle zur Treppe.

»Eine Stunde zu spät«, stellte Cem fest. »Der Sicherheitschef der Firma sagte mir, er müsse um zwölf, um zwei und um vier Rundgänge machen und die dann auch protokollieren.«

Grossmann verschwand im linken Flur, später im rechten. Dann ging er zur Treppe. Als er den 1. Stock erreicht hatte, war er außerhalb des Kamerawinkels. Der Film lief weiter, nichts tat sich.

»Hört ihr das?« Kathrin beugte sich vor. »Da waren Geräusche.«

Kai spulte zurück und signalisierte kopfschüttelnd, dass er den Ton nicht mehr lauter stellen konnte. Doch auch die anderen hörten nun eine Stimme, dann Schreie. 3:17 Uhr. Grossmann kehrte nicht mehr zurück.

»Theissen hatte das Gebäude nicht verlassen«, überlegte Pia laut. »Und er wollte nicht, dass Grossmann ihn sieht.«

»Du meinst, *er* hat ihn die Treppe runtergestoßen?«, fragte Cem, ohne den Blick vom Monitor zu wenden, auf dem sich nichts mehr tat.

»Wäre doch möglich.«

»Ich lege mal das Band aus der Tiefgarage ein«, sagte Kai. Es dauerte ein paar Minuten, bis er die Stelle fand, nach der er suchte. Um 23:26 Uhr war Dr. Stefan Theissen durch die Tiefgarage gekommen. Bis 2:41 Uhr tat sich nichts, doch dann huschte eine Gestalt direkt an der Kamera vorbei.

»Na«, sagte Pia trocken. »Da haben wir ja unseren Hamsterfreund.«

Kai stoppte das Band an einer Stelle, an der der Einbrecher gut zu sehen war. Sie betrachteten das Standbild. Schwarze Kleidung, schwarze Sturmhaube mit Sehschlitzen, eine schwarze Tasche über der Schulter.

»Er trägt Latexhandschuhe«, bemerkte Cem. Pia beugte sich über den Tisch, ergriff das Telefon und tippte auf die Kurzwahl der zuständigen Staatsanwaltschaft. Hennings Verdacht schien sich zu bestätigen. Rolf Grossmanns Tod war möglicherweise kein tragischer Unfall gewesen, sondern ein Mord. Rätselhaft blieb allerdings, wie und wann Theissen und der Einbrecher das Gebäude wieder verlassen hatten, denn sie waren weder durch die Tiefgarage noch durch die Eingangshalle gegangen.

»Sie haben sich ja wohl kaum in Luft aufgelöst.« Kai Ostermann lehnte sich auf seinem Stuhl zurück und verschränkte die Hände im Nacken. »Was hat der Einbrecher dort gewollt? Um den Hamster auf den Schreibtisch zu legen, kann er nur Sekunden gebraucht haben.«

»Überhaupt der Hamster«, hakte Cem nach. »Der ist doch

eine Spur! Wieso hat er ihn nicht wieder mitgenommen, nachdem die Sache aus dem Ruder gelaufen ist?«

Pia betrachtete ihn. Im Profil erinnerte er sie an den Schauspieler Erol Sander.

»Er hatte gerade jemanden getötet«, erinnerte Kai seinen Kollegen. »Wahrscheinlich befand er sich in einem extremen emotionalen Ausnahmezustand.«

»Aber warum hat er Grossmann überhaupt umgebracht?«, fragte Cem.

»Vielleicht hatte Grossmann ihn erkannt«, entgegnete Kai. »Ein Handgemenge, ein unglücklicher Sturz. Das war's.«

Pia wusste, dass ihr Kollege sich sehr für die psychologische Seite ihrer Fälle interessierte. Im vergangenen November hatte er sich für einen im BKA angebotenen Profiler-Lehrgang angemeldet, den er aufgrund des akuten Personalmangels beim K11 hatte absagen müssen. Kai hatte sich seine Enttäuschung nicht anmerken lassen, und sie hoffte, dass er bald eine neue Chance erhalten würde.

Die Vorfälle, die zur Suspendierung von Hasse und Behnke geführt hatten, waren Pia sehr viel näher gegangen, als sie erwartet hatte. Über jeden Verdächtigen und die meisten Zeugen, mit denen sie es im Laufe ihrer Arbeit zu tun bekam, wusste sie mehr als über die Menschen, mit denen sie täglich zusammenarbeitete und denen sie in einer brenzligen Situation ihr Leben anvertrauen musste. Sie hatte damals beschlossen, das zu ändern. Plötzlich sprachen sie auch über ihr Privatleben, was vorher so gut wie nie der Fall gewesen war. Cem Altunay schien gut ins Team zu passen, und Pia war gespannt darauf, wie ihr Chef, Oliver von Bodenstein, mit dem Neuen harmonieren würde. Sie erwachte aus ihren Gedanken, weil sie plötzlich die fragenden Blicke ihrer drei Kollegen auf sich spürte.

»Sorry, erster Tag nach dem Urlaub«, sagte Pia entschuldigend. »Um was ging es?«

»Wer soll was machen?«, wiederholte Kai. Es schien selbstverständlich zu sein, dass Pia das Kommando übernahm, solange der Chef nicht da war.

»Cem und ich fahren zur WindPro und fragen Theissen, was er in der Nacht in seinem Büro gemacht hat«, entschied Pia. »Kai, du schaust dir noch einmal die Videobänder an. Kathrin, finde bitte alles über die WindPro heraus und auch über unseren Toten. Ich glaube Theissen nicht, dass er ihn aus reiner Nächstenliebe eingestellt hat.«

Alle drei akzeptierten widerspruchslos die vorgeschlagene Arbeitseinteilung. Früher hätte es Diskussionen gegeben. Frank Behnke hatte Pias Vorschlägen und Anordnungen grundsätzlich etwas entgegenzusetzen gehabt und dadurch den Rest des Teams dazu genötigt, sich für eine Seite zu entscheiden. Lange hatte Kai aus alter Loyalität aus gemeinsamen SEK-Zeiten zu Behnke gehalten, Kathrin aus Prinzip zu Pia. Das war vorbei, und Pia war darüber erleichtert.

»An die Arbeit, Leute«, sagte sie und hatte auf einmal richtig gute Laune. »Wir treffen uns um vier Uhr wieder hier.«

*

»Jetzt beruhig dich doch«, sagte Ricky, als Jannis zum zehnten Mal innerhalb einer Minute auf seine Armbanduhr schaute. »Die werden schon kommen.«

Sie, Nika und ein paar andere Mitglieder der Bürgerinitiative, denen Jannis kurzfristig Bescheid gegeben hatte, hockten wie die Zugvögel auf dem Koppelgatter. Mark saß im Gras und kraulte die beiden Hunde, mit jeder Hand einen, die sich das mit genießerisch geschlossenen Augen gefallen ließen. Neben ihm lehnten die auf Pappkarton aufgeklebten Protestplakate und Grafiken, die Jannis selbst entworfen und getextet hatte. Besonders stolz war er auf das Logo, eine stilisierte

Silhouette des Taunus mit einem Windrad, rot umrandet wie ein Verbotsschild.

»Sie sind schon zehn Minuten zu spät«, erwiderte Jannis ungehalten und unterbrach seine rastlose Wanderung. Zeit spielte für dieses Fernsehvolk keine Rolle, für ihn allerdings schon. Denn wenn Ludwig Hirtreiter auftauchte, würde er sich vor die Kamera drängen und um den heißen Brei herumlabern. Jannis hatte sich genau zurechtgelegt, was er sagen wollte, er würde diese einmalige Chance nutzen und übers Fernsehen verbreiten, was er herausgefunden hatte. Einen Skandal sollte es geben, über den sämtliche Zeitungen berichteten! Um zu verhindern, dass Hirtreiter & Co. ihm die Tour vermasselten, hatte er den Hessenschau-Redakteur heimlich angerufen und den Drehtermin um anderthalb Stunden vorverlegt.

Die Sonne schien, über den blauen Himmel zogen ein paar harmlose Wölkchen. Innerhalb der letzten drei Wochen war die Natur geradezu explodiert, aber Jannis hatte keinen Blick für blühende Büsche, sprießende Blumen und saftig grüne Wiesen. Endlich, eine Viertelstunde später als besprochen, sah er den himmelblauen Kombi vom Hessischen Fernsehen in den Feldweg einbiegen. Er ging ihm entgegen und winkte mit beiden Armen. Sie sollten sich bloß beeilen! Der Rabenhof von Hirtreiter lag nur ein paar hundert Meter entfernt hinter einer Baumgruppe, und wenn der Alte zufällig in dieser Sekunde aus dem Fenster glotzte, würde er das Auto sehen und in weniger als zwanzig Sekunden hier aufkreuzen. Jannis konnte die Langsamkeit, mit der jetzt der Reporter, ein zweiter Mann und schließlich eine Frau aus dem Auto kletterten, kaum ertragen. Am liebsten hätte er sie herausgezerrt.

»Hallo!«, rief der Reporter und grinste. »Das ist ja idyllisch hier! Toll!«

Scheiß auf die Idylle, dachte Jannis. Beeil dich gefälligst ein bisschen.

»Hi.« Er zwang sich zu einem verkniffenen Lächeln. »Jannis Theodorakis. Wir haben gestern telefoniert.«

Der Reporter gab ihm die Hand, dann latschte er zu Ricky, Nika und den anderen, die vom Zaun gestiegen waren, und schüttelte auch ihnen umständlich die Hände. Seine beiden Kollegen fummelten im Kofferraum des Autos herum, luden Kisten und irgendwelches Gestänge aus und hatten dabei die Ruhe weg. Der Reporter zog einen Block aus der Tasche und unterbreitete Jannis langatmig das Konzept, das er sich für den Dreh ausgedacht hatte.

»Ja, super, super.« Jannis hörte überhaupt nicht zu, nickte nur und blickte immer wieder in Richtung Hirtreiter-Hof. Hoffentlich reichte die Zeit noch aus! Die Anspannung ließ seinen Puls rasen. Endlich war alles so weit. Die Kamerafrau hatte sich die Kamera auf die Schulter gewuchtet, der Tontechniker seine Kopfhörer aufgesetzt und alle Kabel eingestöpselt, der Reporter hielt das Mikro mit dem HR-Logo in der Hand. Das Licht stimmte, der Ton passte. Jannis holte tief Luft und antwortete auf die erste Frage.

Er sprach über die Verschandelung der Natur, die großflächige Rodung von wertvollem Baumbestand, die heimliche Vernichtung geschützter Tierarten, die den Bau eines Windparks an dieser Stelle von vorneherein ausgeschlossen hätten. Zu seiner Erleichterung verhaspelte er sich nicht ein einziges Mal, obwohl es ihn ziemlich irritierte, wie dieser Reporter ständig kopfnickend grinste und ihm das Mikro fast zwischen die Zähne schob. Endlich, endlich kam die Frage, die Jannis am wichtigsten war und mit deren Beantwortung er der WindPro einen fetten Strich durch die Rechnung machen konnte. Gleichzeitig sah er den alten, grünen Jeep von Ludwig Hirtreiter den Hügel hinaufkriechen. Das Timing war perfekt gewesen.

*

Die Maisonne lachte vom strahlend blauen Himmel, die Luft war erfüllt vom Gelächter der Gäste und vom Duft des Flieders. Thordis war eine bezaubernde Braut, Lorenz ein Bräutigam wie aus dem Bilderbuch, dennoch erfüllte ihr Anblick Bodenstein mit Schwermut. Die Hochzeit seines Sohnes hätte für ihn ein ganz besonderes Ereignis sein sollen; oft hatten Cosima und er sich früher ausgemalt, wie es sich wohl anfühlen würde, wenn das erste ihrer Kinder eines Tages heiratete. Nun war nichts so, wie er es sich vorgestellt hatte, denn sie feierten zwar gemeinsam, aber nicht zusammen. Er lehnte mit einem Glas in der Hand an der Balustrade, redete und lachte und fühlte sich inmitten seiner fröhlich feiernden Familie wie ein Fremdkörper. Sein Leben stand still, sein Blick richtete sich nur noch in die Vergangenheit. Cosima war entgegen seiner Befürchtung nicht so dreist gewesen, ihren Russen mitzubringen, und so gab es für ihn keinen Grund, das Fest vorzeitig zu verlassen. Er hatte mit ihr gesprochen, aber ihr Gespräch war so verlaufen wie alle in den letzten Monaten: kurz, oberflächlich freundlich, beschränkt auf praktische Aspekte im Zusammenhang mit den Kindern.

Ihre Untreue hatte ihn völlig unvorbereitet und aus heiterem Himmel getroffen, sein Leben aus den Fugen gehoben und komplett auf den Kopf gestellt. Cosima hatte für einen anderen Mann ihre Familie zerstört. Er erinnerte sich an die entsetzliche, demütigende Erkenntnis, dass er Cosima nicht mehr genügt hatte, nicht als Ehepartner und erst recht nicht als Mann. Er war gerade noch gut genug als Sophias Babysitter. Viele Nächte lang hatte ihn genau dieser Gedanke gequält, weit mehr als die Vorstellung, dass Cosima sich mit einem Kerl vergnügte, der gut fünfzehn Jahre jünger war als er selbst.

Bodenstein trank sein Glas aus und verzog das Gesicht. Der Champagner war mittlerweile lauwarm.

»Na, was guckst du denn an so einem schönen Tag so trüb

vor dich hin?« Thordis' Mutter, die Tierärztin Dr. Inka Hansen, lächelte und hielt ihm einen frischen Champagner hin. »Sind die zwei nicht ein hübsches Paar?«

»Allerdings.« Er ergriff das Glas und stellte das andere auf das Tablett eines vorbeigehenden Kellners. »So hätten du und ich auch aussehen können.«

Mit ihr konnte er so sprechen. Inka und er waren miteinander aufgewachsen, und obwohl sie nie ein Paar gewesen waren, hatte er eine Weile daran geglaubt, sie würden eines Tages heiraten. Das lag aber so lang zurück, dass es nicht mehr weh tat.

»Tja. Das Leben hatte etwas anderes mit uns vor.« Sie stieß ihr Glas sachte gegen seines und grinste. »Aber so finde ich es auch ganz gut. Es freut mich wirklich, dass wir jetzt doch irgendwie miteinander verwandt sind.«

Sie tranken einen Schluck, und unwillkürlich fragte er sich, ob Inka wohl mittlerweile einen Freund hatte.

»Du siehst gut aus«, stellte er fest.

»Du nicht«, erwiderte sie, trocken und direkt, wie es ihre Art war.

»Danke. Sehr nett von dir.« Er musste wider Willen grinsen.

Sie tranken ein zweites und ein drittes Glas Champagner. Cosima stand auf der anderen Seite der Terrasse. Bisher hatte sie ihm nicht sonderlich viel Aufmerksamkeit geschenkt, doch jetzt blickte sie zu ihm und Inka herüber. Plötzlich erinnerte er sich, wie eifersüchtig sie eine Weile auf Inka gewesen war.

Marie-Louise rief die Hochzeitsgesellschaft zum Essen, und Bodenstein stellte erfreut fest, dass man ihn als Vater des Bräutigams zwischen der Braut und ihrer Mutter platziert hatte. Er rückte Inka den Stuhl zurecht und lachte über eine Bemerkung, die sie machte. Cosima saß auf der anderen Seite des Brautpaares. Als sich ihre Blicke kurz begegneten, lächelte er ihr zu, nur um sich gleich wieder Inka zuzuwenden. Mit einem Mal gefiel ihm der Tag, und in ihm keimte die winzige Hoffnung, dass die Wunde, die Cosima ihm zugefügt hatte, irgendwann heilen würde.

*

Pia hatte Cem das Steuer überlassen, weil sie telefonieren musste. Aus Kostengründen waren die Dienstfahrzeuge der Polizei noch immer nicht mit Freisprechanlagen ausgerüstet, was sie dazu zwang, beim Fahren zu telefonieren, wenn sie allein im Wagen war. Besonders grotesk wurde es mitunter, wenn man per Handy Kollegen über telefonierende Autofahrer informierte. Zuerst sprach sie mit Kröger, der ihr bestätigte, dass es an keiner Tür des WindPro-Firmengebäudes Hinweise auf gewaltsames Eindringen gegeben hatte. Der Einbrecher war entweder hereingelassen worden, oder er hatte einen Schlüssel besessen. Außerdem war mit an Sicherheit grenzender Wahrscheinlichkeit davon auszugehen, dass Grossmann vom dritten Stock aus die Treppe hinuntergestürzt war. Dafür sprachen nicht nur Textilfaser- und Blutspuren auf den Treppenstufen, sondern vor allem seine Taschenlampe, die im dritten Stock auf dem Boden des Flurs gefunden worden war. Das zweite Telefonat galt ihrem Chef. Bodenstein ging sofort ans Telefon, woraus Pia schloss, dass die Hochzeitszeremonie bereits vorüber war. In knappen Worten klärte sie ihn über den Stand der Dinge auf.

»Er kommt um vier zur Besprechung ins K11«, sagte sie zu Cem, als sie das Gespräch beendet hatte.

»Du machst das aber auch ganz gut«, erwiderte er anerkennend.

»Danke.« Sie grinste. »Ich schaue Oliver schließlich schon eine Weile über die Schulter. Und er ist ein super Chef.«

»Ja, finde ich auch«, pflichtete er ihr bei. »Ich bin ziemlich froh, hierher versetzt worden zu sein.«

»Wo warst du vorher?«

»Offenbach. Acht Jahre, erst SB 13, dann 12 und seit drei Jahren K11.«

Die klassische Ochsentour also: Sexualdelikte, Raub, Mord. Er hatte die Königsklasse, das K11, zu dem jeder Kripobeamte wollte, bereits erreicht.

»Aha, Offenbach.« Pia hob die Augenbrauen. »Kickers oder Eintracht?«

»Weder noch.« Cem lachte. »Ha-Ha-HSV!«

»Soll's geben. Ich bin sowieso neutral, was das betrifft.« Sie sah ihn neugierig an.

»Wieso bist du weg von Offenbach?«

»Mein Chef konnte mich nicht leiden«, gab Cem freimütig zu. »Er hat ständig geglaubt, ich wäre scharf auf seinen Posten. Irgendwann war es nicht mehr zu ertragen, und als ich erfahren habe, dass bei euch eine Stelle frei ist, hab ich mich drauf beworben.«

»Das freut mich.« Pia lächelte. »Wir haben dringend Verstärkung gebraucht. Kai kann ja wegen seiner Prothese nicht mit raus zu Außenermittlungen, und zu dritt ist es schon manchmal heftig.«

Auf der Fahrt zur WindPro erfuhr sie noch einiges. Cem Altunay war in Rüsselsheim geboren und aufgewachsen, jetzt lebte er in Dietzenbach, war verheiratet und hatte zwei Kinder, eine Tochter und einen Sohn von sieben und neun Jahren. Sein Vater und seine Brüder arbeiteten bei Opel, aber er hatte immer davon geträumt, nach dem Abitur zur Polizei zu gehen.

Das Auto holperte über die S-Bahn-Gleise. Sie hatten das Gewerbegebiet am Rand von Kelkheim-Münster erreicht, und wenig später bog Cem auf den Parkplatz der WindPro ein. Im Gebäude war eine Putzkolonne damit beschäftigt, die Blutspuren auf der Treppe zu beseitigen. Ohne sich an der Rezeption anzumelden, gingen Pia und Cem hinauf in den dritten Stock. Oben angekommen, bogen sie nach rechts zu Theissens Büro ab, doch Pia ging weiter und öffnete die Glastür ganz am Ende des Flurs.

»Feuertreppe«, stellte sie fest.

»Abkürzung«, ergänzte Cem. »Unser Einbrecher muss sich hier gut auskennen.«

»Vielleicht ist er sogar ein Mitarbeiter, den Grossmann erkannt hat«, sagte Pia. »Das würde den Täterkreis erheblich einschränken.«

Sie klopfte an die Tür von Theissens Büro. Der Firmenchef erhob sich von seinem wieder makellos sauberen Schreibtisch und knöpfte das Jackett zu, als Pia und Cem sein Büro betraten. Pia sparte sich überflüssige Höflichkeitsfloskeln und kam gleich zur Sache.

»Wir haben uns die Überwachungsvideos angesehen«, sagte sie. »Sie waren Freitagnacht hier im Gebäude. Wieso haben Sie uns das vorhin nicht gesagt?«

»Habe ich das nicht?« Er legte die Stirn in Falten. »Das muss ich in der Aufregung vergessen haben. Ich war auch nur kurz da, höchstens eine Viertelstunde.«

»Warum?«

»Ich brauchte noch Unterlagen, die ich im Büro vergessen hatte.«

»Wozu?«

»Für eine Geschäftsreise«, antwortete Theissen ruhig. »Ich war übers Wochenende in Hamburg und habe mich dort mit einem Kunden getroffen, für den wir einen Offshore-Windpark in der Nordsee planen.«

»Sie sind durch die Tiefgarage gekommen. Wie und wann haben Sie das Gebäude wieder verlassen?«

»Ich bin über die Feuertreppe hinausgegangen. Und ich war vor Mitternacht wieder im Auto. Ich erinnere mich nämlich, dass ich die Nachrichten gehört habe.«

»Auf welchem Sender?«

»FFH. Den höre ich immer.« Zwischen Theissens Augenbrauen erschien eine Falte. »Warum ist das wichtig?«

Pia überhörte seine Frage.

»Als Sie ankamen, sind Sie zum Empfangstresen gegangen und haben in die Teeküche geschaut. Später haben Sie den Aufzug gemieden und das Gebäude über die Feuertreppe verlassen. Wieso?«

»Wieso – was? Ich verstehe nicht ...«

»Wieso wollten Sie nicht, dass Herr Grossmann Ihre späte Anwesenheit bemerkt?«

»Ich wollte ihn nicht wecken.«

»Sie wollten Ihren Nachtwächter nicht wecken!« Pia schnaubte spöttisch. Der Sympathievorschuss, den sie Theissen gewährt hatte, schmolz wie Schnee in der Sonne. »Eigentlich sollte man erwarten, dass Sie verärgert sind, wenn Ihr Nachtwächter bei der Arbeit tief und fest schläft.«

Stefan Theissen schien das Thema unangenehm zu sein, aber er war kein Mann, der unangenehmen Dingen auswich.

»Ich gebe zu, das mag sich für Sie seltsam anhören«, erwiderte er. »Mir war es an dem Abend aber ganz recht, dass Rolf mich nicht bemerkte. Ich hatte es eilig und befürchtete, er würde mich aufhalten.«

Diese Antwort stellte Pia nicht zufrieden, aber sie ließ es dabei bewenden. Irgendetwas an Theissens Verhalten machte sie misstrauisch. Sie erinnerte sich an die Bemerkung der Empfangsdame, die sich nicht erklären konnte, weshalb Grossmann eine solche Narrenfreiheit in der Firma genossen hatte – alter Schulfreund hin oder her.

»Wohin sind Sie von hier aus gefahren?«, fragte Pia.

»Nach Hause.«

»Auf direktem Weg?«

Bisher war Stefan Theissen kooperativ gewesen, doch nun ging er spürbar auf Distanz.

»Warum fragen Sie das alles?«

Das war keine Antwort, aber sein Alibi würden sie gleich heute noch überprüfen. Hatte er keins, hatte er ein Problem.

»In der Nacht von Freitag auf Samstag starb Ihr Nachtwächter«, erinnerte Pia ihn. »Jemand hat einen toten Hamster auf Ihren Schreibtisch gelegt. Wenn Sie es nicht selbst waren, muss noch jemand anderes im Gebäude gewesen sein, Einbrecher vielleicht.«

Theissen verschränkte die Arme vor der Brust und sah sie konsterniert an.

»Einbrecher? Hier?«

»Ja. Irgendwie muss der Hamster auf Ihren Schreibtisch gekommen sein.« Pia legte den Kopf schräg. »Es sei denn, tote Tiere auf Schreibtischen sind hier an der Tagesordnung.«

Theissen überhörte ihren Sarkasmus und schwieg, ohne den Blick von ihren Augen abzuwenden. Was hatte er gedacht, wie der Hamster auf seinen Schreibtisch gelangt war?

»Unsere Kollegen haben an keiner Tür Einbruchsspuren festgestellt. Derjenige, der hier im Gebäude war, muss einen Schlüssel gehabt haben.«

Es dauerte nur Sekunden, bis Stefan Theissen die richtigen Rückschlüsse aus Pias Vermutung zog. Er schüttelte den Kopf.

»Nein«, sagte er mit Nachdruck. »Das kann ich mir nicht vorstellen. Ich kenne jeden, der einen Schlüssel hat. Und niemand von denen würde einen Menschen umbringen! Nein, nein, ganz sicher nicht.«

Pia begegnete Cems Blick. Hatte Stefan Theissen wirklich keine Ahnung, wie unbeliebt sein alter Freund Rolf bei den Mitarbeitern der WindPro gewesen war? Oder wollte er es gar nicht wissen?

*

»Was ist denn hier los?« Ludwig Hirtreiter knallte die Tür seines Geländewagens hinter sich zu und stapfte quer über die Wiese zu Jannis und dem Reporter hinüber. »Wir hatten doch 16:30 Uhr vereinbart!«

Die Fernsehleute hatten die Kamera bereits wieder eingepackt und waren dabei, das Zubehör in ihren Kombi zu laden. Vom Dorf her rumpelten ein paar Autos den steinigen Feldweg hoch und zogen Staubfahnen hinter sich her. Andere Mitglieder der Bürgerinitiative parkten bereits am Rande der mit Löwenzahn übersäten Wiesen, stiegen aus ihren Autos und entrollten die mitgebrachten Transparente.

»Kann mir mal einer erklären, was das hier soll?« Hirtreiter stemmte die Arme in die Seiten und funkelte Jannis zornig an. Bevor dieser antworten konnte, sprang Ricky für ihn in die Bresche und legte Hirtreiter eine Hand auf den Arm.

»Wir konnten dich auf dem Handy nicht erreichen.« Sie schenkte ihm ein treuherziges Lächeln, das bei Männern nur selten seine Wirkung verfehlte. »Die Zeit hatte sich ganz kurzfristig geändert und deshalb ...«

Hirtreiter war immun gegen Rickys Charme.

»So ein Quatsch!«, fiel er ihr wütend ins Wort und wischte ihre Hand von seinem Arm. »Ich wohne grad mal fünf Minuten entfernt. Du hättest nur deinen pickligen kleinen Adjutanten schicken müssen, um mir Bescheid zu sagen.«

Mark ignorierte die Beleidigung, die auf ihn gemünzt war. Er stand ein Stück abseits und hatte Rickys Hunde vorsichtshalber an die Leine genommen, denn sie konnten Hirtreiters Jagdhund, der auf der Rückbank des Jeeps saß, auf den Tod nicht ausstehen.

»Lassen Sie uns die Aufnahme noch einmal wiederholen«, wandte Hirtreiter sich an den Reporter, der bedauernd lächelte. Der Beitrag solle heute Abend in der Hessenschau gesendet werden, und vorher müsse das Filmmaterial bearbeitet und geschnitten werden.

»Aber ich weiß doch gar nicht, was der Kerl gesagt hat!«, grollte Hirtreiter mit seiner Bassstimme. Er wies auf die parkenden Autos. »Alle unsere Mitglieder kommen, wir wollen zeigen, wie viele Menschen unsere Bemühungen unterstützen. So hat das doch überhaupt keinen Sinn!«

»Tut mir wirklich leid.« Der Reporter hob hilflos die Schultern. »Herr Theodorakis hatte darum gebeten, den Dreh um anderthalb Stunden vorzuverlegen. Ich konnte ja nicht wissen, dass das nicht abgesprochen war.«

»*Was* hast du gemacht?« Hirtreiter fuhr herum und schnappte aufgebracht nach Luft. »Wie kommst du dazu? Was glaubst du eigentlich, wer du bist?«

Mit seinen bulligen eins neunzig, dem kantigen, wettergegerbten Gesicht und der silbernen Haarmähne, die ihm bis auf die Schultern fiel, war er eine eindrucksvolle Erscheinung, und sein Zorn ließ ihn äußerst bedrohlich wirken. Hinter ihm versammelten sich die anderen Mitstreiter, auch sie waren alles andere als erfreut, als sie erfuhren, dass der Dreh längst im Kasten war.

»Ich hab schon das Richtige gesagt«, erwiderte Jannis. Er hatte die Hände in die Taschen seiner Jeans gesteckt und wirkte unübersehbar zufrieden. »Jetzt reg dich nicht auf.«

»ICH REGE MICH AUF, WENN ES MIR PASST!«, polterte Hirtreiter los, dunkle Röte stieg ihm vom Hals aufwärts ins Gesicht. »Ich habe deine egozentrischen Alleingänge satt und jeder andere hier auch! Wir hatten zigmal über diesen Termin gesprochen, und dann gehst du her und verlegst ihn einfach nach deinem Gutdünken!«

Der Reporter zog angesichts der Eskalation das Genick ein. Seiner betretenen Miene war deutlich anzusehen, dass er sich weit weg wünschte, doch der Weg zum Auto war ihm von gut drei Dutzend grimmig dreinschauenden Menschen versperrt.

»Holen Sie Ihre Kamera auf der Stelle wieder aus dem Auto!«, schnauzte Hirtreiter ihn an.

»Wir haben keine Zeit mehr«, widersprach der Reporter mutig. »Wenn Sie möchten, dass heute Abend über diese Sache berichtet wird, dann müssen wir jetzt los. Es wird ein toller Bericht, das verspreche ich Ihnen.«

Gutes Argument, dachte Jannis. Natürlich wollten Hirtreiter und auch alle anderen, dass der Bericht noch am gleichen Abend ausgestrahlt würde. Die Zeit lief ihnen davon, denn übermorgen fand die Bürgerversammlung statt. Schließlich teilte sich die Menge, wenn auch widerwillig, der Reporter gab Fersengeld und hechtete ins Auto, in dem seine Kollegen bereits bei laufendem Motor warteten, wie in einem Fluchtwagen nach einem Bankraub.

»So«, wandte sich Ludwig Hirtreiter mit drohender Stimme an Jannis, als sie unter sich waren, »und jetzt schreib dir mal was hinter deine Ohren, du kleiner, eitler Intrigant: Wir alle hier verfolgen ein gemeinsames Interesse. Wir leben in einer Demokratie und haben zusammen eine Entscheidung getroffen. Es kann nicht sein, dass einer ständig aus der Reihe tanzt!«

Jannis grinste nur. Er hatte seine Plattform bekommen und war mehr als zufrieden. Hirtreiters Beleidigungen prallten an ihm ab wie Regentropfen an einer Ölhaut.

»Was willst du eigentlich?«, fragte er. »Ich war es, der die Zahlen, Fakten und handfeste Beweise für den Betrug geliefert hat. Ohne mich würdet ihr doch immer noch mit ein paar Schildchen auf Wochenmärkten herumstehen und wegen ein paar Bäumen herumheulen.«

»Vorsicht, Freundchen«, knirschte Hirtreiter erbost. »Pass auf, was du sagst, sonst vergesse ich mich!«

»Ludwig«, mischte Ricky sich in versöhnlichem Tonfall ein, »wirklich, Jannis hat das großartig gemacht, du wirst ganz zufrieden sein.«

»Halt dich da raus, du dumme Gans!« Hirtreiter warf ihr einen verächtlichen Blick zu. »Du hast doch von gar nichts eine Ahnung und quatschst nur nach, was der Kerl dir vorbetet!«

Rickys Lächeln gefror, sie schwieg gekränkt. Auch Jannis wurde allmählich sauer. Was fiel dem alten Tyrannen ein, ihn wie einen dummen Jungen abzukanzeln?

»Mit eurer krankhaften Geltungssucht macht ihr beiden noch alles kaputt!«, fuhr Hirtreiter in ätzendem Tonfall fort. »Für den Erfolg unseres Anliegens braucht man Sachlichkeit und Fingerspitzengefühl, man kann nicht nur draufhauen und polemisieren, aber das kapiert ihr sowieso nicht.«

Mit einer wegwerfenden Handbewegung wandte er sich ab.

»Zumindest sage ich, was ich weiß, und halte nicht wesentliche Informationen zurück wie du!«, rief Jannis ihm nach. »Warum hast du bisher niemandem erzählt, wie viel Geld dir die WindPro für die Wiese geboten hat?«

Ludwig Hirtreiter fuhr herum. Die anderen Mitglieder der Bürgerinitiative murmelten und warfen sich Blicke zu.

»Ich kann's mir denken.« Jannis grinste boshaft. »Kein Schwein würde dir mehr glauben, dass du bei so viel Kohle wirklich gegen den Windpark bist!«

»Was willst du damit sagen?« Hirtreiter kam näher wie ein wütender Stier, zornrot im Gesicht, die Fäuste geballt.

»Dass du dich kaufen lässt. Und zwar für …«

Er kam nicht mehr dazu, den Satz zu Ende zu sprechen, denn Hirtreiter verpasste ihm mit seiner bratpfannengroßen Hand eine schallende Ohrfeige. Jannis taumelte und fiel hin, war aber sofort wieder auf den Beinen und ging auf Hirtreiter los. Ricky kam ihm zu Hilfe, es gab ein Handgemenge. Geistesgegenwärtig griffen drei der Umstehenden, die den Streit mit wachsender Fassungslosigkeit verfolgten, ein.

»Niederträchtiger Mistkerl!«, schnaubte Hirtreiter wutentbrannt. »Mit deiner Rachsucht machst du alles kaputt, zusammen mit deiner ... Schlampe!«

»Na, na!«, versuchte ihn einer der Männer zu besänftigen, aber vergeblich. Hirtreiter riss sich los und stapfte zu seinem Auto. Ein paar Leute folgten ihm halbherzig, die anderen standen unentschlossen herum.

»Hau bloß ab«, knurrte Jannis und rieb sich seine Wange.

Ricky schluchzte schockiert. Mark ging zu ihr hinüber, die Hunde an der Leine.

»Ich versteh gar nicht, was der Ludwig gegen uns hat.« Verweint sah sie Mark an. »Wir machen viel mehr als die meisten anderen, und trotzdem hackt er immer auf uns herum.«

»Ärgere dich nicht über den«, sagte Mark schüchtern. »Ist doch bloß ein altes, blödes Arschloch.«

Ein Lächeln huschte über Rickys Gesicht.

»Du hast recht.« Sie wischte sich mit dem Handrücken die Tränen ab und straffte entschlossen die Schultern. »Ein altes, blödes Arschloch. Das ist er.«

*

Der Sicherheitschef der WindPro, gleichzeitig auch Pressesprecher und Marketingleiter, war die Zuvorkommenheit in Person. Bereitwillig präsentierte er Pia und Cem die Sicherheitskarte des Schließplans und holte den Aktenordner mit den Quittungen aus dem Regal, auf denen die Mitarbeiter den Empfang der Schlüssel bestätigt hatten. Theissen und seine Ehefrau besaßen jeweils einen Zentralschlüssel, der Finanz- und der kaufmännische Direktor, die Abteilungsleiter Vertrieb, Technik, Rechtsabteilung, Controlling und Projektierung, die Personalchefin und der Nachtwächter. Und natürlich der Sicherheitschef selbst. Zwölf Verdächtige. Pia blätterte den Ordner durch und notierte sich die Namen.

Dann schlug sie den Trennstreifen um und fand noch weitere Quittungen älteren Datums.

»Was ist das?«, erkundigte sie sich.

»Das ... nun ja ...« Der Sicherheitschef fuhr sich mit der Handfläche über den kahl rasierten Schädel. »Wissen Sie, unser System ist etwas altmodisch. Es gibt noch Schlüssel, keine elektronischen Schlösser und Chipkarten. Eine Umstellung ist zwar geplant, aber noch ist es nicht so weit. Der eine oder andere ehemalige Mitarbeiter hat wohl seinen Schlüssel nicht abgegeben.«

»Ach ja?« Pia blickte auf. »Um wie viele Personen handelt es sich da?«

Der Mann hüstelte nervös.

»Das war noch vor meiner Zeit«, räumte er dann ein.

»Aber wenn all diejenigen, deren Quittungen noch drin sind, einen Schlüssel behalten haben, dann sind es ... äh ...«

»Neun«, half Cem, der Pia über die Schulter gesehen und mitgezählt hatte, mit unbewegter Miene.

»Großartig«, bemerkte sie sarkastisch. »Wollten Sie uns das noch sagen?«

»Ja, ja ... natürlich. Ich ... äh ... na ja. Ich hatte es vergessen.«

Vergesslichkeit schien in dieser Firma an der Tagesordnung zu sein. Der Nachtwächter fuhr zur Tankstelle, um sich Schnaps zu besorgen, und vergaß seinen Schlüssel. Theissen vergaß, dass er in der Mordnacht im Gebäude gewesen war. Der Sicherheitschef vergaß, der Kripo wichtige Fakten mitzuteilen.

»Haben Sie hier irgendwo einen Kopierer?« Pia stand auf.

»Ja, da drüben auf dem Sideboard.«

»Ich mach das«, bot Cem an, und Pia überließ ihm den Ordner. Der Sicherheitschef zupfte abwechselnd an seinem Ziegenbärtchen und seinen Ohrläppchen herum, auf seiner Glatze perlte der Schweiß.

»Erzählen Sie mir etwas über die WindPro«, forderte Pia ihn auf.

»Was wollen Sie wissen?«

»Um was geht es hier? Was macht die Firma?«

»Wir planen und errichten Windenergieanlagen in ganz Deutschland, Europa und mittlerweile sogar im außereuropäischen Ausland«, erwiderte der Mann, nun ganz Pressesprecher, nicht ohne Stolz. Er befand sich wieder auf vertrautem Terrain. »Darüber hinaus kümmern wir uns auch um die Finanzierung, entweder durch einzelne Großinvestoren oder über eine Projektfinanzierung, etwa in Form eines geschlossenen Fonds. Sie können sich das so vorstellen wie schlüsselfertiges Bauen: Der Kunde beauftragt uns damit, einen Windpark zu errichten, und wir erledigen den Rest. Standortsuche, erforderliche Gutachten und Genehmigungen, Planung, Errichtung der Windräder. Wir arbeiten in jedem Bereich nur mit den besten Fachleuten und genießen in der Branche einen ausgezeichneten Ruf.«

Uns. Wir. Der Sicherheitchef respektive Pressesprecher identifizierte sich vollkommen mit seinem Arbeitgeber.

»Was, denken Sie, könnte jemanden dazu veranlassen, hier einzubrechen?«, fragte Pia und brachte den Mann damit wieder aus dem Konzept.

»Das weiß ich beim besten Willen nicht«, erwiderte er achselzuckend. »Soweit mir bekannt ist, gibt es keine größeren Bargeldmengen im Haus, und unser Know-how ist nicht so geheim, dass es Konkurrenten zu einem Einbruch veranlassen könnte.«

»Wissen Sie denn, ob einer der Ehemaligen, die ihren Schlüssel nicht abgegeben haben, im Streit aus der Firma ausgeschieden ist?«, erkundigte sich Cem vom Kopierer aus.

Ein kurzes Zögern.

»Von einem Mitarbeiter weiß ich das ganz sicher, obwohl ich ihn persönlich nicht mehr kennengelernt habe«, sagte der

Sicherheitschef. »Er hat uns auch in den vergangenen Monaten immer wieder Ärger gemacht, wegen des Windparkprojekts im Taunus, das in Kürze realisiert wird. Sein Name ist Jannis Theodorakis. Und er hat seinen Schlüssel nicht abgegeben, als ihm gekündigt wurde.«

*

Mark lag auf seinem Bett. Er hatte den Ton des Fernsehers abgestellt und betrachtete sein Lieblingsfoto von Ricky auf seinem Handy. Sie hatte ihm heute Nachmittag echt leidgetan! Was fiel dem alten Hirtreiter bloß ein? Nachdem Ricky und er die Schilder und Plakate weggebracht hatten, waren sie mit ein paar anderen Leuten von der Bürgerinitiative noch in eine Pizzeria in Königstein gegangen. Natürlich war die Ohrfeige den ganzen Abend Gesprächsthema gewesen, genauso wie die zwei Millionen Euro, die Hirtreiter bei einem Verkauf der Wiese bekommen sollte. Nach und nach waren alle gegangen, und Jannis hatte irgendwann nur noch mit Nika geredet. Es war albern, auf Nika eifersüchtig zu sein, das wusste er, aber irgendwie hatte er das Gefühl, sie hätte sich in seine Familie gedrängt.

Mark war so in Gedanken, dass er die Schritte auf der Treppe nicht hörte. Plötzlich stand sein Vater in der Tür. Er sah alles andere als gutgelaunt aus.

»Dein Lehrer hat vorhin angerufen. Du warst heute wieder nicht in der Schule«, legte sein Vater los. »Warum nicht?«

Mark klappte sein Handy zu und schwieg. Was hätte er auch sagen sollen? Es interessierte seinen Alten sowieso nicht die Bohne.

»Mach die Glotze aus und schau mich an, wenn ich mit dir rede!«

Mark schaltete den Fernseher aus und setzte sich betont langsam auf. Früher einmal hatte er Angst vor den choleri-

79

schen Ausrastern seines Vaters gehabt, aber das war lange her. Damals. *Vorher.* Als er noch ein ängstlicher, spießiger Streber gewesen war.

»Also. Wieso schwänzt du dauernd die Schule? Wo treibst du dich in der Zeit herum?«

Mark zuckte stumm die Schultern.

Komisch eigentlich, dass man von seinen Eltern nur dann echte Aufmerksamkeit bekam, wenn man irgendetwas Verbotenes tat. Seine guten Noten früher hatten ihnen höchstens ein anerkennendes Kopfnicken entlockt, und in den vier Jahren im Internat hatte es einen, höchstens zwei Alibi-Anrufe pro Woche gegeben. Sogar während der *schlimmen Zeit* war es ihnen lästig gewesen, sich mit ihm beschäftigen zu müssen. Das hatte er gespürt. Jetzt spielten sie plötzlich die besorgten Mustereltern, wollten wissen, warum er dies, weshalb er das tat oder nicht. Dabei stellten sie diese blöden Fragen bloß pro forma, ihr wirkliches Interesse an ihm war gleich null. Sein Vater hatte nur seinen Job im Kopf, seine Mutter ihre komischen Antiquitäten, ihre Weiberclubs und das Einkaufen.

»Ich warte auf eine gescheite Antwort«, sagte sein Vater mit einem drohenden Unterton. »Und zwar noch genau dreißig Sekunden. Dann kannst du was erleben.«

»Ach ja? Was denn?« Mark hob den Kopf und blickte seinen Vater gelangweilt an. »Verprügelst du mich dann? Krieg ich Hausarrest? Oder schmeißt du meinen Computer aus dem Fenster?«

Es war ihm total egal, was sein Vater sagte oder tat. Hätte er eine Alternative, würde er gar nicht mehr hier wohnen. Das Taschengeld brauchte er auch nicht, denn Ricky bezahlte ihn für seine Arbeit im Tierheim.

»Du verbaust dir aus Trotz deine ganze Zukunft«, prophezeite sein Vater düster. »Du wirst sitzenbleiben, wenn du so weitermachst. Sie werden dich von der Schule verweisen. Und dann stehst du ohne Abitur da. Jetzt mag dir das gleichgültig sein, aber in ein paar Jahren wirst du sehen, was du dir kaputtgemacht hast.«

Laber, laber, laber. Immer dasselbe Tonband. Wie das nervte!

»Ich geh ja morgen wieder«, murmelte Mark. In seinem linken Auge begann es zu flimmern. So fing es immer an, wenn er Stress hatte. Erst das Flimmern und die grellen Lichtblitze, dann Zickzacklinien mit bunten Rändern, die sich ausbreiteten, bis er kaum noch etwas sehen konnte. Gleich würde sich sein Gesichtsfeld verengen, so, als ob er durch einen Tunnel ginge, und dann würde der Schmerz kommen, ein rasender Schmerz, der vom Hinterkopf nach vorne zog. Manchmal ging es schnell vorbei, hatte er Pech, dauerte es Tage. Mark kniff die Augen zusammen und massierte die Nasenwurzel mit Daumen und Zeigefinger.

»Was ist mit dir?«, fragte sein Vater. »Mark? Was hast du?«

Er spürte eine Hand auf seiner Schulter und schüttelte sie unwillig ab. Jede Berührung verstärkte den Schmerz nur.

»Nichts. Geh einfach weg«, sagte er und öffnete die Augen, aber selbst das Dämmerlicht war unerträglich hell.

Schritte entfernten sich, die Tür klappte. Mark zog die Nachttischschublade auf und tastete nach den Tabletten. Wenn er sie rechtzeitig einnahm, halfen sie ganz gut. Ricky hatte ihm das Zeug gegeben. Er nahm zwei, spülte sie mit einem Schluck abgestandener Cola herunter und blieb mit geschlossenen Augen liegen. Ricky. Wie ging es ihr jetzt wohl?

*

Die Nacht hatte sich wie ein Vorhang aus dunklem Samt über den Wald gesenkt, der halbe Mond leuchtete silbrig, und die ersten Sterne schimmerten am Firmament. Ludwig Hirtreiter wandte den Blick nach Osten, wo der orangefarbene Schein nie verlosch. Hier, im Vordertaunus, wurde es seit Jahren nicht mehr so stockdunkel, wie er es aus seiner Kindheit kannte. Die nahe gelegene Großstadt, das Industriegebiet der ehemaligen Hoechst AG und der gewaltige, nimmermüde Flughafen machten mit ihren hellen Lichtern die Nacht zum Tag. Hirtreiter seufzte und rutschte ein wenig hin und her, bis er auf der Bank des niedrigen Hochsitzes eine einigermaßen bequeme Position gefunden hatte. Er tastete nach dem Gewehr mit dem Zielfernrohr, das er in Griffweite gegen die halbhohe Wand gelehnt hatte. Zu seiner Rechten hatte sich Tell behaglich zusammengerollt, er spürte die Wärme des Hundes durch seinen Schlafsack. Links von ihm standen die Thermosflasche mit dem heißen Tee und eine Tupperbox mit belegten Broten. Bis morgen früh würde er hier Wache halten, damit niemand von diesen Gangstern auf die Idee kam, heimlich das Gebiet abzusperren, um morgen mit der Baumfällung weiterzumachen. Er hatte schon unzählige Nächte im Wald verbracht. Und seitdem Elfi vor zwei Jahren gestorben war, gab es sowieso keinen zwingenden Grund mehr, zu Hause zu schlafen.

Elfi. Er vermisste sie in jeder Minute seines Lebens, er vermisste den Gedankenaustausch mit ihr, er vermisste ihren klugen Rat und ihre bedingungslose Liebe, die er seit ihrer ersten Begegnung vor 58 Jahren mit jeder Faser seines Herzens erwidert hatte. Der Krebs war zwei Mal gekommen und wieder gegangen, aber nur scheinbar. In Wirklichkeit hatte er sich heimtückisch ausgebreitet, war in die Lymphknoten und in ihr Rückenmark gekrochen und hatte ihren ganzen Körper verseucht. Sie war so tapfer gewesen! Ohne zu klagen hatte sie schmerzhafte, erniedrigende Chemotherapien über sich ergehen lassen, hatte gescherzt, als ihr die Haare ausgefallen waren, und selbst dann nicht geweint, als sie nicht mehr essen konnte, weil sich ihre Mundschleimhäute ablösten. Elfi hatte gekämpft wie eine Löwin.

Nach all den schrecklichen Behandlungen war es mit ihr bergauf gegangen. In der kurzen Phase trügerischer Besserung hatten sie eine letzte Reise unternommen, in ihre oberbayrische Heimat, die sie nur aus Liebe zu ihm verlassen hatte. Sie hatten eine gemeinsame Wanderung im Karwendel unternommen und beide geahnt, dass es die letzte sein würde. Ludwig Hirtreiter spürte, wie ihm die Tränen in die Augen stiegen. Danach war es sehr schnell gegangen. Nur drei Wochen später hatte er Elfi zu Grabe getragen. Seine beiden Söhne und seine Tochter hatten neben ihm gestanden, aber er hatte kaum ein Wort mit ihnen gewechselt, zu tief war die Kluft, die sie trennte. Vielleicht hätte er die Gelegenheit nutzen und ihnen die Hand zur Versöhnung reichen sollen, aber vor lauter Schmerz war er nicht dazu in der Lage gewesen. Jetzt war es zu spät. Die bösen Worte, die zwischen ihnen gefallen waren, ließen sich nicht mehr zurücknehmen. Er war allein und würde es bleiben.

Er saß ganz still da und lauschte. Eine leichte Brise fuhr durch die Baumwipfel und ließ die Blätter rauschen, es duftete nach Waldmeister und Bärlauch. Ein Käuzchen schrie, eine Dachsmutter führte ihre Jungen im bleichen Mondlicht auf der Lichtung aus. Irgendwo im Unterholz rumorte eine Rotte Wildschweine. Vertraute Geräusche und Düfte, Balsam für seine zerrissene Seele.

Seine Gedanken wanderten zum Nachmittag. Sein Zorn auf Jannis hatte sich nicht gelegt. Vom ersten Moment an war ihm dieser Kerl suspekt gewesen, denn auch wenn er viel für die Sache getan hatte, so waren seine Beweggründe egoistisch und die Besessenheit, mit der er sich ins Zeug legte, gefährlich. Wie hatte er nur vom Angebot der WindPro erfahren? Hatte er noch Kontakte in seine ehemalige Firma? Natürlich hätte er selbst mit offenen Karten spielen müssen, aber er war der Meinung, dass es niemanden anging. Außerdem hatte er befürchtet, dass diese unglaubliche Summe Misstrauen und

Zwietracht säen würde. Genau das war jetzt passiert. Hirtreiter bereute, Jannis vor allen Leuten geohrfeigt zu haben. Er hätte gelassener reagieren müssen, aber er war so außer sich vor Zorn gewesen, dass er die Beherrschung verloren hatte. Und dann war auch noch dieses dumme Weib auf ihn losgegangen! Seine Abneigung gegen Ricky war ungerecht, das wusste Ludwig Hirtreiter, aber er nahm ihr insgeheim übel, dass sie Frauke nicht nur einen Job, sondern auch noch eine Wohnung verschafft hatte. Wäre Ricky nicht gewesen, würde Frauke heute noch bei ihm auf dem Hof leben.

Tell regte sich im Schlaf und knurrte leise. Hirtreiter streckte die Hand aus und streichelte das raue Fell seines Hundes.

»Sie verstehen uns alle nicht richtig«, sagte er leise, und Tells Ohr zuckte. Im Grunde genommen hatte er gar nichts gegen einen Windpark, wenn dieser Standort nur dafür geeignet gewesen wäre. Aber das war er nicht, das belegten zwei unabhängig voneinander erstellte Gutachten. All die Bäume würden aus reiner Profitgier gefällt werden, und dann würden sich die Windräder nicht einmal drehen. Hirtreiter hatte die geschniegelten Bürschchen von dieser Planungsfirma kennengelernt und festgestellt, wie leichtfertig sie Geld verteilten, das genau genommen dem Steuerzahler gehörte. Auf irrsinnige drei Millionen hatten sie mittlerweile ihr Angebot für die Pfaffenwiese erhöht. Ironie des Schicksals, dass ausgerechnet er mit seiner Weigerung, die Wiese zu verkaufen, den Windpark kippen konnte. Und das würde er tun. Egal, was die Leute denken mochten, die Pfaffenwiese bekamen Theissen und Konsorten nur über seine Leiche.

*

Gähnend stopfte Pia die letzte Ladung schmutziger Wäsche in die Waschmaschine im Badezimmer. Nach 40 Stunden ohne nennenswerten Schlaf war sie wie erschlagen, nur ihr Kopf wollte einfach nicht zur Ruhe kommen. Sie hörte Christophs leises Schnarchen durch die geöffnete Schlafzimmertür und beneidete ihn um seine Fähigkeit, immer und überall sofort einschlafen zu können. Behutsam schloss sie die Badezimmertür, damit er nicht durch das Rumpeln der Waschmaschine aufgeweckt würde, und ging zurück ins Wohnzimmer, wo ohne Ton der Fernseher lief. Sie hatte versucht, einen Film zu gucken, aber ihre Gedanken waren ständig abgeschweift, so dass sie es bald aufgegeben hatte, der ohnehin platten Handlung zu folgen.

Irgendetwas stimmte nicht mit Stefan Theissen, deshalb hatte sie ihm auch die Details verschwiegen, die sie bisher über den Einbruch und Grossmanns Tod erfahren hatten. Warum hatte er sie angelogen? Hätte er sich nicht denken können, dass sie in kürzester Zeit die Wahrheit herausfinden würden? Sein Alibi für die Nacht von Freitag auf Samstag war ausgesprochen wacklig, denn außer seiner Ehefrau konnte niemand bezeugen, dass er tatsächlich um zwanzig nach zwölf zu Hause gewesen war. Pia ergriff die Fernbedienung und schaltete gähnend die Fernsehprogramme durch. Sie blieb beim Hessenjournal hängen und stutzte, als sie auf dem Bildschirm das ungewöhnliche Gebäude der WindPro erblickte, in dem sie heute die Leiche gefunden hatten. Sie stellte den Ton an. Allerdings ging es in dem Bericht nicht etwa um den Toten, sondern um einen Windpark, der in der Nähe von Eppstein errichtet werden sollte. Ein dunkelhaariger Mann kam ins Bild. Er stand auf einer Wiese, hinter ihm hielten ein paar Leute Protestschilder hoch.

»*Die vorgelegten Windgutachten sind eine Farce, das beweisen zwei Gegengutachten, die wir in Auftrag gegeben haben*«, sagte der Mann gerade in sachlichem Tonfall. »*Aber das interessiert niemanden. Genauso wenig, dass für dieses unsinnige Projekt auf einer Fläche, die bis vor kurzem übrigens noch unter Naturschutz stand, wertvoller Baumbestand vernichtet wird, ja sie schrecken nicht einmal davor zurück, eine artengeschützte Feldhamsterpopulation auszurotten, um die erforderlichen Auflagen für die Baugenehmigung zu bekommen ...«*

Sein Name wurde eingeblendet, und Pia fuhr wie von der Tarantel gestochen vom Sofa hoch. Sie lief in die Küche, pflückte ihr Handy vom Ladekabel und tippte auf die Rufwiederholung. Theissen hatte schon wieder gelogen! Ungeduldig ging sie zurück ins Wohnzimmer und verfolgte den Rest des Beitrags, bis sich ihr Chef am anderen Ende der Leitung endlich meldete.

September 1997

Ihre erste Begegnung. Nicht vor einer Woche, wie es ihr schien, sondern vor zwölf Jahren.

Auf dem Jahrestag der Deutschen Geophysikalischen Gesellschaft in Kiel wurde ihr der Karl-Zoeppitz-Preis für hervorragende Leistungen von Nachwuchswissenschaftlern verliehen. Und gleichzeitig erfuhr sie, dass sie das begehrte Promotionsstipendium der Deutschen Bundesstiftung Umwelt erhalten würde. Sie war stolz und überglücklich, berauscht vom Hochgefühl dieses Erfolges, den sie sich selbst hart erarbeitet hatte.

Sämtliche Koryphäen im Publikum erhoben sich von ihren Plätzen und spendeten ihr für diese Auszeichnungen herzlichen Applaus, ein ganz und gar unwirkliches Gefühl. Später, an der Bar, stand plötzlich ein Mann neben ihr.

»Sie leuchten ja richtig«, sagte er zu ihr und lächelte dabei ein wenig überheblich. »Herzlichen Glückwunsch zu Ihrem Erfolg!«

Arroganter Idiot, dachte sie, erst dann sah sie genauer hin. Etwas an ihm nahm sie sofort gefangen. Was war es? Seine lässige, selbstbewusste Körperhaltung? Die tiefliegenden blauen Augen? Sein sinnlicher Mund, der dem markanten Gesicht mit dem vorspringenden Kinn eine ungewöhnliche Note verlieh? Sie starrte ihn stumm an, ihre Gedanken überschlugen sich. Das Wort »sinnlich« kam in ihrem Wortschatz eigentlich gar nicht vor. Was war los mit ihr? Sie war eine

Wissenschaftlerin mit einem analytischen Verstand, keine Romantikerin. Für Männer hatte es in ihrem Leben bisher nur wenig Platz gegeben. Liebe auf den ersten Blick hatte sie immer für ein Märchen gehalten. Aber in der Sekunde, in der sein Blick ihren traf, war es um sie geschehen. Ihre Knie wurden weich wie Butter.

»Wie wär's«, fuhr er fort. »Wollen Sie Ihre Promotion nicht bei uns abschließen? Sie werden die besten Voraussetzungen vorfinden.«

»Und wo würde das sein?«, fragte sie mühsam lächelnd zurück.

»Oh, Entschuldigung. Ich bin Dirk Eisenhut, vom Deutschen Klimainstitut.«

Ihr klappte beinahe der Mund auf. Wie peinlich, dass sie ihn nicht erkannt hatte! Doch er nahm es mit Humor.

»Sie müssten zwar umziehen, weg von der Waterkant. Aber das werden Sie ganz sicher nicht bereuen.«

Sie gewann ihre Fassung zurück.

»Ich habe schon am Polarkreis, auf der Schwäbischen Alb und auf einem Schiff im Südatlantik gelebt«, erwiderte sie mit einem Lächeln. »Für einen guten Job gehe ich überall hin.«

Und, fügte sie in Gedanken hinzu, für einen Chef wie dich sogar bis auf den Mond. Sie hatte sich in Dirk Eisenhut verliebt, mit Haut und Haar, und das in nicht einmal zehn Sekunden.

Der Kaffee war heiß und bitter, gerade richtig, um wach zu werden. Die zwei Stück Zucker, die Bodenstein sonst großzügig in seinen Kaffee tat, ließ er weg, denn er hatte gestern den festen Vorsatz gefasst, mindestens zehn Kilo abzunehmen. Er würde sich nicht kampflos dem Dicksein ergeben. Da er von Natur aus eher faul war, verzichtete er lieber aufs Essen, als sich in Jogginghosen keuchend durch den Wald zu quälen oder – noch schlimmer – in eines dieser unsäglichen Fitness-Studios zu gehen. Die Uhr über der Tür zeigte halb sieben, als sein Vater die Küche betrat. Seitdem Bodensteins jüngerer Bruder Quentin die Bewirtschaftung des Gutshofs und des Reitstalls übernommen hatte, war die Morgenfütterung zwar nicht mehr Sache des Vaters, aber der konnte die Gewohnheit, mit dem ersten Hahnenschrei aufzustehen, nicht ablegen.

»Kaffee?«, fragte Bodenstein, und sein Vater nickte. Das gemeinsame Frühstück war für sie in den vergangenen Monaten zu einem festen Ritual geworden. Da keiner von ihnen zu Geschwätzigkeit neigte, geriet es meist eher kontemplativ, aber es war eine gute Einstimmung auf den Tag.

»Was hast du heute vor?«, fragte Bodenstein, mehr aus Höflichkeit denn aus Interesse.

»Ich muss nach Ehlhalten rüber und Ludwig ablösen«, antwortete sein Vater. »Wir wollen bis zur Bürgerversammlung morgen Abend verhindern, dass sie heimlich Bäume fällen, und halten deshalb Wache. Er übernimmt die Nacht- und ich die Tagschicht.«

»Eine Bürgerversammlung?«, fragte Bodenstein überrascht. »Was hast du damit zu tun?«

»Deine Mutter und ich engagieren uns bei der Bürgerinitiative. Du weißt schon: Keine Windräder im Taunus.«

Bodenstein schwieg und zählte neidvoll mit, wie sein Vater drei Löffel Zucker in seinen Kaffee schaufelte. Er aß Brötchen, dick mit Butter und fettem Käse belegt, gönnte sich nachmittags Kuchen und abends eine Flasche Wein und wog trotzdem kein Gramm mehr als vor zwanzig Jahren. Das war ungerecht. War es nicht so, dass sich bei alten Menschen der Stoffwechsel verlangsamte?

»Du solltest mal gründlicher den Lokalteil der Zeitung lesen.« Der alte Graf lächelte fein. »Nicht nur die Polizeiberichte.«

»Das tue ich doch«, verteidigte sich Bodenstein. Er nahm eine Scheibe Schwarzbrot, strich eine hauchdünne Schicht Hüttenkäse darauf und fühlte sich wie ein Held, als er hineinbiss.

»Die Stadt Eppstein hat für morgen Abend zur Bürgerversammlung in die Dattenbachhalle eingeladen«, erklärte sein Vater und nickte mit dem Kopf in Richtung der Korktafel neben dem Schlüsselbrett. »Der gelbe Zettel da ist die Einladung. Es kommen Vertreter vom Umweltministerium und von der Firma, die den Windpark bauen will. Und natürlich werden auch wir mit von der Partie sein.«

»Ihr meint tatsächlich, ihr könnt das ganze Ding verhindern?«, erkundigte sich Bodenstein. Er stand auf, pflückte den gelben Flyer von der Pinnwand und überflog ihn ohne großes Interesse.

»Ja, allerdings«, bestätigte sein Vater. »Wir haben vertrauliche Informationen darüber, dass bei der Erteilung der Baugenehmigung nicht alles mit rechten Dingen zugegangen ist.

Angeblich gehört diese Firma zu den Marktführern der Branche. Auf jeden Fall haben sie schon auf der ganzen Welt die Landschaften mit ihren monströsen Windrädern verschandelt, zum Beispiel die ganze spanische Mittelmeerküste.«

»Aha. Und jetzt verschandeln sie bald den schönen Taunus bei Ehlhalten.« Bodenstein fand das Engagement seines Vaters amüsant. Eigentlich war er eher ein Eigenbrötler. Wahrscheinlich hatte ihn sein Freund Ludwig für die Bürgerinitiative geködert, denn ein Graf machte sich ja gut als Aushängeschild.

»Sie verschandeln nicht nur die Gegend«, entgegnete Bodensteins Vater. »Sie sind auch völlig nutzlos an dieser Stelle, das beweisen mehrere Windgutachten.«

»Wieso sollte eine Firma ein unrentables Objekt bauen?« Bodenstein würgte den letzten Bissen des Schwarzbrots herunter. Seine Gedanken wanderten zu der gestrigen Hochzeitsfeier, die er nach Pias Anruf gleich nach dem Essen verlassen hatte.

»Es geht ums liebe Geld, worum sonst?«, sagte sein Vater nun, und Bodenstein schrak auf.

»Wie bitte?«

»Sie bauen den Windpark, weil sie damit viel Geld verdienen. Stadt, Kreis, Land und Bund schießen Steuergelder zu, die WindPro legt Fonds zur Finanzierung auf und …«

»Entschuldige bitte«, unterbrach Bodenstein seinen Vater. »*Wer* legt Fonds auf?«

»Die Firma, die den Windpark bauen will. Sie heißt WindPro, der Firmensitz ist in Kelkheim.«

»Na, das ist ja ein Zufall.«

»Wieso? Was für ein Zufall?« Graf Bodenstein legte irritiert die Stirn in Falten.

»Wir hatten gestern …« Bodenstein brach ab, als ihm bewusst wurde, dass sein Vater zum erweiterten Kreis der Verdächtigen gehörte. Der tote Hamster auf dem Schreibtisch des WindPro-Chefs war ein mehr als deutlicher Hinweis auf die Windparkgegner. Pia hatte gestern Abend noch spät angerufen, nachdem sie einen Bericht über den Protest gegen den geplanten Windpark im Fernsehen gesehen hatte. Dem Sprecher der Bürgerinitiative zufolge hatte die WindPro, um die Baugenehmigung zu erlangen, eine artengeschützte Feldhamsterpopulation vernichten lassen.

»Kennst du den Mann, der gestern im Fernsehen gesprochen hat?«, fragte Bodenstein stattdessen.

»Ja, natürlich.« Sein Vater nickte. »Das war Jannis. Wieso fragst du?«

»Nur so. Ich habe zufällig den Beitrag gesehen.« Das stimmte zwar nicht ganz, aber er wollte seinen Vater nicht misstrauisch machen. »Was hat dein Freund Ludwig mit der Sache zu tun?«

»Er hat die Bürgerinitiative gegründet«, erwiderte Graf Bodenstein. »Und jetzt ist er wohl das Zünglein an der Waage, denn ihm gehört eine strategisch wichtige Wiese, über die der Windpark erschlossen werden soll. Die WindPro hat ihm eine gewaltige Summe geboten, aber er hat abgelehnt. Eine andere Möglichkeit der Zuwegung gibt es aber aus geographischen Gründen nicht.«

Ein grimmiges Lächeln huschte über das faltige Gesicht des Grafen.

»Das wird eine spannende Angelegenheit morgen Abend!« Er warf einen Blick auf die Küchenuhr und erhob sich von seinem Stuhl. »Oh, ich muss los. Ich habe Ludwig versprochen, um sieben Uhr bei ihm zu sein.«

»Papa«, sagte Bodenstein, »bei der WindPro hat es gestern einen Toten gegeben.«

Der alte Graf drehte sich um. Seine Miene war ausdruckslos, aber seine Augen blitzten.

»Tatsächlich? Doch wohl nicht Theissen, oder?«

»Das ist kein Spaß, Papa. Ein Mann wurde womöglich ermordet, und es gibt Hinweise …« Er zögerte, entschloss sich dann aber für die Wahrheit. »Ich verlasse mich drauf, dass das jetzt unter uns bleibt. Es gibt Hinweise, dass die Täter aus dem Kreis der Windparkgegner kommen.«

»Unsinn, Oliver. Wir sind alle brave Bürger, keine Mörder. Ich muss los, wir sehen uns heute Abend.«

Und damit verschwand er. Bodenstein faltete den gelben Flyer zusammen und steckte ihn ein. Die Sache schien seinem Vater wirklich am Herzen zu liegen. Vielleicht gab sie ihm das Gefühl, auf seine alten Tage noch gebraucht zu werden. Er hätte ihm diesen Zeitvertreib von Herzen gegönnt, befände sich nicht vielleicht jemand in den Reihen der Windparkgegner, für den ein Menschenleben keine Rolle spielte.

*

»Das kann nicht dein Ernst sein!«

Der Staatssekretär des hessischen Umweltministeriums starrte Jannis fassungslos an. »Du hattest mir hoch und heilig versprochen, dass du meinen Namen aus der ganzen Sache heraushältst!«

»Tut mir leid, Achim«, entgegnete Jannis ohne eine Spur von Bedauern. »Das geht jetzt nicht mehr. Ich muss irgendwie die Authentizität meiner Quellen und Informationen belegen, sonst drehen sie mir morgen Abend das Wort im Mund um.«

Achim Waldhausen schluckte krampfhaft. Sie saßen in seinem unauffälligen silbernen Volkswagen auf dem Parkplatz des Rasthofes Medenbach an der A3, wie bei jedem ihrer konspirativen Treffen zuvor. Der Verkehr rauschte an ihnen vorbei Richtung Wiesbadener Kreuz.

»Ich wollte es dir nur sagen, falls du morgen selbst auf die Versammlung kommst.« Jannis griff nach dem Türöffner, doch Waldhausen packte seinen Arm und hielt ihn zurück.

»Jannis! Das kannst du nicht machen.« Seine Stimme klang beschwörend. »Wenn das herauskommt, bin ich meinen Job los. Ich habe eine Frau und drei Kinder, wir haben vor drei Jahren gebaut! Diese Informationen habe ich dir nur gegeben, weil wir alte Freunde sind und ich fest darauf vertraut habe, dass ich anonym bleibe!«

Nackte Angst stand in seinen Augen. Jannis musterte den Mann und fragte sich, weshalb er ihn einmal gemocht, ja sogar als Freund bezeichnet hatte. Er betrachtete angewidert das schweißglänzende Gesicht, die Wurstfinger, die seinen Unterarm umklammert hielten.

Achim und er waren früher Kollegen im Umweltministerium gewesen, Fachabteilung erneuerbare Energien und Umweltschutz. Aber während er die sichere Beamtenlaufbahn zugunsten eines weitaus aufregenderen Jobs in der freien Wirtschaft aufgesteckt hatte, war Achim geblieben; er hatte Karriere gemacht, indem er Fehltritte und Fehlentscheidungen anderer ausgenutzt und sich auf ihre Sessel geschleimt hatte.

»Hör mal, Achim«, sagte Jannis. »Du hast mir damals alles erzählt, weil du dich geärgert hast. *Ich* hatte dich nicht darum gebeten. Du wolltest auch, dass dieses Gemauschel ans Licht kommt. Und jetzt ziehst du den Schwanz ein.«

Achim hatte sich über seinen damaligen Vorgesetzten aufgeregt, der sich unverfroren hatte bestechen lassen und inzwischen aus dem Staatsdienst ausgeschieden war, um einen lukrativen Vorstandsposten bei einem Energieunternehmen anzunehmen. Nun, da er selbst zum Staatssekretär aufgestiegen war, bekam Achim Angst, dieser jämmerliche Feigling. Der Schuss drohte nach hinten loszugehen, und das konnte ihn alles kosten. Aber Achim Waldhausen war aus härterem Holz geschnitzt, als man hinter seinem weichlichen Äußeren vermutete. Der Druck seiner Finger um Jannis' Arm wurde stärker. Er schob sein teigiges Gesicht so nah heran, dass Jannis jede Pore sehen konnte.

»Jetzt komm du mir bloß nicht mit hehren Absichten«, flüsterte er heiser. »Dir geht es doch nur um deine billige kleine Rache, um deine verletzte Eitelkeit! Dazu benutzt du andere Menschen, wie es dir gerade in den Kram passt. Ich hatte dir alle Informationen unter dem Siegel der Verschwiegenheit gegeben. Und wenn das nicht so bleibt, dann kannst du dein blaues Wunder erleben. Ich werde alles abstreiten. Du hast nämlich keinen einzigen Beweis dafür, dass du die Sachen wirklich von mir bekommen hast.«

»Du drohst mir?« Jannis entwand seinen Arm Waldhausens Zugriff.

»Wenn du es so verstehen willst«, erwiderte dieser frostig. »Ja.«

Die beiden Männer sahen sich stumm an. Acht Jahre kollegiale Zusammenarbeit, gemeinsame Urlaube und Grillabende – alles war vergessen. Sie kämpften mit offenem Visier.

»Ich *habe* Beweise«, sagte Jannis nach einer Weile. »Du warst nämlich so leichtsinnig, mir E-Mails zu schicken.«

»Du bist wirklich ein mieses Schwein«, zischte Achim Waldhausen hasserfüllt. »Ich warne dich. Du wirst es bereuen, wenn du meinen Namen publik machst. Bitter bereuen. Das schwöre ich dir. Und jetzt steig aus! Verschwinde!«

*

Pia hatte wieder einmal den Berufsverkehr in der Frankfurter Innenstadt unterschätzt und traf eine Viertelstunde später als geplant am Gebäude der Frankfurter Rechtsmedizin ein. Alle Straßenränder waren hoffnungslos zugeparkt. Wahrscheinlich kamen die Studenten mittlerweile mit eigenen Autos zur Vorlesung statt wie früher mit Fahrrädern oder Straßenbahn. Weiter vorne in der Paul-Ehrlich-Straße fand sie endlich einen Parkplatz und legte einen Sprint ein, um pünktlich zum

Beginn der Obduktion im Sektionsraum zu sein. Henning konnte Verspätungen nicht leiden, und sie hatte keine Lust auf seine schlechte Laune. Sie drängte sich durch einen Pulk von Jurastudenten vor dem Gebäudeeingang, rief Professor Kronlages Sekretärin ein knappes »Morgen!« zu und hastete den holzgetäfelten Flur entlang zur Treppe, die in den Keller führte. Punkt acht Uhr betrat sie Sektionsraum 1. Die Leiche von Rolf Grossmann lag nackt und gewaschen auf dem Metalltisch, Hennings Assistent Ronnie Böhme stand bereit und begrüßte Pia. Der intensive Verwesungsgeruch war nichts für empfindliche Gemüter, aber Pia wusste, dass sie sich in ein paar Minuten daran gewöhnt haben würde. Unzählige Stunden hatte sie während ihrer Ehe mit Henning in diesem Keller verbracht, hatte ganze Wochenenden und Nächte hindurch zugesehen, wie er Köpfe aufsägte, Organe untersuchte, unter Fingernägeln nach möglichen DNA-Spuren kratzte oder Knochenreste analysierte. Pia war oft nichts anderes übriggeblieben, als ins Institut zu kommen, wenn sie ihren Ehemann mal sehen wollte. Seine Arbeitseinstellung grenzte hart an Besessenheit, aber er hatte nicht umsonst schon mit achtundzwanzig Jahren promoviert, dazu sechs Fachbücher und an die zweihundert Aufsätze in Fachzeitschriften veröffentlicht. Pia kannte jedes einzelne Wort davon, denn ihr war die zweifelhafte Ehre zuteilgeworden, seine dahingekritzelten Notizen und die chaotischen Manuskripte – zuerst auf der Schreibmaschine, später am Computer – ins Reine zu schreiben, da diverse Sekretärinnen regelmäßig vor Hennings Sauklaue kapituliert hatten.

»Ah, da bist du ja«, sagte er hinter ihr. »Guten Morgen.«

»Guten Morgen.« Sie ging ein Stück zur Seite und ließ ihn vorbei. »Wo ist der Staatsanwalt?«

»Der Herr Heidenfelder steckt angeblich im Stau fest. Behauptet er jedes Mal. Aber wir fangen an. Ich habe um zehn Uhr eine Vorlesung.«

Er begann sofort mit der äußerlichen Leichenschau, sprach seine Feststellungen und Bemerkungen in ein Mikrophon, das er um den Hals trug. Pia wandte sich dem Leuchtkasten zu, an dem die Bilder hingen. Sie hatte schon genügend Röntgenbilder betrachtet, um auf den ersten Blick die Knochenbrüche zu erkennen. Rolf Grossmann hatte durch den Treppensturz Frakturen des Brustbeins, des rechten Schlüsselbeins, des rechten Becken- und Oberarmknochens sowie Brüche der 2. bis 7. Rippe linksseits erlitten. Das waren keine lebensbedrohlichen Verletzungen, genauso wenig wie die Platzwunde am Hinterkopf.

»Übrigens«, sagte Henning vom Tisch aus, »war er zum Zeitpunkt des Sturzes tatsächlich stark alkoholisiert. Das Labor hat einen Alkoholgehalt von 1,7 Promille festgestellt. Und es gibt noch etwas, das dich interessieren wird. An der Kleidung des Toten haben wir jede Menge Textilfaserspuren gefunden, die gerade im Labor analysiert werden. Mit etwas Glück gibt's einen Fingerabdruck oder Hautschuppen aus dem abgerissenen Handschuh für eine DNA-Analyse.«

Das klang tatsächlich vielversprechend.

Henning und Ronnie Böhme waren ein perfekt eingespieltes Team, sie arbeiteten rasch und effizient. Dem strengen Protokoll folgend, löste Henning nun mit präzisen Schnitten des Skalpells die Kopfschwarte und klappte sie nach vorne weg. Mit der Oszillationssäge öffnete er die knöcherne Schädeldecke kreisförmig und hob sie ab.

Was mochte in dem Moment, in dem Grossmann die Treppe hinuntergestürzt war, in ihm vorgegangen sein? Was dachte ein Mensch in den Sekunden, in denen er begreifen musste, dass ihm der Tod bevorstand? Wie fühlte es sich an, das Sterben? Ob er Schmerzen gehabt hatte?

Eine Gänsehaut lief Pia über den Rücken.

Verdammt, dachte sie, reiß dich zusammen! Was sind denn das für idiotische Gedanken? Normalerweise fiel es ihr nicht schwer, nüchterne Distanz zu dem, was sie in ihrem Job sah, zu bewahren. Wieso war das auf einmal anders?

»Ha«, machte Henning plötzlich.

»Was ist?«, erkundigte Pia sich.

»Lange hätte er sowieso nicht mehr gelebt.« Henning wog das Herz des Toten in der Hand und betrachtete es genau. »Sein Herz war ziemlich im Eimer. Starke Linksherzvergrößerung und Vernarbungen.«

Er ließ das Organ in eine Metallschüssel fallen.

»Und hier haben wir auch die Ursache für die starken inneren Blutungen. Ruptur der *Aorta descendens*.«

»Vielleicht hat er einen heftigen Stoß gegen die Brust bekommen«, vermutete Pia und versuchte, sich auf den Fortgang der Obduktion zu konzentrieren, auf die reinen Fakten, die Henning akribisch zusammentrug, aber es wollte ihr nicht gelingen. Vergeblich kämpfte sie gegen die Übelkeit, die Überreste ihres Nutella-Toasts krochen, vermischt mit Magensäure, ihre Speiseröhre empor.

Wie aus weiter Ferne hörte sie Hennings Stimme.

»Nein, ich denke, es war ganz anders. Der Mann hat einen Infarkt erlitten und ist die Treppe hinuntergefallen. Aufprall auf die rechte Körperseite, dafür sprechen die Knochenbrüche und Prellungen. Aber dann muss jemand versucht haben, ihn zu reanimieren. Die linksseitigen Serienbrüche der Rippen, der Bruch des Sternums, die Quetschungen der Haut – typische Reanimationsverletzungen, die in diesem Fall wohl die Ruptur der Aorta ...«

Plötzlich gaben Pias Knie nach, und als Henning die Leber aus der geöffneten Bauchhöhle des Toten nahm, taumelte sie hinaus in den Flur, riss die Tür zur Toilette auf und schaffte es gerade noch bis zur Kloschüssel. Würgend und hustend übergab sie sich und sank dann auf den kalten Boden. Tränen vermischten sich auf ihrem Gesicht mit kaltem Schweiß, sie zitterte am ganzen Körper und blieb vor dem Klo hocken, weil ihr die Kraft fehlte, aufzustehen. Jemand beugte sich über sie und betätigte die Toilettenspülung. Pia sackte gegen die weißen Wandfliesen, beschämt fuhr sie sich mit dem Handrücken über den Mund.

»Was hast du denn?« Henning ging vor ihr in die Hocke und blickte sie mit einer Mischung aus Erstaunen und Sorge an.

»Ich … ich weiß auch nicht«, flüsterte Pia. So etwas war ihr noch nie passiert, sie schämte sich und war gleichzeitig froh, dass nur Henning und Ronnie Zeugen dieses erniedrigenden Vorfalls geworden waren und nicht auch noch ein nassforscher Staatsanwalt, der das sofort herumtratschen würde.

»Komm, steh auf.« Henning hatte seine Handschuhe ausgezogen, schob seinen Arm unter ihre Achsel und zog sie hoch. Sie lehnte sich an die Wand, grinste zittrig.

»Geht schon wieder. Danke. Ich weiß auch nicht, was eben los war.«

»Du musst nicht mehr dabeibleiben«, sagte Henning. »Wir sind so gut wie fertig. Den Bericht kann ich dir später schicken.«

»Unsinn«, widersprach Pia. »Mir geht's wieder gut.«

Sie beugte sich über das kleine Waschbecken, ließ kaltes Wasser in ihre hohlen Handflächen laufen und tauchte das Gesicht hinein. Dann trocknete sie sich mit einem Papierhandtuch ab. Sie begegnete Hennings belustigtem Blick im Spiegel.

»Du lachst mich aus«, stellte sie gekränkt fest. »Das ist gemein.«

»Nein, nein, ich lach dich nicht aus.« Er schüttelte den Kopf. »Ich dachte nur gerade: Das ist echt meine Pia. Jede andere Frau hätte sich Sorgen um ihr Make-up gemacht, aber du schaufelst dir einfach Wasser ins Gesicht und gut.«

»Erstens bin ich nicht mehr *deine* Pia, zweitens habe ich

kein Make-up im Gesicht.« Pia wandte sich zu ihrem Ex-mann um. »Und drittens habe ich keine Lust, mit Kotze in den Mundwinkeln herumzulaufen.«

Henning hörte auf zu grinsen. Er legte seine Hand an ihre Wange.

»Du bist eiskalt.«

»Wahrscheinlich ist mein Kreislauf im Keller.« Pia ärgerte sich über ihre Schwäche. Sie hasste es, sich nicht unter Kontrolle zu haben. Henning betrachtete sie mitfühlend, streckte die Hand aus und strich ihr eine Haarsträhne aus der Stirn. Pia zuckte zurück. Sie wollte kein Mitleid, schon gar nicht von ihrem Exmann.

»Lass das!«, fauchte sie unwirsch.

Er ließ seine Hand sinken.

»Ich muss weitermachen«, sagte er. »Komm rüber, wenn du so weit bist, okay?«

»Ja. Klar.« Pia wartete, bis Henning das Klo verlassen hatte, und wandte sich zum Spiegel um. Trotz der Sonnenbräune sah sie kränklich aus. Sie war seit zwanzig Jahren Polizistin, hatte zehn Jahre K11 hinter sich und weitaus schlimmere Dinge gesehen als Grossmanns Leiche. Wieso ging ihr das auf einmal so an die Nieren? Niemand durfte erfahren, dass sie bei einer Obduktion zusammengeklappt war, sonst würde man sie vielleicht noch zum psychologischen Dienst schicken!

»Reiß dich zusammen, Pia!«, sagte sie laut zu ihrem Spiegelbild. Dann drehte sie sich um, öffnete die Tür und ging zurück in den Sektionsraum.

*

Er stand an der Straßenecke hinter dem großen Kirschlorbeer und wartete geduldig, bis ihr Auto aus der Einfahrt kam und nach links Richtung Stadt abbog. Vorsichtshalber ließ er noch ein paar Minuten verstreichen, dann ließ er den

Roller an und fuhr zum Haus. Viel Zeit blieb ihm nicht, sie war weder ins Büro noch in die Stadt gefahren, das hatte er unschwer an ihrem nachlässigen Outfit erkennen können. Wahrscheinlich fuhr sie nur einkaufen oder in den Baumarkt, wie beinahe täglich. Mark stellte den Roller ab, sprang die Treppenstufen hoch und öffnete die Haustür. Seinen Helm knallte er im Vorbeigehen auf die antike Biedermeier-Anrichte, die sie auf einer Wohnungsauflösung gefunden und in ihrer Werkstatt sorgfältig aufgearbeitet hatte. Hoffentlich gab es eine fette Schramme! Möbel restaurieren war die neueste Leidenschaft seiner Mutter, sie machte ein Geschiss um die wurmstichigen Drecksdinger, als wären sie Lebewesen. Ziemlich krank. Doch insgeheim war er froh darüber, denn seitdem sie an dem alten Kram herumfummelte, war sie nicht mehr ständig hinter ihm her, was die Schule anging. Die Tür ihres Arbeitszimmers stand offen, und er sah auf den ersten Blick, dass ihr Laptop nicht da war.

Mark ging die Treppe hinunter in den Keller und betrat die Werkstatt. Der durchdringende Geruch nach Terpentin, Leinöl und Schleiflack ließ ihn die Nase rümpfen. Er drückte auf den Lichtschalter und blickte sich um. Auf jeder verfügbaren Fläche standen und lagen Dosen, Pinsel, Schmirgelpapier und aller möglicher Krempel, den sie für ihre Arbeit brauchte. Sie besaß sogar ein Schweißgerät, mit dem sie neue Beschläge bearbeitete, wenn die alten zu marode waren. Aber wo zum Geier war ihr Laptop? Mark ging vorsichtig durch den Raum, um bloß nichts umzuwerfen. Ah, da stand das Ding. Achtlos auf einem Stuhl abgestellt, unter einem Stapel von Katalogen. Mark legte die Kataloge auf den Boden, kniete sich vor den Stuhl und klappte den Laptop auf. Das Passwort war simpel, sie änderte es nie. Routiniert loggte er sich in den Firmenserver ein. Wenig später öffnete er den E-Mail-Account seines Vaters und scrollte abwärts, bis er den Absender fand, nach dem er gesucht hatte. Er arbeitete konzentriert, markierte alle Nachrichten und leitete sie weiter. Danach löschte er sie gewissenhaft aus dem Ordner ›Gesendet‹, damit sein Vater keinen Verdacht schöpfte, und leerte mit einem Mausklick den Papierkorb. Er konnte nicht widerstehen und checkte auch kurz die E-Mails seiner Mutter; unter den neuesten Nachrichten entdeckte er eine von seiner Deutschlehrerin, dieser blöden Kuh, die sich wieder mal über seine Fehlzeiten aufregte.

»Fuck you«, murmelte er und verschob die E-Mail in den Papierkorb. Das war's schon gewesen. Noch leichter, als er angenommen hatte. Er klappte den Laptop zu, platzierte sorgfältig die Kataloge auf dem Deckel und verließ die Werkstatt, wobei er darauf achtete, keine verräterischen Spuren zu hinterlassen. Halb zehn! Wenn er einen Zahn zulegte, würde er es noch pünktlich zur dritten Stunde in die Schule schaffen.

*

Es waren nicht wenige Informationen, die Kai Ostermann dem Internet über die Bürgerinitiative »Keine Windräder im Taunus« abgerungen hatte. Die Webseite der Initiative war so aktuell, dass sich dort sogar schon ein Link zum gestrigen Beitrag in der Hessenschau fand. Ostermann spielte den Film auf den großen Monitor im Besprechungsraum des K11.

»Das ist Jannis Theodorakis«, erklärte Ostermann, als der dunkelhaarige Mann ins Bild kam. »Wohl der Sprecher der Bürgerinitiative. Und ihr Webmaster.«

»Außerdem ein ehemaliger Mitarbeiter der WindPro«, ergänzte Cem Altunay. »Theodorakis hat die Firma im Streit verlassen und bereitet ihr bis heute Probleme. Außerdem hat er nie seinen Zentralschlüssel abgegeben. Leider konnte ich bis jetzt nicht seinen aktuellen Wohnsitz herausfinden. Die offizielle Anschrift der Bürgerinitiative ist die eines Ludwig Hirtreiter in Eppstein-Ehlhalten.«

Bodenstein, der am Kopfende des langen Tisches saß, nickte nachdenklich. Er erinnerte sich an den gelben Flyer in seiner Jackentasche und legte ihn auf den Tisch.

»Mein Vater gehört übrigens auch zu den Windpark-Gegnern«, verkündete er. »Ludwig Hirtreiter ist sein ältester und bester Freund.«

»Na, das ist doch super!« Ostermann war begeistert. »Dann haben wir schon mal einen echten Insider als Informanten.«

»Das können wir vergessen«, erwiderte Bodenstein. »Mein Vater ist leider völlig unkooperativ.«

Die Tür ging auf, und Pia trat ein.

»Morgen!« Sie lächelte in die Runde und ging zu ihrem Platz, links von Bodenstein. »Hab ich was verpasst?«

Bodenstein nahm einen Hauch von Verwesungsgeruch wahr, der sich genauso hartnäckig in Kleidung und Haaren festsetzte wie Zigarettenrauch.

»Morgen«, sagte er freundlich. »Nein, noch nicht viel. Ich habe gerade erzählt, dass mein Vater sich auch bei dieser Bürgerinitiative gegen die Windräder engagiert.«

»Tatsächlich?« Pia grinste belustigt. »Ich kann mir deinen Vater nicht unbedingt mit einem Plakat bei einer Demo vorstellen.«

»Ich ehrlich gesagt auch nicht«, entgegnete er. »Leider fällt er aufgrund chronischer Sturheit als Informant aus.«

»Wollt ihr erst weitermachen, oder kann ich kurz was über die Obduktion sagen?«

»Bitte. Erst du.« Bodenstein nickte ihr zu.

Pia öffnete ihre Tasche und zog ihren Notizblock hervor.

»So, wie es aussieht, ist Rolf Grossmann nicht ermordet worden«, verkündete sie, rollte die Ärmel ihrer weißen Bluse auf und präsentierte beneidenswert gebräunte Arme. »Kein Mord.«

»Das kann doch nicht sein«, entgegnete Cem Altunay.

»Was ist mit dem Schuhabdruck und dem Stück Latexhandschuh?«

»Was genau passiert ist, kann die Obduktion natürlich nicht klären«, antwortete Pia, »Henning vermutet, dass Grossmann einen Herzinfarkt erlitten hat und daraufhin die Treppe hinuntergefallen ist. Aber jetzt kommt's.«

Sie blickte in die erwartungsvollen Augen ihrer Kollegen.

»Jemand muss versucht haben, Grossmann zu reanimieren. Dafür sprechen Brüche des Brustbeins und der Rippen und die äußerlichen Hautquetschungen. Entweder als Folge des Sturzes oder des Reanimationsversuches riss die Herzaorta, und Grossmann verblutete innerlich.«

»Aber die Treppe war doch auch voller Blut«, wandte Kathrin Fachinger ein.

»Er hatte Nasenbluten, vielleicht durch die Aufregung. Wegen seines Herzleidens nahm er Blutverdünner, deshalb fiel diese Blutung womöglich ziemlich heftig aus. Außerdem hat er sich eine Platzwunde am Hinterkopf zugezogen.«

Ein paar Sekunden lang sagte niemand etwas.

»Das würde bedeuten, dass der Einbrecher ihn zu Tode erschreckt hat, aber noch versuchte, ihm das Leben zu retten«, resümierte Bodenstein nachdenklich.

»Genau.« Pia nickte. »An der Vorderseite von Grossmanns Kleidung fanden sich Unmengen von Textilfaserspuren. Jemand muss auf ihm gesessen und eine Herzdruckmassage versucht haben. Leider vergeblich. Aber so haben wir wenigstens ein paar Spuren, zusätzlich zum Schuhabdruck und der abgerissenen Fingerkuppe eines Latexhandschuhs.«

»Wir hatten schon weniger«, sagte Ostermann optimistisch. »Mit etwas Glück hatte der Kerl einen ausgefallenen Schuhgeschmack, oder wir haben seine DNA schon im System.«

»Heute Mittag kriegen wir den vorläufigen Obduktionsbericht. Ach ja – Grossmann war ziemlich betrunken, als er starb. Er hatte 1,7 Promille im Blut.«

»Genau genommen ist es nicht mehr unsere Sache, oder?«, fragte Ostermann in die Runde. »Es war ein Einbruch, und wenn die WindPro das nicht weiter verfolgt, dann war's das.«

»Es gab einen Toten«, widersprach Pia. »Und bis jetzt haben wir den Tathergang überhaupt noch nicht rekonstruiert. Es kann ja auch sein, dass der Einbrecher ihn die Treppe hinuntergeschubst hat und dann in einem Anfall von Reue versucht hat, ihn zu retten. Das würde dafür sprechen, dass es kein Profi war.«

»Die Ermittlungen laufen erst mal weiter, bis wir ein Tötungsdelikt ausschließen können«, bestätigte Bodenstein. Dann wandte sich die Runde wieder der Bürgerinitiative und Jannis Theodorakis zu.

»Die Erwähnung der vernichteten Hamster ist eine ganz eindeutige Spur«, sagte Kathrin voller Überzeugung. »Das kann kein Zufall sein!«

»Es ist beinahe zu eindeutig«, fand Pia. »Ich habe die halbe Nacht darüber nachgedacht. Wenn *ich* dem Chef der Firma, die den Windpark bauen will, einen toten Hamster auf den Tisch gelegt und nebenbei noch einen Toten hinterlassen hätte, hätte ich wohl kaum die Hamster auch noch im Fernsehen erwähnt.«

»Ja, das ist auch wieder wahr«, pflichtete Cem ihr bei.

»Theissen ist für mich auch verdächtig«, ergänzte Pia. »Er hat uns ein paar Mal angelogen, und sein Alibi wurde nur von seiner Ehefrau bestätigt, mit der er sich abgesprochen haben kann.«

»Was ist eigentlich mit den Umweltschutzverbänden in der Region?«, warf Bodenstein ein. »Die regen sich doch sonst auch über ermordete Hamster und zerstörte Wälder auf.«

»Das hatte ich mir auch schon überlegt und mal auf den Webseiten der Ortsgruppen vom NaBU, vom BUND und von der Schutzgemeinschaft Deutscher Wald nachgeschaut«, sagte Kai Ostermann. »Und soll ich euch was sagen? Auf keiner einzigen Webseite wird der geplante Windpark auch nur erwähnt!«

»Umweltverbände können ja wohl kaum etwas gegen erneuerbare Energien einzuwenden haben«, antwortete Cem Altunay. »Atomkraft nein danke, Windkraft ja bitte.«

»Sollte man meinen«, nickte Kai und blickte auf seinen Notizblock. »Aber jetzt wird's spannend: Die WindPro hat letztes Jahr zahlreiche Projekte gesponsert, unter anderem die Renaturierung eines Bachlaufes bei Brehmtal, die ökologische Aufforstung eines Windbruchgebietes im Wald bei Vockenhausen und die Einrichtung einer Aufzuchtstation für verwaiste Wildtiere in Niederjosbach. Es gibt Fotostrecken, auf denen der Chef der WindPro den dankbaren Umweltschützern seine Spende überreicht und die Projekte vor Ort besichtigt. Beim BUND ist er sogar Ehrenmitglied. So. Das ist kein Zufall. Pro Umweltschutzverband ein Projekt. Und jeweils in einem Ortsteil von Eppstein.«

»Was willst du damit sagen?«, fragte Bodenstein stirnrunzelnd.

»Das sieht für mich so aus, als ob die WindPro die Umweltverbände auf ihre Seite gezogen hat, damit sie nicht auf die Idee kommen, gegen den geplanten Windpark zu protestieren.«

»Eine Art Bestechung also. Keine schlechte Überlegung.« Bodenstein nickte anerkennend.

»Wer weiß, was da noch für Gelder geflossen sind«, fügte Kai hinzu. »Die WindPro hat die Umweltschutzverbände auf jeden Fall mit ihren großzügigen Spenden mundtot gemacht.«

»Unser erster Verdächtiger ist trotzdem dieser Theodorakis«, mischte sich Pia ein. »Er hat noch einen Zentralschlüssel für das Firmengebäude und macht der WindPro mit seinem Wissen Probleme. Wir sollten ihn uns vornehmen.«

»Wir wissen nicht, wo er wohnt«, wiederholte Cem bedauernd.

»Das finden wir heraus.« Bodenstein schob Pia den Flyer hinüber, der für die Bürgerversammlung warb. »Spätestens morgen Abend wird er auf dieser Versammlung auftauchen. Mein Vater auch. Und vielleicht sogar unsere Einbrecher.«

November 1998

Es war ein düsterer, unfreundlicher Freitagabend. Die Kollegen waren längst ins Wochenende entschwunden, sie war allein im Labor, wie so oft. Konzentriert fütterte sie den Computer mit den Auswertungen ihrer Forschungsreihen. Wenn alles so funktionierte, wie sie es sich vorstellte, dann würden die Zahlen eine wunderschöne Grafik ergeben, quasi die Überschrift für ihre Dissertation. Sie konnte es kaum abwarten, musste aber trotz aller Ungeduld sorgfältig arbeiten, denn nur ein einziges falsch gesetztes Komma wäre fatal.

Plötzlich hörte sie ein Geräusch, Schritte näherten sich auf dem Flur. Die Tür ging auf, und ihr Herz machte einen Satz.

»Ich hab mir gedacht, dass ich Sie hier noch finde.« Er grinste über das ganze von der Kälte gerötete Gesicht und zog eine Flasche Champagner aus der Manteltasche.

»Gibt es etwas zu feiern?«, erkundigte sie sich. Obwohl sie ihn fast jeden Tag sah, genügte sein Anblick, um ihren Adrenalinspiegel in schwindelerregende Höhen zu treiben.

»Allerdings. Etwas wirklich Grandioses!« Plötzlich lag ein Ausdruck in seinen Augen, der sie erschauern ließ. Es musste tatsächlich eine großartige Neuigkeit sein, denn so aufgekratzt hatte sie ihn noch nie erlebt. Normalerweise verhielt er sich distanziert, manchmal geradezu brüsk.

»Kommen Sie, Anna, lassen Sie uns in mein Büro gehen, da ist es gemütlicher.«

Anna! Noch nie hatte er sie beim Vornamen genannt! Was war nur los mit ihm? Weshalb kam er um diese Uhrzeit zu ihr ins Institut?

»Okay.« Sie lächelte. »Ich brauche noch zehn Minuten.«

»Beeilen Sie sich. Sonst wird der Champagner warm.« Er zwinkerte ihr zu und verschwand. Ihr Herz pochte aufgeregt. In dem knappen Jahr, das sie nun für und mit Professor Eisenhut arbeitete, war sie oft mit ihm allein gewesen, aber nie an einem Abend und ganz sicher nicht, um mit ihm Champagner zu trinken. Sie zog ihren Laborkittel aus, löste ihren praktischen Pferdeschwanz und fuhr sich kurz durch die Haare. Der Aufzug brachte sie in Sekunden hoch in den siebten Stock, wo die Gummisohlen ihrer flachen Schuhe auf dem Parkettfußboden quietschten. Unsicher betrat sie sein Büro und blieb schüchtern stehen. Zwar war sie schon oft hier oben gewesen, aber so richtig wohl fühlte sie sich nur unten in den Labors.

»Kommen Sie näher!«, rief er. Er hatte seinen Mantel, sein Jackett und seine Krawatte nachlässig über eine Stuhllehne geworfen, zwei Champagnergläser aus dem Schrank geholt und öffnete nun die Flasche, wobei er ein Auge zukniff und das Gesicht verzog.

»Auf was trinken wir denn?«, fragte sie. Ihr Herz schlug so heftig gegen ihre Rippen, dass er es hätte hören müssen, wenn der Wind nicht so laut geheult hätte.

»Darauf, dass unser Institut ab dem 1. Januar offizielles Beratungsorgan der Bundesregierung in Klimafragen sein wird.« Mit einem jungenhaften Lächeln reichte er ihr den Champagner, der so kalt war, dass das Glas von außen leicht beschlug. »Und das wollte ich mit meiner besten Mitarbeiterin feiern.«

Sie starrte ihn ungläubig an.

»O mein Gott!«, flüsterte sie. »Sie waren heute in Berlin, und ich hab's total vergessen. Herzlichen Glückwunsch!«

»Danke!« Er grinste breit und zufrieden, stieß mit seinem Glas sachte gegen ihres und leerte es mit einem Schluck. »Den haben wir uns jetzt wirklich verdient.«

Sie nippte an ihrem Glas. Er war extra ins Institut gekommen, um mit ihr anzustoßen! Ihre Finger zitterten vor Aufregung, sie konnte ihren Blick nicht von ihm abwenden. Das vom Wind zerzauste Haar, die glänzenden Augen, dieser Mund, von dem sie träumte, seitdem sie ihn zum ersten Mal gesehen hatte. Sie musste schlucken und spürte, wie sie rot wurde. Noch nie war sie so verliebt gewesen, aber ganz davon abgesehen bewunderte sie ihren Chef für seine Begeisterung, seine Überzeugung, das Richtige zu tun. Sie bewunderte sein immenses Wissen, seinen scharfen Verstand, ja sogar seine Arroganz.

Ganz unvermittelt ballte er triumphierend die Faust und lachte. Dann stellte er das Glas auf den Tisch, kam näher und legte seine Hände auf ihre Schultern. Sein Blick bohrte sich in ihren.

»Wir haben es geschafft, Anna!«, flüsterte er rau und hörte auf zu lächeln. »Verstehst du? Ab heute heißt es: Sky is the limit!«

Er nahm ihr Gesicht in beide Hände. Sie sahen sich stumm an, dann zuckte es um seine Lippen. Offenbar hatte er die Antwort auf seine unausgesprochene Frage in ihrem Gesicht gelesen, denn er zog sie fest in seine Arme und küsste sie mit einer Leidenschaft, die ihren Körper von den Haarspitzen bis zu den Zehen in flüssiges Feuer tauchte.

Die Durchsage kam in der dritten Stunde, zu der Mark gerade noch rechtzeitig erschienen war. Er sollte zum Direktor kommen! Sein Biolehrer warf ihm einen resignierten Blick zu und nickte auffordernd mit dem Kopf Richtung Tür. Niemand reagierte, als er aufstand und hinausging, denn es war schon das vierte oder fünfte Mal in diesem Halbjahr, dass Mark zu Dr. Sturmfels zitiert wurde. Anfangs hatten seine Klassenkameraden noch getuschelt und gekichert, die Spießerfraktion hatte ihn mit spöttischen Blicken bedacht, aber mittlerweile war es nichts Besonderes mehr. Mark verließ das Klassenzimmer und schlenderte ohne Eile die leeren Flure entlang. Es gab Schüler, die den Direktor in neun Jahren nur aus der Ferne kannten, er hingegen konnte allmählich mit ihm Brüderschaft trinken, so oft wie er vor dessen Schreibtisch saß. Mark betrat das Sekretariat, die Sekretärin winkte ihn stumm durch. Er klopfte widerwillig und öffnete die Tür.

»Hallo, Mark-Philipp. Setz dich.«

Mark gehorchte und ließ sich auf einen der Besucherstühle fallen. Er kannte das Prozedere in- und auswendig. Dieselben Sprüche, die sein Vater draufhatte, in derselben Reihenfolge. Erst Strenge: Warum schwänzt du die Schule? Das hat Konsequenzen. Dann der Appell an seine Vernunft: Du bist doch intelligent. Warum verdirbst du dir so deine ganze Zukunft? Schließlich Drohung: Nachsitzen. Schulverweis. Ob es das irgendwo vorgedruckt gab?

Aber heute ließ sich der Direktor Zeit, blickte nicht einmal von seinem Computerbildschirm auf. Schweigend tippte er auf seiner Tastatur herum, als sei er allein in seinem Büro. Dann kam sogar noch ein Anruf, und er quatschte in aller Seelenruhe mit irgendwem über Privatkram. Die Minuten vergingen. War das eine neue Taktik? Zermürbung? Mark überlegte kurz, ob er einfach seinen iPod einschalten und Musik hören sollte, aber ein winziger Rest des alten Respekts hielt ihn davon ab.

»Da sitzen wir also mal wieder«, sagte Dr. Sturmfels plötzlich. »Wie du siehst, gebe ich nicht so schnell auf. Willst du mir heute irgendetwas erzählen?«

Mark blickte ihn kurz an, dann schlug er die Augen nieder. Dr. Sturmfels saß zurückgelehnt in seinem Sessel, die Arme vor der Brust verschränkt, und betrachtete ihn forschend. Sein Blick zerrte unerbittlich an einer Tür in Marks Innerem, hinter der etwas verborgen war, was nur ihm gehörte.

»Nö«, murmelte er und blickte auf seine Hände. Unwillkommene Erinnerungen stiegen in ihm auf, Erinnerungen an eine andere Schule, einen anderen Lehrer. Das Haar fiel ihm ins Gesicht, er konnte sich dahinter verstecken wie hinter einem Vorhang.

»Ich weiß, dass dich das nicht interessiert«, fuhr der Direktor fort, »aber ich wüsste wirklich gerne, was mit dir los ist.«

Mark musste schlucken. Drohungen und Gebrüll machten ihm nichts aus, aber die verständnisvolle Tour ging gar nicht. Sein Unbehagen wuchs. Er musste hier raus. Auf der Stelle. Doch es war zu spät, denn die Tür zur Vergangenheit hatte sich bereits einen winzigen Spaltbreit geöffnet, und der Schmerz rieselte hindurch wie ein dünnes Rinnsal. Er steckte die Hände in die Taschen seiner Jacke und ballte sie zu Fäusten. Warum kapierte keiner, dass er einfach nur in Ruhe gelassen werden wollte?

»Der Einzige, dem du mit deiner Verweigerungshaltung schadest, bist du selbst«, sagte der Direktor. »Deine Eltern haben mir erzählt, was damals im Internat vorgefallen ist, und ich weiß …«

»Hören Sie auf!«, fiel Mark ihm heftig ins Wort und sprang auf. »Sie wissen gar nichts. Alle behaupten immer, sie wüssten irgendwas. Das stimmt doch gar nicht.«

»Was ist es dann?« Dr. Sturmfels blickte ihn ruhig und gelassen an, schien ihm seine heftige Reaktion nicht übelzunehmen. »Was bringt einen intelligenten Jungen wie dich dazu, die Schule zu schwänzen und Autos mit Golfschlägern zu demolieren?«

Mark stemmte sich mit aller Macht gegen die Tür, aber der Druck wurde stärker und stärker. Unerwünschte Erinnerungen explodierten schmerzhaft in seinem Kopf. *Erzähl uns, was passiert ist. Wir helfen dir. Es wird niemand erfahren. Das bleibt unter uns, hier im Raum.* Von wegen! Sich selbst und ihrem schlechten Gewissen hatten sie vielleicht geholfen, aber nicht ihm. Erst hatten sie einen auf verständnisvoll gemacht, und dann hatten sie ihn im Stich gelassen, so war es doch immer gewesen. Mark hatte die Schnauze so voll von diesem geheuchelten Mitgefühl und dem Psychogequatsche! Warum hielt ihm der blöde Sturmfels nicht einfach seine übliche Predigt und fertig?

»Das verstehen Sie eh nicht«, stieß Mark trotzig hervor und wandte dem Direktor den Rücken zu. Schmerzhaft und grell und unerträglich heiß raste die Wut durch seine Adern, und er wusste, er würde die Kontrolle verlieren, wenn er nicht sofort hier raus kam.

Ricky, dachte er. Die Stimme des Direktors verebbte irgendwo im Rauschen in seinem Kopf. Er floh. Sollte der Sturmfels denken, was er wollte, es war ihm scheißegal.

*

Die Besprechung war beendet, die Leiter der Projektabteilung und die verantwortlichen Ingenieure verließen das Büro. Die Luft in dem aufgeheizten Raum war nach drei Stunden Konferenz stickig von den Ausdünstungen der Männer. Stefan Theissen öffnete die Fenster und wartete, bis seine Sekretärin die leeren Kaffeetassen, Gläser und Flaschen abgeräumt und die Tür hinter sich geschlossen hatte. Noch immer glaubte er den widerlichen Verwesungsgeruch zu riechen, obwohl die Leute von der Reinigungsfirma gestern mit einer ganzen Batterie von Putzmitteln angerückt waren. Theissen kehrte an den Tisch zurück, an dem nur noch Dr. Enno Rademacher, der kaufmännische Direktor der WindPro, und Ralph Glöckner saßen. Letzteren hatte Theissen gestern Morgen gebeten, auf schnellstem Wege in die Firma zu kommen. Er hatte schon ein paar Mal mit Glöckner zusammengearbeitet und hoffte, dass er ihnen helfen konnte, dieses an und für sich lächerliche Projekt im Taunus auf den Weg zu bringen. Der Österreicher bot seine Dienste als Troubleshooter jedem an, der bereit war, seine horrenden Honorare zu bezahlen, und war in gewissen Kreisen für seine unorthodoxen, aber äußerst wirkungsvollen Methoden bekannt. Oft reichte es, ihn einzuschalten, um verhärtete Fronten zu klären und Einigungen zu erzielen. Als Ingenieur hatte er schon in ganz Europa, in Pakistan, Afrika und China Staudämme, Kraftwerke, Brücken, Tunnel und Kanäle gebaut, und zweifellos war er der beste Mann für diese schwierige Situation.

»Wir haben so weit alles besprochen«, sagte Rademacher nun. »Kümmern Sie sich um die Sicherheitsfirma, damit wir spätestens am Donnerstag unbehelligt mit der Rodung des Areals anfangen können. Eine weitere Verzögerung können wir uns nicht leisten.«

»Wie wollt ihr das mit der Zuwegung lösen?«, fragte Glöckner, der die Angewohnheit hatte, jeden zu duzen.

»Ich stehe in den Verhandlungen mit der Eigentümerfamilie kurz vor einem Abschluss«, winkte Rademacher ab. »Mit Ihrer Unterstützung werden wir bis spätestens übermorgen hoffentlich alles geklärt haben.«

Glöckner hob eine Augenbraue und grinste komplizenhaft.

»Ich fahre gleich mal raus und sehe mir die Sache aus der Nähe an«, sagte er. »Probleme sind dazu da, gelöst zu werden.«

»Genau.« Rademacher lächelte zufrieden wie eine Katze, die eine Maus gefangen hatte.

Theissen folgte dem Gespräch mit wachsender Verstimmung. Hatte er irgendetwas verpasst? Er blickte zwischen den beiden Männern, die unterschiedlicher nicht sein konnten, hin und her. Neben dem kräftigen Zweimetermann Glöckner mit seinem zerfurchten, sonnenverbrannten Gesicht, dem ergrauten Pferdeschwanz und der ledernen Rockerweste wirkte Rademacher wie ein harmloser Buchhalter, doch dieser Eindruck täuschte.

»Also, servus, die Herren.« Glöckner erhob sich von seinem Stuhl, klopfte Rademacher mit einer selbstverständlichen Vertraulichkeit, die Theissen störte, auf die Schulter und verließ das Büro mit gemächlichen, wiegenden Schritten.

»Ich wusste gar nicht, dass Hirtreiter die Wiese auf einmal doch verkaufen will«, wandte sich Stefan Theissen an Rademacher. Es gefiel ihm nicht, dass er etwas so immens Wichtiges nur nebenbei erfuhr.

»Will er ja auch nicht«, erwiderte der kaufmännische Direktor und schlug die Beine übereinander. »Aber seine Söhne. Die kriegen das schon hin, da bin ich optimistisch. Ich habe keinen Zweifel daran gelassen, dass wir sonst den Weg über eine einstweilige Verfügung gehen und es unter Umständen zu einer Zwangsenteignung kommt. Das hat sie motiviert.«

Er grinste selbstgefällig, wurde aber dann ernst.

»Was hat es mit diesem ominösen Einbruch auf sich?«, erkundigte er sich bei Theissen. »Was können Einbrecher hier gewollt haben? Und was sollte die tote Maus?«

»Hamster. Es war ein toter Goldhamster.« Theissen zuckte die Schultern. Er starrte einen Moment vor sich hin, dann schlug er mit der flachen Hand auf die Tischoberfläche.

»Hätte diese dämliche Kuh nicht erst mich anrufen können, bevor sie die Polizei alarmiert?«

»Was hätte das geändert?«

»Ich hätte den verdammten Hamster ins Klo schmeißen, ein paar Laptops wegschaffen und eine Scheibe einschlagen können, damit es wie ein normaler Einbruch aussieht!« Theissen sprang auf und ging in seinem Büro auf und ab. »Vor allen Dingen hätte die Polizei niemals die Bänder aus den Kameras in die Finger bekommen dürfen.«

»Warum nicht?«, fragte Rademacher.

»Weil ich an dem Abend noch mal in der Firma war«, erwiderte Theissen. »Verdammt. Jetzt löchern sie mich natürlich mit Fragen.«

Die ganze Sache gefiel ihm überhaupt nicht, und das Letzte, was er jetzt noch brauchte, waren herumschnüffelnde Bullen. Der Windpark in Ehlhalten war auf den ersten Blick ein vergleichsweise mickriges Projekt, aber an ihm hing die Zukunft des ganzen Unternehmens. Damals, als er die Wind-Pro gegründet hatte, war er einer der Ersten auf dem Markt gewesen, mittlerweile schossen konkurrierende Unternehmen wie Pilze aus dem Boden und machten die Preise kaputt. Man hatte bereits rigide Sparmaßnahmen ergreifen müssen, um die Firma wenigstens vorübergehend aus den roten Zahlen zu holen, aber das würde nicht ausreichen. Sollte die Errichtung des Windparks Taunus scheitern, platzte die ganze Finanzierung; in den Zeiten der Finanzkrise war es ohnehin schon eine Meisterleistung von Rademacher gewesen, Investoren zu finden und die Banken zu überzeugen. Die Windenergiefonds, mit denen der Windpark Taunus finanziert werden sollte, beinhalteten auch noch andere, weitaus größere Projekte, Subventionen in Millionenhöhe von Bund, Land und Stadt waren fest einkalkuliert und Voraussetzung für die Zustimmung der Banken gewesen. Fielen diese weg, nur weil ein sturer Bauer seine verdammte Wiese nicht verkaufen wollte, dann stand das ganze Konzept auf tönernen Füßen.

»Hast du einen Verdacht, wer hinter dem Einbruch stecken könnte?«, fragte Rademacher.

»Natürlich«, erwiderte Theissen ungehalten. »Theodorakis, wer sonst? Aber diesmal ist er zu weit gegangen.«

»Du meinst, er hat Grossmann umgebracht?«

»Vielleicht hatte er ihn erkannt. Wer weiß.«

»Hast du geschaut, ob bei den Unterlagen etwas fehlt?«

»Das habe ich als Erstes getan. Es fehlt nichts.«

»Hoffentlich hast du recht.« Rademacher war besorgt.

»Du brauchst dir keine Sorgen zu machen«, versicherte Theissen, aber seine Zuversicht war nur aufgesetzt. Er zerbrach sich den Kopf darüber, was Einbrecher hier gesucht hatten. Wollten sie ihm wirklich nur den Hamster auf den Schreibtisch legen? Warum? Irgendwo hatte er mal gelesen, dass die Mafia in Amerika redewilligen Zeugen als Warnung tote Kanarienvögel oder Fische schickte, aber das war in diesem Fall wohl etwas sehr weit hergeholt.

»Die Zeit, in der es hätte gefährlich werden können, ist vorbei«, sagte er mit fester Stimme. »Wir fangen am Donnerstag mit der Rodung und der Einrichtung der Baustelle an, damit haben wir die geforderte Frist eingehalten, und es kann nichts mehr passieren. Bis Herbst steht der Windpark.«

Es klopfte an der Tür, seine Sekretärin steckte den Kopf herein.

»Zwei Leute von der Kripo sind da«, sagte sie.

Auch das noch! Theissen warf einen Blick auf seine Armbanduhr. In zwei Stunden hatte er einen Termin im Kempinski in Falkenstein wegen einer Veranstaltung des Wirtschaftsclubs Vordertaunus am Freitagabend.

Rademacher musterte seinen Vorstandskollegen.

»Vielleicht solltest du ihnen die Wahrheit über Grossmann sagen, bevor sie von selbst drauf kommen«, sagte er.

»Nie und nimmer«, erwiderte Theissen heftig. »Ich bin froh, dass dieser Alptraum endlich vorbei ist.«

*

Das Klingeln der Ladenglocke unterbrach Frauke bei der Reinigung des Arbeitstisches. Sie trocknete sich die Hände ab und ging hinüber in den Laden. Ein Schwarm Schulmädchen von vierzehn oder fünfzehn Jahren hatte schwatzend das Geschäft betreten. Eine von ihnen, eine langbeinige Gazelle mit stark geschminkten Augen, fragte Frauke um Rat wegen einer Hundebürste.

»Was hast du denn für einen Hund?«, wollte Frauke wissen.

»Wir haben ihn von Ibiza mitgebracht. Er hat eine ganz empfindliche Haut.«

Frauke präsentierte die unterschiedlichen Bürstenmodelle und war beeindruckt, wie kritisch das Mädchen jede einzelne Bürste in Augenschein nahm. Es musste seinen Hund wirklich sehr gern haben.

»Hey du! Ich hab's gesehen!«, hörte Frauke plötzlich Nikas Stimme und blickte sich um. Die anderen Mädchen rannten aus dem Laden, die Gazelle folgte ihnen.

»Aber was …«, begann Frauke verwirrt.

»Dieses kleine Aas hat doch echt ein T-Shirt eingesteckt«, sagte Nika mit grimmiger Miene. In der nächsten Sekunde war auch sie verschwunden. Frauke schüttelte den Kopf, als sie begriff, dass sie Opfer eines ziemlich plumpen Ablenkungsmanövers geworden war. Seit ein paar Wochen häuften sich die Ladendiebstähle, besonders hoch im Kurs standen T-Shirts einer besonderen Marke und Pferdezubehör aller Art.

Frauke folgte Nika nach draußen und schloss die Ladentür ab. Mit ihrer Körperfülle hatte sie nicht den Hauch einer Chance, die Diebin einzuholen, sie keuchte schon nach ein paar Metern im Gegensatz zu Nika, die bereits leichtfüßig die steil ansteigende Straße hochgelaufen war und die Mädchen an der Ecke zur Fußgängerzone erreicht hatte.

Die Schule war aus, Massen von Schülern strebten durch

die Fußgängerzone zum Busbahnhof. Nika hielt ein dunkelhaariges Mädchen fest, das einen rosa Rucksack auf dem Rücken trug. Deren Freundinnen zeterten laut, und zwei halbwüchsige Jungs, die offenbar mit den Mädchen unter einer Decke steckten, näherten sich Nika von hinten. Einer von ihnen umfing sie mit beiden Armen, während die Mädchen zur Flucht ansetzten, doch dann sah Frauke etwas Unglaubliches. In Bruchteilen von Sekunden hatte Nika sich aus der Umklammerung des jungen Mannes befreit. Mit tigerhafter Anmut vollführte sie eine Pirouette, dann flog ihr Angreifer durch die Luft und krachte unsanft aufs Pflaster. Der andere stürzte sich ebenfalls auf Nika und teilte das wenig schmeichelhafte Schicksal seines Kumpels. Die Mädchen starrten Nika sichtlich eingeschüchtert an.

»Wenn du mir gibst, was du eben geklaut hast, rufe ich nicht die Polizei«, hörte Frauke Nika sagen. Die Diebin öffnete widerspruchslos ihren rosa Rucksack, zog ein zusammengeknülltes T-Shirt hervor und warf es Nika mit trotziger Miene vor die Füße. Die Jungs hatten sich aufgerappelt und verschwanden hinkend in der Menge der neugierigen Gaffer.

»Aufheben«, befahl Nika. Frauke sah staunend zu, wie sich das Mädchen nun bückte und das gestohlene T-Shirt aufhob. Nika stand gelassen da, und trotz ihres altmodischen Kleides, der grauen Strickjacke und den schäbigen Turnschuhen strahlte sie eine Autorität aus, die Frauke nie zuvor an ihr bemerkt hatte. Das Mädchen reichte Nika das T-Shirt.

»Danke. Und jetzt verschwindet. Ich will keine von euch mehr in unserem Laden sehen, sonst gibt's eine Anzeige.«

Die diebischen Elstern zogen das Genick ein und trollten sich, die Menge löste sich auf. Frauke war sprachlos. Hätte sie es nicht mit eigenen Augen gesehen, so hätte sie nie und nimmer geglaubt, dass die zierliche, stille Nika zwei Jungs derart mühelos aufs Kreuz legen könnte.

Doch Nika schien über ihre Heldentat nicht sprechen zu wollen. Schweigend ging sie an ihr vorbei und die Kirchstraße hinunter, Frauke musste beinahe rennen, um mit ihr Schritt zu halten.

»Du hast die beiden Jungs echt plattgemacht!«, rief sie ungläubig und voller Bewunderung. »Woher kannst du denn Karate?«

»Das war Jiu-Jitsu«, berichtigte Nika.

»Total irre! Das hätte ich dir nie zugetraut!«, keuchte Frauke. »Wenn ich das Ricky erzähle, wird sie …«

Nika blieb so abrupt stehen, dass Frauke beinahe in sie hineingelaufen wäre.

»Ich will nicht, dass du Ricky etwas erzählst«, sagte sie knapp und ohne die Spur eines Lächelns.

»Versprichst du mir das?«

»Ja, aber das war doch …«, begann Frauke verwirrt.

»Versprichst du es mir?«, drängte Nika. Das klang nicht bittend, eher drohend.

»Ja, okay«, murmelte Frauke eingeschüchtert. »Ich versprech's.«

»Ich verlass mich auf dich.« Nika setzte sich wieder in Bewegung. Frauke blieb stehen und blickte ihr verständnislos nach, wie sie die Straße überquerte und im Laden verschwand.

*

»Wir haben den Verdacht, dass ein ehemaliger Mitarbeiter hinter dem Scherz mit dem Hamster steckt«, sagte Dr. Stefan Theissen.

»Scherz?« Pia hob die Augenbrauen. »Für einen Scherz hat derjenige aber mit dem Einbruch ziemlich viel riskiert.«

Bodenstein überließ Pia das Gespräch mit den beiden Chefs der WindPro, er hielt sich im Hintergrund, sah sich in dem großen Büro um und versuchte, die beiden Männer einzuschätzen. Theissen machte einen selbstsicheren und gelassenen Eindruck. Von Nervosität, wie sie die meisten Menschen in einem Gespräch mit der Kriminalpolizei befiel, war weder bei ihm noch bei seinem Kompagnon etwas zu spüren. Mit Kennerblick taxierte Bodenstein Theissens Kleidung. Designeranzug und Hemd, die dezent gemusterte Krawatte Massenware, aber gehobene Preisklasse, die Schuhe handgenäht. Stefan Theissen legte großen Wert auf ein gepflegtes Äußeres.

»Wen halten Sie denn für verdächtig?«, fragte Pia ihn gerade.

»Der Mann heißt Jannis Theodorakis. Er hat mal für uns gearbeitet«, erwiderte Theissen.

»Ach.« Pia tat überrascht. »Theodorakis. Das ist der von der Bürgerinitiative. Ich habe ihn gestern im Fernsehen gesehen. Da hatte ich allerdings nicht unbedingt den Eindruck, als würde er scherzen. Er hat schwerwiegende Vorwürfe gegen Ihre Firma geäußert.«

Theissen und Rademacher wechselten einen raschen Blick.

»Seine Behauptungen sind bösartige Verleumdung«, sagte Rademacher. »Wir haben vor neun Monaten die Zusammenarbeit mit Theodorakis beendet. Jetzt will er sich an uns rächen, und dazu ist ihm jedes Mittel recht. Wir werden ihn deswegen verklagen.«

Er war einige Jahre älter als Theissen, etwa Mitte fünfzig. Sein Gesicht mit den schlaffen Wangen war nichtssagend, durch das dünne, blonde Haar schimmerte rosig die Kopfhaut. Rademacher war nicht weniger selbstsicher als Theissen, aber weitaus weniger eitel. Beim Sprechen entblößte er unregelmäßige, gelbliche Zähne unter seinem dicken Schnauzbart, sein zerknitterter Anzug dünstete Zigarettenrauch aus. Bodenstein trat an ein Sideboard, auf dem gerahmte Fotos standen. Windräder, lachende Männer in Anzügen auf Baustellen. Familienfotos. Gutaussehender Papa, hübsche Mama und drei Kinder. Ein ernster blonder Junge in Anzug und Fliege mit einer Geige. Zwei lächelnde Mädchen auf Skiern im Schnee. Papa und Mama vor einem Sonnenuntergang in den Bergen.

»Die Unterstellungen entbehren jeder Grundlage«, pflichtete Theissen seinem Vorstandskollegen bei. »Kein einziger Umweltverband hat irgendwelche Bedenken, aber ganz plötzlich soll das alles nicht stimmen.«

Bodenstein räusperte sich.

»Welche Position hatte Herr Theodorakis in Ihrer Firma?«, fragte er.

»Er war Teamleiter der Projektentwicklung«, erwiderte Theissen. »Zuständig für Standortakquise und die Betreuung der Windkraftprojekte in allen Entwicklungsstufen.«

»Weshalb haben Sie ihn entlassen?«

»Es gab Meinungsverschiedenheiten.«

»Welcher Art?«

»Das sind Firmeninterna«, sagte Theissen ausweichend.

»Sie sind also nicht im Guten auseinandergegangen«, mutmaßte Bodenstein und erkannte an Theissens Miene, dass er recht hatte.

»Theodorakis war ein Querulant, der das Betriebsklima vergiftete«, mischte sich Rademacher ein. »Er hielt sich nicht an Absprachen und stieß damit mehrfach Kunden vor den Kopf. Als wir seinetwegen beinahe einen wichtigen Auftrag verloren haben, war das Maß voll. Er war für uns nicht mehr tragbar.«

»Sie erwähnten vorhin das Wort Rache«, sagte Bodenstein. »Für was will Theodorakis sich denn an Ihnen rächen?«

»Er machte nach seiner Entlassung einen Riesenwind und zog vors Arbeitsgericht, aber dort verlor er«, antwortete Rademacher und hustete gurgelnd. »In unserer Branche kennt jeder jeden, niemand wollte ihn danach mehr einstellen.

Daran gibt er uns bis heute die Schuld, dabei hat er sich selbst ins Abseits manövriert.«

»Hatte er mit den Planungen für den Windpark Taunus noch zu tun?«

»Nur ganz im Anfangsstadium. Er wurde letztes Jahr im August entlassen.«

Pia öffnete ihre Tasche und zog eine Kopie des Blattes heraus, das Kröger unter dem Kopierer im Sekretariat gefunden hatte. Sie reichte es Theissen.

»Was ist das?«, fragte er und legte die Stirn in Falten.

»Das würden wir gerne von Ihnen wissen.«

Theissen betrachtete die Kopie und runzelte die Stirn, dann reichte er das Blatt mit unbewegter Miene an Rademacher weiter.

»Sieht aus wie die Seite eines Gutachtens.« Er verschränkte die Arme. »Woher haben Sie das?«

»Es lag auf dem Boden unter dem Kopierer in Ihrem Vorzimmer.« Bodenstein ließ Theissen nicht aus den Augen. »Wir dachten uns schon, dass es nichts Außergewöhnliches ist. Seltsam erschien uns eigentlich nur die Uhrzeit, zu der der Kopierer das letzte Mal benutzt wurde. Laut Protokoll geschah das nämlich am Samstag, dem 9. Mai, zwischen 2:43 und 3:14.«

»Ich verstehe nicht ganz …«, begann Stefan Theissen, verstummte dann aber. Ganz so unbedeutend, wie Theissen ihnen weismachen wollte, schien das Blatt nicht zu sein, denn seine Pupillen zuckten nervös hin und her, er biss sich auf die Unterlippe. Rademacher hingegen lächelte säuerlich.

»Nun wissen wir wenigstens, warum Theodorakis hier eingebrochen ist«, sagte er. »Betriebsspionage. Das wird ihn teuer zu stehen kommen.«

Bodenstein warf ihm einen nachdenklichen Blick zu. Wusste Rademacher überhaupt, dass Theissen in der Mordnacht hier gewesen war?

»Wann, sagten Sie, haben Sie Freitagnacht das Gebäude verlassen?«, wandte er sich an Theissen.

»Kurz vor Mitternacht«, erwiderte dieser. Er schien nicht recht zu begreifen, auf was Bodenstein hinauswollte. »Aber das habe ich Ihnen doch schon gesagt.«

»Niemand hat Sie dabei gesehen. Und bis jetzt kann nur Ihre Ehefrau Ihr Alibi bestätigen. Leider hat ihre Aussage nicht viel Gewicht.«

Rademacher ließ sich nicht anmerken, ob er überrascht war oder nicht. Entweder war er ein abgebrühter Schauspieler, oder er wusste über Theissens nächtliche Aktivitäten in der Nacht von Grossmanns Tod Bescheid. Seine Miene war abwartend, fast neugierig. Über Theissens Gesicht hingegen flackerte für Bruchteile von Sekunden ein ganzes Kaleidoskop an Gefühlen: Begreifen, Unglaube, Unsicherheit, Angst. Die Angst war am stärksten, sie blieb in seinen Augen hängen wie ein Schatten, als er sich wieder unter Kontrolle hatte.

»Ich verstehe nicht, was das ...«, setzte er wieder an.

»Ich glaube, Sie verstehen ganz gut«, schnitt Pia ihm das Wort ab. Allmählich ging ihr der Mann auf die Nerven. »Vielleicht waren Sie mit demjenigen, der hier im Gebäude war, verabredet.«

»A... aber das ist doch Unsinn! Wa... warum hätte ich mich mit Einbrechern verabreden sollen?«, stotterte Stefan Theissen überrascht. Das war eine abstruse Behauptung, das wusste Pia selbst, aber sie hatte Theissen schon einmal bei einer Lüge erwischt, vielleicht würde er wieder einen Fehler machen, wenn sie ihn in die Enge trieb.

»Wie auch immer«, sagte Bodenstein. »Das Alibi, das Ihnen Ihre Ehefrau gegeben hat, ist schwach. Sie waren im Gebäude, Sie haben es vermieden, Ihrem Nachtwächter zu begegnen, und wir wissen nicht, wann Sie das Gebäude tatsächlich verlassen haben. Aus diesen Gründen stehen Sie unter Verdacht, etwas mit den Ereignissen von Freitagnacht zu tun zu haben. Und deshalb bitten wir Sie, vorläufig nicht zu verreisen. Halten Sie sich zu unserer Verfügung.«

»Sie glauben doch wohl nicht ernsthaft, dass ich etwas mit dem Unfall zu tun haben könnte! Rolf war mein Freund!« Theissen lief rot an. Rademacher legte ihm beschwichtigend die Hand auf den Arm, aber er schüttelte sie ab.

»Ich war in meinem Büro, um Unterlagen zu holen, die ich vergessen hatte. Der einzige Grund, warum ich nicht wollte, dass Rolf mich sieht, war der, dass ich keine Lust auf ein Gespräch mit ihm hatte! Aber ich lasse mir doch nicht unterstellen, ich hätte ihm etwas angetan!«

Seine Empörung war echt, aber dahinter steckte mehr als nur Entrüstung über Pias Verdacht.

»So etwas traue ich eher Theodorakis zu«, sagte Rademacher nun im Brustton der Überzeugung. »Er ist ein Choleriker. Ein respektloser, fanatischer Hitzkopf. Vielleicht hatte Grossmann ihn erkannt und wollte ihn zur Rede stellen. Reden Sie mit ihm, wenn Sie es nicht schon getan haben. Sie werden feststellen, dass ich recht habe. Der Mann ist unberechenbar und voller Hass.«

*

Die Pappschachtel mit der Lachslasagne rotierte auf dem Glasteller des Mikrowellenherdes. Jannis hatte auf dem Küchentisch die Unterlagen ausgebreitet, deren Zahlen er nun akribisch mit denen der Gutachten verglich, die ihm bereits seit einiger Zeit vorlagen. Er trug die Vergleichsdaten in eine Auswertungstabelle ein und schüttelte den Kopf.

»Nicht zu fassen«, murmelte er.

In dem Moment, als das Licht im Mikrowellenherd mit einem »Pling« erlosch, öffnete sich die Haustür. Jannis musste nicht auf die Uhr sehen. Nika kam jeden Mittag genau um halb zwei nach Hause, sie verbrachte ihre Mittagspause nie mit Frauke oder Ricky oder gar mit Freundinnen, denn sie hatte keine.

»Hey«, sagte sie, als sie die Küche betrat.

»Hey«, erwiderte er und blickte von den Tabellen und Zahlen auf.

Ihren bizarren Aufzug hätte er an jeder anderen Frau peinlich gefunden, bei ihr fand er es exotisch und wunderbar uneitel. Sie trug einen langen Blümchenrock, eine olivfarbene Bluse und eine unförmige Strickjacke, deren Wolle irgendwann einmal grün gewesen sein mochte. Ihre Füße steckten in ausgelatschten Tennisschuhen. Seitdem er wusste, wie sie unter diesen eigenartigen Klamotten aussah, störte es ihn überhaupt nicht mehr.

»Hast du schon was gegessen?«, fragte er betont beiläufig, obwohl ihm das Herz bis zum Hals schlug.

»Nein. Was hast du denn anzubieten?«

»Lachslasagne. Und Kartoffelsalat.«

Nikas Blick fiel auf die leere Verpackung.

»O nein, vielen Dank. Aldi-Delikatessen müssen heute nicht sein.«

Dank Rickys Vorliebe für schnelle Küche war Jannis nach und nach in den Genuss des kompletten Tiefkühl- und Fertigsalatsortiments der umliegenden Supermärkte gekommen, mit dem sie den Kühlschrank vollstopfte.

»Der Kartoffelsalat ist immerhin von Rewe«, entgegnete er.

Da lächelte Nika, und es verschlug ihm die Sprache, wie so oft in letzter Zeit. Er war nur sehr selten um Worte verlegen, deshalb verunsicherte ihn die Befangenheit, die ihn neuerdings in Nikas Gegenwart ergriff. Sie schien seinen Zustand allerdings nicht zu bemerken.

»Ich mache mir lieber ein Brot«, sagte sie und öffnete den Kühlschrank. Jannis lud Lasagne und Kartoffelsalat auf einen Teller, nahm Besteck aus einer Schublade und setzte sich an den Tisch. Er schob die Papierberge zur Seite.

»Was hast du denn da?«, fragte Nika mit einem neugierigen Blick über die Schulter, während sie eine Tomate halbierte.

»Ein paar Gutachten«, antwortete Jannis kauend. »Ich brauche noch schlagkräftige Argumente für heute Abend.«

»Ach so.« Nikas Interesse erlosch. Sie schenkte sich ein Glas Wasser ein, nahm am Tisch Platz und begann, ihr Tomaten-Gurken-Sandwich zu essen. Jannis zermarterte sich das Gehirn nach einem Gesprächsthema, das ihr mehr als ein einsilbiges ›Danke‹, ›Ja‹ oder ›Nein‹ entlocken würde.

»War heute viel los im Laden?«, fragte er schließlich und blickte sie an.

»Für einen Dienstag war's okay«, erwiderte sie. »Der Onlineshop läuft erstaunlich gut an.«

Dankbar stürzte Jannis sich auf dieses Thema, er redete wie ein Wasserfall über die Vor- und Nachteile des Internethandels. Nika nickte hin und wieder und lächelte zerstreut, aber er merkte, dass sie in Gedanken ganz woanders war. Als sie aufgegessen hatte, schob sie den Teller zur Seite, beugte sich über den Tisch und zog die Zeitung, die er am Morgen liegen gelassen hatte, zu sich heran.

Jannis betrachtete sie verstohlen von der Seite. Wie würde sie reagieren, wenn er ihr jetzt gestand, wie verrückt er nach ihr war? Sollte er es einfach wagen? Nichts war peinlicher als eine Zurückweisung, aber er hielt diesen Zustand nicht mehr aus. Während er noch überlegte, wie er es anstellen und was er sagen könnte, schlug Nika eine Seite um und zuckte zusammen, als sei ihr aus der Zeitung ein Geist entgegengesprungen. Die Hand, in der sie das Glas hielt, begann heftig zu zittern. Für den Bruchteil einer Sekunde flog ein Ausdruck des Entsetzens über ihr sonst so beherrschtes Madonnengesicht.

»Was ist denn?«, erkundigte er sich besorgt. Sie stellte das Glas ab, schluckte und schüttelte den Kopf. In ihren Augen flackerte Bestürzung. Rasch schlug sie den Blick nieder.

»Ach, nichts.« Sie hatte sich wieder im Griff, faltete schnell die Zeitung zusammen und erhob sich, bevor er noch etwas sagen konnte. »Wir sehen uns später. Ich muss wieder los.«

Damit verschwand sie in den Keller. Jannis blickte ihr verwundert und ein wenig gekränkt nach. Was war das denn gewesen? Er beugte sich über den Tisch, angelte nach der Zeitung und blätterte sie Seite um Seite durch, aber er fand nichts, was Nikas Erschrecken begründet hätte. War es ein Name in einer der schwarz umrandeten Todesanzeigen, der sie so schockiert hatte? Falls ja, welcher? Wie hieß Nika eigentlich mit Nachnamen? Einen Mietvertrag für die Souterrainwohnung hatten sie mit ihr nie gemacht, sie war ja eine alte Freundin von Ricky. Jannis runzelte die Stirn. Er wusste so gut wie nichts über die Frau, mit der er seit einem knappen halben Jahr unter einem Dach lebte und die seine Gedanken neuerdings auf eine unziemliche Weise in Beschlag nahm. Es war höchste Zeit, das zu ändern.

*

»Ich glaube nicht, dass Theissen etwas mit Grossmanns Tod zu tun hat«, sagte Pia, als Bodenstein und sie wenig später den Flur entlanggingen. »Aber hast du gesehen, wie erschrocken er war, als ich ihm dieses Blatt gezeigt habe?«

»Ja, das habe ich. Er hat irgendwelchen Dreck am Stecken.« Bodenstein schielte kurz zum Aufzug hinüber, dann entschied er sich jedoch für die Treppe. Selbst wenn er sie nur hinunterging, würde das möglicherweise ein paar Fettzellen einschüchtern. »Theodorakis hat noch eine Rechnung mit seinem ehemaligen Arbeitgeber offen. Das ist eine persönliche Sache, da sind Emotionen im Spiel. Trotzdem gilt Theissen so lange als verdächtig, bis sein Alibi von jemand anderem als seiner Frau bestätigt wird.«

»So ganz aus der Luft gegriffen können Theodorakis' Vorwürfe gegen die WindPro nicht sein.« Pia blieb auf einem Treppenabsatz stehen. »Er muss irgendetwas gegen Theissen und Rademacher in der Hand haben, sonst würde er sich doch nicht im Fernsehen hinstellen und von Betrug und Bestechung reden.«

»Was mich stört, ist dieser Hamster.« Bodenstein schüttelte nachdenklich den Kopf. »Das passt überhaupt nicht ins Bild. Theodorakis bricht ein, legt den toten Hamster auf den Schreibtisch, als Warnung an Theissen oder warum auch immer, kopiert Unterlagen, wird von Grossmann überrascht und erkannt. Es kommt zu einer Auseinandersetzung, Grossmann stürzt die Treppe hinunter, und Theodorakis versucht noch, ihn zu reanimieren? Nie im Leben. Der wollte nur noch weg.«

»Ja, und er hätte wohl kaum die Hamstervernichtung im Fernsehen erwähnt, wenn er den Hamster selbst auf den Schreibtisch gelegt hätte«, pflichtete Pia ihrem Chef bei. Sie sahen sich ratlos an.

»Wir müssen unbedingt mit ihm sprechen.« Bodenstein nahm sein Handy heraus und setzte sich wieder in Bewegung. Er rief Ostermann an, der ihm mitteilte, dass man Theodorakis' Adresse mittlerweile herausgefunden hatte. Cem Altunay und Kathrin Fachinger waren bereits auf dem Weg nach Groß-Gerau.

»Wieso nach Groß-Gerau?«, fragte Bodenstein erstaunt.

»Da ist er gemeldet. In Büttelborn.«

Sie hatten das Erdgeschoss erreicht und durchquerten die Eingangshalle. Pia streckte die Hand aus, um die Tür aufzudrücken. Ein Sonnenstrahl, der durch das Glaskuppeldach fiel, ließ etwas an ihrer linken Hand aufblitzen. Was war denn das? Ein Ring? In den vier Jahren, in denen sie nun mittlerweile zusammenarbeiteten, hatte Bodenstein nie auch nur ein einziges Schmuckstück an seiner Kollegin gesehen.

»Gebt mir Bescheid, wenn die beiden zurück sind.« Er

trat einen Schritt zur Seite und wartete, bis der Mann, der gemeinsam mit ihnen das Gebäude verlassen und ihm einen neugierigen Blick zugeworfen hatte, außer Hörweite war. »Ich möchte, dass sie sämtliche Mitarbeiter der WindPro über Theodorakis befragen.«

Bodenstein beendete das Gespräch und steckte sein Handy ein. Auf dem Weg zum Auto überlegte er, ob er Pia auf den Ring ansprechen sollte. Doch ihre ungewohnt verschlossene Miene ließ ihn schweigen. Später vielleicht.

*

»Jetzt die Kupplung kommen lassen ... ja ... oops!« Ricky lachte. »Das war ein bisschen zu schnell.«

In dem Augenblick, als Mark sie gesehen hatte, war alles sofort wieder gut gewesen. Die düsteren Erinnerungen waren wie böse Geister hinter der Tür verschwunden und hatten nur eine Taubheit hinterlassen, die rasch verging. Ricky löcherte ihn nie mit blöden Fragen. Wenn sie merkte, dass er nicht gut drauf war, fiel ihr sofort irgendetwas ein, um ihn abzulenken. Der Wagen war mit einem Ruck zum Stehen gekommen.

»'tschuldigung«, murmelte Mark. Er kriegte das einfach nicht hin, Kuppeln, Schalten, Gasgeben. Dabei konnte doch jeder Trottel Auto fahren!

»Ist doch nicht schlimm«, sagte Ricky. »Noch mal!«

Er trat die Kupplung, schob den Schalthebel in den ersten Gang und drehte den Zündschlüssel, bis der Motor ansprang. Mit schweißnassen Händen umklammerte er das Lenkrad. Da beugte sich Ricky vor und legte eine Hand auf seinen linken Oberschenkel. Sein Herz schlug einen Trommelwirbel, er vergaß vor Aufregung beinahe zu atmen.

»Jetzt gaaanz langsam die Kupplung kommen lassen«, kommandierte Ricky und verringerte sanft den Druck auf sein Bein. »Gleichzeitig Gas geben, aber nicht zu viel.«

Mark nickte heftig und fuhr sich mit der Zunge über die Lippen, den Blick starr auf den Feldweg gerichtet. Wie sollte er sich aufs Autofahren konzentrieren, wenn ihre Hand auf seinem Bein lag? Er spürte den sanften Druck ihrer Brüste an seinem rechten Arm, atmete den Duft ihres Shampoos.

Langsam kommen lassen, dachte er, und etwas Gas ... Ja! Er fuhr! Das Auto rollte den Weg entlang. Ricky nahm ihre Hand von seinem Bein und wandte ihm ihr lächelndes Gesicht zu.

»Super!«, lobte sie. Ihr Mund war keine dreißig Zentimeter von seinem entfernt. »Kupplung treten, Gas weg, in den zweiten Gang schalten.«

Es klappte, aber er vergaß, nach dem Schalten Gas zu geben, und der Motor soff wieder ab.

»Vielleicht solltest besser du fahren«, sagte er niedergeschlagen. »Sonst kommen wir heute nicht mehr in den Laden.«

»Quatsch.« Ricky schüttelte energisch den Kopf. »Übung macht den Meister. Du fährst jetzt bis zur Siedlung, dann tauschen wir.«

Er ließ erneut den Motor an und schaffte es bis in den zweiten Gang, ohne das Auto abzuwürgen. Vor ein paar Wochen hatte sie ihn das erste Mal heimlich fahren lassen. Einfach so.

»Na los, versuch's mal«, hatte sie plötzlich gesagt und gegrinst. »Bis zur ersten Fahrstunde kannst du perfekt fahren.«

Das war typisch Ricky! Sie war einfach nur cool und behandelte ihn nie wie ein kleines Kind. Marks Bewunderung für Ricky war grenzenlos. Sie konnte einfach alles: Ohne jede Hilfe sprang sie auf den blanken Rücken ihrer Pferde, sie sprach fließend Englisch, weil sie an einer Eliteuniversität in Kalifornien studiert hatte – Raumfahrttechnik, und das als eine von nur sieben Frauen! Ricky konnte zupacken wie ein Mann, mit Tieren umgehen, hatte vor nichts Angst und wusste immer einen Rat. Dazu sah sie hammermäßig gut aus. Der Tag, an dem er ihr zum ersten Mal begegnet war, war für Mark der Wendepunkt in seinem Leben gewesen. So wie sie wollte er sein, so stark, so ehrlich, aufrichtig und unbekümmert. Ricky machte im Gegensatz zu anderen Erwachsenen nie leere Versprechungen, sie hielt ihr Wort, log nicht und speiste ihn nie mit irgendwelchen blöden Floskeln ab. Und das Schönste war, dass sie ihn allen anderen Menschen vorzog – mal abgesehen von Jannis, aber der war schließlich ihr Freund, das war okay.

»Schalten!«, erinnerte sie ihn, als sich der Drehzahlmesser neben dem Tacho der 4000 näherte und der Motor schmerzvoll jaulte.

Gas weg, Kupplung, schalten, Gas geben. Der schwarze Audi schnurrte zufrieden den asphaltierten Weg zwischen den blühenden Apfel- und Kirschbäumen entlang, die laue Luft wehte durch das offene Fenster.

»Ich kann's!«, jubelte Mark und strahlte. »Ich kann Auto fahren!«

»Klar. Du kannst alles, wenn du's nur richtig willst«, erwiderte Ricky und lächelte. Sie tippte auf die Tasten des CD-Players, wenig später dröhnte Kid Rocks *All Summer Long* aus den Boxen. Mark fand das Lied eigentlich ziemlich scheiße, aber Ricky liebte es, weil es sie an ihre Zeit in Kalifornien erinnerte, und deshalb hatte er beschlossen, es auch cool zu finden.

»Richtig gut machst du das!«, rief sie ihm über die laute Musik zu. »Wenn du erst den Führerschein hast, fahren wir zusammen den Pacific Coast Highway No. 1 hoch. Von San Diego bis San Francisco!«

Mark nickte überglücklich.

»*And we were trying different things, we were smoking funny things, making love out by the lake to our favourite song*«, sang sie, und er fiel ein. Eine blonde Strähne hatte sich aus ihren Zöpfen gelöst und flatterte im Fahrtwind. Sie war so wunderschön, er hätte sie am liebsten dauernd angeschaut.

»*Sipping Whiskey out the bottle, not thinking about tomorrow, singing Sweet Home Alabama all summer long!*«

Sie grinsten sich an, und Mark wünschte, die knapp drei Kilometer lange Fahrt würde nie zu Ende gehen.

*

Er hatte am Freitagabend einen Fehler gemacht, aber ein schlechtes Gewissen nützte jetzt auch niemandem mehr. Langsam stieg Jannis die Wendeltreppe hoch. Der Dachboden war sein Rückzugsort. Hier hatte haariges, vierbeiniges Viehzeug nichts zu suchen, und auch Ricky kam nur selten hierher. Er öffnete die beiden Fenster der gegenüberliegenden Dachgauben, um für ein wenig Durchzug zu sorgen, und schaltete den Computer ein. Sein Schreibtisch stand in der Gaube, die nach Westen zeigte, von dort konnte er über das Tal, in dem das Tierheim lag, bis hoch zur Königsteiner Burgruine schauen. Jannis verdrängte energisch unangenehme Gewissensbisse, die störten ihn nur beim Nachdenken. Heute Abend war Vorbesprechung in der Krone in Ehlhalten, da musste er die anderen Mitglieder der Bürgerinitiative davon überzeugen, dass nicht Hirtreiter morgen ihre Sache auf der Bürgerversammlung vertreten sollte, sondern er.

Die Sonne schien warm durch das geöffnete Fenster und zeichnete ein helles Viereck auf den grauen Teppichboden. Eine aufdringliche Fliege summte um ihn herum und setzte sich auf den Computerbildschirm. Er verjagte sie geistesabwesend, rief sein E-Mail-Programm auf und grinste zufrieden, als er sah, dass Mark Wort gehalten hatte. So lästig und nervtötend der Junge manchmal sein konnte, in dieser Sache war er wirklich Gold wert.

Nachdem Jannis die elf E-Mails ausgedruckt hatte, ging er ins Internet und tippte den Namen »WindPro« in die Google-Suchleiste. Das tat er mittlerweile regelmäßig, schließlich musste er auf dem aktuellsten Stand sein, was den Feind betraf. Er überflog die neuesten Ergebnisse, als ihm ein Name ins Auge sprang, der bei ihm irgendeine verschwommene Assoziation weckte. Er rief den Artikel auf und betrachtete das Foto neben dem Text. *Professor Dirk Eisenhut, der Direktor des Deutschen Klima-Instituts, am Freitag, dem 15. Mai, in Königstein zu Gast,* las er. *Dr. Stefan Theissen, der Vorsitzende des Wirtschaftsclubs Vordertaunus, freut sich auf den prominenten Wissenschaftler.*

In Jannis' Gehirn arbeitete es. Wo war ihm der Name Eisenhut erst kürzlich begegnet? Und in welchem Zusammenhang? Eine Weile saß er grübelnd da und starrte das Foto auf dem Bildschirm an, dann fiel es ihm ein. Natürlich! Er zog die unterste Schublade seines Schreibtisches auf und nahm die kostbaren Unterlagen heraus, die er über Wochen und Monate gesammelt und sorgfältig archiviert hatte. Sie würden morgen Abend für eine gewaltige Überraschung sorgen. Ungeduldig blätterte er den dicken Ordner durch, bis er gefunden hatte, was er suchte. Eines der beiden positiven Gutachten, die Einfluss auf die Baugenehmigung für den Windpark Ehlhalten gehabt hatten, war vom Deutschen Klima-Institut angefertigt worden. Das konnte kein Zufall sein! Professor Eisenhut hatte offenbar einem Freund einen Gefallen getan. Vielleicht war sogar Geld dafür geflossen.

Jannis grinste boshaft. Er freute sich auf Theissens Gesicht, wenn der morgen erfuhr, in wessen Hände diese Unterlagen geraten waren! Das offensichtlich gefälschte Gutachten war das Sahnehäubchen auf der Torte. Die hieb- und stichfesten Beweise, die er in gut vierundzwanzig Stunden Presse und Öffentlichkeit präsentieren würde, bedeuteten das unwiderrufliche Ende des Windparks Taunus. Und den Anfang vom

Ende der WindPro. Denn aus dieser Sache würde sich der schleimige Theissen nicht mehr so leicht herauswinden können.

Jannis verschränkte die Hände hinter dem Kopf und blickte nachdenklich aus dem Fenster. Da war noch etwas. Was war es bloß? Er wedelte mit der Hand die Fliege weg, die unbedingt in seinem Gesicht sitzen wollte. Und plötzlich zuckte die Erinnerung durch seinen Kopf. Wie von der Tarantel gestochen sprang er auf, rannte die Treppe hinunter, riss die Haustür auf und stürzte an die blaue Mülltonne. Die Zeitung von gestern lag ganz oben auf dem Berg von Altpapier. Jannis knallte den Deckel der Tonne zu und breitete die Zeitung darauf aus. Ungeduldig blätterte er bis zum Lokalteil. Und da war es.

»*Klimapapst Eisenhut stellt sein neues Buch vor*«, lautete die Überschrift, darunter war ein Foto von Professor Dr. Dirk Eisenhut abgebildet. »*Am kommenden Freitag wird der Direktor des Deutschen Klima-Instituts im Kempinski-Hotel in Falkenstein seinen gerade erschienenen Bestseller ›Der blaue Planet sieht rot‹ vorstellen. Der Wirtschaftsclub Vordertaunus lädt die interessierte Öffentlichkeit zur Lesung und anschließenden Diskussion mit Prof. Eisenhut, dem Berater der Bundesregierung in Klimafragen, herzlich ein ...*«

Jannis riss die Seite heraus, stopfte den Rest der Zeitung wieder in die blaue Tonne und kehrte in sein Arbeitszimmer zurück. ›Professor Dirk Eisenhut‹ tippte er bei Google ein, dann das Pluszeichen und den Namen ›Nika‹. Er staunte nicht schlecht über die Anzahl der Treffer und begann zu lesen.

*

»Nein! Und das ist mein allerletztes Wort!« Ludwig Hirtreiter knallte den Telefonhörer auf die Gabel des altmodischen schwarzen Telefons, das seit dreißig Jahren auf der Kommode in der Diele stand. Tell hatte die Schnauze auf die Vorderpfoten gelegt, von seiner Decke neben der Haustür aus verfolgte er mit seinen bernsteinfarbenen Augen jede Bewegung seines Herrchens. Ludwig Hirtreiter stapfte ins Wohnzimmer, öffnete die Türen des buntbemalten Bauernschrankes und ergriff die Flasche Obstbrand. Eigentlich trank er am helllichten Tag keinen Alkohol, aber diese ganze Angelegenheit regte ihn derart auf, dass er jetzt etwas zur Beruhigung brauchte. Seine Hand zitterte leicht, als er sich den Obstler einschenkte und herunterkippte. Er verzog das Gesicht. Der hochprozentige Schnaps brannte in seiner Speiseröhre und in seinem Magen, aber er tat seine Wirkung. Nach einem zweiten Glas trat Hirtreiter an die Fensterfront des Wohnzimmers, streckte den Rücken, bis seine Wirbel und Schlüsselbeine knackten, und atmete ein paar Mal tief durch. Wieso ließ er sich nur immer wieder derart provozieren? Er musste Ruhe bewahren. In der Reha damals hatten sie es ihm wieder und wieder eingetrichtert: Jede Aufregung schadet Ihrem Herzen! Einen zweiten Herzanfall überleben Sie nicht. Aber wie konnte er ruhig bleiben, jetzt, wo seine Söhne sich mit Frauke gegen ihn verbündet hatten? Auf dem Wohnzimmertisch lag das neue Angebot der WindPro, das dieser unangenehme Theissen persönlich vorbeigebracht hatte. Drei Millionen, schwarz auf weiß! Innerhalb von vierundzwanzig Stunden sollte er sich entscheiden.

Ludwig Hirtreiter starrte durch die rosa Wolken der Kirschbaumblüten im Garten zur Pfaffenwiese hinüber, die schuld an all den Zwistigkeiten war. In leuchtend grüner Unschuld lag sie da, die Wiese von 2500 Quadratmetern, die nur zwei Mal im Jahr vom letzten Fünf-Uhr-Bauern aus dem Dorf für die Heuernte genutzt wurde und sonst einfach nur brachlag. Und ganz unverhofft so wertvoll wie ein Ölfeld war. Ludwig Hirtreiter hörte das tappende Geräusch von Pfoten, das Kratzen von hornigen Krallen auf dem Fliesenboden. Er ließ seine Hand herabsinken und spürte eine feuchte Nase in seiner Handfläche.

»Die können uns mal alle gern haben, was?«, sagte er zu seinem Hund, der mit einem Schwanzwedeln antwortete. Er durfte sich nicht weiter aufregen, denn er brauchte seine Nerven und einen klaren Verstand für das Vorstandstreffen in zwei Stunden und für die Bürgerversammlung morgen Abend. Vielleicht löste sich das ganze Problem ja von selbst. Wenn der Bau des Windparks in letzter Minute gestoppt würde, gab es für die WindPro keine Veranlassung mehr, so viel Geld für die Pfaffenwiese zu bezahlen. Dann konnte er in aller Ruhe bis an sein Lebensende im Sessel sitzen und hinüber auf die Wiese und die Wälder des Taunus schauen, wie er das seit über vierzig Jahren tat.

*

Das Nudelwasser kochte. Pia gab einen Schuss Olivenöl, eine Prise Chili und etwas mehr als eine Prise Salz hinein und zum Schluss die Spaghettini. In der Pfanne auf der anderen Kochplatte schmolz ein Stück Butter. Sie nippte am Rotwein in ihrem Glas, der genau die richtige Temperatur hatte.

»Ich glaube, ich habe was gefunden«, sagte Christoph hinter ihr. »Hör mal, das klingt gut.«

Er saß an seinem Laptop am Küchentisch, die Lesebrille auf der Nase, und durchsuchte das Internet nach einer neuen Bleibe. Seitdem das Bauamt der Stadt Frankfurt im vergangenen Jahr den Abriss des Hauses auf dem Birkenhof verfügt hatte, waren ihre Tage hier gezählt, selbst wenn durch ihren Einspruch die ganze Sache noch eine Weile herausgezögert werden konnte.

»Bauernhof mit Wohnhaus, Scheune und Stallungen«, las Christoph vor. »2 Hektar Eigenland, 10 Hektar Pachtwiesen ...«

»Wo?«, erkundigte sich Pia und schnitt eine Zehe Knoblauch in hauchdünne Scheiben.

»Bei Usingen.«

»Zu weit weg.« Pia schüttelte den Kopf und schaltete die Dunstabzugshaube auf Stufe drei. Pinienkerne und Knoblauch wanderten in das heiße Fett, sie reduzierte die Hitze und wartete, bis beides leicht gebräunt war, dann fügte sie den gewürfelten Parmaschinken hinzu und zupfte drei Blättchen Salbei von dem kleinen Busch, der auf der Fensterbank stand. Der würzige Duft ließ ihr das Wasser im Mund zusammenlaufen.

»Aber es ist schön«, sagte Christoph. »Schau dir mal die Fotos an.«

Pia trat zu ihm und warf einen flüchtigen Blick über seine Schulter.

»Willst du morgens echt über eine Stunde zur Arbeit fahren?«, fragte sie.

Christoph brummte etwas Unverständliches und klickte das nächste Angebot an. In den letzten Monaten waren sie durch die halbe Wetterau bis in den Vogelsberg gefahren, aber nichts von dem, was sie sich angesehen hatten, passte. Zu teuer, zu groß, zu klein, zu weit weg. Es war zum Verzweifeln. Pia löschte Schinken, Knoblauch und Pinienkerne mit etwas Marsalawein ab, fischte eine Nudel aus dem Wasser und probierte. Noch zwei Minuten. In dem Moment klingelte es, und die Hunde, die unter und neben dem Küchentisch gedöst hatten, sprangen wie der Blitz auf und begannen zu bellen.

»Ruhe!«, rief Pia, und das Gebell verstummte. »Wer kann das denn sein?«

Sie nahm den Hörer der Gegensprechanlage ab. Auf dem Schwarzweißmonitor erkannte sie nur schemenhaft ein Gesicht. Was wollte Miriam denn hier? Sie drückte auf den Türöffner.

»Wer ist es?«, erkundigte sich Christoph. Er gab seine Hofsuche vorübergehend auf und klappte den Laptop zu.

»Miriam«, erwiderte Pia. »Kannst du bitte die Nudeln abgießen und in die Schüssel tun?«

Sie ging in den Windfang, schlüpfte in ihre hellblauen Crocs und öffnete die Haustür. Das schwarze BMW-Cabrio kam bereits die Auffahrt hoch und hielt neben ihrem Nissan. Miriam stieg aus.

»Hey!« Pia lächelte. »Das ist aber eine Überra...«

Sie verstummte erschrocken, als sie sah, in welchem Zustand ihre beste Freundin war. Offenbar war sie überstürzt aufgebrochen, denn sie trug eine Jogginghose und war ungeschminkt, ziemlich untypisch für Miriam, die immer scheinbar mühelos gepflegt und elegant aussah.

»Was ist denn los?«, fragte Pia alarmiert.

Miriam blieb vor ihr stehen, ihre großen, dunklen Augen schwammen in Tränen.

»Ich bin so sauer«, stieß sie hervor. »Stell dir vor, was eben passiert ist: Die Löblich ruft an und sagt, dass sie ihr Kind gekriegt hat. Und Henning lässt alles stehen und liegen und ... und fährt zu ihr!«

Pia traute ihren Ohren nicht. War Henning von allen guten Geistern verlassen?

»Ich kann's gar nicht glauben!« Miriam hob die Schultern, ihre Stimme zitterte. Eine Träne rann über ihr blasses Gesicht, dann noch eine. »Er hat mir immer wieder versichert, dass er mit dieser blöden Kuh nichts mehr zu tun hat, und dann muss sie nur anrufen und er ... er ...«

Sie brach ab und warf sich verzweifelt weinend in Pias Arme.

»Wie kann er mir nur so weh tun?«, schluchzte sie dumpf.

Darauf wusste Pia auch keine Antwort. Sie hatte schon vor vielen Jahren aufgegeben, das Verhalten ihres Exmannes verstehen zu wollen.

»Jetzt komm erst mal rein«, sagte sie zu Miriam. »Du isst was mit uns, und dann sehen wir weiter, okay?«

*

Frauke blickte wohl zum fünfzigsten Mal aus dem Fenster in die Dunkelheit. Es war gleich zehn Uhr, das Treffen in der Krone musste längst vorüber sein! Wo blieb der Alte nur?

»Wahrscheinlich hat er unsere Autos gesehen«, vermutete Matthias.

»Quatsch«, entgegnete Frauke. »Ihr parkt doch hinter der Scheune. Da guckt er nicht.«

Sie kannte die Angewohnheiten ihres Vaters genau. Wenn er abends nach Hause kam, stellte er sein Auto in die Garage, ließ den Hund raus und ging mit ihm hoch an den Waldrand. Anschließend kontrollierte er, ob Stall, Schlachthaus, Vogelvoliere und Werkstatt abgeschlossen waren. Bis zur Scheune, die auf der anderen Seite des Grundstücks lag, ging er nie.

»Er hat mir heute Morgen einfach das Telefon eingehängt, dieser sture alte Bock.« Matthias trat an den bemalten Bauernschrank, in dem der Vater seine Alkoholvorräte aufbewahrte. Er öffnete die Türen, nahm ein Glas und betrachtete angewidert die Flaschen. Obstbrand, Korn, Strohrum. Hatte der Alte nichts Gescheites zu trinken? Schließlich entschied er sich für einen Cognac und schenkte sich das Glas randvoll.

»Sauf nicht so viel«, zischte Frauke. »Der riecht das sofort, und dann hast du ganz schlechte Karten.«

»Die hab ich sowieso«, antwortete Matthias düster. Er setzte das Glas an, kippte den Cognac auf einmal herunter und schüttelte sich. »Willst du auch einen?«

»Nein.«

Der Hund bellte draußen in seinem Zwinger, sein Kumpel, der zahme Kolkrabe, krächzte dazu. Wenig später ging die Haustür auf, und Gregor betrat mit finsterer Miene das Haus.

»Wie ich diesen ganzen Hof hasse.« Er schaltete sein iPhone aus und schob es in die Hosentasche. »Was trinkst du?«

»Cognac.« Matthias verzog das Gesicht. »Der Rest ist noch schlimmer.«

Gregor griff an seinem jüngeren Bruder vorbei in den Schrank und bediente sich ebenfalls. Schweigend standen sie nebeneinander, jeder gedanklich in seiner eigenen Misere versunken.

Frauke richtete ihren Blick wieder auf die Straße, die ins Dorf hinunterführte. Was, wenn Jannis und seine Leute Erfolg hatten und mit ihren Unterschriften tatsächlich den Bau des Windparks verhindern konnten? Der Vater *musste* heute Abend dem Verkauf der Wiese zustimmen, sonst würde der ganze Deal scheitern. Wenn sie erst das Geld hatten, konnte es ihnen egal sein, ob die Windräder gebaut würden oder nicht.

Die alte Standuhr neben dem Fernsehschrank schlug zehnmal. Der Hund hatte mittlerweile aufgehört zu bellen. Gregor kontrollierte erneut sein iPhone und fluchte leise vor sich hin. Matthias ging in die Küche.

Heute würde Frauke ihren Vater zum ersten Mal seit ihrem Auszug vor zwei Jahren wiedersehen. Sie hatte ihn nicht vermisst. Zu viele böse Worte waren zwischen ihnen gefallen. Den Vorwurf, die Mutter habe nur deshalb Krebs bekommen, weil er ihr das Leben mit seiner Sturheit und seiner Besserwisserei zur Hölle gemacht hatte, würde er ihr niemals verzeihen.

Früher einmal, in ihrer Kindheit, hatte Frauke ihren Vater geliebt und bewundert und hatte ihn gerne und oft in den Wald begleitet. Auf jede ihrer vielen Fragen wusste er eine Antwort, er hatte in ihr die Liebe zur Natur und den Tieren geweckt, und sie hatte seine Leidenschaft für die Jagd geteilt. Doch dann war sie in die Pubertät gekommen und hatte plötzlich stark zugenommen. Am Anfang hatte er sie nur geneckt. Pummelchen, hatte er sie genannt, leider auch in aller Öffentlichkeit. Das sei nur Backfischspeck, hatte er behauptet, der würde wieder verschwinden. Doch der Speck blieb und wurde mehr, und der Vater hatte begonnen, ihr Gewicht zu kontrollieren. Jeden Morgen hatte sie sich in BH und Slip auf die Waage im Elternbadezimmer stellen müssen, und er hatte mit gefurchter Stirn ihr Gewicht in einer Tabelle notiert. Damals hatte sie angefangen ihn zu hassen. An ihrem sechzehnten Geburtstag hatte sie die Hundert-Kilo-Marke geknackt. Ihr Essen wurde rationiert. Sie wurde zu einer Er-nährungsberaterin geschickt. Mit siebzehn waren die Bänder in ihren Knien kaputt, Schulsport unmöglich geworden. Frauke hatte sich für ihren unförmigen Körper geschämt und versucht, ihn unter zeltgroßen Norwegerpullovern zu verber-gen. Und weiterhin hatte sie jeden Morgen die erniedrigende Prozedur über sich ergehen lassen müssen. Noch heute, nach mehr als dreißig Jahren, spürte Frauke den hilflosen Hass in sich aufsteigen, den sie jedes Mal empfunden hatte, wenn ihr Vater sie auf die Waage gezwungen hatte.

Scheinwerfer krochen durch die Dunkelheit die schmale Straße hoch, die am Hof vorbeiführte und an einem Park-platz am Waldrand endete. »Da kommt ein Auto«, sagte sie. »Macht das Licht aus!«

Es klackte, als Matthias auf den Lichtschalter neben der Tür drückte, die Deckenlampe verlosch, es war stockdunkel. Frauke hörte die Atemzüge ihrer Brüder in der Stille.

»Er wird niemals zustimmen«, sagte Matthias mit Grabes-stimme. »Vielleicht enterbt er uns wirklich noch, wenn wir ihn weiter unter Druck setzen.«

»Jetzt hör schon auf«, fuhr Gregor seinen jüngeren Bruder an. »Wir haben doch genau besprochen, wie wir es machen. Und das ziehen wir jetzt durch.«

Mittwoch, 13. Mai 2009

Sie fuhr aus dem Schlaf hoch und blickte irritiert in die Dunkelheit. Was hatte sie geweckt? Der Apfelwein, den sie in der Krone getrunken hatte, drückte auf ihre Blase. Nika tastete nach dem Schalter der Nachttischlampe und knipste sie an. 3:27 Uhr. Die Hunde bellten, dann hörte sie Rickys Stimme, und das Gebell brach ab. Kein Wunder, dass Ricky nicht schlafen konnte! Hirtreiters Attacke bei der Vorstandssitzung gestern Abend war unglaublich verletzend gewesen, und Jannis hatte kein Wort des Trostes für Ricky gehabt. Er hatte sich einfach stumm in sein Auto gesetzt und war verschwunden. Frauke, Mark und sie waren mit Ricky gefahren, und Ricky hatte bis nach Königstein nur geweint.

Nika zögerte einen Moment, dann schlug sie die Bettdecke zurück. Sie musste aufs Klo gehen, sonst würde sie nicht mehr einschlafen können. Gerade als sie den kleinen Flur zum Bad überquerte, erklang wieder Rickys Stimme von oben. Das Haus war ohnehin hellhörig, aber sie gab sich auch keine Mühe, leise zu sprechen.

»Kannst du mir mal verraten, wo du jetzt schon wieder herkommst?«, fragte sie mit ungewohnter Schärfe.

Nika stand in der Tür des Badezimmers und lauschte nach oben. Seitdem sie bei Ricky und Jannis wohnte, hatte sie die beiden nie anders als übertrieben höflich miteinander sprechen hören. Das hatte sie anfangs befremdet, aber sie hatte sich daran gewöhnt, auch wenn dieses Verhalten so gar nicht zu der Ricky passte, die sie von früher kannte. Jetzt aber vergaß die Freundin jede Zurückhaltung und griff tief in die Schimpfwörterkiste. Die Ausdrücke, mit denen sie Jannis titulierte, waren nicht viel besser als die, die der alte Hirtreiter ihr ein paar Stunden zuvor an den Kopf geworfen hatte. Jannis' Antwort konnte Nika nicht verstehen, er sprach zu leise, dafür war Rickys Reaktion umso vehementer. Es krachte und schepperte. Irgendetwas war zu Bruch gegangen.

»Sag mal, drehst du jetzt komplett durch?«, schrie Jannis. »Was soll denn der Zirkus?«

»Ich will wissen, wo du wieder gewesen bist!«, keifte Ricky. »Und wie siehst du überhaupt aus? Wo kommt das Blut her?«

Der Fliesenboden unter Nikas nackten Füßen war kalt, sie fror. Jannis war in den letzten Wochen öfter erst in den frühen Morgenstunden nach Hause gekommen. Manchmal war auch Ricky noch spätnachts unterwegs; Nika vermutete, dass sie Jannis suchte. Ricky tat, als sei alles in bester Ordnung, aber man sah ihr an, wie sehr sie darunter litt.

»Wenn ich rauskriege, dass du eine andere hast, kannst du dein blaues Wunder erleben!«, kreischte sie, dann folgte auf einen dumpfen Schlag verzweifeltes Schluchzen. Nika hielt den Atem an. Rickys Verdacht war nicht ganz unbegründet. Sie schauderte bei dem Gedanken an den Tag, an dem Jannis ihr vor dem Badezimmer aufgelauert und sie lüstern angeglotzt hatte. Seine fadenscheinige Erklärung, er habe nur eine Flasche Wein holen wollen, hatte sie nicht geglaubt. Seither verfolgte er sie mit Blicken, die ihr nicht behagten. Nika mochte Jannis nicht. Er war unberechenbar. Hinter seiner glatten, beredten Fassade brodelte etwas Rücksichtsloses. Vor allen Dingen wollte Nika keinen Ärger mit Ricky bekommen, nur weil deren Freund plötzlich unerklärliche Sympathien für sie entwickelt hatte. Sie schloss leise die Tür des Badezimmers hinter sich, machte Licht und ging aufs Klo. Warum war Ricky überhaupt mit Jannis zusammen? Früher hatte sie eine Vorliebe für durchtrainierte, sportliche Sonnyboys gehabt, die durch die Bank oberflächlich und ein bisschen hohlköpfig gewesen waren, dafür aber witzig, unterhaltsam und nett. Kein einziges dieser Attribute ließ sich auch nur annähernd mit Jannis Theodorakis in Verbindung bringen. Er war viel zu intellektuell, zu politisch und zu kompliziert. Hatte Ricky Angst, mit zweiundvierzig Jahren ohne Mann dazustehen? Hatte sie sich deshalb einfach an den Erstbesten geklammert, nachdem ihr letzter Freund sie nach sieben Jahren von einem Tag auf den anderen verlassen hatte? Verlustangst würde auch diese übertriebene Freundlichkeit erklären, mit der sie Jannis behandelte. *Schatz* hier, *Liebling* dort. Nie gab es Streit, nie ein böses Wort – es herrschte eine geradezu unheimliche Harmonie. Da Jannis aus seiner Abneigung gegen Amerika keinen Hehl machte, hatte Ricky auch nie mehr ihren Jugendtraum erwähnt, in Kalifornien ein Ponyhotel aufzuziehen. Hatte sie das aufgegeben, nur um einen Mann zu halten, der sich eigentlich nichts aus ihr machte? Denn so war es. Jannis verachtete sie insgeheim, und sie merkte es nicht.

Nika wartete noch ein paar Minuten, und als sie wenig später über den kalten, dunklen Flur zurück zu ihrem Zimmer tappte, schien sich der Streit im Erdgeschoss über ihr gelegt zu haben. Plötzlich vernahm sie Keuchen und unterdrücktes Stöhnen und begriff. Sie huschte zurück in ihr Zimmer, schlüpfte ins Bett und starrte an die dunkle Zimmerdecke. Auf einmal kamen die Tränen. Sie rollte sich zusammen und zog die Bettdecke über ihren Kopf, um nichts mehr zu hören. Vielleicht hatte Ricky ja recht. Lieber einen Mann, der sie nicht liebte, als allein zu sein. Einsamkeit war entsetzlich. Das war Nika selten so schmerzlich bewusst geworden wie in diesen schier endlosen Minuten, in denen Jannis geräuschvoll den Beweis erbrachte, dass er sein Pulver in dieser Nacht noch nicht anderswo verschossen hatte.

*

Es war kurz vor sieben, als Graf Heinrich von Bodenstein an der Krone vorbeifuhr und in den asphaltierten Feldweg einbog, der zum Rabenhof führte. Die Vorstandssitzung gestern Abend hatte das bittere Gefühl des Versagens in ihm hinterlassen. So weit hätte es nicht kommen dürfen! Er hätte eingreifen, vermitteln, irgendetwas tun sollen, aber er hatte feige den Mund gehalten, als die Diskussion zu einem bösen Streit zwischen Ludwig und Jannis eskaliert war. Nach dem Treffen hatten Ludwig und er noch eine ganze Weile in der Krone gesessen, dieses Thema aber sorgfältig vermieden. Ludwig hatte gegen seinen Rat die Höhe des Angebots der Wind-Pro verschwiegen, dabei hätte doch gerade die Tatsache, dass Ludwig so viel Geld zugunsten der gemeinsamen Sache ausgeschlagen hatte, Eindruck bei den anderen gemacht. Nun war es zu spät. Irgendwie hatte Jannis von der Höhe des Angebots erfahren, die gewaltige Summe via E-Mail-Verteiler der Bürgerinitiative publik gemacht und damit einen Keil zwischen die Mitglieder getrieben. Die heftige Diskussion hatte Ludwig tief erbittert, er hatte die Beherrschung verloren, und die ganze Sache war völlig aus dem Ruder gelaufen. Nachdem Jannis und Ricky gegangen waren, hatte eine unangenehme gespannte Stimmung geherrscht, man hatte die restlichen Punkte der Tagesordnung rasch abgehandelt und die Sitzung beendet. Nein, es war kein guter Abend gewesen, und daran konnte man nicht nur Jannis die Schuld geben. Heinrich von Bodenstein seufzte. Ludwig hatte sich in den letzten Jahren wirklich sehr verändert.

Die Dunkelheit verwandelte sich allmählich in ein diesiges Grau, das wohl alles war, was der Tag heute bringen würde.

Die Wettervorhersage hatte Regen prognostiziert. Gerade als er vor dem Rabenhof nach links zum Waldparkplatz abbiegen wollte, sah er Licht in Ludwigs Haus. Das war merkwürdig. Warum hatte Ludwig ihn nicht angerufen, um ihm zu sagen, dass er nicht in den Wald gegangen war? Hoffentlich war nichts passiert. Er stellte seinen Jeep im Hof ab, stieg aus und ging zum Haus. Die Haustür war nur angelehnt. Bodenstein klopfte. Keine Antwort. Er trat in die Diele.

»Ludwig? Bist du da? Ich habe uns Frühstück mitgebracht!«

Nichts. Der Freund hatte gestern Abend schlecht ausgesehen. Der Ärger mit seinen Kindern, der Krach mit Jannis und die Sache mit dem Windpark machten ihm mehr zu schaffen, als er jemals zugeben würde. Aber selbst wenn Ludwig etwas zugestoßen war, so hätte wenigstens Tell reagieren müssen! Heinrich von Bodenstein warf einen Blick ins unaufgeräumte Wohnzimmer. Auf dem Tisch standen zwei leere Cognacgläser. Ob er gestern noch Besuch gehabt hatte?

»Ludwig!«

Bodenstein blickte ins Schlafzimmer. Das Bett war ungemacht, aber leer. Ludwig war nicht im Bad und nicht in der Küche. Zuletzt schaute er in das Esszimmer, sein Blick fiel auf den Waffenschrank. Drilling und Mauser fehlten. Also war er doch im Wald! Sie hatten in der Krone noch das ein oder andere Bier getrunken und danach ein paar Schnäpse, vielleicht hatte Ludwig einfach vergessen, die Haustür zu schließen, als er aufgebrochen war. Heinrich von Bodenstein verließ das Haus, überquerte den Hof und warf einen Blick durch das kleine Fenster in die Garage. Ludwigs alter Mercedes stand da, er war also nicht mit dem Hund irgendwohin gefahren. Er blieb mitten im Hof unter der großen Kastanie stehen und blickte sich unschlüssig um. Die Vögel zwitscherten in den Baumkronen, es war ein wenig heller geworden. Eine Bewegung auf der Obstbaumwiese hinter Haus und

Scheune erregte seine Aufmerksamkeit. Im fahlen Morgenlicht nahm er einen rötlichen Fleck wahr. Ein Fuchs! Er setzte sich in Bewegung und klatschte in die Hände, das Tier hob den Kopf und starrte ihn aus der Ferne einen Moment lang an, bis es wie der Blitz zwischen den Bäumen im Unterholz verschwand. Der kurze Augenblick hatte genügt, um Bodenstein erkennen zu lassen, dass er das Raubtier beim Fressen gestört hatte. Von einer düsteren Vorahnung getrieben lief er los. Die Wiese mit dem großen Teich, die Ludwig als seinen Garten bezeichnete, erstreckte sich bis zum Waldrand. Bodenstein trat durch das Tor des niedrigen Jägerzauns, ging an dem seit Elfis Tod verwilderten Gemüsegarten und den Spalierrosen vorbei. Rechts lag der Teich, fast schon ein kleiner See, umstanden von mächtigen Trauerweiden. Die Wasseroberfläche war spiegelglatt und reflektierte den verhangenen Morgenhimmel. Als er die Stelle oberhalb des Sees erreichte, an der er den Fuchs gesehen hatte, blieb er stehen. Keine drei Meter weiter, mit dem Rücken an den knorrigen Stamm eines Kirschbaumes gelehnt, saß sein Freund inmitten von Bärlauch und Waldmeister und blickte hinunter auf den Teich. Das weiße Haar hing ihm nass auf die Schultern.

»Ludwig!«, rief Bodenstein erleichtert. »Da bist du ja! Ich habe mir schon Sorgen …«

Die Worte blieben ihm im Hals stecken. Sein Herzschlag setzte kurz aus, ihm wurde übel.

»Großer Gott«, stieß er entsetzt hervor und sackte in die Knie.

*

Über Nacht hatte es geregnet, ein grauer Maimorgen war angebrochen, sattgrün und neblig feucht. Während Pia in ihre schmutzigen Gummistiefel schlüpfte, dachte sie über Miriam nach. Ihr war nicht ganz wohl bei dem Gedanken, sie allein auf dem Birkenhof zurückzulassen. Ihre Freundin war in einer schlimmen Verfassung, auch wenn anderthalb Flaschen St. Nicolas de Bourgeuil ihr seelisches Gleichgewicht gestern Nacht einigermaßen wiederhergestellt hatten. Wie konnte Henning ihr nur so etwas antun? Pia war stinksauer auf ihn. Jeder Versuch, ihn zu erreichen, war fehlgeschlagen, er meldete sich weder auf seinem Handy noch am Festnetztelefon. Ein halbes Jahr lang hatte er alles getan, damit Miriam ihm seinen folgenreichen Seitensprung verzieh, und seit ein paar Wochen schien zwischen den beiden wieder alles im Lot zu sein. Doch dann reichte ein Anruf von dieser Löblich, und alles war vergessen! Unfassbar!

»Mach dir nicht zu viele Sorgen wegen Miriam«, riet Christoph, als sie gemeinsam über den Hof gingen. Pia blieb stehen und runzelte die Stirn.

»Tu ich nicht«, entgegnete sie. »Eigentlich ärgere ich mich mehr darüber, dass ich schon wieder in die Probleme anderer Leute reingezogen werde. Aber Miriam ist eben meine Freundin.«

»Ist ja auch okay, dass du ihr zuhörst und für sie da bist.«

Nein, das war nicht okay. Es gefiel ihr ganz und gar nicht, stundenlang über ihren Exmann zu reden, während Christoph dabeisaß. Sie selbst wäre im umgekehrten Fall sicherlich alles andere als begeistert gewesen.

»Du musst dir das alles anhören«, sagte sie schließlich. »Das tut mir echt leid.«

»Ach, du sorgst dich um mich?« Christoph trat näher zu ihr hin, zog sie an sich und gab ihr einen Kuss. Er lächelte. »Na ja, so ein bisschen eifersüchtig bin ich schon. Aber das kannst du wiedergutmachen.«

»Echt?« Pia grinste. »Sag mir wie. Ich tu's sofort.«

»Indem du heute Abend mit mir essen gehst. Meine Kollegen aus Berlin und Wuppertal sind da, und ich würde mich freuen, wenn du dabei bist.«

»Das schaffe ich wahrscheinlich nicht«, antwortete sie bedauernd. »Heute Abend ist diese Bürgerversammlung in Ehlhalten, da muss ich hin. Es sei denn, wir können vorher mit diesem Typen reden, den mein Chef im Visier hat.«

»Klar. Job geht vor.« Christoph hob kurz die Augenbrauen und ließ sie los. Mist. Vor dem Urlaub hatten sie eine kurzzeitige Verstimmung gehabt, wenn auch keinen echten Streit. Nach zwei Wochenend-Lehrgängen und Bereitschaft am Wochenende darauf hatte sie ihn nicht auf ein Geschäftsessen begleiten können. Christoph hatte sich nicht beschwert, aber ausgerechnet die Zootierärztin Inka Hansen mitgenommen, die Pia nicht sonderlich leiden konnte.

»Ich bitte meine Kollegen hinzugehen«, sagte sie deshalb. »Dann kann ich mitkommen. Versprochen.«

»Okay, dann heute Abend um sieben in meinem Büro. Ich reserviere einen Tisch in der Lodge um halb acht.«

»Wunderbar. Ich freu mich drauf.«

Er lächelte, und Pia wurde ganz warm ums Herz. Sie hatte sich im Urlaub fest vorgenommen, nicht denselben Fehler zu machen wie Henning, dessen Arbeit letztendlich ihre Ehe ruiniert hatte. Dazu war ihr Christoph viel zu wichtig.

Sie küsste ihn zum Abschied und sah zu, wie er in sein Auto stieg, wendete und die Auffahrt hinunterfuhr. Gerade als sie die Pferde auf die Koppel gebracht hatte, klingelte ihr Handy. Sie warf einen Blick auf das Display. Bodenstein.

»Pia!«, rief er, und seine Stimme klang eigenartig, »... brauche dich hier ... dringend ... Ehlhalten ... Rabenhof.«

Die Verbindung war schlecht, aber was sie hörte, jagte ihr einen gewaltigen Schrecken ein. »... schon da. Mein Vater ... gefunden ... erschossen!«

Pia spürte, wie sich ihr die Nackenhaare sträubten.

»Ich kann dich nicht verstehen!«, schrie sie in ihr Handy. Aber das Gespräch war bereits abgebrochen.

Ungeduldig trommelte Pia wenig später mit den Fingern

auf das Lenkrad und wartete, dass ihr einer dieser egoistischen Idioten gestattete, sich in die endlose Reihe von Autos
einzufädeln, die aus Unterliederbach und Zeilsheim kom-
mend Richtung A66 fuhren. Sie spielte mit dem Gedanken,
das Blaulicht, das hinter dem Beifahrersitz lag, aufs Dach zu
setzen, aber genau in diesem Augenblick hatte ein Autofahrer Erbarmen und verlangsamte sein Tempo, allerdings mit
Lichthupe und heftigem Handwedeln. *Beeil dich schon, blöde Kuh*, konnte sie in seiner genervten Miene lesen und verzichtete deshalb auf ein Dankeschön. Fünfzig Meter weiter
verschwand der Großteil der Autofahrer auf die Autobahn
Richtung Frankfurt, Pia gab Gas. Vergeblich versuchte sie
erst Bodenstein zu erreichen, dann ihren Exmann.

»Zur Hölle mit dir, Henning«, murmelte sie verärgert.

*

Er hätte die Promotiontour für sein neues Buch in Zugab-
teilen erster Klasse oder per Flugzeug in der Business-Class
antreten können, doch er zog es vor, mit seinem Auto quer
durch Deutschland zu fahren. Die langen Autobahnfahrten
gaben ihm Zeit, nachzudenken. Außerdem war er unabhängig und hatte seine Ruhe. Menschenmassen an Bahnhöfen
und Flughäfen waren ihm ein Graus, das tat er sich nur an,
wenn er ins Ausland musste und es sich nicht vermeiden ließ.
Im Institut ging das Gerücht um, er leide unter Flugangst,
aber es war ihm schon lange egal, was man hinter seinem Rücken über ihn redete. Damit musste er sich abfinden, genauso
wie mit den Speichelleckern, den Neidern, den Ja-Sagern und
den Intriganten. Als Direktor des Deutschen Klima-Instituts
hatte er sehr viel Einfluss, war aber auch Hassfigur all derer,
die Zweifel an der Richtigkeit der Klimapolitik hegten, die er
vertrat. Dirk Eisenhut ließ den Motor seines XC 90 an. Die
erste Station seiner Reise war Hamburg. Mittags eine Signier-

stunde im Europa-Zentrum am Jungfernstieg und abends ein Vortrag. Während er Richtung A10 fuhr, gab er die Adresse ins Navigationssystem ein. 284 Kilometer, Ankunftszeit 11:43 und voraussichtlich keine Verkehrsstörungen. Seine Gedanken kreisten einmal mehr um Bettina und den Abend des 31. Dezember. Vor dem Hintergrund seiner exponierten Stellung waren die Umstände des Brandes in seinem Potsdamer Haus gründlich untersucht worden – angeordnet von oberster Stelle, denn es hatte immer wieder Drohungen und Beschimpfungen gegeben, per Post oder Internet und häufig anonym. Sogar ein Anschlag war vermutet worden. Man hatte ihn gefragt, ob er Feinde habe. Natürlich hatte er die, massenweise. Für die weltweite Fraktion der Klimaskeptiker war er, Professor Dr. Dirk Eisenhut, die Verkörperung allen Übels, der Lügner, der Profiteur der Klimaangst, die sein Institut angeblich schürte. Auch unter den Kollegen hatte er Feinde. Man neidete ihm seinen Erfolg. Seine Beziehungen und sein Einfluss reichten bis in die Führungsspitze der UNO, und die derzeitige Bundesregierung fraß ihm aus der Hand, denn seine Prognosen waren seit Jahren Grundlage der Klimapolitik, die sie vertrat.

Schließlich waren die Ermittlungen ergebnislos eingestellt worden. Ein Unglück mit tragischem Ausgang.

Eisenhut wusste es besser. Aber er hatte keine Beweise für seinen Verdacht. Zwei Fehler waren ihm unterlaufen, zwei dumme Fehler, die ihn alles kosten konnten, was er in den letzten fünfundzwanzig Jahren mühsam aufgebaut hatte. Seit jener Silvesternacht hatte er jede verfügbare Quelle angezapft und viele Gefälligkeiten eingefordert, man hatte mit legalen und weniger legalen Mitteln nachgeforscht. Das Ergebnis war beängstigend. Die ganze Sache war sehr viel weiter fortgeschritten und bedrohlicher, als er zuerst angenommen hatte. Das Einzige, was sie nicht gefunden hatten, war eine vernünftige Spur.

Dirk Eisenhut drosselte die Geschwindigkeit und fuhr am Autobahndreieck Havelland auf die A24 Richtung Hamburg/Rostock. Das Autotelefon summte, und er drückte mit dem Daumen auf die Taste am Multifunktionslenkrad seines Volvo, um das Gespräch entgegenzunehmen.

»Hallo, Herr Eisenhut«, hörte er eine angespannte Stimme, die er erst nach ein paar Sekunden einordnen konnte. »Störe ich?«

»Nein, nein. Ich sitze im Auto. Was kann ich für Sie tun?«

Seine Augen folgten dem schnurgeraden Band der Autobahn, er trat aufs Gaspedal, mit müheloser Kraft katapultierten die 243 PS sein Auto nach vorne. Die langsamen Lkw auf der rechten Spur huschten wie verwischte Farbtupfer an ihm vorbei.

»Ich möchte das ungern am Telefon besprechen. Wir haben hier ein kleines Problem.«

Probleme waren immer schlecht, und der Tonfall seines Gesprächspartners ließ befürchten, dass »klein« eine grandiose Verharmlosung war.

»Um was geht es?«

»Um dieses Gutachten, das Ihre Mitarbeiter für uns erstellt haben. Es gab einen Einbruch bei uns in der Firma. Und offenbar ist das Gutachten dabei jemandem in die Hände gefallen, der es besser nicht sehen sollte.«

Eisenhut runzelte die Stirn.

»Könnten Sie ein klein wenig deutlicher werden?«

»Es gab einen Toten. Wir haben die Kripo am Hals.«

»Und? Was hat das mit mir zu tun?«

»Direkt nichts. Aber es könnte … unschöne Konsequenzen haben.« Der Mann druckste herum. »Besser gesagt, es *hatte* schon Konsequenzen.«

»Wir sehen uns doch sowieso übermorgen«, sagte Eisenhut. »Dann besprechen wir das in aller Ruhe.«

»Das könnte zu spät sein.«

»Ich verstehe Ihr Problem nicht ganz. Das Gutachten war einwandfrei. Meine Mitarbeiter haben es auf Grundlage der von Ihnen gelieferten Daten erstellt und ...«

»Das ist ja das Problem«, unterbrach ihn der Anrufer. »Diese Daten waren nicht ganz ... ähm ... korrekt.«

Eisenhut begann zu begreifen. Verdammt. Eine unwichtige, kleine Gefälligkeit für einen Bekannten, die sich als Stolperstein erweisen konnte. Genau so etwas hatte ihm jetzt, da er wegen seines neuen Buches im Licht der Öffentlichkeit stand, gefehlt!

»Ich hoffe, ich habe mich verhört«, sagte er kühl. »Ich rufe Sie später vom Hotel aus an.«

*

Er lag im Bett und wartete, bis die Haustür hinter Nika und Ricky ins Schloss fiel, dann ging er in den Keller hinunter. Enttäuscht stellte Jannis fest, dass sie die Tür ihres Zimmers abgeschlossen hatte. Er betrachtete das Schloss der billigen Tür aus Furnierholz einen Moment zögernd. Mit einem Kleiderbügel würde er die Tür zwar problemlos öffnen, nicht aber wieder verschließen können, und das Fenster war vergittert. Er war schon geneigt, die ganze Sache aufzugeben und auf eine günstigere Gelegenheit zu warten. Doch der Drang, mehr über Nika zu erfahren, war stärker als der Respekt vor ihrer Privatsphäre, zumal jetzt, da er wusste, wer sie wirklich war. Ihre Unaufrichtigkeit ärgerte ihn gewaltig.

Jannis starrte noch kurz unentschlossen die Tür an, dann lief er nach oben ins Schlafzimmer, riss den Kleiderschrank auf und entschied sich für einen stabil aussehenden Holzkleiderbügel. Mit etwas Glück würde sie es gar nicht bemerken. Wenige Minuten später hatte er die Tür geöffnet und stand in Nikas Zimmer, das ursprünglich ein Fitnessraum hatte werden sollen.

In einer Ecke standen noch das Laufband und der irrsinnig teure Fahrradergometer, der keine zehn Kilometer auf dem Tacho hatte, daneben lehnte die Hantelbank an der Wand. Seit Monaten hatte Ricky vor, den Kram über eBay zu verticken, aber sie schob es immer wieder auf. Jannis' Blick schweifte über das ordentlich gemachte Bett, den Tisch, auf dem ein Strauß Wiesenblumen stand, ein Regal mit Büchern. Er überflog die Buchrücken. Belletristik, vorwiegend Krimis, und Biographien. Bekanntes aus den Bestsellerlisten. Nika musste eine wahre Leseratte sein und die Bücher gekauft haben, nachdem sie bei ihnen eingezogen war, denn sie wirkten alle noch ziemlich neu.

An den weiß gestrichenen Wänden hingen mehrere Bilder, wie Ricky sie aus den Baumärkten, in denen sie Stammkundin war, regelmäßig anschleppte: toskanische Landschaften, billige Reproduktionen bekannter Kunstwerke. Diese Art Kunst pflasterte jede Wand im ganzen Haus und war Jannis ein Graus, aber sie gehörte zum Einrichtungsstil, den Ricky mochte. Er ging zu der Schrankwand hinüber und öffnete eine der Türen. Ordentlich hingen dort Nikas seltsame Blümchenkleider, Röcke und Strickjacken. Jannis zog die Schubladen auf und durchwühlte ohne jedes schlechte Gewissen deren Inhalt: schlichte, weiße Baumwollunterwäsche, hautfarbene Bügel-BHs Größe 75B, weiße und graue Socken. Keine Netzstrümpfe, keine sündigen Dessous, sondern genau das, was er erwartet hatte. Nika gehörte nicht zu der raffinierten Sorte Frau.

Er wandte sich der nächsten Schranktür zu, hinter der sich jedoch nur die beiden Koffer befanden, mit denen sie aufgetaucht war. Nichts. Mit einem leisen Anflug von Enttäuschung wollte er die Schranktüren schließen, als er unter einer zusammengefalteten Wolldecke die Ecke einer ledernen Reisetasche erblickte. Er bückte sich, zog die Tasche, die erstaunlich schwer und prall gefüllt war, hervor und befühlte das abgenutzte Leder. Auch wenn er kein Fachmann war, erkannte er die hohe Qualität des Materials. Mit wachsender Ungeduld zerrte er an den Schnallen der beiden Lederriemen, bis sie endlich nachgaben. Er klappte die Tasche auf.

»Aber hallo«, murmelte er, als er auf einen Laptop stieß. Ein MacBook. Und sogar ein iPhone besaß sie, die geheimnistuerische Frau Untermieterin! Er fand einen Schlüsselbund, ein Kästchen mit Schmuck und ein Portemonnaie, in dem Führerschein, Personalausweis, Reisepass und allerhand Bank- und Kreditkarten steckten.

Wieso verstellte Nika sich vor Ricky und ihm? Einen Moment hielt er inne und dachte nach. Wusste Ricky gar über sie Bescheid und spielte diese Posse mit? Aber warum? Das war alles wirklich höchst eigenartig. Jannis begutachtete die wenigen Kleidungsstücke, die sich in der Reisetasche befanden. Jeans, Blusen, zwei Blazer, zwei Paar Pumps. Plötzlich zuckte er zusammen, als habe er sich verbrannt. Er starrte in die Tasche und schnappte fassungslos nach Luft. Was auch immer er zu finden geglaubt hatte, damit hatte er ganz sicher nicht gerechnet.

*

Pia bremste hinter dem Streifenwagen, der vor dem Tor einer Doppelgarage stand, stieg aus und sah sich um. Der Rabenhof lag etwa zwei Kilometer oberhalb von Ehlhalten am Waldrand, inmitten frühlingsgrüner Wiesen, über denen der Frühnebel hing. Der geschotterte Weg reichte nur bis zu der etwas zurückliegenden Scheune, der asphaltierte Wirtschaftsweg machte vor dem Hof einen scharfen Knick und führte weiter aufwärts Richtung Wald. Pia betrat den Hof und blieb stehen. Das Wohnhaus, eine im oberbayrischen Stil mit verwittertem Holz verkleidete Hässlichkeit, unter dessen Giebel ein mächtiges Hirschgeweih prangte, besaß eine zurückgesetzte Galerie und eine umlaufende Veranda, auf deren Stufen zu Pias großer Erleichterung Graf Heinrich von Bodenstein saß, blass, aber augenscheinlich unversehrt. Gott sei Dank, er lebte! Pia kannte den Vater ihres Chefs von flüchtigen Begegnungen als einen würdevollen älteren Herrn. Es fiel ihr schwer, den Mann, der mit wirrem, weißem Haar und starrem Blick zusammengesunken auf den hölzernen Stufen kauerte, mit dieser Erinnerung in Einklang zu bringen.

Ihr Chef war von der Situation sichtlich überfordert, ihn schien der ungewohnte Anblick seines Vaters noch mehr zu irritieren. Steif und unbehaglich stand er da und suchte wohl vergeblich nach Worten des Trostes. Natürlich kam es für ihn nicht in Frage, den Vater einfach zu umarmen, das wusste Pia, denn Herzlichkeit und Empathie waren in Bodensteins strenger Erziehung zugunsten von Selbstbeherrschung und Rücksichtnahme vernachlässigt worden. Seine Hilflosigkeit war kaum verwunderlich.

»Pia«, sagte er erleichtert und kam ihr entgegen. »Der Tote war der beste Freund meines Vaters. Er hat ihn vor etwa einer Stunde gefunden und steht jetzt völlig unter Schock.«

»Das kannst du ihm ja wohl nicht verdenken«, antwortete Pia. »Was sagt er?«

»Nichts.« Bodenstein hob die Schultern. »Ich ... ich weiß auch nicht so recht, was ich sagen soll.«

»Ich mach das schon.«

Pia beauftragte die beiden Streifenbeamten, die sich in respektvollem Abstand hielten, damit, den Schotterweg abzusperren, damit keine Reifenspuren vernichtet wurden. Als sie verschwunden waren, wandte sie sich an Bodensteins Vater.

»Wie geht es Ihnen?« Sie setzte sich neben ihn auf die klamme Holzstufe und legte mitfühlend die Hand auf seinen Arm.

Der alte Mann seufzte, dann hob er den Kopf und blickte sie aus stumpfen Augen an.

»Ludwig war mein ältester Freund«, erwiderte er heiser. »Es ist einfach entsetzlich, dass er auf diese Weise sterben musste.«

»Das tut mir schrecklich leid.« Pia nahm seine knochige Hand und drückte sie vorsichtig. »Ich werde meine Kollegen bitten, Sie nach Hause zu fahren.«

»Danke, aber ich habe mein Auto dabei …«, begann er, plötzlich schwankte seine Stimme. »Tell liegt auch da oben. Direkt neben Ludwig. Ein Fuchs … der Fuchs hat … er hat …«

Er verstummte, legte seine freie Hand über die Augen und kämpfte um Fassung. Pia blickte auf und begegnete dem indignierten Blick ihres Chefs. Schämte er sich etwa, weil sein Vater Gefühle zeigte? Sie bedeutete ihm mit einer stummen Kopfbewegung, sie alleine zu lassen. Er verstand und machte sich auf den Weg zur Leiche.

»Wer liegt auch da oben?«, fragte Pia leise, als ihr Chef außer Hörweite war. »Und was war mit dem Fuchs? Möchten Sie es mir erzählen?«

Der alte Graf nickte stumm, sie spürte, wie er schauderte. Es dauerte noch eine Weile, bis er stockend anfing zu sprechen.

»Ludwig sitzt da oben. Und neben ihm liegt Tell, sein Hund. Alles ist … ist voller Blut.« Seine Stimme schwankte.

»Entschuldigen Sie«, flüsterte er undeutlich. Einen Moment lang kämpfte er noch um seine Beherrschung, doch dann brachten Kummer und Schock die Staumauer seiner Contenance zum Bersten. Pia hielt tröstend seine Hand und ließ den alten Mann um seinen ermordeten Freund weinen.

*

Der Tote saß im hohen Gras, mit dem Rücken an einen knorrigen Kirschbaum gelehnt, der bereits die meisten seiner Blüten verloren hatte. Wäre da nicht die silberne Löwenmähne gewesen, die feucht und schlaff um seinen Kopf hing, so hätte Bodenstein den alten Freund seines Vaters nicht erkannt, denn anstelle des Gesichts war da nur noch eine dunkle formlose Masse aus zerfetztem Fleisch, gesplitterten Knochen und geronnenem Blut. Ein weiterer Schuss hatte Hirtreiters Unterleib in Brei verwandelt. Der leblose Körper war mit Blütenblättern bedeckt wie von einem rosafarbenen Leichentuch, ein groteskes Bild. Direkt neben ihm, die Schnauze auf seinem Knie, lag ein großer graubrauner Jagdhund, dem der halbe Brustkorb fehlte. Der Blutspur nach zu urteilen hatte sich das sterbende Tier noch mit letzter Kraft zu seinem toten Herrchen geschleppt.

»Puh«, stieß Pia hervor. »Das ist ja wirklich entsetzlich. Dein armer Vater.«

Bodenstein reagierte nicht auf ihre Bemerkung und ging in die Hocke.

»Ich tippe auf eine Schrotflinte aus höchstens fünf Metern Entfernung«, sagte er so sachlich wie möglich. Der Zustand seines Vaters hatte ihn weitaus tiefer erschüttert als der Anblick von Hirtreiters Leiche, und er war nicht in der Lage gewesen, ihm wenigstens ein paar Worte des Trostes zu spenden. Wie so oft hatte er sich feige in die Routine geflüchtet. Aber vielleicht, so versuchte er sich zu überzeugen, war es seinem Vater auch nur recht gewesen, denn in der Familie Bodenstein zeigte man keine Schwäche.

»Hat … hat mein Vater irgendetwas gesagt?«, fragte er, als Pia schwieg.

»Nicht viel. Es ist ihm echt an die Nieren gegangen«, antwortete sie. »Hast du den Toten auch gekannt?«

»Natürlich.« Bodenstein richtete sich wieder auf. »Ludwig Hirtreiter war der beste Freund meines Vaters.«

Er erinnerte sich an seine Kindheit. Seine Geschwister und er hatten die Ausflüge zum Rabenhof geliebt. Onkel Ludwig konnte herrliche Geschichten erzählen, und Tante Elfi hatte immer irgendeinen Kuchen gebacken. Nach ihrem Tod hatte Ludwig Hirtreiter sich verändert. Bitter war er geworden, bösartig. Selbst sein Vater hatte über sein ruppiges Verhalten oft den Kopf geschüttelt.

»Wir müssen seine Familie benachrichtigen.« Pia zog den Reißverschluss ihrer Windjacke hoch. Nach den letzten beinahe schon sommerlich warmen Tagen war es heute kalt. Das nasse Gras hatte ihre Schuhe durchweicht, sie fröstelte. Ein Windstoß ließ einen weiteren Schauer rosafarbener Blütenblätter auf den Toten und seinen Hund herabregnen. Bodenstein blickte hinunter zum Hof. Zwei Streifenwagen bogen in die Toreinfahrt ein, gefolgt vom dunkelblauen Bus der Spurensicherung.

»Das übernehme ich.« Er nickte. »Seine Frau ist vor ein paar Jahren gestorben, aber ich werde mit seinen Kindern sprechen.«

*

Pia saß auf der obersten Holzstufe unter dem weit vorgezogenen Dach und rauchte eine Zigarette. Feiner Nieselregen hatte eingesetzt, die Stimmung der Kollegen vom Erkennungsdienst tendierte gegen null. Bodensteins Vater hatte ihr den Schlüssel für seinen grünen Landrover in die Hand gedrückt und war in den Streifenwagen eingestiegen, der ihn nach Hause bringen würde.

Ihr Blick schweifte über den Hof mit der herrlichen Kastanie in der Mitte. Das müsste Christoph sehen, dachte sie. Er wäre sicher genauso begeistert wie sie. Das ganze Anwesen wirkte zwar ein wenig vernachlässigt, aber nicht völlig heruntergekommen. Christian Kröger hatte seine Mitarbeiter zur Leiche geführt und kam nun über die Wiese zurück. Pia zog noch einmal an der Zigarette.

»Schmeiß bloß die Kippe nicht irgendwo hier hin«, meckerte Kröger, als er an ihr vorbei die Treppenstufen hochging, um die Haustür zu begutachten.

»Bist wohl mit dem falschen Fuß aufgestanden, was?« Pia schüttelte den Kopf und trat mit dem Absatz die Zigarette aus. Ihre Laune war nach der kurzen Nacht in Miriams Gesellschaft auch nicht die beste. »Der Schlüssel liegt übrigens unter dem Topf mit dem Buchsbaum.«

Die Leute hatten so unglaublich leichtsinnige Verstecke für ihre Zweitschlüssel, dass es schon an grobe Fahrlässigkeit grenzte.

»Danke«, brummte Kröger. In dem Moment bog ein silberner Mercedes Kombi mit Frankfurter Kennzeichen schwungvoll in den Hof ein.

»Na, *der* hat mir ja noch gefehlt. Es hatte geheißen, er sei krank«, bemerkte der Chef der Spurensicherung missmutig.

»Mir kommt er gerade recht«, entgegnete Pia, steckte die Zigarettenkippe in die Jackentasche und marschierte auf das Auto ihres Exmannes zu. Sie riss die Fahrertür auf, kaum dass das Fahrzeug zum Stehen gekommen war.

»Sag mal, hast du noch alle Tassen im Schrank?«, fuhr sie Henning grußlos an. »Was hast du dir eigentlich dabei gedacht?«

»Hallo, Pia.« Dr. Henning Kirchhoff grinste und stieg aus. Er wirkte übernächtigt, aber er schien allerbester Laune zu sein, denn er tat etwas Unglaubliches: Vor allen Leuten schloss er Pia in die Arme und küsste sie auf die Wange.

»Spinnst du jetzt total?« Sie stieß ihn verärgert von sich. »Ich versuche seit gestern Nacht, dich zu erreichen! Warum gehst du nicht ans Telefon?«

»Ist etwas passiert?« Er nahm ihr die Zurückweisung nicht übel. Pia starrte ihn ungläubig an. Was war denn mit dem los? Hatte ihn der Besuch bei seinem Kind in einen solchen Freudentaumel versetzt, dass er Miriam völlig vergessen hatte?

»Wie konntest du einfach zu der Löblich fahren und ...«, begann Pia, aber Henning unterbrach sie.

»Hör mir zu!« Er rieb sich die Hände. »Ja, ich bin ins Krankenhaus gefahren. Ja, ich hab mir das Baby angeguckt. Aber doch nicht, weil ich mich gefreut habe. Ich hab ihm ein Haar ausgerissen und es sogar geschafft, einen Abstrich von seiner Mundschleimhaut zu nehmen, ohne dass Valerie das bemerkt hat.«

Er gab ein glucksendes Geräusch von sich. Pia zweifelte ernsthaft an seinem Verstand. So aufgekratzt hatte sie ihn noch nie erlebt.

»Heute Nacht habe ich im Labor einen Vaterschaftstest gemacht«, verriet er ihr mit gesenkter Stimme. Pia war einen Moment sprachlos.

»Und?«, fragte sie dann.

»Ich bin zu 99,9 % *nicht* der Vater«, verkündete er hochzufrieden.

»Na, herzlichen Glückwunsch. Dafür bist du zu 99,9 % Miriam los«, entgegnete Pia nüchtern und stemmte die Hände in die Seiten. »Sie ist gestern Abend total aufgelöst bei uns aufgekreuzt und hat sich die Augen aus dem Kopf geweint.«

Der glückselige Ausdruck verschwand schlagartig von Hennings Gesicht.

»Oh«, sagte er betroffen.

»Vielleicht hättest du sie mal anrufen oder wenigstens an dein Handy gehen sollen«, fügte Pia vorwurfsvoll hinzu. Christian Kröger bog um die Hausecke. Der nasse Overall klebte an ihm wie eine zweite Haut, und seine Laune war so schlecht wie selten.

»Könnten Sie vielleicht allmählich mal loslegen?«, sagte er unfreundlich zu Henning. »Ich wollte eigentlich vor heute Abend hier fertig sein.«

»Ich rede gerade mit meiner Exfrau«, erwiderte Henning kaum liebenswürdiger. »Seien Sie doch froh, dass Sie diesmal vor mir vor Ort waren. Hoffentlich habt ihr mir nicht wieder die Leiche versaut.«

Krögers Miene wurde noch finsterer.

»Was heißt hier ›wieder‹?«, fuhr er zornig auf.

Henning öffnete den Kofferraum seines Autos.

»Beim letzten Einsatz im Regen hatte irgend so ein unfähiger Dilettant aus Ihrer Truppe die Leiche mit einer Plastikplane abgedeckt, woraufhin die Körpertemperatur nicht mehr aussagekräftig war«, sagte er über die Schulter.

»In meiner Truppe gibt es keine Dilettanten«, knirschte Kröger und lief rot an.

»Könnt ihr vielleicht mal aufhören?«, mischte Pia sich ein, als Henning zu einer zynischen Erwiderung ansetzte. »Ihr benehmt euch ja wie Kleinkinder.«

Christian Kröger schnaubte und schüttelte den Kopf.

»Ich kann beim besten Willen nicht verstehen, wie du es so lange mit diesem … diesem … *Widerling* aushalten konntest«, zischte er in Pias Richtung, dann drehte er sich um und verschwand Richtung Haus.

»Intelligenter Mann, aber leider etwas primitiv, der Meister Kröger«, kommentierte Henning und stieg in einen weißen Overall. »Tendenziell überempfindlich. Eine fatale Mischung.«

Pia verdrehte die Augen und sagte nichts dazu. Sie mochte Kröger und arbeitete gerne mit ihm zusammen, auch wenn er ab und zu launisch war.

»Ruf Miriam an«, riet Pia ihrem Exmann, bevor sie Kröger zum Haus folgte.

Hinter dem rotweißen Absperrband, das die Streifenbeamten quer über den Weg gespannt hatten, bremste ein roter Lieferwagen, auf dessen Seitentür eine stilisierte Krone abgebildet war. Ein glatzköpfiger Mann kurbelte das Fenster herunter und sprach mit einem der beiden Streifenbeamten, dabei blickte er neugierig zu Pia hinüber. Hatte sich die

Nachricht von Hirtreiters Tod etwa schon im Dorf herumgesprochen und lockte erste Schaulustige an? Der Glatzkopf legte den Rückwärtsgang ein und fuhr wieder davon. Polizeiobermeister Bradl kam auf Pia zu.

»Frau Kirchhoff!«, rief er. »Habbe Se mal'n Moment?«

»Was gibt's?«, fragte Pia.

»Des ebe war der Schorsch von der Krone, unne von der Hauptstraß. Er hat was Interessandes zu saache. Wolle mer grademol da nunnerfahr'n und middem redde?«

»Gleich. Ich muss eben noch mal ins Haus. Was sagt er denn?«

»Der Ludwisch, der hat gestern Abend in der Krone rischtisch Ärjer gehabt. Vielleischt hamsen ja deshalb erschosse.«

»Aha.« Pia hob die Augenbrauen. Das klang wirklich interessant. »In fünf Minuten bin ich da.«

*

Er stand am Waschbecken im Badezimmer und schrubbte seine Arme und Hände mit der Nagelbürste, bis die Haut dunkelrot war, doch der widerliche Blutgeruch schien nicht zu verschwinden. Mit ihm und Ricky ging es zu Ende. Alles, was ihm früher an ihr gefallen hatte, nervte ihn mittlerweile: ihre aufdringlich gute Laune, ihr rastloser Aktionismus, ihre oberflächliche Freundlichkeit. Das Schlimmste war, dass sie ihn nicht mehr anmachte. Mochten andere Männer sie sexy finden, ihn stießen ihre immerbraune Haut und ihr sehniger Körper ab. Ihr Ausraster gestern Nacht hatte ihm den Rest gegeben. Rasend vor Zorn und Eifersucht war sie auf ihn losgegangen, wie eine Furie. Das Blut an seinen Kleidern, die ganze Aufregung und die Fahrt durch die Nacht hatten so viel Adrenalin in seinen Körper gepumpt, dass er beinahe zurückgeschlagen hätte.

Jannis drehte das heiße Wasser ab und griff nach einem

Handtuch. Er hatte noch jede Menge Arbeit, denn bei der Versammlung heute Abend würde er auf dem Podium sitzen, und dafür wollte er perfekt vorbereitet sein. Ludwig hatte sich mit seiner Heimlichtuerei selbst ein Bein gestellt und um das Vertrauen des Vorstandes gebracht. Natürlich hatte er die demokratische Entscheidung nicht einfach akzeptiert, das erwartete er nur von anderen, er war so ausfallend geworden wie nie zuvor. Jannis warf seinem Spiegelbild einen selbstzufriedenen Blick zu. Ludwig Hirtreiter hatte gestern Abend endlich seine gerechte Strafe bekommen. Dafür hatte er gesorgt.

Wenig später schob er sein Fahrrad aus der Garage. Es regnete, aber er brauchte dringend Bewegung, um den Kopf frei zu kriegen. Während er durch den Wald Richtung Ruppertshain radelte, dachte er an Nika. Gestern Nacht hatte er tatsächlich an sie gedacht, während er Ricky vögelte. Warum hatte sie ihm wohl ihren Namen verschwiegen? Welches Geheimnis trug sie mit sich herum? Er hatte tausend Fragen, aber er musste seine Neugier bezähmen und es geschickt anstellen, denn Nika durfte unter gar keinen Umständen misstrauisch werden. Sie hatte sicher einen guten Grund dafür, sich bei ihnen zu verstecken, und genauso sicher gab es eine Erklärung für den Inhalt ihrer Reisetasche. Der Regen klatschte ihm ins Gesicht. Jannis war so in Gedanken, dass er kaum bemerkte, wo er hinfuhr; überrascht fand er sich plötzlich vor dem Tierparadies wieder. Er stellte sein Fahrrad ab und ging hinein. Außer Nika war niemand im Laden, wie er erleichtert feststellte.

»Hallo, Jannis.« Sie war ganz blass im Gesicht. »Stell dir vor, eben hat Heinrich bei Frauke angerufen. Ludwig ist letzte Nacht erschossen worden!«

»Was?« Der Schreck durchzuckte seinen Körper wie ein Stromstoß. »Erschossen?«

»Ja. Heinrich wollte ihn heute Morgen bei der Wache im

Wald ablösen, und da hat er seine Leiche gefunden. Ist das nicht entsetzlich?«

»Ich würde lügen, wenn ich behaupten würde, es täte mir leid«, erwiderte Jannis. »Hoffentlich fällt heute Abend deswegen nicht die Versammlung aus.«

»Wie kannst du so etwas sagen?«, fragte Nika schockiert. Jannis ging an ihr vorbei in das kleine Büro, ließ sich auf einen der Stühle fallen und fuhr sich mit allen zehn Fingern durch das tropfnasse Haar. Nika folgte ihm.

»Was ist mit deinen Händen passiert?«, wollte sie wissen.

»Allergie«, erwiderte er leichthin. »Hab ich manchmal im Frühling.«

Sie stand in der Tür, musterte ihn mit eigentümlicher Miene. Am liebsten hätte er ihr gesagt, was er über sie wusste, aber es wäre höchst unklug, zu diesem Zeitpunkt bereits alle Karten auf den Tisch zu legen. Hoffentlich tauchte Ricky nicht ausgerechnet jetzt auf.

»Ich möchte dich bitten, mir zu helfen«, sagte er.

»Ich?« Nikas Augenbrauen zuckten überrascht hoch. »Wie denn?«

»Ich sehe allmählich vor lauter Bäumen den Wald nicht mehr«, begann er. »Du erinnerst dich an die Gutachten, die ich mir gestern angesehen habe?«

Nika nickte.

»Es handelt sich um zwei Gutachten, die der WindPro zur Baugenehmigung verholfen haben. Sie kommen zu einem komplett anderen Ergebnis als das alte Gutachten der Firma EuroWind, das vor acht Jahren im Auftrag des Landes Hessen angefertigt wurde, und unsere beiden Sachverständigengutachten. Das ist so auffällig, dass es stinkt.«

»Und was soll ich machen?«, fragte Nika zurückhaltend. »Ich habe keine Ahnung von so etwas.«

Heuchlerin, dachte Jannis. Wenn einer Ahnung hat, dann wohl du.

»Das ist nicht schlimm«, sagte er laut. »Es würde mir schon helfen, wenn du sie einfach miteinander vergleichst und die Eckdaten notierst, damit ich verstehe, wo sie die Fakten verdreht haben. Ich brauche Argumente. Wirklich, Nika, du würdest mir einen Riesengefallen tun!«

Die geniale Idee, sie um Hilfe zu bitten, war ihm eben erst gekommen. Er brauchte sie nicht, denn er wusste selbst, wie man Gutachten las und beurteilte.

»Schau dir die Gutachten an, die dieser Typ vom *Climatic Research Unit* von der University of Wales und Professor Eisenhut vom Deutschen Klima-Institut angefertigt haben, und vergleiche die Zahlen.«

Er registrierte ein winziges erschrockenes Aufblitzen in Nikas Augen, als er den Namen Eisenhut erwähnte. Damit waren seine Zweifel restlos ausgeräumt. Jetzt wusste er mit Bestimmtheit, wer sie in Wirklichkeit war, und er würde dieses Wissen für seine Zwecke nutzen.

»Theissen geht es nur ums Geld, es interessiert ihn nicht die Bohne, ob die Windräder hier jemals laufen oder nicht.« Jannis senkte die Stimme zu einem beschwörenden Flüstern. »Leider hat er mächtige Freunde, die er regelmäßig schmiert. Ich weiß das, schließlich habe ich ihm jahrelang dabei geholfen, sein Netzwerk in Politik und Wirtschaft aufzubauen, und ich habe …«

»Okay«, unterbrach Nika ihn. »Wann soll ich das machen?«

Jannis lächelte zufrieden. Sie hatte angebissen.

Die Türglocke im Laden bimmelte.

»Schaffst du es noch heute?«, fragte er rasch. »Vor der Versammlung?«

»Ich kann es versuchen. Um halb zwei bin ich zu Hause«, sagte sie, dann wandte sie sich um und ging zurück in den Laden. Ein dunkler Audi fuhr in den Hof. Ricky. Die musste ihn nun wirklich nicht hier sehen. Jannis folgte Nika, die sein verschwörerisches Zwinkern ignorierte, und ging hinaus auf die Straße. Bevor er sich auf sein Fahrrad setzte, atmete er einmal tief durch. Perfekt! Mit Nikas Hilfe würde er Theissen und Konsorten einen Strich durch die Rechnung machen. Einen richtig fetten Strich.

*

Im Haus roch es süß und muffig, als sei lange nicht gelüftet worden. Der Fliesenboden war so schmutzig, dass die eigentliche Farbe kaum noch zu erkennen war, die Fensterscheiben waren blind, und in der Diele stapelten sich alte Zeitungen, Jacken, Schuhe und leere Flaschen. Pia gefiel es nicht, in die Privatsphäre fremder Menschen einzudringen, auch wenn das oft unabdingbar war, um mehr über das Umfeld eines Toten herauszufinden. Ihr Unbehagen wuchs, als sie sah, welche Unordnung herrschte. Seitdem man ihre Wohnung durchsucht hatte, als sie vor ein paar Jahren entführt worden war, achtete sie penibel auf Ordnung und Sauberkeit. Es war absurd, aber allein die Vorstellung, fremde Leute würden in ihrer schmutzigen Unterwäsche herumkramen, die Nase rümpfen und später womöglich noch darüber reden, war grässlich.

»Wie hat er es in so einem Schweinestall ausgehalten?« Bodenstein war fassungslos. »Früher konnte man hier vom Fußboden essen. Elfis Tod muss ihn wirklich viel mehr aus der Bahn geworfen haben, als ich dachte.«

Pia war ein wenig erstaunt über das plötzliche Mitgefühl ihres Chefs. Sie enthielt sich eines Kommentars, ging weiter, blickte in einen Raum nach dem anderen. Im Wohnzimmer herrschten ähnliche Zustände wie in der Diele, es gab kaum eine freie Fläche. Auf dem Couchtisch standen zwei benutzte Gläser, die Türen eines alten Bauernschranks waren weit geöffnet. Hatte Hirtreiter gestern Nacht noch Besuch gehabt?

»Schau dir das mal an«, sagte Pia. »Was ist das denn wohl?«

Neben dem altertümlichen Röhrenfernseher stand ein seltsames Gebilde, eine Art Metallbogen, an dem eine Schaukel angebracht war. Darunter lag eine Zeitung, die mit Vogelkot bedeckt war.

»Er hat Hugin ins Haus geholt.« Bodenstein seufzte und schüttelte den Kopf. »Früher hauste er mit den Hunden im Zwinger.«

»Wer?«

»Hugin. Ein Kolkrabe. Benannt nach einem der beiden Raben, die auf Odins Schultern saßen.« Bodenstein lächelte kurz. »Nordische Göttersagen waren Ludwigs Steckenpferd. Er hat sie uns damals, als wir noch Kinder waren, immer erzählt. Deshalb hießen unsere Hunde auch Freya und Fenris.«

Pia wunderte sich schon längst nicht mehr über das, was sie in den Häusern und Wohnungen fremder Menschen sah. Ein zahmer Rabe im Wohnzimmer war eine vergleichsweise harmlose Verrücktheit.

In einem Zimmer stapelten sich blaue und gelbe Müllsäcke mit Papier, Zeitschriften, leeren Flaschen und Kleidern. Ludwig Hirtreiter schien nach dem Tod seiner Frau der Haushalt über den Kopf gewachsen zu sein. Das Bett im Schlafzimmer war zerwühlt, das ehemals weiße Bettzeug quittengelb. Im Badezimmer lag Schmutzwäsche von Wochen in der Badewanne, das Waschbecken hatte einen Sprung und schwarze Ränder, es roch durchdringend nach Urin. Sie betraten die verwahrloste Küche, wo Unmengen leerer Wein- und Wasserflaschen in den Ecken des Raumes standen.

»Mit seiner Post hat er es wohl auch nicht mehr so genau genommen.« Pia nahm einen Stapel geöffneter und ungeöffneter Briefe vom Tisch und blätterte sie durch, dann schaute sie in den Kühlschrank, in dem Schimmel und Schmutz re-

169

gierten, und in die anderen Schränke. Mäusedreck auf der klebrigen Arbeitsfläche. Spinnweben an den Decken.

»Oliver! Pia!«, rief Kröger aus dem Flur. Pia steckte die Briefe in einen Plastikbeutel, sie gingen in den benachbarten Raum. Pias Blick glitt über die Wände, an denen gerahmte Urkunden und jede Menge verstaubter Jagdtrophäen hingen. Geweihe von Rehen, Gemsen, Hirschen und anderem Wild.

»Was ist das denn?«, fragte sie befremdet.

»Das Jagdzimmer«, erklärte Bodenstein und wandte sich an Kröger. »Was gibt's?«

»Mit seinen Waffen war er akkurat.« Der Chef der Spurensicherung wies auf einen Waffenschrank. »Er hat hier außen am Schrank eine Liste aller seiner Lang- und Kurzwaffen angebracht, und wenn ich das richtig sehe, fehlen eine Mauser 98, ein Drilling Marke Krieghoff Trumpf Kaliber 7×57R und eine P226 SIG.«

»Was ist denn ein Drilling?«, fragte Pia. Christian Kröger schüttelte den Kopf über so viel Unwissenheit bei einer Kollegin.

»Ein Jagdgewehr mit drei Läufen. Die Krieghoff Trumpf kombiniert Schrot- und Kugelläufe miteinander, die verschiedene Kaliber haben.«

»Schrotschuss gleich Totschuss«, zitierte Bodenstein eine alte Jägerweisheit.

*

Auf der kurzen Fahrt vom Rabenhof hinunter ins Dorf offenbarte Polizeiobermeister Alois Bradl Insiderwissen vom Feinsten. In Ehlhalten geboren und aufgewachsen, kannte er aufschlussreiche Details der Animositäten innerhalb der Familie Hirtreiter. Die Söhne hatten ihrem Vater schon vor langem den Rücken gekehrt und sich danach nicht mehr im Dorf blicken lassen. In den letzten zwei Wochen waren sie allerdings gleich mehrfach gesichtet worden; im Zusammenhang mit der Nachricht vom Kaufangebot für die Pfaffenwiese hatte das die Gerüchteküche ordentlich angeheizt.

Frauke, die Tochter, hatte zeit ihres Lebens sehr unter ihrem dominanten Vater gelitten, ihr und ihrer bedauernswerten Mutter hatte das kollektive Mitgefühl des Dorfes gegolten. Zum Schluss äußerte Bradl noch einen schwerwiegenden Verdacht: Frauke war gestern Abend auf dem Rabenhof gewesen, die Schwester eines Schwagers seiner Cousine hatte sie vorbeifahren sehen. Und Frauke, das war allgemein bekannt, war in ihrer Jugend das Aushängeschild des Schützenvereins gewesen, sie hatte es zu hessischen und deutschen Meisterehren gebracht und besaß einen Jagd- und einen Waffenschein. Leider wusste Bradl nicht genau, wo Gregor, Frauke und Matthias Hirtreiter wohnten, aber das würde Bodenstein zweifellos über seinen Vater in Erfahrung bringen.

Bradl stellte den Streifenwagen hinter dem roten Lieferwagen auf dem Parkplatz ab, sie stiegen aus und betraten die Gaststätte durch den Hintereingang, der in einen schmalen Flur mit abgetretenem Fliesenboden führte. Es roch nach Fisch und ranzigem Öl. Die Metalltür eines Kühlhauses stand offen, eine untersetzte Frau manövrierte sich gerade rückwärts aus dem Kondensnebel in den Flur, in den Händen eine Steige mit Salatköpfen.

»Gude, Herda«, sagte Bradl. »Wo isn der Schorsch?«

»Ei, Alwis«, grüßte sie den Polizisten. »Un? Hast'n gesehe, den Ludwisch? Der Graf hat dem Schorsch erzählt, des tät schrecklisch aussehe un die hädde sogar dem sein Hund erschosse ...«

»Hhhhrmmm.« Bradl räusperte sich nachdrücklich, und die Frau, eine zähe, kleine Person um die sechzig mit grauem Kurzhaarschnitt, Damenbart und heftiger Rosacea im

Gesicht, verstummte, als sie Pia bemerkte. Pia nahm sich vor, Kollege Bradl später an seine Schweigepflicht während laufender Ermittlungen zu erinnern. Bevor im Ort die Spekulationen ins Kraut schossen, musste dem Klatsch Einhalt geboten werden.

»Guten Tag«, sagte Pia. »Wo finden wir Ihren Mann?«

Die Frau wies mit einem stummen Kopfnicken auf eine Tür weiter hinten im Flur.

»Nach Ihnen, Kollege.« Pia ließ Bradl keine Gelegenheit, Informationen auszuplaudern, und folgte ihm in den Schankraum der Krone. Der Glatzkopf stand hinter dem Tresen und war damit beschäftigt, Gläser aus der Spülmaschine in ein Regal zu räumen.

»Des ist der Kilbe Schorsch«, erklärte Bradl. »Der Georg Kilb, mein ich.«

Der Wirt wischte sich die Wurstfinger an einem Küchenhandtuch ab und musterte Pia misstrauisch von Kopf bis Fuß.

»Sie sin die Kripo?« Das klang etwas enttäuscht.

»Ja. Kriminaloberkommissarin Kirchhoff«, bestätigte Pia. »Wollen Sie meinen Ausweis sehen?«

»Naa. Schon gut. Isch glaabs Ihne.« Er warf sich das Handtuch über die Schulter und krempelte die Ärmel seines Hemdes hoch. »Wolle Se was trinke?«

»Nein, danke.« Pia lächelte und bezähmte mühsam ihre Ungeduld. »Der Herr Bradl sagte mir, Sie hätten etwas zu erzählen.«

»Ja, des habb isch. Also, des war so«, begann der Wirt und erging sich zunächst in einer umständlichen Schilderung, wer wen woher kannte. »Und vorhind hat misch der Graf aagerufe unn gesaacht, dass der Ludwisch tot wär. Erschosse wor'n wär er.«

Pause. Herr Kilb wartete mit glitzernden Augen auf irgendeine Art der Bestätigung, aber Pia dachte gar nicht daran, dem Gastwirt des Dorfes Informationen zu geben, die dieser brühwarm über seinen Tresen weitertratschen würde.

»Isch maan, der Ludwisch, der hadde mit jedem hier im Ort erschendwannemol Krumpel gehabt. Sogar mit seine eischene Kinner.«

»Jetzt komm mal zur Sache, Schorsch«, sagte Polizeiobermeister Bradl ungeduldig. »Brauchst der Frau Kommissarin net den ganze Dorfklatsch erzähle.«

»Na ja«, fuhr Georg Kilb unbeeindruckt fort, »isch hab mir halt gedenkt, isch saach Ihne, was gestern hier bei uns in de Wertschaft losgewese is.«

Pia nickte ihm auffordernd zu.

»Ei, die Leit von dere Izinative weesche dene Winddinger da, die hadde ihrne Sitzung. Da drübbe, am Stammtisch, da habbe se gesesse. Unn der Ludwisch, also der Hirtreiter, der hat Zoff kriet mit dem Kerlsche von Keenigstaa. Des war rischtisch ernst. Die habbe sich angekrische, unn dann hat sisch dem sei Madam aach noch reigehängt. Da war's ganz aus.«

»Der Hirtreiter hatte Krach mit einem von der Bürgerinitiative und dem seiner Freundin«, übersetzte Bradl, dessen Hochdeutsch nur um Nuancen besser verständlich war als das vom Kilbe Schorsch.

»Das habe ich schon verstanden«, erwiderte Pia. »Wen meinen Sie denn mit dem Kerlchen aus Königstein?«

»Ei, isch waas aa net genau, wie der heiße tut. So'n schwierische Name hat der, was Ausländisches.« Georg Kilb zuckte die Schultern und legte grüblerisch die Stirn in Falten.

Pia, die schon geglaubt hatte, bei Kilb handele es sich um einen Wichtigtuer, der lediglich die *breaking news* des Dorfes aus erster Hand erfahren wollte, horchte auf.

»Könnte er vielleicht Jannis Theodorakis heißen?«, fragte sie.

»Ja, genau. Teorakis, des isses!« Das gerötete Mondgesicht

von Georg Kilb hellte sich auf. Er beugte sich über die Theke und senkte die Stimme zu einem konspirativen Flüstern: »Die habbe sisch ganz übel beschimpft. Arschloch unn Drecksack unn so weider. Unn der Torakis hat noch gerufe, des des dem Ludwisch noch leiddue tät. Isch waas ja net, ob's wischtisch is, aber des wollt isch Ihne gesaacht habbe.«

Er verschränkte zufrieden die dicken Arme vor der Brust und nickte bekräftigend mit dem Kopf.

»Danke.« Pia lächelte. »Wir werden das überprüfen, Herr Kilb. Können Sie sich erinnern, um wie viel Uhr das etwa gewesen ist?«

»Ei, so um drei viertel neune. Dann sin der Torakis und sei Madam fort, die annern sin noch geblibbe. Der Ludwisch und der Graf, die warn noch so bis halb elf da.«

Das war doch schon mal was! Jetzt hatten sie in ihrem neuen Puzzlespiel ein vages Zeitfenster, und mit etwas Glück konnte Henning das bald genauer eingrenzen.

*

Bodenstein und Pia fanden den alten Grafen in einem der Pferdeställe, wo er damit beschäftigt war, die Stallgasse zu kehren. Das war nicht mehr seine Aufgabe, aber er schien Ablenkung zu brauchen.

»Vater, weißt du, wo wir Ludwigs Kinder erreichen können?«, fragte Bodenstein.

»Gregor wohnt in Glashütten, Matthias in Königstein, und Frauke arbeitet im Tierparadies«, erwiderte Bodenstein senior, ohne seine Arbeit zu unterbrechen. »Das ist der Zooladen in der Kirchstraße in Königstein, der der Freundin von Jannis gehört. Aber ich habe sie …«

»*Wem* gehört der Laden?«, fiel Bodenstein seinem Vater ins Wort, ging um ihn herum und stellte sich ihm in den Weg.

»Ricky. Jannis' Freundin.«

»Das gibt's doch nicht. Wieso hast du mir das nicht eher gesagt?«

»Was hätte ich dir eher sagen sollen?« Bodenstein senior sah seinen Sohn verdutzt an.

»Herrje! Du weißt doch, dass wir seit Montag nach diesem Theodorakis suchen! Warum hast du mir nicht gesagt, wo wir ihn finden können?«, fragte Bodenstein seinen Vater vorwurfsvoll.

»Deine Arbeit geht mich nichts an. Außerdem hast du mich überhaupt nicht nach Jannis gefragt«, entgegnete der. »Und jetzt geh zur Seite, ich will hier fertig werden.«

Bodenstein ergriff den Besenstiel und hielt ihn fest.

»Vater, bitte«, sagte er eindringlich. »Wenn du etwas weißt, dann musst du es mir sagen!«

Heinrich von Bodenstein betrachtete seinen Sohn aus schmalen Augen.

»Ich muss gar nichts«, sagte er kühl. »Lass den Besen los.«

»Nein. Erst will ich von dir wissen …«

»Kennen Sie die Adresse von Theodorakis' Freundin?«, unterbrach Pia ihren Chef, um einen Streit zu verhindern.

»Ich war zwar schon mal da, aber ich weiß die Adresse nicht. Sie wohnt in Schneidhain. Aber tagsüber findet ihr sie im Tierparadies.«

»Danke.« Pia lächelte.

»Ach, mir ist da noch etwas eingefallen. Zu gestern Abend.« Er übersah seinen Sohn und wandte sich direkt an Pia. »Ludwig und ich haben noch eine Weile in der Krone gesessen und geredet. Als wir rausgingen, war da ein Mann, der Ludwig angesprochen hat. Eigentlich wollte ich Ludwig nach Hause fahren, aber er ist dann noch geblieben.«

War das eine erste Spur?

»Kanntest du den Mann?«, fragte Bodenstein. »Wie sah er aus?«

»Nein, ich kannte ihn nicht. Und ich kann ihn auch nicht

beschreiben.« Heinrich von Bodenstein schüttelte bedauernd den Kopf.

Pia spürte die wachsende Verärgerung ihres Chefs. Er hatte offenbar nur wenig Verständnis für seinen Vater, der äußerlich gelassen wirkte, aber sicher noch unter Schock stand. Wahrscheinlich würde er sich später an mehr erinnern, jetzt lähmte der durchlebte Alptraum sein Gedächtnis.

»Wo hatte der Mann gewartet?«, erkundigte sich Pia behutsam.

»Hm.« Bodensteins Vater legte nachdenklich die Stirn in Falten und stützte sich auf den Besen. »Wir kamen aus der Krone und gingen auf den Parkplatz. Mein Auto stand etwas weiter hinten, ich schloss es auf und setzte mich hinein. Da fiel mir auf, dass Ludwig mir nicht gefolgt war. Ich sah ihn im Rückspiegel vorne an der Straße stehen, wo er mit einem Mann sprach. Ich fuhr los, hielt neben ihm an und kurbelte das Fenster herunter. Ludwig sagte, er habe noch kurz etwas mit jemandem zu klären und würde nach Hause laufen. Das … das war das letzte Mal, dass ich ihn … gesehen habe.«

Er verzog schmerzhaft das Gesicht, und Pia wartete taktvoll einen Moment, bis er seine Gefühle wieder unter Kontrolle hatte.

»Hatten Sie den Eindruck, dass Herr Hirtreiter sich irgendwie bedroht fühlte?«

»Nein. Ganz und gar nicht. Er wirkte sogar ziemlich … entschlossen.«

»Und er sagte, er habe etwas zu *klären*? Sind Sie sicher, dass er dieses Wort benutzte?«

Der alte Graf dachte eine Weile angestrengt nach, dann nickte er.

»Ist Ihnen irgendetwas aufgefallen? Ein Auto, das Sie vorher noch nie gesehen haben, zum Beispiel. Versuchen Sie sich zu erinnern. Manchmal merkt sich das Unterbewusstsein Dinge, die der Verstand gar nicht wahrnimmt.«

»Es war dunkel, und ich hatte ein bisschen was getrunken«, begann Heinrich von Bodenstein. »Aber ich …«

»Und du bist trotzdem noch Auto gefahren?«, mischte sich sein Sohn ein. Pia hätte ihm am liebsten gegen das Schienbein getreten. Einen aussagewilligen Zeugen abzuwürgen, selbst wenn es der eigene Vater war, war der dilettantischste Fehler, den man bei einer Befragung begehen konnte.

»Na ja.« Bodenstein senior lächelte verlegen, und mit seiner Bereitschaft, sich an den Mann auf dem Parkplatz zu erinnern, war es vorbei. »Drei Schnäpse. Zwei Pils. Was ist das schon.«

»Mindestens 1,3 Promille«, entgegnete Bodenstein aufgebracht. »Dem Wirt erzähle ich noch was. Wenn er seine Gäste schon abfüllt, dann muss er wenigstens dafür sorgen, dass sie mit einem Taxi nach Hause fahren.«

»Ach, jetzt sei doch nicht so ein grässlicher Spießer, Oliver.«

»Ich bin kein Spießer!«, widersprach der unwirsch. »Wenn du in eine Kontrolle geraten wärst, wäre jetzt dein Führerschein weg. Und in deinem Alter bekommst du den so schnell auch nicht mehr wieder.«

»Wenn, wenn, wenn. Es ist aber nichts passiert.« Bodenstein senior rollte die Augen und warf Pia einen Blick zu. »Das hat man davon, wenn der Sohn Polizist ist.«

»Ich bin auch bei dem Verein«, erinnerte Pia ihn und zwinkerte ihm zu.

»Wie auch immer.« Bodenstein bedachte Pia mit einem grimmigen Blick. Offenbar missfiel ihm der freundschaftliche Ton, in dem sie mit seinem Vater sprach. »Versuch doch bitte, dich an den Mann zu erinnern, Vater. Wir sprechen heute Abend noch mal darüber.«

»Heute Abend gehen deine Mutter und ich auf die Versammlung nach Ehlhalten.« Heinrich von Bodenstein öffnete eine der Pferdeboxen, um das Stroh hineinzufegen. »Vielleicht hinterher. Wenn mir danach ist.«

»Aber natürlich. Nur dann«, erwiderte Bodenstein sarkastisch und wandte sich um.

»Ach, Oliver«, sagte sein Vater, als er fast schon die Stalltür erreicht hatte. »Ich habe mir erlaubt, Gregor, Matthias und Frauke anzurufen und ihnen mitzuteilen, was geschehen ist.«

Bodenstein erstarrte, zählte innerlich bis zehn und drehte sich langsam um.

»Großartig, Vater. Ganz großartig.« Er zwang sich mühsam, Ruhe zu bewahren. »Den Wirt von der Krone hast du ja auch sofort informiert. Sonst noch irgendwen? Vielleicht die Presse und das Fernsehen?«

Pia merkte ihrem Chef an, dass er kurz davor war, die Beherrschung zu verlieren.

»Was habe ich denn jetzt schon wieder falsch gemacht?«, fragte Heinrich von Bodenstein konsterniert.

»Nichts«, knurrte sein Sohn verärgert und zückte sein Handy. »Komm, Pia. Beeilen wir uns, bevor sie sich irgendwelche Geschichten ausdenken können.«

*

Der Regen rauschte auf das Dach des Schuppens, in dem Ricky ihre Werkstatt untergebracht hatte. Mark blickte aus der offenen Tür. Dreckswetter. Und das Mitte Mai! Er warf einen ungeduldigen Blick auf sein Handy. Keine Nachricht von Ricky, und es war schon halb elf! Wo blieb sie nur? Hatte sie ihn vergessen? Er musste dringend mit ihr reden, aber nicht am Telefon. Ins Tierparadies konnte er nicht fahren, in der Innenstadt lief ihm am Ende noch ein Lehrer oder seine Mutter über den Weg, während er die Schule schwänzte.

Er steckte die Kopfhörer seines iPods in die Ohren und suchte in seiner Tracklist, bis er etwas gefunden hatte, das seiner Stimmung entsprach. Ja! Bloodhound Gang. *I hope you die.* Alt, aber geil. Mark setzte sich auf den Hocker in die offene Tür, stemmte die Füße gegen den Türrahmen und beobachtete die leere Straße, während die Bässe sein Trommelfell wummern ließen.

Jannis hörte lauter solche Sachen und noch Krasseres, er hatte in seinem Arbeitszimmer eine ganze Wand voll mit CDs, und Mark hatte durch ihn seine Begeisterung für Hardrock und Heavy Metal entdeckt. Wenn er diese Musik hörte, geschah etwas mit ihm, das spürte Mark. Diese irrsinnigen Gitarrensoli, die Bässe, die Drums – sein Herz schlug schneller, sein Blut kreiste rascher, er fühlte sich stark. Cool. Unbesiegbar. Judas Priest brüllte ihm gerade *Breaking the law* in die Ohren, als Ricky um die Ecke bog.

Sein Herz machte einen Salto. Er hatte ihr Auto nicht kommen hören, sprang erschrocken auf und zerrte die Ohrstöpsel aus den Ohren.

»Hey, Ricky«, sagte er. »Ich muss dir unbedingt …«

Er verstummte, als er ihr Gesicht sah. Sie war totenbleich, tiefe Ringe lagen unter ihren Augen.

»Ludwig ist tot«, stammelte sie und holte zitternd Luft. »Er wurde letzte Nacht … erschossen.«

Und dann geschah etwas, wovon Mark nie zu träumen gewagt hätte: Ricky, die starke, unverwüstliche Ricky, fiel ihm weinend um den Hals. Vorsichtig, als sei sie aus Glas, legte er seine Arme um sie und streichelte unbeholfen ihren Rücken. Sie schmiegte sich an ihn und heulte wie ein Schlosshund. Marks Gedanken rasten, seine Gefühle fuhren Achterbahn und explodierten in seinem Bauch. Ihm wurde heiß. Unvermittelt ließ Ricky ihn los.

»Entschuldige«, schluchzte sie und wischte mit der Hand die Tränen weg; Eyeliner und Wimperntusche liefen in schwarzen Rinnsalen über ihre Wangen. »Ich bin nur so geschockt. Frauke hat eben im Laden einen Anruf gekriegt, gerade als ich wegfahren wollte.«

Sie kramte in ihrer Rocktasche, fand ein Papiertaschentuch und putzte sich die Nase. Mark vermied es, sie anzusehen. Ihr Mieder war verrutscht, er konnte den Träger ihres BHs sehen. Knallrot auf sonnengebräunter Haut. Mannomann. Das war ja so was von scharf.

»... machen wir dann morgen, okay?«

»W... was?« Er zuckte zusammen, als er merkte, dass Ricky mit ihm sprach.

»Den Parcours bauen wir dann schnell morgen auf.« Sie hatte ihre Fassung einigermaßen zurückgewonnen, lächelte verheult und merkte nicht, was mit ihm los war. Mark nickte nur benommen. »Ich muss mit den anderen telefonieren«, sagte Ricky entschlossen und brachte ihre Haare in Ordnung. »Wir müssen besprechen, was wir heute machen, jetzt, wo Ludwig ... nicht mehr da ist.«

Ihre Worte rauschten an ihm vorbei, er konnte nur noch an den roten BH denken, an den Duft ihrer Haut, den Druck ihres warmen Körpers an seinem. Sie legte eine Hand an seine Wange.

»Danke, Mark«, flüsterte sie. »Was würde ich nur machen, wenn ich dich nicht hätte! Wir sehen uns später noch.«

Sie drückte ihm einen Kuss auf und entschwand. Aufgewühlt starrte er ihr nach, während sich das Motorengeräusch ihres Autos in der Ferne verlor. Sein Mund war brottrocken, sein Gesicht glühte, und er hatte den Ständer des Jahrhunderts. Was war nur los mit ihm? Ricky war doch seine Freundin, seine Begierde ekelte ihn an.

Wenn ich dich nicht hätte! Mark schaltete seinen iPod wieder ein. Ihm war schwindelig. Er wankte hinüber in den Stall, betrat eine der leeren Pferdeboxen und öffnete seine Hose. Ricky in seinen Armen. Ihr Duft, der noch an seiner Wange haftete. Der rote BH auf ihrer warmen, braunen Haut. Mark schämte sich entsetzlich. Aber er konnte auch nicht aufhören. Seine Knie wurden weich, er lehnte sich an die Wand, schloss die Augen und spürte eine Welle der Lust heranrasen. Und dann schämte er sich kein bisschen mehr, sondern genoss es.

*

Dunkles Holz bis zur hohen, weiß gestrichenen Decke, ein schmaler Teppichläufer auf rötlichen Fliesen, weihevolle Stille in den Büros. Frauke, die sich unter der Rechtsmedizin kalte, sterile Räume und mürrische Ärzte in grünen Kitteln und Gummistiefeln vorgestellt hatte, war verwirrt und gleichzeitig beeindruckt. Schon von außen verströmte die alte Villa zwischen den hohen Bäumen im Nieselregen einen altmodischen Charme, etwas Geheimnisvolles, düster Britisches. Frauke liebte Rosamunde Pilcher, England war ihr Traum, und sehr bald würde sie ihn sich leisten können. Während sie mit ihren Brüdern im Flur wartete, malte sie sich ihre Zukunft aus. Ein kleines Haus sollte es sein, irgendwo in Cornwall. Am Meer. Mit einer Million auf dem Konto müsste sie nie wieder arbeiten. Gregors Handy klingelte. Er ging ein Stück zur Seite und zischelte mit gesenkter Stimme hinein.

»Wie lange dauert das wohl noch?« Matthias neben ihr konsultierte mit wachsender Nervosität seine Uhr. »Erst machen die eine Riesenhektik, und dann lassen sie einen warten. Ich hab um vier einen wichtigen Termin.«

Das hatte er schon mindestens zehnmal gesagt. Auch sein Handy meldete sich. Frauke stand zwischen ihren telefonierenden Brüdern und gab sich ihren Tagträumen hin. So viele Jahre lang war sie zu schwach und zu bequem gewesen, ihr Schicksal selbst in die Hand zu nehmen, aber seit gestern Abend war Schluss damit. Seit gestern war *sie* die Herrin ihres Lebens. Und das fühlte sich verdammt gut an.

Die Rückkehr in ihr Elternhaus war die größte Niederlage gewesen, das Eingeständnis ihres Scheiterns. Dann die schlimmen zwei Jahre, in denen sie ihre Mutter gepflegt hatte, bis zu ihrem Tod. Als sie dann plötzlich ohne Aufgabe dagestanden hatte, ohne Ziel und vor allem ohne Einkünfte, hatte Rickys Stellenanzeige in der *Königsteiner Woche* sie gerettet.

Sie hatte den Job sofort bekommen. Ihr Vater hatte sie mit Spott übergossen, wie üblich. Da passt du hin, hatte er gehöhnt: der Elefant im Zooladen. Trampeltier. Dickmadam. Aber zum ersten Mal in ihrem Leben hatte sie nicht geschwiegen. Böse Worte waren zwischen ihnen gefallen, die sich, einmal ausgesprochen, nicht mehr zurücknehmen ließen. Frauke hatte den Rabenhof noch am selben Abend verlassen und war in die leerstehende Wohnung über dem Tierparadies gezogen.

Die schwere, hölzerne Eingangstür öffnete sich schwungvoll, Oliver von Bodenstein kam die Stufen hinauf. Als Kinder hatten sie hin und wieder zusammen gespielt, aber das war lange her. Sie hatte ihn als einen dünnen, maulfaulen Teenager in Erinnerung und musste zugeben, dass ihm die Jahre nicht geschadet hatten. Er sah gut aus, sogar verdammt gut.

»Frauke! Danke, dass ihr gleich gekommen seid. Mein herzliches Beileid.« Mitgefühl pur in seiner dunklen Stimme und seinem Blick.

»Danke, Oliver. Schrecklich, dass wir uns unter solchen Umständen wiedersehen.« Im letzten Moment unterdrückte sie ein Lächeln, schließlich gehörte sich das nicht, wenn der eigene Vater vor wenigen Stunden ermordet worden war. Bodenstein kondolierte auch ihren Brüdern.

»Kommt bitte mit«, sagte er dann und ging zielstrebig auf eine Tür zu, die in den Keller der Villa führte.

»Was soll das eigentlich?«, protestierte Matthias. »Warum bestellst du uns hierher?«

»Ich habe meine Gründe.« Bodenstein verzog keine Miene. Gregor streifte ihn mit einem verächtlichen Blick.

»Komm schon«, sagte er zu seinem jüngeren Bruder. »Ich will das endlich hinter mich bringen.«

Wenig später standen sie in einem Raum, der sich schon eher mit Fraukes Vorstellung von Rechtsmedizin und Leichenschauhaus deckte. Ein mulmiges Gefühl befiel sie. Was tat sie hier? War es üblich, dass man sich einen Toten ansehen musste, wenn er schon identifiziert worden war? Sie schauderte, als eine Metallbahre hereingerollt wurde und sie Bodensteins aufmerksamen Blick in ihrem Rücken spürte. Niemand sprach ein Wort. Der Mitarbeiter der Rechtsmedizin – er trug tatsächlich einen grünen Kittel, wenn auch keine Gummistiefel – zog das grüne Tuch, mit dem die Leiche bedeckt war, ein Stück herunter.

Papa hat kein Gesicht mehr, dachte Frauke. Matthias gab ein würgendes Geräusch von sich und flüchtete in den Flur, nur Gregor blieb ungerührt.

»Halali. Sau tot«, sagte er mit Befriedigung in der Stimme, und das war das Letzte, an das Frauke sich später erinnerte, denn als sie der im Tode erstarrte Blick aus dem Auge ihres Vaters traf, das sich nicht mehr in der Augenhöhle, sondern irgendwo in der Nähe seines Ohrs befand, wurde sie ohnmächtig.

*

Nika saß am Küchentisch, neben sich eine Tasse Hagebuttentee, und überflog das Gutachten, das die Firma EuroWind im Jahr 2002 im Auftrag des Landes Hessen erstellt hatte, um das Windpotential und die Windgeschwindigkeiten auf dem Bergrücken oberhalb von Ehlhalten zu analysieren. Es war nicht schwer zu erkennen, dass die beiden von der WindPro in Auftrag gegebenen Gutachten auf völlig anderen Zahlen basierten als die drei übrigen. Jannis hatte recht: Die Experten vom Deutschen Klima-Institut und von der University of Wales hatten ihre Empfehlungen offensichtlich aufgrund falscher Zahlen ausgesprochen. Woher stammten die Messdaten? Wer hatte die Berechnungen angestellt, oder war alles einfach aus der Luft gegriffen? Und woher hatte Jannis überhaupt diese Gutachten? Nika fischte den Teebeutel aus der Tasse, drückte ihn aus und legte ihn auf die Untertasse. Ihre Gedanken schweiften ab. Sie nippte an ihrem Tee und dachte an das bohrende Gefühl der Einsamkeit, das sie gestern Nacht überfallen hatte. War sie dazu verurteilt, ihr ganzes Leben allein zu bleiben? Sie hielt inne. Woher kam auf einmal diese Sehnsucht, diese Leere in ihrem Innern? Früher hatte es ihr doch auch nichts ausgemacht.

Nika zuckte zusammen, als es an der Haustür klingelte. Eilig schob sie die Papiere zur Seite, legte die Zeitung darüber und stand auf. Es klingelte wieder. Nach kurzem Zögern öffnete sie.

»Ja, bitte?«

Vor ihr standen ein Mann und eine blonde Frau, die ihr einen grünen Ausweis entgegenhielt. Polizei! Nika erschrak. Sie verschränkte rasch die Arme vor der Brust, um ihr Zittern zu verbergen.

»Kriminalpolizei.« Die Frau klang nicht besonders freundlich. »Wir möchten zu Herrn Theodorakis.«

»Der ist nicht zu Hause«, erwiderte Nika schnell.

»Wo könnte er sein? Wann kommt er wieder?«

»Ich weiß es nicht.«

»Wer sind Sie? Wohnen Sie hier?«

»N… nein. Ich bin nur … die Putzfrau.«

Überrascht und erschrocken wie sie war, gab sie die erstbeste Antwort, die ihr einfiel. Angesichts ihrer Klamotten schienen die beiden nicht an ihrer Aussage zu zweifeln.

»Wissen Sie, wo wir Herrn Theodorakis erreichen können?«, fragte der Mann. Er lächelte nett, aber davon ließ sie sich nicht täuschen. Manche Bullen konnten sich ziemlich gut verstellen.

»Ich denke mal, er ist auf der Arbeit«, sagte sie und zuckte die Schultern. »Eine Handynummer hab ich nicht. Tut mir leid.«

»Bitte geben Sie ihm meine Karte.« Die Polizistin reichte ihr eine Visitenkarte. »Er soll uns dringend anrufen. Es ist wichtig.«

»Ja, okay. Mach ich.«

Sie zogen ab, ohne weitere Fragen zu stellen. Nikas Beine waren butterweich vor Erleichterung, und sie hatte das Gefühl, nur ganz knapp davongekommen zu sein. Sie schloss die Haustür und schaute ihnen durch das kleine Fenster neben der Tür nach, bis sie ins Auto gestiegen und davongefahren waren. Warum wollte die Kripo mit Jannis reden? Was hatte er getan? Plötzlich setzten sich einzelne Puzzlestückchen, die in ihrem Kopf herumschwirrten, zu einem Ganzen zusammen. Jannis war erst heute Morgen nach Hause gekommen. Vorhin im Laden hatte er weder überrascht noch schockiert gewirkt, als sie ihm erzählt hatte, dass Ludwig erschossen worden war. Sie dachte an das Blut am T-Shirt und der Jeans, die unten in der Waschküche im Korb lagen, an Jannis' Zorn auf Hirtreiter. An seine krebsroten Hände und Arme. Die Polizei konnte Schmauchspuren an den Händen feststellen, wenn jemand eine Waffe abgefeuert hatte! Vielleicht hatte er versucht, sie mit irgendeiner Chemikalie abzuwaschen. Großer Gott! Nika sank auf die unterste Stufe der Treppe. Wenn Jannis tatsächlich Ludwig erschossen hatte, dann würde die Polizei wieder auftauchen und neugierig herumschnüffeln. Sie musste verschwinden.

*

Der Himmel war metallgrau, es goss in Strömen. Und kalt war es auch. Eher November- als Maiwetter. Pia und Cem sahen sich auf dem Rabenhof um, während eine Hundertschaft der Bereitschaftspolizei und eine Hundestaffel das riesige Grundstück und den angrenzenden Wald nach den verschwundenen Waffen absuchten.

Sie schlenderten durch die ehemaligen Stallungen, die früher wohl Kühe und Schweine beherbergt hatten. Es gab ein Schlachthaus mit einer Rohrbahn an der Decke und einem altertümlichen Kühlraum. In einer kleinen Halle nebenan roch es süßlich nach Äpfeln, die in übereinandergestapelten Holzkisten vor sich hin faulten. Hier stand eine Kelter, und von den drei großen Plastiktanks war einer noch mit Apfelwein gefüllt. Auch die unaufgeräumte Werkstatt kündete davon, dass Ludwig Hirtreiter die Arbeit auf dem Hof zu viel geworden war: In der Mitte stand ein alter Traktor, bei dem ein Reifen abmontiert war. Der neue Reifen lehnte daneben, der Staubschicht nach zu urteilen bereits seit geraumer Zeit. An der Wand über der Werkbank hing ein Kalender von 2002.

Sie gingen weiter zu der Scheune, die ein Stück abseits stand und unter den Ranken des immergrünen Efeus zu ersticken schien. Früher mochte die Wiese zwischen dem Hof und der Scheune ein hübsches Rasenviereck mit Ziersträuchern und gepflegten Rhododendren gewesen sein, jetzt war sie verwildert, die Sträucher hatten sich in ein undurchdringliches Gestrüpp verwandelt.

»Das ist ja ein riesiges Gelände«, sagte Cem. Er ging über die Wiese zu einem Brunnen, der mit einer rissigen Holzplatte abgedeckt war. »Hätte ich auf den ersten Blick gar nicht gedacht.«

»Und es gibt ordentlich viele Möglichkeiten, zwei Gewehre und eine Pistole verschwinden zu lassen«, bestätigte Pia missmutig. Ihre einzige Hoffnung war, dass Hirtreiters Mörder die Waffen einfach weggeworfen hatte, statt sie irgendwo sorgfältig zu verstecken. Ihr Handy klingelte. Die beiden Taucher, die den Teich absuchen sollten, waren eingetroffen. Cem und sie schoben mit einiger Mühe das Scheunentor zur Seite.

»Das gibt's doch nicht!«, staunte Cem. Neben einem

uralten Traktor standen zwei völlig verstaubte Oldtimer, ein dunkelgrüner Morgan Roadster und ein silberner Mercedes mit Flügeltüren und roten Ledersitzen.

»Sind die was wert?« Pia hatte keine Ahnung von Autos, schon gar nicht von Oldtimern oder Sportwagen.

»Das will ich meinen.« Cem umrundete die beiden Autos mit leuchtenden Augen. »Besonders dieser 300er SL, der ist ein Vermögen wert.«

Er zückte sein Handy und fotografierte die Fahrzeuge von allen Seiten.

»Kein Wunder, dass sich die Trauer der Hirtreiter-Kinder in Grenzen hält«, sagte Pia. »Die rechnen mit einem fetten Erbe.«

Bodenstein hatte ihr eben am Telefon erzählt, was in der Rechtsmedizin vorgefallen war. Gemeinsam schlossen Pia und Cem das Scheunentor wieder hinter sich und machten sich auf den Weg zum Teich. Der Einsatzleiter hatte noch keinen Erfolg zu vermelden. Rings um den Fundort von Hirtreiters Leiche und im nahen Wald hatte man dank des Metalldetektors zwar jede Menge Schrott aufgelesen, aber kein Gewehr und keine Pistole. Die Beamten der Hundertschaft suchten jetzt ein Stück weiter oben am Waldparkplatz, überall auf dem Hof und an der Straße, die hinunter ins Dorf führte.

Die beiden Taucher platschten mit ihren Taucherflossen über den kurzen hölzernen Steg, setzten sich hin und ließen sich ins Wasser gleiten. Der Regen wurde heftiger. Pia stülpte die Kapuze ihrer Windjacke über die Baseballkappe und beobachtete, wie die Regentropfen die Wasseroberfläche kräuselten. Die Jeans klebte nass an ihren Beinen, und die Windjacke hielt auch nicht das, was der Hersteller versprochen hatte. Schweigend starrten sie auf den kleinen See. Die Taucher gaben bereits nach einer Viertelstunde auf.

»Die Sicht in dieser Brühe ist gleich null«, sagte der eine. »Und der Boden eine einzige Schlammschicht. Wenn da irgendetwas Schweres reinfällt, versinkt es sofort. Tut mir leid.«

»Trotzdem, danke«, entgegnete Pia. »Es war einen Versuch wert.«

Auf einmal kam etwas Dunkles im Tiefflug auf sie zugesaust, mit einem Satz brachte sie sich hinter Cems Rücken in Deckung.

»Was war das?«

»Eine Krähe oder so was.« Cem blickte sich um. Der schwarze Vogel war auf einem Ast des Kirschbaumes gelandet, unter dem Hirtreiters Leiche gelegen hatte, und schaute sie hochmütig an. Er öffnete seinen Schnabel, schlug mit den Flügeln und krächzte. Pia bekam eine Gänsehaut.

»Das ist ein Rabe«, korrigierte sie ihren Kollegen. »Raben sind größer als Krähen und haben gebogene, schwarze Schnäbel, keine spitzen, grauen.«

»Krähe, Rabe. Egal.« Cem zuckte die Schultern. »Komm, wir fahren. Mir ist schweinekalt.«

»Nein, warte noch. Hirtreiter besaß einen zahmen Raben.« Pia betrachtete den großen Vogel, der nun ganz ruhig dasaß und ihren Blick erwiderte. »Wieso sitzt er ausgerechnet auf *diesem* Baum?«

»Zufall?«, schlug Cem vor.

»Nein«, erwiderte Pia. »Das glaube ich nicht.«

»Jetzt sag bitte nicht, du glaubst, der Rabe will eine Aussage machen.« Das klang belustigt.

»Doch.« Pia nickte ernst. »Genau das ist mir eben durch den Kopf gegangen. Raben sind superintelligent. Und Hirtreiter hatte ihn viele Jahre lang.«

»Leider fällt er als Zeuge aus. Es sei denn, er identifiziert den Mörder bei einer Gegenüberstellung.«

Pia sah, dass ihr Kollege mühsam ein Grinsen unterdrückte.

»Du machst dich über mich lustig«, warf sie ihm vor, musste dann aber selbst grinsen. »Es hat schon die verrücktesten Sachen gegeben.«

»Klar, Agent Scully«, sagte Cem mit gutmütigem Spott. »Im Fernsehen. Aber nicht in der Realität. Sonst hätten wir es ja auch viel zu leicht.«

*

»Musste das sein?« Kriminalrätin Dr. Engel schüttelte den Kopf. Sie saß hinter ihrem Schreibtisch, die Lesebrille auf der Nasenspitze, und bot Bodenstein keinen Platz an. »Der Anwalt der Familie Hirtreiter hat sich bei mir in schärfster Form beschwert. Er behauptet, es habe sich um eine unzulässige Vernehmungsmethode im Sinne des § 136a der StPO gehandelt. Wieso hast du sie gezwungen, sich die Leiche anzusehen?«

»Sie haben alle drei ein Motiv«, entgegnete Bodenstein. »Ein drei Millionen Euro starkes Motiv. Und leider wussten sie schon Bescheid, als Frau Kirchhoff und ich ihnen die Nachricht vom Tod ihres Vaters überbringen wollten.«

»Wieso?«

Bodenstein seufzte.

»Mein Vater hat die Leiche gefunden. Er war der beste Freund des Toten und hat dessen Kinder angerufen. Ich konnte es leider nicht verhindern.«

»Hast du ihre Alibis schon überprüft?«

Dr. Engel machte eine auffordernde Geste in Richtung Besucherstuhl. Ende der obligatorischen Machtdemonstration. Bodenstein setzte sich.

»Wir haben noch keinen exakten Todeszeitpunkt, deshalb war das bisher nicht möglich, aber zumindest die Tochter war am Tatabend auf dem Hof ihres Vaters. Das hat sie mir allerdings erst gesagt, als sie erfuhr, dass sie gesehen worden war. Angeblich wollte sie nur nach dem Rechten schauen. Und angeblich hat sie ihn auch nicht mehr angetroffen, dafür habe aber ein fremdes Auto mit laufendem Motor ein paar Minuten vor der Hofeinfahrt gestanden.«

»Angeblich?«

»Ich weiß, dass sie und ihre Brüder mit ihrem Vater seit Jahren im Streit lagen. Sie wollten ihn an dem Abend überreden, ein Kaufangebot in Millionenhöhe für ein Grundstück anzunehmen. Hirtreiter wollte unter keinen Umständen verkaufen, seine Kinder wollten unter allen Umständen, dass er es tut. Frauke kann darüber hinaus mit Waffen umgehen. Es sind schon Menschen wegen weitaus weniger Geld umgebracht worden.«

Dr. Nicola Engel blickte ihn nachdenklich an.

»Okay«, sagte sie schließlich. »Wie willst du weiter vorgehen?«

»Es gibt Hinweise auf eine Verbindung zum Tod von Rolf Grossmann, denn es gibt noch einen anderen Tatverdächtigen, und das ist derselbe wie im Fall Grossmann. Bis jetzt konnten wir noch nicht mit ihm sprechen, aber das werden wir heute Abend tun. Sobald uns der Bericht aus der Rechtsmedizin vorliegt und wir die Tatzeit eingrenzen können, werden wir die Alibis der drei Hirtreiter-Kinder und des anderen Verdächtigen überprüfen.«

»Was hat dein Vater mit der ganzen Sache zu tun?«

»Nichts.« Bodenstein hob überrascht die Augenbrauen. »Hirtreiter war sein Freund. Die beiden waren heute Morgen verabredet, und als Hirtreiter nicht erschien, hat mein Vater ihn gesucht. Und leider auch gefunden.«

Das Telefon auf dem Schreibtisch der Kriminalrätin summte. Sie blickte auf das Display, dann zu Bodenstein.

»Danke, das war's fürs Erste«, sagte sie. »Halte mich bitte auf dem Laufenden.«

»Mach ich.« Er verstand, dass er entlassen war, und erhob sich. Sie nahm den Hörer ab, meldete sich und sagte etwas zu dem Anrufer.

»Ach, Oliver.«

Bodenstein drehte sich um. Sie hatte die Hand über die Sprechmuschel gelegt und lächelte.

»Es wäre von Vorteil, wenn die Presse nichts von der Verwicklung deines Vaters in den Fall erführe.«

Er öffnete schon den Mund, um zu entgegnen, dass sein Vater nicht in den Fall verwickelt sei und er nicht vorhabe, überhaupt irgendetwas der Presse zu sagen, aber da hatte sie schon wieder den Hörer ans Ohr gehoben. Bodenstein nickte also nur und verließ ihr Büro.

Sein Magen knurrte jämmerlich, er hatte seit dem Morgen nichts mehr gegessen. Der Versuchung an der Dönerbude, an der er auf dem Weg ins Kommissariat Pia zuliebe einen Zwischenstopp eingelegt hatte, hatte er erfolgreich widerstanden, ebenso der Käse-Sahne-Torte, die Dr. Engels Sekretärin zur Feier ihres Geburtstages ausgegeben hatte. Bisher war es ihm nie aufgefallen, aber die Leute schienen ständig und überall zu essen. Ostermann biss gerade in einen Schokoriegel, als er dessen Büro betrat, und Kathrin Fachinger lehnte mit einem Teller in der Hand neben der Kaffeemaschine und mampfte ein Stück der besagten Geburtstagstorte. Ihm lief das Wasser im Mund zusammen. Kathrin Fachinger bemerkte seinen gierigen Blick.

»Es sind noch zwei Stücke im Kühlschrank, Chef«, sagte sie. »Soll ich Ihnen eins …«

»Nein«, unterbrach er sie säuerlich. »Wenn ihr fertig gegessen habt, erwarte ich euch im Besprechungsraum.«

Neulich hatte er in der Zeitung von einem Mann in Indien gelesen, der seit dreißig Jahren überhaupt nichts gegessen hatte. Dann würde er es wohl schaffen, mal für ein paar Wochen auf die Bremse zu treten. Reine Willenssache, mehr nicht.

»Chef!«, rief Ostermann ihm mit vollem Mund hinterher. »Ich habe grad ein paar interessante Informationen bekommen.«

»Besprechungsraum!«, rief Bodenstein über die Schulter und verließ schnell das Büro.

*

Die Dattenbachhalle in Ehlhalten war bereits bis auf den letzten Platz gefüllt, aber noch immer strömten Menschen durch die weit geöffneten Türen herein und wurden von Ordnern auf die Empore geschickt. Das Interesse der Öffentlichkeit an dem geplanten Windpark schien riesengroß, die Nachricht von Hirtreiters Ableben hatte in Ehlhalten längst die Runde gemacht und die Neugier der Einwohner gesteigert.

Bodenstein, Pia, Kathrin Fachinger und Cem Altunay hielten im Foyer Ausschau nach Jannis Theodorakis, der den ganzen Tag über wie vom Erdboden verschluckt gewesen war. Weder an seinem Arbeitsplatz in der IT-Abteilung einer Frankfurter Großbank noch im Zoogeschäft seiner Lebensgefährtin hatte man eine Ahnung, wo er sein mochte, aber Bodenstein war fest davon überzeugt, dass er bei der Versammlung auftauchen würde.

An großen Stellwänden war eine beeindruckend realistisch wirkende Fotomontage angebracht, die den Bergrücken des Taunus mit zehn monströsen Windrädern zeigte. In großen Trauben drängten sich die Leute um die Tische der Bürgerinitiative »Keine Windräder im Taunus«, nahmen Informationsbroschüren mit und trugen sich in die Unterschriftenlisten ein, die zusammen mit der Einwendung gegen den Bau des Windparks dem Regierungspräsidenten in Darmstadt übergeben werden sollten. Auf einem der Tische stand ein gerahmtes Foto von Ludwig Hirtreiter, das jemand mit einem Trauerflor versehen hatte.

»Da kommt Theissen«, sagte Cem Altunay. »Ziemlich mutig von ihm.«

Der Geschäftsführer der WindPro betrat gemeinsam mit dem Eppsteiner Bürgermeister die Halle und wurde mit Blitzlichtgewitter und Pfeifkonzert empfangen.

»Da ist auch Theodorakis«, ergänzte Pia.

»Er hat sogar seine Putzfrau mitgebracht«, wunderte sich Cem.

»Von wegen Putzfrau«, knurrte Pia. »Die hat uns schön angelogen.«

Bodenstein trat dem dunkelhaarigen Mann, der eilig in Richtung Hallentür strebte, in den Weg.

»Guten Abend«, sagte er und zückte seinen Ausweis. »Sie sind ja schwerer zu erreichen als der Papst. Bodenstein, Kripo Hofheim.«

Die angebliche Putzfrau ging mit gesenktem Kopf weiter, Theodorakis und seine Lebensgefährtin, der das Zoogeschäft in Königstein gehörte, blieben stehen. Pia und Cem hatten ihr auf dem Weg vom Rabenhof zum Kommissariat einen Besuch abgestattet. Sie hatte ihr rosafarbenes Dirndl abgelegt und war jetzt von Kopf bis Fuß in Schwarz gekleidet, als sei sie auf dem Weg zu einer Beerdigung.

»Guten Abend«, erwiderte Theodorakis unbehaglich. Er trug Jeans und ein graues Sakko, die äußerliche Demonstration seiner Trauer beschränkte sich auf eine schwarze Krawatte zum weißen Hemd. Unter seinem Arm klemmte ein Aktenordner. Seine Augen schweiften nervös zur geöffneten Hallentür. »Ich hätte mich gleich morgen früh bei Ihnen gemeldet, aber es gab heute noch viel zu organisieren.«

»Morgen früh ist zu spät. Wir möchten *jetzt* mit Ihnen sprechen.« Bodenstein setzte eine undurchdringliche Miene auf. Er hatte nicht vor, Theodorakis von der Podiumsdiskussion abzuhalten, aber er würde den Mann ein wenig schmoren lassen. Theodorakis geriet ins Schwitzen.

»Hat das nicht noch eine Stunde Zeit? Ich muss aufs Podium. Es geht gleich los.«

»Eigentlich hat es keine Stunde Zeit«, sagte Bodenstein kühl und ließ den Mann genüsslich zappeln.

»Es ist wirklich wichtig, dass Jannis heute Abend für uns spricht«, mischte sich seine Freundin ein. »Gerade jetzt, wo … wo Ludwig … nicht mehr da ist.«

Ihre Stimme zitterte, ihre blauen Augen füllten sich mit Tränen.

»Denken Sie, unser Anliegen ist nicht wichtig?«, antwortete Bodenstein. »Wir sind nicht aus Spaß hier.«

»Bitte!« Theodorakis standen die Schweißperlen auf der Stirn. »Wir haben monatelang auf diesen Abend hingearbeitet. Danach stehe ich Ihnen für alle Fragen zur Verfügung.«

Bodenstein runzelte die Stirn, als würde er darüber nachdenken, dann nickte er.

»Okay«, sagte er schließlich gnädig. »Aber Sie melden sich gleich nach der Veranstaltung bei mir.«

»Selbstverständlich, das werde ich tun.« Theodorakis war sichtlich erleichtert. »Danke für Ihr Verständnis. Komm, Ricky.«

Die Schwarzgekleidete nickte Bodenstein zu und folgte ihrem Freund.

»Lasst uns auch reingehen.« Bodenstein setzte sich in Bewegung, aber der Ordner an der Hallentür schüttelte den Kopf.

»Der Saal ist mehr als voll. Nur noch Empore.«

Bodenstein präsentierte dem Mann seinen Polizeiausweis.

»Na gut. Zwei noch, aber mehr nicht. Sonst krieg ich Ärger.«

Cem und Kathrin stiegen hoch auf die Empore, Bodenstein und Pia quetschten sich in den hoffnungslos überfüllten Saal.

Der Bürgermeister und Stefan Theissen hatten bereits auf dem Podium Platz genommen, neben ihnen saß die Vertreterin des Umweltministeriums. Theodorakis sprang lässig die Stufen hinauf, übersah Theissen, nickte dem Bürgermeister zu, reichte der Frau vom Ministerium die Hand und nahm neben dem anderen Sprecher der Initiative Platz.

Erwartungsvolle Stille senkte sich über die Sitzreihen, dann ergriff Bürgermeister Reinhold Herzinger als Gastgeber der Veranstaltung das Wort. Er bedankte sich für das große Interesse der Bürgerinnen und Bürger und stellte Frau Dr. Neumann-Brandt vom Hessischen Umweltministerium, Herrn Dr. Theissen von der WindPro GmbH, Jannis Theodorakis und Klaus Faulhaber, als Vorstandsmitglieder der Bürgerinitiative, vor.

»Dieser Abend wird von einem schrecklichen Ereignis überschattet«, sagte er dann mit gemessenem Ernst in der Stimme. »Der langjährige Stadtverordnetenvorsteher unserer Gemeinde, unser geschätzter Freund und Weggefährte Ludwig Hirtreiter, wurde in der vergangenen Nacht Opfer eines abscheulichen Gewaltverbrechens. Wir sind fassungslos und tief erschüttert. Bitte erheben Sie sich, verehrte Damen und Herren, und lassen Sie uns Ludwig mit einer stillen Gedenkminute ehren.«

Hüstelnd, raschelnd und murmelnd erhoben sich dreihundert Menschen, die Stuhlbeine der ineinandergehakten Stühle schrammten über den Boden. Es dauerte eine Weile, bis Ruhe einkehrte.

»Geschieht ihm recht, dem alten Mistkerl«, sagte jemand in die Stille.

Er erntete empörtes Zischen, dann aber nahm das Kichern in den Reihen überhand.

*

Er machte sich Sorgen. Ricky hatte schlecht ausgesehen, vorhin. Wieso ging es ihr bloß so an die Nieren, dass der scheiß

Hirtreiter tot war? Eigentlich konnte sie doch froh sein, so, wie dieser Arsch sie neulich behandelt hatte!

Mark schloss den letzten Hundeauslauf hinter sich ab und schob die bis zum Rand gefüllte Schubkarre zum Container. Da Frauke anderes zu tun hatte und Ricky auf der Bürgerversammlung in Ehlhalten war, auf der er sich nicht sehen lassen durfte, hatte Mark freiwillig die Spätschicht im Tierheim übernommen. Er hatte schon oft dabei geholfen und wusste, was zu tun war. Alle Hunde, Katzen, Schildkröten, Meerschweinchen und Kaninchen hatten frisches Wasser und waren gefüttert, er hatte die Hunde in ihre Zwinger gebracht und dann die Ausläufe gereinigt.

Am Morgen war ein Neuzugang eingetroffen: ein alter Jack-Russell-Terrier, den seine herzlosen Besitzer einfach ausgesetzt hatten. Mark ging noch einmal ins Hundehaus und schloss den Zwinger auf, in dem der Terrier trübsinnig auf seiner Decke lag. Der Hund hob erwartungsvoll den Kopf, ließ ihn aber gleich wieder enttäuscht sinken, als er Mark erkannte. Der arme Kerl verstand die Welt nicht mehr! Plötzlich saß er hinter Gittern, um ihn herum nur Fremde. Wie konnten Menschen ihrem Haustier, das so lange ihr Leben geteilt hatte, so etwas Grausames antun?

Mark setzte sich auf den grauen Kunstharzboden und streckte die Hand aus. Der Hund blickte ihn skeptisch an, ließ aber zu, dass Mark ihn sanft hinter den Ohren kraulte. Seine Augen waren altersstrüb, seine Schnauze grau.

»Deine Leute sollte man auch einfach irgendwo aus dem Auto schmeißen«, sagte Mark leise. »Du bist doch so ein süßer Kerl, auch wenn du ein bisschen alt bist.«

Der Hund spitzte die Ohren und wedelte ganz leicht mit der Schwanzspitze. Er verstand den freundlichen Tonfall, robbte näher an Mark heran und schmiegte sich an dessen Oberschenkel. Mark lächelte traurig. Er mochte gerade die Hunde, die alt oder nicht so schön waren. Alles, was sie wollten, waren ein liebevolles Zuhause und Zuneigung, sie wollten jemandem vertrauen können. Genauso wie er selbst. Der Jack-Russell-Terrier schloss die Augen, streckte sich und knurrte genüsslich.

Was machten seine Besitzer wohl jetzt? Waren sie in den Urlaub gefahren, oder hatten sie sich einen jüngeren Hund zugelegt? Wie konnten sie bloß ruhig schlafen?

»Wir finden für dich ganz schnell ein schönes neues Zuhause«, versprach Mark dem Hund. »Du musst nicht lange hierbleiben.«

Am liebsten hätte er ihn selbst mit nach Hause genommen, aber das ging ja nicht, wegen seiner allergischen Schwestern.

Er seufzte, lehnte den Kopf gegen die Wand und dachte wieder an Ricky. Das, was er getan hatte, quälte ihn entsetzlich. Er war doch nicht scharf auf Ricky! Sie war für ihn wie ... na ja, nicht gerade wie eine Mutter, eher wie eine ... tolle große Schwester. Jannis hatte sie gar nicht verdient. Er sah nicht, wie schlecht es ihr ging, wie traurig und niedergeschlagen sie war. Wusste er nicht, welche Rückenschmerzen sie ständig plagten? Mark nahm ihr so viel Arbeit ab, wie er konnte, ließ nicht zu, dass sie schwere Sachen hob. Wäre Ricky *seine* Freundin, dann müsste sie nicht mehr arbeiten. Er würde alles tun, nur damit sie glücklich war und lachte, so wie neulich, als sie mit ihm Autofahren geübt hatte.

Marks Herz wurde schwer. Es war so schrecklich kompliziert. Wenn er doch wenigstens schon achtzehn wäre und endlich zu Hause ausziehen könnte! Nika würde nicht für immer bei Ricky und Jannis im Keller hocken, und wenn sie weg wäre, könnte er dort einziehen. Mark lächelte. Der Gedanke gefiel ihm. Wieso war er nicht viel eher auf diese Idee gekommen? Mit Ricky unter einem Dach zu wohnen wäre das Größte.

Der Hund stupste ihn auffordernd mit seiner feuchten Schnauze an, weil er aufgehört hatte, ihn zu streicheln.

»Oh, entschuldige bitte«, sagte Mark zu ihm. »Komm, wir gehen rüber ins Büro. Da haben wir ein kuscheliges Körbchen für dich, und ich finde sicher noch was Leckeres zu fressen. Hm, was hältst du davon?«

Er kam auf die Beine, und der Hund folgte ihm wie ein kleiner Schatten über den Hof zu dem flachen Gebäude, in dem sich die Verwaltungsräume und die Futterküche des Tierheims befanden. Es war halb neun. Genug Zeit, die Webseite des Tierschutzvereins zu aktualisieren und wie versprochen nach Rickys Pferden zu sehen. Vielleicht war sie ja bis dahin schon von der Versammlung zurück.

*

Bürgermeister Herzinger beendete die Farce nach exakt zweiundvierzig Sekunden.

»Danke!«, sagte er, und alles setzte sich wieder. Ehe er jedoch weitersprechen konnte, zog Jannis Theodorakis sein Mikrophon aus der Halterung und stand auf.

»Bevor Sie sich jetzt hier allerhand schöne Worte anhören müssen, will ich Ihnen ein paar Details über den geplanten Windpark erzählen, die Ihnen der Herr Bürgermeister und die anderen Herrschaften ganz sicher verschweigen werden«, sagte er.

Der Bürgermeister war durch die unerwartete Attacke kurz aus dem Konzept gebracht, gab sich aber so schnell nicht geschlagen. Auf seinen Wink hin drehte der Tontechniker Theodorakis' Mikrophon kurzerhand den Saft ab. Sofort brach ein empörtes Pfeifkonzert los. Bodenstein beobachtete mit Sorge, wie lange der Bürgermeister brauchte, um die aufgebrachte Menge zu besänftigen. Er wandte sich zu Pia um, die mit verschränkten Armen neben ihm an der Wand lehnte und an ihrer Unterlippe nagte.

»Ich hab kein gutes Gefühl bei der ganzen Sache«, sagte er.

»Die Stimmung ist ganz schön aufgeheizt«, bestätigte sie. »Vielleicht sollten wir Verstärkung rufen.«

Der Bürgermeister lächelte angestrengt. Wahrscheinlich bereute er bereits, sich auf einen öffentlichen Schlagabtausch mit den Gegnern des Windparks eingelassen zu haben. »Sie werden auch genug Zeit zum Reden bekommen, aber wir wollen uns doch bitte an die Regeln der Höflichkeit halten.«

Theodorakis zuckte die Achseln und deutete eine Verbeugung an, die vom Publikum mit Gelächter aufgenommen wurde. Eine Viertelstunde lang priesen der Bürgermeister und Theissen abwechselnd das geplante Windparkprojekt und überhörten dabei konsequent jede Zwischenfrage, was das Publikum allmählich vor Wut zum Kochen brachte. Theodorakis schüttelte die ganze Zeit den Kopf und lachte sogar hin und wieder spöttisch. Im Saal wurde es unruhig. Vereinzelt standen Leute auf und riefen ihre Fragen, immer wieder ertönten Pfiffe und Buhrufe.

»Halt's Maul!«, brüllte sogar jemand, und der Bürgermeister überließ schließlich widerwillig Theodorakis das Wort.

»Wir von der Bürgerinitiative ›Keine Windräder im Taunus‹ sehen die ganze Sache etwas differenzierter«, begann er. »Nachdem die Herren Ihnen jede Menge Sand in die Augen gestreut haben, möchte ich Ihnen ein paar nüchterne Zahlen und Fakten präsentieren, die all das widerlegen werden. Im Jahr 2006 kamen nach Ansicht des Planungsverbandes im Ballungsraum Rhein-Main 66 Standorte für Windenergie in Frage. Seitdem sind die Flächen aufgrund eines festgelegten Kriterienkatalogs genau überprüft worden; übrig blieben bis Januar 2009 genau fünf sogenannte Windvorranggebiete. Der Vordertaunus zählt durch die höchst wechselhaften Windverhältnisse nicht dazu.«

»Aber warum wurde denn dann eine Baugenehmigung erteilt?«, rief jemand dazwischen. »Ein nutzloser Windpark bringt doch kein Geld!«

Zustimmendes Gemurmel. Der Bürgermeister und die Doppelnamen-Frau blickten zu Theissen hinüber, doch der ließ sich nicht anmerken, was in ihm vorging. Theodorakis führte an, dass die Gutachten, die das Land Hessen und die Bürgerinitiative selbst in Auftrag gegeben hatten, einen Windpark am vorgesehenen Standort für unwirtschaftlich erklärten.

»Die beiden Windgutachten, die die WindPro vorgelegt hat, sagen allerdings genau das Gegenteil aus.«

Alarmiert hob Theissen den Kopf. Bodenstein erinnerte sich an die Seite des Windgutachtens, die Krögers Leute unter dem Kopierer in Theissens Vorzimmer gefunden hatten.

»Denkst du dasselbe wie ich?«, fragte Pia leise.

»Ich glaube schon«, erwiderte Bodenstein ebenfalls mit gesenkter Stimme. »Die Seite aus dem Gutachten.«

»Wenn das der eigentliche Grund für den Einbruch war, steht Theodorakis wieder ganz oben auf der Liste der Verdächtigen.«

»Hm«, bestätigte Bodenstein. »Er lehnt sich ganz schön weit aus dem Fenster.«

»Bis der Betreiber merkt, dass der Windpark ineffizient ist«, schallte Theodorakis' Stimme aus den Lautsprechern, »vergehen ein paar Jahre. Bis dahin hat die Projektgesellschaft mit den Fonds, durch die der Bau finanziert wurde, ihr Geld doppelt und dreifach verdient. Dazu kommen Subventionen in Millionenhöhe von Europa, Bund und Land, an denen auch die Kommune interessiert ist. Wir betrachten es als unsere Aufgabe, das zu hinterfragen. Und wir werden heute Abend auch fragen, wie das Umweltministerium dazu kam ...«, er machte eine Kunstpause, bis auch das letzte Augenpaar im Saal gespannt auf ihn gerichtet war, »... seine Meinung so plötzlich und vollkommen zu ändern. Wir werden Herrn Theissen fragen, aus welchem Grund er die Umweltverbände in der Region mit so großzügigen Spenden unterstützt hat.«

»Was wollen Sie damit andeuten?«, fragte der Bürgermeister mit einem gönnerhaften Lächeln, das im Hinblick auf die angespannte Stimmung fehl am Platz wirkte.

»Ich muss nichts *andeuten*!«, entgegnete Theodorakis. »Ich habe *Beweise*. E-Mails, in denen geheime Absprachen getroffen wurden, Beweise dafür, dass Geld geflossen ist, wo keines hätte fließen dürfen. Ich habe Beweise, dass die WindPro, um eine Baugenehmigung zu bekommen, Entscheidungsträger im Ministerium und bei der Stadt Eppstein bestochen hat.«

Der Bürgermeister winkte grinsend ab, als wolle er das, was sein Gegner von sich gab, lächerlich machen.

»Das ist doch alles Unsinn!«, ergriff Theissen das Wort. »Dieser Mann ist nur auf Rache aus, weil wir ihm letztes Jahr gekündigt haben!«

»Wo sind denn die Beweise?«, rief jemand aus dem Publikum.

»Es gibt keine!«, beeilte Theissen sich zu sagen. »Es sei denn, er hat welche gefälscht.«

»Das haben Sie doch selbst erledigt!«, triumphierte Theodorakis, nahm seinen Aktenordner vom Tisch und hielt ihn hoch. »Hier ist alles dokumentiert!«

Theissen und der Bürgermeister wechselten einen raschen Blick, als sie begriffen, dass bis jetzt alles harmloses Vorgeplänkel gewesen war.

»Herr Theodorakis war lange Jahre Projektleiter der WindPro.« Theissen erhob sich nun ebenfalls und ging in die Offensive. »Aufgrund einiger Verfehlungen wie …«

»Stimmt nicht!«, rief Theodorakis dazwischen.

»Sie erlauben, dass *ich* jetzt rede«, entgegnete Theissen kühl.

»Sie lügen doch!«

»Wer hier lügt und wer nicht, wird sich zeigen.«

Die Köpfe der Leute drehten sich von links nach rechts, wie bei einem Tennismatch. Es war heiß im Saal. Viele fächelten sich mit den Prospekten der Bürgerinitiative Luft zu. Lächelnd wandte sich Theissen wieder an das Publikum.

»Meine Damen und Herren, es ist nicht meine Art, in aller Öffentlichkeit schmutzige Wäsche zu waschen, aber ich lasse auch nicht zu, dass eines unserer Projekte aus purer Rachsucht schlechtgemacht wird.« Seine Stimme, die etwas tiefer war als die seines Gegners, klang ruhig und überzeugend. »Herr Theodorakis verlor nach seiner fristlosen Entlassung mehrere Prozesse gegen uns vor dem Arbeitsgericht und sucht aus ganz persönlichen Gründen Vergeltung. Lassen Sie sich bitte von ihm keine Märchen erzählen!«

Gemurmel wurde laut. Wenn das Arbeitsgericht einem Arbeitgeber recht gab, musste sich der Arbeitnehmer schwerwiegende Verfehlungen geleistet haben, das war allgemein bekannt. Theissen erteilte Theodorakis mit einer auffordernden Handbewegung großzügig das Wort und setzte sich wieder.

Es dauerte eine Weile, bis die Unruhe nachließ.

»Wir möchten Ihnen trotzdem einige Fakten nennen«, sagte Jannis Theodorakis scheinbar ungerührt, obwohl er innerlich kochen musste. »Sie dürfen gerne selbst entscheiden, was Sie wem glauben wollen und was nicht.«

Geschickt gekontert, dachte Bodenstein und war nun selbst gespannt, was die Bürgerinitiative in petto hatte. Theodorakis begann aufzuzählen, welcher Verfehlungen er Stadt, Kreis, Umweltministerium und Projektgesellschaft bezichtigte.

»Falsch«, sagte Theissen nach jedem Satz lakonisch. Es war totenstill im Saal, man hätte eine Stecknadel fallen hören können.

»Würden Sie jetzt bitte mal den Mund halten?«, fuhr Theodorakis ihn nach der dritten oder vierten Unterbrechung ungehalten an.

»Halten Sie besser den Mund«, warnte Theissen ihn und lächelte dabei nachsichtig. »Sie reden sich gerade in aller Öffentlichkeit um Kopf und Kragen. Aber Sie sind ja an Niederlagen gewöhnt.«

Theodorakis lachte nur und zuckte die Schultern.

»Solche persönlichen Attacken sind doch unter Ihrem Niveau, Herr Doktor«, sagte er gelassen. »Ich stehe hier als Sprecher von Bürgerinnen und Bürgern, die gemeinsam ein Projekt verhindern wollen, das unsinnig ist und nur die Kasse der WindPro füllt. Wenn Sie versuchen, mich hier zu diskreditieren – bitte schön. Alles, was ich heute Abend sage, kann man ohnehin später auf unserer Webseite nachlesen, also geben Sie sich keine Mühe.«

Theissen wollte etwas erwidern, aber Theodorakis sprach einfach weiter.

»Und um uns heute Abend vor vollendete Tatsachen zu stellen«, sagte er und deutete mit dem Zeigefinger erst auf Theissen, dann auf den Bürgermeister, »haben die WindPro und die Stadt eine Rodungsfirma beauftragt, die entgegen aller Absprachen bereits am Montagmorgen heimlich damit beginnen wollte, das vorgesehene Areal zu roden! So können Sie diesen beiden geldgeilen Lügnern trauen!«

Das ließen weder der Bürgermeister noch Theissen auf sich sitzen. In das nun folgende heftige Wortgefecht mischte sich das Publikum mit schrillen Pfiffen und Buhrufen ein. An eine vernünftige Moderation der Podiumsdiskussion war nicht mehr zu denken. Plötzlich kam von irgendwoher eine Tomate geflogen und zerplatzte an der Schulter des Bürgermeisters.

Bodenstein griff zu seinem Handy und wählte Cem Altunays Nummer.

»Kommt nach unten«, befahl er. »Und ruft Verstärkung! Sagt den Ordnern, dass sie die Notausgänge öffnen sollen! Sofort!«

»Lügner! Lügner!«, skandierten ein paar junge Leute.

»Ruhe!«, rief Theodorakis' Mitstreiter, der sich bisher ganz aus der Diskussion herausgehalten hatte, beschwichtigend in sein Mikrophon. »Bleibt doch ruhig! Ruhe!«

»Lügner! Lügner!«, grölten die Jugendlichen, rohe Eier und weitere Tomaten trafen den Bürgermeister, Theissen und auch Theodorakis, der sich aber nichts daraus zu machen schien. Die stumme Frau Doktor ging unter dem Tisch in Deckung.

»Das muss ich mir nicht gefallen lassen!«, brüllte der Bürgermeister mit hochrotem Gesicht und knallte sein Mikrophon auf den Tisch. Das ohrenbetäubende Pfeifen der Rückkopplung übertönte die Stimmen von Theodorakis und Theissen, das Publikum buhte noch lauter, als Herzinger vom Podium sprang und auf den Mittelgang zusteuerte. Leute standen auf, drängten ebenfalls Richtung Gang. Bodenstein dachte besorgt an seine Eltern, die irgendwo im vorderen Teil des Saales saßen. Von irgendwoher kam eine Tomate geflogen und traf den Rathauschef mitten im Gesicht, woraufhin der sich wutentbrannt durch die Reihe zu dem Werfer drängte. Bodenstein sah ungläubig, wie der Bürgermeister dem Tomatenwerfer eine Ohrfeige verpasste, bevor ihn jemand daran hindern konnte. Im Nu war eine Schlägerei im Gange, der die Menschen in den engen Stuhlreihen nicht ausweichen konnten. Chaos brach aus.

»Ist der bescheuert?« Pia stieß sich von der Wand ab. »Der muss hier raus, die machen sonst Hackfleisch aus ihm.«

»Bleib hier!« Bodenstein wollte Pia festhalten, aber die Umstehenden drängten ihn von ihr weg. In der nächsten Sekunde verlor er sie aus den Augen. Ein halber Gemüseladen prasselte unter lautem Gejohle auf den Bürgermeister nieder, der schützend die Hände über den Kopf hielt. Der Boden verwandelte sich in eine Rutschbahn, aneinandergeschraubte Stuhlreihen kippten um, die Leute stolperten, schrien durcheinander, fingen an zu rennen, glitten aus und stürzten.

»Hilfe!«, kreischte eine Frau. »Ich will hier raus!«

Ein Tumult brach los. In einer Welle drängten Menschen mit panisch verzerrten Gesichtern auf den Ausgang zu, Stühle flogen, der Saal hatte sich in einen Hexenkessel verwandelt. Bodenstein fühlte sich unsanft gegen die Wand gepresst, für einen Moment blieb ihm die Luft weg. Er hielt verzweifelt Ausschau nach Pia und versuchte gleichzeitig, die Sorge um seine Eltern zu verdrängen. Wenn sie vernünftig waren, blieben sie einfach dort, wo sie waren.

*

»Tu doch was!« Klaus Faulhaber packte Jannis am Arm. »Die drehen ja durch! Das gibt ein Unglück!«

»Was soll ich denn tun?« Jannis zuckte die Schultern und grinste. »Der Idiot lässt sich von so ein paar Krakeelern provozieren. Selbst schuld.«

Im hinteren Teil des Saales war ein Tumult ausgebrochen, hunderte Menschen wollten hinaus, aber nur eine Hälfte der Doppeltür war geöffnet.

»Ach du Scheiße«, sagte Jannis betroffen, als er begriff, dass die wenigen Saalordner nichts mehr unter Kontrolle hatten. Neben ihm erwachte die Frau vom Ministerium zum Leben, sie sprang auf, stolperte über die Treppe von der Bühne und öffnete den Notausgang. Theissen folgte ihr wie ein geölter Blitz und verschwand in der Dunkelheit. Bisher hatten die Leute in den vorderen Reihen wie gelähmt auf ihren Stühlen gesessen, aber nun standen auch sie auf und drängten auf die geöffnete Tür zu, allerdings erheblich disziplinierter als die hysterische Menge im hinteren Teil des großen Saales.

Jannis erblickte die blonde Polizistin, die den Bürgermeister hinter sich her in Richtung Notausgang schleifte. Er musste verschwinden, bevor sie mit dem Bürgermeister die Tür erreicht hatte. Auf ein Verhör hatte er keinen Bock, er hatte Wichtigeres zu erledigen. Ricky und Nika konnte er nirgendwo sehen, aber die würden schon irgendwie hier rauskommen. Kurz entschlossen schnappte er seinen Aktenordner und gab Fersengeld. Wenige Sekunden später war er draußen und kramte in der Jackentasche nach seinem Autoschlüssel.

»Theodorakis!«

Die Stimme ließ ihn herumfahren. Vor ihm stand wie aus dem Erdboden gewachsen Stefan Theissen. Noch berauscht vom Hochgefühl seines Erfolges fühlte Jannis sich unantastbar.

»Ich habe jetzt keine Zeit«, sagte er von oben herab und wollte an ihm vorbeigehen.

»O doch, Sie haben Zeit.« Theissen war richtig sauer. Mit ihm war nicht zu spaßen, das wusste Jannis. Er versuchte wegzulaufen, aber da hatte Theissen ihn schon an der Schulter gepackt.

»Ich hab die Schnauze voll von dir, du kleiner Mistkerl«, knirschte sein ehemaliger Chef und versetzte ihm einen heftigen Stoß. Jannis taumelte gegen ein geparktes Auto.

»He!« Ihm wurde mulmig. »Was soll das?«

»Was glaubst du eigentlich, wer du bist?«, zischte Theissen. Mit beiden Händen stieß er Jannis gegen die Brust. »Ich lasse mir von einem neidischen Versager wie dir nicht meine Firma und meinen guten Ruf ruinieren!«

Jannis wich vor Theissen zurück, Angst stieg in ihm empor. Er hatte dessen Zorn eindeutig unterschätzt.

»Dieser Auftritt heute Abend wird für dich Konsequenzen haben, das verspreche ich dir!«, sagte Theissen mit bedrohlich gesenkter Stimme. »Du hast wohl vergessen, was du unterschrieben hast, als du die Abfindung kassiert hast. Ich werde dich vor den Kadi bringen! Ich mach dich fertig, bis du nicht mehr weißt, wie du heißt!«

Theissen sah aus wie ein Irrer, der zu allem entschlossen war.

»Ich lasse mich von Ihnen nicht einschüchtern!«, behauptete Jannis, obwohl er sich vor Angst fast in die Hose machte. »Ich sage nur die Wahrheit!«

»Einen Dreck tust du.« Theissen ergriff unsanft seinen Arm und bog ihn brutal nach hinten. Mit Blaulicht und Sirenengeheul näherten sich über den großen Parkplatz Feuerwehr, Polizei und Notarztwagen. Jannis wurde bewusst, dass in diesem Durcheinander noch nicht einmal jemand hören würde, wenn er um Hilfe schrie.

*

»Pia!«, brüllte Bodenstein, aber er sah nur fremde Gesichter, in Todesangst geweitete Augen, aufgerissene Münder. Direkt vor ihm ging eine ältere Frau zu Boden, er konnte ihr nicht helfen, denn die Menge zog ihn unerbittlich mit. Finger zerrten an seinem Jackett, ein Ellbogen krachte schmerzhaft in seinen Magen, er trat auf irgendetwas Weiches und spürte, wie eine Welle der Panik in ihm hochbrandete.

Ruhig bleiben, beschwor er sich. Aber verschwommene Erinnerungen aus seiner Zeit bei der Bereitschaftspolizei schossen durch seinen Kopf, Bilder von zerquetschten Leibern, von Toten und Schwerverletzten. Warum war er nicht hinausgegangen, als das noch möglich gewesen war? Verdammt! Der Schweiß brach ihm aus allen Poren, er schnappte nach Luft. Wo war Pia? Wo waren seine Eltern? Der Kopf eines Mannes knallte gegen sein Kinn, Bodenstein stemmte sich gegen die Menschen, verlor für einen winzigen Augenblick den Halt und glitt aus. Unbarmherzig drückten ihn fremde Körper zu Boden. Wo vorher noch Köpfe gewesen waren, sah er plötzlich nur noch Kleider, Arme, nackte Haut, Gürtel, dann Beine und Schuhe. Sie traten ihm in die Rippen und ins Gesicht, doch er spürte keinen Schmerz, nur Angst, Todesangst, die jedes andere Gefühl in seinem Innern ausschaltete und ihm eine ungeahnte Kraft verlieh. Er wollte nicht sterben, nicht hier und nicht jetzt und sicher nicht auf dem schmutzigen Fußboden der Dattenbachhalle.

Auf allen vieren kroch Bodenstein zwischen den Füßen und Beinen in die Richtung, in der er die Tür vermutete, und plötzlich konnte er wieder atmen. Gierig sog er die frische Luft in seine Lungen. Nur weg hier, raus!

Plötzlich hielt ihn jemand am Arm fest.

»Herr von Bodenstein!« Eine Frauenstimme, die er nicht kannte, drang wie durch Nebel in sein Bewusstsein. Er hob verwirrt den Kopf und blickte in besorgte grüne Augen. Die Frau kam ihm vage bekannt vor, aber er konnte sie nicht einordnen. Woher kannte sie seinen Namen?

Mühsam kam er auf die Beine, er zitterte wie Espenlaub und musste sich auf die zierliche, blonde Frau stützen, um nicht zusammenzuklappen. Sie ließ seinen Arm nicht los, dirigierte ihn zielstrebig durch das Chaos Richtung Ausgang.

»Wo ... wo sind meine Kollegen?«

»Sicherlich draußen«, antwortete die Frau. »Sie müssen tief durchatmen.«

Bodenstein gehorchte. Pia! Wo war Pia? Er erinnerte sich, dass sie auf den Bürgermeister zugelaufen war, danach hatte er sie aus den Augen verloren. Wie viel Zeit war seitdem vergangen? Es kam ihm vor, als seien es Stunden gewesen. Menschen saßen oder lagen auf dem Boden, andere taumelten vorbei, hysterisch schluchzend oder schweigend und mit schockstarrem Gesicht. Uniformierte Polizisten liefen durch das Foyer, Sanitäter und Notärzte, vor der Halle zuckten Blaulichter.

»Meine Eltern sind noch da drin.« Bodenstein blieb stehen. »Ich muss zu ihnen.« Er warf einen Blick auf seine Uhr. Es war erst fünf nach neun, die Katastrophe hatte nur Sekunden, höchstens Minuten gedauert. Er kehrte um, betrat den

Saal und erstarrte. Seinen Augen bot sich ein Bild der Verwüstung. Zerbrochene Stühle, Kleidungsstücke und einzelne Schuhe lagen herum, direkt neben der Tür bemühte sich ein Notarzt um eine Frau, ein paar Meter weiter lagen zwei weitere Frauen und ein Mann, dem die Menge in ihrer Panik die Kleider regelrecht vom Leib gerissen hatte. Bodenstein stieg vorsichtig über ihn hinweg. Er hatte sich wieder einigermaßen unter Kontrolle, das Zittern ließ allmählich nach. Zwischen umgefallenen Stühlen erblickte er den gekrümmten Körper einer Frau. Sie trug Jeans und eine Bluse, die einmal weiß gewesen sein musste, blondes Haar verdeckte ihr Gesicht. Sein Herzschlag setzte für ein paar Sekunden aus.

»O nein, Pia!«, stieß er hervor und sackte neben der Frau in die Knie.

*

Die Polizei hatte die Haustür versiegelt, aber das störte sie nicht. Sie kannte einen anderen Weg ins Haus, der zwar etwas unbequemer, aber dafür unentdeckt geblieben war.

Frauke hatte es ihren geldgierigen Brüdern nicht vergessen, dass sie sie bei der Sache mit der WindPro außen vor lassen wollten, um sich die drei Millionen zu teilen, genauso wenig vergessen waren die Demütigungen und der Spott, den sie von Gregor und Matthias immer hatte ertragen müssen. Nie war sie in eines ihrer schicken Häuser eingeladen worden, bei keinem der Blagen hatte man sie gebeten, die Patenschaft zu übernehmen – warum auch? Sie würde keine großzügigen Geschenke machen können, und darauf kam es ihren versnobten Schwägerinnen an.

»Ihr werdet euch wundern, ihr blöden Arschlöcher«, murmelte sie.

Es war bereits dämmerig, in einer halben Stunde würde es stockdunkel sein, und das passte Frauke gut. Vom Dorf her klang Sirenengeheul an ihr Ohr, irgendetwas war da unten los. Egal. Sie keuchte, als sie nun das schwere Rosengitter zur Seite hievte und gegen die Hauswand krachen ließ. Dahinter kam eine schmale, rostige Tür zum Vorschein. Aus ihrer Jackentasche förderte sie eine Dose Teflonspray zutage. Zwei Sprühstöße in das Schloss, schon ließ sich der Schlüssel problemlos hineinstecken und drehen. Die Tür klemmte etwas, Frauke rüttelte und zog, bis sie mit einem mörderisch lauten Quietschen aufsprang und ihr eine Wolke von Staub und Rostpartikeln entgegenstob. Sie schüttelte sich den Dreck aus den Haaren und betrat die ehemalige Vorratskammer. Der kleine Raum roch nach Schimmel und Moder und Mäusedreck. Frauke tastete nach dem Lichtschalter, die nackte Glühbirne an der Decke flammte auf. Die Tür zur Küche war nicht abgeschlossen. Noch reichte der Rest an Tageslicht, um sich im Haus zurechtzufinden. Zielstrebig stampfte sie die verstaubte Holztreppe hinauf in den ersten Stock. Sie wusste genau, wo sie suchen musste, denn eine fünfzigjährige Angewohnheit legte man im Alter nicht mehr ab, und Frauke kannte die Marotten ihres Vaters.

Der Dielenboden knarrte unter ihrem Gewicht, als sie das kleine Gästezimmer unter dem Dach betrat, das seit Jahrzehnten keinen Gast mehr beherbergt hatte. Sie öffnete die Tür des Tapetenschranks und zerrte die stockig riechende Bettwäsche aus dem obersten Fach. Ihre Finger berührten die Blechkassette. Sie nahm sie heraus, stopfte das Bettzeug zurück in den Schrank und schloss die Schranktüren. Den Schlüssel für die Kassette bewahrte der Vater im Sockel der geschnitzten Madonna in seinem Schlafzimmer auf.

Frauke machte sich auf den Weg nach unten. Sie war von der Anstrengung schweißgebadet, aber hochzufrieden. Zu gerne hätte sie die Gesichter ihrer Brüder gesehen … Sie blieb stehen. Was war das für ein Geräusch gewesen? Ihr fiel ein, dass sie vergessen hatte, die Tür hinter sich zu schließen. Jemand musste ins Haus gekommen sein. Mit angehaltenem Atem verharrte Frauke auf dem Treppenabsatz und lauschte in die Dunkelheit. Die Attacke kam wie aus dem Nichts. Etwas Schwarzes raste auf sie zu.

Sie ließ vor Schreck die Kassette fallen, machte einen unbedachten Schritt nach vorn und verlor das Gleichgewicht. Ein paar Sekunden ruderte sie noch verzweifelt mit den Armen, dann stürzte sie die steile Holztreppe hinunter, brach durch das altersschwache Geländer und krachte mit dem Kopf gegen den Rahmen der Schlafzimmertür.

*

Keuchend stützte sie sich mit einer Hand an der Mauer ab und rang nach Luft. Der Mann, den sie unter Aufbietung aller Kräfte aus dem Saal gezerrt hatte, saß auf dem Boden und presste seine Hand gegen eine heftig blutende Kopfwunde.

»Sind Sie okay?«, fragte Pia.

»Ja, ja. Danke«, murmelte der Bürgermeister benommen. »Was ist eigentlich passiert?«

»Sie wollten sich unbedingt mit ein paar Jugendlichen prügeln«, erwiderte Pia. »Und die hätten Sie fast in Stücke gerissen!«

Der Bürgermeister hob den Kopf und blickte Pia an.

»Sie … Sie haben mir das Leben gerettet.« Seine Stimme zitterte. Aus der Tür quollen immer mehr Menschen, schnappten nach Luft oder stolperten in die Dunkelheit davon. Sirenen ertönten, am Vordereingang auf der anderen Seite der Halle zuckten Blaulichter. Zwei Männer in Anzügen kamen näher. Suchend blickten sie in die Gesichter der Menschen, die auf dem Boden saßen.

»Großer Gott, Chef, da sind Sie ja!«, rief einer der beiden beim Anblick des Bürgermeisters.

»Könnten Sie sich bitte um ihn kümmern.« Pia schloss aus

seinen Worten, dass er nicht zu den Tomatenwerfern gehörte. »Er braucht einen Arzt.«

»Natürlich«, erwiderte der junge Mann. Er und sein Kollege hievten den ramponierten Bürgermeister auf die Beine und zogen mit ihm ab. Pia fiel ein, dass ihr eigentlicher Grund für den Besuch der Versammlung Theodorakis gewesen war. Den hatte sie in dem ganzen Chaos kurzfristig vergessen. Sie versuchte, sich zu orientieren. Hinter ihr befand sich der Notausgang neben der Bühne, durch den auch Stefan Theissen und die Frau vom Umweltministerium geflüchtet waren. Wo waren die beiden hin? Pia blickte sich suchend um. Theodorakis war noch auf der Bühne gewesen, als sie den Bürgermeister ins Freie geschleppt hatte. Ob es auf der anderen Seite der Halle noch einen Ausgang gab? Es war mittlerweile dunkel geworden, ein Strahler unter dem Hallendach erhellte den gepflasterten Platz nur notdürftig. Sie nahm ihr Handy aus der Tasche, lief los und wählte Bodensteins Nummer. Keine Antwort. Mehrstimmiges Sirenengeheul näherte sich, und Pia steckte das Handy wieder weg. Bei dem Lärm in der Halle würde ohnehin keiner ihrer Kollegen das Klingeln hören. Wie hatte es nur so weit kommen können? Sie ging weiter Richtung Haupteingang, als ihr Blick auf zwei Männer fiel, die auf dem Parkplatz neben einem Auto standen und sich zu streiten schienen. Ein Lichtstrahl ließ Brillengläser aufblitzen.

Theodorakis! Der Schweinehund wollte sich einfach verdrücken, statt sich von Bodenstein vernehmen zu lassen. Sie beschleunigte ihre Schritte. In dem Moment drehte der andere Mann Theodorakis den Arm auf den Rücken. Das sah nicht unbedingt nach einem netten Gespräch aus. Pia rannte los und zog ihre Pistole aus dem Schulterhalfter.

»Polizei!«, rief sie laut. »Lassen Sie den Mann los!«

Der Mann gehorchte und fuhr herum. Erstaunt erkannte Pia, um wen es sich handelte.

»Was tun Sie da, Herr Theissen?«, sagte sie scharf.

»Das geht Sie überhaupt nichts an«, antwortete der Chef der WindPro nicht weniger scharf. Er brachte seinen Anzug in Ordnung und rückte die Krawatte zurecht.

»Wir sprechen uns noch«, zischte er Theodorakis zu und verschwand zwischen den geparkten Autos.

Theodorakis hockte keuchend auf allen vieren auf dem Boden. Blut sickerte aus seiner Nase und tropfte über sein Kinn. Pia steckte ihre Pistole weg.

»Wollten Sie abhauen?«, fragte sie kühl.

»Nein, das wollte ich nicht.« Theodorakis tastete den Boden um sich herum ab. »Dieser Irre wollte mich umbringen! Den zeig ich an, dieses gewalttätige Arschloch.«

Er hatte seine Brille gefunden, setzte sie auf und kam mit einem Stöhnen auf die Beine. Mit schmerzverzerrtem Gesicht lehnte er sich gegen den Kofferraum eines Autos und befühlte seine Nase.

»Der hat mir echt die Nase gebrochen«, jammerte er. »Sie sind meine Zeugin, dass er mich angegriffen hat!«

»Genaugenommen habe ich nicht gesehen, wer wen angegriffen hat«, erwiderte Pia. »Aber wundert Sie wirklich, dass Theissen sauer auf Sie ist, nach allem, was Sie ihm vorgeworfen haben?«

»Ich habe nur die Wahrheit gesagt«, erwiderte Theodorakis theatralisch. »Aber in diesem Land ist es ja lebensgefährlich, die Wahrheit zu sagen.« Er presste den Handrücken unter seine Nase und betrachtete anschließend das Blut an seiner Hand.

Pia beschloss, die Situation auszunutzen. Menschen, die unter Schock standen, fehlte meist die Geistesgegenwart, um spontan zu lügen.

»Woher hatten Sie die Gutachten, die Theissen angeblich hatte fälschen lassen?«, fragte sie.

»Was heißt hier ›angeblich‹?«, fuhr Theodorakis auf. Von

Schock keine Spur. »Ich habe Beziehungen. Auch bei der WindPro arbeiten ein paar anständige Leute.«

*

Seine Hand zitterte, als er das zerzauste blonde Haar zur Seite schob. Dann setzte mit der Gewalt eines Schmiedehammers sein Herzschlag wieder ein. Das war nicht Pia! Bodenstein legte seine Finger an den Hals der jungen Frau und suchte die Halsschlagader. Gleichzeitig wandte er sich um.

»Kommen Sie hierher!«, rief er zwei Sanitätern zu, die auf der Suche nach weiteren Verletzten unter den Stuhltrümmern waren. »Die Frau ist bewusstlos!«

Er richtete sich auf, wankte einen Schritt zurück, um den beiden Männern Platz zu machen. Sein Blick irrte hin und her. Noch immer saßen und standen Leute in der Halle, fassungsloses, sprachloses Entsetzen in den Gesichtern. Bodenstein arbeitete sich durch das Gewirr umgestürzter Stühle. Was er heute Abend erlebt hatte, würde ihn nie mehr loslassen. Obwohl er schon einige gefährliche Situationen gemeistert hatte, so hatte er doch noch nie zuvor wirklich um sein Leben fürchten müssen. Trotz zahlreicher Schulungen zum Verhalten in Stress- und Krisensituationen hatte er vorhin vollkommen die Kontrolle über seinen Verstand verloren, und der stärkste und rohste Instinkt, den die Menschheit der Evolution verdankte, hatte von ihm Besitz ergriffen: Überleben! Koste es, was es wolle.

»Oliver!«

Die Stimme seiner Mutter ließ ihn herumfahren. Sie war blass, wirkte aber beherrscht. Erleichtert schloss Bodenstein sie fest in die Arme. Seine Eltern hatten im vorderen Drittel des Saales gesessen und sich klugerweise nicht von ihren Plätzen gerührt, als die Panik losgebrochen war. Erst dann fiel ihm auf, dass sein Vater nicht bei ihr war.

»Wo ist Vater?«, fragte er.

»Er wollte nach den anderen schauen«, erwiderte sie und warf ihm einen merkwürdigen Blick zu, den er übersah.

»Ich rufe Quentin an, damit er euch abholt.«

»Lass nur.« Sie legte ihm eine Hand auf den Arm. »Wir kommen schon zurecht. Mach du deine Arbeit.«

»Nein, warte hier. Das musst du dir nicht angucken«, erwiderte er.

»Ich habe schon ganz andere Sachen gesehen«, widersprach sie entschlossen. »Vielleicht kann ich helfen.«

Bodenstein hob die Schultern. Er wusste, dass es sinnlos war, mit ihr zu streiten. Außerdem hatte sie bei ihrer ehrenamtlichen Arbeit im Hospiz einiges an Elend erlebt. Seine Mutter war eine starke Frau, sie würde schon wissen, was sie tat. Er selbst verspürte nicht das geringste Bedürfnis, ihr ins Foyer zu folgen.

Als er durch den Notausgang ins Freie trat, schloss er kurz die Augen und holte tief Luft. Eine angenehme Brise kühlte seine fiebrig heiße Haut. Auch hier standen Menschen und unterhielten sich gedämpft. Eine Frau rauchte lethargisch eine Zigarette, ihr Gesicht war tränenverschmiert. Bodenstein ging ziellos an ihnen vorbei. Nur nicht herumstehen und nachdenken. Vor der Halle musste der Teufel los sein, Blaulichter erhellten die hereinbrechende Dunkelheit wie Wetterleuchten. Erst da bemerkte er wieder die Frau, die ihm wohl gefolgt war.

»War das in der Halle Ihre Kollegin?«, fragte sie.

»Nein.« Er schüttelte den Kopf. »Zum Glück nicht.«

Sie sahen sich an. Bodenstein gewahrte ein blasses, feingeschnittenes Gesicht, eher apart als schön. Das helle Haar hatte sich aus dem Pferdeschwanz gelöst und umfloss ihr Gesicht wie ein Heiligenschein. Ein bisschen erinnerte sie ihn an Inka Hansen. Und dann fiel ihm wieder ein, woher er sie kannte. Sie war auf dem Hofgut gewesen und dann von seinem Vater im Auto nach Hause gebracht worden. Er hatte sich darüber gewundert, aber dann hatte seine Mutter ihm erklärt, die Frau sei eine Bekannte.

»Haben wir uns nicht neulich bei uns auf dem Hof gesehen?«, fragte er. »Sie heißen Nicole, nicht wahr?«

»Nika.« Sie lächelte fein, ihre Zähne blitzten hell in der Dunkelheit. Dann wurde sie wieder ernst.

»Kommen Sie«, sagte sie nun. »Setzen Sie sich erst mal hin.«

Er ließ sich zu einem Blumenkübel führen und setzte sich gehorsam auf den Rand. Sie nahm neben ihm Platz.

Einen Moment schwiegen sie und blickten vor sich auf den Boden. Ihre Nähe irritierte ihn ein wenig, gleichzeitig tat sie ihm gut. Er spürte, wie die Wärme ihres Körpers und ihre bewundernswerte Ruhe seinen inneren Aufruhr besänftigten.

»Danke für Ihre Hilfe«, sagte er schließlich mit spröder Stimme. »Das war sehr freundlich von Ihnen.«

»Keine Ursache.«

Als sie sich ihm plötzlich zuwandte und ihn prüfend ansah, wurde ihm heiß.

»Ich muss nach den anderen sehen«, sagte sie leise. »Sind Sie okay?«

»Ja, es geht wieder.« Er streckte die Hand nach ihr aus, aber sie entzog sich seiner Berührung, indem sie aufstand.

»Wir sehen uns.«

Bodenstein blickte ihr nach, im nächsten Augenblick war sie im Scheinwerferlicht verschwunden, als habe sie sich in Luft aufgelöst.

Da trat Pia aus der Tür des Notausgangs und blickte sich suchend um. Als sie ihn erkannte, kam sie mit raschen Schritten auf ihn zu. Ihre weiße Bluse war übersät mit dunklen Flecken, ebenso ihre Jeans. Bodenstein stand auf und musste sich beherrschen, um sie nicht im Überschwang seiner Erleichterung zu umarmen, so froh war er, sie heil und gesund zu sehen. Sie schaute ihn kritisch an und legte den Kopf schief.

»Wie siehst du denn aus?«

Bodenstein blickte an sich herunter. Das Hemd hing ihm aus der Hose, der Ärmel seines Jacketts war halb abgerissen, er hatte nicht einmal bemerkt, dass er keine Schuhe mehr anhatte. Die Realität holte ihn ein.

»Ich … ich war mittendrin«, sagte er dumpf. »Und du? Wo warst du? Ich habe dich auf einmal aus den Augen verloren.«

»Ich habe den Bürgermeister aus der Halle gebracht. Die hätten ihn sonst in Stücke gerissen. Außerdem habe ich Theodorakis erwischt, der wäre sicher abgehauen, wenn Theissen ihn nicht verprügelt hätte. Ich konnte gerade noch Schlimmeres verhindern.«

»Wo ist Theodorakis jetzt?«

»Wartet in einem Streifenwagen.«

Jetzt, da Bodenstein bewusst wurde, dass er keine Schuhe trug, spürte er die Kälte der Pflastersteine durch die dünnen Socken. Sein Adrenalinspiegel sackte ab, er begann zu frösteln. Plötzlich war er unendlich müde und ließ sich wieder auf den Rand des Betonblumenkübels sacken.

»Komm.« Pia berührte ihn am Arm. »Lass uns erst mal deine Klamotten suchen, und dann fahren wir nach Hofheim.«

»Wie konnte das nur passieren?« Er rieb sich mit beiden Händen das Gesicht. Ihm war flau, sein ganzer Körper schmerzte. Den ganzen Tag nichts gegessen, dann dieses Horrorerlebnis und seine Angst um Pia. Sie kramte in ihren Taschen, hielt ihm ein Päckchen Zigaretten hin.

»Willst du eine?«, fragte sie.

»Ja. Danke.« Pia gab ihm Feuer. Er rauchte ein paar Züge.

»Meinst du, die Imbissbude in Königstein am Parkplatz

hat noch auf?«, fragte er unvermittelt. »Ich könnte jetzt einen Döner vertragen. Und Pommes mit Mayo und Ketchup.«

Pia starrte ihn an.

»Du hast einen Schock«, konstatierte sie.

»Vor ein paar Minuten ist eine Menschenmenge über mich hinweggetrampelt«, sagte er und zog an der Zigarette. »Ich dachte, mein letztes Stündlein hat geschlagen und ich muss sterben. Und weißt du, was ich in dem Moment gedacht habe?«

»Erzähl es mir später.« Pia schien zu befürchten, er würde ihr jetzt irgendein tiefschürfendes intimes Geständnis machen, aber er fing an zu lachen. Es war alles so grotesk! Knapp dem Tod entronnen saß er nun hier, ohne Schuhe, mit zerfetzten Kleidern, und dachte ans Essen! Er lachte, bis er Seitenstechen bekam.

»Ich … ich dachte …«, keuchte er, »ich dachte, wie hört sich das wohl an, wenn der Pfarrer auf meiner Beerdigung sagt: Oliver von Bodenstein starb in der Dattenbachhalle in Ehlhalten zwischen Tomaten und Eiern!«

Er verbarg das Gesicht in den Händen und konnte nicht aufhören zu lachen, obwohl er lieber geheult hätte.

*

Heinrich von Bodenstein fühlte sich so hilflos wie der Passagier eines sinkenden Schiffes, nachdem der Kapitän von Bord gegangen war. Alles war so gründlich schiefgelaufen, wie er es sich in seinen schlimmsten Alpträumen nicht hätte ausmalen können. Ludwig hatte recht gehabt. Man hätte sich niemals darauf einlassen dürfen, Jannis mit aufs Podium zu nehmen! Mit seinen Provokationen hatte er die ohnehin schon aufgeheizte Stimmung im Saal zum Überkochen gebracht und das Durcheinander ausgelöst, statt zu beschwichtigen. Und jetzt war er wie vom Erdboden verschwunden! Auf der Suche nach seinem Sohn und den Mitstreitern der Bürgerinitiative irrte Bodenstein senior durch das grelle Scheinwerferlicht, mit dem die Einsatzwagen der Feuerwehr und des THW die Dunkelheit erhellten. Überall standen Rettungs- und Streifenwagen mit blinkenden Lichtern.

Ob Jannis die Jugendlichen dazu angestiftet hatte, Randale zu machen und mit Tomaten zu werfen? Heinrich von Bodenstein wollte das nicht glauben, aber er erinnerte sich an Ludwigs Äußerung, Jannis' übersteigerter Geltungsdrang sei gefährlich.

Er bog um die Ecke und traute seinen Augen nicht, als er sah, was sich auf dem Vorplatz vor der Halle abspielte. Hinter der Polizeiabsperrung drängten sich in grenzenloser Sensationsgier Neugierige und Presseleute.

Niemand hielt ihn auf, als er das Foyer betrat. Neben dem Tisch, auf dem die Unterschriftenlisten ausgelegen hatten, zeichnete sich unter einer Rotkreuzdecke ein menschlicher Körper ab. Der Einsatzleiter der Feuerwehr, ein Jagdgenosse Bodensteins, kam mit grauem Gesicht auf ihn zu.

»Schau dir das lieber nicht an, Heinrich«, sagte er.

»Wer ... wer ist das?«, fragte er betroffen.

»Die Marga«, erwiderte der Feuerwehrhauptmann. »Sie muss hingefallen sein. Die sind einfach alle ... über sie drüber ...«

Ihm versagte die Stimme, er schüttelte den Kopf und kämpfte um Selbstbeherrschung. Es war etwas anderes, ob man ein Opfer persönlich kannte, oder ob es Fremde waren.

»Großer Gott«, murmelte Heinrich von Bodenstein. Bis dahin war ihm das ganze Ausmaß der Katastrophe nicht bewusst gewesen. So viel Tod und Leid an einem einzigen Tag. Er klopfte dem Feuerwehrmann auf die Schulter, dann bahnte er sich einen Weg durch das Chaos aus Verletzten und Helfern. Menschen irrten auf der Suche nach Freunden und Familienangehörigen umher, bleiche, blutverschmierte

Gesichter, die Kleidung schmutzig und zerrissen. Sanitäter trugen eine verletzte Frau hinaus ins Freie. Heinrich von Bodenstein erkannte sie.

»Kerstin!«, rief er. In ihrem Arm steckte eine Infusionsnadel, aus einem Beutel, den ein Helfer hochhielt, tropfte eine Kochsalzlösung in ihre Vene. Die Frau hob den Kopf, sie brauchte ein paar Sekunden, bis sie ihn erkannte und eine Hand nach ihm ausstreckte.

»Ricky«, murmelte sie heiser. Ihre Hand war eiskalt. »Sie ... sie hat ... sie hat die ganzen ...«

»Entschuldigung«, unterbrach sie der Sanitäter. »Sie können später noch reden. Wir bringen Sie jetzt erst mal ins Krankenhaus.«

Heinrich von Bodenstein wurde zur Seite geschoben, Kerstins Hand entglitt ihm. Was war mit Ricky? Wo waren die anderen? Ludwig war nicht mehr da, es war nun wohl seine Aufgabe, sich um seine Kollegen und Freunde zu kümmern. Er ging zurück und fragte jeden, der ihm begegnete, nach Ricky und Jannis, aber niemand hatte die beiden gesehen. Allmählich fanden sich alle im Foyer ein. Bis auf Kerstin schienen zu Bodensteins Erleichterung die meisten unverletzt zu sein, sie hatten – wie er selbst – im vorderen Teil der Halle gesessen. Kaum jemand sprach ein Wort. Was zu einem Triumph für die Bürgerinitiative hatten werden sollen, war in einer Tragödie geendet.

»Wisst ihr, wo Ricky ist?«, fragte Heinrich von Bodenstein. »Oder Jannis?«

»Ricky hab ich zuletzt vorne am Stand gesehen«, antwortete schließlich einer der Ordner, der auch ein Sympathisant der Bürgerinitiative war. »Kurz nachdem hier die Hölle losgebrochen ist. Aber dann nicht mehr.«

*

Pias Handy summte und leuchtete. Christoph!

»Ich hab im Radio gehört, was in Ehlhalten passiert ist!«, rief er. »Warum gehst du nicht an dein Telefon?«

»Weil hier der Teufel los ist«, antwortete sie. »Ich hab vorhin versucht, dich anzurufen, aber …«

»Weißt du, was ich mir für Sorgen um dich gemacht habe?«, unterbrach er sie. »Ich hab allmählich keine Lust mehr darauf! Und dauernd versprichst du mir Dinge, die du nicht einhältst!«

Sein harscher Tonfall verschlug Pia für einen Moment die Sprache. So war Christoph noch nie mit ihr umgesprungen! Es war, als sei der Urlaub nie gewesen, diese herrlichen, entspannten Wochen, so weit entfernt von Alltag und Stress.

»Du hast gesagt, du bist um sieben da«, warf er ihr nun vor. »Bis halb acht habe ich gewartet, aber dann musste ich los. Und jetzt bist du nicht zu Hause, und ich höre *das* im Radio. Verdammt, was soll das?«

Da stieg Verärgerung in Pia auf.

»Ich wäre weiß Gott lieber mit dir essen gegangen«, entgegnete sie. »Aber ich konnte hier nicht einfach verschwinden, wie du dir vielleicht vorstellen kannst. Ich habe den Bürgermeister aus diesem Hexenkessel rausgeschleift, sonst wäre der nicht mehr am Leben.«

Was dachte er denn? Dass sie zum Spaß hier war? Dass sie ihr Handy griffbereit hatte, während sich Leute zu Tode trampelten? Aber Christoph ging überhaupt nicht darauf ein.

»Wann kommst du?«, fragte er kalt. Da wurde sie wütend.

»Ich komme, wenn ich fertig bin mit meiner Arbeit«, rief sie und drückte ihn weg. Verdammt! Sie wollte keinen Streit mit ihm haben. Plötzlich hasste sie ihren Job und Leute wie Theodorakis, die schuld daran waren, dass sie nicht nach Hause gehen konnte.

»Ist etwas passiert?« Bodenstein tauchte neben ihr auf.

»Christoph ist sauer, weil ich vergessen hatte ihn anzurufen«, antwortete sie genervt.

Ihr Chef musterte sie von der Seite.

»Fahr nach Hause, wenn du willst. Altunay kann mit mir die Vernehmung machen«, bot er an.

»Cem und Kathrin sind vor zehn Minuten gefahren«, sagte Pia. »Egal. Komm, wir reden mit Theodorakis. Auf eine Stunde früher oder später kommt es jetzt auch nicht mehr an.«

*

Jannis Theodorakis saß in einem Mannschaftswagen der Polizei, seine lädierte Nase war auf die Größe einer Kartoffel angeschwollen. Neben ihm kauerte schluchzend seine Freundin, aber Theodorakis hatte kein Wort des Trostes für sie übrig.

Bodenstein und Pia quetschten sich auf die gegenüberliegende Bank, und Pia kramte Block und Kugelschreiber aus ihrem Rucksack. Sie schaute auf die Uhr. 23:45.

»Name, Adresse?«, fragte sie Theodorakis. »Geboren wann, wo?«

»12. 5. 1966 in Groß-Gerau. Eichenstraße 26 in Schneidhain.«

Pia notierte seine Angaben fürs Protokoll. »Und Sie? Wie heißen Sie? Geburtsdatum und Adresse.«

»Wer? Ich?« Theodorakis' Freundin deutete fragend mit dem Finger auf sich.

»Ja, natürlich. Sehen Sie hier sonst noch jemanden?« Pias Laune war nach dem anstrengenden Tag und vor einer drohenden Auseinandersetzung mit Christoph so schlecht wie selten. Im gnadenlos grellen Licht der Deckenlampe wirkte die Frau längst nicht mehr so jung wie am Nachmittag im Zooladen. Pia schätzte sie auf mindestens Anfang vierzig, wenn nicht noch älter. Falten am Hals, tiefe Fältchen über der Oberlippe, braune, ledrige Haut. Der Preis, den man früher oder später für exzessive Sonnenbäder zahlte.

»Friederike Franzen«, flüsterte die Frau. »Ich wohne auch in der Eichenstraße 26 in Schneidhain. Geboren am 11. 8. 1967.«

»Sprechen Sie bitte etwas lauter«, entgegnete Pia gereizt. »1957?«

»67.« Frau Franzen warf Pia einen gekränkten Blick aus mascaraverschmierten Augen zu und zog die Nase hoch.

»So. Machen wir es kurz, Herr Theodorakis«, begann Bodenstein. »Es ist gleich Mitternacht, und ich möchte nach Hause. Wir verdächtigen Sie, in der Nacht vom 8. auf den 9. Mai in das Firmengebäude der WindPro eingedrungen zu sein.«

»Wie bitte?« Theodorakis blickte ihn irritiert an. Er war blass, aber hellwach.

»Sie haben noch einen Schlüssel.«

»Ja und? Was soll ich bei der WindPro?«

»Wenn Sie erlauben, stelle *ich* hier die Fragen«, sagte Bodenstein. »Wo waren Sie in der Nacht vom 8. auf den 9. Mai zwischen 1:00 Uhr und 4:00 Uhr morgens? Und wo waren Sie vergangene Nacht, nachdem Sie die Krone in Ehlhalten verlassen haben?«

»Wieso?«, fragte Theodorakis wieder.

»Ich frage, Sie antworten«, erinnerte Bodenstein ihn. »Mir reichen kurze, präzise Antworten. Bitte.«

Theodorakis zögerte.

»Ich war gestern bei meinen Eltern«, antwortete er schließlich, und weder Bodenstein noch Pia entging der überraschte Blick, den Frau Franzen ihrem Lebensgefährten zuwarf. Er hatte also Geheimnisse vor ihr. Interessant.

»Ah ja. Weshalb?«

»Mein Vater leidet unter Alzheimer und Parkinson. Vor ein

paar Tagen hat man ihn auf neue Medikamente umgestellt, die er nicht verträgt. Gestern Abend ist er auf meine Mutter losgegangen, weil er sie für einen feindlichen Soldaten gehalten hat. Sie hat mich völlig verzweifelt angerufen.«

»Wieso sagst du mir das nicht?«, fragte seine Freundin pikiert.

»Meine Eltern haben dich noch nie interessiert«, erwiderte er, ohne sie anzusehen. »Ich bin gegen elf in Büttelborn angekommen. Mein Vater saß im Keller auf dem Boden, er war blutüberströmt und weinte wie ein kleines Kind vor Angst. Es war entsetzlich. Meine Mutter weinte auch. Ich wusste mir nicht anders zu helfen und rief den Notarzt. Der kam eine halbe Stunde später und brachte meinen Vater nach Riedstadt in die Psychiatrie. Ich bin mit meiner Mutter hingefahren und wir haben noch mit dem Arzt gesprochen, dann habe ich sie noch nach Hause gebracht. Etwa um halb vier war ich zurück.«

Das klang nicht so, als habe er sich die Geschichte spontan ausgedacht, und wahrscheinlich ließ sich das alles von Notarzt und Krankenhaus bestätigen.

»Und wo waren Sie in der Nacht von Freitag auf Samstag?«

»Er war zu Hause«, sagte Frau Franzen, als er nicht sofort antwortete. »Die ganze Nacht!«

»Das stimmt nicht ganz.« Jannis Theodorakis seufzte und fuhr sich mit der Hand durch die dunklen Locken. »Da war ich auch bei meiner Mutter. Sie macht die Gaststätte jetzt alleine, ihr hatten an dem Abend zwei Leute abgesagt, und sie selbst musste in die Küche. Deswegen habe ich ihren Job hinterm Tresen übernommen und die Gäste bedient. Das tue ich öfter, seitdem mein Vater nichts mehr machen kann.«

Pia warf Friederike Franzen einen scharfen Blick zu. Auch das hatte sie ganz offensichtlich nicht gewusst. Aber wieso fühlte sie sich genötigt, ihrem Freund ein Alibi zu geben?

»Wann sind Sie nach Büttelborn gefahren, und wann waren Sie zurück?«, fragte Bodenstein.

»Ich war etwa um halb neun in der Gaststätte und gegen drei wieder zu Hause.«

»Und Sie?«, wandte Pia sich an Frau Franzen.

»Wer? Ich? Wieso?«, fragte diese verwirrt.

»Na ja, Sie sagten gerade, Ihr Freund sei die ganze Nacht über daheim gewesen. Vielleicht waren Sie ja auch unterwegs, deshalb ist es Ihnen nicht aufgefallen, dass er erst um drei nach Hause kam.«

»Ich bin früh ins Bett gegangen, weil ich ziemlich k. o. war«, erwiderte Frau Franzen. »Nachdem ich noch etwas ferngesehen hatte. Als ich aufgewacht bin, lag Jannis neben mir im Bett.«

»Was lief denn im Fernsehen?«

Sie fuhr mit dem Daumennagel über ihre Unterlippe. Dunkelroter Nagellack, der nicht zu ihren abgearbeiteten Händen passte.

»Irgendein alter Tatort im Dritten. Zwischendurch habe ich rumgezappt.«

Bodenstein und Pia wechselten einen Blick.

»Gut«, sagte Bodenstein mit einem unverbindlichen Lächeln. »Danke. Das war's. Ich möchte Sie bitten, morgen aufs Kommissariat nach Hofheim zu kommen, um Ihre Aussagen zu Protokoll zu geben.«

Er reichte ihnen seine Visitenkarte. Theodorakis und seine Freundin wirkten überrascht, dann erleichtert. Was hatten sie befürchtet? Und warum?

Pia nahm ihre Unterlagen, stand auf und öffnete die Schiebetür des Busses, um die beiden herauszulassen.

»Ach, Herr Theodorakis, wegen dieses Vorfalls vorhin auf dem Parkplatz«, sagte sie. »Wollen Sie Anzeige gegen Herrn Theissen erstatten? Wir könnten Ihnen Polizeischutz besorgen.«

Theodorakis tat so, als müsse er überlegen, wovon sie sprach, und übersah den fragenden Blick seiner Freundin. Auch von Theissens Attacke auf dem Parkplatz, dem Grund für sein gebrochenes Nasenbein, schien er ihr also nichts erzählt zu haben.

»Nein, nein«, winkte er lässig ab. »Das ist nicht nötig.«

»Wenn Sie meinen.« Pia zuckte die Achseln. »Ich kann es Ihnen nur anbieten.«

»Danke, das ist nett. Aber wie gesagt, es ist unnötig.«

Die beiden kletterten aus dem Fahrzeug. Pia blickte ihnen nach. Auch jetzt keine Umarmung, kein Trost. Sie gingen nebeneinander her, ohne sich zu berühren. Bodenstein trat neben sie.

»Bisschen überheblich, der Kerl, hm?«, bemerkte er.

»Bisschen sehr überheblich. Überhaupt sind die zwei ein komisches Gespann.« Pia schüttelte den Kopf. »Und sie weiß ja gar nichts über ihn.«

»Zumindest erzählt er ihr nichts über seine Eltern.« Bodenstein schob die Tür des Mannschaftswagens hinter sich zu. »Morgen überprüfen wir seine Alibis, wobei ich beinahe sicher bin, dass sie stimmen.«

»Und das heißt: Alles zurück auf Anfang«, seufzte Pia. »Was für ein Mist. Er war so ein prima Tatverdächtiger.«

*

Auf der Strecke vom Autoschalter bei McDonald's in Wallau bis zum Kommissariat hatte Bodenstein zwölf Chicken Nuggets verputzt, zwei BigMäc sowie eine große Portion Pommes und das alles mit einer großen Cola heruntergespült. Jetzt war ihm etwas übel, er hatte ein schlechtes Gewissen und fettige Finger, aber er konnte wenigstens wieder klar denken.

»Wenn die nicht angefangen hätten, mit Tomaten und Eiern zu werfen, dann wäre die Situation nicht so eskaliert«, behauptete Pia, die während der ganzen Fahrt kaum einen Ton gesagt hatte. »Ich glaube, das Chaos war inszeniert.«

Sie setzte den Blinker und bog auf den Parkplatz der Regionalen Kriminalinspektion ein.

»Und von wem?« Bodenstein stopfte die leeren Verpackungen in die Papiertüte.

»Tja. Als Erstes fällt mir Theodorakis ein. Aber das macht eigentlich keinen Sinn.«

»Es fing an, als der Bürgermeister den Saal verlassen wollte.«

»Nein. Vorher«, widersprach Pia und hielt neben ihrem Geländewagen. »Und zwar kurz nachdem Theodorakis den Bürgermeister und Theissen als geldgeile Lügner beschimpft hatte.«

Sie sah Bodenstein an.

»Wahrscheinlich sollte es nur etwas Durcheinander geben. Mit so einer Massenpanik konnte ja niemand rechnen.«

»Sprich bitte nicht mehr davon.« Bodenstein verzog das Gesicht, als habe er Zahnschmerzen. »Ich versuche gerade, das zu verdrängen.«

»Mit zehntausend Kalorien, oder womit sonst?« Pia grinste süffisant.

»Ab morgen mach ich wieder Diät«, entgegnete er.

Pia machte noch keine Anstalten auszusteigen.

»Wer könnte ein Interesse daran gehabt haben, dass ein Chaos ausbricht?«, überlegte sie laut. »Die von der Bürgerinitiative nicht.«

»Theissen«, erwiderte Bodenstein. »So konnte er die Unterschriftenlisten verschwinden lassen. Ohne die wird eine Einwendung beim Regierungspräsidenten wenig Erfolg haben.«

»Na ja. Die haben doch wohl Kopien.«

»Nein, angeblich nicht.«

Pia zog ihre Zigaretten aus der Innentasche ihrer Jacke, zündete sich eine an und ließ das Fenster ein Stück herunter.

»Das ist ein Dienstwagen«, erinnerte Bodenstein seine Kollegin.

»Mir egal. Ich kauf morgen ein Duftbäumchen.« Sie hielt ihm das Päckchen hin, und er nahm sich ebenfalls eine. Eine Weile saßen sie stumm da und rauchten.

»In der Halle waren fünfhundert Leute«, fasste Bodenstein schließlich zusammen. »Von denen kann es jeder gewesen sein. Schließlich waren da nicht nur Windparkgegner. Aber wenn das Theissens Absicht gewesen sein sollte, dann muss er die Tomatenwerfer beauftragt haben. Und falls das so ist, hat er sich strafbar gemacht.«

»Ich verstehe langsam überhaupt nichts mehr«, gab Pia zu und unterdrückte ein Gähnen. Sie öffnete die Tür. »Komm, fahren wir nach Hause.«

Bodenstein nickte, stieg aus und ging um das Auto herum.

»Ach, wer war eigentlich die Frau, mit der du da so einträchtig auf dem Blumenkübel gesessen hast?« Pia blieb stehen und musterte ihren Chef neugierig. Er zögerte, überrascht, dass Pia ihn und Nika gesehen hatte.

»Wieso fragst du?«, fragte er, um Zeit zu gewinnen.

»Das war die Frau, die sich bei Cem und mir als Theodorakis' Putzfrau ausgegeben hat«, antwortete Pia. »Ich wusste nicht, dass du sie kennst.«

»Theodorakis' Putzfrau?«, fragte er irritiert. »Sie ist eine Bekannte meiner Eltern. Von der Bürgerinitiative. Sie war plötzlich da, als ich ... als ich auf allen vieren aus der Halle herausgekrochen bin. Wer sie ist, spielt doch keine Rolle.«

Pia ließ die Kippe fallen und trat sie aus.

»Das ist ja vielleicht gar nicht so schlecht«, überlegte sie laut.

»Was meinst du damit?«

»Durch sie können wir möglicherweise mehr über Theodorakis und seine Freundin herausbekommen.«

Bodenstein widerstrebte der Gedanke, Nika auszuhorchen.

»Mal sehen«, sagte er vage. »Jetzt besänftige du erst mal deinen Zoodirektor. Einer im Team mit Beziehungsproblemen reicht voll und ganz.«

*

Das heiße Wasser rann über Bodensteins Gesicht, seine Schultern und den Rest seines Körpers, der von schmerzhaften Blutergüssen und Prellungen übersät war. Er hatte sich zwei Mal von Kopf bis Fuß eingeseift und fühlte sich noch immer schmutzig. Seine Überzeugung, Grossmann und Hirtreiter seien von ein und derselben Person getötet worden, war ins Wanken geraten. Bei Grossmann handelte es sich höchstens um Körperverletzung mit Todesfolge, sollte der Einbrecher ihn die Treppe hinuntergestoßen haben, was bis jetzt nur eine Vermutung war. Hirtreiter hingegen war regelrecht exekutiert worden. Seine Kinder hatten ein starkes Motiv, aber auch Theissen. Und dazu kamen all diejenigen, die Hirtreiter aus anderen Gründen von Herzen gehasst hatten.

Morgen würden sie mehr wissen, die Obduktion von Hirtreiter war für 8:00 Uhr angesetzt. Bodenstein seufzte und drehte das Wasser ab, das nur noch lauwarm war. Er trat aus der engen Duschkabine und verbot sich jeden Gedanken an das große Badezimmer mit Fußbodenheizung in seinem Haus in Kelkheim. Hier war alles eng und klein, an den niedrigen Decken und Türrahmen stieß er sich immer wieder den Kopf an, und die altertümliche Heizung schwächelte ständig. Frierend trocknete er sich ab.

Auf der Fahrt von Hofheim nach Hause hatte er zum ersten Mal seit langem nicht das Bedürfnis verspürt, mit Cosima zu telefonieren, um ihr von seinen Erlebnissen zu erzählen. Stattdessen hatte er an Nika gedacht. Leider hatte er ihre Telefonnummer nicht, sonst hätte er sie angerufen, um sich nochmals bei ihr zu bedanken.

Hastig schlüpfte er in Unterhose, Schlafanzughose und T-Shirt, die er sich bereitgelegt hatte, und verließ das Bad. Er war viel zu aufgedreht, um zu schlafen, deshalb ging er ins Wohnzimmer und schaltete den Fernseher an.

Wiederholungen irgendwelcher Soaps vom Vortag, eine Talkshow, eine Kochshow, noch eine Kochshow. Nur Mist. Verdammt. Jetzt saß er doch tatsächlich hier wie die Karikatur eines dieser Kommissare aus einem schwedischen Kriminalroman: alt, deprimiert und einsam. Frau weg, Kühlschrank leer, Leben sinnlos. Es gab Menschen, die fürs Alleinsein geschaffen waren, doch er gehörte definitiv nicht zu ihnen. Er wollte ein Zuhause, jemanden, mit dem er die Erlebnisse des Tages teilen konnte. Das Schweigen und die Einsamkeit an den Abenden machten ihn fast verrückt.

Plötzlich klopfte es an der Haustür. Wer mochte denn das wohl sein, nachts um Viertel nach eins? Eine unsinnige Hoffnung durchzuckte ihn. Vielleicht war es Nika! Sie wusste schließlich, wo er wohnte. Bodenstein erhob sich mit einem Ächzen, schlurfte in seinen grauen Crocs zur Tür und öffnete sie.

»Vater«, sagte er, gleichermaßen erstaunt und enttäuscht. »Ist etwas passiert?«

»Aktuell nicht. Es handelt sich wohl eher um senile Bettflucht«, erwiderte der Graf trocken. »Und als ich bei dir noch Licht gesehen habe, dachte ich mir, du kannst wohl auch nicht schlafen.«

Er zog hinter seinem Rücken eine Flasche hervor.

»Ich war im Weinkeller. Vielleicht hast du ja Lust, mit deinem alten Vater einen 1990er Château Figeac zu trinken.« Seine Miene war beherrscht, aber seine Stimme klang traurig. »Davon hatten Ludwig und ich damals jeweils zwei Kisten gekauft, als wir 1991 zum Jagen beim Comte de Figeac eingeladen waren. Das hier ist die letzte Flasche, und ich würde sie gerne mit dir trinken.«

»Gute Idee«, sagte Bodenstein und ließ seinen Vater eintreten. Vielleicht gar nicht schlecht, wenn sie sich so gegenseitig vom Grübeln abhielten. Er holte aus der Küche zwei Weingläser und einen Korkenzieher, folgte seinem Vater ins Wohnzimmer und nahm ihm die Flasche ab. Der Korken schnalzte heraus. Bodenstein schnupperte. Perfekt. Er schenkte den dunkelroten Wein in die Gläser und reichte eines seinem Vater.

»Danke, Oliver«, sagte der rau. »Du bist ein guter Junge. Tut mir leid, dass ich so ruppig zu dir war.«

»Schon gut«, murmelte Bodenstein verlegen. »Ich war ja auch nicht gerade nett. Lass uns auf Ludwig trinken.«

»Ja.« Bodenstein senior lächelte und hob sein Glas. Seine Augen glitzerten verdächtig. »Auf Ludwig. Und darauf, dass du seinen Mörder findest.«

Sie tranken, saßen eine Weile stumm nebeneinander auf dem durchgesessenen Sofa. Auf einmal schien Bodensteins Vater etwas einzufallen. Umständlich zog er einen Briefumschlag aus der Innentasche seiner Jacke.

»Was ist das?«, fragte Bodenstein.

»Den hat Ludwig mir erst vor ein paar Wochen gegeben«, erwiderte sein Vater und lächelte traurig. »Er sagte, falls ich ihn überlebe, soll ich den Umschlag seinem Notar geben, wenn er mal stirbt. Komisch. Als hätte er eine Vorahnung gehabt.«

*

Auch Jannis konnte nicht schlafen. Auf der Fahrt von Ehlhalten nach Hause hatten Ricky und er gestritten, sie hatte ihm Vorwürfe gemacht und geheult. Zu Hause hatte sie sofort eine Schmerz- und eine Schlaftablette eingeworfen, jetzt lag sie auf der Couch im Wohnzimmer und schlief wie ein Murmeltier. Warum hatte sie vorhin bloß ohne jede Not für ihn gelogen? Seine Alibis waren hieb- und stichfest, auf seine Mama war in solchen Dingen hundertprozentig Verlass. Außerdem war er völlig überzeugend gewesen, das hatte er gemerkt. Erst etwas Verwirrung, dann Aufrichtigkeit, das funktionierte bei den Bullen immer. Wenn nur Ricky nicht so bescheuert dazwischengequakt hätte! Sie wusste einfach nie, wann sie ihren Mund zu halten hatte. Und natürlich war die Kommissarin misstrauisch geworden.

Jannis schleppte sich die Treppe hoch in sein Arbeitszimmer und ignorierte den blinkenden Anrufbeantworter. Wäre die Polizistin nicht rechtzeitig aufgetaucht, hätte Theissen ihn noch schlimmer zugerichtet. Er hatte völlig die Beherrschung verloren. Wahrscheinlich waren es auch seine Leute gewesen, die in dem ganzen Durcheinander die Unterschriftenlisten geklaut hatten. Das war allerdings eine echte Katastrophe. Über zweitausend Unterschriften, die sie mühsam über Monate gesammelt hatten, waren futsch! Den Termin beim Regierungspräsidenten morgen musste er wohl oder übel absagen.

Er ließ sich mit einem Seufzer auf seinen Schreibtischstuhl sinken und berührte vorsichtig seine Nase, die höllisch weh tat. Da fiel sein Blick auf einen pinkfarbenen Post-it, der auf der Tastatur seines Computers klebte. Er las, was darauf stand, las es ungläubig ein zweites und ein drittes Mal. Sein Mund wurde trocken, sein Herz machte einen Satz. Was hatte das denn zu bedeuten? Er zerknüllte den Zettel und stopfte ihn in die Tasche seiner Jeans.

Hastig sprang er auf, löschte das Licht und schlich die Treppe hinunter. Die Hunde regten sich nicht in ihren Körben, und Ricky schnarchte im Wohnzimmer narkotisiert mit offenem Mund vor sich hin. Jannis öffnete die Kellertür und hielt kurz die Luft an, als das Scharnier quietschte. Vor Nikas Zimmer zögerte er. Die Tür stand einen Spaltbreit offen, er holte tief Luft und trat ein. Der Schein der Straßenlaterne vor dem Haus erhellte das Zimmer. Nika lag in ihrem Bett.

Sie war wach und blickte ihn an, das Haar fiel offen auf ihre Schultern.

»Ich … ich hab deine Nachricht gefunden«, flüsterte er heiser. Ein Auto fuhr draußen vorbei, das Licht der Scheinwerfer huschte durch den Raum. Die Sekunden verstrichen. Nika lag einfach nur da und sagte nichts.

»Über was wolltest du denn …«, begann er verwirrt, aber er verstummte, als sie plötzlich die Decke zurückschlug. Sie war nackt. Das Herz explodierte fast in seiner Brust. Er verstand die Welt nicht mehr. Was war nur in sie gefahren?

»Ich will gar nicht reden«, sagte sie leise. »Ich will mit dir schlafen.«

Deauville, Mai 2008

Es war der vorletzte Abend der fünftägigen Conférence internationale sur les changements climatiques, *die im Casino von Deauville in der Normandie stattfand. Zu ihrem Vortrag am Nachmittag hatte ihr jeder gratuliert; nun freute sie sich auf den gemeinsamen Abend und eine Nacht mit Dirk. Es gab so viel zu erzählen, sie war ganz aufgekratzt.*

Nach dem Essen ergriff er ihre Hände und blickte sie aus seinen meerblauen Augen ernst an. Unwillkürlich schoss ihr der verrückte Gedanke durch den Kopf, er werde ihr jetzt endlich den Antrag machen, auf den sie so lange wartete. Zehn Jahre Heimlichkeit waren genug, und das Haus in Potsdam war so gut wie bezugsfertig.

»Du bist meine beste Mitarbeiterin, Anna, das weißt du«, sagte er, und sie hing erwartungsvoll an seinen Lippen. »Ohne dich stünde ich nicht da, wo ich jetzt stehe. Ich verdanke dir so viel. Und deshalb sollst du es auch als Erste erfahren.«

Er holte tief Luft, seine Daumen streichelten zärtlich ihre Hände.

»Bettina und ich werden Anfang September heiraten.«

Die Worte trafen sie wie ein Faustschlag. Sie starrte ihn verständnislos an. Bettina? Was bedeutete ihm diese nebulöse Person, die sie für unwichtig gehalten und in den vergangenen Jahren kaum beachtet hatte, wenn sie mal aus dem Schwarzwald zu Besuch ins Institut kam? Sie hatte doch nichts mit seinem Leben zu tun, sie wohnte nicht einmal in Berlin!

Und was ist mit mir?, wollte sie fragen, aber kein Ton kam über ihre Lippen.

In jenen entsetzlichen Sekunden empfand sie keine Wut, sondern Schmerz über die grauenvolle, rabenschwarze Demütigung, die Erkenntnis, dass sie sich vollkommen in ihm getäuscht hatte. Der Boden tat sich unter ihr auf, sie hatte das Gefühl, in ein Loch zu stürzen. Sie war es doch, die die weiße Villa am Heiligen See gefunden hatte, sie hatte die Umbauarbeiten geleitet, unzählige Stunden mit Architekten und Handwerkern in dem Haus verbracht, von dem sie gedacht hatte, dass Dirk und sie dort zusammen leben würden. Und jetzt würde er eine andere Frau heiraten!

All die Jahre hatte sie sich etwas vorgemacht. In ihrer bescheuerten Verliebtheit hatte sie alles völlig falsch verstanden! Sie war für Dirk Eisenhut nichts als eine Mitarbeiterin, sein bestes Pferd im Stall, das durch unermüdliche Arbeit jede Menge Geld in die Kasse des Instituts und damit auch in seine eigenen Taschen spülte, und eine praktische Geliebte, die immer zur Stelle war, wenn er Lust auf Gesellschaft und Sex hatte.

Plötzlich konnte sie ihn nicht mehr ertragen. Sie murmelte irgendeinen Vorwand, sprang auf und verließ das Restaurant. Weg, nur weg! Taub und blind vor Schmerz stürmte sie aus dem Hotel, direkt in die Arme eines Mannes, der sie davon abhielt, sich vor das nächste Auto zu werfen.

»Lassen Sie mich los!«, flüsterte sie, doch der Mann hielt sie fest, und erst da erkannte sie Cieran O'Sullivan. Der Journalist gehörte zu Dirks schärfsten Kritikern, deshalb hatte sie nie mit ihm gesprochen, aber sie kannte ihn flüchtig von mehreren Kongressen. Vor ein paar Monaten hatte er ihr sogar seine Karte aufgedrängt, die sie aber zerrissen hatte. Nun kam er ihr gerade recht.

Donnerstag, 14. Mai 2009

»Alles klar. Danke vielmals.« Pia kritzelte eine Zahl auf ihren Block. »Sie haben uns sehr geholfen.«

Sie hängte das Telefon ein und betrachtete ihre Notizen. Der Vater von Jannis Theodorakis war tatsächlich in der Nacht von Dienstag auf Mittwoch in die psychiatrische Klinik in Riedstadt eingeliefert worden. Es hatte Pia einiges an Überzeugungskraft abverlangt, aber schließlich hatte ihr die diensthabende Ärztin die genaue Uhrzeit der Einlieferung verraten: Viertel nach zwei am frühen Mittwochmorgen. Theodorakis hatte nach Aussage des Kronenwirtes nach dem Streit mit Hirtreiter um kurz vor neun die Gaststätte verlassen, Hirtreiter und Graf Bodenstein waren bis ungefähr halb elf geblieben. Auf dem Parkplatz hatte der unbekannte Mann gewartet und auf dem Rabenhof Frauke Hirtreiter, wenn es stimmte, was Polizeiobermeister Alois Bradls weitläufige Verwandtschaft beobachtet haben wollte. Wie lange war sie dort gewesen?

Pia kratzte sich nachdenklich am Kopf und überlegte, was sich auf dem Hof abgespielt haben konnte. War Theodorakis nach dem Streit in der Krone auf den Rabenhof gefahren, um dort auf Hirtreiter zu warten? Hatte er Frauke dort angetroffen und mit ihr einen Cognac getrunken? Oder war sie schon wieder weg gewesen, und er hatte den Cognac später mit Ludwig Hirtreiter getrunken, dann aber erneut gestritten? Hatte Theodorakis den alten Mann voller Zorn gezwungen, den Waffenschrank zu öffnen, Gewehre und Pistole genommen und Hirtreiter hoch auf die Wiese getrieben, wo er ihn erschossen hatte? Anschließend konnte er nach Büttelborn gefahren sein. Hm. Wie lange fuhr man von Ehlhalten nach Büttelborn?

Pia rechnete hin und her, rief *google maps* auf und gab die beiden Orte in den Routenplaner ein. Über die A3 war die Strecke von 53,6 Kilometern in 39 Minuten zu bewältigen. Mist. Das war alles zu knapp und reichte wohl kaum für einen Hausdurchsuchungsbeschluss bei Theodorakis. Als Nächstes musste sie sich um sein Alibi von Freitagnacht kümmern.

»Und?« Kai Ostermann kam herein und ließ sich auf den Stuhl neben ihrem Schreibtisch fallen. »Kommst du weiter?«

»Nicht wirklich«, brummte Pia. »Ich werde Theodorakis, wenn er gleich kommt, die Fingerabdrücke abnehmen und ihn speicheln lassen. Was hast du rausgekriegt?«

»Laut Auskunft ihrer Banken sind die Hirtreiter-Brüder total pleite. Ich habe eben mit dem zuständigen Gerichtsvollzieher telefoniert; bei Matthias Hirtreiter wird in den nächsten Tagen gepfändet, was möglich ist. Dem anderen Bruder steht das Wasser auch bis Oberkante Unterlippe.«

»Na, wenn das keine fetten Motive sind.«

»Allerdings. Und ihre Alibis wackeln schon beim Zuhören.«

Sie hatten heute Morgen bei der Besprechung die Arbeit aufgeteilt; Pia hatte Theodorakis übernommen, Ostermann die drei Hirtreiters, Kathrin und Cem waren in die Rechtsmedizin gefahren, denn Pia hatte keine Lust verspürt, Henning zu treffen oder möglicherweise wieder im Sektionsraum zu kollabieren. Bodenstein steckte den Kopf zur Tür herein.

»Guten Morgen«, sagte er. »Kommst du bitte mal kurz in mein Büro, Pia?«

Pia nickte und stand auf. Bodenstein hatte ihr heute Morgen gegen sieben eine SMS geschrieben und mitgeteilt, dass er später kommen würde. Nach allem, was er gestern erlebt hatte, hätte sie es sogar verstanden, wenn er heute gar nicht aufgetaucht wäre.

Die Katastrophe von Ehlhalten war in Rundfunk und Fernsehen das alles beherrschende Thema und hatte es mit der grausigen Bilanz von einer Toten und vierundvierzig Verletzten sogar in die Schlagzeilen der Tageszeitungen geschafft. Sie selbst, Cem und Kathrin waren mit dem Schrecken davongekommen, Bodenstein hingegen hatte die Massenpanik am eigenen Leib erfahren. So etwas hinterließ Spuren.

Sie betrat sein Büro und schloss die Tür hinter sich. Ein rascher Blick auf das Gesicht ihres Chefs bestätigte ihre Befürchtungen, denn er sah ziemlich mitgenommen aus. Blass, mit Rändern unter den Augen, allerdings wie immer korrekt gekleidet, in Anzug mit Krawatte.

»Mein Vater hatte erst kürzlich von Hirtreiter einen Briefumschlag zur Aufbewahrung bekommen«, verkündete er ihr und nahm hinter seinem Schreibtisch Platz. »Den sollte er im Falle von Hirtreiters Tod dessen Notar übergeben.«

»Sein Testament?«, fragte Pia neugierig.

»Möglich.«

»Wie?« Pia blickte ihn ungläubig an. »Ihr habt nicht mal reingeschaut?«

»Du hast doch sicher schon mal vom Briefgeheimnis gehört, oder?«, entgegnete Bodenstein und hob die Augenbrauen. »Außerdem war der Brief versiegelt, ganz altmodisch, mit Siegellack.«

Sein Telefon klingelte. Er seufzte und nahm ab.

»Ach, Professor Kronlage. Guten Morgen.«

Bodenstein bedeutete Pia näher zu kommen und drückte die Lautsprechertaste.

»Hallo, Tommy«, sagte sie zu Prof. Thomas Kronlage, Hennings Chef.

»Hallo, Pia«, erwiderte der Leiter der Frankfurter Rechts-medizin. »Geht's gut?«

»Ja, danke der Nachfrage. Ich hoffe, dir auch.«

»So weit, so gut. Also: Der Todeszeitpunkt lässt sich rela-tiv genau eingrenzen, der Tod ist etwa zwischen 23:00 und 0:00 Uhr eingetreten. Letztendlich war der Schuss ins Gesicht todesursächlich.«

»Kannst du sagen, in welcher Reihenfolge die Schüsse ab-gegeben wurden?«, wollte Pia wissen. »Zuerst der Schuss ins Gesicht oder der in den Unterleib?«

»Ich vermute Letzteres«, antwortete Kronlage. »Dafür spricht die Tatsache, dass er sehr viel Blut verloren hatte. Der Schuss in den Unterleib hat die *Arteria iliaca interna* und die *Arteria iliaca externa* zerrissen. Interessant sind auch die Prellungen, die er am vorderen Oberkörperbereich und den Oberarmen davongetragen hat und die zu Rippenbrüchen geführt haben.«

Pia wechselte einen Blick mit ihrem Chef.

»Prellungen?«

»Sie könnten von Schlägen oder Tritten verursacht worden sein, oder von einem stumpfen Gegenstand wie einem Ge-wehrkolben. Jemand muss mit erheblicher Wucht zugeschla-gen oder zugetreten haben, denn Rippen brechen nicht so leicht.«

»Ante- oder postmortal?«

»Schwer zu sagen. Ganz kurz vor seinem Tod, oder gleich danach.«

Ein Gewaltexzess? Das sprach für heftige Emotionen.

»Der Mörder muss ziemlich kräftig gewesen sein«, sagte Kronlage.

»Oder zornig«, entgegnete Pia und dachte an Theodora-kis, der von seinem ehemaligen Chef als Choleriker charak-terisiert worden war.

»Oder auch das, ja. Zorn verleiht Kräfte.«

»Hatte er Abwehrverletzungen?«, erkundigte Bodenstein sich.

»Nein. Keine. Wir haben geringfügige Spuren von Tierfraß und tierische DNA am Gesicht und am Becken des Toten festgestellt. Er war zum Zeitpunkt seines Todes alkoholisiert; 1,3 Promille betrug der Blutalkoholspiegel heute Morgen, also dürften es in der Nacht zu Mittwoch gut 1,7 gewesen sein.«

»Danke, Herr Professor«, sagte Bodenstein. »Damit sind wir ein gutes Stück weiter.«

»Kein Problem«, antwortete Kronlage. »Ich habe meinen Job gemacht, jetzt sind Sie dran. Ach, Pia?«

»Ja?«

»Henning kam gestern ins Institut, sagte, er bräuchte kurzfristig ein paar Tage Urlaub, und verschwand. Deshalb habe ich auch heute die Sektion durchgeführt. Weißt du, was mit ihm los ist?«

»Ich denke ja«, erwiderte Pia, die ahnte, wohin Henning so überstürzt gereist war. »Er ist auf dem Weg nach Canossa.«

*

Morgens waren ein paar Kunden da gewesen, darunter Mitglieder der Bürgerinitiative. Natürlich waren das Drama in der Dattenbachhalle und Ludwigs Tod die Hauptgesprächsthemen. Frauke war nicht aufgetaucht, ihr Auto stand auch nicht im Hof. Wahrscheinlich kümmerte sie sich um die Beerdigung und den Nachlass ihres Vaters, deshalb hatte Nika alle Termine des Hundesalons telefonisch abgesagt. Ricky hatte, als Nika vorhin das Haus verlassen hatte, noch immer schlafend auf der Couch gelegen, und das war ihr ganz recht gewesen. Sie hatte ein schlechtes Gewissen wegen letzter Nacht. Nicht, dass sie es bereute, mit Jannis geschlafen zu haben, das hatte sie aus purer Berechnung getan, nachdem sie in seinem Computer, den sie in seiner Abwesenheit gelegentlich heimlich benutzte, auf Beängstigendes gestoßen war.

Für einen IT-Fachmann war Jannis erstaunlich nachlässig, er löschte so gut wie nie das Verlaufsprotokoll seines Internetbrowsers. Deshalb hatte Nika die von ihm besuchten Seiten aufrufen und anschauen können. Schockiert hatte sie gesehen, welch akribische Recherche er über sie angestellt hatte.

Spätestens seit vorgestern wusste er, wer sie war, und kannte ihren richtigen Namen. Wieso hatte er ihr das nicht längst ins Gesicht gesagt? Welches Spiel spielte er? Ihre instinktive Abneigung gegen ihn hatte sich in Angst verwandelt, und ihr war nur eine Möglichkeit eingefallen, wie sie auch eine Repressalie gegen ihn in die Hand bekommen konnte. Jannis, scharf wie er war, hatte sofort angebissen, war in den Keller gekommen und hatte sie gefickt, während seine Freundin ein Stockwerk höher schlief.

Nika blickte sich um. Die Bestellungen hatte sie bereits am frühen Morgen kommissioniert, und da sonst nichts weiter zu tun war, begann sie die gläserne Eingangstür zu putzen. Leider hatten die meisten Kunden die unangenehme Angewohnheit, die Tür mit den Händen aufzudrücken, statt den Türgriff zu benutzen.

Sie hatte gestern nicht mehr erfahren, weshalb die Kripo hinter Jannis her war. Überhaupt hatten sie kaum gesprochen, eigentlich gar nicht. Er war ziemlich bald eingeschlafen, sie hatte hellwach neben ihm gelegen und an einen anderen Mann gedacht.

Gerade als Nika mit der Glastür fertig war, bog Rickys Auto von der Kirchstraße in den Hof ein. Wenig später betrat sie den Laden durch die Hintertür, die Hunde schlüpften an ihr vorbei und begrüßten Nika freudig. Ricky sah schlecht aus, verquollen und trübsinnig. Der Tod von Hirtreiter schien sie ziemlich mitgenommen zu haben – erstaunlich, nach all dem, was er zu ihr gesagt hatte. Aber Ricky besaß eben ein weiches Herz.

»Magst du einen Kaffee?«, fragte Nika, doch Ricky schüttelte düster den Kopf, zündete sich eine Zigarette an und setzte sich auf einen der Stühle im Büro. Nika nahm sich einen Kaffee und tat etwas Milch dazu.

»Ich glaube, Jannis hat eine andere«, brach Ricky unvermittelt das Schweigen. Nika zuckte erschrocken zusammen.

»Wie kommst du darauf?« Sie führte die Tasse an die Lippen und pustete hinein, ohne Ricky aus den Augen zu lassen.

»Die Polizei hat ihn gestern gefragt, wo er Freitag- und Dienstagnacht gewesen ist«, sagte Ricky. »Und da hat er irgendeine wilde Geschichte von seinem Vater erzählt, der in die Klapsmühle eingeliefert wurde. Stimmt hinten und vorne nicht. Aber er war auch nicht zu Hause. Weder Freitag noch Dienstag.«

Ricky drückte die Zigarette im überquellenden Aschenbecher aus.

»Ich habe überhaupt nicht gewusst, dass sein Vater krank ist. Am Freitag will er seiner Mutter in ihrer Kneipe geholfen haben. Warum erzählt er mir das nicht? Wieso hat er Geheimnisse vor mir?« Sie kämpfte mit den Tränen. »Ich glaube ihm diese Geschichten nicht. Er war ganz sicher bei einer anderen Frau. Ach, Nika, ich kann den Gedanken nicht ertragen, dass er ... dass er mich wegen einer anderen verlassen könnte. Damals mit Jochen hat es auch so angefangen. Noch mal ertrag ich das nicht!«

Nika hütete sich, dazu einen Kommentar abzugeben, und verdrängte energisch ihre Gewissensbisse. Es war nur unverbindlicher Sex gewesen, mehr nicht. Jannis würde Ricky nicht wegen ihr verlassen.

»Ach, Nika«, flüsterte Ricky mit Tränen in den Augen und

in der Stimme. »Wenn ich dich nicht hätte! Es ist so gut, dass du da bist und ich dir vertrauen kann.«

»Schon gut«, brummte Nika und fühlte sich erbärmlich.

»Ich bin froh, dass dieser Mist mit dem Windpark bald vorbei ist.« Ricky legte die Zeigefinger unter ihre Augen, um die verschmierte Wimperntusche abzuwischen. »Dann haben Jannis und ich wieder mehr Zeit füreinander.«

Kein Wort über die dramatischen Ereignisse bei der Bürgerversammlung, nicht eine Bemerkung dazu, weshalb die Kripo mit Jannis hatte sprechen wollen. Aber eigentlich war es gut, dass Ricky so auf sich selbst fixiert war. Sie hatte Nika von Anfang an keine Fragen gestellt, denn es interessierte sie einfach nicht, was mit anderen Menschen war. Frauke mit ihrer penetranten Neugier war da schon weitaus gefährlicher, aber die hatte jetzt erst mal andere Sorgen.

Die Ladenglocke schrillte. Der alte Doktor Beckmann, der immer nur von Ricky bedient werden wollte, tappte Richtung Kasse.

»Soll ich ihm sagen, dass du nicht da bist?«, erkundigte Nika sich.

»Nein, nein.« Ricky stand auf, zog ihr Mieder glatt und knipste ihr Lächeln an. »Das mach ich schon.«

Sie sah Nika an und umarmte sie kurz und fest.

»Danke«, hauchte sie. »Für alles.«

Sekunden später trat sie strahlend in den Laden, scherzte und trällerte, bis der alte Doktor schwindelig vor Glück und schwer bepackt von dannen zog. Niemand wäre bei ihrem Anblick auf die Idee gekommen, dass diese attraktive Frau so wenig Selbstbewusstsein hatte und sich an einen Mann klammerte, der ganz offensichtlich Geheimnisse vor ihr hatte. Ihr ist es im Prinzip sogar egal, ob Jannis sie betrügt, dachte Nika. Hauptsache, er verlässt sie nicht.

*

Pia fuhr an der Dattenbachhalle vorbei, deren Parkplatz noch immer weiträumig abgesperrt war, und bog in die Nonnenwaldstraße ein, die nach ein paar hundert Metern in den Feldweg zum Rabenhof überging. Sie hatte gerade noch einmal mit dem Wirt der Krone und zwei Vorstandsmitgliedern der Bürgerinitiative gesprochen und dann der Versuchung, dem Rabenhof einen kurzen Besuch abzustatten, nicht widerstehen können. Den Haustürschlüssel hatte sie sich von Kollege Kröger geben lassen. Während sie die sanft ansteigende Straße Richtung Wald fuhr, dachte sie an letzte Nacht. Christoph hatte in der Küche gesessen, als sie um kurz nach eins nach Hause gekommen war. Sie hatte sich auf Streit und Vorwürfe eingestellt, doch zu ihrer Überraschung hatte er sie umarmt und kein Wort mehr über die geplatzte Verabredung verloren. Er habe sich Sorgen um sie gemacht, hatte er gesagt, und finde die Vorstellung, sie in Gefahr zu wissen, zunehmend unerträglich. Christophs erste Frau war an einem Hirnschlag gestorben und hatte ihn mit drei kleinen Kindern zurückgelassen; natürlich hatte er Angst, nun auch sie von heute auf morgen zu verlieren. Er mochte ihren Beruf nicht, das wusste sie, obwohl er nie darüber sprach. Auch wenn es gestern Nacht nicht zu einer Diskussion gekommen war, hatte sie unruhig geschlafen und wirre Sachen von sprechenden Raben, von Christoph, Inka Hansen und ihrem Chef geträumt.

Pia hielt in der Einfahrt des Rabenhofes hinter einem bordeauxroten Audi Q7. Zu ihrer Verwunderung waren einige Fenster des Wohnhauses weit geöffnet. Sie stieg aus, ging die Treppenstufen hinauf und betrachtete die geschlossene Haustür. Das amtliche Siegel war nicht aufgebrochen. Sie schlitzte es mit dem Schlüssel auf und öffnete leise die Tür. Im Wohnzimmer waren die Gebrüder Hirtreiter mit einer privaten Hausdurchsuchung der illegalen Art beschäftigt.

Pia blieb im Türrahmen stehen und sah den beiden Männern eine Weile zu.

»Irgendwo muss der Alte den ganzen Kram doch versteckt haben«, knurrte der ältere der beiden, der sich gerade mit einem Stemmeisen an einem Sekretär aus Nussbaumholz zu schaffen machte. »Das gibt's doch einfach nicht!«

Sein Bruder saß mit dem Rücken zur Tür am Wohnzimmertisch und blätterte einen Ordner durch.

»Auch nichts. Verdammt!« Er warf den Ordner achtlos neben sich auf den Boden. »Jeden Dreck hat er aufgehoben, sogar Tankquittungen von 1986!«

Echte Trauer, fand Pia, sah anders aus. Sie räusperte sich.

»Darf ich wissen, was Sie hier suchen?«, fragte sie. Die Brüder fuhren herum und starrten sie mit einer Mischung aus Schreck und Schuldbewusstsein an. Gregor Hirtreiter ließ das Stemmeisen sinken. Er fand als Erster die Sprache wieder und machte sich nicht die Mühe zu lügen.

»Das Testament unseres Vaters«, erwiderte er.

»Das Haus ist noch amtlich versiegelt.« Pia musterte die beiden Männer. »Sie haben überhaupt kein Recht, hier zu sein.«

»Ehrlich gesagt«, entgegnete Gregor Hirtreiter, »ist mir das völlig wurscht. Wir brauchen dringend ein paar Unterlagen.«

»Macht Ihnen die WindPro Druck?«

Matthias senkte den Blick, sein Bruder zuckte nur die Schultern.

»Warum soll ich Ihnen ein Märchen erzählen? Ja. Man hat uns eine Frist gesetzt«, gab er zu. »Es geht um sehr viel Geld, das meine Geschwister und ich gut gebrauchen können.«

»Da kommt Ihnen der Tod Ihres Vaters nicht ungelegen«, bemerkte Pia.

Gregor Hirtreiter hob die Augenbrauen.

»Unser Vater«, sagte er, »war ein sturer, uneinsichtiger Egoist, dem das Wohl von irgendwelchem Getier wichtiger war als das seiner Kinder und Enkelkinder. Diese Wiese war ihm völlig egal, er hat sie nur nicht an die WindPro verkauft, um uns zu gängeln. Das war so seine Art. Er war ein Widerling. Überheblich, sadistisch, gemein. Ich weine ihm keine Träne nach, aber umgebracht habe ich ihn nicht.«

»Wer war es dann?«

»Das halbe Dorf hatte Gründe«, erwiderte er. »Unser Vater hat mit Genuss Ehen und Existenzen ruiniert, weil er sich dazu berufen fühlte, die moralische Instanz zu spielen.«

»Interessant. Haben Sie irgendwelche Namen für mich?«

»Schlagen Sie das Telefonbuch auf, und Sie haben die Namen. Von A bis Z«, sagte Matthias Hirtreiter spöttisch.

»Dann fangen wir mit Ihnen an«, schlug Pia vor. »Wo waren Sie an dem Abend, an dem Ihr Vater erschossen wurde?«

»Ich habe lange gearbeitet«, antwortete Matthias Hirtreiter. »Später war ich noch eine Kleinigkeit essen, im *Le Journal* in Königstein.«

»Bis wann waren Sie dort? Wer kann das bezeugen?«

»Ich war da, bis geschlossen wurde. Das war so gegen eins, halb zwei. Die Chefin kann das ganz sicher bestätigen, mit ihr habe ich noch einen Wein getrunken, nachdem die letzten Gäste gegangen waren.«

»Hm. Und Sie?« Pia sah den älteren Bruder an.

»Wir waren an dem Abend bei meinen Schwiegereltern. Mein Schwiegervater feierte ganz groß seinen 65. Geburtstag.«

»Wo? Und wie lange waren Sie dort?«

»Bei sich zu Hause. In Heftrich. Wir waren gegen sieben da und sind weit nach Mitternacht zurückgefahren.«

Heftrich lag keine zehn Minuten von Ehlhalten entfernt. Bei einer Geburtstagsfeier würde es kaum jemand bemerken, wenn ein Gast für ein Stündchen fehlte. Pia notierte sich Name und Adresse von Gregor Hirtreiters Schwiegereltern.

»Wo ist Ihre Schwester? Weiß sie, was Sie hier tun?«, fragte sie.

»Wir wollten es ihr sagen, aber sie ist nicht ans Telefon gegangen«, sagte Matthias Hirtreiter. »Und ein Handy hat sie ja nicht.«

»Aha. Wie sind Sie überhaupt hier ins Haus gekommen?« Wieder wechselten die Brüder einen Blick.

»Es gibt eine Art Hintereingang«, gab Gregor Hirtreiter widerwillig zu.

Pia folgte ihm den dunklen Flur entlang. Plötzlich stutzte sie.

»Was ist das denn?«

Sie schaltete das Licht ein. Gregor Hirtreiter drehte sich um. Das Treppengeländer der Holztreppe, die ins Dachgeschoss führte, war zerbrochen, überall flogen metallisch glänzende schwarze Federn herum. Pia ging in die Hocke.

»Das ist Blut«, stellte sie fest und wies auf den Rahmen der Schlafzimmertür. »Und hier auch.«

Sie nestelte ein paar Latexhandschuhe aus der Jackentasche, streifte sie über und stippte mit dem Zeigefinger in einen der dunklen Tropfen.

Eindeutig Blut. Nicht mehr ganz frisch, aber auch noch nicht eingetrocknet.

»Ist Ihnen das nicht aufgefallen, als Sie hier entlanggekommen sind?«

»Nein«, gab Hirtreiter zu. Sein Bruder tauchte hinter Pia im Flur auf.

»Was ist da oben?«, wollte sie wissen.

»Ein Gästezimmer. Unsere alten Kinderzimmer. Und der Speicher.«

»Sie warten hier«, sagte Pia zu den Brüdern. »Ich sehe mich mal oben um.«

Vorsichtig stieg sie die Treppe hinauf und fand sich unversehens in den 70er Jahren des vergangenen Jahrhunderts wieder: Zwei der drei Kinderzimmer und das Gästezimmer hatten Dachschrägen, waren mit Kiefernholz verkleidet und komplett eingerichtet, an den Wänden hingen sogar noch vergilbte Poster von Popgruppen, deren Mitglieder mittlerweile im Altersheim sein mussten, wenn sie nicht vorher an ihren Drogenexzessen gestorben waren. Auf den Möbeln lag der Staub von Jahrzehnten. Auch das winzige Badezimmer war im feinsten 70er-Jahre-Stil konserviert: beige Blümchenfliesen, Klo, Badewanne und Waschbecken aus braunem Porzellan. Nur ein Zimmer war irgendwann renoviert worden. Statt Holz und Teppich gab es einen Laminatboden und an den Wänden weiße Raufaser. Pia ging weiter. Die offene Tür zum Speicherraum am Ende des Flurs war mit einem Holzkeil fixiert. Die Dachluke stand ebenfalls offen, schwarze Federn stoben über den Dielenboden, der unterhalb des Fensters mit Vogelkot bedeckt war. Auf diesem Weg hatte offenbar der zahme Rabe von Ludwig Hirtreiter kommen und gehen können. Die Vorstellung, dass ein Vogel dieser Größe frei durchs Haus flatterte, war befremdlich, aber eine Erklärung für die Spuren am Fuß der Treppe. Der Rabe war im Haus gewesen. Es musste einen Kampf gegeben haben, und Pia ahnte, wen der Rabe angegriffen hatte. Auf dem Weg nach unten zog sie ihr Handy heraus und tippte die Kurzwahl von Kröger, der sich sofort meldete.

»Christian, ich brauche dich«, sagte Pia. »Sofort.«

»Hach, seit Jahren träume ich davon, dass du das zu mir sagst«, entgegnete ihr Kollege erstaunlich gut gelaunt. »Ich fürchte allerdings, du meinst es nur dienstlich …«

»Du fürchtest zu Recht«, antwortete Pia trocken. »Ich bin auf dem Rabenhof in Ehlhalten. Hier ist alles voller Blut. Ich warte hier. Ach ja, und schick bitte eine Streife zu Frauke Hirtreiter in die Kirchstraße in Königstein.«

Sorgfältig darauf bedacht, keine Spuren zu zerstören, stieg sie zu Gregor Hirtreiter hinunter, der gehorsam am Fuß der Treppe gewartet hatte, und folgte ihm und seinem Bruder durch eine Milchglastür in einen kleinen, düsteren Raum, der bis zur Decke gefliest war.

»Hier sind wir reingekommen.« Gregor wies mit einem Kopfnicken auf die rostige Tür. »War nicht abgeschlossen.«

»Wann war das?« Pia nahm die Tür und den Boden des kleinen Raumes in Augenschein. Sie bemerkte Blutstropfen auf den gelblichen Bodenfliesen.

»Weiß nicht genau. Vor zwei Stunden ungefähr.«

»Wann haben Sie das letzte Mal mit Ihrer Schwester gesprochen?«

»Keine Ahnung. Gestern irgendwann.«

»Kann es sein, dass sie in der Zwischenzeit hier gewesen ist?«

»Möglich.« Gregor Hirtreiter nickte grimmig. »Zutrauen würd ich's ihr.«

Sie traten aus der Tür in einen verwilderten Garten. Pia sah sich um. Eine randvolle Regentonne, daneben ein rostiges Rosengitter, das an der Hauswand lehnte. Fliederbüsche in voller Blüte verströmten ihren schweren Duft. Im Gras ein Trampelpfad, der zum Hof führte.

»So«, sagte sie entschlossen. »Ich möchte Sie beide bitten, mich aufs Kommissariat zu begleiten.«

»Jetzt? Das soll doch wohl ein Witz sein«, begehrte Gregor Hirtreiter auf.

»Ich mache selten Witze, wenn es um so ein ernstes Thema geht«, entgegnete Pia kühl. »Es gibt im Zusammenhang mit dem Mord an Ihrem Vater noch einige Fragen, auf die ich bisher keine zufriedenstellenden Antworten bekommen habe.«

»Ich habe aber noch Termine ...«, protestierte Matthias Hirtreiter.

»Dann sollten Sie Ihre Zeit nicht damit vergeuden, amtlich versiegelte Wohnungen zu durchwühlen«, schnitt Pia ihm das Wort ab. »Gehen wir.«

*

Verstärkt durch Kollegen aus anderen Dezernaten hatten Cem Altunay und Kathrin Fachinger den Vormittag damit verbracht, mit sämtlichen Vorstandsmitgliedern der Bürgerinitiative zu sprechen. Jeder von ihnen bestätigte, was der Wirt der Krone Pia erzählt hatte. Jannis und Ludwig Hirtreiter waren sich am Dienstagabend mächtig in die Haare geraten. Schon am Montag hatte Jannis Ärger mit Hirtreiter gehabt, weil er auf eigene Faust den Drehtermin mit dem HR vorverlegt und Hirtreiter damit umgangen hatte. Der heftige Streit am Dienstag war entstanden, weil Theodorakis den anderen Vorstandsmitgliedern verraten hatte, wie hoch das Kaufangebot der WindPro für Hirtreiters Wiese war. Das hatte dieser seinen Freunden nämlich bis dahin verschwiegen.

»Sie hatten mit fünfzig- oder sechzigtausend Euro gerechnet, aber nicht mit drei Millionen«, sagte Cem. »Und da wollte niemand mehr Hirtreiters Beteuerungen glauben, er würde die Wiese nicht verkaufen. Ihm wurde das Vertrauen entzogen, und man entschied, Theodorakis aufs Podium zu schicken.«

Hirtreiters despotischer Führungsstil hatte ohnehin niemandem gefallen. Andere Meinungen hatte er nicht gelten lassen, war oft verletzend geworden, besonders den weiblichen Mitgliedern gegenüber.

Zweifellos war Ludwig Hirtreiter der unbeliebteste Bürger von ganz Ehlhalten gewesen. Er hatte in sämtlichen Vereinsvorständen gesessen und der jüngeren Generation keine Chance gelassen. Erst vor ein paar Wochen hatte man im

Sportverein ein Komplott gegen ihn geschmiedet. Als das misslungen war, waren 23 Mitglieder noch am selben Abend ausgetreten.

»Es gibt einige Leute, die ihn richtig gehasst haben«, schloss Kathrin.

»Man bringt niemanden um, nur weil man ihn nicht mehr als Vereinsvorstand haben will«, wandte Bodenstein ein.

»Hirtreiter hat Leute brüskiert«, gab Cem zu bedenken. »Er hat Ehen ruiniert, weil er heimliche Liebschaften öffentlich gemacht hat, und er hat den katholischen Pfarrer in Misskredit gebracht, indem er behauptete, der sei hinter den Messdienern her. Ich glaube, er hat eine ganze Menge Leute wirklich übel vor den Kopf gestoßen.«

In der Runde herrschte nachdenkliche Stille.

»Die Hirtreiters kriegen drei Millionen Euro, wenn sie die Wiese an die WindPro verkaufen«, sagte Pia. »Vielleicht haben sie jemanden beauftragt, der ihnen die Drecksarbeit abnimmt und den Alten aus dem Weg räumt.«

»Einen Killer?«

»So abwegig fände ich das nicht. Für Geld kriegt man alles. Auch einen Killer.«

»Du meinst den Mann, der auf dem Parkplatz auf Hirtreiter gewartet hat?« Bodenstein legte nachdenklich die Stirn in Falten.

»Ja, könnte doch sein.« Pia nickte. »Die Geschichte mit dem Auto, das Frauke Hirtreiter am Hof gesehen haben will, kann erfunden sein. Aber den Mann auf dem Parkplatz hat sich dein Vater kaum ausgedacht.«

»Leider hat ihn sonst niemand gesehen«, sagte Cem. »Wir haben jeden danach gefragt.«

Bodenstein blickte zu der Tafel hinüber, an der die Fotos von Rolf Grossmann, Ludwig Hirtreiter und den Leichenfundorten hingen. Ganz oben auf der Liste der Verdächtigen stand Theodorakis, den seine früheren Chefs und die Mitglieder der Bürgerinitiative als cholerisch und impulsiv charakterisierten. Hatte er Hirtreiter, der ihn und seine Freundin übel beleidigt hatte, aufgelauert und zwei Stunden später getötet? Das passte irgendwie nicht. Choleriker töteten schon mal im Affekt, aber sie legten sich nicht stundenlang auf die Lauer. Abgesehen davon hatte Theodorakis kein richtiges Motiv, er profitierte nicht von Hirtreiters Tod, denn schließlich hatte er Hirtreiter innerhalb der Bürgerinitiative bereits erfolgreich demontiert.

Nein, Pia hatte recht. Entweder war es jemand gewesen, der von Hass getrieben war, oder ein Profi. Sie mussten den Mann finden, der auf dem Parkplatz der Krone gewartet hatte.

»Ihr fahrt noch einmal nach Ehlhalten«, entschied Bodenstein nach kurzem Nachdenken. »Sprecht mit allen Leuten, die in der Nähe der Krone wohnen, mit den Anwohnern der Straßen ringsum, vor allen Dingen mit Hundebesitzern, die vielleicht abends noch mit ihren Hunden unterwegs waren. Irgendjemand muss diesen Mann gesehen haben.«

Pia warf einen Blick auf die Uhr. Die Hirtreiters schmorten jetzt seit knapp drei Stunden unten in den Vernehmungsräumen. Man hatte sie erkennungsdienstlich behandelt und ihnen Speichelproben abgenommen, was sie ziemlich eingeschüchtert hatte. Bevor sie mit ihnen sprach, wollte Pia jedoch das Resultat von Krögers Untersuchung im Haus des Rabenhofs abwarten. Mittlerweile stand fest, dass Frauke Hirtreiter weder in ihrer Wohnung noch im Laden oder im Tierheim aufgetaucht war. Auch von ihrem Auto fehlte jede Spur, und da sie kein Handy besaß, konnte man sie nicht orten lassen. Pia vermutete, dass sie auf demselben Weg in das versiegelte Haus eingedrungen war wie ihre Brüder und dort eine unliebsame Begegnung mit dem Raben gehabt hatte. Sie dachte an Cems spöttische Bemerkung, der Rabe falle wohl als Zeuge aus, es sei denn, er identifiziere den Mörder bei einer Gegenüberstellung. Was, wenn der Vogel genau das getan hatte? Eine Gänsehaut rieselte ihr über den Rücken.

»Pia?«

Bodensteins Stimme ließ sie zusammenfahren, sie verscheuchte den absurden Gedanken.

»Was hast du mit den beiden Hirtreiters vor?«, wollte ihr Chef wissen.

»Ich werde sie unter Druck setzen«, antwortete Pia. »Denn ich traue ihnen zu, dass sie ihrer Schwester etwas angetan haben, um allein in den Genuss des Erbes zu kommen.«

»Hast du ihre Alibis schon überprüft?«

»Allerdings. Auf den ersten Blick sind sie korrekt, aber die Uhrzeiten, die sie angegeben haben, stimmen nicht. Matthias Hirtreiter hat sein Büro um zwanzig nach sechs verlassen und ist danach nicht mehr dort aufgetaucht, das hat mir sein Buchhalter gesagt, der an dem Abend bis 22:30 Uhr da war, zusammen mit dem Steuerberater. Sie haben auf Matthias gewartet, aber er kam nicht mehr. Im Journal in Königstein war er auch bis um halb zwei, allerdings ist er erst um Viertel vor zwölf dort aufgetaucht. Es fehlen volle fünfeinhalb Stunden, für die er überhaupt kein Alibi hat.«

»Und Bruder Nummer zwei?«

»Ich habe etwas herumtelefoniert, unter anderem mit Kollege Bradl vom Königsteiner Revier. Der war auf der Party von Hirtreiters Schwiegervater und ist zufällig genau in dem Moment gekommen, als Gregor Hirtreiter in sein Auto stieg und wegfuhr. Angeblich, um Zigaretten zu holen. Dabei raucht er gar nicht.«

»Wie kommst du denn darauf, einen Königsteiner Kollegen anzurufen?« Ostermann schüttelte ungläubig den Kopf. Pia grinste und tippte sich gegen die Stirn.

»Ganz einfach«, erwiderte sie, »als mir Gregor Hirtreiter sagte, sein Schwiegervater heiße Erwin Schmittmann und habe in der Halle seiner Firma gefeiert, da hat es bei mir klick gemacht. Ihm gehört der Landhandel in Heftrich, bei dem ich Pferdefutter, Sägespäne und so weiter hole. Dabei habe ich schon ein paar Mal Kollege Bradl getroffen, und wie das so ist, man schwätzt ein bisschen. Irgendwann hat er mir mal erzählt, dass er der Nachbar von Schmittmann sei und ihm seit Jahren bei der Heuernte und in seiner Freizeit auch mal im Lager helfe. Ich hab mir also gedacht, dass er sicher zum 65. von seinem Spezi eingeladen gewesen war. Und genauso war's.«

»Unfassbar«, staunte Cem Altunay. Die anderen waren ebenfalls beeindruckt.

»Ein Sternchen für Frau Kirchhoff«, grinste Ostermann. »Sensationell, Pia. Er hat nicht zufällig auch noch gesehen, wann Hirtreiter zurückkam?«

»Doch.« Pia lehnte sich zurück und lächelte hochzufrieden. »Genau um zehn Minuten vor Mitternacht. Ohne Zigaretten. Dafür aber mit anderen Klamotten.«

»Motiv, Mittel, Gelegenheit – alles da!«, begeisterte sich Ostermann. »Das sollte für einen Durchsuchungsbeschluss reichen. Was meinst du, Chef?«

Bodenstein meinte nichts dazu. Er tippte mit konzentrierter Miene auf seinem neuen iPhone herum, in das er ganz vernarrt war. Erst als ihm auffiel, dass niemand mehr etwas sagte, blickte er auf.

»Was soll der bringen?«, fragte er und zeigte damit, dass er dem Gespräch gefolgt war. »Wenn es die Brüder waren, haben sie die Tatwaffe bestimmt nicht mit nach Hause genommen. Ihr sprecht jetzt mit den Hirtreiters. Sollten sie keine absolut wasserdichte Erklärung haben, wo sie wirklich an dem Abend gewesen sind, beantragen wir Haftbefehle.«

»Willst du nicht dabei sein?«, erkundigte sich Pia.

»Ich fahre nach Königstein und erkundige mich in dem Zooladen nach Frauke Hirtreiter«, sagte er und übersah geflissentlich das kurze Hochschnellen von Pias Augenbrauen.

»Schreibt sie und ihr Auto zur Fahndung aus. Ruft mich an, wenn irgendetwas ist. Sonst sehen wir uns morgen früh.«

*

Es war kurz vor fünf, als Bodenstein das Tierparadies in der Kirchstraße betrat. Eine volle Viertelstunde hatte er im Auto gesessen und mit sich gekämpft.

Würde Nika merken, dass die Frage nach Frauke Hirtreiter nur ein Vorwand war? Selbst wenn, es konnte ihm egal sein. Er wollte sie unbedingt sehen, obwohl er sich vor der Begegnung ein wenig fürchtete. Was dachte sie wohl von ihm, nachdem er sich ihr gestern wie ein jämmerliches Häufchen Elend präsentiert hatte? Bodenstein legte großen Wert darauf, stets Herr der Lage zu sein, doch das war er gestern ganz sicher nicht gewesen. Nika war unauslöschlich mit den Erinnerungen an dieses grässliche Erlebnis verbunden, er musste einfach noch einmal mit ihr reden und Klarheit in seine verwirrten Gefühle bringen. Vielleicht gaukelte ihm sein Unterbewusstsein nur etwas vor, aus Dankbarkeit oder aus welchem Grund auch immer.

Vor der gläsernen Eingangstür holte Bodenstein tief Luft und trat ein. Die Ladenglocke bimmelte, Sekunden später tauchte Nika hinter dem Verkaufstresen auf. Ein erfreutes Lächeln flog über ihr Gesicht, und er wusste, dass er sich nichts eingebildet hatte. Da war etwas zwischen ihnen, etwas, das auch sie spürte.

»Hallo«, sagte er ein wenig beklommen. Ihr ungeschminktes Gesicht war eher herb als schön, die Nase etwas zu groß und ihr Mund eine Idee zu breit, aber es hatte etwas Besonderes. Erleichterung befiel ihn, hatte er doch insgeheim befürchtet, sie würde ihm bei Tageslicht nicht mehr gefallen. Im Gegenteil. Ihm gefiel sogar ihre unkonventionelle Kleidung: ein verwaschenes Jeanskleid, eine formlose graue Sweatshirt-

Jacke und Turnschuhe an den nackten Füßen. Eitelkeit schien nicht zu ihren herausstechenden Charaktereigenschaften zu gehören.

»Hallo«, erwiderte sie zurückhaltend. »Wie geht es Ihnen?«

»Danke, gut.« Verzweifelt suchte er nach den Worten, die er sich auf der Fahrt hierher zurechtgelegt hatte, aber plötzlich klang alles so pathetisch. *Sie haben mir das Leben gerettet. Das werde ich Ihnen nie vergessen. Ich stehe tief in Ihrer Schuld.* Alles Quatsch.

»Das freut mich.« Seine Befangenheit übertrug sich auf sie, sie wurde ernst. »Was kann ich für Sie tun?«

Bodenstein riss sich zusammen.

»Wir suchen nach Frauke Hirtreiter«, sagte er. »Haben Sie vielleicht etwas von ihr gehört?«

»Nein, leider nicht.« Nika schüttelte bedauernd den Kopf. »Ihr Auto ist schon den ganzen Tag nicht da, und gemeldet hat sie sich auch nicht.«

»Hat sie gestern irgendetwas zu Ihnen gesagt? Wann haben Sie sie zum letzten Mal gesehen?«

»Gestern Mittag. Ihr Vater rief hier an und sagte ihr, dass Ludwig tot ist«, erwiderte Nika. »Daraufhin hat Frauke den Laden verlassen und ist weggefahren. Seitdem habe ich sie nicht mehr gesehen. Vielleicht weiß Ricky mehr.«

Als sie seinen fragenden Blick sah, ergänzte sie: »Friederike Franzen. Ihr gehört das Tierparadies.«

Sie stellte keine Fragen, wollte nicht wissen, weshalb die Polizei nach Frauke suchte. War das ein Zeichen von Diskretion oder von Gleichgültigkeit? Oder wusste sie gar von Fraukes Aufenthaltsort? Zur Hölle mit seinem ständigen Misstrauen!

»Ach ja. Die Lebensgefährtin von Jannis Theodorakis.« Bodenstein nickte. »Meine Kollegin hält Sie übrigens für dessen Putzfrau.«

Nika grinste, Lachfältchen erschienen um ihre Augen.

»Ich weiß auch nicht, warum ich das gesagt habe«, gab sie zu. »Ich war irgendwie erschrocken, als plötzlich die Kripo vor der Tür stand. Das bin ich nicht unbedingt gewöhnt.«

»Wer ist das schon?«, entgegnete Bodenstein und lächelte auch.

»Ich wohne seit ein paar Monaten bei Ricky und Jannis zur Untermiete«, erzählte Nika freimütig. »Ricky ist meine älteste Freundin, wir waren früher zusammen auf der Schule. Letzten Winter ging es mir nicht gut, ich … ich hatte eine Art Burn-out. Da hat sie mir angeboten, für eine Weile bei ihr zu wohnen und zu arbeiten.«

»Und über sie ist auch Ihr Kontakt zu meinen Eltern entstanden.« Das war eher eine Feststellung als eine Frage, aber Nika antwortete darauf.

»Genau. Für die beiden gibt es ja kaum etwas anderes als die Bürgerinitiative, Jannis redet quasi jede Sekunde davon.« Sie rollte die Augen und seufzte. »Da konnte ich mich nicht entziehen, ohne unhöflich zu sein.«

Plötzlich war es ganz einfach, mit ihr zu reden. Sie war so normal und schien nicht die geringste Scheu vor dem Kriminalpolizisten zu haben, der er war. Bodenstein wagte einen Vorstoß.

»Wollen wir einen Kaffee trinken gehen?«

Sie blickte ihn überrascht an. Fasziniert beobachtete er, wie sich das Lächeln auf ihrem Gesicht ausbreitete, ähnlich wie bei Inka. Es begann in den Augen, vertiefte sich in zwei bezaubernden Grübchen und glitt in ihre Mundwinkel.

»Warum nicht? Hier ist sowieso nichts mehr los, da kann ich auch früher zumachen.«

Wenig später saßen sie auf hohen Hockern bei Tchibo in der Fußgängerzone. Er hatte zwei Latte macchiato bestellt und erwischte sich dabei, wie er Nika von sich erzählte. Wie kam er dazu, mit einer Fremden über seine gescheiterte Ehe zu reden? Normalerweise ließ er andere Menschen nur sehr langsam an sich heran und breitete nicht sofort vor jedem sein Privatleben aus. Doch Nikas Aufmerksamkeit tat ihm gut. Hin und wieder stellte sie eine Frage, aber sie überschüttete ihn nicht mit Tipps oder Beispielen aus ihrem Leben, sondern hörte zu. Was war es, was ihn an ihr beeindruckte? Ihre Augen, die von einer so ungewöhnlichen Farbe und Intensität waren, wie er es nur selten gesehen hatte? Die Art, wie sie beim Zuhören den Kopf schief legte? Ihr Lächeln, scheu und fast ein wenig bewundernd? Nicht ein einziges Mal glitt ihr Blick an ihm vorbei, das hatte er noch nie erlebt. Dabei entsprach Nika überhaupt nicht dem Frauentyp, den er sein Leben lang bevorzugt hatte, sie war eigentlich das genaue Gegenteil: zart, mädchenhaft, schüchtern. Das ausgeprägte Selbstbewusstsein, das ihm an Cosima, Nicola, Inka oder Heidi gefallen hatte, fehlte ihr völlig.

Er vergaß Frauke Hirtreiter, Pia und seine Arbeit und kehrte erst in die Realität zurück, als das Ladenpersonal sie höflich, aber bestimmt zum Gehen aufforderte.

»Ich habe gar nicht gemerkt, wie spät es schon ist«, sagte Nika und lächelte verlegen. Sie standen in der Fußgängerzone, und der Moment des Abschiednehmens rückte unbarmherzig näher. »Sie … Sie haben doch sicher etwas anderes zu tun, als mit mir Kaffee zu trinken.«

Etwas anderes hatte er todsicher zu tun, aber nichts, was ihm wichtiger gewesen wäre. Die Arbeit, die immer allerhöchste Priorität für ihn gehabt hatte, durfte heute mal warten. In den letzten zwei Stunden hatte sein Handy sicherlich zehn Mal vibriert, aber er hatte es nicht beachtet und sein schlechtes Gewissen erfolgreich verdrängt.

»Ich habe ja glücklicherweise Kollegen«, entgegnete Bodenstein leichthin. »Wenn Sie möchten, kann ich Sie nach Hause fahren.«

»Das wäre prima.« Nika lächelte kurz. »Aber … ich müsste

eigentlich vorher noch in den Supermarkt, der Kühlschrank ist leer.«

»Gute Idee. Einkaufen müsste ich auch mal wieder.« Bodenstein grinste. »Also? Worauf warten wir noch?«

*

Die Spurensicherung auf dem Rabenhof war aufwendiger gewesen als vermutet. Christian Kröger hatte angerufen, während Pia mitten in der Vernehmung von Gregor Hirtreiter steckte, und sie gebeten, nach Ehlhalten zu kommen. Da die Beweislage gegen die Brüder Hirtreiter dünner war als ein Blatt Pergamentpapier, hatte Pia ohnehin keinen der beiden länger festhalten können.

Bodenstein ging nicht ans Telefon, Kathrin hatte einen Zahnarzttermin, und Cem war auf die Geburtstagsfeier seiner Frau entschwunden. Nur nach ihr und ihrem Privatleben, dachte Pia wütend, fragte mal wieder niemand.

Henning und Miriam hatten sich nicht mehr gemeldet, wahrscheinlich ein gutes Zeichen, aber ihr Verhalten war trotzdem unmöglich. Hatten sie Probleme, störten sie ungeniert zu jeder Tages- und Nachtzeit, um ihr die Ohren vollzujammern, war alles gut, herrschte Funkstille.

Und Bodenstein war wirklich eigenartig drauf. Als sie ihn vor vier Jahren kennengelernt hatte, war er höflich, reserviert und unerschütterlich gewesen, jetzt war er höflich, reserviert und mit dem Kopf völlig woanders. Seit Cosimas Affäre und dem Zerbrechen seiner Ehe hatte er sich vollkommen verändert. Immer häufiger überließ er Pia die Verantwortung für die ganze Abteilung und erlaubte sich Fehler, die ihm früher niemals unterlaufen wären. Pia war klar, dass er nicht wegen Frauke Hirtreiter in den Zooladen nach Königstein gefahren war, sondern einzig und allein wegen dieser blonden Tussi, die sich ihr und Cem gegenüber als Putzfrau ausgegeben hatte. Irgendetwas lief da zwischen ihr und Bodenstein. Pia erinnerte sich, wie die beiden nebeneinandergesessen und sich angeguckt hatten. Als sie vorgeschlagen hatte, mit Hilfe der Frau mehr über Theodorakis und seine Freundin zu erfahren, hatte er gezögert. Zwar konnte Pia nicht nachvollziehen, was ihr Chef an dieser grauen Maus finden mochte, aber vielleicht brauchte er nach Cosima genau so jemanden, um sein Selbstbewusstsein etwas aufzumöbeln.

Pia seufzte und drückte auf die Wiederwahltaste. Wieder meldete sich nur Bodensteins Mailbox. Zur Abwechslung rief sie Christoph an, mit demselben Ergebnis. Auch er war *temporarily not availabe*. Zur Hölle mit den Kerlen. Hoffentlich hatte Kröger wenigstens etwas wirklich Wichtiges gefunden, sonst würde sie ausrasten. Sie hatte wahrhaftig Besseres zu tun, als abends um halb acht noch in dienstlichen Angelegenheiten durch die Gegend zu fahren.

Eine Viertelstunde später hatte sie den Rabenhof erreicht und war aufs Neue beeindruckt von der Schönheit des Hofes und seiner idyllischen Lage. Nach dem wolkenverhangenen Tag war der Himmel plötzlich aufgerissen und präsentierte sich in einer atemberaubenden Palette von Zartrosa bis Purpurrot. Die sinkende Sonne übergoss die Gebäude mit einem mattgoldenen Schimmer, Schwalben schossen auf der Jagd nach Insekten durch die milde, von Feuchtigkeit gesättigte Luft. Wie musste es sein, hier zu leben? Die Stille war unglaublich, besonders für Pia, die seit Jahren neben einer der meistbefahrenen Autobahnen Deutschlands wohnte.

Sie betrat den Hof und blickte sich erstaunt um. Niemand zu sehen. Wo waren denn die Kollegen? Verärgert kramte sie ihr Handy aus der Jackentasche und wählte Krögers Nummer. Dem würde sie was erzählen! Was fiel ihm ein, sie hierher zu lotsen und dann selbst schon in den Feierabend zu entschwinden? In der Ferne hörte sie Handyklingeln, im nächsten Moment bog ihr Kollege um die Ecke.

»Hey«, sagte er.

»Was ist denn hier los?«, erwiderte Pia und klappte ihr Handy zu.

»Ich hab meine Jungs schon losgeschickt, damit die Blutproben gleich ins Labor kommen.« Christian Kröger zuckte die Achseln. »Ich dachte, du kannst mich später mit nach Hofheim nehmen.«

»Ach so. Ja, klar. Kann ich machen.« Pia schluckte ihren Ärger herunter und machte sich bewusst, dass die Kollegen einen ebenso langen Arbeitstag hinter sich hatten wie sie selbst. »Was habt ihr hier gefunden?«

»Einiges. Komm mit.«

Sie folgte Kröger den Trampelpfad über die Wiese zum Haus. Die Sonne war hinter den Bergen verschwunden, es wurde schlagartig kühl. Fledermäuse huschten durch die violettblaue Dämmerung. Sie betraten das Haus durch die Haustür und gingen die Treppe hoch.

»Jemand war in diesem Zimmer«, sagte Kröger, als sie in dem kleinen, holzverkleideten Raum standen. »Dort, an dem Wandschrank, sind frische Fingerabdrücke im Staub.«

Er öffnete die Schranktür.

»Die Wäsche im obersten Fach wurde herausgezogen und wieder hineingestopft. Derjenige hat in dem Schrank etwas gesucht.«

Pia nickte. Frauke Hirtreiter musste ihren Brüdern zuvorgekommen sein. Genauso unverfroren wie die beiden hatte sie die Versiegelung missachtet und war durch den Hintereingang ins Haus eingedrungen. Sie hatte allerdings nicht planlos die Schränke durchwühlt, sondern offenbar gewusst, wo sie suchen musste. Aber wonach?

Auf der Treppe war sie der Spurenlage nach zu Fall gekommen, dabei hatte sie das morsche Geländer durchbrochen, war mit dem Kopf gegen den Türrahmen geprallt und hatte sich verletzt.

»Danach«, dozierte Kröger, »hat die Person – es handelte sich aller Wahrscheinlichkeit nach um eine Frau, was lange, dunkle Haare in dem Blut am Türrahmen vermuten lassen – das Schlafzimmer betreten. Das wiederum lässt sich aus den Blutstropfen auf dem Boden und dem Bett schließen. Und hier hat sie eine geschnitzte Madonnenstatue mitgenommen.«

»Wie kommst du denn darauf?«, fragte Pia verdutzt.

»Wart's ab.« Kröger lächelte geheimnisvoll. »Danach muss es einen heftigen Kampf gegeben haben. Die Vogelfedern hingen sogar an der Deckenlampe, kleine, flaumige Federn, nicht nur große. Es ging wohl richtig zur Sache.« Er deutete hoch an die Decke des Flurs. »Da sind Blutspritzer an der Wand, überall. Ich vermute, es ist Tierblut, aber das muss ein Antihumanglobulintest im Labor erst beweisen.«

Pia wurde langsam ungeduldig, aber sie wollte Kröger nicht auf die Füße treten. Er war ein Meister in der Rekonstruktion von Tathergängen und hungerte wie viele seiner Berufskollegen nach Lob für seine akribische Arbeit, die seiner Meinung nach viel zu gering geschätzt wurde. Wurde ein komplizierter Fall gelöst, strich das K11 in der Öffentlichkeit die Meriten ein, die Kriminaltechnik ging leer aus.

»Der Hauptbeweis dafür, dass der Kampf mit dem Vogel erst nach dem Treppensturz stattgefunden hat, ist aber das hier …« Kröger verließ das Haus auf demselben Weg, den sie gekommen waren, blieb neben der Tür stehen und wies auf die Regentonne. Pia warf einen Blick hinein.

»Wo ist dein Hauptbeweis?«, fragte sie ratlos. »Ich sehe nichts.«

»Auf dem Weg ins Labor natürlich«, entgegnete er. »In dieser Regentonne lagen ein toter Rabe und die Holzmadonna, die etwa zwei Kilo wiegt. Die Täterin hat den Raben erst hier gegen die Hauswand geschlagen, dann mit der Holzfigur den Kopf des Tieres zertrümmert und es anschließend in der Regentonne ertränkt.«

»Das ist ja widerlich.« Pia verzog das Gesicht und schauderte.

»Es reichte ihr nicht, das Tier zu töten«, sagte Kröger mit sachlicher Stimme, »sie wollte es regelrecht vernichten.«

Pia löste ihren Blick von der Regentonne und sah ihn an. Sein Gesicht war in der Dämmerung nur noch ein heller Fleck. Plötzlich fröstelte sie, als sie begriff, was er meinte.

»So ähnlich wie der Mörder von Hirtreiter, meinst du?«, fragte sie.

Kröger nickte.

»Genau. Ihm hat's auch nicht gereicht, den Mann bloß zu erschießen. Er hat ihn anschließend getreten oder mit dem Gewehrkolben traktiert, und auch noch den Hund erschossen. Ein ähnlicher Gewaltexzess wie bei dem Raben.«

Pia bekam Zweifel an der Profikiller-Theorie. Ein bezahlter Mörder hätte sich wohl kaum dazu hinreißen lassen, sein Opfer mit Schlägen und Tritten zu malträtieren. Er hätte seinen Job erledigt und wäre wieder verschwunden, je schneller, desto besser. Aber war eine Frau zu einer solchen Tat fähig?

Sie schob die Hände in die Taschen ihrer Jeans und zog die Schultern hoch. Frauke Hirtreiter und ihre Mutter hatten jahrelang unter einem despotischen Vater und Ehemann gelitten, das hatte Polizeiobermeister Bradl erzählt. Wenn Frauen mordeten, dann taten sie das meistens, um eine unerträgliche Situation zu beenden. Männer hingegen töteten eher aus Wut, Eifersucht oder aus Angst, verlassen zu werden.

»Christian, du bist ein Ass«, sagte Pia langsam. »Du könntest wirklich recht haben. Und wenn das so ist, dann haben wir einen Riesenfehler gemacht.«

»Wieso das?«

Pia antwortete nicht. Sie dachte an Bradls Bemerkung, Frauke sei eine exzellente Schützin und Jägerin gewesen, um ihrem Vater zu gefallen. Sie hatte um seine Anerkennung gebuhlt, aber Hirtreiter hatte seine übergewichtige Tochter verachtet und wie den letzten Dreck behandelt. Sie war in der Mordnacht auf dem Rabenhof gewesen. Sie konnte mit Gewehren umgehen. Und sie hatte ihren Vater gehasst. Konnte das die heiße Spur sein, nach der sie bisher vergeblich gesucht hatten? Pia ignorierte ihren knurrenden Magen.

»Kannst du Türschlösser knacken?«, fragte sie ihren Kollegen.

»Die meisten«, entgegnete Kröger. »Warum?«

»Weil wir uns jetzt Frauke Hirtreiters Wohnung ansehen. Und wenn du brav mitmachst, spendiere ich dir danach noch was zu essen.«

»So weit kommt's noch«, schnaubte Kröger.

»Das heißt, du machst nicht mit?«

»Klar mach ich mit. Aber ich lass mich nicht von einer Kollegin aushalten«, sagte er und grinste. »Das Essen danach bezahl dann ich.«

*

Der Regen hatte aufgehört, die Sonne war hinter dem Taunus versunken, und es wurde dunkel. Mark hatte den ganzen Nachmittag im Tierheim verbracht, danach war er ziellos herumgefahren, ein ganzer Tank Sprit war dabei draufgegangen. Ricky hatte sich nicht gemeldet, obwohl er ihr drei SMS geschrieben hatte. Er musste unbedingt mit ihr sprechen. Im Laden hatte er am Nachmittag zu seiner Enttäuschung nur Nika angetroffen, und die hatte gesagt, Ricky ginge es nicht gut. Allmählich machte er sich echte Sorgen.

Mark hatte den Roller am Zaun der Pferdekoppel abgestellt und beschlossen, eine Weile am Stall zu warten. Ricky schaute jeden Abend nach ihren Pferden. Aus den Gärten auf der anderen Seite des asphaltierten Feldwegs wehte der Duft von Gegrilltem zu ihm herüber. Immer wieder blickte Mark auf sein Handy, doch es blieb stumm. Es machte ihn fast wahnsinnig, dass er Ricky heute weder gesehen noch gesprochen hatte. In Gedanken beschwor er sie, ihn anzurufen. Er flüsterte ihren Namen, zeichnete ihn in den feuchten Sand neben dem Stall. Nichts. Mit seinen telepathischen Fähigkeiten war es wohl nicht besonders weit her. Was hatte er eigentlich früher getan, als er Ricky und Jannis noch nicht gekannt hatte? Wie leer war sein Leben ohne die beiden gewesen.

Endlich klingelte das Handy! Sein Herz machte einen Satz, seine Finger zitterten. Aber zu seiner Enttäuschung war es nur seine Mutter. Er ging dran, damit sie nicht weiternervte. Ihre Fragen und Vorwürfe prallten an ihm ab. Unglaublich, was diese Frau in kürzester Zeit quasseln konnte.

»Ich komm gleich heim«, brummte er schließlich. »Tschö.«

Es war halb zehn. Verdammt. Er hielt es nicht mehr aus. Rickys Haus lag nur zwei Minuten entfernt. Wenn er sie wenigstens kurz sehen und sich vergewissern könnte, dass sie in Ordnung war. Vielleicht, so hoffte er, war Jannis nicht zu Hause, und er konnte sie wieder trösten! Er ging die Straße entlang, schwang sich über das niedrige Gartentor und zwängte sich durch die Rhododendronbüsche in den Garten. Sein Herz pochte wild. Der Grill qualmte, der Tisch auf der Terrasse war gedeckt, aber unberührt. Mark pirschte sich näher heran. Plötzlich kam Jannis aus dem Haus, eine Schüssel in der Hand.

»Jetzt hör endlich auf damit!«, sagte er, und es klang eindeutig genervt. Mark verspürte einen Anflug von Enttäuschung. Jannis war da, Ricky war zu Hause. Eigentlich konnte er jetzt heimfahren.

»Ich höre nicht auf!« Ricky erschien im Türrahmen. »Du bist nächtelang weg, und ich erfahre nur per Zufall, dass dein Vater ins Krankenhaus gekommen ist. Wieso machst du so ein Geheimnis daraus?«

Jannis rollte nur die Augen und legte zwei Steaks auf den Grill.

»Du warst gestern bei Nika im Laden und bist weggefahren, als ich gekommen bin! Warum? Was soll das?« Ihre Stimme klang weinerlich.

»Herrgott!« Jannis wandte sich zu ihr um. »Ich bin dir doch keine Rechenschaft schuldig! Meine Eltern haben dich nie interessiert. Jetzt mach nicht so ein Drama aus dieser Sache!«

»Es ist aber ein Drama! Weißt du, wie absolut bescheuert ich mir bei den Bullen vorkam?«

»Hättest du dein Maul gehalten, müsstest du dir auch nicht blöd vorkommen, du dumme Kuh«, erwiderte Jannis kalt.

Das Fleisch brutzelte und verströmte einen appetitlichen Geruch, aber Mark konnte nicht ans Essen denken. Mit wachsendem Entsetzen lauschte er dem Streit. So hatte er Jannis und Ricky noch nie miteinander reden hören.

»Spinnst du? Wie kannst du so etwas zu mir sagen?« Sie stemmte die Hände in die Seiten. »Womit hab ich das verdient? Weißt du überhaupt, was ich alles für dich tue? Dabei ist mir dieser beschissene Windpark so was von egal! Aber ich mach das ganze Theater dir zuliebe mit, und zum Dank lügst du mich an!«

Mark schluckte. Den ganzen Tag hatte er sich Sorgen um Ricky gemacht, dabei ging es ihr gut. Wahrscheinlich hatte sie einfach keine Lust gehabt, sich bei ihm, dem dummen, kleinen Trottel, zu melden. Sie machte nämlich nicht im Geringsten den Eindruck, als sei sie traurig oder gar krank.

»Mir geht der scheiß Windpark auch am Arsch vorbei!«, erwiderte Jannis und fuchtelte mit der Fleischgabel herum. »Mir geht's um Theissen, dieses Arschloch! Das weißt du ganz genau! Aber soll ich dir jetzt jeden Tag die Füße küssen, nur weil du ein paar Unterschriften gesammelt hast? Die sind jetzt eh futsch!«

Mark klappte der Mund auf. Was redeten die denn da? Seit Monaten gab es kein anderes Thema als den Windpark, die Klimalüge, die Bürgerinitiative, und jetzt behaupteten sie, das wäre ihnen gleichgültig?

»Du sollst mir nicht die Füße küssen. Ich will nur …«

»Mensch, halt endlich dein Maul!«, schrie Jannis so unvermittelt, dass Mark zusammenzuckte. »Diese ständigen Vorwürfe und Diskussionen kotzen mich an! Du kotzt mich an! Alles hier kotzt mich an!«

Die beiden Hunde verzogen sich mit eingeklemmten Schwänzen ins Haus.

Mark begann zu zittern und spürte einen heftigen Stich hinter den Augen. Seine ganze Welt, die sich um Ricky und Jannis drehte, geriet aus den Fugen. Er hatte die beiden bewundert und verehrt, doch nun brach das makellose Bild, das er sich von ihnen gemacht hatte, mit Donnergepolter in sich zusammen. Was würde er nur tun, wenn sie sich trennten?

»Hört auf, hört auf. Bitte«, flüsterte er verzweifelt.

Ricky sank auf die Knie, verbarg das Gesicht in den Händen und begann zu schluchzen, aber Jannis beachtete sie nicht. Mit stoischer Miene wendete er die Steaks auf dem Grill.

Mark konnte es kaum noch ertragen, Ricky so unglücklich zu sehen. Am liebsten wäre er zu ihr hingegangen, hätte sie in die Arme genommen und getröstet. Wie konnte Jannis bloß so gefühllos und kaltherzig sein? Es war Mark unangenehm, Zeuge dieses Streits zu werden, aber er hatte das Gefühl, Ricky im Stich zu lassen, wenn er jetzt ging. Sie stand auf, ging zu Jannis, umarmte ihn von hinten und bettelte ihn an, nicht mehr böse auf sie zu sein. Es war grauenvoll, sie so demütig und geduckt zu sehen!

»Lass das«, sagte Jannis ungehalten und drehte sich zu ihr um. »Ich will das jetzt nicht … verdammt! Was soll das?«

Mark beobachtete fassungslos, wie Ricky nun vor Jannis

in die Knie ging. Das Herz hämmerte in seiner Brust, ihm wurde abwechselnd heiß und kalt. Spätestens jetzt hätte er verschwinden sollen, doch er konnte nicht. Irgendeine geheimnisvolle Macht lähmte ihn, zwang ihn, hinter der großen Zeder stehen zu bleiben und auf die Terrasse zu starren wie ein lüsterner Spanner. Er vergaß beinahe zu atmen, seine Finger gruben sich in die borkige, klebrige Rinde des Nadelbaums. Jannis legte die Fleischgabel weg und drängte Ricky wortlos zur Gartenliege. Abgestoßen und fasziniert zugleich sah Mark zu, wie sie sich paarten, wie Tiere – schwitzend und stumm und ohne jede Zärtlichkeit, während die Steaks auf dem Grill verbrannten. Ein brutales Bild, das ihm jede Illusion von Liebe und Romantik raubte. Er hasste sich dafür, dass er sich das anschaute und dabei auch noch scharf wurde. Er hasste Jannis, weil er sich so primitiv und widerlich benahm, und er hasste Ricky, weil sie ihn belogen und über ihr wahres Wesen getäuscht hatte. Eine billige Hure war sie, die sich beschimpfen und erniedrigen ließ. Wilder Schmerz wühlte in seinem Kopf und ließ seine Augen tränen.

»O Gott, o Gott, ich liebe dich!«, stieß Ricky in diesem Moment hervor. Wie konnte sie das zu einem Mann sagen, der sie zehn Minuten zuvor noch als dumme Kuh bezeichnet hatte? Mark hielt es nicht länger aus. Er drehte sich um und rannte los, als ob der Teufel persönlich hinter ihm her sei. Heiße Tränen strömten über sein Gesicht. Nie, nie wieder würde er einem von ihnen in die Augen blicken können, ohne *daran* zu denken und sich für sie zu schämen! Verraten hatten sie ihn, belogen und getäuscht. Genau wie alle anderen.

*

Die Nachbarin von Frauke Hirtreiter, die auch ihre Vermieterin war, besaß einen Schlüssel für die Wohnung, daher konnten Pia und Christian Kröger sich einen Einbruch sparen. Zwar war ihr Eindringen ohne Durchsuchungsbeschluss nicht ganz legal, aber einer möglichen Beschwerde würde Pia mit der Begründung Gefahr im Verzug begegnen, das funktionierte immer. Sie war mittlerweile richtig wütend auf Bodenstein, der nach wie vor nicht an sein verdammtes Telefon ging. Seit halb fünf war er einfach abgetaucht, ähnlich wie Christoph, der sich unter keiner Telefonnummer meldete, weder auf dem Handy noch im Büro oder zu Hause auf dem Festnetz. Falls das eine billige Retourkutsche für den Mittwochabend war, dann konnte er was erleben!

»Wann haben Sie Frau Hirtreiter das letzte Mal gesehen?« Pia steckte ihren Ausweis wieder ein, nachdem die Nachbarin, eine verhutzelte Person in den Siebzigern mit einem schneeweißen Bubikopf und einer kolossalen Knoblauchfahne, ihn sorgfältig geprüft hatte.

»Gestern gegen sechs. Die Frau Franzen hatte den Laden früher zugemacht, weil sie doch auf diese Versammlung wollte – schrecklich, was da passiert ist, nicht wahr?«

»Ja, ganz furchtbar«, bestätigte Pia und bezwang ihre Ungeduld.

»Ich krieg hier alles mit. Das Haus gehört ja mir, und seitdem die jungen Leute unten das Zoogeschäft haben, ist wieder Leben im Haus.« Die Nachbarin lächelte, ihre Augen blitzten. »Mein Mann ist seit fünfzehn Jahren tot. Früher war der Laden unten unser Elektrogeschäft, aber das musste ich dann ja schließen.«

Die Lebensgeschichte der Frau interessierte Pia um zehn Uhr abends nicht im Geringsten, aber gerade einsame ältere Leute genossen es, im Mittelpunkt der Aufmerksamkeit zu stehen, wenn auch nur kurz.

»Die Frauke kam, kurz nachdem Frau Franzen weggefahren ist. Sie ging gleich in ihre Wohnung. Ich wollte ihr mein Beileid aussprechen – Frau Franzen hatte mir erzählt, was passiert ist –, deshalb habe ich geklingelt.«

269

Die Nachbarin reckte misstrauisch den Hals, um zu beobachten, was Kröger in der Wohnung tat.

»Was für einen Eindruck hat Frau Hirtreiter auf Sie gemacht?«

»Eindruck?«

»War sie traurig? Schockiert?«

»Nein.« Die Nachbarin schüttelte den Kopf. »Eigentlich nicht. Ich war auch ein bisschen erstaunt, wo doch ihr Vater gerade erst erschossen worden war. Aber sie war eher ... aufgekratzt. Gesagt hat sie aber nicht viel, obwohl sie ja sonst plappert wie ein Wasserfall.«

Das klang geringschätzig.

»Was hat sie denn gesagt?« Pia hörte Kröger hinter sich rumoren.

»Ich weiß nicht mehr genau. Doch! Sie hat mich darum gebeten, ihre Blumen zu gießen, weil sie eventuell für ein paar Tage verreisen will.«

Frauke Hirtreiter hatte am Vormittag durch Bodensteins Vater vom Tod ihres Vaters erfahren, danach war sie mit ihren Brüdern in der Rechtsmedizin in Frankfurt gewesen. Hatte sie um sechs Uhr abends schon wissen können, was sie im Schrank im Gästezimmer des Hauses ihres Vaters finden würde, so dass sie bereits zu diesem Zeitpunkt ihre Flucht geplant hatte?

»Pia? Kommst du mal?«, rief Kröger halblaut aus dem Innern der Wohnung.

»Dann erst mal vielen Dank, Frau ...«

»Meyer zu Schwabedissen. Irene.« Ein Schwall Knoblauchgeruch ließ Pia einen Moment den Atem anhalten. Auf leeren Magen war der Geruch kaum zu ertragen.

»Äh, ja.« Pia reichte ihr eine Visitenkarte und lächelte gezwungen. »Wenn Ihnen noch etwas einfällt, oder falls Frau Hirtreiter auftaucht oder sich bei Ihnen meldet, rufen Sie mich bitte an.«

Frau Meyer-Irgendwas nickte eifrig, und Pia ging in die benachbarte Wohnung. ›Ärmlich‹ war das Adjektiv, das ihr beim Anblick der spärlich möblierten Zimmer durch den Kopf schoss. Die Einbauküche war sauber, aber uralt und abgestoßen, im Wohnzimmer standen ein fadenscheiniges Sofa, ein winziger, altmodischer Fernseher mit Antenne und eine klapprige Schrankwand, die aussah, als würde sie beim Öffnen der Türen in sich zusammenfallen. Kahle Wände ohne Bilder, keine Bücher, kein Nippes. Trostlos. Ein paar Blumen auf dem Fensterbrett im Wohnzimmer machten den einzigen Unterschied zu einer Gefängniszelle. So wohnte niemand freiwillig. Frauke Hirtreiter konnte das Geld der WindPro wahrhaftig gut gebrauchen.

»Christian?«, fragte Pia. »Wo bist du?«

»Hier drüben, im Schlafzimmer«, hörte sie seine Stimme aus dem Nachbarraum und ging weiter. Helles Laminat ohne Teppich. Bett, Schrank und Regal im Schlafzimmer waren relativ neu und schienen aus einem Baumarkt zu stammen.

Kröger stand vor dem geöffneten Schrank und fotografierte etwas mit seiner Handykamera in dessen Innerem.

»Du hattest den richtigen Riecher«, sagte er über die Schulter, »schau dir das mal an. Sie hat sich noch nicht mal die Mühe gemacht, es zu verstecken.«

Pia blickte an ihm vorbei. Zwischen ein paar Kleidungsstücken an Kleiderbügeln lehnte ein Gewehr.

Freitag, 15. Mai 2009

Zwei Leichen, eine verschwundene Mordverdächtige und hundert offene Fragen. Jeder Weg führte in eine Sackgasse. Von Frauke Hirtreiter und ihrem Auto gab es keine Neuigkeiten, sie war wie vom Erdboden verschluckt. Ihre Brüder hatten sich bei den gestrigen Vernehmungen sehr schnell in Lügen verstrickt und irgendwann zugegeben, gemeinsam mit ihrer Schwester am Dienstagabend auf dem Hof gewesen zu sein. Um neun Uhr hatten sie sich dort getroffen, gegen halb elf waren sie gefahren, ohne dass ihr Vater aufgekreuzt war. Das Auto wollten sie auch beide gesehen haben, eine dunkle Limousine, BMW oder Audi. Es war um kurz vor zehn gekommen, hatte etwa fünf Minuten mit laufendem Motor an der Straßenecke gestanden und war dann wieder gefahren. Das konnte stimmen, konnte aber auch der Versuch sein, den Verdacht auf einen geheimnisvollen Unbekannten zu lenken, den die Polizei nie finden würde, weil es ihn nicht gab.

Auf die Frage, weshalb er sich umgezogen habe, bevor er auf die Party seines Schwiegervaters zurückgekehrt sei, gab Gregor Hirtreiter geschmeidig zur Antwort, der Hund seines Vaters habe ihn angesprungen.

Matthias Hirtreiter erklärte die fehlende Dreiviertelstunde bis zu seiner Ankunft im Le Journal mit dem Umweg, den er wegen der Sperrung der B455 zwischen Eppstein und Fischbach nehmen musste. Keine Schmauchspuren an den Händen. Kein Verdacht auf Flucht- oder Verdunklungsgefahr, der einen Haftbefehl gerechtfertigt hätte. Keine Chance, die Erstellung eines Bewegungsprofils ihrer Handys genehmigt zu bekommen. Kein einziger verdammter Beweis. Nichts.

Pia hatte sie laufenlassen müssen, mit dem Gefühl, von vorne bis hinten belogen worden zu sein.

»Ich versuche trotzdem, Hausdurchsuchungsbeschlüsse zu kriegen«, schloss Ostermann seinen Bericht mit einem beinahe trotzigen Unterton. »Allein schon deshalb, weil sie uns zuerst angelogen haben.«

Die Neuigkeiten aus dem Kriminallabor berechtigten zu leiser Hoffnung, wenngleich die Analyse der DNA aus dem abgerissenen Latexhandschuh wie üblich auf sich warten ließ. An der Kleidung Hirtreiters waren Textilfasern gesichert worden, andere als an der Leiche Grossmanns, dafür hatte man aber mittels eines speziellen Computerprogramms ziemlich genau die Körpergröße des Einbrechers berechnen können.

Pia hörte ihren Kollegen mit einem Ohr zu und malte gedankenverloren auf ihrem Schreibblock herum. Gestern Abend war sie erst um halb eins nach Hause gekommen, nachdem sie und Kröger beim Mexikaner in der Limburger Straße noch höllisch scharfe Enchiladas gegessen und mit Caipirinha heruntergespült hatten. Sie hatte damit gerechnet, dass Christoph sauer sein würde, das war er aber nicht, denn er war gar nicht zu Hause gewesen. *Giraffengeburt, kann spät werden,* hatte er freundlicherweise auf einem Zettel notiert.

»Theodorakis ist ungefähr eins achtzig groß«, sagte Cem gerade.

»Und er hatte ein Motiv für den Einbruch, denn er brauchte diese Gutachten.« Pia gähnte und zeichnete einen Raben auf ihren Block. »Er hat einen Schlüssel für das Firmengebäude und kennt sich dort aus.«

»Ich habe gestern Nachmittag mit Theodorakis gesprochen«, mischte sich Bodenstein, der sich bisher aus der Diskussion herausgehalten hatte, ein.

Pia hatte ihm noch nicht verziehen, dass er sie so völlig im Stich gelassen hatte, aber sie konnte ihn nicht einfach ignorieren, schließlich war er ihr Chef. Und was auch immer er gestern Abend getrieben hatte, es war ihm gut bekommen, denn er wirkte so aufgeräumt wie lange nicht mehr.

»Wo hast du denn den getroffen?«, fragte sie.

»Er war bei uns auf dem Hof und wollte mit meinem Vater sprechen. Ich habe ihn gefragt, wie er an die Gutachten der WindPro gekommen sei.«

»Ach ja? Und was hat er dir für eine Geschichte erzählt?« Pia ließ die Mine des Kugelschreibers ein paar Mal hintereinander hinein- und herausschnellen, bis Kai ihr einen genervten Blick zuwarf.

»Er behauptet, ein ehemaliger Kollege beim Umweltministerium habe sie ihm gegeben.«

»Theodorakis hat mal beim Umweltministerium gearbeitet?«, fragte Cem erstaunt.

»Ja. Fachabteilung erneuerbare Energien und Umweltschutz. Durch seine Arbeit hat er Theissen kennengelernt, der ihm ein lukratives Jobangebot gemacht hat. Für die WindPro war Theodorakis mit seinen Beziehungen über Jahre hinweg Gold wert, und er weiß wiederum eine Menge über die Geschäfte der WindPro.«

»Unter anderem, wie man ins Firmengebäude reinkommt«, sagte Pia trocken. »Nie und nimmer hatte jemand vom Ministerium diese Gutachten!«

»Ich halte das für möglich«, widersprach Bodenstein. »Sie waren schließlich Bestandteil des Bauantrages für den Windpark. Kai, hier sind Name und Telefonnummer von Theodorakis' ehemaligem Kollegen im Ministerium. Setz dich bitte mal mit ihm in Verbindung und bestell ihn hierher.«

Ostermann nickte.

»Ich bin fest davon überzeugt, dass Theodorakis eingebrochen ist«, beharrte Pia. »Er will Theissen eins auswischen.«

»Er hat ein Alibi«, erinnerte Cem sie.

»Das ist schwammig. Was, wenn er nur bis um zwölf bei seiner Mutter gearbeitet hat? Danach hätte er noch massig Zeit für einen kleinen Einbruch gehabt.«

»Und er hatte ganz zufällig einen toten Hamster in der Tasche?«

Der Hamster! Pia starrte Cem ein paar Sekunden lang an.

»Seine Freundin hat einen Zooladen«, überlegte sie laut. »In Zooläden werden lebende Tiere verkauft. Vielleicht sollten wir uns mal die Lieferscheine zeigen lassen. Wie viele Hamster hat sie *ge*kauft, wie viele hat sie *ver*kauft.«

Eine Weile wurde hin und her diskutiert und schließlich entschieden, dass Cem und Kathrin mit anderen Kollegen nach Ehlhalten fahren und die Anwohner rings um die Krone wegen des unbekannten Mannes befragen sollten. Parallel würde die Suche nach Frauke Hirtreiter auf Presse, Rundfunk und Fernsehen ausgeweitet.

∗

Er fühlte sich krank. Krank und elend. Die ganze Welt war verlogen. Die Menschen lächelten einem ins Gesicht und dachten das Gegenteil von dem, was sie sagten. Aber warum nur? Warum konnte niemand aufrichtig und ehrlich sein? Mark lag in seinem Bett und starrte an die Zimmerdecke. Sein Kopf dröhnte, die Migräne war über Nacht noch schlimmer geworden.

Draußen schien die Sonne, ihr Licht fiel durch die Ritzen der Rollläden und zeichnete ein Muster auf den Fußboden. Er hörte die Stimmen seiner Eltern auf der Terrasse unterhalb seines Fensters. Porzellan klirrte, sie frühstückten wohl. Seine Mutter giggelte ihr falsches Lachen. Sie lachte immer, auch wenn es überhaupt nichts zu lachen gab, und spielte die Rolle der glücklichen Ehefrau, solange sie Zuschauer hatte. Fühlte sie sich unbeobachtet, dann heulte sie. Oder trank heimlich Wodka aus Wassergläsern. Sie log sich selbst etwas vor. Genau wie ich, dachte Mark und krümmte sich zusammen.

Der Nachbarshund bellte.

»Halt die Klappe!«, rief sein Vater dem Hund zu. Der war auch so ein Grinser. Unter der aufgesetzten Fröhlichkeit brodelten Frust und Zorn, die sich manchmal explosionsartig entluden. Natürlich nur, wenn es niemand sah und hörte. Erst neulich nachts hatten sich seine Eltern wieder angebrüllt, aber vom Allerfeinsten. Danach hatte sich seine Mutter heulend in ihrer Werkstatt verkrochen, doch am nächsten Morgen hatte sie wieder gestrahlt, als sei nichts gewesen. Abschiedsküsschen. Bis heute Abend, Schatz! Tür zu. Ein Glas Wodka darauf, dass der Schatz sich endlich verpisst hatte. Widerlich.

»Ma-ark!«, trällerte seine Mutter von unten hoch. »Aufstehen!«

Nein, er würde heute nicht aufstehen, selbst dann nicht, wenn Ricky anrufen sollte. Ricky! Die Bilder, ihre Stimmen und die Geräusche, die sie von sich gegeben hatten, kehrten in einer gallebitteren Welle zurück. Mark zog das Kissen über seinen Kopf und presste die Hände auf die Ohren, als ob er so das brünstige Stöhnen und Keuchen ausblenden könnte.

Wieso war er gestern bloß nicht gleich nach Hause gefahren? Er wollte Ricky nicht so sehen, so fremd, so hässlich, so vulgär. Es quälte ihn. Machte ihn krank. Fast so wie damals, als Micha ihn im Stich gelassen hatte. Ihm hatte Mark auch vertraut – und dann war er einfach verschwunden, von einem Tag auf den anderen, und hatte nichts getan, um zu verhindern, dass sie sich auf ihn stürzten, diese Geier, die all das Schöne in den Dreck zogen und etwas Ekelhaftes daraus machten. Er hatte auf ihre bohrenden Fragen geschwiegen, gewartet und gehofft. Micha würde wiederkommen. Er würde alles erklären, und dann würde alles wieder so sein wie früher. Doch Micha war nicht wiedergekommen, und nichts war mehr so geworden, wie es einmal gewesen war.

Marks Handy gab einen klingenden Ton von sich. Er griff nach dem Telefon, öffnete die SMS. *Hey Mark*, schrieb Ricky. *Tut mir leid, dass ich mich gestern nicht gemeldet hab. Mir ging's nicht gut, Rückenschmerzen! Bin früh ins Bett. Kommst du später zum Hundeplatz? LG Ricky.*

Rückenschmerzen! Ha! Hätte er nicht mit eigenen Augen gesehen, was sie getrieben hatte, dann hätte er ihr sofort geglaubt. Sein Magen zog sich schmerzhaft zusammen. Wie oft hatte sie ihn wohl schon angelogen? Warum log sie überhaupt? Es gab doch eigentlich gar keinen Grund! Plötzlich wurde ihm wieder schlecht. Er sprang auf, stolperte hinüber ins Badezimmer und kotzte sich die Seele aus dem Leib.

»Mark!« Seine Mutter erschien im Türrahmen, Besorgnis in der Stimme.

»Was ist denn los? Bist du krank?«

»Ja.« Er zog die Klospülung. »Hab wohl was Falsches gegessen. Ich bleib heut im Bett.«

Er wankte an seiner Mutter vorbei zurück in sein Zimmer und sackte ins Bett. Sie folgte ihm und redete noch auf ihn ein, aber er schloss einfach die Augen und wartete, bis sie endlich abgezogen war.

Scheiße, jetzt hatte er ja selber gelogen! Er war kein Deut besser als Ricky oder Jannis, dieser Lügner.

Eine zweite SMS von Ricky kam. *Mark! Antworte doch mal kurz!*

Er dachte nicht daran. Die Enttäuschung saß tief und machte ihn wütend. Sie hatte dem Bild, das er von ihr hatte, einen irreparablen Kratzer zugefügt. Ricky sollte kein gewöhnlicher Mensch sein, er wollte sie bewundern und verehren, so, wie er Micha bewundert und verehrt hatte, bis ihm aufgegangen war, dass er ihn nur belogen und verraten hatte.

Sein Handy meldete sich wieder. Die dritte SMS von Ricky. Diesmal antwortete er. *Bin in der Schule. Melde mich.* Sonst nichts. Es war das erste Mal, dass er Ricky anlog.

*

Cem und Kathrin brachen auf, Ostermann raffte seine Papiere zusammen und verschwand in sein Büro. Bodenstein und Pia blieben am Tisch sitzen. Seit dem gestrigen Abend mit seinem Vater schwirrte eine vage Erinnerung in seinem Unterbewusstsein herum, wie ein Wort, das einem auf der Zunge liegt, aber partout nicht einfallen will. Es machte ihn schier verrückt, denn er kam einfach nicht darauf, was es war.

»Mein Vater kann sich übrigens mittlerweile an den Mann erinnern, der mit Hirtreiter geredet hat«, brach er nach einer Weile das Schweigen. »Leider war es weder Theissen noch Rademacher. Immerhin war der Mann eine auffällige Erscheinung, mindestens so groß wie Hirtreiter, also gut eins neunzig.«

»Glaubst du doch an einen Killer?«

Pia malte ohne aufzublicken auf ihrem Block herum. Er konnte ihre Verärgerung verstehen. Es war nicht fair von ihm gewesen, einfach nicht ans Telefon zu gehen.

»Nein. Ein Killer wäre kaum das Risiko eingegangen, Hirtreiter im Beisein eines Zeugen auf einem Parkplatz anzusprechen.« Bodenstein stützte nachdenklich das Kinn auf die Faust. »Aber es ist zu wenig für eine Fahndung.«

»Warten wir ab, was Cem und Kathrin herausfinden«, schlug Pia nun vor und jonglierte den Kugelschreiber zwischen ihren Fingern. Der Ring, den er bereits neulich an ihrem Finger bemerkt hatte, blitzte im Licht der Deckenlampe auf, und genauso blitzartig zuckte eine Erinnerung durch seinen Kopf. Doch da klingelte sein Handy, und die Erinnerung versank wieder in den Tiefen seines Gehirns. Verdammt!

»Bodenstein«, meldete er sich verärgert.

»Hier auch. Wo bist du gerade?« Die Stimme seines Vaters klang eigenartig.

»Im Büro. Wieso?«, fragte Bodenstein alarmiert. »Ist etwas passiert?«

»Allerdings. Kannst du nach Königstein kommen? Ich bin im Café Kreiner.«

»Wir sind gleich bei dir.« Bodenstein stand auf und wollte das Gespräch beenden, aber sein Vater fügte hinzu:

»Komm bitte allein. Es ist eine ... nun ja ... etwas heikle Angelegenheit.«

»Ja, in Ordnung. Ich komme.« Er beendete das Gespräch.

»Ist etwas passiert?«, erkundigte Pia sich.

»Hörte sich so an.« Bodenstein nickte. »Ich muss nach Königstein. Allein, leider.«

»Na klar.« Pia lehnte sich zurück, verschränkte die Arme vor der Brust und musterte ihn mit unergründlicher Miene. Er kannte sie gut genug, um zu wissen, dass er sie mit seinem Verhalten kränkte, aber er konnte ihr unmöglich erklären, was seit Mittwochabend in ihm vorging. Schließlich war er sich selbst nicht sicher, was es war. Es fühlte sich völlig anders an als die Sache mit Heidi vor ein paar Monaten. Sie war kaum mehr als ein Trostpflaster für ihn gewesen. Nika hingegen hatte eine Saite in ihm zum Klingen gebracht, von der er bis dahin nicht geahnt hatte, dass es sie überhaupt gab. Wenn er an sie dachte – und das tat er beinahe unablässig –, flatterten Schmetterlinge in seinem Bauch. Das war ihm noch nie passiert, und es verwirrte und verunsicherte ihn, weil er diesem Gefühl vollkommen machtlos gegenüberstand.

Pia sah ihn mit geneigtem Kopf von schräg unten an und wartete auf eine Erklärung, die er ihr zu seinem ehrlichen Bedauern schuldig bleiben musste. Nach kurzem Schweigen stand sie ebenfalls auf.

»Dann sehen wir uns später«, sagte sie kühl. »Ach, und

falls dich dein Weg rein *zufällig* ins Zoogeschäft von Frau Franzen führen sollte, dann kannst du sie ja nach den Hamstern fragen.«

Sie warf sich ihren Rucksack über die Schulter und verließ den Besprechungsraum, ohne ihn noch einmal anzusehen.

*

Achim Waldhausen, Staatssekretär im hessischen Umweltministerium, hatte keine Zeit, nach Hofheim zu kommen, deshalb fuhr Pia nach Wiesbaden.

Sie konnte sich auf Bodensteins Verhalten keinen Reim machen. Hatte er sich tatsächlich in die Lügenmaus aus dem Zooladen verguckt? Eigentlich konnte sie sich das nicht vorstellen, denn diese Frau entsprach so gar nicht dem üblichen Beuteschema ihres Chefs, aber möglicherweise war es eine Reaktion auf den Schock vom Mittwochabend. Eine posttraumatische Belastungsstörung konnte alles Mögliche auslösen. Pia versuchte sich einzureden, es sei ihr egal, was Bodenstein in seinem Privatleben tat, aber sie musste sich eingestehen, dass es sie kränkte, wie er sich ihr gegenüber verhielt. Sie drehte das Autoradio lauter, zündete sich eine Zigarette an und ließ das Fenster ein Stück herunter. Es hatte keinen Sinn, sich den Kopf über Bodenstein zu zerbrechen, deshalb zwang sie ihre Gedanken zu dem Gespräch, das vor ihr lag. Mit etwas Glück bekam sie irgendeinen Hinweis, der ihren Verdacht gegen diesen überheblichen Wicht Theodorakis untermauerte.

Waldhausen erwartete Pia in seinem Büro und brauchte keinen Anstoß, er legte sofort los. Theodorakis sei einmal ein Kollege gewesen und beinahe so etwas wie ein Freund, aber nun habe er sein wahres Gesicht gezeigt. Als er damals aus dem Ministerium in die freie Wirtschaft gewechselt sei, habe er eiskalt jede Beziehung ausgenutzt und versucht, ehemalige

Kollegen zu bestechen, um Vorteile für seinen Arbeitgeber herauszuschlagen.

»Ehrlich gesagt«, unterbrach Pia den Redefluss des Staatssekretärs, »interessiert mich nicht, wer sich hat bestechen lassen. Wir ermitteln in zwei Todesfällen, und ich möchte nur wissen, ob Sie Theodorakis zwei Gutachten gegeben haben, die die WindPro zur Genehmigung des Windparks in Ehlhalten eingereicht hatte.«

»Ganz sicher nicht«, erwiderte Waldhausen konsterniert.

»Er hat vorgestern Abend auf der Bürgerversammlung Ihren Namen erwähnt«, sagte Pia. »Sie seien Theissens Kontaktmann beim Umweltministerium, hat er behauptet, und Sie hätten wider besseres Wissen Ihr Okay für das Genehmigungsverfahren gegeben.«

»Das ist typisch für diesen Mann.« Waldhausen lachte grimmig. »Meine Abteilung hat damals nach ausführlicher Prüfung sämtlicher Gutachten und der Umweltverträglichkeitsstudien in einem ganz normalen Verfahren dem Bau des Windparks zugestimmt. Es gab keinen Grund, den Antrag abzulehnen.«

»Was ist mit den Argumenten der Bürgerinitiative?«, wollte Pia wissen.

Waldhausen verdrehte die Augen.

»Wissen Sie«, sagte er dann, »jeder will regenerative Energie, jeder ist gegen Atomkraft. Aber keiner möchte bitte schön einen Windpark oder eine Biogasanlage vor der Haustür haben. Diese Bürgerinitiativen mit ihrer Blockadepolitik kosten nicht nur die Investoren, sondern vor allen Dingen den Steuerzahler Millionen, weil sie Genehmigungsverfahren unnötig in die Länge ziehen. Und meistens stecken rein egoistische Beweggründe dahinter.«

»Im Fall Windpark Ehlhalten auch?«

»O ja.« Waldhausen schlug die Beine übereinander. »Theodorakis interessiert doch der Windpark gar nicht. Er will seinem früheren Arbeitgeber eins auswischen, und dazu ist ihm jedes Mittel recht.«

»Hm. Kennen Sie Dr. Theissen persönlich?«

»Ja, natürlich. Es ist ja nicht die erste Windkraftanlage, die seine Firma hier in Hessen plant und baut.«

»Was passiert, wenn sich herausstellt, dass die Windgutachten, die maßgeblich zur Genehmigung des Windparks beigetragen haben, tatsächlich gefälscht sind?«

Waldhausen zögerte.

»Wieso sollte man Gutachten fälschen?«, antwortete er dann. »Ein Windpark, der nicht läuft, ist ein Millionengrab.«

»Für wen?«

»Für den Betreiber.«

»Und wer wird im Falle des Windparks Ehlhalten der Betreiber sein?«

»Das weiß ich nicht genau. Ich bin mit den Details dieses Projekts nicht vertraut, darum kümmern sich Sachbearbeiter aus den einzelnen Abteilungen unseres Hauses. Allerdings verstehe ich nicht ganz, worauf Ihre Frage abzielt.«

»Und ich verstehe nicht ganz, wie die WindPro eine Genehmigung für ein Projekt bekommen konnte, für das nicht einmal die Zuwegung geklärt ist. Bis heute ist nicht geregelt, wie die Baustelle der Windräder überhaupt erreicht werden kann.«

»Was wollen Sie damit sagen?«

»Dass in Ihrem Hause irgendjemand nicht so genau hingeschaut hat, als die Genehmigung erteilt wurde. Und das wundert mich, denn ich weiß, wie akribisch solche Genehmigungsverfahren üblicherweise geführt werden. Das ist doch ein schwerwiegender Fehler. Ob genehmigt oder nicht, der Windpark kann gar nicht gebaut werden.«

»Es gab verschiedene Planungsvarianten, denen zugestimmt wurde.« Auf einmal konnte sich Waldhausen offenbar doch an Details erinnern. »Die WindPro hatte für Variante A bereits Vorverträge mit den Grundstückseigentümern abgeschlossen. Variante B war relativ teuer, bedurfte aber keiner zusätzlichen Investition, da die Grundstücke, die von der Zuwegung betroffen sein würden, Land und Gemeinde gehörten. Wir hatten allerdings Bedenken hinsichtlich des Naturschutzes, die sich letztendlich auch nicht ausräumen ließen. Deshalb kam nur Variante A in Frage.«

Pia dachte an die Feldhamster.

»Wieso wurden die betreffenden Grundstücke plötzlich aus dem Landschafts- beziehungsweise Naturschutzgebiet herausgenommen?«, wollte sie wissen.

»Das genaue Prozedere entzieht sich meiner Kenntnis«, entgegnete Waldhausen glatt. »Die Auflagen wurden erfüllt. Wir hatten keinen Grund, den Bauantrag abzulehnen.«

Das alles klang nach übelster Vetternwirtschaft, in die vermutlich nicht nur das Umweltministerium, sondern auch die Stadt Eppstein, vielleicht auch Kreis und Land verstrickt waren. Theissen hatte ganz sicher die richtigen Stellen geschmiert, und Theodorakis wusste das. Plötzlich wurde Pia bewusst, dass der Mann sich mit seinem öffentlichen Konfrontationskurs auf sehr dünnes Eis begeben hatte. Ein ehemaliger Insider, der auspackte. Pia dachte an Theissens unbeherrschten Angriff auf Theodorakis am Mittwochabend. Die WindPro hatte zweifellos am allermeisten zu verlieren, sollte der Bau des Windparks scheitern, und Stefan Theissen war nicht der Mann, der sich das einfach so gefallen lassen würde. Pia bezweifelte, dass er an der Ermordung Hirtreiters direkt beteiligt war, aber sie kam ihm sicherlich nicht ungelegen. Theodorakis war in Gefahr und zu arrogant, das zu bemerken.

Pia bedankte sich bei Waldhausen für das Gespräch und verließ das Ministerium. Auf dem Weg nach unten kontrollierte sie ihr Handy, das sie stumm geschaltet hatte. Zwei Anrufe in Abwesenheit. Sie rief Kai zurück. Es war ihm gelungen, Durchsuchungsbeschlüsse für die Häuser, Büros und Wohnungen der Hirtreiter-Brüder zu bekommen. Um eins war Einsatzbesprechung, danach sollte es losgehen.

»Und?«, erkundigte Kai sich. »Was sagt der Typ?«

»Er will Theodorakis nichts gegeben haben. Seine Abneigung gegen seinen früheren Kollegen war ziemlich deutlich.« Pia ging zu ihrem Auto, das sie ein paar hundert Meter weiter vor einem Autohaus abgestellt hatte, um sich den umständlichen Weg auf das Parkdeck des Ministeriums zu sparen. Diese Bequemlichkeit hatte ihr ein Knöllchen beschert.

»Theissen hat die Baugenehmigung nur durch Bestechung bekommen, todsicher.« Sie pflückte den blauen Zettel von der Windschutzscheibe und stopfte ihn in die Hosentasche. »Ich habe das ungute Gefühl, dass ich gerade in ein Hornissennest gestochen habe.«

»Die Hornissen sind ja nicht hinter dir her«, erwiderte Kai.

»Das nicht.« Pia setzte sich hinters Steuer. »Aber hinter meinem Lieblingsverdächtigen.«

*

Bodenstein stellte sein Auto auf dem Parkplatz an der Georg-Pingler-Straße ab, übersah großzügig den Parkscheinautomaten und bog in die Fußgängerzone ein. Schräg gegenüber von Tchibo, wo er gestern mit Nika gesessen hatte, befand sich das Café Kreiner. Sein Vater saß an einem der Tische unter der ausgefahrenen Markise, blass und hager, vor sich ein unangetastetes Stück Erdbeerkuchen.

»Was ist denn passiert?«, fragte Bodenstein besorgt. »Du siehst ja aus, als wärst du einem Gespenst begegnet.«

Er setzte sich und bestellte einen Kaffee. Ohne Milch und Zucker.

»Ich … ich bin noch ganz durcheinander«, erwiderte sein

Vater und griff nach der Kaffeetasse, aber seine Hand zitterte so stark, dass er sie wieder sinken ließ. Da haben wir was gemeinsam, dachte Bodenstein. Seit gestern Abend hatte er überhaupt keinen Appetit, nicht einmal der Erdbeerkuchen, den sein Vater verschmähte, lockte ihn. Die Bedienung brachte den Kaffee.

»Also«, sagte er, »jetzt erzähl schon.«

Heinrich von Bodenstein holte tief Luft.

»Ich komme gerade vom Notar«, begann er endlich. »Er hat heute Morgen bei mir angerufen und mich um Erscheinen gebeten.«

»Ach, dann war also tatsächlich Ludwigs Testament in dem Umschlag.«

»Ja. Es war zwar noch nicht die offizielle Eröffnung, aber der Notar hat auf Drängen von Gregor und Matthias Ludwigs Testament verlesen.«

Bodenstein sah seinen Vater neugierig an.

»Und? Hat er dir etwas vererbt?«

»Ja«, erwiderte Graf Bodenstein mit Grabesstimme. »Alle seine Grundstücke. Ausnahmslos.«

»Etwa auch …?«, begann Bodenstein ungläubig.

»Leider«, nickte sein Vater unglücklich. »Dieses unselige Grundstück auch.«

»Großer Gott!«, stieß Bodenstein hervor, als er begriff, was das bedeutete. Seinem Vater würde die Wiese gehören, für die die WindPro drei Millionen zu zahlen bereit war!

»Das ist ja unglaublich«, sagte er. »Hast du es Mutter schon erzählt?«

»Nein. Ich habe es ja erst vor einer Stunde erfahren.«

»Und wie haben Hirtreiters Kinder darauf reagiert? War Frauke auch da?«

»Nein. Darüber habe ich mich gewundert. Ihr hat Ludwig den Hof vermacht. Gregor und Matthias waren natürlich außer sich, weil sie nur Geld und Elfis Elternhaus bei Bad Tölz kriegen sollen. Sie wollen das Testament anfechten, aber der Notar meint, sie hätten damit keine große Chance.«

Bodenstein rutschte aufgeregt auf seinem Stuhl hin und her.

»Du hättest die beiden sehen sollen.« Graf Bodenstein seufzte tief. »Dieser Hass, mit dem sie mich angeschaut haben. Als könnte ich etwas dafür.«

»Mach dir deswegen keine Gedanken«, entgegnete Bodenstein. »Wirst du die Wiese an die WindPro verkaufen?«

»Bist du verrückt?« Sein Vater starrte ihn entgeistert an. »Ludwig wollte den Bau des Windparks verhindern! Er hat mir diese Wiese vererbt, weil er wusste, dass ich niemals etwas tun würde, was er selbst auch nicht tun wollte. Ich überlege sowieso, ob ich das Erbe überhaupt annehmen soll.«

»Natürlich nimmst du es an!« Bodenstein flüsterte, weil sich am Nachbartisch ein älteres Ehepaar niedergelassen hatte. »Ludwig wollte, dass du diese Wiese bekommst, aber er kann nicht bestimmen, was du damit tust. Es sei denn, es steht explizit in seinem Testament.«

Drei Millionen Euro! Wie konnte sein Vater auch nur eine Sekunde zögern?

»Oliver! Begreifst du denn nicht?« Sein Vater blickte sich nervös um, dann beugte er sich vor. In seinen Augen lag ein Ausdruck, den Bodenstein noch nie bei ihm gesehen hatte: nackte Angst.

»Ludwig hatte das Testament erst vor sechs Wochen geändert, als ob er etwas geahnt hätte! Er wurde vielleicht wegen dieser Wiese umgebracht – und jetzt gehört sie mir! Was, wenn ich der Nächste bin?«

*

»Wieso haben diese Idioten das Testament eröffnen lassen?«

Dr. Stefan Theissen musste sich bemühen, nicht zu schreien,

so wütend war er. »Wir hatten doch ausführlich besprochen, dass sie damit warten!«

»Geldgier kennt eben keine Grenzen.« Enno Rademacher zuckte mit den Schultern.

Es war einfach nicht zu fassen. Erst gestern Abend waren die Brüder Hirtreiter anmarschiert und hatten die Vorverträge für den Verkauf der Wiese unterschrieben. Man hatte sogar noch einen Champagner darauf getrunken. Und jetzt stellte sich heraus, dass ihr Vater dieses verdammte Grundstück nicht seinen Kindern, sondern einem Freund vermacht hatte, der ein ebenso erbitterter Gegner des Windparks war wie er selbst.

»Was ist mit einer einstweiligen Verfügung?« Theissen wandte sich vom Fenster ab. Seine Gedanken rotierten. Eigentlich hatte er überhaupt keine Zeit, sich jetzt um diese Sache zu kümmern, denn er musste dringend nach Falkenstein. Eisenhut war bereits eingetroffen, er wollte mit ihm zu Mittag essen und dabei über diese unangenehme Sache mit den Gutachten sprechen.

»Ganz schwierig.« Rademacher saß mit gespannter Miene hinter seinem Schreibtisch und schüttelte den Kopf. Im Aschenbecher qualmte eine Zigarette vor sich hin. »Gegen wen sollen wir die erwirken? Der Eigentümer ist tot, der Erbe ist noch nicht im Grundbuch eingetragen, ergo noch nicht Eigentümer. Das kann dauern.«

Bis ein Testament wirksam war, dauerte es seine Zeit, und falls die Hirtreiters es überdies anfochten, würde es Monate, wenn nicht Jahre dauern, bis die Besitzverhältnisse feststanden.

»Verdammt, verdammt, verdammt!«, fluchte Theissen und fuhr sich mit der Hand durchs Haar. »Versuch, mit ihm einen Vorvertrag zu machen. Biete dem Kerl Geld, setz ihn unter Druck, was weiß ich! Jeder ist käuflich. Wir können uns keine Verzögerung mehr erlauben. Wenn wir bis zum

1. Juni nicht angefangen haben, ist die Baugenehmigung abgelaufen.«

»Das weiß ich auch«, entgegnete Rademacher und hustete. »Aber es gibt noch ein zusätzliches Problem.«

»Wie ich dieses Wort allein schon hasse!«

»Hirtreiter hat seine Grundstücke an den Grafen Heinrich von Bodenstein vererbt. Und dessen Sohn ist pikanterweise der Kripomensch, der wegen Grossmann ermittelt.«

»Auch das noch.« Theissen holte tief Luft und dachte nach. Sie hatten viel zu viel investiert, um das Projekt jetzt einfach sterben zu lassen. Wenn der Windpark nicht gebaut wurde, war die WindPro erledigt. Und diese Wanze Theodorakis, die ihnen den ganzen Ärger eingebrockt hatte, würde triumphieren. Das ging auf gar keinen Fall. Plötzlich hatte er eine Idee. Er drehte sich zu Rademacher um.

»Was einmal geklappt hat, könnte wieder klappen«, sagte er. »Wir reden erst mal mit dem Alten, und wenn der sich querstellt, mit seinem Sohn. Polizisten sind Beamte. Und Beamte sind grundsätzlich der Meinung, dass sie zu wenig Geld verdienen.«

»Du willst einen Bullen bestechen?« Ein neuerlicher Hustenanfall schüttelte Rademacher, er drückte die Zigarette aus.

»Wieso nicht?« Theissen legte die Stirn in Falten. »Zwei Drittel unserer Freunde sind Beamte. Und keinen einzigen von ihnen mussten wir lange überreden.«

Rademacher warf ihm einen zweifelnden Blick zu

»Dir fällt schon was ein«, sagte Theissen. »Fahr erst mal hin und mach dem Alten ein Angebot. Eins, das er nicht ablehnen kann.«

Er grinste, als er bemerkte, wen er da gerade zitiert hatte, dann konsultierte er seine Uhr. Höchste Zeit, wenn er Eisenhut nicht noch mehr verärgern wollte.

*

Da sich sein Vater auf seinen Schrecken bereits beim Notar zwei Williams Christ und später im Café Kreiner einen doppelten Cognac gegönnt hatte, lenkte Bodenstein den klapprigen grünen Jeep die Wiesbadener Straße hinunter. Am Ortsausgang von Schneidhain überholte ihn ein Porsche mit aufbrüllendem Motor und schoss davon wie ein schwarzer Pfeil. Bodenstein erwischte sich bei dem Gedanken, dass er sich mit drei Millionen auf dem Konto locker ein solches Auto würde leisten können.

Und plötzlich fiel ihm auf, dass er doch eine ganze Menge Träume hatte, zu deren Erfüllung Geld nicht von Nachteil wäre. Ein neues Auto zum Beispiel. Nachdem er im vergangenen November seinen BMW zu Schrott gefahren hatte, benutzte er die Dienstwagen der Polizei. Das war kein Dauerzustand, genauso wenig wie die Wohnung im Kutscherhaus auf dem Gut, in der er seit fünf Monaten hauste. Aber ein schönes Apartment kostete ... Geld. Geld, das er nicht hatte und nie haben würde. Es sei denn, er könnte seinen Vater dazu bringen, sich über alle moralischen Bedenken hinwegzusetzen und das Angebot der WindPro anzunehmen. Das war schließlich nicht ehrenrührig, sondern ein simples Geschäft. Angebot und Nachfrage. Ein Glücksfall, wie man ihn kein zweites Mal erlebt.

Drei Millionen! Ein neues Auto, eine Eigentumswohnung mit schicker Küche. Eine Ostsee-Kreuzfahrt auf einem Windjammer nach St. Petersburg. Eine Ferienwohnung im Tessin ... Da wurde es allmählich knapp, schließlich musste er dummerweise mit Theresa und Quentin teilen. Obwohl, warum eigentlich? Theresa brauchte das Geld genau genommen nicht, sie hatte selbst genug. Und Quentin hatte immerhin das Gut samt Schloss übernommen; Theresa und er hatten zu seinen Gunsten auf ihr Erbe verzichtet. Würde sein jüngerer Bruder ein bisschen kaufmännischer denken und handeln, könnte beides eine wahre Goldgrube sein.

Als Bodenstein in die Straße zum Gutshof einbog, stellte er erschrocken fest, dass er bereits darüber nachdachte, wie er seine Geschwister beim Erben übervorteilen konnte. Von klein auf zur Sparsamkeit erzogen, hatte er sich immer für einen Menschen gehalten, dem Luxus nicht besonders viel bedeutete. Seine Schwiegermutter war sehr vermögend; dank ihrer diskreten Unterstützung hatten Cosima und er recht sorglos leben können, aber niemals hätte er sich von Gabriela einen Sportwagen oder eine Urlaubsreise finanzieren lassen.

Bodenstein warf seinem Vater, der stumm und sichtlich mitgenommen auf dem Beifahrersitz saß, einen raschen Seitenblick zu. Seine Geschwister und er würden ja überhaupt erst dann in den Genuss des Geldes kommen, wenn ihre Eltern starben. Sofort schämte er sich für seine geldgierigen, egoistischen Gedanken. Wie konnte er bloß über so etwas nachdenken! Kurz bevor sie den Parkplatz von Hofgut Bodenstein erreichten, brach sein Vater das Schweigen.

»Ludwig hat mir am Dienstagabend nach dem Streit mit Jannis erzählt, dass Theissen und sein Kollege Rademacher morgens bei ihm auf dem Hof gewesen sind«, sagte er und räusperte sich. »Sie hatten einen Vertragsentwurf dabei und einen Scheck und drängten ihn, zu unterschreiben.«

»Einen Scheck?« Bodenstein nahm es seinem Vater nicht übel, dass er vergessen hatte, ihm das mitzuteilen. Verständlich nach allem, was er erlebt hatte.

»Ja, stell dir vor: einen Scheck über drei Millionen Euro.«

»Und was hat Ludwig getan?«

»Er hat den Scheck zerrissen und Tell auf die beiden gehetzt.« Ein kurzes Lächeln zuckte über das blasse Gesicht seines Vaters, erlosch aber sofort wieder. »Theissen schaffte es gerade so zu seinem Auto. Rademacher auch, allerdings mit zerfetzter Hose.«

*

Dr. Theissen war außer Haus, aber Enno Rademacher ließ bitten. Er leugnete den Besuch bei Hirtreiter am Dienstagvormittag nicht.

»Wir hofften, vernünftig mit ihm reden zu können«, sagte er zu Bodenstein. »Immerhin war er ja vor zwei Jahren, als die ersten Planungen für den Windpark stattfanden, bereit gewesen, die Wiese zu verkaufen oder langfristig zu verpachten. Auf einmal bekam er aus unerfindlichen Gründen Gewissensbisse und wollte nichts mehr davon wissen.«

Rademacher setzte sich hinter seinen Schreibtisch. Sein Büro war kleiner und dunkler als das von Theissen. Die vollgestopften Regale, die bis zur Decke reichten, ließen den Raum wie eine Höhle wirken.

»Stört es Sie, wenn ich rauche?«

»Nein.« Bodenstein schüttelte den Kopf. »Was war weiter?«

»Wir haben versucht ihm klarzumachen, dass er so gut wie keine Beeinträchtigungen durch diese Straße haben würde.« Rademacher zog an der Zigarette, als wolle er sie mit einem Zug bis zum Filter rauchen, dann legte er sie in den Aschenbecher. »Es wird ja keine Autobahn, sondern ein schmaler Streifen Asphalt, der nur während der Bauphase stark genutzt wird. Danach muss hin und wieder mal ein Techniker hinfahren, ansonsten gibt es keinen Verkehr und keine Belästigung. Die Windräder stehen so weit oben auf dem Hügelkamm, dass Hirtreiter sie von seinem Hof aus gar nicht sehen würde. Aber er blieb stur.«

»Sie waren bereit, ihm drei Millionen Euro zu zahlen«, sagte Bodenstein. »Wäre es nicht einfacher und billiger gewesen, das Gelände auf einem anderen Weg zu erreichen? Und was ist mit den Wiesen ringsherum?«

»Glauben Sie mir, wir haben alle Möglichkeiten geprüft. Wir sind nicht gerade scharf darauf, jemandem so viel Geld zu zahlen. Aber sämtliche Grundstücke, die in Frage kämen, gehören Hirtreiter. Und bei allen anderen Varianten stellen

sich die Umweltschutzverbände und die Untere Naturschutz-
behörde quer. Wir müssten mitten durch den Wald. Ein erheblicher Mehraufwand.«

»Hirtreiters Tod kommt Ihnen also ganz gelegen.«

»Was wollen Sie damit sagen?« Rademacher betrachtete
ihn aus schmalen Augen.

»Mit seinen Kindern werden Sie wohl weniger Probleme
haben«, entgegnete Bodenstein.

»Das stimmt allerdings. Die Herrschaften hätten dem Verkauf sofort zugestimmt.«

»Hätten?«, fragte Bodenstein.

Enno Rademacher zog noch einmal an seiner Zigarette,
dann drückte er sie im Aschbecher aus und stand auf.

»Herr von Bodenstein«, sagte er und schob die Hände in
die Hosentaschen, »hören Sie auf, Spielchen zu spielen. Wir
sind über die veränderte Eigentumssituation bereits im Bilde.
Ich nehme an, Sie auch.«

Bodenstein ließ sich seine Überraschung nicht anmerken.
Der Notartermin lag erst zwei Stunden zurück.

»Ja, das bin ich«, bestätigte er nach kurzem Zögern.

»Umso besser.« Rademacher ging um seinen Schreibtisch
herum und lehnte sich gegen die Kante. »Dann rede ich nicht
lange um den heißen Brei herum. Uns läuft die Zeit davon.
Leider kann es sehr lange dauern, bis Ihr Vater im Grundbuch als neuer Eigentümer eingetragen ist, daher werden wir
ihm noch heute einen Vorvertrag vorlegen und ihm ein Kaufangebot mit ähnlichen Konditionen wie bei Herrn Hirtreiter
unterbreiten.«

»Das werden Sie nicht tun«, entgegnete Bodenstein
scharf.

»Wollen Sie uns das etwa verbieten? Warum?« Alle
Freundlichkeit wich aus Rademachers Gesicht. In seinen
Augen erschien ein unangenehmer berechnender Ausdruck.
»Ihr Vater ist …«

»Mein Vater ist ein alter Mann, den der Tod seines Freundes tief getroffen hat«, fiel er ihm ins Wort. »Sie können sich denken, dass ihn diese unerwartete Erbschaft moralisch schwer belastet.«

»Ja, das kann ich allerdings, und er hat mein vollstes Mitgefühl«, heuchelte Rademacher Verständnis. »Aber für uns hat eben das Windparkprojekt oberste Priorität. Es geht um viel Geld und um Arbeitsplätze.«

Er tat, als würde er nachdenken, und musterte Bodensteins Gesicht.

»Aber wissen Sie was«, sagte er dann, als sei ihm just in dieser Sekunde eine Idee gekommen, »vielleicht könnten Sie auf Ihren Herrn Vater einwirken. Es soll Ihr Schaden nicht sein.«

Sämtliche Alarmglocken in Bodensteins Kopf begannen zu schrillen. Der Mann wirkte mit seinem schlecht sitzenden braunen Anzug und der geschmacklosen Krawatte so harmlos wie ein Staubsaugervertreter. Doch hinter dem verbindlichen Äußeren lauerte etwas Gefährliches.

»Vorsicht«, warnte er, bevor Rademacher weitersprechen konnte. »Überlegen Sie sich gut, was Sie jetzt sagen.«

»Oh, das habe ich schon getan. Überhaupt war ich heute schon ausgesprochen fleißig.« Rademacher lächelte entspannt. Er verschränkte die Arme vor der Brust und legte den Kopf schief. »Der Gutshof, den Ihr Bruder von Ihrem Vater übernommen hat, ist seit dem Bau der Reithalle hoch verschuldet, der Reitstallbetrieb und die Landwirtschaft sind unrentabel. Im Prinzip finanziert sich das ganze Objekt nur durch das Restaurant im Schloss, das wirklich hervorragend läuft.«

Bodenstein starrte den Mann mit wachsendem Unbehagen an. Worauf wollte er hinaus?

»Jetzt stellen Sie sich doch nur einmal vor«, fuhr Rademacher im Plauderton fort, »das Restaurant würde mit einem

Mal nicht mehr gut gehen. Ein kleiner Lebensmittelskandal, auf den sich die Presse sicherlich begeistert stürzen würde, oder die Kündigung des Küchenchefs. Ein guter Ruf ist schneller ruiniert als aufgebaut. Glauben Sie, Sie könnten mit Ihrem Beamtengehalt den Laden retten?«

Bodenstein war für einen Moment zu fassungslos, um etwas zu sagen. Er spürte, wie ihm das Blut aus dem Gesicht wich.

»Das ist Erpressung«, flüsterte er heiser.

»O nein, lieber Herr von Bodenstein, so würde ich das nicht nennen.« Enno Rademacher lächelte wieder, aber das Lächeln reichte nicht bis in seine Augen. »Es ist eine zugegebenermaßen unerfreuliche, aber nicht gänzlich unvorstellbare Zukunftsvision. Mit drei Millionen wäre Ihre Familie hingegen alle Sorgen los. So wie wir auch. Ein für beide Seiten gutes Geschäft. Denken Sie doch einfach mal in Ruhe darüber nach und rufen Sie mich an.«

*

Die ganze Familie war ausgeflogen, als Mark spätnachmittags aufstand und das Haus verließ. Zwei Tabletten hatten seine Kopfschmerzen auf ein erträgliches Maß reduziert, er konnte wieder aus den Augen gucken, ohne dass ihm sofort schlecht wurde.

Obwohl er sich fest vorgenommen hatte, nicht zu Ricky zu fahren, war der Drang, sie zu sehen, übermächtig. Zehn Minuten später stellte er seinen Roller am Hundeplatz neben dem Stall ab. Es war viel los, zahlreiche Autos parkten links und rechts des asphaltierten Feldwegs unterhalb von Rickys Haus. Der Welpenkurs lief gerade. Sein Herz hüpfte, als er Ricky sah. Lächelnd winkte sie ihm zu, ganz so wie immer.

Mark lehnte sich an den Zaun und beobachtete, wie sie mit den Welpenbesitzern sprach und ihnen geduldig erklärte, wie sie die Aufmerksamkeit ihres Hundes erringen konnten.

Er war erleichtert und enttäuscht zugleich, sie so unversehrt zu sehen. Irgendwie hatte er angenommen, der vergangene Abend müsse Spuren hinterlassen haben, ein sichtbares Stigma wie Augenringe, Kratzer oder blaue Flecken, aber da war nichts. Sein Blick fiel auf ihren Mund, er schauderte.

Sie trug heute wieder eines dieser provozierend eng anliegenden Oberteile, dessen tiefer Ausschnitt sehr viel mehr als nur den Ansatz ihrer gebräunten Brüste sehen ließ. Ein älterer Mann mit einem Boxerwelpen flirtete ganz unverhohlen mit ihr. Ricky lachte amüsiert über seine Komplimente und legte kokett den Kopf schief. Sofort war Mark eifersüchtig. Ahnte sie denn nicht, was dieser geile Opa dachte? Der glotzte nur auf ihren Busen und ihren Hintern! Wäre Ricky seine Freundin, würde er ihr glatt verbieten, solche Tops zu tragen! Marks Finger umklammerten den Zaunpfosten, er konnte es kaum ertragen, dass dieser Lustgreis ihr jetzt auch noch die Hand auf die Schulter legte. Was fiel dem alten Sack eigentlich ein? Plötzlich schlug ihm jemand auf den Rücken, er fuhr erschrocken herum.

»Hey, Alter.« Vor ihm stand Linus, der Anführer der coolsten Clique in der Schule, der sonst so gut wie nie mit ihm sprach. »Was machst du'n hier?«

»Ich muss doch noch meine Strafe abarbeiten«, log Mark ohne nachzudenken und ärgerte sich sofort über sich selbst.

»Echt, immer noch? Is ja krass.« Linus lehnte sich neben ihm an den Zaun. »Ich bin mit meinem Opa hier. Der kümmert sich um den neuen Köter von meiner Mum. Die kriegt's null geregelt mit dem Viech.« Linus nickte in Richtung des Boxer-Opas und kicherte.

»Aber ich glaub, der kommt eher wegen der scharfen Tante«, verriet er mit gesenkter Stimme. »Auf die isser ganz spitz.«

Mark wurde abwechselnd heiß und kalt.

»Wen meinst du?« Er stellte sich blöd. »Die Ricky?«

»Jepp. Die is echt heiß. Findste nich? Bissi angeschrumpelt zwar, aber mein Opa is ja auch nich mehr taufrisch.«

Mark hatte Linus noch nie leiden können, jetzt begann er ihn zu hassen. Er spürte, wie sich sein Magen vor Zorn verkrampfte. Wie konnte Linus es wagen, so abfällig über Ricky zu sprechen? Am liebsten hätte er erst ihm und dann seinem notgeilen Opa eins in die Fresse gehauen.

»Hast ja voll Glück, dass du hier arbeiten kannst, Alter. Is ja wie Urlaub«, sprach Linus arglos weiter. »Mich hamse damals in die Küche im Kindergarten gesteckt, das war 'ne Scheiße, Mann. Voll ätzend. Ey, du bist auch scharf auf die Alte, he?«

»Quatsch!« Hastig wandte Mark den Blick von Ricky ab. »Wie kommst'n darauf? Die ist doch steinalt. Da steh ich echt nicht drauf.«

Sofort schämte er sich. Was war er nur für ein rückgratloser Feigling.

Endlich war der Kurs vorbei, die Hundebesitzer ließen ihre Hunde noch etwas herumtollen. Linus' Opa laberte auf Ricky ein, und die schien rasend interessant zu finden, was er sagte. Sie lachte und wiegte sich in den Hüften. Mark platzte fast vor Eifersucht und Selbstekel. Er hätte eben zu Linus sagen sollen: Ja, Ricky ist super! Für mich ist sie die tollste Frau der Welt. Ich steh total auf sie. Aber stattdessen hielt er den Mund, weil er Angst hatte, Linus würde sich über ihn lustig machen.

»Komm schon, Opa! Ich muss zum Training«, rief dieser endlich, dann klopfte er Mark auf die Schulter. »Wir sehn uns, Alter. Ciao!«

»Ja. Ciao«, sagte Mark und dachte: Hoffentlich sehen wir uns nie wieder, du blödes Arschloch. Er wandte sich ab.

»Mark!«, rief Ricky in diesem Moment. »Mark, warte!«

Linus war noch in der Nähe und glotzte zu ihm herüber, deshalb drehte Mark sich betont lässig um.

»Was'n los?«, fragte er. Ricky kam an den Zaun.

»Ich muss noch mal schnell rüber ins Tierheim. Stell dir vor, die Besitzerin von unserem alten Jack Russell hat sich gemeldet. Sie war im Krankenhaus und ganz verzweifelt, weil ihr Hund weg war. Er ist wohl bei der Hundepension ausgerückt, in die sie ihn gegeben hatte.«

Ihre blauen Augen leuchteten.

»Das ist ja super. Soll ich mitkommen und dir schnell beim Füttern helfen?«, bot Mark an.

»Nein, nein, das schaffe ich schon. Aber meine Hunde hatten heute zu wenig Bewegung. Würde es dir was ausmachen, noch eine Runde mit ihnen zu drehen und sie dann zu uns zu bringen?«

Er war ein bisschen enttäuscht, nickte aber.

»Nee, geht klar«, sagte er.

»Du bist ein Schatz.« Ricky legte kurz ihre Hand auf seinen Arm. »Bis später!«

*

Die Luft war drückend. Nach dem Regen der vergangenen Tage war es schnell sehr warm geworden, und nun zog ein Gewitter herauf. Beide Fenstertüren, die von der Küche auf die Terrasse führten, standen weit offen, aber kein Windhauch regte sich. In Gedanken versunken stand Nika am Herd und wendete die Kalbshaxenscheiben, die bei starker Hitze im Schmortopf langsam Farbe bekamen. Die Abzugshaube lief auf vollen Touren, deshalb hörte sie nicht, wie die Haustür aufgeschlossen wurde. Sie zuckte erschrocken zusammen, als Jannis sie plötzlich von hinten umarmte.

»Hör auf!«, zischte sie und drehte sich in seinen Armen um. »Bist du verrückt geworden?«

»Ist doch keiner da außer uns«, erwiderte Jannis und versuchte sie zu küssen, aber Nika entwand sich ihm.

297

»Nicht jetzt«, redete sie sich heraus. »Sonst brennt das Fleisch an.«

»Hm, riecht gut. Was wird das?« Jannis blickte neugierig in den Topf.

»Osso Bucco.« Nika schob sich eine Haarsträhne aus dem Gesicht. Er nahm eine Flasche Wasser aus dem Kühlschrank und schraubte sie auf. Zischend entwich die Kohlensäure.

»Ich hab übrigens gestern gesehen, wie du auf dem Rewe-Parkplatz mit dem Kripotypen geredet hast«, bemerkte er beiläufig. »Was wollte der von dir?«

Nika erschrak. Damit hatte sie nicht gerechnet. Fieberhaft überlegte sie, was sie erwidern sollte. Nachdem Bodenstein und sie zusammen im Supermarkt gewesen waren, hatten sie im Auto gesessen und geredet. Und weil es endlich aufgehört hatte zu regnen, hatten sie danach noch einen Spaziergang unternommen. Aber das konnte sie Jannis unmöglich erzählen.

»Ich bin ihm zufällig beim Einkaufen begegnet. Er wollte wissen, wann ich Frauke das letzte Mal gesehen habe«, erwiderte sie also wahrheitsgemäß. Deshalb war Bodenstein schließlich zu ihr in den Laden gekommen.

»Wieso das?«

»Sie ist wohl verschwunden.« Nika zuckte die Schultern und wandte sich zu ihm um. »Ich habe sie auch heute den ganzen Tag nicht gesehen.«

»Frauke hat ihren Alten gehasst wie die Pest. Vielleicht hat sie ihn ja abgeknallt.« Jannis setzte die Wasserflasche an und trank ein paar Schlucke. Er hatte die ekelhafte Angewohnheit, die Flasche danach wieder in den Kühlschrank zu stellen.

»Ja, ja«, sagte er leichthin, »jeder hat so seine Geheimnisse.«

Vor allen Dingen du, dachte Nika, als ihr das Blut an seinen Kleidern einfiel. Er war nach dem Streit mit Ludwig

298

sofort in sein Auto gesprungen und erst irgendwann mitten in der Nacht zurückgekommen. Ihm traute sie ohne weiteres einen Mord zu, so wütend, wie er werden konnte.

Sie sagte aber nichts, sondern begann, Zwiebeln, Tomaten und rote Paprika klein zu schneiden.

»Wo wir grad beim Thema Geheimnisse sind …« Jannis unterdrückte einen Rülpser und setzte sich auf einen der Küchenstühle. »Als du neulich beim Zeitunglesen so erschrocken bist, da bin ich neugierig geworden.«

Sie spürte seine Blicke in ihrem Rücken wie Nadelstiche. Ihre Handflächen wurden feucht.

»Ich habe mir die Zeitung genau angesehen. Seite für Seite«, fuhr er fort. Nika drehte sich um. Jannis hatte ein Bein über sein Knie gelegt und die Arme hinter dem Kopf verschränkt. Er grinste selbstzufrieden, ohne sie aus den Augen zu lassen. »Und da bin ich doch auf die Ankündigung des Vortrags von Professor Eisenhut gestoßen. Wusstest du, dass man ein paar hundert Treffer kriegt, wenn man seinen und deinen Namen zusammen bei Google eingibt?«

»Kein Wunder, Eisenhut war schließlich jahrelang mein Chef.« Nika versuchte einen gelassenen Eindruck zu machen, obwohl in ihrem Kopf ein wildes Durcheinander tobte. Jannis konnte mit seinem Wissen nichts anfangen. Oder vielleicht doch? »Ich war seine Assistentin.«

Weshalb hatte er es ihr nicht vorgestern Nacht schon gesagt, wenn er es doch schon seit ein paar Tagen wusste? Was führte er im Schilde?

»Es kränkt mich schon ein bisschen, dass du mir nie etwas davon erzählt hast«, sagte er. »Monatelang hörst du mir zu, wie ich über dein Fachgebiet rede, und tust so, als hättest du keine Ahnung davon. Warum?«

Plötzlich lag etwas Unberechenbares in seinem Blick. Kalte Angst umklammerte ihr Herz, so dass sie kaum denken konnte. Sie durfte jetzt nur keinen Fehler machen! Jannis *konnte* nichts wissen, er hatte lediglich ihren Namen herausgefunden und dass sie Dirks Assistentin gewesen war. Das Lächeln war von seinem Gesicht verschwunden, seine dunklen Augen blickten direkt in ihre.

»Wieso kommst du heute Abend nicht mit zu seinem Vortrag, Frau Dr. Sommerfeld?«, schlug er mit einem harmlosen Lächeln vor. »Stell dir vor, wie sehr sich dein Chef freut, wenn er dich wiedersieht.«

*

Es war kurz nach halb sieben, als Bodenstein langsam die Treppe hinaufging und in den Flur einbog, in dem die Büros des K11 lagen. Aus einer offenen Tür drang Stimmengewirr. Beinahe die komplette Belegschaft der RKi Hofheim hatte sich in den Besprechungsraum gequetscht. Er wäre am liebsten einfach weiter in sein Büro gegangen, aber Pia hatte ihn erblickt und drängte sich mit verärgerter Miene zu ihm durch.

»Wo warst du denn den ganzen Tag?«, fragte sie mit einem deutlichen Vorwurf in der Stimme, den Bodenstein ihr nicht verdenken konnte. »Ich hab zigmal versucht, dich zu erreichen. Warum rufst du nicht zurück? Hier ist echt die Kacke am Dampfen!«

Bodenstein brachte es nicht über sich, ihr von Rademacher und von Hirtreiters verhängnisvollem Testament zu erzählen. Es war zu ungeheuerlich für ein Gespräch zwischen Tür und Angel.

»Tut mir leid«, begann Bodenstein. »Ich …«

Er verstummte, als sich die Tür des Büros am Ende des Flures öffnete. Kriminalrätin Dr. Engel trat heraus, näherte sich mit klappernden Absätzen und unheilverkündender Miene.

»Sie hat dich auf dem Kieker«, zischte Pia ihm zu. »Das Auto von Frauke Hirtreiter … ich wollte es dir sagen, aber du bist ja nicht ans Telefon gegangen.«

»Ah, der Hauptkommissar gibt sich auch endlich mal die Ehre«, schnappte Dr. Engel, sichtlich schlecht gelaunt. »Wir fangen an. Also bitte …«

Bodenstein und Pia betraten den überfüllten Besprechungs-raum. Achtzehn Kollegen aus anderen Sachbereichen hatten das Team des K11 unterstützt und saßen oder standen nun um den großen Tisch herum.

Beim Anblick der Kriminalrätin verstummten die Gesprä-che, es wurde mucksmäuschenstill. Jeder, bis auf Bodenstein, schien zu ahnen, was nun kommen würde.

Dr. Engel setzte sich an das Kopfende des Tisches, Boden-stein nahm an der Seite neben Pia Platz.

»Ich bin ausgesprochen verärgert«, begann die Kriminal-rätin frostig. »Kollegin Kirchhoff hat mich soeben über eine äußerst peinliche Panne unterrichtet, und ich will hier und jetzt wissen, wie es dazu kommen konnte. Wieso hat nie-mand bemerkt, dass die gesuchte verdächtige Person über-haupt nicht mit dem Fahrzeug, nach dem mit erheblichem Aufwand gefahndet wird, unterwegs ist?«

Bodenstein verstand kein Wort. Er saß mit unbewegter Miene da und hoffte, aus Dr. Engels folgenden Ausführungen schlauer zu werden.

»Ich lasse zu, dass achtzehn Kollegen von ihren aktuellen Fällen abgezogen werden, um die Arbeit des K11 zu unter-stützen, und dann passiert so etwas! Ein großes Team ist nur dann sinnvoll, wenn jemand in der Lage ist, dieses Team auch effizient zu koordinieren. Das scheint mir nicht der Fall zu sein.«

Sie ließ einen ihrer gefürchteten Röntgenblicke über die Gesichter der Anwesenden schweifen. Die meisten senkten die Augen oder blickten verstohlen zu Bodenstein hinüber, auf den die Vorwürfe gemünzt waren.

»Diese Akten hier sind ein einziges Chaos!« Sie tippte mit dem Zeigefinger nachdrücklich auf die beiden Hefter, die vor ihr auf dem Tisch lagen. »Nichts als eine Aneinanderreihung konfuser Vermutungen. Handfeste Beweise fehlen vorne und hinten. Und dazu noch diese Blamage heute! Wir sind meilenweit entfernt von einer Aufklärung der Fälle Grossmann und Hirtreiter – und ich sage mit Absicht ›wir‹, denn diese schlampige Ermittlungsarbeit wirft auch ein schlechtes Licht auf die Behördenleitung!«

Peinliche Stille. Kein Husten, kein Räuspern, jeder schien die Luft anzuhalten.

»Kollege Kröger, vielleicht können Sie mir erklären, wieso niemand von Ihren Leuten in die Garage geschaut hat«, begann Dr. Engel, doch da griff Bodenstein ein.

»Wenn ein Fehler passiert ist«, sagte er, noch immer in Unkenntnis dessen, was seine Chefin genau erzürnt hatte, »dann fällt das in meinen Verantwortungsbereich, denn ich leite die Ermittlungen.«

Die Kriminalrätin wandte sich ihm zu.

»Aha. Sie leiten also die Ermittlungen. Den Eindruck hatte ich heute allerdings nicht. Wo waren Sie den ganzen Tag über?«

Der Sarkasmus in ihrer Stimme war nicht zu überhören.

»Ich war dienstlich unterwegs.« Bodenstein hielt ihrem Blick stand. Die Situation geriet unversehens zu einem Kräftemessen coram publico. Er dachte nicht daran, klein beizugeben. Weder hatte er vor, sich zu entschuldigen, noch würde er sich für sein Verhalten rechtfertigen. Nicht jetzt und ganz sicher nicht hier.

»Das klären wir noch.« Sie funkelte ihn an, und Bodenstein konnte beinahe ihr wütendes Zähneknirschen hören, als sie schließlich als Erste den Blick abwandte, um ihr Gesicht nicht zu verlieren.

»Frau Kirchhoff, bitte. Fangen Sie an«, forderte sie Pia auf. Ihre Augen schossen zornige Blitze, auf die Bodenstein nur mit einem kurzen Hochziehen der Augenbrauen reagierte.

Er bemühte sich, Pias Ausführungen zu folgen, aber seine Gedanken verselbständigten sich bereits nach wenigen Minuten.

In über zwanzig Jahren bei der Polizei hatte immer wieder jemand versucht, ihn zu bestechen, doch keine materielle Verlockung hatte ihn je ernsthaft in Versuchung geführt. Seine Integrität bedeutete ihm viel. Weshalb löste Rademachers Bestechungsangebot keine echte moralische Empörung in ihm aus? War es überhaupt eines gewesen, oder hatte er etwas falsch verstanden? Genau genommen hatte Rademacher nur gesagt, es solle sein Schaden nicht sein, gelänge es ihm, seinen Vater zum Verkauf der Wiese zu überreden. Das konnte selbst der böswilligste interne Ermittler noch nicht als echten Bestechungsversuch werten.

Aber was sollte er seinem Vater heute Abend raten? Er musste Quentin und Marie-Louise von Rademachers vagen Drohungen erzählen, obwohl die beiden dann sofort vom Vater verlangen würden, die Wiese zu verkaufen, bevor sie in ernsthafte existentielle Schwierigkeiten gerieten.

Falls es tatsächlich so weit käme, falls sein Vater sich entschloss, dem Druck seiner Kinder nachzugeben und der WindPro die Wiese entgegen seiner persönlichen Überzeugung zu verkaufen – hätten sie sich dann erpressen lassen? Und selbst wenn, spielte das überhaupt eine Rolle bei drei Millionen Euro?

Bodenstein seufzte innerlich. Das wäre die einfachste Lösung – und eine lukrative obendrein –, aber es war unrealistisch, auf einen Sinneswandel seines Vaters zu hoffen. Er würde sich so stur stellen wie Hirtreiter. Zwar aus anderen Gründen, aber das interessierte einen Enno Rademacher nicht im Geringsten. An dessen rücksichtsloser Entschlossenheit zweifelte Bodenstein keine Sekunde.

*

»Also?« Jannis blickte sie an. »Warum machst du so ein Geheimnis aus deiner Vergangenheit?«

Sie saßen sich am Küchentisch gegenüber. Das Osso Bucco schmorte im Backofen vor sich hin, auf dem Herd kochten die Kartoffeln. Nika hatte sich von ihrem ersten Schrecken erholt und dachte darüber nach, ob sie Jannis die Wahrheit sagen sollte, damit er den Ernst der Lage begriff. Er hatte fest vor, heute Abend auf Dirk Eisenhuts Vortrag zu gehen. Um Theissen zu brüskieren, aber würde er sich damit begnügen? Jannis war eine tickende Bombe. Und er war blind vor Rachsucht und verletzter Eitelkeit.

»Ich habe fünfzehn Jahre lang fast ohne einen Tag Urlaub gearbeitet, irgendwann war ich am Ende.« Nika entschied sich für die Lüge. Sie traute ihm nicht. »Burn-out. Nichts ging mehr. Mein Chef hatte kein Verständnis für mich, deshalb habe ich kurz vor Weihnachten alles hingeschmissen und gekündigt.«

Jannis blickte sie an. Sie sah die Zweifel in seinen Augen.

»Mensch, Nika.« Unvermittelt langte er über den Tisch und legte seine Hand auf ihre. »Du und ich, wir könnten zusammen echt etwas erreichen. Du warst die Assistentin von Deutschlands Klimapapst, du … du bist eine echte Insiderin! Ich war auch richtig gut in meinem Job, bevor mein Chef mir in den Arsch getreten hat. Jetzt krieg ich in der Branche keinen Fuß mehr auf den Boden.«

Er ließ ihre Hand los und stand auf.

»Theissen ist ein profitgeiles Arschloch. Ihn interessiert der ganze Ökokram einen feuchten Dreck. Wusstest du, dass er früher ein hohes Tier bei RWE gewesen ist? Verantwortlich für die Kernenergie? Er und ein paar andere Atomkraftlobbyisten kamen in den 80er Jahren auf die glorreiche Idee, das Thema ›Klima‹ quasi zu erfinden, um eine Rechtfertigung für den Bau immer neuer Kernkraftwerke zu haben. Atomkraft als Alternative zur CO_2-Emission, sozusagen.«

Jannis schob die Hände in die Taschen seiner Jeans und ging in der Küche auf und ab. Nika beobachtete ihn beunruhigt.

»Das haben die Politiker auf der ganzen Welt freudig aufgegriffen«, fuhr er fort. »Nachdem Waldsterben und Ozonloch nicht funktioniert haben, um die Menschen zu erschrecken und zu steuern, kam ihnen eine Klimakatastrophe, die der Mensch zu verantworten hat, gerade richtig. Mit dem sogenannten Klimaschutz kann man heute einfach alles rechtfertigen, jedes Verbot, jede Steuererhöhung. Die Mächtigen der Welt haben wieder einen wunderbaren Feind gefunden, der die gesamte Menschheit bedroht, und der heißt nicht mehr Sowjetunion und Atomwaffen, sondern Kohlendioxid.«

Nika hörte ihm schweigend zu. Sie kannte die Argumente derjenigen, die die weltweite Klimapolitik für maßlos übertrieben hielten, und seit acht Monaten wusste sie, dass sie recht hatten. Die Stimmen der Skeptiker wurden immer lauter. Längst waren es namhafte Wissenschaftler, die eine menschengemachte Weltklimakatastrophe für Humbug erklärten und die ihre Bedenken mit Zahlen und Fakten belegen konnten. Aber trotz des stärker werdenden Protests gegen eine gesetzlich vorgeschriebene Bekämpfung von CO_2 hielten die Politiker und auch die UNO an ihrer Marschrichtung fest. Nika war ebenfalls von der Richtigkeit ihres Tuns überzeugt gewesen, bis, ja, bis sie damals in Deauville Cieran O'Sullivan begegnet war.

Jannis blieb vor dem Tisch stehen und beugte sich zu ihr herüber.

»Unser cleverer Freund Theissen ist als einer der Ersten auf den Zug der regenerativen Energien aufgesprungen«, sagte er. »Der größte Witz daran ist, dass seine Firma und seine Projekte exakt von denen finanziert werden, die überall auf der Welt nach Öl bohren und Kohle fördern. Aber das durchschaut niemand. Genauso wenig durchschauen die

Leute, dass sich an der weltweiten Verbreitung der Klimalüge in erster Linie die Klimaforscher, die Medien, die Industrie und die Politik bereichern. Das ist es, wogegen ich kämpfe! Gegen eine weltweite Ökodiktatur, die auf einer Lüge basiert und von der eine Handvoll Menschen profitiert: Leute wie Theissen und dein ehemaliger Chef. Der blöde Windpark hier, der ist mir wirklich ziemlich schnuppe, aber auf diese Weise kann ich endlich die Mittel, mit denen diese Mafia arbeitet, an die Öffentlichkeit bringen.«

Das fanatische Leuchten in seinen Augen jagte Nika Angst ein. Sie fröstelte trotz der schwülen Hitze. Das, was Jannis zuletzt gesagt hatte, war eine glatte Lüge. Im Gegensatz zu Cieran O'Sullivan kämpfte er mitnichten aus echter Überzeugung gegen eine Sache, die er für falsch hielt, denn er war keiner, der das Heil der Welt im Sinn hatte. Er lechzte nach Rache für die Niederlage, die Theissen ihm zugefügt hatte. Dafür hatte er bereits die Bürgerinitiative instrumentalisiert, und nun wollte er ihren Namen benutzen, um seinem Feind zu schaden. Das durfte nicht passieren. Auf gar keinen Fall!

»Jannis«, sagte Nika bittend, »du weißt ja gar nicht, wie gefährlich das ist, was du da sagst.«

»Das ist mir egal.« Er wischte ihre Bedenken mit einer ungeduldigen Handbewegung beiseite. »Jemand muss den Mut haben und das alles aussprechen. Ich habe keine Angst.«

»Die solltest du aber haben. Die Leute, die du da anprangerst, die sind mächtig, und sie verstehen keinen Spaß«, flüsterte Nika. »Glaub mir, ich weiß, wozu sie in der Lage sind. Leg dich nicht mit ihnen an.«

Jannis legte den Kopf schief und sah sie forschend an.

»Du wohnst nicht bei uns im Keller, weil du dich von einem Burn-out erholen musst, stimmt's?«

Nika antwortete nicht. Sie stand auf und ging zum Herd, um nach den Kartoffeln zu sehen. Er trat hinter sie, legte seine Hände auf ihre Schultern und drehte sie zu sich um.

»Du weißt, dass ich recht habe. Hilf mir! Unterstütze mich!«, forderte Jannis.

»Nein!«, erwiderte Nika heftig. »Ich will mit alldem nichts mehr zu tun haben. Und ich will auch nicht, dass du mich benutzt, um dich an deinem ehemaligen Chef zu rächen!«

Sein Blick bohrte sich in ihren.

»Ich will dich doch nicht benutzen«, behauptete er scheinbar entrüstet.

Natürlich willst du das, dachte Nika. Sie hatte einen Riesenfehler gemacht, indem sie ihn so nah an sich herangelassen hatte. Empfindlich wie er war, würde er nun jede Form der Zurückweisung persönlich nehmen, und das konnte fatale Folgen haben.

Musste sie das Risiko eingehen und Jannis doch die ganze Wahrheit sagen, damit er begriff, wie ernst die Lage war? Nein. Unmöglich. Damit würde sie sich ihm vollkommen ausliefern.

Die innere Anspannung ließ ihre Hände zittern. Die Kartoffeln kochten über, zischend verdampfte das Wasser auf der heißen Herdplatte, aber Nika achtete nicht darauf. Draußen bellte ein Hund, dann ein zweiter.

»Wenn du heute Abend dahin gehst«, flüsterte sie beschwörend, »musst du mir versprechen, dass du unter gar keinen Umständen meinen Namen erwähnst.«

Er konnte nicht wollen, dass sie in Schwierigkeiten geriet, schließlich mochte er sie doch, das hatte er ihr versichert. Aber stimmte das auch, oder hatte er das nur so dahingesagt? Kein Mann sagte je die Wahrheit, wenn die Libido erst den Verstand ausgeschaltet hatte. Warum sollte ausgerechnet Jannis eine Ausnahme sein?

»Ich versprech's«, erwiderte er, ein wenig zu schnell, um glaubhaft zu wirken. Plötzlich konnte Nika ihn nicht mehr ertragen, seine zudringliche Nähe so wenig wie seine feuchten Hände auf ihren Armen, dennoch überwand sie ihren

Widerwillen, nahm sein Gesicht zwischen ihre Hände und küsste ihn. Mit ungezügelter Gier schnellte seine Zunge in ihren Mund, er schlang die Arme um sie und presste seinen Unterleib gegen ihren. Am liebsten hätte sie ihn weggestoßen, ihm ihr Knie in die Eier und das Küchenmesser zwischen die Rippen gerammt. Noch nie in ihrem Leben hatte Nika sich vor einem Menschen so geekelt, aber wenn sie ihn jetzt zurückwies, dann würde er sie hassen. Mit unerwarteter Kraft hob er sie hoch und setzte sie auf den Rand der Spüle. Seine Hand schob ihren Rock hoch, zerrte so ungeduldig an ihrem Slip, dass der Stoff zerriss.

»Oh, Nika, Nika! Ich bin verrückt nach dir«, murmelte er undeutlich, schob sich zwischen ihre Beine und rieb mit einem Stöhnen seine Erektion an ihr. Glaubte er wirklich, das würde ihr gefallen, sie gar erregen? Sie wandte den Kopf ab, schloss die Augen und biss sich auf die Lippen. Sie selbst hatte das Spiel mit dem Feuer begonnen, jetzt musste sie es mitspielen. Bis zum bitteren Ende.

*

Pia versetzte Bodenstein unter dem Tisch einen leichten Tritt. Er blickte irritiert auf und begegnete dem eisigen Blick von Dr. Nicola Engel. Wenn er es sich nicht völlig mit ihr verscherzen wollte, musste er seine privaten Probleme für den Augenblick verdrängen.

»… leider noch kein abschließendes Ergebnis aus der Ballistik, was das Gewehr aus Frauke Hirtreiters Wohnung betrifft«, hörte er Kollege Kröger sagen. »Aber der tote Vogel aus der Regentonne konnte durch die Fußberingung eindeutig als der Rabe von Ludwig Hirtreiter identifiziert werden.«

Kröger beschrieb in sachlichen Worten, auf welch grausame Weise das Tier umgebracht worden war.

»Obwohl es bisher noch keinen eindeutigen kriminaltechnischen Beweis dafür gibt, gehen wir zu diesem Zeitpunkt davon aus, dass es Frauke Hirtreiter war, die in das versiegelte Haus eingedrungen ist und den Raben getötet hat. Danach muss sie ihr Auto in die Garage gestellt haben und mit dem Fahrzeug ihres Vaters geflüchtet sein«, beschloss er seinen Bericht.

Jetzt endlich begriff Bodenstein, welcher Fehler Dr. Engel auf die Palme gebracht hatte. Die Fahndung nach Hirtreiters Tochter lief auf Hochtouren, bundesweit wurde über das Radio, das Fernsehen und die Tagespresse nach ihr und ihrem Fiat Punto gesucht – einem Auto, mit dem sie gar nicht unterwegs war, denn es stand in der Garage auf dem Rabenhof. Das war allerdings eine ernste Panne. Gleichzeitig machte es Frauke Hirtreiters Täterschaft noch wahrscheinlicher. Im Gegensatz zu seiner Chefin fand Bodenstein nämlich, dass es bereits eine ganze Menge handfester Beweise gab, die mehr als einen bloßen Verdacht gegen Frauke zuließen. Sie hatte ein starkes Motiv, sie hatte die Gelegenheit gehabt und die geeigneten Mittel, um die Tat durchzuführen.

Aber an diesem Nachmittag war noch mehr geschehen. Bei der Durchsuchung von Gregor Hirtreiters Haus war die Kopie eines Vorvertrages über den Verkauf der Pfaffenwiese an die WindPro gefunden worden, unterschrieben von ihm und seinem Bruder sowie von Stefan Theissen und Enno Rademacher, mit Datum von gestern. Da Gregor kein Alibi hatte und überdies keine glaubhafte Erklärung dafür, weshalb er am Dienstagabend seine Kleidung gewechselt hatte, bevor er auf die Geburtstagsfeier seines Schwiegervaters zurückgekehrt war, hatte Pia ihn vorübergehend festnehmen lassen.

»Was ist mit Matthias Hirtreiter?«, erkundigte Bodenstein sich. Ein paar der Beamten grinsten sich an; sie waren bei der Durchsuchung von Matthias' Haus dabei gewesen und hatten erlebt, wie er völlig zusammengebrochen war.

»Dem traue ich die Tat nicht zu«, sagte Pia. »Er ist ein Weichei.«

Gleichzeitig mit der Kripo war nämlich der Gerichtsvollzieher bei Matthias Hirtreiter aufgetaucht und hatte gepfändet. Die Polizei war Hirtreiter gleichgültig gewesen, aber er hatte wie ein kleiner Junge geweint, als Bilder, Möbel, Schmuck und schließlich sogar der Sportwagen seiner Frau beschlagnahmt worden waren.

»Was habt ihr über den Mann vom Parkplatz herausgefunden?«, fragte Bodenstein in die Runde.

»Zwei Anwohner haben den Mann tatsächlich gesehen«, antwortete Cem Altunay. »Eine Frau, die in der Krone bestelltes Essen abgeholt hat, und ein Mann, der mit seinem Hund vom Wald kam.«

»Beschreibung?«

»Sehr groß und kräftig. Graues Haar, Pferdeschwanz. Sonnenbrille. Bei dem Auto handelte es sich um einen schwarzen 5er BMW mit Münchner Kennzeichen.«

In dieser Sekunde lichtete sich der Nebel in Bodensteins Kopf, die Erinnerung durchzuckte ihn wie ein gleißender Blitz.

»Ich habe den Mann schon mal gesehen«, unterbrach er Cem, der gerade vorschlug, einen Polizeizeichner mit der Anfertigung eines Phantombildes zu betrauen. Alle Blicke wandten sich ihm zu.

»Erinnere dich, Pia. Das war am Dienstag, bei der Wind-Pro. Er ging mit uns aus dem Gebäude und dann zum Parkplatz, als wir von Theissen kamen.«

Pia, für ihr phänomenales Gedächtnis bekannt, schüttelte ratlos den Kopf. Eine gespannte Stille breitete sich im Besprechungsraum aus. Nichts erfüllte Untergebene mit mehr Genugtuung, als wenn ein Häuptling öffentlich irrte.

Doch Bodenstein war sich hundertprozentig sicher. Der Mann, ein wahrer Hüne mit einer Lederweste und einem grauen Pferdeschwanz, hatte ihn noch neugierig gemustert, sein Gang auf dem Weg zum Parkplatz war eigenartig wiegend gewesen.

»Wir hatten Theissen und Rademacher diese Kopie von dem Gutachten gezeigt«, versuchte er ungeduldig Pias Gedächtnis auf die Sprünge zu helfen. »Ich erinnere mich so genau an diesen Augenblick, weil mir auffiel, dass du ...«

Er verstummte. Das gehörte jetzt wohl kaum in die große Runde.

»Als dir *was* auffiel?«, hakte Pia aber nach. Zwischen ihren Augenbrauen erschien eine scharfe Falte.

Fünfundzwanzig Kriminalpolizisten warteten wie die Luchse auf Bodensteins Erklärung.

»Der Ring«, erwiderte er schließlich. »Ich hatte kurz vorher den Ring an deiner Hand bemerkt. Deshalb erinnere ich mich so gut.«

Fünfundzwanzig Augenpaare wanderten wie ferngesteuert zu Pias linker Hand, die sie nun zu einer Faust ballte und wieder öffnete. Sie betrachtete nachdenklich den schmalen silbernen Reif am Ringfinger, ihre Stirn glättete sich, aber ihre Miene blieb ausdruckslos.

»Tut mir leid«, sagte sie nach ein paar Sekunden. »Ich kann mich beim besten Willen nicht an den Mann erinnern.«

Sie hob den Kopf, blickte zu Dr. Engel hinüber, die ihrerseits nickte.

»Das war's für heute.« Pia blickte in die Runde. »Danke für euren Einsatz. Schönen Feierabend und schönes Wochenende für die, die eins haben werden.«

Unter Gemurmel und dem Scharren der Stuhlbeine auf dem Linoleumboden löste sich die Runde auf, die Kollegen schlenderten hinaus auf den Flur. Zurück blieb das Team des K11.

»Ich erwarte Sie morgen früh um neun in meinem Büro«, sagte Dr. Engel noch in Bodensteins Richtung, dann nickte sie hoheitsvoll und verschwand.

Bodenstein wartete, bis sie den Besprechungsraum verlassen hatte.

»Hast du zehn Minuten Zeit für mich?«, fragte er Pia.

»Selbstverständlich, Chef«, erwiderte sie, ohne ihn anzusehen. Sie war noch immer sauer.

»Was hat der Ring zu bedeuten?«, fragte Kai neugierig.

»Das sag ich euch vielleicht morgen.« Pia griff nach ihrem Rucksack. »Oder auch nicht.«

*

Plötzlich knallte die Glastür gegen einen der Stühle, und die Hunde stürmten in die Küche, schwanzwedelnd und aufgeregt hechelnd. Jannis ließ Nika erschrocken los und taumelte ein paar Schritte rückwärts. Eine Faust flog auf ihn zu, er konnte dem Schlag nur knapp ausweichen.

»Du Schwein!«, brüllte Mark außer sich und stürzte sich auf ihn. Ein Stuhl kippte um, die Hunde jaulten. Nika zog ihren Rock herunter.

»Spinnst du?«, schrie Jannis und hob schützend beide Hände vors Gesicht. »Was soll denn das?«

Doch der Junge war wie toll. Außer sich griff er ihn erneut an, stieß ihn mit beiden Händen gegen den massiven Tisch, die Tränen strömten ihm über das Gesicht. Ein zweiter Stuhl krachte zu Boden, die Hunde flüchteten aus der Küche. Endlich gelang es Jannis, Marks Handgelenke zu packen.

»Hör auf!«, keuchte er. »Hör auf!«

»Du hast dich mit *der da* geküsst! Mit dieser … dieser Schlange«, stieß der Junge hervor und wies mit dem Kopf Richtung Nika, die wie erstarrt am Herd stand. Mark versuchte, sich von Jannis loszureißen, aber der hielt ihn eisern fest. Wie lange hatte der Junge wohl auf der Terrasse gestanden? Nach diesem Auftritt zu urteilen, wohl schon eine ganze Weile. Das war nicht gut. Ganz und gar nicht gut.

»Das hast du völlig falsch verstanden!«, entgegnete Jannis, aber Mark hörte nicht zu.

»Du lügst! Du lügst! Du lügst!«, schrie er außer sich. »Du bist total geil auf die! Ich seh doch, wie du sie immer anglotzt! Wie kannst du Ricky so belügen?«

»Jetzt hör auf damit!«, herrschte Jannis ihn an und schüttelte ihn. »Was ist denn in dich gefahren?«

Mark sackte in sich zusammen.

»Warum machst du das?«, schluchzte er. »Warum knutschst du mit Nika rum? Du hast doch Ricky!«

Er klammerte sich an Jannis' Bein und flennte wie ein kleines Kind. Jannis wechselte einen raschen Blick mit Nika. Die wandte sich wortlos ab und verschwand in den Keller.

»Hey, Mark.« Er tätschelte den Kopf des Jungen. Ricky konnte jederzeit auftauchen, und dann würde es kompliziert. »Jetzt beruhig dich. Komm, steh auf.«

Jannis bückte sich und stellte die Stühle auf, dann rückte er den Küchentisch wieder gerade.

»Du hast das wirklich falsch verstanden«, sagte er. »Da war nichts.«

Er wollte seine Hand auf Marks Schulter legen, aber der Junge wich mit angewiderter Miene vor ihm zurück.

»Du lügst!«, wiederholte er mit gepresster Stimme. »Du bist ein Schwein! Ich hab genau gesehen, wie du ihr die Zunge in den Mund gesteckt und dich an sie gedrückt hast! Wenn ich nicht zufällig reingekommen wäre, hättest du sie in Rickys Küche gebumst!«

Jannis starrte den Jungen an. Was fiel der kleinen Kröte eigentlich ein, hier den Moralapostel zu spielen und ihm ein schlechtes Gewissen zu machen? Er hatte nicht die geringste Lust, sich vor einem durchgedrehten Sechzehnjährigen zu rechtfertigen. Aber ihm musste irgendeine halbwegs glaubwürdige Geschichte einfallen, sonst brachte der Junge es fertig, schnurstracks mit seinem Wissen zu Ricky zu rennen.

Ihm wurde schwindelig, als er begriff, wie knapp er einer mittleren Katastrophe entronnen war. Wäre Mark zwei Minuten später aufgetaucht, hätte er Nika und ihn tatsächlich in flagranti auf dem Spülbecken erwischt!

»Jetzt mach hier doch nicht so ein Fass auf! Ja, okay, ich hab sie geküsst!«

»Aber warum?«, fragte Mark anklagend. »Du … du liebst doch Ricky!«

»Mark«, Jannis zwang sich zu einem versöhnlichen Tonfall, »natürlich liebe ich Ricky. Das eben, das war nicht meine Schuld, wirklich. Ricky sollte davon nichts erfahren, es würde ihr nur weh tun.«

Mark schüttelte heftig den Kopf.

»Ich hab genau gehört, was ihr geredet habt«, schniefte er. »Der Windpark ist dir total egal. Aber ich … ich … hab dir doch geholfen! Ich hab alles getan, was du wolltest! Und ich hab geglaubt, dass du es ehrlich meinst.«

Solche Probleme brauchte Jannis im Moment überhaupt nicht. Er bückte sich und legte seine Arme um den Jungen, obwohl er ihm lieber in den Arsch getreten hätte. Marks wahnsinnige Wut hatte ihn erschreckt, Jannis kannte ihn nur still und beinahe unterwürfig. Was ging nur in seinem verdrehten Gehirn vor?

Schließlich brachte er Mark dazu, sich auf einen Stuhl zu setzen. Er ging vor ihm in die Hocke und umfasste seine Hände.

»Nika hat damit angefangen«, sagte er eindringlich. »Seit Wochen schon macht sie mich heiß, sie läuft sogar nackt herum, wenn Ricky nicht da ist. Ich hab ihr wieder und wieder gesagt, sie soll das lassen, aber heute … O Mann! Ich bin echt froh, dass du noch rechtzeitig aufgetaucht bist. Wer weiß, was sonst noch passiert wäre. Ich hätte ewig ein schlechtes Gewissen Ricky gegenüber gehabt.«

Er fuhr sich mit beiden Händen über das Gesicht.

»Mark, du bist doch auch ein Mann! Was hättest du denn an meiner Stelle gemacht, wenn dir die beste Freundin deiner Freundin plötzlich um den Hals fällt und dich küsst? Ich ... ich war total ... überrumpelt! Kannst du dir nicht vorstellen, wie das ist?«

Der Appell an die Komplizenschaft unter Männern war erfolgreich. Mark sah ihn argwöhnisch an, doch langsam kehrte das Vertrauen in seine Augen zurück.

»Ich sag dir, die meisten Weiber sind schlecht. Nika ist es völlig egal, dass Ricky ihre beste Freundin ist.« Jannis redete und redete, es war ihm gleichgültig, in welches Licht er Nika rückte.

Noch heute Abend musste er Ricky unbedingt sagen, dass er Mark nicht mehr im Haus sehen wollte. Der Junge hatte echt einen Sprung in der Schüssel, kein Wunder, bei seiner Vergangenheit.

Die Haustür ging auf, die Hunde begannen freudig zu bellen und sprangen Ricky entgegen. Strahlend kam sie in die Küche und stellte zwei Einkaufstüten auf den Küchentisch. Unsensibel, wie sie war, bemerkte sie nichts.

»Hallo, Schatz!« Sie gab Jannis einen Kuss, dann wandte sie sich an Mark. »Hey, Mark. Danke, dass du mit den Hunden spazieren warst.«

Sie packte die Tüten aus und räumte die Einkäufe in den Kühlschrank, dabei erzählte sie von der Besitzerin des Jack Russells, die vor Freude geweint und dem Tierheim einen Scheck über tausend Euro spendiert hatte. Erst jetzt schien ihr aufzufallen, dass weder Jannis noch Mark etwas sagten.

»Ist etwas?«, fragte sie erstaunt und blickte von einem zum anderen.

»Nein, nichts, Liebling.« Jannis lächelte treuherzig. »Ich war nur in Gedanken. Du kommst doch gleich mit zu dem Vortrag nach Falkenstein, oder?«

»Natürlich. Deshalb habe ich mich ja extra beeilt.« Ricky

erwiderte sein Lächeln, und Jannis nahm sie in die Arme. Er warf Mark über ihre Schulter einen warnenden Blick zu und signalisierte ihm mit einer Kopfbewegung, zu verschwinden. Der Junge schluckte, doch glücklicherweise brachte er es wohl nicht übers Herz, seiner angebeteten Ricky zu erzählen, was vorgefallen war.

»Ich ... ich muss dann auch mal los«, murmelte er und verschwand durch die Küchentür in den Garten.

*

Die Stimmung unter den hochkarätigen Gästen aus Wirtschaft und Politik war locker und erwartungsvoll. In den ersten Reihen des Festsaals hatten die Honoratioren von Stadt, Kreis und Land Platz genommen, dahinter die Vertreter der Presse, die zahlreich der Einladung des Wirtschaftsclubs Vordertaunus gefolgt waren.

Dr. Stefan Theissen hatte als Präsident des Wirtschaftsclubs Vortaunus den Abend mit einer kurzen Begrüßungsrede eröffnet, und nun referierte Professor Dirk Eisenhut über ökologische, wirtschaftliche und politische Folgen des Klimawandels. Er nannte Zahlen und Fakten, gab anschauliche Beispiele und las zwischendurch Passagen aus seinem neuen Buch, das innerhalb weniger Tage auf Platz 1 der Bestsellerliste geschossen war. Gespannt folgte das Publikum seinen Ausführungen und würdigte den Vortrag mit begeistertem Applaus. Theissen war trotzdem ein wenig nervös, als er sich zu Eisenhut auf das Podium begab, um die anschließende Diskussion zu moderieren. Als die abgesprochenen, wohlwollenden Fragen von Klimapapst Eisenhut eloquent beantwortet worden waren, atmete er auf. Doch seine Erleichterung war verfrüht.

»Ich danke Ihnen und hoffe ...«, begann er, als ein Mann in einer der mittleren Sitzreihen aufstand. Theissen traute seinen Augen nicht. Was zum Teufel tat Theodorakis hier im Saal?

»Ich hätte noch die eine oder andere Frage«, sagte der nun. »An Herrn Dr. Theissen allerdings.«

Die Leute aus den vorderen Reihen blickten sich neugierig um.

»Wir wollen die Diskussion an diesem Punkt beenden. Vielen Dank!«

»Wieso denn? Lassen Sie ihn doch die Frage stellen!«, rief ein anderer Mann. Theissen spürte, wie ihm der Schweiß ausbrach. Zu allem Unglück saß Theodorakis mitten im Publikum, man konnte ihn nicht aus dem Saal entfernen, ohne dass es Aufsehen erregt hätte.

»Am Mittwoch in der Dattenbachhalle bin ich leider nicht mehr dazu gekommen«, sagte Theodorakis. »Wie Sie vielleicht wissen, geriet die Bürgerversammlung zu einer Tragödie, es gab Verletzte und sogar eine Tote. Ich wollte aber trotzdem von Herrn Theissen wissen, wie er an die Baugenehmigung für den Windpark Taunus gekommen ist. Zu Ihrer Information«, Theodorakis wandte sich an das übrige Publikum, »die WindPro will oberhalb von Ehlhalten einen Windpark mit zehn monströsen Windrädern errichten, und zwar an einer Stelle, an der er wegen unzureichender Windverhältnisse vollkommen unsinnig ist. Dafür wurden Bestechungsgelder an das Umweltministerium in Wiesbaden gezahlt, Feldhamster vergast und Gutachten gefälscht.«

Theissen warf Eisenhut einen Seitenblick zu und bemerkte dessen versteinerte Miene.

»Was soll das?«, zischte der Klimaexperte. »Wer ist der Mann?«

Das Publikum wurde unruhig, man drehte sich zu Theodorakis um. Verzweifelt überlegte Theissen, wie er die Veranstaltung retten konnte. Einfach abbrechen?

»Herr Professor Eisenhut«, sagte Theodorakis nun, »abgesehen davon, dass alles, was Sie eben über den Klimawandel erzählt haben, völliger Unsinn ist, würde mich interessieren, weshalb Sie und Ihr Kollege Brian Fuller von der University of Wales für unseren geschätzten Herrn Dr. Theissen Gutachten gefälscht haben.«

Theissen hatte noch die winzige Hoffnung gehegt, das Publikum würde pfeifen oder Theodorakis sonst irgendwie zum Schweigen bringen, doch zu seinem Entsetzen herrschte Totenstille. Die Presseleute, die sich während des Vortrages kaum Notizen gemacht hatten, witterten einen Skandal und zückten erwartungsvoll ihre Blöcke.

»Ich weiß aus sicherer und kompetenter Quelle, dass die Windstandortgutachten für den geplanten Windpark Taunus, die Sie und Ihr britischer Kollege angefertigt haben, falsch sind. Sie haben wichtige Daten überhaupt nicht in Ihre Berechnungen einfließen lassen. Ich bin mir sicher, dass Ihnen der Name Dr. Annika Sommerfeld etwas sagt. Sie war es nämlich, die für uns, die Bürgerinitiative ›Keine Windräder im Taunus‹, Ihre Gutachten mit denen der EuroWind von 2002 verglichen und die Fehler festgestellt hat.«

Theissen beobachtete, wie Dirk Eisenhut für ein paar Sekunden die Gesichtszüge entgleisten.

»Es tut mir entsetzlich leid«, flüsterte er. »Wir werden hier jetzt abbrechen. Kommen Sie, wir gehen.«

Doch Dirk Eisenhut saß wie erstarrt da, die Hände um die Stuhllehnen gekrallt, und machte keine Anstalten aufzustehen.

»Ich muss mit dem Mann reden«, entgegnete er mit gepresster Stimme zu Theissens Überraschung. »Unbedingt!«

Theodorakis hatte währenddessen gemerkt, dass ihm die Aufmerksamkeit aller sicher war, und lächelte siegesgewiss.

»Also sind Sie entweder unfähig, oder Sie haben die Gutachten absichtlich geschönt«, fuhr er fort. »Vielleicht aus Gefälligkeit, weil Dr. Theissens Firma Ihr neues Klima-Institut in Frankfurt finanzieren wird? Oder aus alter Freundschaft? Oder vielleicht … für Geld?«

Endlich wurden Zwischenrufe laut, andere Gäste standen auf. Theissen war verzweifelt. Mittlerweile begriffen auch seine Kollegen vom Wirtschaftsclub, dass hier etwas aus dem Ruder lief. Zwei von ihnen versuchten, sich durch die Stuhlreihen einen Weg zu Theodorakis zu bahnen, ein anderer verließ den Saal und kehrte mit drei Leuten vom Sicherheitsdienst zurück. Außer sich vor Zorn erkannte Stefan Theissen, dass er Theodorakis vollkommen unterschätzt hatte. Dieser rachsüchtige Wichtigtuer war drauf und dran, wirklich alles zu zerstören.

»Jetzt reicht's«, sagte er und stand auf. Wild entschlossen sprang er vom Podium, um Theodorakis zu stoppen. Doch es war zu spät. Zweihundert Leute warteten begierig auf eine Stellungnahme Eisenhuts; die Pressevertreter hatten Blut geleckt und vergaßen jede Zurückhaltung. Sie sprangen von ihren Plätzen, stießen und schoben, zückten Mikrophone und Diktiergeräte und versuchten ebenfalls, zu Theodorakis vorzudringen. Blitzlichter flammten auf, die Leute riefen durcheinander. Andere zischten, damit wieder Ruhe einkehrte.

Theissen war indes egal, was man von ihm denken mochte. Sein Zorn war zu purer Mordlust geworden, als er seinen Widersacher erreichte und am Hemd packte.

»Ich hab dich gewarnt!«, knirschte er. Er spürte, wie Stoff unter seinen Fingern riss, Hemdknöpfe platzten ab. Theodorakis lachte nur spöttisch.

»Machen Sie ruhig weiter«, höhnte er. »Das Bild wird morgen in jeder Zeitung sein.«

Diese Worte und die empörten Rufe einiger Leute im Saal brachten Theissen zur Besinnung. Er ließ die Hände sinken und begriff, zu welch grandiosem Fehler er sich hatte hinreißen lassen. Es herrschte konsternierte Stille. Theissen sah, wie Eisenhut mit bleichem Gesicht zum Mikrophon griff.

»Halten Sie den Mann fest!«, sagte er, und die Leute drehten sich wie ein Mann zu ihm um. »Lassen Sie ihn auf keinen Fall gehen!«

Die Männer vom Sicherheitsdienst zogen unauffällig den Kreis enger. Theodorakis sah sie aus dem Augenwinkel. Das selbstsichere Grinsen verschwand von seinem Gesicht. Niemand rührte sich, niemand wollte den letzten und spannendsten Akt dieses Theaterstücks verpassen. In die Stille rumpelte ein Donnerschlag, erste schwere Regentropfen klatschten gegen die großen Fensterscheiben des Festsaals.

Ganz plötzlich hatte es Theodorakis eilig. Den Schutz der Öffentlichkeit nutzend, drängte er sich an Theissen vorbei, seine blonde Begleitung schob er wie einen Schutzschild vor sich her.

»Sehen Sie, wie man versucht, mich mundtot zu machen!« Seine Stimme klang schrill. Die Sicherheitsleute warfen Theissen fragende Blicke zu, der schüttelte kaum merklich den Kopf. Theodorakis merkte, dass man ihn nicht aufhielt, verließ den Saal aber vorsichtshalber rückwärts.

»Wir sehen uns wieder!«, rief er laut. »Denn wer Wind sät, Herr Dr. Theissen, der wird Sturm ernten!«

*

Es war schon spät, als Bodenstein den Dienstwagen auf dem leeren Parkplatz des Gutshofes abstellte. Das Gespräch mit Pia hatte ein eigenartiges Gefühl in ihm hinterlassen. Er hätte darauf gefasst sein müssen. Pia kannte ihn ziemlich gut, sie hatte überdies ein sicheres Gespür für die Befindlichkeiten anderer Menschen. Nicht zuletzt das machte sie von einer guten zu einer hervorragenden Polizistin. Auf ihre Frage, was mit ihm los sei, war er feige ausgewichen. Dabei hatte er gemerkt, wie sehr sie das kränkte. Warum nur hatte er es nicht fertiggebracht, ihr von dem Testament und Rademacher zu erzählen? Pia würde doch ohnehin erfahren, wem Ludwig Hirtreiter diese Wiese vererbt hatte, wenn sie es nicht schon wusste. Hatte er geschwiegen, weil er schon den ganzen Tag insgeheim darüber nachdachte, Rademachers Vorschlag zu folgen?

Bodenstein biss sich nachdenklich auf die Unterlippe. Er musste Pia anrufen, auf der Stelle. In den Taschen seines Jacketts, das er wegen der Hitze ausgezogen hatte, suchte er nach seinem Telefon.

Noch immer war es elend schwül, kein Lufthauch regte sich. Um die Laterne schwirrten ein paar Motten, Donnergrollen und Wetterleuchten in der Ferne verhießen ein abkühlendes Gewitter.

Bodenstein tippte Pias Nummer ein, hörte aber nur ihre Mailboxansage. Er bat sie um Rückruf, egal zu welcher Uhrzeit, und steckte das iPhone wieder weg. Sein knurrender Magen erinnerte ihn daran, dass er heute noch nicht gegessen hatte. Er stieg aus. Wieso war das große schmiedeeiserne Hoftor geschlossen? Normalerweise stand es immer offen. Mit einem leisen Fluch kramte er den Schlüssel aus der Tasche, schloss auf und betrat den Hof. In der Wohnung seiner Eltern an der gegenüberliegenden Seite des Hofes brannte Licht. Mit etwas Glück würde er im Kühlschrank seiner Mutter noch etwas zu essen finden, außerdem musste er sich nach dem Befinden seines Vaters erkundigen. Bodenstein ging an der mächtigen Kastanie vorbei, nahm die drei Stufen zur Haustür und stellte überrascht fest, dass auch diese abgeschlossen war. Eine Klingel gab es nicht, deshalb klopfte er mit der Faust gegen die schwere Tür aus Eichenholz. Wenig später öffnete sein Vater und lugte mit angespannter Miene über die rostige Sicherheitskette durch den Türspalt.

»Ach, du bist's«, sagte er, schloss die Tür wieder und öffnete dann ganz.

»Warum habt ihr euch denn so verbarrikadiert?« Bodenstein betrat den Flur, in dem es nach Bohnerwachs roch. Sein Vater spähte argwöhnisch in den dunklen Hof hinaus, bevor er die Kette wieder einhakte, den eingerosteten Riegel vorschob und den Schlüssel zwei Mal im Schloss drehte. Im Halbdunkel tauchte seine Mutter auf. Als er den ängstlichen Ausdruck auf dem Gesicht dieser sonst so furchtlosen Frau sah, empfand er gleichzeitig tiefes Mitleid und heftigen Zorn. Wie hatte Ludwig Hirtreiter ihnen mit seiner testamentarischen Verfügung eine solche Verantwortung aufbürden können? Er folgte seinen Eltern in die Küche. Auch hier waren die Riegel an der Seitentür vorgeschoben und die alten Schlagläden vor den Fenstern geschlossen. Statt der Deckenlampe tauchten nur zwei Kerzen den Raum in schummeriges Licht.

»Was ist denn passiert?«, erkundigte er sich besorgt. Ein Hauch von Knoblauch und Salbei hing in der Luft und ließ seine Magennerven erzittern, aber er konnte schlecht jetzt um etwas zu essen bitten.

»Dieser Mann war da«, sagte sein Vater mit unsicherer Stimme.

»Welcher Mann?«

»Der, der auf dem Parkplatz mit Ludwig sprechen wollte. Er hat mir einen Brief gegeben. Leonora, hast du ihn da?«

Die Mutter nickte und reichte Bodenstein ein zusammengefaltetes Stück Papier. Bodensteins Finger zitterten, als er den Brief las.

Wie angekündigt hatte Enno Rademacher nicht lange gezögert. Er bot dem Vater drei Millionen Euro für das Grundstück. Es war unglaublich.

»Du bist sicher, dass es derselbe Mann war?«

»Ganz sicher«, bestätigte sein Vater mit einem Nicken. »Als er heute plötzlich vor mir stand, konnte ich mich wieder erinnern. An seine Stimme. An diesen Dialekt.«

»Dialekt?«

»Österreichisch. Er sagte, das Angebot sei befristet, ich

solle mich schnell entscheiden, sonst werde es ausgesprochen unangenehme Konsequenzen haben.«

»Er hat dir gedroht?«, vergewisserte sich Bodenstein ungläubig. Er versuchte ruhig zu bleiben.

»Ja.«

Sein Vater ließ sich kraftlos auf die Küchenbank neben der Tür zum Kartoffelkeller fallen, die Mutter nahm neben ihm Platz und ergriff seine Hand. Unmöglich, ihnen in dieser Situation von Rademachers Drohungen zu erzählen oder sie gar zum Verkauf der Wiese zu drängen. Der Anblick seiner Eltern, die wie zwei verschreckte Kinder dasaßen und sich an den Händen hielten, schnitt Bodenstein ins Herz. Ein Donner krachte und ließ das Haus in seinen Grundfesten erbeben.

»Was sollen wir denn jetzt bloß machen, Oliver?«, fragte seine Mutter mit zitternder Stimme. »Was, wenn dieser Mann uns jetzt auch umbringen will?«

*

Unruhig wanderte Nika durch das Haus. Im Fernsehen kam nichts, was sie von ihren Gedanken ablenken konnte, und die Hitze machte sie zusätzlich nervös. Sie trat auf die Terrasse, setzte sich auf einen der Plastikstühle und starrte in die Dunkelheit des Gartens. Ein leichter Wind war aufgekommen, er roch nach Regen.

Dirk war keine fünf Kilometer von ihr entfernt und ahnte nicht, wie nah er ihr war. Die Sehnsucht nach ihm überfiel sie, wurde zu körperlichem Schmerz, der ihr die Tränen in die Augen trieb. Nika biss die Zähne zusammen. Sie konnte die Qualen in ihrem Herzen und die ständige Angst nicht länger ertragen. Die Monate des Versteckens und der Heimlichtuerei setzten ihr zu, sie war schreckhaft geworden und fühlte sich entsetzlich einsam. Längst war ihr die Ausweglosigkeit ihrer Situation bewusst; es gab kein Zurück, aber auch kein Vorwärts, ohne dass sie sich in Lebensgefahr begab. Ihre Zeit in diesem Haus neigte sich dem Ende zu, denn Mark würde Ricky irgendwann erzählen, was er gesehen hatte. Und Jannis, der nun ihren Namen kannte, würde keine Ruhe mehr geben.

Ein Blitz durchzuckte den nachtschwarzen Himmel, Sekunden später rollte ein gewaltiger Donner über das Land. Gleichzeitig ging das Licht im Flur an, und die Hunde sprangen aus ihren Körben. Nika stand auf und ging in die Küche. Jannis und Ricky waren zurück, Hand in Hand kamen sie herein, ausgelassen lachend.

»Nika!«, rief Ricky strahlend. »Du hättest dabei sein müssen! Es war sensationell! Der Theissen ist fast zusammengebrochen, als Jannis aufgestanden ist und ihm vor allen Leuten die Meinung gesagt hat!« Sie ging an ihr vorbei zum Kühlschrank. »Darauf müssen wir einen trinken!«

Nika wusste sofort Bescheid. Ihr gefror das Blut in den Adern. Jannis hatte sein Versprechen gebrochen, sein zerknirschter Gesichtsausdruck und das verlegene Lächeln waren Erklärung genug.

Bevor sie etwas sagen konnte, verließ er die Küche. Ricky merkte nichts, wie üblich. Sie nahm drei Sektgläser aus dem Schrank, machte sich am Verschluss einer Sektflasche zu schaffen und schwafelte irgendetwas von einem triumphalen Erfolg. Nika drängte sich an Ricky vorbei, ging in den Flur und riss mit einem Ruck die Klotür auf. Jannis erleichterte gerade seine Blase und warf ihr über die Schulter einen erschrockenen Blick zu. Das schlechte Gewissen stand ihm ins Gesicht geschrieben.

»Wie konntest du das tun?«, fuhr Nika ihn an. Es war ihr egal, was Ricky denken mochte. »Du hattest mir etwas versprochen!«

»Darf ich wohl grad noch ...«, begann er, aber sie packte

ihn an der Schulter und zerrte ihn mit unerwarteter Kraft herum. Er fluchte wütend, weil er seine Hose und Schuhe vollgepinkelt hatte.

»Du hast meinen Namen erwähnt, stimmt's?«

Ricky tauchte hinter ihr auf, die offene Sektflasche in der einen, eine brennende Zigarette in der anderen Hand.

»Was ist denn hier los?«, fragte sie und blickte misstrauisch zwischen den beiden hin und her, während Jannis mit hochrotem Gesicht krampfhaft versuchte, seinen Penis in die Hose zu stopfen.

»Wie konntest du das tun? Du hattest mir etwas versprochen!«

»Mein Gott, jetzt reg dich doch nicht so auf!«, knurrte Jannis, erbost über die wenig schmeichelhafte Lage, in der er sich befand. »So wichtig bist du nun auch wieder nicht!«

»Ich würde gerne mal wissen, über was ihr redet«, mischte sich Ricky ein.

Nika beachtete sie nicht. Sie starrte Jannis fassungslos an. Er hatte sein Wissen um ihre wahre Identität bei der erstbesten Gelegenheit eiskalt ausgenutzt, um sich und sein Anliegen in den Mittelpunkt der Aufmerksamkeit zu rücken. Ihm lag nicht das Geringste an ihr.

»Weißt du, was du bist, Jannis?«, stieß sie hervor. »Du bist ein rücksichtsloser, egoistischer, geltungssüchtiger Mistkerl! Um in die Zeitung zu kommen, tust du wirklich alles. Aber du hast keinen blassen Schimmer, was du heute Abend angerichtet hast!«

Er besaß nicht einmal genügend Anstand, sich zu entschuldigen.

»So schlimm wird's wohl nicht sein«, antwortete er von oben herab.

Die niederschmetternde Erkenntnis, wieder einmal nur belogen und ausgenutzt worden zu sein, ernüchterte Nika. Jedes Wort war zu viel. Das, was geschehen war, ließ sich nicht mehr rückgängig machen. Sie drehte sich um und verschwand in den Keller.

*

Sie standen im Licht der Straßenlaterne, das Polizeiauto mit blinkendem Blaulicht ein paar Meter entfernt. Niemand sah ihn, er legte an, zielte und drückte ab. Wommm! Volltreffer! Der Schädel zerplatzte wie ein Kürbis, Blut und Hirn spritzten. Schon tauchte im Fadenkreuz der Kopf des Nächsten auf. Diesmal zielte er etwas tiefer. Auf die Brust. Er drückte ab. Treffer! Der Todesschrei beschleunigte seinen Herzschlag, er schob konzentriert die Zunge zwischen die Lippen, seine Augen huschten hin und her. Da, wieder einer! Mark fuhr mit der feuchten Handfläche über seine Jeans und schoss. Die Kugeln rissen dem Mann den Arm ab. Blut sprudelte aus dem Stumpf.

Jannis, dachte er, du Schwein. Er hatte ganz genau gesehen, wie er sich an Nika gepresst, seinen Schwanz an ihr gerieben und ihr die Zunge in den Mund gesteckt hatte. Erst trieb er es mit Ricky, dann machte er sich an Nika ran. Und was er über das Windparkprojekt gesagt hatte! Ihm ging es überhaupt nicht um den Schutz der Natur, sondern nur um billige Rache und irgendeinen hirnrissigen Weltverschwörungskram! So ein beschissener Lügner! Mark kämpfte gegen die Tränen und feuerte auf alles, was sich ihm in den Weg stellte. Er hinterließ auf seinem Computerbildschirm ein virtuelles Blutbad.

An anderen Tagen half das Spiel gegen seine Aggressionen, heute aber nicht. Er war total durcheinander und wütend. Außerdem brachten ihn diese verdammten Kopfschmerzen fast um den Verstand. Sollte er Ricky sagen, was er gesehen hatte? Vielleicht würde sie Jannis ja rausschmeißen, diesen verlogenen Mistkerl, dann könnte er bei ihr wohnen. Er würde sie lieben, immer und ewig, und er würde sie niemals belügen oder betrügen! Sie könnten gemeinsam den Laden machen, die Hundeschule, das Tierheim. Im Gegensatz zu Jannis, der heimlich die Katzen piesackte, liebte Mark alle Tiere, genauso wie Ricky das tat.

Er beendete das Spiel mit einem Tastendruck. Undenkbar. Alles würde sich verändern, wenn er Ricky die Wahrheit sagte. Jannis und sie waren die einzigen Freunde, die er auf dieser Welt hatte! Andererseits hatte er das schon einmal geglaubt und war enttäuscht worden.

Du bist der einzige Freund, den ich auf der Welt habe. Das hatte er zu Micha gesagt, und es war die Wahrheit gewesen. Die Erinnerung an das warme Gefühl der Geborgenheit schwoll zu einer schmerzhaften Blase, die wuchs und wuchs, bis er kaum noch atmen konnte. Micha war nie ungeduldig gewesen, er hatte immer Zeit für ihn gehabt. Sie hatten zusammen im Garten gearbeitet, Spaziergänge gemacht und abends auf der Couch gelegen und ferngesehen, gelesen oder einfach nur geredet. An den Wochenenden, wenn alle anderen zu Hause waren und nur seine Eltern ihn mal wieder nicht haben wollten, hatte Micha ihm Kakao gekocht. Danach hatte er bei ihm übernachten dürfen, statt alleine im Viererzimmer schlafen zu müssen. Seinen Eltern hatte er natürlich nichts davon erzählt, denn sein Vater hätte ganz sicher nicht kapiert, wie verdammt allein und einsam er sich an diesen Wochenenden im Internat gefühlt hatte. Bis heute verstand Mark nicht richtig, warum Micha von einem Tag auf den anderen verschwunden war. Man hatte ihn aus dem Unterricht geholt und zur Direktorin gebracht, seine Eltern waren da gewesen und lauter andere Leute, die er nie zuvor gesehen hatte. Es war ein Schock für ihn gewesen, als man ihm entsetzlich peinliche Fragen gestellt hatte. Eine Psychologin hatte auf ihn eingelabert, hatte mit allen Tricks versucht, ihm irgendwelche perversen Geschichten aus der Nase zu ziehen.

Anhand einer Puppe hatte er zeigen sollen, wo Micha ihn angefasst, was er mit ihm getan hatte. Mark hatte keinen Ton gesagt und nichts begriffen, aber er hatte sich schrecklich gefühlt.

Erst viele Monate später hatte er zufällig im Fernsehen einen Bericht über das gesehen, was die Presse als »Missbrauchsskandal« bezeichnete, und da hatte er erfahren, dass sich der Lehrer Dr. Michael S. zwei Tage vor Beginn des Prozesses wegen sexuellen Missbrauchs Schutzbefohlener im Gefängnis erhängt hatte.

Das war der Tag gewesen, an dem er sich einen der Golfschläger seines Vaters geschnappt hatte und losgelaufen war. Noch heute konnte er die tiefe Erleichterung fühlen, als die Autofenster unter den Schlägen geborsten, die Spiegel scheppernd über den Asphalt geschossen und die Alarmanlagen angegangen waren.

Mit jedem Schlag waren der Druck in seiner Brust und die Taubheit in seinem Kopf weniger geworden, bis sie ganz weg waren. Er hatte sich mitten auf die Straße gelegt und in den Sternenhimmel geguckt. Irgendwann waren die Bullen aufgetaucht und hatten ihn auf die Beine gezerrt.

Lange war alles gut gewesen, aber jetzt war er plötzlich wieder da, dieser Druck, unerträglicher und bohrender als je zuvor. Er konnte ihn nicht länger ignorieren. Musste ihn loswerden. Irgendwie.

Mark schlug seinen Kopf auf die Schreibtischplatte. Wieder und wieder, bis seine Nase blutete, die Haut anschwoll und platzte. Es musste weh tun, es musste bluten, bluten, bluten!

*

Professor Dirk Eisenhut ging nervös in der Hotelsuite auf und ab. Eigentlich hatte noch ein Abendessen mit den Gastgebern und ihren Ehefrauen auf dem Programm gestanden, aber er war zu aufgewühlt, um oberflächliche Konversation zu machen. Er beachtete weder die Flasche Champagner, die in einem Kühler auf Eis lag, noch das Tablett mit Köstlichkeiten aus der Küche des Hotels.

Sollte es nach fünf Monaten tatsächlich eine Spur von Annika geben? Niemals hätte er für möglich gehalten, dass ein Mensch im Jahr 2009 in Deutschland einfach verschwinden konnte, aber es war so. Am Anfang war er noch sicher gewesen, dass sie eines Tages wieder irgendwo auftauchen würde. Er hatte sämtliche Hebel in Bewegung gesetzt, alle Beziehungen spielen lassen, und das waren nicht wenige. Er hatte auf eigene Kosten ein renommiertes Detektivbüro eingeschaltet und den Sicherheitsdienst des Instituts auf jede noch so kleine Spur angesetzt, alles vergeblich. Anfang Februar hatte die Polizei ihr Auto bei Speyer aus dem Altrhein geborgen, aber es hatte keine Hinweise darauf gegeben, dass Annika im Auto gesessen hatte und ertrunken war. Das war die allerletzte Spur von ihr gewesen. Was war mit ihr geschehen? Was hatte sie in Speyer gemacht?

Dirk Eisenhut blieb am Fenster stehen und blickte in den dunklen Park. Draußen tobte ein heftiges Gewitter, das erste in diesem Frühling. Der Regen stürzte vom Himmel wie eine Sintflut, die mächtigen Bäume wurden von heftigen Sturmböen gepeitscht. Es sah aus, als vollführten ihre schwarzen Silhouetten einen irrsinnigen Tanz. Annikas Name stand auf der Liste der vermissten Personen des BKA, aber niemand hatte sich gemeldet, der sie gesehen haben wollte, nicht einmal irgendein Wichtigtuer. Es war schlicht zum Verzweifeln.

Ein Klopfen an der Tür ließ ihn herumfahren. Sein Herz machte ein paar rasche Schläge, dann folgte die Enttäuschung. Stefan Theissen und zwei andere Vorstandsmitglieder des Wirtschaftsclubs traten ein. Ihre Anzüge waren durchweicht vom Regen.

»Und?«, fragte er angespannt. »Haben Sie ihn?«

»Nein, es tut mir leid.« Theissen hob bedauernd die Hände. »Das Gewitter … Plötzlich rannte alles durcheinander.«

»So eine verdammte Scheiße!«, fluchte Eisenhut unbeherrscht. »Das darf doch nicht wahr sein! Wozu haben Sie einen Sicherheitsdienst?«

Die drei Männer wechselten betretene Blicke.

»Uns ist das auch sehr unangenehm«, sagte einer schließlich beschwichtigend. »Wir können uns nicht erklären, wie er in den Saal hineingekommen ist.«

»Wahrscheinlich mit einem gefälschten Presseausweis«, meinte der zweite. Die selbstbewussten Unternehmer standen vor ihm wie geprügelte Kinder, nachdem der Abend zu einer mittleren Katastrophe geraten war.

»Machen Sie sich keine Gedanken wegen dem Mann, er hatte nicht Sie persönlich gemeint.« Theissen bemühte sich vorsichtig um Schadensbegrenzung, aber Eisenhut konnte seine Enttäuschung kaum beherrschen.

»Es ist mir vollkommen egal, was er gesagt hat«, entgegnete er heftig. »Das interessiert mich nicht im Geringsten. Ich …«

Er verstummte, als er den befremdeten Gesichtsausdruck seiner Gastgeber sah, und erkannte seinen Fauxpas. Ihm wurde bewusst, wie schwer die Vorwürfe wogen, die der Mann eben in aller Öffentlichkeit geäußert hatte. Sie konnten Theissen und seiner Firma große Unannehmlichkeiten und wirtschaftlichen Schaden zufügen, denn zweifellos war dieser spektakuläre Auftritt zum Ende einer wenig spektakulären Veranstaltung für die Presse ein gefundenes Fressen.

Er atmete tief durch.

»Bitte entschuldigen Sie mein unhöfliches Benehmen«, sagte er dann. »Ich bin nur etwas durcheinander. Dieser Mann hat den Namen einer langjährigen, engen Mitarbeiterin von mir erwähnt, die seit ein paar Monaten spurlos verschwunden ist. Für einen kurzen Moment hatte ich wohl gehofft, er wüsste vielleicht, wo sie sich aufhält.«

In der Suite des Kempinski Hotels war es ganz still, nur der Wind heulte, und der Regen prasselte gegen die Fensterscheiben. Stefan Theissen musterte Eisenhut, dann komplimentierte er rasch seine Vorstandskollegen aus der Suite.

»Annika war mehr als nur eine Mitarbeiterin«, erklärte Eisenhut, ließ sich auf einen Stuhl sinken und fuhr sich mit beiden Händen über das Gesicht. »Sie war fünfzehn Jahre lang meine Assistentin, der einzige Mensch, dem ich völlig vertrauen konnte. Wir ... wir hatten einen heftigen Streit, und sie verschwand. Dann ist das Unglück mit meiner Frau passiert. Seitdem ... versuche ich verzweifelt, Annika zu finden.«

Er hob den Kopf und sah Theissen an.

»Ich verstehe«, sagte der. »Und möglicherweise kann ich Ihnen helfen. Ich weiß, wer der Mann ist.«

»Tatsächlich?« Eisenhut war wie elektrisiert.

»Ja«, Theissen nickte bestätigend. »Er war Projektleiter bei uns und will sich an uns rächen, indem er versucht, den Bau des Windparks zu verhindern. Sein Name ist Jannis Theodorakis, und ich weiß sogar, wo Sie ihn finden können.«

Er zog sein Mobiltelefon aus der Tasche seines Jacketts und begann zu telefonieren. Eisenhut konnte nicht länger stillsitzen und nahm seine Wanderung durch die Hotelsuite wieder auf. Die bloße Vorstellung, Annika bald wieder gegenüberzustehen, verursachte in seinem Innern ein wahres Gefühlschaos. Theissen sprach mit leiser Stimme, ging mit dem Telefon am Ohr zu dem zierlichen Sekretär aus Nussbaumholz und kritzelte etwas auf einen Bogen des Hotelbriefpapiers.

»Das sind Name und Adresse seiner Freundin.« Er hielt Eisenhut das Blatt hin, und dieser musste sich beherrschen, um es ihm nicht aus der Hand zu reißen. »Angeblich wohnt er bei ihr. Ich hoffe, das hilft Ihnen weiter.«

»Danke.« Eisenhut lächelte mühsam und legte Theissen kurz die Hand auf die Schulter. »Es ist immerhin eine

Chance. Und entschuldigen Sie bitte mein Benehmen von vorhin.«

»Schon in Ordnung. Es würde mich freuen, wenn ich Ihnen helfen konnte.«

Als Theissen die Tür hinter sich geschlossen hatte, zückte Eisenhut sein Handy und tippte auf eine gespeicherte Nummer. Er wartete ungeduldig, bis sich am anderen Ende der Leitung endlich jemand meldete.

»Ich bin's«, sagte er knapp. »Ich glaube, ich habe sie gefunden. Ihr müsst sofort herkommen.«

Dann ging er zur Minibar, nahm ein Fläschchen Whisky heraus und leerte es in einem Zug. Der hochprozentige Alkohol beruhigte seine Nerven. Er atmete ein paar Mal tief durch und trat wieder ans Fenster, so dicht, dass das Glas unter seinem Atem beschlug.

»Wo hast du dich versteckt, du Miststück?«, murmelte er mit zusammengebissenen Zähnen. Sie lebte, das spürte er mit jeder Faser seines Körpers. Er würde sie finden. Und dann gnade ihr Gott.

*

Mit düsteren Mienen saßen sie um den blankgescheuerten Küchentisch herum. Niemand sagte ein Wort. Das Gewitter war weitergezogen, gleichmäßig strömte der Regen vom Himmel. Bodenstein stand auf, öffnete das Fenster und stieß den Fensterladen zur Seite. Feuchte Luft fuhr ihm ins Gesicht, sie duftete nach Regen und Erde. Das Wasser gluckerte in den Fallrohren und plätscherte in die Regentonne neben der Küchentür.

»Wir können nicht darauf warten, dass dieser Typ seine Drohung wahr macht«, sagte Marie-Louise nun ungehalten. »Ich schufte seit Jahren Tag und Nacht für das Restaurant und habe keine Lust, mir das kaputtmachen zu lassen.«

Bodenstein hatte seinen Bruder und seine Schwägerin ange- rufen und ihnen von der Erbschaft und Rademachers unver- hohlener Drohung berichtet. Seit anderthalb Stunden über- legten sie gemeinsam, wie sie sich verhalten sollten.

»Ich verstehe nicht, warum du zögerst, Vater«, meldete sich Quentin, der bisher kaum etwas gesagt hatte, zu Wort. »Verkauf denen diese Wiese. Damit bist du alle Sorgen los.«

Bodenstein warf seinem Bruder einen kurzen Blick zu. Quentin war ein Pragmatiker; moralische Bedenken quälten ihn so gut wie nie.

»Das geht nicht«, widersprach Heinrich von Bodenstein seinem jüngsten Sohn mit müder Stimme. »Wie stehe ich denn vor den anderen da, wenn ich das tue?«

In den letzten vier Tagen war er um Jahre gealtert. Sein schmales Gesicht wirkte eingefallen, die Augen lagen in tie- fen Höhlen.

»Ach, Vater! Wenn das deine einzige Sorge ist!« Quentin schüttelte unwillig den Kopf. »Jeder andere Mensch auf die- ser Welt hätte weniger Gewissensbisse als du, das schwöre ich dir.«

»Deshalb hat Ludwig ja auch mir die Wiese vererbt und keinem anderen«, entgegnete sein Vater. »Eben weil er wuss- te, dass ich in seinem Sinne handeln würde.«

»Dein Anstand in allen Ehren«, bemerkte Marie-Louise spitz. »Ich sehe allerdings nicht ein, dass *wir* unter den Konse- quenzen leiden sollen. Wir sollten abstimmen, und zwar ...«

Ein Klopfen an der Haustür ließ sie mitten im Satz ver- stummen. Alle erstarrten und blickten sich besorgt an. Es war kurz vor Mitternacht. Wer konnte das sein?

»Habt ihr das Hoftor nicht wieder hinter euch abgeschlos- sen?«, flüsterte Bodensteins Mutter mit einem furchtsamen Ausdruck in den Augen.

»Nein«, gab Quentin zu. »Wir müssen ja später wieder raus.«

»Aber ich hatte dich doch gebeten …«

»Mutter, das Tor steht seit vierzig Jahren Tag und Nacht auf«, schnitt er ihr ungeduldig das Wort ab. »Du siehst ja schon Gespenster!«

Da niemand Anstalten machte, zur Tür zu gehen, schob Bodenstein seinen Stuhl zurück und stand auf.

»Sei vorsichtig!«, rief seine Mutter ihm nach.

Im Flur drückte er auf den Lichtschalter für die Außenbeleuchtung und öffnete nacheinander Riegel, Kette und Schloss. Sollte der Riese mit dem Pferdeschwanz tatsächlich so dreist sein und zu dieser Uhrzeit hier auftauchen, konnte er etwas erleben. Mit Schwung riss Bodenstein die Tür auf und erblickte im trüben Licht der Wandlaterne statt eines kräftigen Mannes eine zierliche Frau. Den ganzen Tag hatte er immer wieder an sie gedacht, und als sie nun so unerwartet vor ihm stand, tat sein Herz einen wilden, glücklichen Satz.

»Nika! Das ist ja eine Überraschung«, sagte er, doch dann bemerkte er ihren Zustand, und seine Freude verwandelte sich in Besorgnis. »Ist etwas passiert?«

Sie war bis auf die Haut durchnässt, das Haar klebte an ihrem Kopf. Neben ihren Füßen stand eine lederne Reisetasche.

»Entschuldigen Sie, dass ich so spät noch störe«, flüsterte sie. »Ich … ich … wusste nicht, wohin ich gehen sollte …«

Bodensteins Vater erschien im Flur und kam näher.

»Nika!«, rief er und stellte dieselbe Frage wie zuvor sein Sohn. »Was ist denn passiert?«

»Ich … ich musste bei Jannis und Ricky weg«, erklärte Nika, ihre Stimme schwankte. »Ich bin von Schneidhain hierher gelaufen, weil ich nicht wusste, wohin ich …«

Sie verstummte, zuckte die Schultern und kämpfte mit den Tränen.

Heinrich von Bodenstein half ihr, die nasse Jacke auszuziehen, dann führte er sie in die Küche. Sie zitterte am ganzen

Körper. Stand sie unter Schock? Bei ihrem jämmerlichen Anblick erwachten bei Bodensteins Mutter die Lebensgeister. Sie erhob sich und zog einen Stuhl heran.

»Komm, setz dich her«, sagte sie. »Warte, ich hol dir ein Handtuch und einen trockenen Pullover. Und etwas zum Aufwärmen.«

Erleichtert, nicht länger zur Untätigkeit verdammt auf einen Killer warten zu müssen, verließ sie die Küche. Bodenstein betrachtete die Frau, die stocksteif und totenbleich auf dem Stuhl saß, die Arme um den Oberkörper geschlungen, und verspürte tiefe Sorge. Der Schrecken war ihr deutlich anzusehen, ihr Blick war verzweifelt. Was war geschehen? Weshalb kam sie mitten in der Nacht durch den dunklen Wald und das heftige Gewitter zu Fuß hierher? Er dachte daran, wie sie gestern Abend mit ihm geredet und gelacht hatte. Es fiel ihm schwer, jene Nika mit dem Häufchen Elend in Verbindung zu bringen, das jetzt in der Küche seiner Eltern saß. Der Vater holte eine Decke, seine Mutter kehrte mit einem Handtuch und einem Glas Cognac zurück, das sie Nika fürsorglich in die Hand drückte.

»Na, da hat der Malteser-Orden wieder ein neues Opfer gefunden«, bemerkte Quentin sarkastisch. Er klopfte Bodenstein auf die Schulter. »Wir gehen rüber. Ich verlass mich drauf, dass du das hinkriegst, Bruderherz.«

»Ja, gib dir Mühe«, raunte auch seine Schwägerin und zwinkerte ihm zu. »Mit dem Geld könnte ich endlich das Hotel ausbauen.«

Typisch Marie-Louise. Ihr zweiter Vorname war Geschäftstüchtigkeit. Bodenstein hob nur die Augenbrauen und sagte nichts. Er wartete, bis Bruder und Schwägerin gegangen waren, dann setzte er sich Nika gegenüber an den Küchentisch. Sie hielt das Glas mit beiden Händen umklammert und schauderte, als ein feuchtkühler Windstoß durch die Gardinen wirbelte. Die Kerzen flackerten unruhig im Luftzug.

»Soll ich das Fenster zumachen?«, fragte Bodenstein.

Sie schüttelte stumm den Kopf. Er betrachtete ihr Gesicht. Jung und verletzlich sah sie aus, und es rührte ihn, dass sie in ihrer offenkundigen Not zu ihm gekommen war. Sie vertraute ihm. Er sah zu, wie sie zitternd das Glas an die Lippen hob. Sie trank einen Schluck Cognac, verzog kurz den Mund. Ihr Blick irrte hin und her, der Schock wich, wenn auch nur langsam.

»Besser?«, erkundigte er sich leise. Ihre Augen suchten seine, saugten sich an ihnen fest.

Die Standuhr im Flur schlug die halbe Stunde.

»Wollen Sie mir erzählen, was passiert ist?«, fragte Bodenstein teilnahmsvoll. Am liebsten wäre er aufgestanden und hätte sie tröstend in die Arme genommen. Nika blickte ihn unverwandt aus großen Augen an, strich sich eine feuchte Haarsträhne aus der Stirn.

»Es ist schon so spät«, flüsterte sie. »Sie ... Sie müssen morgen arbeiten. Es tut mir leid ...«

Ihre Rücksicht beeindruckte ihn.

»Das muss es nicht«, beeilte er sich zu sagen. »Und morgen ist Samstag. Ich habe alle Zeit der Welt.«

Sie lächelte, ein kurzes, dankbares Aufleuchten, das sofort wieder erlosch. Ein wenig Farbe war in ihr blasses Gesicht zurückgekehrt. Sie schob das Glas zur Seite, faltete ihre Hände und holte tief Luft.

»Ich heiße Annika Sommerfeld«, sagte sie mit gesenkter Stimme. »Ich habe fünfzehn Jahre lang am Deutschen Klima-Institut als Assistentin von Professor Dirk Eisenhut gearbeitet. Er will mich umbringen.«

Berlin, August 2008

Sie stieg vor dem Tacheles aus dem Taxi, blieb am Straßenrand stehen und blickte sich suchend um. Es war erst kurz vor
neun, sie war ein wenig zu früh. Die ungewöhnliche Ruine
eines Kaufhauses aus dem frühen zwanzigsten Jahrhundert
zog mit ihren Cafés, Künstlerateliers und einem Club vor
allem ausländische Touristen an, die von dem anarchischen
Kunst- und Kulturwirrwarr fasziniert waren.

Der von Cieran gewählte Treffpunkt war perfekt, denn
der warme Sommerabend hatte die Gegend zwischen der
nördlichen Friedrichstraße und der Oranienburger Straße
mit ihren zahlreichen Bars und Restaurants in eine einzige
pulsierende Partymeile verwandelt – und damit wohl in den
letzten Ort, an dem Dirk jemals auftauchen würde.

Touristen und junge Leute in Feierstimmung drängten sich
vor dem Tacheles, jemand rempelte sie an. Sie ging ein paar
Meter, blieb an einer Fußgängerampel stehen und überquerte
in einem Pulk bereits ziemlich angetrunkener Teenager die
Straße. Aus den Küchen der Restaurants waberten Essens-
gerüche, es roch nach Knoblauch, Fisch, Pommesfett und
gebratenem Fleisch. Musikfetzen, Reifenquietschen, Hupen,
Gelächter. Das Gefühl der Verlorenheit, das sie seit jenem
schrecklichen Abend in Deauville nicht mehr losließ, wurde
angesichts der fröhlichen Menschen stärker. Ihre Begegnung
mit Cieran war schicksalhaft gewesen. Er hatte ihr die Augen
geöffnet und Zweifel an der Richtigkeit ihres Tuns in ihr ge-

weckt, aber nicht nur das. Plötzlich hatte sie eine Chance erkannt, sich an Dirk zu rächen.

»Hey, Annika.« Cierans Stimme holte sie in die Gegenwart zurück. Er küsste sie flüchtig auf die Wangen.

»Hallo, Cieran.« Sie war so in Gedanken gewesen, dass sie ihn gar nicht bemerkt hatte. Er wirkte verändert. Besorgt. Erschöpft. Gestresst. Das jungenhafte Lächeln, das sonst die ersten Falten in seinem Gesicht milderte, war verschwunden. Und er war dünner geworden, seitdem sie ihn das letzte Mal gesehen hatte. Stand ihm nicht gut.

»Wo wollen wir hingehen?«, fragte er.

»Keine Ahnung. Du kennst dich hier wahrscheinlich besser aus als ich«, erwiderte sie. »Aber ich hätte Lust auf einen Cocktail.«

Er hob die Augenbrauen.

»Nicht lieber Rotwein? Ach, ich seh schon ...« Da war das Lächeln. Ganz kurz zuckte es auf, verlosch aber sofort wieder. »Dann lass uns rüber in die Bellini Bar gehen, da kann man draußen sitzen.«

Er legte in einer vertraulichen Geste den Arm um ihre Schultern, sie passte ihren Schritt seinem an und gestattete es sich für einen kurzen Moment, wenigstens von den anderen Menschen als Pärchen wahrgenommen zu werden. Dirk hatte in der Öffentlichkeit nie den Arm um sie gelegt. Aber warum auch? Er hatte sie ja nie geliebt. Mühsam kämpfte sie die Bitterkeit nieder, die ihr ständiger Begleiter geworden war, und versuchte, sich auf Cieran zu konzentrieren. Sie fanden zwei freie Plätze, Cieran bestellte ein Bier für sich und zwei Caipirinhas. Er wartete, bis die Bedienung die Getränke serviert hatte, dann beugte er sich zu ihr und begann zu erzählen. Sie hörte ihm zu, stumm und ungläubig. Ihr Hass und ihr Zorn auf Dirk Eisenhut wuchsen ins Unermessliche. Sie war so gefangen von dem, was Cieran sagte, dass sie den Mann mit der Kamera nicht bemerkte.

»Nika ist weg! Einfach abgehauen, diese dumme Kuh!«

Verwirrt blinzelte Jannis ins helle Sonnenlicht. Ricky stand mit grimmiger Miene vor seinem Bett und wedelte mit einem Zettel.

»Was ist los?«, murmelte er verschlafen.

»Weg ist sie! Hat ihren Kram gepackt und mir diesen Wisch hier auf den Küchentisch gelegt!« Ricky war außer sich. »Dabei weiß sie doch genau, dass Frauke nicht da ist. Wie soll ich denn wohl allein im Laden klarkommen?«

Jannis brauchte ein paar Sekunden, um vollständig wach zu werden und zu begreifen, was geschehen war. Nika hatte sich davongemacht.

»Sei doch froh«, sagte er.

»Ich bin nicht froh!«, erwiderte Ricky heftig. »Ich steh allein auf weiter Flur mit dem Laden und dem Haushalt. Woher soll ich denn so schnell Ersatz kriegen? Hilfst du mir etwa?«

Sie rauschte hinaus. Jannis seufzte und rieb sich die Augen. Es war gar nicht so leicht gewesen, Ricky gestern Abend zu besänftigen. Nach der Szene, die Nika ihm gemacht hatte, war sie misstrauisch geworden und hatte wissen wollen, was er Nika versprochen hatte. Ihm war es gelungen, eine Geschichte zu erfinden, die Ricky einigermaßen akzeptiert hatte. Aber die Situation war gefährlich geworden, nicht zuletzt durch Mark. Jannis las den Zettel, den Ricky auf sein Bett geworfen hatte.

Liebe Ricky, ich muss leider hier verschwinden. Danke für deine Hilfe und dass ich bei dir wohnen durfte. Vielleicht kann ich dir später alles erklären. Pass auf dich auf, Nika.

Er warf die Bettdecke zurück, stand auf und ging in T-Shirt und Unterhose hinaus zum Briefkasten, um die Zeitung zu holen. Vielleicht stand ja schon etwas über gestern Abend drin. Er legte die Zeitung in der Küche auf den Tisch, schenkte sich einen Kaffee ein und setzte sich. Die Terrassentüren standen weit offen. Ricky fütterte im Garten ihr Viehzeug, die Hunde saßen auf der Terrasse und beobachteten sie aufmerksam. Rasch blätterte Jannis zum Lokalteil.

Er war schuld, dass Nika weg war, das war ihm klar. Sie hatte ihn gebeten, ihren Namen nicht zu erwähnen, aber er hatte es trotzdem getan, weil er ihre Besorgnis für übertrieben gehalten hatte. Auch wenn an ihren Befürchtungen irgendetwas Wahres dran zu sein schien, denn der berühmte Klimapapst Eisenhut war ja geradezu versteinert, als er den Namen *Annika Sommerfeld* ausgesprochen hatte. Theissen hingegen hatte völlig die Kontrolle verloren und sich vor zweihundert Leuten und der Presse zum Affen gemacht.

Jannis grinste. Er schlug die Seite um und zuckte erfreut zusammen, als ihm ein Foto von Eisenhut, Theissen und zwei anderen Kerlen ins Auge sprang. Gespannt überflog er den Artikel, aber von Zeile zu Zeile wuchs seine Enttäuschung. Der Schreiberling ignorierte seinen Auftritt und Theissens gewalttätige Entgleisung vollkommen! Verdammt! Hatten sich diese Pressefritzen etwa von Theissen und seinen Wirtschaftsclub-Kumpels korrumpieren lassen? Seine ganze Aktion war völlig für die Katz gewesen, wenn die Presse nicht darüber berichtete! Ricky kam zurück in die Küche.

»Die *Taunuszeitung* hat kein Wort über mich geschrieben«, beklagte er sich bei ihr. »Das ist ja wohl das Allerletzte! Ich werde in der Redaktion anrufen und fragen, ob Theissen ihnen das verboten hat!«

»Du glaubst nicht, wie egal mir das ist«, antwortete Ricky unfreundlich. »Frauke wird von der Polizei gesucht, und jetzt hat sich auch noch Nika aus dem Staub gemacht! Ich weiß nicht mehr, wie ich die ganze Arbeit schaffen soll, und du hast nur deinen bescheuerten Rachefeldzug im Kopf.«

Sie räumte mit Gepolter die schmutzigen Tiernäpfe in die Spülmaschine.

»Hilfst du mir heute im Laden?«, fragte sie. »Sonst brauch ich gar nicht aufzumachen.«

»Dann lass eben zu«, murmelte Jannis und stand auf.

Ihre Probleme interessierten ihn nicht. Vielleicht hatte ja die *Rundschau* oder die *FAZ* über ihn berichtet. Samstags machte der Kiosk unten an der Wiesbadener Straße um neun auf, das war in gut anderthalb Stunden. Außerdem glaubte er zu wissen, wo Nika sich verkrochen hatte. Er musste sie finden und sie überzeugen, zurückzukommen und ihm zu helfen. Sie war seine stärkste Waffe gegen Theissen, das hatte er gestern gemerkt. Beim nächsten Mal würde er sich nicht mehr auf die korrupte Presse verlassen.

Gleich nachdem er die Zeitungen geholt hätte, würde er die gefälschten Gutachten ins Internet stellen – und Nikas Namen dazu. Er wusste, wie er es anfangen musste, um aus Theissens und Eisenhuts Gemauschel einen Skandal zu machen, der sich in der weltweit vernetzten Klimaskeptikergemeinde so rasend schnell ausbreiten würde wie ein Steppenbrand.

*

Sie hatten die ganze Nacht geredet. Ihre Geschichte, die sie ihm erzählt hatte, klang unglaublich. Die Enthüllung ihrer wahren Identität hatte ihm einen Schock versetzt, doch sie hatte glaubwürdige Beweise. Nun zermarterte Bodenstein sich den Kopf, wie er ihr helfen konnte und ob er das überhaupt in Erwägung ziehen sollte. In ihrem Besitz befanden sich Unterlagen, deren Brisanz bereits drei Menschen das Leben gekostet hatte. Was, wenn herauskam, dass er, der Leiter des K11 in Hofheim, sie in seinem Haus versteckte? Diese Angelegenheit war eine Nummer zu groß für ihn; hier ging es nicht mehr um Kleinstadtpolitik, Bestechung und Mauschelei, sondern um etwas weitaus Gefährlicheres und um Menschen, die über Leichen gingen. Aber Annika war unschuldig. Sie war zwischen die Fronten geraten und musste um ihr Leben fürchten, solange sie diese Unterlagen hatte.

»Du kannst Eisenhut die Sachen doch einfach geben«, sagte Bodenstein in die Stille. »Dann hat er keinen Grund mehr, dich zu verfolgen.«

»So einfach ist es leider nicht. Cieran hat die Unterlagen in einem Schließfach bei einer Schweizer Bank deponiert. Ich habe zwar den Schlüssel und die Legitimation, das Fach zu öffnen, aber keine Möglichkeit, in die Schweiz zu kommen.«

»Warum nicht?«

»Als ich Berlin so überstürzt verlassen habe, habe ich meinen Pass, meinen Ausweis, ja einfach alles dagelassen.« Sie seufzte. »Manchmal kommt mir das alles vor wie ein irrsinniger Alptraum. Mein ganzes Leben ist weg!«

Ihre Verzweiflung schnitt Bodenstein ins Herz.

»Ich habe schon oft überlegt, mich bei der Polizei zu stellen«, fuhr sie fort. »Einfach alles zu erzählen. Die ganze Wahrheit zu sagen. Sie müssen mir doch glauben!«

Ja, flüsterte der Polizist in Bodenstein, *stell dich! Du bist unschuldig. Man wird die Wahrheit herausfinden.* Aber ohne zu zögern schob er alles, weswegen er vor vielen Jahren sein Jurastudium aufgegeben hatte, um zur Polizei zu gehen, beiseite.

»Ich fürchte, du irrst dich«, erwiderte er nüchtern. »Wenn Eisenhut wirklich so einen guten Draht zum Verfassungsschutz hat, ja wenn die vielleicht sogar hinter der Ermordung dieses Journalisten stecken, dann werden sie dir allein aus der Tatsache, dass sich diese Unterlagen in deinem Besitz befinden, ein Motiv für den Mord drechseln. Wenn du dich jetzt stellst, hast du keine Chance.«

Sie saßen am Tisch in der kleinen Küche des Kutscherhauses. Die Vertrautheit, die sich in der Nacht zwischen ihnen eingestellt hatte, verwandelte sich im Morgenlicht in Befangenheit. Annika sah erschöpft aus. Aber die Angst war aus ihren Augen gewichen, und sie lächelte zaghaft.

»Du rätst mir, mich weiterhin versteckt zu halten?«

»Vorläufig zumindest«, antwortete er.

Irgendwann gestern Nacht hatte er Annika vorgeschlagen, aus der Wohnung seiner Eltern zu ihm hinüberzugehen. Zum Glück hatte sie das nicht missverstanden oder anzüglich gefunden, sie hatte nur genickt und war ihm über den Hof zum Kutscherhaus gefolgt, das ein Stück abseits lag. Aus dem Küchenfenster konnte man den Vorhof überblicken; einer der Stallarbeiter führte gerade ein paar Pferde zu den Koppeln, die Hufeisen klapperten auf dem Asphalt, der noch feucht vom heftigen Gewitterregen war. Der Himmel leuchtete hellblau und versprach einen schönen Tag.

»Was soll ich bloß tun?« Annika stieß einen tiefen Seufzer aus. »Ich kann dich nicht in diese Sache mit hineinziehen.«

»Du hast es schon getan, indem du es mir erzählt hast. Und ich werde versuchen, dir zu helfen.«

Sie sahen sich an. Dr. Annika Sommerfeld. So hieß sie wirklich. Sie war keine Putzfrau und keine Verkäuferin, sondern eine renommierte Wissenschaftlerin, die in ernsthaften Schwierigkeiten steckte. War es ein Fehler, ihr diese wilde Geschichte zu glauben? Wie wollte er ihr überhaupt helfen? Trübte seine Zuneigung zu ihr seine Objektivität? Was, wenn sie eine Verstellungskünstlerin war, die ihn instrumentalisierte? Aber konnte man diese Angst, diese Verzweiflung wirklich spielen?

»Ich frage mich, wie ich so naiv sein konnte«, sagte Annika. »Alles, was ich in meinem Leben je tun wollte, war forschen. Dirk hat mir ungeahnte Möglichkeiten eröffnet. Niemals hätte ich für möglich gehalten, dass er zu so etwas in der Lage sein würde.«

»Du hast ihm vertraut«, entgegnete Bodenstein. »Und du hast ihn geliebt.«

»Ja, das habe ich wirklich.« Ihre Stimme klang plötzlich bitter. »Ich habe all die Jahre die Arbeit gemacht, und er hat sich mit den Ergebnissen meiner Forschungen geschmückt. Sein neues Buch ... das sollte eigentlich meine Habilitation werden.«

Sie warf ihm einen so niedergeschmetterten Blick zu, dass er erschrak.

»Ich habe keine Zukunft mehr«, sagte sie deprimiert. »Er hat mir alles gestohlen. Meinen Namen zerstört. Eigentlich ist es egal, was jetzt passiert.«

»Das darfst du nicht sagen!« Bodenstein ergriff ihre Hand und hielt sie fest. »Es gibt immer einen Weg. Und den müssen wir finden.«

»Nein, Oliver. Du musst gar nichts. Das ist meine Angelegenheit. Ich hätte gestern Abend nicht hierherkommen dürfen.«

Sie hatte die ganze Nacht nicht geweint, aber jetzt standen die Tränen in ihren Augen.

»Ich habe einen Fehler gemacht«, flüsterte sie. »Einen Riesenfehler. Und dafür muss ich jetzt büßen.«

Sie senkte den Kopf und begann zu schluchzen. Bodenstein betrachtete sie. Eine Welle der Zärtlichkeit ließ sein Herz schneller schlagen. Ohne genau sagen zu können, weshalb er das tat, wagte er sich auf das dünne, brüchige Zweiglein, das sich Vertrauen nannte. Er entschied sich für einen waghalsigen Drahtseilakt ohne Netz und doppelten Boden.

»Du bist nicht allein, Annika. Ich helfe dir«, versprach er

ihr. Bodenstein hatte beschlossen, einmal in seinem Leben unvernünftig zu sein, denn er hatte sich verliebt.

*

Jannis wartete, bis Ricky wutschnaubend das Haus verlassen hatte, nachdem sie ihn noch etwas beschimpft und ihm vorgeworfen hatte, er sei der letzte Egoist. Er zog sich an, steckte Handy und Portemonnaie ein und holte sein Fahrrad aus der Garage. Bevor der Kiosk aufmachte, würde er schnell durch den Wald zum Hofgut Bodenstein fahren. Er hatte sich daran erinnert, wie er Nika und Heinrichs Sohn, den Kripobullen, einträchtig vor dem Supermarkt gesehen hatte; mit Sicherheit war sie bei ihm untergekrochen.

Irgendwie musste er sie davon überzeugen, zurückzukommen. Wenigstens für ein paar Tage. Er würde sie um Verzeihung bitten, notfalls einen auf zerknirscht machen und seinen Fehler eingestehen, das kam bei Frauen immer gut an.

Jannis war so in Gedanken, dass er den weißen Kleintransporter nicht bemerkte, der zwei Häuser weiter auf dem Bürgersteig parkte und sich nun in Bewegung setzte. Die Luft war kühl und klar, das Gewitter hatte die Schwüle weggewaschen. Ein wunderbarer Tag für eine kleine Radtour oder einen Spaziergang mit Nika. Wenn nichts in den Zeitungen stand, konnte sie ihm auch nichts übelnehmen. Ihre Geheimniskrämerei und ihr Verfolgungswahn waren total übertrieben.

Jannis trat kräftig in die Pedale und sauste um die Kurve in den abschüssigen Blumenweg. Er gewann rasch an Geschwindigkeit, der Fahrtwind ließ seine Augen tränen. Aus dem Augenwinkel sah er ein Auto näher kommen. Es fuhr dicht hinter ihm her. Die Straße war breit genug – wieso überholte der Depp nicht einfach?

Jannis wandte sich im Sattel um und bekam einen Schreck,

als er die Stoßstange des Lieferwagens direkt neben seinem Bein erblickte. Plötzlich spürte er einen heftigen Stoß. Reflexartig zog er den Lenker ein Stück nach rechts, der Vorderreifen streifte den Bordstein und verkantete. Er stürzte aus voller Fahrt. Die Brille flog weg, er prallte erst mit der rechten Schulter, dann mit dem Kopf gegen die Bordsteinkante, seine Handflächen und Ellbogen schrammten über den Asphalt, und der Fahrradlenker bohrte sich schmerzhaft in seinen Oberschenkel. Für einen Moment sah er nur noch Sternchen. Sein Rad schlitterte ein Stück die steile Straße hinunter und rutschte unter ein geparktes Auto.

Der Lieferwagen hatte gestoppt, setzte nun zurück und kam direkt auf ihn zu! Verdammt, sah dieser Vollidiot denn nicht, dass er hier lag? Jannis versuchte verzweifelt, von der Straße wegzukommen, Panik erfasste ihn, er wollte um Hilfe schreien, aber er war wie gelähmt. Ungläubig sah er zu, wie ein Hinterreifen sein linkes Bein überrollte, es knackte hässlich. Jannis verspürte jedoch keinen Schmerz, nur Entsetzen.

Plötzlich standen zwei Männer da, er sah dunkle Hosenbeine und schwarze, glänzende Schuhe.

»Hilfe«, krächzte er benommen. »Helfen Sie mir!«

Doch statt ihm zu helfen, packte die behandschuhte Hand seinen Hals, drückte ihn unsanft auf den feuchten Asphalt. Ohne Brille erkannte Jannis nur verschwommen die Umrisse eines Gesichts mit einer Sonnenbrille.

»Wo ist Annika Sommerfeld?«, knurrte der Kerl. »Na los, antworte! Oder sollen wir auch noch über dein anderes Bein fahren?«

»Ich … ich … ich weiß nicht, wo sie ist«, röchelte Jannis. Er hatte das Gefühl, ihm müssten jeden Moment die Augen aus dem Kopf springen. Das war gar kein Unfall gewesen! Nika hatte nicht übertrieben – diese Männer waren hinter ihr her.

»Lassen … lassen Sie mich los, ich krieg keine Luft!«

Der unbarmherzige Druck auf seine Kehle verstärkte sich. Ohne Vorwarnung explodierte eine Faust in seinem Gesicht. Das zweite Mal innerhalb von drei Tagen brach sein Nasenbein, ein Blutschwall schoss aus seiner malträtierten Nase. In seinem Innern öffneten sich die Schleusen einer so elementaren Angst, wie er sie noch nie empfunden hatte. Diese Typen hatten ihn kaltblütig am helllichten Tag mit dem Auto umgefahren, und sie machten nicht den Eindruck, als würden sie lange fackeln.

»Deine Antwort gefällt uns nicht. Also, wo ist sie?«

»Ich … ich … weiß es nicht«, wimmerte Jannis panisch. »Tun Sie mir nichts, bitte!«

Ein zweiter Schlag ließ seine Zähne splittern. Er war der rohen Gewalt der Schläger hilflos ausgeliefert, die Angst löschte jeden vernünftigen Gedanken aus seinem Gehirn.

»Schönen Gruß von Professor Eisenhut. Wir sehen uns wieder«, zischte der Mann und versetzte Jannis noch einen letzten schmerzhaften Tritt in die Rippen, bevor er aus seinem Blickfeld verschwand. Eine Autotür schlug zu. Der Spuk war vorbei. Mühsam wälzte Jannis sich auf die Seite, griff an seinen Hals, würgte und hustete. Wo war seine Brille? Sein Handy? Er robbte auf dem Bauch vorwärts. Ein Motor heulte auf. Entsetzt starrte er auf die heranrasende Stoßstange und rollte sich mit letzter Kraft zur Seite.

*

Pia wanderte unruhig auf dem Parkplatz vor der RKi Hofheim hin und her, das Handy am Ohr. Ein Anruf von Dr. Nicola Engel hatte ihr vor einer halben Stunde den Morgen nachhaltig verdorben.

Sie hatte sich gerade die Haare gewaschen und erschreckend viele Strähnen aus dem Sieb über dem Abfluss der Badewanne gefischt, als Christoph mit ihrem Handy ins

Badezimmer gekommen war. Noch frustriert von der Horrorvorstellung baldiger Kahlköpfigkeit, hatte Pia eine volle Breitseite Engel'scher Empörung über Bodensteins Nichterreichbarkeit abbekommen. Als ob sie dafür verantwortlich wäre, wenn ihr Chef sein verdammtes Handy abstellte, um ungestört auf Freiersfüßen wandeln zu können. Seitdem war Pia auf hundertachtzig.

Bodenstein war noch immer nicht zu erreichen. Gestern Abend hatte er ihr noch auf die Mailbox gesprochen. Sie solle ihn unbedingt zurückrufen, egal wann, aber als sie es getan hatte, war er nicht mehr drangegangen. Was war bloß in ihn gefahren? Selbst in seiner depressiven Phase nach der Entdeckung von Cosimas Untreue hatte er sich nicht so eigenartig benommen.

Pia hatte das Gefühl, allein auf weiter Flur zu stehen. Nach der Besprechung am gestrigen Abend hatte sich das K11 blitzartig aus dem Staub gemacht. Sie war hingegen noch einmal zur WindPro gefahren. Bodensteins Bemerkung, er habe den Mann mit dem Pferdeschwanz vor ein paar Tagen dort gesehen, hatte ihr keine Ruhe gelassen.

Auf dem Parkplatz hatte Pia den Personalchef auf dem Weg ins Wochenende angetroffen, der ihr bereitwillig Auskunft gegeben hatte. Bodenstein hatte recht gehabt. Der Mann, auf den die Beschreibung passte, war bei der WindPro bekannt. Er hieß Ralph Glöckner und war mitnichten ein gedungener Killer, sondern Bauleiter des Windparkprojekts Taunus und für die Dauer seines Aufenthalts im Hotel Zum Goldenen Löwen im Kelkheimer Stadtteil Münster abgestiegen. Pia war auf schnellstem Wege dorthin gefahren, aber leider hatte Glöckner zwei Stunden zuvor ausgecheckt und wurde erst am Montagabend zurückerwartet. Vom Eigentümer des Hotels hatte sie allerdings Hochinteressantes erfahren. Am Dienstag hatte Glöckner mit einem anderen Mann im Hotelrestaurant zu Abend gegessen. Gegen halb neun waren die beiden mit Glöckners Auto weggefahren und erst kurz nach Mitternacht wiedergekommen. Die Beschreibung des anderen Mannes war nur vage, aber der Wirt konnte sich erinnern, dass Glöckners Begleiter während des Essens mindestens drei Mal zum Rauchen vor die Tür gegangen war. Dr. Enno Rademacher rauchte wie ein Schlot. War er etwa mit Glöckner in der Mordnacht gemeinsam unterwegs gewesen?

Zu gerne hätte Pia sich mit Bodenstein besprochen! Sollte sie versuchen, über Theissen Glöckners Handynummer ausfindig zu machen, oder war es klüger, den Mann zur Fahndung auszuschreiben, um ihn nicht zu früh zu warnen? Auch von Frauke Hirtreiter fehlte weiterhin jede Spur. Immerhin hatte Pia vor zehn Minuten vom Kriminallabor erfahren, dass Ludwig Hirtreiter tatsächlich mit dem Gewehr erschossen worden war, das Kröger und sie in Fraukes Wohnung gefunden hatten.

Darüber hinaus war Theodorakis' Alibi für Dienstagnacht geplatzt, was ihn wieder in die Riege der Verdächtigen katapultiert hatte. Zwar war er tatsächlich zu seinen Eltern gefahren, aber erst zwei Stunden später bei ihnen eingetroffen, als er behauptet hatte.

Gregor Hirtreiter hatte Pia auf massives Drängen seines Anwalts vor zwanzig Minuten laufen lassen müssen, die Beweise für eine Schuld reichten nicht aus, um ihn länger festzuhalten. Und eben war die Engel in Begleitung dreier Anzugtypen aufgetaucht, mit mörderisch schlechter Laune.

»Wo ist Bodenstein?«, hatte sie grußlos geblafft.

Pia war schon versucht gewesen, ihr im gleichen Tonfall zu antworten, sie sei ja wohl kaum das Kindermädchen ihres Chefs, aber dann hatte sie im letzten Moment den Mund gehalten. Gerade als sie überlegte, ob sie eine Streife zum Hofgut seiner Eltern schicken sollte, bog Bodensteins Dienstwagen in den Parkplatz ein. Pia folgte ihm.

»Wo bleibst du denn?«, fragte sie, kaum dass er die Tür

seines Autos geöffnet hatte. Sie wusste, wie sehr er es hasste, derart überfallen zu werden, aber das kümmerte sie an diesem Morgen nicht. »Warum ist dein Handy aus?«

»Guten Morgen«, erwiderte Bodenstein und quälte sich aus dem engen Opel. »Der Akku ist wohl leer. Was ist denn los?«

Er sah aus, als habe er in der Nacht kein Auge zugemacht. Pia würde ihn kein zweites Mal nach der Ursache seines seltsamen Benehmens fragen. Sein kopfscheues Ausweichmanöver auf ihre direkte Frage gestern hatte sie tief gekränkt, das brauchte sie nicht schon wieder. Wenn er ihr plötzlich nicht mehr vertraute, dann musste er es lassen.

»Hier ist die Hölle los! Und oben bei der Engel sitzen drei Typen, die mit dir reden wollen.«

»Ach ja? Worüber?«

»Das weiß ich doch nicht! Aber an deiner Stelle würde ich sie nicht länger warten lassen.«

Sie betraten gemeinsam das Gebäude. Pia versuchte, ihn auf dem Weg in den ersten Stock über alle Neuigkeiten zu informieren, doch er wirkte geistesabwesend.

»Oliver!« Pia blieb auf der Treppe stehen und packte ihn am Arm. »Wir haben die Tatwaffe gefunden! Rademacher hat uns was verschwiegen! Das Alibi von Theodorakis ist geplatzt! Wir stecken bis zum Hals in Arbeit, und du hörst mir nicht mal zu! Was soll ich denn machen?«

Bodenstein drehte sich um. Seine Gesichtszüge waren wie in Stein gemeißelt, aber den Ausdruck seiner Augen hatte er nicht annähernd so gut unter Kontrolle wie seine Mimik. Verwirrt sah er aus und gleichzeitig so aufgewühlt und zerquält, wie Pia es nie an ihm gesehen hatte. Sie hielt erschrocken inne und ließ seinen Arm los.

»Es tut mir leid, Pia. Wirklich.« Er atmete tief ein, fuhr sich mit der Hand durchs Haar. »Ich werde dir alles erklären, es ist so viel …«

Die Tür von Dr. Nicola Engels Büro wurde aufgerissen, und die Kriminalrätin erschien mit unheilverkündender Miene im Flur.

»Sag mal, spinnst du, mir einfach das Telefon aufzulegen?«, fuhr sie Bodenstein an. Eisiger Zorn vibrierte in ihrer Stimme. »Ich sitze hier schon seit einer verdammten Stunde mit diesen …«

Erst jetzt fiel ihr Blick auf Pia, die zwei Stufen unterhalb von Bodenstein auf der Treppe stand. Sie brach mitten im Satz ab und wandte sich ruckartig um. Bodenstein folgte ihr. Die Tür schloss sich hinter ihm mit einem energischen Knall, der durch die samstäglich leeren Korridore hallte wie ein Schuss.

Üblicherweise siezten sich die beiden, doch Pia wusste wohl als Einzige im gesamten Kommissariat, dass diese distanzierte Höflichkeit pures Theater war. Bodenstein und die Engel waren in jüngeren Jahren für eine ganze Weile ein Paar gewesen, bis Cosima auf der Bildfläche erschienen war, der Engel kurzerhand den Verlobten ausgespannt und binnen Jahresfrist geehelicht hatte. Außerdem hegte Pia den Verdacht, dass die beiden im vergangenen Winter, kurz nachdem Bodensteins Vorzeigeehe in die Brüche gegangen war, mindestens eine Nacht miteinander verbracht hatten. Dafür gab es zwar keine Beweise, und Bodenstein hätte sich wohl eher die Zunge abgebissen, als Pia davon zu erzählen, aber seit jenem Tag hatte sich der Tonfall zwischen ihm und der Engel verändert.

Pia nahm die letzten drei Treppenstufen, bog nach links in den Flur ein, der zu den Büros des K11 führte, und schüttelte den Kopf. Bis vor ein paar Tagen war sie der festen Überzeugung gewesen, ihren Chef einigermaßen gut zu kennen. Doch inzwischen war sie sich da nicht mehr sicher.

*

Der Schmerz pulsierte hinter seinen Augen. Nicht unerträglich, aber wie eine beständige Erinnerung daran, dass nichts mehr in Ordnung war. Der Hass auf Nika wühlte in seinen Eingeweiden. Sie hatte alles kaputtgemacht, alles, alles, alles! Seitdem sie aufgetaucht war, war nichts mehr so gewesen wie vorher. Sie hatte sich zwischen Ricky und Jannis gedrängt und Jannis angemacht, obwohl Ricky ihre beste Freundin war. Das war echt das Allerletzte. Sie tat immer so unschuldig und zurückhaltend, in echt war sie völlig anders. Und Jannis war ein Schwächling. Ein Lügner, der ihn die ganze Zeit nur benutzt hatte. Ihn hasste er genauso wie Nika.

Mark starrte sein Gesicht im Badezimmerspiegel an. Ein Bluterguss zog sich von der linken Schläfe über sein Auge bis zum Jochbein, die Platzwunde an der Augenbraue war verkrustet. Er kratzte mit den Fingernägeln so lange am Schorf, bis er sich löste und das Blut wieder zu fließen begann. Ein dünnes Rinnsal. Viel zu wenig, um den Schmerz zu stillen.

Er musste heute unbedingt reinen Tisch machen und Ricky sagen, was er gestern gesehen und gehört hatte. Das war seine Pflicht als Freund. Tat er es nicht, machte er sich der Mitwisserschaft schuldig. Ricky musste einfach begreifen, was für linke Schweine Nika und Jannis waren. Wahrscheinlich hatte Jannis die Schlampe längst gebumst. Ganz sicher. Wenn nicht, dann würde es nicht mehr lange dauern, so scharf wie er auf die war. Und Ricky musste diesen Lügner auf allen vieren anbetteln, damit er sie …

Mark verzog das Gesicht bei dieser unwillkommenen Erinnerung. Was er auch tat, die Bilder ließen sich nicht aus seinem Kopf vertreiben, und, was viel schlimmer war, er kam gegen seine widerwärtigen Gefühle nicht an. Manchmal wusste er gar nicht mehr, wen er am meisten hasste: Nika, Jannis oder sich selbst. Alles stürmte auf ihn ein und brachte seinen Kopf zum Platzen.

Er wollte das nicht. Er wollte nicht scharf auf Ricky sein, nicht dauernd an ihren Körper, an den roten BH und an ihr lustverzerrtes Gesicht denken, als Jannis sie auf der Terrasse gevögelt hatte.

Alles sollte wieder so sein wie früher! So schön, kameradschaftlich und unschuldig. Er wollte doch nur ihr Freund sein, stattdessen quälten ihn unablässig diese schmutzigen, hässlichen, widerlichen Gedanken! Das Einzige, was sie für eine Weile vertreiben konnte, waren Schmerz und Blut. Frischer, scharfer Schmerz und rotes, sprudelndes Blut.

Mark suchte in der Schublade unter dem Waschbecken nach den Rasierklingen, mit denen seine Schwester sich die Beine rasierte. Damit konnte er die Platzwunde vergrößern, konnte sich einen Schmerz zufügen, der ihn an Micha erinnerte. Es hatte immer entsetzlich weh getan, meistens hatte er dabei geweint, aber Micha hatte ihn hinterher getröstet, gestreichelt und ihm Kakao gekocht. Das war schön gewesen und hatte ihn die Schmerzen schnell vergessen lassen.

Ein Klopfen an der Badezimmertür ließ Mark erschrocken zusammenfahren. Seine Finger schlossen sich um die Rasierklinge in seiner Hand, gerade noch rechtzeitig. Seine Mutter kam herein.

»Mein Gott, Mark! Was ist passiert?«, fragte sie entgeistert, als sie das Blut in seinem Gesicht sah.

»Ich bin in der Dusche ausgerutscht, ist nicht so schlimm.« Das Lügen fiel ihm von Mal zu Mal leichter. »Ich find bloß kein Pflaster.«

»Setz dich mal hin.« Seine Mutter klappte den Klodeckel herunter. Er gehorchte. Sie wühlte im Spiegelschrank, bis sie fand, wonach sie suchte.

»Hast du denn auch wieder Kopfschmerzen?« Sie sah ihn prüfend an und legte ihre Hand an seine Wange. Mark drehte unwillig den Kopf weg.

»Bisschen.«

»Deswegen müssen wir wirklich mal zum Arzt gehen«, sagte sie.

Über ihn gebeugt stand sie da, schob konzentriert die Zunge zwischen die Lippen, als sie die Wundränder zusammenklebte. Er sah ihren Hals direkt vor sich, die pulsierende Halsschlagader, die bläulich durch die blasse Haut schimmerte. Ein einziger tiefer Schnitt würde genügen. Das Blut würde in einer Fontäne herausspritzen, gegen die weißen Fliesen, auf den Boden, über seine Hände und Arme. Der Gedanke war verlockend. Aufregend. Beruhigend.

Sie richtete sich auf, betrachtete kritisch ihr Werk. Sein Blick hing an ihrem Hals, als wäre er ein Vampir, er schob die Rasierklinge zwischen Zeigefinger und Daumen.

»Leg dich noch etwas hin«, riet seine Mutter ihm mitfühlend. »Du könntest dir eine Gehirnerschütterung geholt haben. Vielleicht fahren wir gleich besser doch mal kurz ins Krankenhaus.«

Er antwortete nicht, stand vom Klo auf. Sein Mund war ganz trocken. Er holte tief Luft. Es würde ganz leicht sein.

»Mama?«

Sie drehte sich in der Tür um, blickte ihn fragend an. Unten im Haus klapperte eine Tür, Stimmen wurden laut. Seine Schwester war vom Joggen zurück. Mark zwang sich zu einem Lächeln. Schluckte.

»Danke, Mama«, sagte er.

*

Er öffnete mühsam die Augen und erkannte undeutlich eine feuchte schwarze Hundeschnauze. Wie aus weiter Ferne drangen Stimmen an sein Ohr, Sirenengeheul. Was war passiert? Wo war er?

»Nicht bewegen!«, rief eine hysterische Frauenstimme. »Der Notarzt ist schon da!«

Notarzt? Warum das denn? Jannis versuchte den Kopf zu heben und stöhnte unwillkürlich auf. Ein Mann beugte sich über ihn, sein Gesicht schien fern und gleichzeitig bedrohlich groß.

»Hören Sie mich? Hallo! Können Sie mich hören?«

Ich bin ja nicht taub, dachte Jannis. Aber ich bin offensichtlich auch nicht tot.

»Haben Sie Schmerzen?«

Nein. Ja. Ich weiß nicht.

Er bewegte die Augen und sah eine Frau mit einem aufgeregt hechelnden Border Collie an der Leine, aber irgendwie war die Perspektive falsch. Sie stand auf dem Kopf. Eine warme Flüssigkeit füllte seinen Mund, er versuchte zu schlucken, aber vergeblich.

»Wie heißen Sie? Können Sie mir Ihren Namen sagen?«

Männer in weißen Klamotten und roten Westen schwirrten geschäftig um ihn herum. Sie erinnerten ihn irgendwie an Sanitäter. Fremde Hände machten sich an ihm zu schaffen, das war ihm unangenehm. Er wollte sie abwehren, doch sie waren unerbittlich.

»Mnebrllle«, murmelte er. Ohne Brille war er blind wie ein Maulwurf. Er wollte den Mann gerade bitten, seine Brille zu suchen, doch da durchfuhr ihn ein so wahnsinniger Schmerz, dass ihm übel wurde. Das Warme sickerte aus seinem Mundwinkel, rann über seine Wange. Was taten diese Idioten denn da? Warum ließen sie ihn nicht in Ruhe?

Für einen kurzen Moment fühlte er sich schwerelos, erhaschte einen kurzen Blick auf ein Stück hellblauen Himmel mit kleinen weißen Wölkchen, die geschäftig dahintrieben. Überlaut zwitscherten die Vögel. *Ein wunderbarer Tag für eine kleine Radtour oder einen Spaziergang mit Nika.*

Nika, Nika. Irgendetwas war doch mit ihr gewesen, aber was nur? Er konnte sich nicht erinnern. Warum lag er hier auf der Straße? Jannis spürte einen scharfen Pikser in seiner

Armbeuge und vernahm metallische Geräusche, die er nicht zuordnen konnte. Klicken. Schieben. Etwas rastete ein. Der Himmel verschwand, stattdessen blickte er an eine weiße Decke.

Er wollte sich mit der Zunge über die ausgetrockneten Lippen fahren. Komisches Gefühl. So als ob … Scheiße. Da war was mit seinen Zähnen. Sie waren weg! Er hatte keine Zähne mehr!

Mit voller Wucht kehrte die Erinnerung zurück und mit ihr die alles verschlingende Angst. Das Auto, der Sturz vom Fahrrad, die Männer mit den Sonnenbrillen! Sie hatten ihn einfach über den Haufen gefahren, das Auto war über sein Bein gerollt! Und jetzt lag er eingeschnürt in einem Notarztwagen! Jannis schnappte entsetzt nach Luft, verschluckte sich und musste husten.

»Ganz ruhig«, sagte jemand und fummelte einen Schlauch in seine Nase. Verdammt, das tat weh! Konnten die nicht besser aufpassen?

»Wie müffn Polifei anrfen!«, flüsterte er verzweifelt. »Der Theiffen fteckt dahinter! Wollten mif umbrgn!«

*

Die beiden Herren am Besprechungstisch wandten ihre Köpfe, als Bodenstein das Büro von Kriminalrätin Dr. Nicola Engel betrat, der dritte starrte mit stoischer Miene weiter aus dem Fenster.

»Guten Morgen, Heiko. Lange nicht gesehen«, sagte Bodenstein, bevor seine Chefin das Wort ergreifen konnte. »Frau Dr. Engel. Meine Herren.«

Die Wiedersehensfreude des Mannes im cognacfarbenen Dreiteiler reichte weder zu einem Lächeln noch zu einem Handschlag. Er lehnte sich zurück und fixierte Bodenstein abschätzig. Der erwiderte seinen Blick ebenfalls ohne zu lächeln. Heiko Störch und er hatten gemeinsam die Polizeifachhochschule besucht, waren in den drei Jahren aber keine Freunde geworden. Die Zeit war an Störch nicht spurlos vorbeigegangen: Früher war er klein und muskulös gewesen, mittlerweile hatten sich die Muskeln in Fett verwandelt, und sein Haar über dem feisten, geröteten Gesicht war schneeweiß. Der Anzug kleidete ihn nicht, er war außerdem viel zu eng.

»Herr von Bodenstein.« Sein überheblicher, näselnder Tonfall hatte sich hingegen nicht verändert. Schon damals hatte Störch mit dem Adelsprädikat vor Bodensteins Namen heftig gehadert. »Mein Kollege Herröder.«

»Und das ist Professor Dirk Eisenhut«, stellte Dr. Engel den dritten Besucher am Fenster vor, der sich daraufhin umdrehte.

Bodensteins Herzschlag beschleunigte sich augenblicklich. Er hatte nicht damit gerechnet, dem Mann, von dem er vergangene Nacht das erste Mal gehört hatte, so bald persönlich gegenüberzustehen.

Eisenhut war fast so groß wie er selbst und etwa Mitte fünfzig. Er hatte ein kantiges, ernstes Gesicht mit hohlen Wangen und tiefliegenden blauen Augen, die Bodenstein kurz und forschend musterten. So also sah der Mann aus, den Annika einmal geliebt hatte und vor dem sie sich heute verstecken musste.

»Kommen wir zur Sache.« Störch räusperte sich. »Wir sind auf der Suche nach einer Frau, die sich nach unseren neuesten Informationen im Dunstkreis einer Bürgerinitiative aufhalten soll, gegen deren Mitglieder Sie und Ihre Leute derzeit ermitteln. Sie heißt Dr. Annika Sommerfeld.«

»Aha.« Bodenstein brauchte alle Kraft, um eine erstaunte und neutrale Miene zu bewahren. Seine Gedanken überschlugen sich. Wie konnte das sein? Wie kamen zwei hochrangige Beamte des BKA dazu, ausgerechnet heute und hier nach Annika zu fragen? Heiko Störch war beim Staatsschutz, er leitete das Referat ST beim Bundeskriminalamt, das sich normalerweise mit internationaler Ermittlung und Fahndung beschäftigte. Die einzige Erklärung war, dass Professor Eisenhut, sofort nachdem Theodorakis auf dem Vortrag gestern Abend Annikas Namen erwähnt hatte, seine Beziehungen hatte spielen lassen. Und die mussten wahrhaftig exzellent sein. Die Anwesenheit dieser drei Männer war auf jeden Fall der Beweis dafür, dass Annika ihm die Wahrheit gesagt hatte.

»Herr Hauptkommissar?«, mahnte Dr. Engel ungeduldig.

»Ich bin gerade in Gedanken alle Namen durchgegangen, die mir in Verbindung mit den Fällen Grossmann und Hirtreiter bekannt sind«, erwiderte Bodenstein geistesgegenwärtig. »Der Name Annette Sommerfeld sagt mir nichts.«

»Annika. Annika Sommerfeld«, korrigierte Störch. »Sie ist eine der führenden Klimaforscherinnen Deutschlands und hat zuletzt am Deutschen Klima-Institut als Assistentin von Herrn Professor Eisenhut gearbeitet.«

Sein Kollege, der bis dahin gänzlich unbeteiligt getan hatte, legte einen Aktenkoffer auf den Tisch und ließ die Schlösser aufspringen. Er nahm einen Umschlag heraus, den er mit einer lässigen Bewegung in Bodensteins Richtung schnippte.

»Was ist das?«

»Fotos der gesuchten Person«, erwiderte Herröder knapp.

Er war schlank und braungebrannt; sein spitzes Gesicht, das vorspringende Kinn und der aggressive Ausdruck in seinen schwarzen Knopfaugen verliehen ihm Ähnlichkeit mit einem Dobermann. »Schauen Sie sich die Bilder an. Vielleicht ist Ihnen die Person unter einem anderen Namen bekannt.«

Bodenstein beugte sich über den Tisch, nahm die Fotos aus dem Umschlag und blätterte sie durch. Annika. Annika mit Handy am Ohr. In Begleitung eines rothaarigen Mannes. Annika und der Mann in einem Auto. Zu Fuß auf einer belebten

Straße in irgendeiner Großstadt. Auf Loungemöbeln sitzend vor einer Bar. Sie sah jünger aus auf den Fotos, ihr Gesicht war voller und weicher. Die letzten Monate hatten ihr nicht gutgetan.

»Weswegen wird sie gesucht?«, erkundigte Bodenstein sich. Vier aufmerksame Augenpaare ruhten auf ihm, aber dank seiner eisernen Selbstbeherrschung würden sie nur sein unbewegtes Gesicht wahrnehmen, nicht aber seinen rasenden Puls oder seine feuchten Handflächen.

»Wir verdächtigen Frau Sommerfeld des Mordes an dem Mann auf den Fotos. Er hieß Cieran O'Sullivan, ein freier Wirtschaftsjournalist, der für englische und amerikanische Zeitungen arbeitete.«

Bodenstein glaubte, sich verhört zu haben. Annika sollte O'Sullivan ermordet haben? Aus welchem Grund?

»Außerdem hat sie möglicherweise auch mit dem Mord an einem Komplizen von O'Sullivan in der Schweiz zu tun.«

Großer Gott! Bodenstein gelang es nur mit Mühe, den Aufruhr, der in ihm tobte, unter Kontrolle zu behalten.

»Warum haben Sie die Frau überwachen lassen?« Scheinbar desinteressiert legte er die Fotos auf den Tisch zurück. Mit dieser Frage hatten weder Störch noch der Dobermann gerechnet.

»Nicht Frau Sommerfeld, sondern O'Sullivan wurde beobachtet. Und auch nicht von uns, sondern vom Verfassungsschutz. Aber so kamen wir überhaupt erst auf sie«, antwortete Störch. »O'Sullivan gehörte zu einer Gruppe internationaler Klimaskeptiker. Seine Kontaktaufnahme mit Frau Sommerfeld, einer Mitarbeiterin des Deutschen Klima-Instituts, das eng mit der Bundesregierung und der UNO zusammenarbeitet, wurde genau beobachtet.«

Was Störch sagte, klang überzeugend. Warum hatte Annika ihm verschwiegen, dass man sie des Mordes an zwei Menschen verdächtigte? Sie hatte ihm eine völlig andere Geschichte erzählt! Versteckte er etwa eine Mörderin in seinem Haus?

»O'Sullivan hat eine Menge Artikel verfasst, die sich ausgesprochen kritisch mit der Klimapolitik der Bundesregierung, deren Berater das Deutsche Klima-Institut ist, auseinandersetzen. Unter anderem hat er darüber ein Buch veröffentlicht. Vermutlich hatte er sich im Auftrag seiner Organisation mit Frau Sommerfeld in Verbindung gesetzt, um über sie an sensible Daten zu gelangen.«

Das interessierte Bodenstein nicht.

»Wann und wo wurde der Mann umgebracht?«, erkundigte er sich.

»Am Abend des 30. Dezember des vergangenen Jahres«, sagte Störch.

»Seine Leiche wurde in einem Hotelzimmer in Berlin gefunden. Die Tatwaffe wurde später in der Wohnung von Frau Sommerfeld sichergestellt. Leider konnte sie sich der Festnahme durch Flucht entziehen.«

Ein flaues Gefühl machte sich in Bodensteins Magen breit. Das klang völlig anders als das, was Annika ihm erzählt hatte. Welche Version der Geschichte stimmte nun?

»Wie wurde der Mann getötet?«, fragte er.

»Mit über vierzig Messerstichen«, erwiderte der Dobermann. »Frau Sommerfeld war übrigens erst am Nachmittag des 30. 12. aus der Psychiatrie entlassen worden. Dort wurde sie nach einem tätlichen Angriff auf Professor Eisenhut am 24. 12. eingeliefert.«

Hier stimmte die Geschichte wieder mit der überein, die Annika ihm erzählt hatte, wobei in ihrer Version der tätliche Angriff fehlte. Sie hatte bis heute keine Erinnerung an die Ereignisse des Heiligabends 2008. Bodenstein warf Eisenhut einen prüfenden Blick zu.

»Es fällt mir selbst noch immer schwer, das zu glauben, schließlich war sie über fünfzehn Jahre lang meine engste

Mitarbeiterin«, sagte der mit leiser Stimme. »Ich dachte, ich würde sie kennen, aber ich habe mich offensichtlich getäuscht.«

Sein Gesicht war unbewegt, aber seine Augen verrieten, wie schwer es ihm fiel, den Schein innerer Gelassenheit zu wahren. Wenn das stimmte, was Annika erzählt hatte, dann stand für Eisenhut viel auf dem Spiel, sehr viel. Genug, um dafür einen Menschen umbringen zu lassen?

»Im Laufe der Ermittlungen stellte sich übrigens heraus, dass kurz vor Weihnachten in Zürich ein amerikanischer Staatsbürger erstochen wurde«, fuhr der Dobermann fort. »Ebenfalls in einem Hotel. Der Mann gehörte derselben Gruppe militanter Klimaskeptiker an wie O'Sullivan. Und Frau Sommerfeld war zu diesem Zeitpunkt in Zürich.«

»Weshalb interessiert sich der Verfassungsschutz für diese Fälle?«, wollte Bodenstein wissen. »Das ist doch eher Sache der Polizei.«

Störch und Herröder wechselten einen kurzen Blick.

»Dafür gibt es Gründe.« Zu mehr Auskünften war Heiko Störch nicht bereit. »Unser Gespräch hier ist übrigens *top secret*, daran muss ich Sie wohl nicht erinnern.«

»Müssen Sie nicht«, entgegnete Bodenstein. »Ich fürchte allerdings, ich kann Ihnen nicht weiterhelfen. Wir werden aber Augen und Ohren offenhalten.«

»*Sie* werden Augen und Ohren offenhalten, sonst niemand«, berichtige Störch scharf. »Die Angelegenheit unterliegt der höchsten Geheimhaltungsstufe. Mehr müssen Sie über die Sache nicht wissen, Bodenstein. Sollten Sie erfahren, wo sich die Frau aufhält, melden Sie sich bei uns.«

Bodenstein nickte stumm. Was zum Teufel wurde hier gespielt? Wieso hatten Verfassungsschutz und BKA ein so großes Interesse daran, die Sache aus der Öffentlichkeit herauszuhalten? Weshalb war Eisenhut persönlich dabei? Die allerwichtigste Frage war jedoch, wer Cieran O'Sullivan und den anderen Mann in der Schweiz wirklich umgebracht hatte. Und warum.

*

Die Gebäude der Regionalen Kriminalinspektion waren wie ausgestorben. Nur im K11 herrschte Ausnahmestimmung. Aus dem Kriminallabor des LKA tröpfelte eine Information nach der anderen via E-Mail oder Faxgerät auf Ostermanns Schreibtisch.

»Pia!«, rief er durch die offene Tür. »Wir haben einen Treffer! Stell dir vor, eine DNA aus dem Fall Grossmann ist im System!«

Pia sprang wie elektrisiert von ihrem Schreibtischstuhl auf und ging in sein Büro. Sollte nach all den Sackgassen, in denen sie gelandet waren, endlich Bewegung in die Ermittlungen kommen?

»Welche? Hast du schon einen Namen?«

»Moment.« Ostermann tippte und scrollte mit konzentriert zusammengekniffenen Augen. »Der abgerissene Handschuh hat leider nichts ergeben, dafür aber das Haar und einige der Hautschuppen, die an Grossmanns Leiche gefunden wurden.«

Er hob den Kopf und grinste breit.

»Ioannis Stavros Theodorakis.«

Für einen Moment überwältigte Pia das Gefühl, gegen jede Vernunft recht gehabt zu haben. Sie ließ sich auf einen der Stühle neben Kais Schreibtisch sinken und ballte die Hand zur Faust.

»Ich hab's die ganze Zeit gewusst!«, sagte sie grimmig. »Na, das soll er mir jetzt aber mal bitte erklären, dieser Lügner!«

Ostermann griff zum Telefon. »Ich kümmere mich um einen Haftbefehl.«

»Ja, super. Und ich will einen Durchsuchungsbeschluss für das Haus. Vielleicht finden wir dort auch die Schuhe, die zu dem Abdruck passen. Dann können wir ihn wirklich festnageln.«

»Mach ich.«

»Könntest du auch bitte Rademacher hierher bestellen? Er war am Dienstagabend mit diesem Glöckner unterwegs und hat uns das verschwiegen.« Pias Handy klingelte. Sie zog es aus der Hosentasche und meldete sich.

»Ich bin's«, zischelte ihr eine zittrige Frauenstimme ins Ohr. »Sie haben doch gesagt, ich soll Sie anrufen, wenn ich etwas beobachte.«

Immer diese Leute, die voraussetzten, dass man sie sofort an der Stimme erkannte!

»Wer ist denn dran?«, fragte Pia ungehalten.

»Ingrid Meyer zu Schwabedissen. Aus der Kirchstraße in Königstein.«

Bei Pia fiel der Groschen. Die Knoblauch-Oma, der das Haus mit dem Zooladen gehörte.

»Die Frau Hirtreiter ist nämlich wieder da. Kam eben die Treppe hoch. Sie ist jetzt in ihrer Wohnung.«

Pia sprang so unvermittelt auf, dass Kai vor Schreck der Telefonhörer aus der Hand fiel.

»Was soll ich denn jetzt machen?«, wisperte die Vermieterin von Frauke Hirtreiter.

»Nichts. Sie tun bitte gar nichts«, sagte Pia nachdrücklich. Kai blickte sie neugierig an. »Bleiben Sie, wo Sie sind. Ich schicke sofort Kollegen zum Haus.«

»Ja, gut.« Das klang leicht enttäuscht. »Ach, Frau Kommissarin?«

»Ja?« Pia war in Gedanken schon ganz woanders.

»Kriege ich jetzt wohl eine Belohnung? Das war doch ein sachdienlicher Hinweis, oder nicht?«

Unglaublich. Die Leute dachten immer sofort an Geld.

»Das weiß ich nicht«, erwiderte Pia kühl. »Danke, dass Sie mich angerufen haben, Frau …«

Der Name war ihr bereits wieder entfallen, und sie drückte das Gespräch kurzerhand weg. Sie bat Kai, zwei Streifenwagen in die Kirchstraße nach Königstein zu schicken, als Bodenstein im Türrahmen erschien.

»Frauke Hirtreiter ist wieder aufgetaucht«, verkündete Pia ihm aufgeregt. »Und eben kam vom LKA die Nachricht, dass man Theodorakis' DNA an Grossmanns Leiche gefunden hat.«

Sie drängte sich an ihm vorbei, ging in ihr Büro und nahm ihre Dienstwaffe aus der Schublade. Bodenstein folgte ihr und schloss die Tür hinter sich.

»Was ist?« Sie sah ihn flüchtig an, während sie im Ablagekörbchen auf ihrem Schreibtisch nach dem Haftbefehl für Frauke Hirtreiter kramte.

»Ich komme nach«, sagte Bodenstein. »Es ist etwas passiert. Ich muss noch mal kurz nach Hause, aber es wird nicht lange dauern.«

Der dringliche Unterton in seiner Stimme ließ sie aufblicken. Pia richtete sich auf.

»Das ist jetzt nicht dein Ernst! Wir stehen kurz davor …«

»Nimm Kröger mit. Er ist in seinem Büro«, unterbrach Bodenstein sie unhöflich, wie es sonst gar nicht seine Art war. »Ruf mich an und sag mir, wo ich dich finde. Ich komme dann hin.«

Er hatte die Hand bereits auf der Türklinke liegen. Pia nahm den Haftbefehl aus dem Ordner.

»Ich denke, dein Akku ist leer«, entgegnete sie spitz, schnappte ihren Rucksack und verließ das Büro, ohne ihren Chef noch eines Blickes zu würdigen. »Wir sehen uns dann später. Hoffe ich zumindest.«

*

»Sie geht nicht ans Telefon«, sagte Mark nervös. »Und Nika ist auch nicht aufgetaucht. Ich warte hier schon seit einer Stunde.«

»Das ist wirklich seltsam.« Frauke nestelte ihren Schlüsselbund hervor und schloss die Hintertür des Ladens auf. Mark drängte sich an ihr vorbei, warf einen Blick ins Lager, dann ins Büro und drehte schließlich eine Runde durch den Laden. Nichts. Keine Spur von Ricky. Er hatte noch nie erlebt, dass der Laden an einem Samstagvormittag geschlossen war. Warum war Nika nicht da? Weshalb meldete sich Ricky weder auf ihrem Handy noch am Festnetzanschluss zu Hause? Auch im Tierheim hatte sie niemand gesehen. War sie bei dem herrlichen Wetter heute ganz früh geritten und vom Pferd gefallen? Oder hatte sie Streit mit Jannis bekommen, wegen dieser blöden Schlampe Nika? Horrorszenarien flimmerten durch Marks Kopf. Er kehrte ins Büro zurück. Frauke hatte den Computer eingeschaltet und machte sich an der Kaffeemaschine zu schaffen. Sehr besorgt wirkte sie nicht.

»Es ist sicher irgendwas Schlimmes passiert«, murmelte Mark düster. »Vielleicht hat Ricky herausgefunden, dass ...«

»Dass was?«, hakte Frauke sofort neugierig nach.

Mark zögerte. Die geschwätzige Frauke war wohl kaum die Richtige, der er sich anvertrauen konnte, aber er musste einfach mit irgendjemandem reden, bevor dieser schreckliche Druck sein Herz zerquetschte.

»Gestern Abend hab ich zufällig gesehen, wie Jannis und Nika ... rumgeknutscht haben«, gestand er schließlich und vermied, Frauke dabei anzusehen. »In der Küche, in Rickys Haus!«

»Ach, komm! Na, das musste ja irgendwann passieren«, erwiderte Frauke. Ihr Tonfall war eine Mischung aus Belustigung und Verachtung. »Der scharfe Jannis und zwei Frauen im Haus, das konnte auf Dauer nicht gutgehen. Ricky ist selbst schuld.«

»Wieso? Sie hat doch gar nichts gemacht!« Wie üblich fühlte sich Mark genötigt, Ricky gegen die geringste Kritik zu verteidigen.

»Ich weiß, dass du Ricky vergötterst«, entgegnete Frauke, »aber ganz so perfekt, wie du sie siehst, ist sie nicht.«

»Wie … wie meinst du das?« Die hässlichen Erinnerungen an den Donnerstagabend drängten in seinen Kopf.

»Wenn jemand so notorisch lügt wie Ricky, dann geht irgendwann jeder Respekt verloren«, behauptete Frauke und ließ sich seufzend auf einen Stuhl sacken.

»Ricky lügt doch nicht! Mich hat sie noch nie angelogen!«

»Ach, tatsächlich nicht?« Frauke grinste boshaft, als sie Marks Fassungslosigkeit bemerkte. Mark schluckte und schwieg. Dachte an die SMS, in der Ricky behauptet hatte, ihr gehe es schlecht. Eine Stunde später hatte sie munter mit Jannis gestritten und gevögelt.

»Na ja, die eine kann's, die andere nicht«, redete Frauke weiter. »Ich war immer zu blöd und zu ehrlich. Aber irgendwann kommt alles raus. Lügen haben kurze Beine.«

»Warum sagst du so was?« Marks Empörung war schon schwächer. »Ich denke, du magst Ricky.«

»Tu ich ja auch. Aber ich bin nur ihre Angestellte, nicht ihr Freund. Und wenn ich Jannis wäre, würde es mir ganz schön stinken, so belogen zu werden.« Frauke schnaubte verächtlich. »Von wegen reiche Erbin! Und Studium an einer Eliteuniversität in Amerika! Pah! Gerade mal drei Semester Marketing per Fernstudium hat sie hinbekommen! Mit der Lügerei hat sie schon ihren letzten Kerl in die Flucht geschlagen, aber sie wird ja nicht schlau daraus. So ist sie eben. Immer ein bisschen mehr Schein als Sein.«

»Ich … ich verstehe nicht, was du meinst«, sagte Mark verwirrt.

»Ricky hat ihre Biographie etwas aufgehübscht, weil sie

ihre echte wohl zu unspektakulär fand.« Frauke zuckte die Schultern. »Das tun mehr Leute, als man denkt. Die meisten wissen, was sie sich so zusammenlügen, aber Ricky glaubt mittlerweile selbst an ihre Märchen.«

»Soll das heißen, sie hat gar nicht Raumfahrttechnik in Stanford studiert?«, flüsterte Mark ungläubig. Frauke riss die Augen auf, dann fing sie an zu lachen.

»Raumfahrttechnik? In Stanford?« Sie lachte und lachte, bis ihr die Tränen über das Mondgesicht liefen. »Großer Gott, *das* hat sie dir erzählt? Und du hast ihr das geglaubt?«, keuchte sie und schlug mit der flachen Hand auf den Tisch. »Das wäre ja so, als würde ich behaupten, ich wäre mal Primaballerina beim Bolschoi-Ballett gewesen!«

Da wurde Mark wütend.

»Hör auf zu lachen!«, fuhr er sie an. »Du bist doch bloß neidisch auf Ricky, weil du so fett und hässlich bist!«

Er bereute es tief, dass er sich Frauke anvertraut hatte. Zornig schnappte er seinen Helm und stürmte hinaus in den Hof. Zur Hölle mit der blöden Kuh! Er würde Ricky auch ohne ihre Hilfe finden!

*

Pia setzte den Blinker nach links und bog in die Kirchstraße ein. Das schöne Frühsommerwetter hatte Massen von Menschen ins Freie gelockt, die mit Kind und Kegel die kurze Einkaufsmeile des Taunusstädtchens bevölkerten. Da kein Parkplatz in Sicht war, lenkte Pia den Dienstwagen in den Hof hinter dem Tierparadies. Plötzlich tauchte direkt vor ihr ein Rollerfahrer auf.

»Achtung!« Sie trat mit dem Fuß so kräftig auf die Bremse, dass Kröger neben ihr unsanft in die Gurte geschleudert wurde. Der Junge auf dem Roller riss den Lenker zur Seite, gab Gas und schrammte am Kotflügel des Dienstwagens vorbei.

»Was für ein Idiot!«, schimpfte Pia, mehr erschrocken als wütend. Kröger war schon aus dem Auto gesprungen und auf die Straße gelaufen. Im Hof warf sie einen Blick auf den Kotflügel, den eine fette rote Schramme zierte. Das würde wieder einen Haufen Papierkram nach sich ziehen!

»Weg isser«, verkündete Christian Kröger neben ihr. »Aber ich hab das Kennzeichen. Ich mache mal eine Halteranfrage über ZEVIS.«

Pia nickte nur und blickte sich um. Wo waren die Kollegen, die Kai angefordert hatte? Die sollten doch längst hier sein! Vor den drei Garagen standen ein roter Geländewagen und der silberne Mercedes von Ludwig Hirtreiter. Ihr Herzschlag beschleunigte sich. Frauke war noch da. Mit etwas Glück hatte sie in Kürze den Fall aufgeklärt, vielleicht sogar ein Geständnis.

Die Haustür ging auf, und die Vermieterin kam herausgeschossen. Sie pirschte die Hausmauer entlang, das runzlige Gesicht unter dem weißen Zuckerwatteschopf glühte vor Aufregung.

»Frau Kommissarin!«, flüsterte sie und wedelte aufgeregt mit den dünnen Ärmchen. »Sie ist im Laden! Da! Da drin!«

»Gehen Sie wieder ins Haus«, sagte Pia knapp. »Ich komme gleich noch mal zu Ihnen.«

Frau Meyer zu Wie-auch-immer nickte und ging gehorsam in Deckung. Kröger hatte sein Telefonat beendet.

»Was machen wir jetzt?«, fragte er.

»Wir warten nicht auf die Kollegen«, entschied Pia. »Wer weiß, wann die auftauchen. Komm.«

Kröger ging die kleine Treppe hoch und klopfte an die graue Metalltür, neben der ein Schild mit der Aufschrift »Tierparadies – Anlieferung« angebracht war. Ein Schlüssel knirschte im Schloss. Pia und Kröger wechselten einen raschen Blick. Die Tür öffnete sich. Im Türrahmen stand Frauke Hirtreiter.

»Ach, hallo«, sagte sie arglos, blickte von Pia zu Kröger und zurück. »Was kann ich für Sie tun?«

»Hallo, Frau Hirtreiter«, erwiderte Pia, und die Anspannung ließ nach. »Wir haben einen Haftbefehl für Sie.«

»Was? Wieso das denn?« Ein erstaunter Ausdruck flog über ihr Gesicht. Entweder war sie eine exzellente Schauspielerin, oder sie hatte wirklich keine Ahnung, dass seit zwei Tagen in ganz Deutschland nach ihr gesucht wurde. Pia zog den rosa Zettel aus der Tasche ihrer Jeansweste, faltete ihn auseinander und reichte ihn Frauke Hirtreiter.

»Wir möchten Sie bitten, mitzukommen«, sagte sie. »Sie stehen unter Verdacht, Ihren Vater getötet zu haben.«

*

Ihr dunkler Kombi stand direkt vor dem Gartentor. Mark zog die Bremse, der Roller kam schlitternd zum Stehen. Er schob ihn in die Brennnesseln, riss den Helm vom Kopf und legte ihn auf die Sitzbank. Die Hunde in ihren Transportboxen begannen freudig zu bellen, als sie ihn sahen. Der Zündschlüssel steckte, Rickys Tasche stand auf dem Beifahrersitz; offenbar war sie nur kurz ins Haus gegangen und würde gleich zurückkommen. Ricky ließ die Hunde nie für längere Zeit im Auto, erst recht nicht, wenn die Sonne schien, denn der Audi heizte sich schnell auf. Mark öffnete die Heckklappe, damit die Hunde wenigstens etwas frische Luft bekamen.

Dann sprang er leichtfüßig über das niedrige Tor, wie er das schon oft getan hatte, und überquerte mit schnellen Schritten den Rasen. Sein Blick glitt über die Tierkäfige im Schatten der Zeder. Der Tisch und die Stühle waren nah an die Hauswand geschoben, darauf stapelten sich ordentlich die gelb und weiß gestreiften Sitzauflagen. Mark musste schlucken, als er den Grill sah. Sofort war der Zorn auf Jannis wieder da, den er in seiner Sorge um Ricky ganz vergessen hatte. Und auf einmal wusste er gar nicht mehr, auf wen er wütender war: auf Jannis, der ihn benutzt und getäuscht, oder auf Nika, die mit ihrem Auftauchen alles kaputtgemacht hatte. Ein scharfer Schmerz zuckte durch seinen Kopf, er verzog das Gesicht und griff sich an die Stirn. Nein, nicht jetzt! Jetzt konnte er Kopfschmerzen überhaupt nicht gebrauchen! Erst musste er wissen, was mit Ricky war. Er spähte durch die Terrassentür ins Innere des Hauses. Die Tür stand einen Spaltbreit offen.

»Ricky?«, rief er und betrat zögernd die unaufgeräumte Küche. Benutzte Teller und Gläser standen in der Spüle, die Spülmaschine war geöffnet. Auf dem Herd standen Töpfe und ein Bräter, auf dem Tisch eine offene Flasche Sekt. Er rief ein zweites Mal nach Ricky und lauschte. Nichts. Kein Geräusch, außer dem Hämmern seines Herzens. Aus dem Augenwinkel nahm Mark eine Bewegung wahr und fuhr erschrocken herum. Eine rötliche Katze huschte aus der Tür, die zum Schlafzimmer und zum Bad führte.

»Na, du«, flüsterte er. »Was ist hier los? Wo ist Ricky?«

Die Katze kam auf ihn zu und rieb sich an seinen Beinen. Er bückte sich kurz und strich ihr über das seidige Fell. Sie schnurrte und machte einen Buckel, dann miaute sie und verschwand wie der Blitz. Wollte sie, dass er ihr folgte? Mark holte tief Luft, betrat den kleinen Flur und warf einen kurzen Blick ins Schlafzimmer. Das Bett war zerwühlt, auf dem Boden lagen ein paar Kleider herum. Er zitterte am ganzen Körper, ging jedoch weiter und schob die Tür zum Badezimmer auf. Die Katze war auf die gefliste Ablage neben der Badewanne gesprungen, thronte da wie eine ägyptische Statue und blickte ihn aus großen, bernsteinfarbenen Augen an.

Mark machte einen Schritt nach vorne und erstarrte. Das Blut gefror in seinen Adern, als er erkannte, was die Katze in der Badewanne bewachte.

*

Ein Streifenwagen rollte in den Hof und blieb hinter Pias Dienstwagen stehen. Gemächlich stiegen zwei Beamte aus und sahen sich um. Da platzte Pia der Kragen.

»Wo bleibt ihr denn?«, fragte sie scharf. »Wir haben euch vor über einer halben Stunde angefordert, verdammt!«

»Von Glashütten aus dauert es halt eine Weile«, erwiderte einer der beiden. »Da mussten wir zu einem Ladendiebstahl. Wir haben eben nur zwei Streifenwagen.«

»Ach, ist jetzt auch egal.« Pia schüttelte den Kopf. Frauke Hirtreiter saß bereits auf dem Rücksitz ihres Dienstwagens. Sie hatte sich nicht gegen ihre Festnahme gewehrt, nur die Schultern gezuckt und Pia kommentarlos den Haftbefehl zurückgegeben. Selbst die Handschellen hatte sie widerspruchslos akzeptiert.

»Ich muss nur schnell die Kaffeemaschine ausschalten und meine Tasche holen«, hatte sie gesagt. Das hatte Pia übernommen. Sie hatte auch die Hintertür des Ladens abgeschlossen und aus dem Büro Fraukes Tasche mitgebracht.

»Wir brauchen euch und eine zweite Streife noch kurz in Schneidhain für eine Festnahme«, sagte sie zu den Königsteiner Kollegen und gab ihnen die Adresse von Theodorakis. »Bringt Frau Hirtreiter solange in eine Zelle bei euch auf dem Revier.«

Zwar hielt sie es für nahezu ausgeschlossen, dass diese einen Fluchtversuch wagen würde, aber sicher war sicher. Noch eine Panne, und die Engel würde ihr den Kopf abreißen. Frauke Hirtreiter wuchtete sich aus dem Auto und ging zum Streifenwagen, der wenig später rückwärts aus dem Hof rollte.

Kröger lief telefonierend im Hof hin und her, und Pia fiel die Vermieterin ein, die händeringend hinter ihrer Haustür wartete.

»Hat sie wirklich ihren Vater umgebracht?«, erkundigte sie sich mit kaum verhohlener Sensationsgier. Eine Mörderin im eigenen Haus – mit solchen Neuigkeiten würde sie unbestritten der Star der Nachbarschaft sein, wenigstens für eine Weile.

»Das wissen wir noch nicht«, entgegnete Pia zu ihrer Enttäuschung. »Vielen Dank, dass Sie mich angerufen haben, Frau ... äh ... Meyer. Sie waren eine große Hilfe. Und wenn Sie noch etwas sehen oder hören, melden Sie sich gleich, okay?«

Die alte Frau strahlte glücklich. Ihr grauer Alltag war schlagartig aufregend geworden.

»Ja, das mache ich. Gerne.« Sie nickte eifrig.

Pia rang sich ein Lächeln ab und ging zu ihrem Auto. Kröger, der sein Telefonat beendet hatte, folgte ihr.

»Und?« Sie ließ sich auf den Sitz fallen und schnallte sich an. »Hast du was über den Roller herausbekommen?«

»Ja, und zwar etwas ziemlich Eigenartiges«, antwortete Christian Kröger und stieg ebenfalls ein. »Stell dir vor: Der Roller von dem Bürschchen ist auf unseren Toten zugelassen.«

»Wie bitte?« Pia blickte ihren Kollegen erstaunt an. »Auf Hirtreiter?«

»Nein.« Kröger angelte nach seinem Sicherheitsgurt. »Auf Rolf Grossmann.«

*

Die beiden Streifenwagen warteten vorne an der Straße. Einer der Beamten, der die Örtlichkeiten kannte, schlug vor, einen Wagen in den Feldweg zu schicken, für den Fall, dass Theodorakis durch den Garten flüchten sollte. Pia nickte und fuhr zu dem Einfamilienhaus, in dem Theodorakis und seine Freundin wohnten. Ein schmuckloser Bau aus den Sechzigern, wie beinahe alle Häuser in der Siedlung. Kröger forderte unterdessen per Telefon Verstärkung aus seinem Dezernat an, um das Haus gleich nach Theodorakis' Festnahme gründlich zu durchsuchen. Der Beschluss würde nachgereicht.

Vor der Garage des Hauses gegenüber wuschen ein Vater und seine zwei halbwüchsigen Söhne die Familienkutsche, im Vorgarten nebenan mähte ein dürrer Opa seinen ohnehin schon akkurat getrimmten Rasen. Spießige Vorstadtidylle par excellence. Als der Streifenwagen hinter Pias Auto anhielt, stellte der Alte im Nachbargarten den Rasenmäher ab und schlurfte an den Jägerzaun.

»Bei denen geht's ja heute zu wie im Taubenschlag«, kommentierte er ungefragt. »Und jetzt schon wieder die Polizei ...«

»Wie meinen Sie das?«, fragte Pia.

»Na ja, vor einer Stunde war schon mal die Polizei da. Zu einer Hausdurchsuchung.«

»Tatsächlich?« Pia war erstaunt. »Die Polizei?«

»Ja, die waren in Zivil. Ich habe natürlich gefragt. Man will als Nachbar ja wissen, was das zu bedeuten hat, wenn fremde Leute Kisten und Müllsäcke aus dem Haus nebenan tragen.« Er nestelte ein Stofftaschentuch aus der Tasche seiner Cordhose und wischte sich die Schweißperlen von der geröteten Glatze.

»Aha. Und Herr Theodorakis und Frau Franzen? Was haben die dazu gesagt?«

»Die habe ich nicht gesehen. Aber er muss zu Hause sein. Seine Rostlaube steht auf jeden Fall da.« Der Alte nickte missbilligend in Richtung eines schwarzen 3er BMW. »Wir alle hier haben das ja kommen sehen. Der junge Mann, der ist zwar immer ganz höflich, aber wir haben uns immer gedacht, dass mit dem etwas nicht stimmt.«

Der Nachbar beugte sich ein Stück weiter über seinen Gartenzaun und senkte die Stimme zu einem konspirativen Flüstern.

»Meine Frau, die hat da ein ganz gutes Gespür. Die meint,

er wäre vielleicht ein Terrorist, so ein … Schläfer. Wie die, die in Amerika die Flugzeuge entführt haben. Bisschen arabisch sieht er ja auch aus, nicht wahr?«

Pia sah, wie Kröger nur mit Mühe ein Grinsen unterdrückte, und hütete sich davor, dem Nachbarn zu widersprechen. Was auch immer sich vor einer Stunde hier abgespielt hatte, man hatte dem Alten ganz sicher einen Bären aufgebunden. Vor der Haustür des Nachbarhauses erschien die Terrorismusexpertin der Siedlung in karierten Bermudashorts und Polohemd und beäugte sie neugierig. Auch der Autowäscher und seine Söhne glotzten.

Kröger zog seine Dienstwaffe aus dem Schulterhalfter.

»Gehen Sie lieber ins Haus«, riet er dem Nachbarn mit ernster Miene. »Es könnten ein paar Schüsse fallen, wenn sich die Terroristen der Verhaftung widersetzen.«

Der Alte prallte erschrocken zurück und trat schleunigst den Rückzug an. Den Rasenmäher ließ er mitten im Vorgarten stehen. Pia kicherte.

Kröger zwinkerte ihr zu und steckte mit einem Grinsen die Waffe wieder weg.

»Sorry«, sagte er. »Ich konnte einfach nicht widerstehen.«

Die Sonne brannte vom wolkenlosen Himmel. Der Rasenmähermann hatte offenbar einen Rundruf getätigt, denn in den umliegenden Vorgärten war jede Samstagvormittagsaktivität abrupt eingestellt worden. Die ganze Straße lag wie ausgestorben da. Das frisch gewaschene Auto gegenüber trocknete unpoliert in der Sonne, Schlauch und Eimer waren achtlos liegengelassen worden. Wenigstens hatte Krögers Bemerkung die Schaulustigen von der Straße vertrieben. Pias Handy summte.

»Wir sind im Garten«, verkündete einer der Beamten. »Ein Auto mit zwei Hunden hinten drin steht am Gartentor. Aber sonst ist alles ruhig.«

»Okay«, erwiderte Pia. »Bleibt in Deckung. Wir gehen jetzt rein.«

Gefolgt von Kröger und einem der Streifenbeamten ging sie durch den Vorgarten und die beiden Treppenstufen hoch. Die Haustür stand offen. Pia versetzte ihr einen leichten Stoß und machte einen Schritt in das Halbdunkel des Hausinnern. Vor ihr lag eine große Eingangsdiele, die geradeaus in die Küche führte. Rechts befanden sich eine Tür und eine Treppe in das obere Stockwerk, auf der linken Seite ging es in einen schmalen Flur, daneben in ein sonnendurchflutetes Wohnzimmer mit Fenstern bis zum Boden und einem offenen Kamin.

»Hallo?«, rief Pia angespannt. »Ist jemand zu Hause? Hier ist die Polizei!«

Sie wagte sich ein Stück weiter, Kröger folgte ihr auf dem Fuß. Der rasenmähende Nachbar hatte etwas von einer Hausdurchsuchung gefaselt, die Haustür war unverschlossen gewesen. Was ging hier vor? Pia spürte ein Prickeln im Nacken.

»Herr Theodorakis? Frau Franzen?« Ihre Nerven waren zum Zerreißen gespannt. Ein Blickkontakt mit Kröger genügte zur Verständigung, auf ein Kopfnicken von ihm zog sie ihre Waffe und entsicherte sie. Es war beileibe nicht das erste Mal, dass sie ein fremdes Gebäude betrat, ohne zu wissen, was sie dort erwartete, aber es war jedes Mal wieder eigenartig. Sie trug keine schusssichere Weste. Unwillkürlich dachte sie an Christoph und daran, wie wenig ihm dieser Teil ihres Jobs gefiel. Sie versuchte, den Gedanken zu verdrängen, aber unter der Anspannung machte sich ein anderes Gefühl breit, das sie in dieser Situation überhaupt nicht gebrauchen konnte: Angst.

»Was ist?«, raunte Kröger, der ihr Zögern zu bemerken schien. »Soll ich vorgehen?«

»Nein.« Sie betrat entschlossen den Flur. Links ein Schlafzimmer. Rechts … Ihr stockte der Atem, ein heftiger Adrenalinstoß beschleunigte ihre Herzfrequenz. Auf den weißen Fliesen vor der Badewanne kniete ein junger Mann. Er blickte erschrocken hoch, als Pia in der Tür erschien. In den Händen hielt er ein Küchenmesser, seine Hände und sein helles T-Shirt waren voller Blut. Er war höchstens sechzehn oder siebzehn, kein Kind mehr, aber auch noch kein Erwachsener. Unfertige, weiche Gesichtszüge, halb verdeckt von einem dunkelblonden Haarvorhang.

»Leg das Messer hin!«, befahl Pia mit fester Stimme und hielt die Waffe auf ihn gerichtet. Der Junge starrte sie ein paar Sekunden lang an, dann sprang er auf und ließ das Messer fallen. Es klirrte auf die Fliesen. Pia war auf den Angriff nicht gefasst, sie taumelte unter dem Anprall seines Körpers gegen Kröger, ihr Kopf knallte gegen den Türrahmen. Auch ihr Kollege war zu verdutzt, um schnell zu reagieren. Wie ein Wiesel schlüpfte der Junge durch seine Finger, huschte an dem in der Halle wartenden Streifenpolizisten vorbei und entkam durch die offen stehende Küchentür in den Garten.

»Verdammt«, knirschte Kröger. »Das hab ich ja auch noch nicht erlebt.«

»Die Kollegen werden ihn schon erwischen.« Pia rieb sich die schmerzende Beule am Kopf, steckte ihre Waffe ein und drehte sich um. Kröger war verschwunden, sie stand allein im Badezimmer. Ihr Blick fiel auf das blutbeschmierte Messer.

»Na super«, murmelte sie und holte tief Luft. »Da hab mal wieder ich die Arschkarte gezogen.«

Sie zögerte kurz, aber dann riss sie sich zusammen und beugte sich über die Badewanne.

*

Auf dem Heuboden des Stalles war es stickig und heiß, dennoch zitterte Mark am ganzen Körper. Er war ganz nach hinten gekrochen und lag nun schluchzend auf den Strohballen, das Gesicht in den Händen vergraben. Ricky! Wie sie da in der Badewanne gelegen hatte, so bleich und steif! Diesen Anblick würde er nie vergessen. Die Bullen dachten sicher, er hätte sie umgebracht, dabei hatte er sie mit dem Messer nur befreien wollen! Mark krümmte sich zusammen. Irgendetwas Schreckliches war in Rickys Haus passiert! Wahrscheinlich hatte Jannis ihr das angetan, um sie aus dem Weg zu haben, damit er ungestört mit Nika herummachen konnte! Oder Ricky hatte die beiden miteinander überrascht, es war zu einem Streit gekommen, die beiden hatten Ricky überwältigt und ... umgebracht. Deshalb war Nika auch heute nicht im Laden aufgetaucht! Mark versuchte vergeblich, das Zittern unter Kontrolle zu bekommen. Er war den Bullen nur um Haaresbreite entwischt, sogar im Garten hatten zwei gelauert. Aber warum? Was hatten sie dort gewollt? Die rasenden Kopfschmerzen machten es ihm unmöglich nachzudenken.

Mark blinzelte. Der Staub juckte in seinen Augen, und die Kratzer, die er sich bei seiner Flucht durch die Weißdornbüsche zugezogen hatte, brannten wie Feuer. Der Schnitt an seinem Finger war tiefer als gedacht und blutete ziemlich heftig. Er wälzte sich auf den Rücken, hob die Hand über den Kopf und drückte die Wunde zusammen. Das Blut rann über sein Handgelenk den Arm hinab und tropfte in sein Gesicht. Ja, das war gut. Allmählich bekam er wieder Luft, wurde ruhiger. Die rasenden Schmerzen in seinem Kopf verwandelten sich in ein dumpfes Pulsieren.

Er musste einfach wissen, was mit Ricky passiert war, es ließ ihm keine Ruhe. Auf allen vieren kroch er über die Heuballen zum Giebel. Dort gab es eine kleine Luke, von der aus er die Straße überblicken konnte. Plötzlich ratschte sein Schienbein schmerzhaft über etwas Hartes.

»Autsch«, murmelte er und hielt inne. Mit beiden Händen

tastete er im diffusen Licht nach dem Ding. Es war länglich und steckte fest zwischen den Ballen. Er zog daran. Zog fester, bis das Ding hervorschnalzte und mit einem Ende gegen den niedrigen Dachbalken knallte. Mark verschlug es den Atem. In seinen Händen hielt er ein Gewehr!

*

Sie war auf das Schlimmste gefasst. Doch statt einer grausam zerstückelten Leiche erblickte sie eine Mumie. Friederike Franzen lag wie ein Paket verschnürt in der Badewanne, jemand musste gleich mehrere Rollen silbernen Gewebeklebebandes um ihren Körper bis hoch zu ihrem Mund gewickelt haben. Ihre Augen waren geschlossen.

Pia beugte sich über die Frau, ertastete die Halsschlagader. Der Puls ging langsam, aber regelmäßig. Sie stieß einen erleichterten Seufzer aus, hob das Küchenmesser auf und begann, das Gewebeband zu zerschneiden, was sich als nicht ganz unproblematisch erwies, denn es klebte höllisch. Spätestens jetzt war ihr klar, dass es ganz sicher keine Kollegen gewesen waren, die eine Hausdurchsuchung durchgeführt hatten, denn die knebelten und fesselten die Hausbesitzer üblicherweise nicht. Obwohl es sie hin und wieder sicherlich in den Fingern juckte.

Im Haus wurden Stimmen laut. Kröger erschien im Türrahmen.

»Der Junge ist uns abgehauen, aber sein Roller steht unten auf dem Weg. Es ist der Kerl, der eben dein Auto gerammt hat. Wer ist denn das?«

Er sah ein wenig zerzauster und verschwitzter aus als noch vor zehn Minuten, aber die Gelassenheit, für die er allgemein bekannt war, hatte er nicht verloren.

»Die Hausbesitzerin«, entgegnete Pia zwischen zusammengebissenen Zähnen. Sie ärgerte sich, weil ihre Hände zitterten. Und das Klebeband saß so stramm, dass sie befürchtete, die Frau mit dem Messer zu verletzen.

»Soll ich dir helfen?«, bot Kröger an.

»Schaff ich schon alleine«, knurrte Pia.

»Wir müssen sie erst mal da rausholen. So geht das nicht.« Er nahm ihr das Messer aus der Hand. Vor Anstrengung keuchend hievten sie die immer noch bewusstlose Frau über den Rand und legten sie auf den Boden.

Pia fuhr sich mit dem Unterarm über die schweißnasse Stirn, ihr Rücken schmerzte von der gebeugten Haltung. Kröger säbelte konzentriert mit dem Küchenmesser an Friederike Franzens Gesicht herum. Vorsichtig löste er das Klebeband, das ihren Mund verschloss.

»Ah, die Mumie kommt zu sich.« Kröger reichte Pia das Messer und klopfte Frau Franzen auf die Wange. »Hallo! Hören Sie mich?«

Der Kopf der Frau rollte hin und her, sie öffnete die Augen.

»Was ... wo ... wo bin ich?«, lallte Frau Franzen verwirrt. »Wer ... wer sind Sie?«

»Kirchhoff, Kripo Hofheim«, antwortete Pia. »Wir kennen uns.«

Die Frau starrte sie einen Moment lang verschwommen an, dann kam Klarheit in ihren Blick, und ihre Augen weiteten sich vor Entsetzen. Sie wollte sich aufrichten, aber ihre Arme klebten noch immer eng an ihrem Oberkörper.

»Einen Moment noch«, sagte Kröger und beeilte sich.

Als ihre Arme frei waren, halfen Kröger und Pia ihr aufzustehen. Sie schwankte leicht.

»Setzen Sie sich besser hin«, sagte Pia. »Was ist denn eigentlich passiert?«

»Ich ... ich bin überfallen worden«, erwiderte die Frau undeutlich, es klang verwundert. Sie griff sich an die Stirn, schüttelte den Kopf. »Ich war schon draußen, da ... da fiel mir ein, dass ich meine Tasche in der Küche vergessen hatte. Und plötzlich ... standen da zwei Männer. Die ... die haben mir irgendwas ins Gesicht gesprüht und ... und ...«

Ihre Stimme kippte, der Schock ließ nach. Mit den Tränen rann in schwarzen Bächen Wimperntusche über ihre Wangen. Pia hielt ihr eine Box mit Kleenex-Tüchern hin, die neben dem Waschbecken auf einer Ablage stand.

»Haben Sie jemanden erkannt?«, fragte sie mitfühlend.

Frau Franzen schüttelte schluchzend den Kopf, fuhr sich mit dem Handballen achtlos über das verschmierte Gesicht.

»Nein. Sie ... sie hatten Masken an. Und sie haben nichts gesagt.« Sie zog ein Kleenex aus dem Karton und putzte sich geräuschvoll die Nase.

Bisher war Friederike Franzen Pia nicht sonderlich sympathisch gewesen, aber jetzt tat sie ihr aufrichtig leid. Es gab kaum etwas Traumatischeres, als in den eigenen vier Wänden überfallen zu werden, das wusste sie aus eigener Erfahrung. Sie setzte sich neben sie und legte tröstend einen Arm um die Schultern der Frau, die tapfer gegen die Tränen kämpfte.

»Wo ist denn Ihr Lebensgefährte?«, fragte Pia und verschwieg, dass sie eigentlich gekommen waren, um ihn festzunehmen. »Können wir ihn anrufen, damit er herkommt?«

Die Frau zuckte nur die Schultern. Einer der Streifenpolizisten erschien in der Tür.

»Wir haben uns im Haus ein bisschen umgesehen«, sagte er. »Hier ist sonst niemand. Aber vielleicht solltet ihr mal oben unterm Dach gucken.«

»Unterm Dach? Was ist da?«, wollte Pia wissen.

»Da oben ist das Arbeitszimmer von Jannis«, mischte sich Frau Franzen mit zittriger Stimme ein. »Sonst nichts.«

»Da *war* vielleicht mal ein Arbeitszimmer«, entgegnete der Beamte. »Viel davon ist nicht mehr übrig.«

Zürich, Dezember 2008

Dirk hatte nichts gemerkt. Er verdiente keine Warnung vor dem, was sich gegen ihn zusammenbraute, und erst recht keine Gnade für das, was er ihr angetan hatte. Der Gedanke, dass er völlig ahnungslos war, verschaffte ihr eine ungeahnte Genugtuung und machte den Hass etwas erträglicher. Es würde eine Zeit danach geben. Das Institut würde einen neuen Leiter brauchen, und man würde sie nicht übergehen können.

Dirk war via Frankfurt nach New York geflogen, wo er sich mit einigen Kollegen zu einem Strategie-Meeting treffen würde. Sie kannte die Namensliste der Teilnehmer dieses Meetings aus einem jener vertraulichen Memos, auf deren Verteiler ihr Name nach wie vor stand. Der Chef des IPCC würde daran teilnehmen, ebenso Dr. Norman Jones von der University of Baltimore, Dr. John Peabody vom CRU der University of Wales und noch einige andere hochkarätige Wissenschaftler, die für die Lügen im letztjährigen Bericht des IPCC verantwortlich waren. Sie hatte Dirk zum Flughafen gefahren, war aber nicht ans Institut zurückgekehrt, sondern stattdessen mit der nächsten Maschine nach Zürich geflogen.

Um kurz nach 14 Uhr traf sie sich mit Cieran und dessen Freund Bobby Bennett im gediegenen Foyer einer kleinen Züricher Privatbank. Ein Mitarbeiter führte sie in den Tresorraum, wo er sie diskret alleine ließ. Ihre anfängliche Skepsis

Cierans Behauptungen gegenüber war verschwunden, denn die Beweise, die er und seine Freunde für die jahrelange Manipulation der Klimadaten zusammengetragen hatten, waren hieb- und stichfest.

Bobby Bennett war der Mitarbeiter des Climatic Research Units der University of Wales, der sich in den Mailserver gehackt und die Backups von tausenden von E-Mails heruntergeladen hatte, bis zurück ins Jahr 1998. Diese E-Mails stammten von den Direktoren der vier Institute, die den IPCC mit Daten, Fakten und Messergebnissen versorgen, auf deren Basis die Sachstandsberichte erstellt werden. Sie kannte jeden dieser Männer persönlich und war noch immer tief erschüttert über die Unverfrorenheit, mit der sie sich seit mehr als zehn Jahren systematisch zum Betrug verabredet hatten. Gemeinsam hatten sie praktisch alle weltweiten Wetter- und Klimadaten in Richtung globale Erwärmung manipuliert. Eine vorsätzliche Täuschung, um die Hypothese vom menschgemachten Klimawandel aufrechtzuerhalten. Bewusst hatten sie die Ängste von Milliarden Menschen geschürt, aus reiner Gier nach Profit und Einfluss.

»Wann soll es losgehen?«, fragte sie.

»Anfang Februar«, erwiderte Cieran. Seine Augen leuchteten, er war geradezu euphorisch. Ungewöhnlich für den nüchternen Pragmatiker, der er war, aber die Aufdeckung dieser betrügerischen Machenschaften würde einen gewaltigen Skandal nach sich ziehen und den Glauben der Menschen an einen Klimawandel nachhaltig erschüttern.

»Wieso nicht eher?«, wollte sie wissen.

Bobby setzte sich auf den Tisch und ließ die Beine baumeln. Auch er war aufgeregt und voller Erwartung.

»Ich bin an einer großen Sache dran«, erklärte er ihr. »Ich warte noch auf detaillierte Informationen, aber dann kann ich nachweisen, welches Interesse der Chef des IPCC daran hat. Er hat nämlich seine Finger in Geschäften, bei denen es

um milliardenschwere Investitionen geht – und deren Erfolg von den Empfehlungen des IPCC abhängt.«

»Tatsächlich?«

»Ja. Es ist unfassbar.« Cieran nickte. »Wenn wir noch ein paar Monate weiterrecherchieren, werden wir sicherlich noch viel mehr finden. Aber die Zeit drängt.«

Seine Finger trommelten auf den schwarzen Pilotenkoffer, den er neben Bobby auf den Tisch gestellt hatte.

»Hier ist alles drin. Alle Beweise im Original. Die Mitschnitte der Telefonate, mein Manuskript.« Er wurde ernst. »Wir vertrauen dir das an. Wenn uns irgendetwas zustößt, bist du die Einzige, die darüber Bescheid weiß.«

»Wieso sollte euch denn etwas zustoßen?« Sie lachte nervös, fröstelte aber innerlich. Das war eine gewaltige Verantwortung. Und eine große Versuchung.

»Man kann nie wissen. Ab jetzt sollten wir nicht mehr miteinander telefonieren«, sagte er leise. »Keine Anrufe, keine E-Mails.«

»Aber wie treten wir in Kontakt, falls etwas sein sollte?«, wollte sie wissen.

»Nur noch persönlich. Eine SMS reicht. Die können nicht alle überprüft werden.«

Sie nickte.

»Glaubst du denn, dass es wirklich gefährlich ist?«

Cieran sah sie an. Wechselte einen raschen Blick mit Bobby.

»O ja«, sagte er dann. »Ich fürchte, bis wir an die Öffentlichkeit gehen, ist es lebensgefährlich. Danach kann uns nichts mehr passieren.«

Bobby Bennett schien zu merken, wie unwohl sie sich plötzlich fühlte. Er stand auf und klopfte ihr auf die Schulter.

»Hey«, sagte er. »Wir sind die Guten. Sie haben dich betrogen und ausgenutzt. Sie haben die ganze Welt belogen. Das darfst du nicht vergessen. Okay?«

Vor allen Dingen mich *hat man betrogen und ausgenutzt,
dachte sie.*

»*Wie könnte ich das vergessen?*«*, sagte sie laut.*

*Cieran und Bobby, diese idealistischen Gutmenschen,
glaubten tatsächlich, sie würde ihre Sache aus ähnlich un-
eigennützigen Gründen unterstützen, vielleicht aus Enttäuschung über die Wahrheit hinter der Klimalüge. Doch das
stimmte nicht. Sie raste vor Hass und genoss den Gedanken,
dass sie den Erdrutsch auslösen würde, der Professor Dirk
Eisenhut mit sich reißen und vernichten würde.*

»*Sie werden alle zurücktreten müssen.*« *Bobby grinste.*

*Ja, auch Dirk würde zurücktreten müssen. Er würde aus
der weißen Villa ausziehen und mit seiner Bettina aus ihrem
Leben verschwinden. Cieran schob den Koffer ins Schließfach, klappte es zu, zog den Schlüssel ab und reichte ihn ihr.
Ihre Finger schlossen sich fest um das kalte Metall.*

»*Ich kann es kaum noch erwarten*«*, sagte sie und lächelte.*

Die quälende Ungewissheit war fast noch schlimmer als das ewige Versteckspiel. Wie hatte sie auch nur so blöd sein und Jannis vertrauen können? Warum war sie nicht sofort abgehauen, als er ihr eröffnet hatte, er wisse, wer sie sei? Jetzt saß sie in der Falle. Dirk würde nicht aufgeben, sicher hatte er längst seine Spürhunde auf ihre Fährte gehetzt.

Nika fühlte sich in dem kleinen Haus wie in einem Gefängnis, aber sie konnte nicht weg. Oliver von Bodenstein war ihre einzige Hoffnung. Sie hatte sofort gemerkt, dass er sie mochte. Unter anderen Umständen hätte sie sich vielleicht auch in ihn verlieben können. Aber was hätte das in ihrer momentanen Situation für einen Sinn gehabt? Er war zum falschen Zeitpunkt in ihr Leben getreten.

Eben, während sie noch geschlafen hatte, musste er hier gewesen sein, denn er hatte ihr auf dem Couchtisch einen Zettel hinterlassen.

Muss gleich unbedingt mit dir reden. Bitte bleib im Haus. Niemand darf dich sehen! O. Was hatte das wohl zu bedeuten? Nika unterbrach ihre rastlose Wanderung. Sie blieb am Küchenfenster stehen und blickte hinaus, über die Wiese, hoch zum Schloss. Wie mochte es wohl sein hier zu leben, ohne sich verstellen zu müssen und ohne Angst vor den gnadenlosen Gespenstern der Vergangenheit?

Sie setzte sich auf einen Küchenstuhl und stellte sich vor, wie ihr Leben an Bodensteins Seite aussehen könnte. Einkaufen, putzen, kochen, auf ihn warten, bis er abends von der Arbeit kam? Früher wäre so etwas für sie undenkbar gewesen, doch im vergangenen halben Jahr hatte sich alles verändert. Ihr wahnsinniger Ehrgeiz hatte sich an jenem Tag in Deauville in Luft aufgelöst, an dem Dirk ihr eröffnet hatte, er werde eine andere Frau heiraten. Ganz plötzlich hatte sie nicht mehr verstanden, was sie einmal dazu angetrieben hatte, von morgens bis abends zu arbeiten. Hatte sie wirklich geglaubt, sie könne etwas bewegen, die Welt vor dem Irrsinn der Menschheit retten? Nein, sie hatte sich immer nur selbst belogen. Die traurige Wahrheit war nämlich, dass sie all die Jahre insgeheim gehofft hatte, mit ihrem Einsatz Dirks Herz zu gewinnen. Fürs Bett und die Arbeit war sie ihm gut genug gewesen, dachte sie bitter, aber nicht für die Ehe. Bei diesem Gedanken brodelte wieder Zorn in ihr hoch, heiß und mächtig. Belogen hatte er sie. Falsche Hoffnungen geschürt. Fünfzehn Jahre ihres Lebens hatte sie diesem Scheißkerl geopfert! Im Dreck sollte er vor ihr kriechen, mit Schimpf und Schande davongejagt und von der ganzen Welt verachtet! Ja, das wäre wohl die richtige Strafe, die einzige, die ihn richtig treffen würde. Nika stand auf und holte tief Luft. Viel Zeit blieb ihr nicht. Sie musste so schnell wie möglich an die Unterlagen kommen.

*

Friederike Franzen blieb wie versteinert auf der vorletzten Stufe der Treppe stehen.

»O mein Gott!«, stieß sie entsetzt hervor. »Wenn Jannis das sieht, dreht er durch. Sogar seine ganzen CDs sind weg!«

Pia und Kröger gingen an ihr vorbei und betraten das Dachgeschoss, in dem sich einmal ein Arbeitszimmer befunden haben mochte. Die Regale waren so leer wie der Schreibtisch, auf dessen Holzplatte nur noch ein einsamer Flachbildschirm stand. Kabel baumelten lose herunter. Ein quadratischer Abdruck im hellgrauen Teppichboden unter dem Schreibtisch war das Einzige, was vom Computer geblieben war. Friederike Franzen sank auf die oberste Treppenstufe, lehnte ihren Kopf an das Geländer und brach erneut in Tränen aus. »Die haben ja echt *alles* mitgenommen! Warum nur?«

Darauf fielen Pia gleich mehrere Antworten ein. Jannis Theodorakis hatte sich jede Menge Feinde gemacht. Eigentlich war es verwunderlich, dass so etwas nicht viel eher passiert war.

Kröger zog ein paar Latexhandschuhe aus der Tasche seiner Jeans und streifte sie über. Er inspizierte eine Schreibtischschublade nach der anderen. Sie waren alle leer, genauso wie die Schränke und ein Rollcontainer. Kein Blatt Papier, kein Stift, nichts. Auf dem Boden lag eine Rolle mit blauen Müllsäcken, die die Einbrecher wohl zurückgelassen hatten.

»Da hat jemand richtig aufgeräumt«, stellte er nüchtern fest. »Nichts mehr da.«

Frau Franzen schluchzte auf.

»Wo kann Herr Theodorakis jetzt sein?«, fragte Pia.

»Ich ... ich habe keine Ahnung, wo er ist. Aber ich muss ihn anrufen. O Gott, er wird toben! Aber ich kann ja auch nichts dafür.«

Pia ließ den Haftbefehl weiterhin unerwähnt. Vielleicht kam Theodorakis nach Hause, wenn seine Lebensgefährtin ihn anrief, und ersparte ihnen damit eine langwierige Suche.

»Kommen Sie.« Pia kniete neben ihr nieder und berührte die Frau am Arm. »Das ist alles etwas viel für Sie. Kann ich etwas für Sie tun?«

»Nein, es ... es geht schon. Ich muss in den Laden. Und ins Tierheim.« Friederike Franzen saß noch einen Augenblick da, die Augen glasig und starr. Schließlich zog sie sich am Treppengeländer hoch und tappte wie in Trance die Wendeltreppe hinunter.

Pia und Kröger folgten ihr in die Küche.

»Was für ein beschissener Tag«, murmelte sie, nachdem sie sich mit einem Stück Küchenrolle die Nase geputzt hatte. Ihre Stimme klang wieder ein wenig fester, sie hatte den ersten Schrecken überwunden. »Meine Freundin Nika, die mir im Laden hilft, hat sich heute Nacht aus dem Staub gemacht, und Frauke ist immer noch wie vom Erdboden verschluckt.«

»Frauke Hirtreiter ist wieder aufgetaucht«, sagte Pia. »Wir haben sie vorhin festgenommen.«

Frau Franzen starrte sie an. Ihr Mund klappte auf. Verblüffung pur.

»Frauke ist wieder da? Aber … aber wieso haben Sie sie festgenommen?«

»Sie steht unter dem Verdacht, ihren Vater erschossen zu haben«, antwortete Pia.

»Nein«, flüsterte Frau Franzen entgeistert. »Das kann doch nicht sein!«

Ihre Augen wanderten unruhig hin und her, sie machte wieder einen fast normalen Eindruck, erstaunlich nach dem, was sie erlebt hatte. Doch Pia hatte im Umgang mit Opfern von Verbrechen schon die verschiedensten Reaktionen erlebt. Oft folgte auf den ersten Schock eine Phase von fast manischem Aktionismus, bevor mit dem Begreifen der völlige Zusammenbruch kam.

»Wie soll ich das denn alles bloß alleine hinkriegen?«

Es klingelte an der Haustür, die noch immer offen stand. Drei Gestalten in weißen Ganzkörperanzügen betraten das Haus, wie die Besatzung eines Raumschiffs. Kröger schickte sie nach oben, dann kam er in die Küche. Friederike Franzen blickte sich suchend um.

»Ich brauche eine Zigarette.«

»Die Zigaretten sind vielleicht in Ihrer Tasche«, half Kröger. »Die hatten Sie doch hier im Haus vergessen.«

Sie sah ihn an und lächelte zerstreut.

»Ach ja, stimmt.«

Krögers Team ging ins Dachgeschoss, und Frau Franzen beschloss wohl, dass ein Anruf bei ihrem Lebensgefährten im Moment höhere Priorität hatte als eine Zigarette. Sie holte das Telefon, das auf einer Kommode in der Diele stand, und tippte mit dem Daumen eine Nummer ein. Zwischen ihren Augenbrauen erschien eine steile Falte.

»Geht nicht dran«, sagte sie. »Nur die Mailbox.«

Plötzlich wirkte sie wütend.

»Wie ich das *hasse*, wenn er einfach verschwindet, ohne zu sagen wohin!«, stieß sie hervor und knallte das Telefon auf die Tischplatte. Eine Weile starrte sie dumpf vor sich hin, dann sprang sie wie von der Tarantel gestochen auf.

»O Gott! Die *Hunde*!«, rief sie. »Die sitzen ja noch im Auto! Und das bei der Hitze!«

»Moment noch«, hielt Pia sie zurück. »Als wir eben ins Haus gekommen sind, war ein junger Mann im Badezimmer. Er hatte ein Messer in der Hand. Leider ist er uns entwischt. Wissen Sie, wer das sein könnte?«

Friederike Franzen schlüpfte in ausgetretene Ballerinas, die neben der Küchentür standen.

»Das muss Mark gewesen sein.«

»Mark? Wie weiter?«

»Theissen.«

Pia begegnete Krögers Blick. Der war nicht weniger erstaunt als sie selbst.

»Theissen?«, vergewisserte sich Pia. »So wie der Chef von der WindPro?«

»Ja, genau. Das ist Marks Vater.« Die Hausherrin hatte es eilig. »Tut mir leid, ich muss jetzt erst mal schnell meine Hunde aus dem Auto lassen.«

Sie verschwand wie der Blitz in den Garten.

»Was macht denn Theissens Sohn im Haus von Theodorakis?«, wunderte sich Pia. »Verstehst du das?«

»Vielleicht wollte er sie umbringen. Wer weiß.« Kröger zuckte die Schultern. »Ich muss mich mal um meine Jungs kümmern.«

Pia blieb allein in der Küche zurück und blickte nachdenklich in den Garten, als ihr Handy klingelte. Es war Cem, der von ihr wissen wollte, wo sie sei.

»Bei Theodorakis. Er ist aber nicht da«, erwiderte sie. »Wieso?«

»Hier ist was los. Rademacher war bei der Engel, und die

ist jetzt fuchsteufelswild. Ist der Chef bei dir? Sie will nämlich mit ihm reden.«

»Nein, bei mir ist er nicht. Versuch's bei ihm auf dem Handy. Aber ich komme auch gleich, ich hole nur noch Frauke Hirtreiter ab.«

Sie beendete das Gespräch. Die Tatsache, dass der Sohn von Theodorakis' ärgstem Feind mit einem Messer in der Hand in dessen Haus gewesen war, ließ ihr keine Ruhe. Sie verließ das Haus über die Terrasse, ging über den Rasen und fand, zwischen üppig blühenden Rhododendronbüschen versteckt, ein kleines Tor im Jägerzaun, das auf einen asphaltierten Feldweg führte. Direkt davor parkte ein dunkler Audi Kombi mit offener Heckklappe; der rote Roller, der ihr Auto gerammt hatte, stand ein paar Meter weiter. Gegenüber erstreckte sich eine Pferdekoppel bis zum Waldrand, ein Stück entfernt im Tal lagen ein Pferdestall und auf der benachbarten Wiese ein Hundetrainingsplatz. Die Luft war erfüllt vom geschäftigen Summen der Bienen im Flieder und der Weißdornhecke. Von dem Jungen war weit und breit nichts zu sehen, die Streifenkollegen waren ebenfalls verschwunden.

Frau Franzen wandte Pia den Rücken zu. Sie stand am Koppelzaun, die Ellbogen auf die oberste Zaunlatte gestützt, und telefonierte.

»... bin stinksauer!«, hörte Pia ihre Stimme und blieb wie angewurzelt stehen. »Das war ja wohl total übertrieben! Ich habe ...«

Die beiden aus dem Kofferraum befreiten Hunde wälzten sich ausgiebig im hohen Gras auf der anderen Seite des Zaunes. Als sie Pia entdeckten, stürzten sie mit lautem Gebell auf sie zu. Frau Franzen brach im Satz ab, fuhr herum und ließ ihr Handy zuschnappen.

»Was gibt es denn noch?« Sie musterte Pia unter zusammengezogenen Brauen. Wäre nicht das verschmierte Make-up in ihrem Gesicht gewesen, hätte Pia kaum glauben können, dass dieselbe Frau noch vor einer Viertelstunde bewusstlos und gefesselt in der Badewanne gelegen hatte. Vom Schock war ihr nichts mehr anzumerken, ebenso wenig wie von der aufgesetzten Fröhlichkeit, die sie normalerweise versprühte. Das erste Mal, seitdem Pia Friederike Franzen kannte, wirkte sie echt.

»Es ist noch mal wegen des Jungen«, sagte Pia. »Was kann er bei Ihnen im Haus gewollt haben?«

»Mark? Wieso fragen Sie das?«

»Er ist immerhin der Sohn von Stefan Theissen. Und der ist ja nun mal kein Freund von Ihnen.«

»Stimmt.« Frau Franzen nickte. »Mark arbeitet im Tierheim. Seine Eltern sind davon nicht besonders begeistert, aber das Gericht hatte Mark damals dazu verurteilt.«

»Das Gericht?«

»Ja. Er hatte eine Dummheit gemacht und musste Arbeitsstunden ableisten.«

»Aha. Wussten Sie, dass der rote Roller, den Mark fährt, auf Rolf Grossmann, den toten Wachmann der WindPro, zugelassen ist?«

»Nein, das wusste ich nicht.« Frau Franzen zuckte die Achseln. Ihr Handy dudelte. Sie warf einen Blick auf das Display, drückte eine Taste, und das Klingeln verstummte. »Ich habe im Augenblick auch weiß Gott ganz andere Probleme als Marks Roller.«

»Das glaube ich Ihnen. Haben Sie Ihren Lebensgefährten erreicht?«

»Nein! Er meldet sich nicht. Ich könnte verrückt werden!«

Sie ballte ihre Hand zur Faust und ließ sie auf den Koppelzaun sausen.

»Meine Kollegen suchen in Ihrem Haus noch nach Hinweisen auf die Einbrecher«, sagte Pia. »Bitte rufen Sie uns an, wenn Herr Theodorakis sich bei Ihnen meldet. Wir müssen dringend mit ihm sprechen.«

»Ja. Mach ich.« Das Telefon klingelte wieder.

Vom Tal her näherte sich ein grüner Jeep. Pia wich einen Schritt zurück in die wild wuchernden Brennnesseln, um ihn vorbeizulassen, dabei fiel ihr Blick kurz auf den Beifahrersitz von Frau Franzens Auto. Etwas in ihr schrie auf, aber bevor sie noch über den Grund nachdenken konnte, meldete sich auch ihr Handy. Diesmal war es Kai, der ihr den Durchsuchungsbeschluss für das Haus bestätigte.

Frau Franzen lauschte dem Fahrer des grünen Jeeps, Pia nickte ihr zu und ging zurück zum Haus. Eigenartiges Verhalten. Weder schien sie das Schicksal von Frauke Hirtreiter sonderlich zu berühren, noch benahm sie sich wie jemand, der gerade Todesängste ausgestanden hatte. Irgendetwas stimmte an ihrer Geschichte nicht. Irgendetwas stimmte hier überhaupt nicht. Pia konnte nicht sagen, was es war und wie sie darauf kam, aber das Misstrauen ließ sich nicht vertreiben.

*

Bodenstein stellte sein Auto vor den Garagen ab und ging hinüber zum Gebäude der RKI. Er musste Pia noch vor der Vernehmung von Frauke Hirtreiter alles erzählen: von dem unglückseligen Erbe seines Vaters bis hin zu Annika Sommerfelds Geheimnis. Je länger er wartete, desto tiefer würde die Kluft zwischen ihnen werden, ein unüberbrückbarer Abgrund, wie er sich zwischen Cosima und ihm aufgetan hatte.

Unüberbrückbar, dachte er. Was für ein komisches Wort. Gestern Nacht, als er mit Annika geredet hatte, war Cosima mehrfach durch seinen Kopf gegeistert, und er hatte festgestellt, dass sich sein Groll auf sie verflüchtigt hatte. Plötzlich gab es eine neue Perspektive in seinem Leben. Er wusste nicht viel von Annika, und was er wusste, ließ keine große Hoffnung auf eine gemeinsame Zukunft zu. Aber es war eben einfach … passiert. Er hatte sich bei der ersten Begegnung in sie verliebt. Seither flatterten Schmetterlinge in seinem Bauch und verdarben ihm den Appetit, wenn er nur an sie dachte. So war es ihm erst einmal im Leben ergangen, mit Inka Hansen, und das lag sehr, sehr lange zurück. Nicola war damals nur ein Trostpflaster für sein gebrochenes Herz gewesen, und Cosima hatte leichtes Spiel gehabt. Sie hatte ihn herausgefordert, besiegt und als Beute in ihr Bett geschleift. Rückblickend musste Bodenstein sich eingestehen, dass er Cosimas Temperament nie wirklich gewachsen gewesen war. In ihrer Beziehung war immer sie die Tonangebende gewesen. Als Meisterin der Manipulation hatte sie ihren Willen so raffiniert durchgesetzt, dass er oft geglaubt hatte, er selbst habe es genau so gewollt. Ihre Untreue war für ihn deshalb so schlimm gewesen, weil er erkannt hatte, wie wenig sie ihn eigentlich brauchte: weder als Reisebegleiter noch als Ernährer und schon gar nicht als Liebhaber. Sie hatte ihn zum Trottel gemacht, und zwar in aller Öffentlichkeit. Das hatte ihn am meisten gekränkt.

Annika war anders. Sie erinnerte ihn an Inka, mit der es aufgrund einer Reihe verhängnisvoller Missverständnisse kein Happyend gegeben hatte. Das durfte diesmal nicht geschehen.

Bodenstein nickte dem wachhabenden Beamten zu, der drückte auf einen Knopf. Es summte, und Bodenstein öffnete die Glastür. Im Gang kam ihm schon Cem Altunay entgegen: Dr. Engel wolle ihn sprechen. Und zwar *sofort*. Wenig später klopfte Bodenstein an die Tür von Dr. Engels Büro, die beinahe in derselben Sekunde geöffnet wurde. Sein Blick fiel auf Enno Rademacher, der auf einem der Stühle vor dem Schreibtisch saß. Er hatte die Beine übereinandergeschlagen und bleckte hinter Nicolas Rücken seine nikotingelben Zähne zu einem beunruhigend zufriedenen Grinsen. Bodenstein schwante nichts Gutes.

»Bitte warten Sie noch einen Moment draußen, Herr Rademacher«, sagte Nicola Engel. »Meine Kollegin Frau Kirchhoff wird gleich da sein.«

Rademacher verließ das Büro, nicht ohne Bodenstein noch einen spöttischen Blick zugeworfen zu haben. Die Kriminalrätin schloss hinter ihm die Tür und kam ohne Umschweife zur Sache.

»Stimmt es, dass dein Vater von dem verstorbenen Ludwig Hirtreiter eine Wiese geerbt hat?« Sie ging hinter ihren Schreibtisch, öffnete eines der Fenster und setzte sich.

Bodenstein bejahte. Was sollte das? Auf was wollte sie hinaus?

»Und diese Wiese spielt in den Ermittlungen im Mordfall Hirtreiter eine Rolle?«

»Ja. Rademacher und sein Chef haben Hirtreiter für die Wiese mehrere Millionen Euro geboten. Wir haben sogar eine Zeitlang vermutet, Hirtreiters Weigerung, die Wiese an die WindPro zu verkaufen, könnte das Motiv für seine Ermordung gewesen sein.«

»Aha. Und jetzt gehört diese Wiese deinem Vater.«

»Wenn es nach dem Letzten Willen seines Freundes geht, ja.«

»Stimmt es, dass die WindPro deinem Vater bereits ebenfalls ein Kaufangebot unterbreitet hat?«

»Ja, das stimmt.« Bodenstein nickte. »Rademacher hat mich aufgefordert, auf meinen Vater einzuwirken, damit er den Vertrag unterschreibt. Er hat damit gedroht, andernfalls das Restaurant meines Bruders und meiner Schwägerin zu sabotieren. Und er hat mir für meine Vermittlertätigkeit Geld angeboten.«

Die Kriminalrätin sah ihn scharf an.

»Herr Rademacher hat mir eine ganz andere Geschichte erzählt.«

»Das kann ich mir denken.«

»Angeblich hast du ihm gestern gesagt, es sei für dich kein Problem, deinen Vater davon zu überzeugen, das Angebot der WindPro anzunehmen. Dafür hättest du aber 150000 Euro von ihm verlangt. Bar.«

»Wie bitte?« Bodenstein schnappte ungläubig nach Luft.

»Weiterhin sollst du damit gedroht haben, Beweise zu fälschen, um ihm den Mord an Hirtreiter in die Schuhe zu schieben, falls er auf die Idee käme, nicht zu zahlen.«

»Du machst wohl Witze!«

»Keineswegs. Du sitzt bis zum Hals in der Tinte, mein Lieber. Rademacher hat Anzeige gegen dich erstattet. Versuchte Erpressung, Nötigung und Amtsmissbrauch.«

»Davon ist kein Wort wahr, Nicola!«, beteuerte Bodenstein fassungslos. »Du kennst mich doch! Mein Vater hat vor, das Erbe abzulehnen oder die Wiese zu verschenken. Das hat er mir erst vor ein paar Stunden gesagt.«

»Weiß Rademacher das schon?«

»Nein. Ich wollte erst mal von ihm wissen, weshalb er uns verschwiegen hat, dass er gemeinsam mit seinem Bauleiter am Abend des Mordes bei Hirtreiter gewesen ist. Bis jetzt habe ich mit ihm überhaupt nicht über den Mord gesprochen, ich wusste ja bis heute Morgen nicht einmal, dass er bei ihm gewesen ist!«

Dr. Nicola Engel seufzte und lehnte sich zurück.

»Tja«, sagte sie bedauernd. »Ich glaube dir, Oliver. Aber mir bleibt nichts anderes übrig, als dich wegen Befangenheit von den laufenden Ermittlungen auszuschließen.«

»Das kannst du doch nicht machen!«

Das war nur eine Floskel. Bodenstein wusste, dass sie das sehr wohl konnte, ja sogar musste, um mögliche Ermittlungserfolge nicht zu gefährden. Ein Ermittler, der unter dem Ver-

dacht der Befangenheit stand, konnte einen ganzen Mord-
prozess platzen lassen.

Hilflos hob er die Arme und ließ sie wieder fallen. Wie hatte das alles nur passieren können? In fünfundzwanzig Jahren
bei der Kripo war er nie auch nur in die Nähe eines Ver-
dachts geraten, und nun steckte er unverschuldet im tiefsten
Schlamassel.

»Es tut mir leid. Nimm dir ein paar Tage Urlaub«, sagte
Nicola beinahe mitfühlend. »Frau Kirchhoff wird das auch
alleine hinkriegen.«

Das bezweifelte Bodenstein nicht. Allerdings würde das
Pias Zorn auf ihn nicht gerade dämpfen.

»Und was ist mit der anderen Sache?«, fragte er vorsichtig.
»Mit den BKA-Leuten und der Frau, die sie suchen?«

»Die soll dieser Wichtigtuer Störch mal schön alleine fin-
den«, entgegnete die Kriminalrätin mit einem säuerlichen
Lächeln. »Das geht uns eigentlich nichts an. Ich halte diesen
Verschwörungskram ohnehin für blanken Unsinn.«

Für einen winzigen Moment war Bodenstein versucht, ihr
zu erzählen, dass er sehr wohl wusste, wo Annika Sommerfeld sich aufhielt. Doch dann besann er sich eines Besseren.
Erst musste er mit Annika sprechen und herausfinden, was
wirklich geschehen war.

»Ich auch«, sagte er deshalb nur und verließ das Büro.

*

»Mark? Mark, bist du hier?«

Rickys Stimme drang bis in seinen Traum. Er wehrte sich
gegen das Aufwachen. Nicht jetzt. Nicht …

»Mark!«

Er blickte sich verwirrt um. Das Handy in seiner Hosentasche zirpte. Warum war er auf dem Heuboden? Was war
passiert? Wie lange hatte er hier gelegen und gepennt? Er

fummelte das Handy heraus, aber es war schon wieder verstummt. Erst da kam alles zurück. Ricky in der Badewanne, die Polizei, seine Flucht. Hastig richtete er sich auf.

»Ricky?«, rief er. Seine Haut war heiß und schweißfeucht, trotzdem schauderte er. Hatte er sich ihre Stimme eben im Traum nur eingebildet? Er kroch auf die Bodenluke zu, und plötzlich erschien ihr Gesicht vor ihm.

»Da bist du ja!«, sagte sie. »Wie siehst du denn aus?«

Mark begann vor Erleichterung zu zittern. Er beugte sich über den Rand der Luke und warf seine Arme um Rickys Hals.

»Pass doch auf!«, fuhr sie ihn an. »Jetzt hättest du mich fast die Leiter runtergestoßen!«

»Oh, Ricky!« Er schluchzte. »Ich bin so froh! Ich ... ich hab echt gedacht, du wärst ... du wärst ...«

Das Wort ›tot‹ kam ihm nicht über die Lippen. Sie ergriff seine Handgelenke und befreite sich brüsk aus seiner Umarmung.

»Du bist ja voller Blut und Dreck«, stellte sie fest und wich vor ihm zurück. Das störte ihn nicht. Er war viel zu erleichtert darüber, dass ihr nichts zugestoßen war.

»Ich ... ich wollte dich befreien und hab mich an dem Küchenmesser geschnitten«, sagte er. »Und auf einmal standen die Bullen da. Die haben mit einer Pistole auf mich gezielt. Da bin ich abgehauen. Was ist denn eigentlich passiert?«

»Ich bin überfallen worden«, erwiderte Ricky. Sie bückte sich, drehte einen herumstehenden Eimer um und setzte sich darauf. »Jemand hat Jannis' Arbeitszimmer komplett ausgeräumt. Es ist ein Alptraum!«

»Überfallen? Wer denn?«

»Wenn ich das wüsste.« Sie stützte das Kinn in die Hände und schüttelte den Kopf. »Jannis hat einen Unfall gehabt, das hat mir der Förster eben erzählt. Er hat gesehen, wie sie ihn in den Notarztwagen geladen haben.«

Mark starrte sie an. Jannis. Da war doch etwas.

»Ich muss zu ihm ins Krankenhaus«, fuhr Ricky fort. »Das kann ich ihm überhaupt nicht erzählen. Er rastet aus, wenn er erfährt, dass sein Computer und alle Unterlagen weg sind!«

»Der Computer? Und alle Unterlagen von der Bürgerinitiative?«, fragte Mark nach. Ricky seufzte und nickte.

»Wer kann das gewesen sein?«

»Egal, wer's war. Jetzt ist alles futsch. Die Gutachten, einfach alles. Die ganze Arbeit umsonst. Dein Vater wird seinen Windpark bauen.«

Mark rieb nachdenklich seinen Kopf. Der Schmerz war fast weg. Auf einmal erinnerte er sich an seinen Fund.

»Warte mal kurz«, sagte er und kletterte flink die Leiter hinauf. Er fand sofort, was er gesucht hatte, und kehrte wieder zu Ricky zurück.

»Guck mal«, flüsterte er und hielt ihr das Gewehr entgegen. »Das habe ich oben auf dem Heuboden gefunden.«

Ricky sprang von dem Eimer auf.

»Wie bitte?« Sie zögerte kurz, dann nahm sie es ihm ab.

»Es hat zwischen den Strohballen geklemmt, ziemlich weit hinten.«

Er ließ sich die restlichen Sprossen hinabgleiten und klopfte sich die Strohhalme von T-Shirt und Jeans.

»Ich kenne mich mit so was nicht aus, aber ich würde sagen, es ist echt. Schwer genug ist es auf jeden Fall.« Sie hielt das Gewehr mit spitzen Fingern ein Stück von sich weg und betrachtete es entgeistert.

»Wer kann das da oben versteckt haben?«

»Jannis?«, schlug Mark vor. Ricky warf ihm einen Blick zu. Ihre Augen wurden groß.

»O Gott«, stieß sie hervor. »Das ist vielleicht das Gewehr, mit dem Ludwig erschossen worden ist!«

Sie legte es vorsichtig auf den Boden und betrachtete es, als sei es eine giftige Schlange.

»Wie kommst du darauf, dass Jannis das Ding da oben versteckt haben könnte?«, fragte sie dann misstrauisch.

»Weil er dauernd lügt«, antwortete Mark heftig. »Mir hat er gesagt, er wäre gegen den Windpark, weil der an der Stelle unnütz wäre und weil das Gebiet als Naturschutzgebiet erhalten werden müsste.«

»Ja und? Das stimmt doch auch.« Rickys blaue Augen ruhten unverwandt auf ihm, und plötzlich war ihm zum Heulen zumute. Jetzt war er es, der alles kaputtmachte! Warum hielt er nicht einfach die Klappe?

»Aber das ist nicht der Grund, warum er dagegen ist. Alles, was er neulich im Fernsehen gesagt hat, war gelogen. Es interessiert ihn einen Dreck! Der echte Grund ist, dass er meinem Vater eins reinwürgen will, weil der ihn entlassen hat. Das hat er vorgestern Abend sogar selbst zu Nika gesagt. Und zu dir auch.«

Ricky starrte ihn an. Dann bückte sie sich, ergriff das Gewehr und kletterte die Leiter hoch. Mark sah ihr stumm zu und wartete, bis sie wieder neben ihm stand.

»Ich frage Jannis«, sagte sie entschlossen. »Ich fahre jetzt ins Krankenhaus und frage ihn ganz direkt. Und wenn er wirklich das Gewehr in *meinem* Stall versteckt hat, dann kann er was erleben.«

*

Pia lehnte mit verschränkten Armen an der mit gelber Ölfarbe gestrichenen Wand im Flur. Als Bodenstein aus der Tür trat, stieß sie sich von der Wand ab und ging auf ihn zu.

»Wir haben Frauke Hirtreiter festgenommen«, sagte sie. »Sie hat ziemlich gefasst reagiert. Eigentlich dachte ich, sie würde ausrasten und herumbrüllen, aber sie hat sich nur den Haftbefehl durchgelesen, und das war's. Theodorakis haben wir leider nicht erwischt, doch das ist nur eine Frage der Zeit.

Vielleicht ist er ja auch raus aus der ganzen Sache, wenn wir jetzt ein Geständnis kriegen. Genauso wie Rademacher. Ich dachte mir, dass du den zusammen mit Kai übernimmst. Cem und ich befragen Frauke Hirtreiter.«

»Pia …«, begann Bodenstein, aber sie sprach einfach weiter. Ihre Augen glänzten, die Aussicht auf einen Durchbruch in den zähen Ermittlungen machte sie geradezu enthusiastisch.

»Bei Theodorakis ist jemand heute Morgen eingebrochen und hat sein ganzes Arbeitszimmer ausgeräumt. Frau Franzen wurde von den Einbrechern überwältigt, sie lag gefesselt wie eine Mumie in der Badewanne. Und wen, glaubst du, haben wir im Haus von Theodorakis angetroffen? Ich sag dir, da kommst du nicht drauf!« Sie legte eine kurze Pause ein und blickte ihn erwartungsvoll an. »Den Sohn von Stefan Theissen! Er stand mit einem Küchenmesser in der Hand neben der Badewanne. Christian meint, er hätte vorgehabt, der Frau etwas anzutun. Ich bin mir da nicht so sicher, aber mit dem Jungen stimmt definitiv etwas nicht. Er kam uns schon im Hof vom Tierparadies entgegen und hat mit seinem Roller mein Auto gestreift. Christian hat eine Halteranfrage gemacht und erfahren, dass das Moped Rolf Grossmann gehört hat! Das sind doch alles ein paar Zufälle zu viel, oder nicht? Auf der Fahrt hierher habe ich darüber nachgedacht, was er da wohl gemacht hat, und ich glaube …«

»Pia!«, unterbrach Bodenstein ihren Redefluss. »Ich muss dir etwas sagen.«

»Hat das nicht Zeit, bis wir …?«

»Nein, leider nicht.« Bodenstein steckte die Hände in die Hosentaschen und seufzte. »Frau Dr. Engel hat mir eben verkündet, dass ich mit sofortiger Wirkung von den Ermittlungen ausgeschlossen und beurlaubt bin. Angeblich wegen Befangenheit.«

»Was?« Pia starrte ihn verständnislos an. »Befangenheit? Wieso das denn?«

Bodenstein schüttelte langsam den Kopf.

»Ich hätte dir die ganze Geschichte eher erzählen sollen.«

»Was für eine Geschichte?«

Konnte es sein, dass die Hirtreiter-Brüder ihr nichts vom Testament ihres Vaters gesagt hatten? Oder stellte sie ihn auf die Probe?

»Rademacher und Frauke Hirtreiter warten«, sagte Bodenstein ausweichend.

»Moment mal.« Eine steile Falte erschien zwischen Pias Augenbrauen, ein deutliches Zeichen ernsthafter Verärgerung. »Glaubst du nicht, du solltest mir allmählich mal was erklären, statt dich in irgendwelchen kryptischen Andeutungen zu ergehen? Ich will jetzt wissen, was hier eigentlich los ist!«

Sie war wütend. Verletzt. Und das absolut zu Recht. Bodenstein fasste sich ein Herz.

»Das ist alles nicht so schnell erzählt«, sagte er. »Ich komme heute Abend bei dir vorbei, wenn das für dich okay ist.«

Sie betrachtete ihn kühl. Beinahe erwartete er schon, sie würde ›Nein‹ sagen, aber nach einer Weile nickte sie.

»Ja, okay«, erwiderte Pia. *Wird auch höchste Zeit*, sagte ihr Blick. »Heute Abend um acht bei uns auf dem Hof. Ich rufe dich an, sollte etwas dazwischenkommen.«

Sie wandte sich ab, die Sohlen ihrer Turnschuhe quietschten leise auf dem abgeschabten Linoleumboden. Bevor sie zu den Büros des K11 abbog, drehte sie sich noch einmal um.

»Versetz mich nicht«, warnte sie.

*

»Ich habe während der ganzen Fahrt nicht einmal Radio gehört, nur CDs. Der Mercedes hat ja einen CD-Player im Gegensatz zu meiner Nuckelpinne«, erwiderte Frauke Hirtreiter auf Pias Frage, weshalb sie nichts davon gewusst haben wollte, dass man in ganz Deutschland nach ihr fahndete. »Ein Handy habe ich auch nicht.«

Es gab tatsächlich noch Menschen, die sich in diesen Zeiten, in denen ständige Erreichbarkeit bei jedermann vorausgesetzt wurde, den Luxus gönnten, kein Handy zu besitzen. Unglaublich, aber wahr.

»Wieso sind Sie überhaupt weggefahren?«, wollte Pia wissen. »Was haben Sie am Mittwochabend auf dem Hof gemacht? Und warum haben Sie den Raben getötet?«

»Weil mich das Mistvieh angegriffen hat«, brummte Frauke. »In den zwei Jahren, in denen ich meine Mutter gepflegt habe, musste ich diesen widerlichen Vogel Tag für Tag ertragen. Ich durfte seine Scheiße und seine Federn wegputzen, weil er überall im Haus herumgeflogen ist. Abends hat mein Vater mit seinem Drecksvogel vor dem Fernseher gesessen, anstatt mit mir zu reden oder meiner Mutter Gesellschaft zu leisten. Und als er auf mich losgegangen ist und ich die Treppe runtergefallen bin, habe ich nur noch rotgesehen.«

»Wir haben die Waffe, mit der Ihr Vater erschossen wurde, in Ihrem Kleiderschrank gefunden.« Pia legte das Foto, das Kröger mit seinem Handy gemacht hatte, auf den Tisch im Vernehmungsraum. Sie hatte Frauke Hirtreiter angeboten, ihren Anwalt anzurufen, doch das hatte sie abgelehnt. »Und Sie waren am Abend des 12. Mai auf dem Rabenhof.«

Frauke Hirtreiter hörte ohne jede Anzeichen von Unsicherheit oder gar Angst zu. Sie hatte die Ellbogen auf die Tischplatte gestützt, ihr Kinn ruhte auf den gefalteten Händen, die mit kaum verheilten Kratzern übersät waren.

»Sie sind am 14. Mai in das versiegelte Haus Ihres Vaters eingebrochen und haben etwas aus dem Schrank eines Zimmers im obersten Stock genommen«, übernahm Cem wie verabredet. »Wir vermuten, dass Sie den Inhalt des Testaments

Ihres Vaters kannten und es deshalb verschwinden lassen wollten.«

Das Testament! Pia war noch immer fassungslos, wie Bodenstein ihr etwas so immens Wichtiges verschweigen konnte! Kurz nachdem er gegangen war, hatte Dr. Engel ihr ab sofort und bis auf weiteres die kommissarische Leitung des K11 übertragen. Pia hatte gefragt, was zur Beurlaubung ihres Chefs geführt hatte, und daraufhin hatte ihr die Kriminalrätin von Hirtreiters Testament erzählt. In einem ersten zornigen Impuls hätte Pia Bodenstein beinahe angerufen und ihn für den Abend wieder ausgeladen, doch sie hatte es nicht getan. Eigentlich war sie mehr enttäuscht als wütend.

Seit vier Jahren arbeiteten sie ausgezeichnet zusammen und hatten gemeinsam manch kniffligen Fall aufgeklärt. Mit der Zeit war die Distanz zwischen ihnen geschmolzen und ein Vertrauensverhältnis entstanden, das ihnen beiden erlaubte, sich rückhaltlos auf den anderen zu verlassen, doch auf einmal war alles anders.

Es tat Pia in der Seele weh, mit ansehen zu müssen, wie Bodenstein sich nur noch mit seinen privaten Problemen beschäftigte und dabei seinen Scharfsinn und seine Besonnenheit verlor. Jetzt war sie ganz auf sich gestellt. Sie durfte ihn nicht einmal anrufen, um sich mit ihm zu beratschlagen, das hatte Frau Dr. Engel nachdrücklich betont.

»Hören Sie.« Frauke unterbrach Pias Gedanken. »Ich habe keinen blassen Schimmer, wie das Gewehr in meine Wohnung gekommen ist. Aber ich habe weder meinen Vater noch Tell getötet. Wieso sollte ich das tun?«

»Weil Sie Ihren Vater gehasst haben?«, schlug Cem vor. »Er hat Sie und Ihre Mutter jahrelang gedemütigt und erniedrigt. Außerdem wissen wir, dass Sie eine sehr gute Schützin sind und mit Waffen umgehen können.«

Frauke Hirtreiter lachte bitter.

»Um einen Menschen aus nächster Nähe mit einer Schrotflinte zu erschießen, muss man kein besonders guter Schütze sein.«

Cem ging auf diese Bemerkung nicht ein.

»Was haben Sie am Mittwoch auf dem Hof gewollt?«, fragte er stattdessen.

»Sie kennen doch meine Brüder.« Frauke seufzte. »Und mittlerweile wissen Sie sicher auch, wie vollkommen pleite sie sind. Ich wollte ein paar Dinge, die meiner Mutter lieb und teuer gewesen sind, vor ihnen in Sicherheit bringen. Die werden alles zu Geld machen, was sie in die Finger kriegen.«

»Das glaube ich Ihnen nicht.«

»Na gut. Es waren nicht nur Erinnerungsstücke. Unter anderem waren in dem Karton die Papiere für die beiden Oldtimer. Ja, und auch eine Abschrift seines Testaments. Ich wusste also, dass ich den Hof erbe und mein Bruder das Elternhaus unserer Mutter in Bad Tölz. Mit meinem alten Auto wollte ich die Strecke nicht fahren, deshalb habe ich den Mercedes meines Vaters genommen.«

»Sie sind nach Bad Tölz gefahren?«

»Ja. Noch in der gleichen Nacht.«

»Was haben Sie dort gemacht?«, schaltete Pia sich wieder in die Vernehmung ein.

»Das Elternhaus meiner Mutter ausgeräumt. Seit ihrem Tod stand es leer, mein Vater wollte nicht mehr hinfahren. Der Großvater meiner Mutter war ein wohlhabender Münchener Geschäftsmann und Kunstmäzen. Er kaufte massenhaft Bilder von damals noch unbekannten Malern, bis er selbst arm wie eine Kirchenmaus war. Die meisten Bilder verkaufte meine Mutter nach und nach an Museen, aber drei Bilder behielt sie, weil sie an ihnen hing: einen Spitzweg, einen Carl Rottmann und ein Bild von Wladimir Bechtejeff aus der Blaue-Reiter-Periode. Die Bilder sind heute sehr viel Geld wert. Ich habe sie vom Dachboden geholt, im Kofferraum des Mercedes werden Sie alles finden.«

»Ich verstehe«, sagte Pia. »Bevor Ihre Brüder es tun, wollen Sie die Bilder lieber selbst verkaufen.«

»Nein, das habe ich nicht vor. Ich will sie behalten, denn sie bedeuten mir etwas.«

Für einen Moment war es ganz still, nur eine Fliege, die sich in den fensterlosen Vernehmungsraum verirrt hatte, kreiste summend über ihren Köpfen.

Pia betrachtete Frauke Hirtreiter nachdenklich. Sie hatte schon viele Menschen vernommen, Schuldige und Unschuldige, Mörder, Totschläger, Affekttäter, Lügner und solche, die glaubten, schlauer als die dummen Bullen zu sein. Manche waren nervös, andere aggressiv, wieder andere weinerlich. Zu welcher Kategorie gehörte die Frau, die ihr ruhig gegenübersaß und gelassen ihren Blick erwiderte? War sie eine gute Schauspielerin?

Pia suchte nach Zeichen in Frauke Hirtreiters Verhalten und ihrer Mimik, nach irgendetwas, das Schuld und schlechtes Gewissen verriet. Aber da war nichts. Kein nervöses Augenzwinkern, kein unsteter Blick, kein Stottern. Ihre Antworten waren präzise und kamen ohne Zögern.

In diesem Moment überfiel Pia die niederschmetternde Erkenntnis, auf dem falschen Weg zu sein. Wie auch immer das Gewehr in den Kleiderschrank von Frauke Hirtreiter geraten sein mochte – diese Frau hatte nicht ihren Vater und dessen Hund erschossen. Eine Fortsetzung der Vernehmung wäre Zeitverschwendung.

Sie stand auf, gab Cem einen Wink, ihr zu folgen, und verließ den Vernehmungsraum. So viel war seit ihrer Rückkehr aus dem Urlaub auf sie eingestürmt, dass sie nicht mehr wusste, wann sie im unübersichtlichen Gewirr der Fährten den Faden verloren hatte. Bodenstein pflegte sich in solchen Fällen eine Auszeit zu nehmen und ging spazieren, um zur Ruhe zu kommen und die Gedanken zu ordnen. Vielleicht sollte sie genau das auch tun. Und zwar auf der Stelle.

»Was ist?«, fragte Cem sie vor der Tür. Pia lehnte sich gegen die Wand.

»Sie war's nicht«, erwiderte sie und seufzte. »So ein Mist. Und ich war mir so sicher.«

»Ich fürchte, du hast recht. Willst du sie laufenlassen?«

»Nein. Noch nicht. Aber ich brauche mal eine Pause.«

Cem nickte verstehend. Pia legte die Handflächen aneinander und tippte mit den Zeigefingern gegen ihre Lippen. Mark Theissen bei Friederike Franzen. Was tat der Junge da? Wo war Theodorakis? Wie kam dessen DNA an Grossmanns Leiche? Weshalb fuhr Mark ein Moped, das Rolf Grossmann gehörte? Was hatte sie vorhin am Auto von Frau Franzen stutzen lassen? Warum war Rademacher wirklich mit Ralph Glöckner am Dienstagabend auf dem Rabenhof gewesen? Je mehr sie über alles nachgrübelte, desto größer wurde das Durcheinander in ihrem Kopf.

»Frag Frau Hirtreiter bitte nach Mark Theissen. Und auch nach Frau Franzen und Herrn Theodorakis.« Sie warf einen Blick auf ihre Uhr. Viertel nach zwei. »Ich bin gegen vier wieder hier. Dann fahren wir zu Theissens. Und vielleicht ist Theodorakis bis dahin auch wieder aufgetaucht.«

*

Der Streifenwagen setzte ihn auf dem Parkplatz ab. Bodenstein bedankte sich und wartete, bis die Kollegen verschwunden waren. Im Urlaub stand ihm kein Dienstwagen zu, und einen Privatwagen besaß er nicht mehr, seitdem er den BMW im vergangenen November zu Schrott gefahren hatte. Heute war er in kaum einer besseren seelischen Verfassung als damals. Sein Verstand sagte ihm, dass er Annika nicht länger verstecken durfte, solange sie unter Mordverdacht stand. Sein Herz verlangte das Gegenteil.

Wie sollte er sich jetzt verhalten? Konnte er ihr wirklich

glauben? Er kannte sie kaum, und seine starken Gefühle für sie erschwerten eine objektive Betrachtung der ganzen komplizierten Angelegenheit. Warum hatte sie ihm den wahren Grund für ihre Flucht verschwiegen? Es nützte nichts, wenn er das Gespräch vor sich herschob. Er brauchte Gewissheit. Sofort.

Bodenstein ging zum Kutscherhaus hinüber und schloss die Haustür auf. Annika – er benutzte ihren richtigen Namen, seitdem er ihn kannte, denn er mochte die Abkürzung nicht – lag noch immer schlafend auf der Couch, die Knie angezogen, den linken Arm unter den Kopf geschoben. Der Zettel, den er ihr heute Mittag hingelegt hatte, lag noch genau an derselben Stelle. Er betrachtete sie von der Tür aus. Das T-Shirt war ein Stück hochgerutscht. Der Anblick ihrer zarten, alabasterweißen Haut erfüllte ihn jäh mit Zärtlichkeit.

Diese Frau konnte doch keine kaltblütige Mörderin sein! Wahrscheinlich sollten alle Behauptungen über sie einzig und allein dazu dienen, sie unglaubwürdig zu machen. Sie kannte ein gefährliches Geheimnis, das großen Schaden anrichten konnte.

Annika schien seine Anwesenheit zu spüren. Sie regte sich, dann schlug sie die Augen auf und blinzelte in das helle Sonnenlicht, das durch die Fenster hereinfiel. Ihr schlaftrunkener Blick wanderte zu ihm, ein bezauberndes Lächeln glitt über ihr Gesicht.

»Hallo«, flüsterte sie.

»Hallo«, erwiderte er ernst. »Ich muss mit dir reden.«

Sie hörte auf zu lächeln und setzte sich aufrecht hin. Mit beiden Händen glättete sie ihr zerzaustes Haar. Der Rand des Sofakissens hatte einen Abdruck auf ihrer vom Schlaf geröteten Wange hinterlassen. Er durchquerte den Raum und nahm neben ihr Platz.

»Ist etwas passiert?«, fragte sie alarmiert.

Wie sollte er anfangen? Störch und Herröder waren Kollegen, an deren Worten er unter anderen Umständen nicht gezweifelt hätte. Warum betrachtete er sie auf einmal als Gegner, ja mehr noch: als Feinde? War er dabei, einen Fehler zu machen?

Annikas grüne Augen waren abwartend auf ihn gerichtet, sie hatte die Hände zwischen ihre Knie geklemmt und drückte den Rücken durch.

»Heute Morgen war Dirk Eisenhut auf dem Kommissariat«, sagte er schließlich.

Sie zuckte erschrocken zusammen.

»Bei ihm waren zwei Leute vom BKA. Sie sagten, sie hätten erfahren, dass du dich hier in der Gegend aufhältst, und fragten, ob ich wüsste, wo du bist. Ich habe gelogen und gesagt, ich würde dich nicht kennen.«

Erleichterung flackerte über ihr Gesicht, erlosch aber sofort wieder, als er weitersprach.

»Sie haben behauptet, du …« Er brach ab. Die Vorwürfe waren zu ungeheuerlich. Und er fürchtete sich vor ihrer Reaktion. Was sollte er tun, wenn sie ihn jetzt anlog? Bodenstein gab sich einen Ruck. »Man wirft dir vor, zwei Männer ermordet zu haben. Einen in Zürich, den anderen in Berlin.«

Stille. Nur das schaumige Rauschen des Windes in den Baumkronen drang durch das schräg gestellte Fenster. Bodenstein beobachtete, wie sich Fassungslosigkeit und Entsetzen auf Annikas Gesicht breitmachten, und wagte nicht zu atmen.

»Aber … aber … das … das kann doch nicht sein«, stammelte sie. »*Ich* soll jemanden … ermordet haben? Ich hab in meinem ganzen Leben noch keiner Fliege etwas zuleide getan!«

»Cieran O'Sullivan wurde in einem Berliner Hotelzimmer getötet. Sie sagten, man hätte dich bei der Leiche erwischt, du hättest aber fliehen können.«

Annika starrte ihn an.

»O mein Gott.« Sie schluckte krampfhaft, sprang auf und legte die Hände über Mund und Nase. Ihr Blick irrte ziellos durch den Raum. Bodenstein stand ebenfalls auf, legte seine Hände auf ihre Schultern.

»Annika, bitte«, bat er eindringlich. »Ich weiß nicht mehr, was ich glauben soll. Sag mir die Wahrheit! Hast du O'Sullivan getötet?«

Sie starrte ihn an, totenbleich im Gesicht.

»Großer Gott, nein!«, stieß sie hervor. »Warum hätte ich Cieran etwas antun sollen? Ich habe erst Tage später aus dem Internet erfahren, dass er tot ist. Er sei erschossen worden, stand da, aber nicht, wo man ihn gefunden hat.« Sie sah die Zweifel in seinem Gesicht, griff nach ihm und umklammerte seinen Unterarm. »Oliver, ich schwöre dir, ich habe noch nie eine Waffe in der Hand gehabt!«

Bodenstein hatte bei Ermittlungen selbst schon einige Male entweder gar keine oder gezielte Falschmeldungen lanciert, um zu verhindern, dass Details publik wurden, die nur der Täter kennen konnte. Hatte Störch das auch getan? Ein Schuss war psychologisch betrachtet etwas völlig anderes als über vierzig Messerstiche.

»Ich weiß, dass Cieran Angst um sein Leben hatte«, sprach Annika mit gepresster Stimme weiter. »Wir hatten Heiligabend morgens noch telefoniert, und da sagte er mir, einer seiner Freunde sei vom Dach eines Unigebäudes gesprungen. Er zweifelte an einem Selbstmord. Und ein paar Tage vorher hatte man Bobby Bennetts Leiche im Parkhaus des Züricher Flughafens gefunden, im Kofferraum seines Mietwagens, einen Tag nachdem wir uns dort …«

Sie verstummte, ihre Augen weiteten sich.

»Einen Tag nachdem – was?«, forschte Bodenstein nach.

»Er muss es die ganze Zeit über gewusst haben.« Sie holte zitternd Luft. »Er muss gewusst haben, dass wir uns in Zürich treffen und außer uns niemand über alle Details der

Sache Bescheid weiß. Nur wir vier. O mein Gott. Jetzt verstehe ich erst, was das alles sollte.«

»Wovon sprichst du?«, fragte Bodenstein verwirrt. »Wer soll was gewusst haben?«

Hatte Störch nicht gesagt, die Leiche des Amerikaners sei in einem Hotelzimmer gefunden worden?

»Ich bin ihm in die Falle gegangen«, redete Annika weiter, als habe er nichts gesagt. »Wie konnte ich auch wissen, was er mit mir vorhat? Ich habe Dirk immer vertraut, und dann tut er so etwas ...«

Annika schlang die Arme um ihren Oberkörper, als ob sie fröre, sie stand stumm da, die Augen weit aufgerissen.

»Was ... was soll ich denn jetzt bloß tun?« Ihr verzweifelter Blick drang ihm tief in die Seele. Sie spielte ihm nichts vor, ihr Entsetzen war echt. Bodenstein war mit zwei Schritten bei ihr und schloss sie in die Arme. Sie klammerte sich an ihn, er hielt sie ganz fest und murmelte beruhigende Worte. Dann führte er sie zur Couch, setzte sich und zog sie eng an sich.

»Das war alles geplant«, flüsterte sie dumpf an seiner Brust. »Dirk hatte mich am Vormittag von Heiligabend in sein Büro bestellt, angeblich, um mir frohe Weihnachten zu wünschen. Wir haben Champagner getrunken. Ich ... ich weiß bis heute nicht genau, was dann passiert ist, aber ... aber als ich aufgewacht bin, war ich in einem Raum mit Gittern vor dem Fenster. Er hat mich in der Psychiatrie einsperren lassen!«

Sie hob den Kopf, ihre Augen waren glasig und starr.

»Ein paar Tage später haben sie mich entlassen. Einfach so. Es sei alles ein Irrtum gewesen, ich könne gehen.« Sie schauderte. »Sie gaben mir meine Sachen, mein Handy und meinen Autoschlüssel, und plötzlich stand ich draußen auf dem Parkplatz. Ich wusste nicht, wo ich war und welchen Wochentag wir hatten. Ich war völlig durcheinander. Auf einmal bekam ich eine SMS von Cieran. Er sei in der Stadt und müsse dringend mit mir reden. Ich bin zu der Adresse gefahren, die er mir genannt hatte. Ein bisschen habe ich mich gewundert, warum Cieran sich mit mir in einem Hotel im Wedding treffen wollte, aber er kannte Berlin besser als ich. Außerdem wusste ich, dass er sehr vorsichtig sein musste. Ich habe keine Sekunde daran gezweifelt, dass die SMS von ihm war, ich hatte ja eine neue Nummer, die niemand kannte. Aber ich hab nicht dran gedacht, dass ... dass Dirk ja in der Zeit, in der ich in der Psychiatrie war, mein Handy benutzt haben könnte. Verstehst du, was ich meine? Sie haben uns beide in eine Falle gelockt!«

Sie legte die Hand über den Mund und begann zu schluchzen. Bodenstein streichelte ihren Rücken und hielt sie an sich gedrückt, während sie stockend weitererzählte. Bodenstein erkannte einmal mehr, zu welch unfassbaren Dingen Menschen fähig waren, wenn ein Geheimnis unter allen Umständen gewahrt werden musste.

*

Mit geübten Handgriffen sattelte sie die dunkelbraune Stute, zog den Gurt fest und schwang sich in den Sattel. Seit Wochen hatte Pia nicht mehr auf dem Pferd gesessen, heute Abend würde sie heftigen Muskelkater haben, aber das war ihr im Augenblick egal. Es gab kaum etwas Besseres als einen schnellen Galopp, um den Kopf frei zu bekommen.

Die Stute tänzelte erwartungsvoll und war kaum dazu zu bewegen, im Schritt zu bleiben. Nach ein paar hundert Metern auf dem asphaltierten Weg, der parallel neben der Autobahn entlangführte, hatte Pia das Feld erreicht. Nur vereinzelt waren Spaziergänger, Jogger, Skater und Radfahrer unterwegs, am morgigen Sonntag hingegen würden die Wege so überfüllt sein wie die Zeil. Das schöne Wetter lockte am Wochenende halb Frankfurt in den nahegelegenen Taunus.

Pia gurtete noch einmal nach, dann fasste sie die Zügel kürzer und ließ die Stute antraben.

Der Raps stand in voller leuchtendgelber Blüte und bildete einen malerischen Kontrast zu dem tiefblauen Himmel. Die Geräusche verklangen in ihrem Rücken, bald war nur noch der dumpfe Hufschlag des Pferdes zu hören und das Trillern der Lerchen, die sich in die Lüfte schraubten. Die Stute fiel von selbst in Galopp, als sie die lange Gerade erreicht hatten. Der Boden war an manchen Stellen matschig vom Gewitterregen der vergangenen Nacht, aber das Pferd fand sicheren Halt. Pia ließ es in einem weiten Bogen bis hoch zur Bundesstraße galoppieren, die von Kelkheim nach Hofheim führte. Dort parierte sie zum Schritt durch und entschloss sich an einer Weggabelung, die größere Runde zu nehmen.

Wieso hatte Bodenstein ihr nichts von der Erbschaft seines Vaters erzählt? Sie war gespannt, ob er sein Versprechen einhalten und später auf den Birkenhof kommen würde.

Die Hufe des Pferdes, das nun entspannt am langen Zügel dahinschritt, klapperten auf dem Beton. Hinter ihr kam eine Frau auf Inlineskates herangerauscht, sie schob einen jener geländetauglichen dreirädrigen Hightech-Kinderwagen vor sich her, in dem ein Baby schlief. Pia blickte ihr nach und betrachtete neidvoll ihre schlanken, durchtrainierten Beine. Die Frau war vielleicht Anfang vierzig, und in diesem Alter – das wusste Pia aus eigener leidvoller Erfahrung – kam eine solche Figur nicht von ungefähr. Ihre Gedanken wanderten zu Friederike Franzen, die hatte für ihr Alter nämlich auch eine erstaunlich gute Figur. Kein Gramm Fett an ihrem sonnengebräunten Körper, nur harte Muskeln, das hatte sie bemerkt, als sie heute Morgen ihren Arm um sie gelegt hatte.

Pia ließ zwei Fahrradfahrer vorbei und bog nach links in den Wiesenweg ein, der Richtung Birkenhof führte. Sie ließ die Stute erst traben, dann galoppieren. Der Wind pfiff in ihren Ohren, sie genoss die Sonne im Gesicht.

Und auf einmal löste sich der Knoten in ihrem Kopf. Die Tasche! Das war es, was ihr Misstrauen geweckt hatte! Friederike Franzen hatte behauptet, sie sei ins Haus zurückgegangen, weil sie ihre Tasche auf dem Küchentisch vergessen habe. Dabei hatte die auf dem Beifahrersitz ihres Autos gelegen!

Pia parierte das Pferd durch und kramte ihr Handy aus der Tasche. Sie rief im Menü die eingegangenen Anrufe auf und fand die Nummer mit der Königsteiner Vorwahl. Die Vermieterin von Frauke Hirtreiter meldete sich schon nach dem zweiten Klingeln.

»Ja, das stimmt«, antwortete sie auf Pias Frage. »Frau Franzen war heute Morgen ganz kurz da, etwa gegen acht. Sie hat eine Weile hier im Hof im Auto gesessen und telefoniert und ist dann wieder gefahren. Ohne auszusteigen. Das fand ich eigenartig, deshalb bin ich am Fenster geblieben.«

Die alte Dame klang stolz. Sie hatte den Hof offenbar seit dem Morgengrauen lückenlos überwacht, ihr Erinnerungsvermögen war minutiös. Eine traumhafte Zeugin. »Der Junge kam ungefähr gegen zehn. Dann macht normalerweise das Tierparadies auf, aber heute war auch Nika nicht da. Er hat auf der Treppe herumgesessen und telefoniert. Oder er hat versucht, zu telefonieren. Irgendwie war er nervös ... Hm, sein Name fällt mir nicht ein.«

»Mark«, half Pia ihr auf die Sprünge.

»Ja, Mark, natürlich!«, rief die Frau beglückt. »Ach, in meinem Alter, da vergisst man hin und wieder was.«

»Ich finde, Ihr Gedächtnis ist ausgezeichnet«, schmeichelte Pia ihr und bedankte sich. Dann versuchte sie, den Tag von Friederike Franzen zu rekapitulieren. Gegen acht Uhr war sie am Zoogeschäft gewesen, hatte im Auto gesessen und telefoniert, war aber nicht ausgestiegen. Von dort aus musste sie wieder nach Hause gefahren sein. Warum eigentlich? Hatte sie etwas vergessen? Die Geschichte stimmte hinten und vorne nicht. Und dann noch dieses Telefonat, von dem Pia nur

Bruchstücke mitbekommen hatte. *Bin stinksauer! Das war ja wohl total übertrieben!* Was hatte das zu bedeuten? Mit wem hatte sie telefoniert? Wo war Theodorakis? Und was tat der Sohn von Stefan Theissen im Haus von ausgemachten Feinden seines Vaters? Mark konnte durchaus auch nachts im Gebäude der WindPro gewesen sein – er kannte sich dort sicherlich aus. Hatten Theodorakis und seine Freundin den Jungen gegen seinen Vater aufgehetzt und ihn dazu überredet, die gefälschten Gutachten zu besorgen?

Fragen über Fragen! Doch anders als noch vor zwei Stunden ahnte Pia, dass die Antworten nicht mehr lange auf sich warten lassen würden. Der Junge war der Schlüssel.

*

Jannis dämmerte vor sich hin. Sein Mund fühlte sich an wie mit Watte ausgestopft, seine geschwollenen Lippen waren rissig, aber er hatte wenigstens keine Schmerzen mehr, dafür sorgte der Tropf, an dem er mit dem linken Arm hing. Glück im Unglück habe er gehabt, hatte der Arzt eben bei der abendlichen Visite zu ihm gesagt. Zwar fehlten ihm fünf Zähne, aber der Kiefer war noch ganz. Sein linkes Bein war mehrfach gebrochen und in einer Operation mit Nägeln und Schrauben gerichtet worden. Der Rest seines Körpers war übersät von Prellungen, Quetschungen und Schürfwunden, die bei jeder noch so leichten Berührung höllisch brannten.

Als er aus der Narkose aufgewacht war, hatte er erst nach einer ganzen Weile begriffen, wo er war. An den Unfall konnte er sich nur bruchstückhaft erinnern, umso lebhafter aber an das entsetzliche Gefühl der Todesangst, das ihn ergriffen hatte, als er gemerkt hatte, dass die Typen keinen Spaß machten. Die kaltblütige, gnadenlose Entschlossenheit, mit der sie ihn am helllichten Tag angefahren und zusammengeschlagen hatten, hatte etwas in ihm verändert. Niemals würde er diese furchtbaren Minuten vergessen, die Angst würde ihn nicht mehr loslassen. Was hätten die Kerle wohl mit ihm gemacht, wenn nicht zufällig die Frau mit dem Hund aufgetaucht wäre? Jannis stieß einen tiefen Seufzer aus und schauderte. Nika hatte recht gehabt mit ihren Befürchtungen, die er leichtfertig abgetan hatte. Er hatte die Lage völlig falsch eingeschätzt, und das hatte er nun von seinem großen Maul. Verdammt.

Jannis wandte den Kopf nach links. Natürlich hatte Ricky nicht an seine Ersatzbrille gedacht, wie sollte sie auch. Sie wusste ja nicht, dass seine kaputt war. Geheult hatte sie und ein Riesentheater um ihn gemacht. Es mochte undankbar erscheinen, aber er war froh gewesen, als sie wieder verschwunden war, und mit ihr das anstrengende Gezeter und die Hektik, die sie um sich verbreitete.

Schläfrig beobachtete er, wie die Strahlen der tiefstehenden Sonne allmählich über die weiß gestrichenen Wände wanderten. Draußen ging ein schöner, sonniger Maitag dem Abend entgegen, während er hier lag und zur Untätigkeit verdammt war. Ein Klopfen an der Tür ließ ihn zusammenzucken. Das Erste, was er sah, war ein riesiger Blumenstrauß.

»Besuch für Sie«, zwitscherte die dralle asiatische Krankenschwester mit fröhlicher Stimme. »Ihr Vater und Ihr Bruder.«

Mit einem Schlag war Jannis hellwach. Er hatte keinen Bruder, und sein Vater saß seines Wissens nach noch immer in einer Gummizelle der Psychiatrie in Riedstadt. Die Tür schloss sich lautlos, und er war allein mit zwei Männern, deren Gesichter er nur verschwommen wahrnahm. Der größere der beiden ließ den Blumenstrauß achtlos auf den Tisch unter dem Fernseher fallen, der andere trat an sein Bett.

Jannis schnappte nach Luft, als er ihn erkannte. Die Angst kroch wie Schüttelfrost in ihm empor. Sie waren wiedergekommen, genau, wie sie es ihm angedroht hatten.

*

Das Haus der Theissens am Ölmühlweg in Königstein entpuppte sich als ein wunderschöner Altbau im Jugendstil, mit Erkern, Türmen und Balkonen. Die Abendsonne, die durch die hohen Tannen fiel, zauberte leuchtende Reflexe auf ockerfarbenen Putz und ließ die Sprossenfenster aufblitzen. Pia klingelte und trat einen Schritt von der Haustür zurück, die mit den sandgestrahlten Ornamenten in der Glasscheibe ein wahres Kunstwerk war. Eilige Schritte polterten eine Treppe hinunter, dann wurde die Tür aufgerissen. Ein dunkelhaariges Mädchen von etwa zwanzig Jahren mit schwarz geschminkten Rehaugen und einem knallorangefarbenen Hollister-T-Shirt musterte sie ohne großes Interesse.

»Hallo.« Ihr Blick wanderte von Pia zu Cem, blieb an dessen Gesicht hängen und wurde neugierig.

»Hallo. Mein Name ist Pia Kirchhoff, Kripo Hofheim«, sagte Pia und hielt ihren Ausweis hoch. »Mein Kollege Cem Altunay. Wir wollten zu Herrn und Frau Theissen.«

»Äh. Ja, klar.« Sie wurde rot, als ob sie bei etwas Ungehörigem erwischt worden sei. »Ich sag meinen Eltern grad Bescheid.«

Weg war sie. Irgendwo hinten im Haus spielte jemand Klavier.

»Chopin«, bemerkte Cem. »Zwar nicht ganz konzertreif, aber auch nicht schlecht.«

Pia warf ihm einen erstaunten Blick zu, dann sah sie sich um. Das Haus war auch von innen wunderschön und geschmackvoll eingerichtet. Antiquitäten gemischt mit modernen Möbeln, expressionistische Bilder an den hohen, cremefarbenen Wänden. Im Wohnzimmer ein Bücherregal bis zur Decke. Zweifelsohne ein Haus, in dem man sich auf Anhieb wohl fühlte. Das Klavierspiel brach ab, kurz darauf erschien Stefan Theissen in der Diele.

»Kommen Sie herein.« Er reichte ihnen nicht die Hand, und es war ihm deutlich anzusehen, dass ihm die Polizei in seinem Hause nicht willkommen war. »Meine Frau ist sofort da.«

Pia und Cem folgten ihm ins Wohnzimmer. Theissen bot ihnen keinen Platz an.

»Haben Sie eben Klavier gespielt?«, fragte Cem.

»Ja«, erwiderte Theissen. »Ist das verboten?«

»Überhaupt nicht.« Cem lächelte. »Chopin. Sie spielen gut.«

Ein winziges überraschtes Lächeln zuckte in Theissens Mundwinkeln, er entspannte sich etwas. Bevor er antworten konnte, betrat eine Frau den Raum. Sie war unverkennbar die Mutter der rehäugigen Miss Hollister, die ihnen geöffnet hatte. Ebenso schlank, aber ohne die jugendliche Frische, die das eher durchschnittliche Gesicht ihrer Tochter schön gemacht hatte.

»Hallo, Frau Theissen.« Pia präsentierte der Frau ebenfalls ihren Ausweis. »Wo ist Mark? Wir müssen dringend mit ihm sprechen.«

»Wieso denn das?« Frau Theissen runzelte die Stirn und warf ihrem Mann einen kurzen Blick zu. »Hat er wieder etwas angestellt?«

»Wir vermuten, dass er in zwei Mordfälle verwickelt ist.« Pia fehlten Lust und Zeit für lange Umschweife.

»Wie kommen Sie denn auf so etwas?«, fuhr Stefan Theissen empört auf.

»Es gibt Anhaltspunkte«, erwiderte Pia vage. »Also, wo ist er?«

»Ich weiß es nicht.« Frau Theissen hob die Schultern. »Er hat nicht gesagt, wann er wiederkommt.«

»Wir wissen, wo er heute Vormittag war«, sagte Pia. »Nämlich im Haus von Friederike Franzen und Jannis Theodorakis. Das hat uns ein wenig erstaunt.«

»Wieso? Mark arbeitet bei Frau Franzen im Tierheim«, erwiderte seine Mutter. »Seit dieser Sache mit den Autos ...«

»Was genau wollen Sie von unserem Sohn?«, unterbrach Stefan Theissen seine Frau unhöflich. »Was werfen Sie ihm vor?«

Pia fragte sich, weshalb ihr Theissen anfangs sympathisch gewesen war.

»Hören Sie«, sagte sie mit Nachdruck, »das alles scheint Sie nicht besonders zu interessieren, aber vor einer Woche wurde in Ihrer Firma eingebrochen, und Ihr Nachtwächter kam zu Tode. Wir haben den Verdacht, dass Ihr Sohn etwas mit dieser Sache zu tun hat. Deshalb wollen wir ihn befragen.«

»Aber Mark hat doch nichts mit Rolfs Tod zu tun«, mischte sich Frau Theissen ein. »Er hat ...«

Ein Blick ihres Mannes ließ sie verstummen.

»Das behaupten wir ja auch gar nicht«, erwiderte Pia und musterte Stefan Theissen. »Aber wie ist Herr Theodorakis an die gefälschten Gutachten und die vertraulichen E-Mails gekommen, durch die Sie auf der Versammlung in Ehlhalten in die Bredouille geraten sind? Kann es nicht sein, dass Theodorakis Ihren Sohn gegen Sie aufgehetzt und ihn dazu gebracht hat, in Ihre Firma einzubrechen?«

Theissens Miene war ausdruckslos.

»Mein Sohn tut so etwas nicht«, sagte er kalt. »Verlassen Sie jetzt bitte mein Haus.«

»Wieso fährt Ihr Sohn mit einem Roller, der auf Rolf Grossmann zugelassen ist?«, fragte Pia ungerührt. »Woher stammen die Verletzungen in seinem Gesicht? Wo ist er vorletzte Freitagnacht gewesen? Wo ist er jetzt? Soweit ich weiß, ist er sechzehn Jahre alt, und Sie verstoßen gegen Ihre gesetzliche Aufsichtspflicht, wenn Sie das nicht wissen.«

»Marks Roller wurde gestohlen«, antwortete Frau Theissen. »Und mein Bruder hätte sicher nichts dagegen gehabt, dass er nun mit seinem fährt.«

Einen Moment war es ganz still.

»Ihr *Bruder*?«, hakte Pia überrascht nach. »Rolf Grossmann war Ihr Bruder?«

Frau Theissen nickte unsicher und begriff, dass sie etwas gesagt hatte, was ihrem Mann nicht gefiel.

»Wo waren Sie heute Vormittag, Herr Theissen?«

»Hier«, antwortete der. »Dann ein paar Stunden im Büro. Und ab ungefähr drei wieder hier zu Hause.«

»Danke.« Pia nickte. »Das war's erst mal. Schönen Abend noch.«

*

»Ich habe an Ihnen kein Interesse, Herr Theodorakis«, sagte Professor Dirk Eisenhut mit müder Stimme. Er hatte einen der Besucherstühle herangezogen und saß neben Jannis' Bett. »Sie sind mir sogar völlig gleichgültig. Aber ich fürchte, Sie verstehen nicht, wie wichtig es für mich ist, Annika Sommerfeld zu finden.«

Jannis starrte ihn an. Sein Herz klopfte so heftig, als wolle es ihm aus der Brust springen. Er schielte nach dem Gerät, mit dem man die Schwester rufen konnte, aber es hing über dem Telefon. Unerreichbar weit weg.

»Sie haben ihren Namen erwähnt, und ich glaube, Sie wissen, wo sie sich aufhält.« Eisenhut fuhr sich mit beiden Händen über das Gesicht und durchs Haar und seufzte. »Ich will kein Aufsehen und keinen Ärger, deshalb frage ich Sie jetzt noch einmal in aller Ruhe: Wo ist Annika? Was haben Sie mit ihr zu tun?«

Der andere Mann trat an das Fußende des Bettes. Er trug zwar keine Sonnenbrille, aber Jannis war sicher, dass er einer der Typen war, die ihm heute Morgen die Knochen gebrochen hatten.

Im Zimmer war es ganz still. Durch die geschlossene Tür drangen gedämpft Stimmen und Gelächter. Wenn er jetzt um

Hilfe schrie, würde bestimmt jemand hereinkommen. Aber was nützte das? Er konnte nicht weglaufen und sich verstecken. Eisenhut und seine Schergen würden ihn finden. Ihnen war bitterernst.

»Hören Sie, Herr Theodorakis«, sagte Eisenhut nach einer Weile. »Ich bin ein kultivierter Mensch. Ich hasse Gewalt. Deshalb mache ich Ihnen jetzt ein Angebot. Ich kann Ihnen helfen, wenn Sie mir helfen.«

Er sprach so leise, dass Jannis Mühe hatte, ihn zu verstehen.

»Ihr ehemaliger Chef ist aufgrund Ihrer Aktivitäten gegen sein Windparkprojekt nicht besonders gut auf Sie zu sprechen. Seine Rechtsabteilung bereitet derzeit eine Anzeige gegen Sie vor, wegen Geheimnisverrats und Verstoß gegen die Stillschweigeklausel in Ihrem Auflösungsvertrag. Außerdem wird Theissen Sie wegen Verleumdung und übler Nachrede anzeigen. Egal, wie das ausgeht, der Dreck wird an Ihnen kleben bleiben, und man wird Ihnen mit Sicherheit kündigen. Banken sind da sehr empfindlich. Aber Theissen schuldet mir etwas. Ich könnte ihn davon überzeugen, keine Anzeige zu erstatten. Auf der anderen Seite kann ich auch dafür sorgen, dass Sie Ihren Job verlieren und nie wieder einen bekommen, denn ich kenne sehr viele sehr einflussreiche Leute. Ich schlage Ihnen jetzt einen Handel vor: Sie erzählen mir, was ich wissen will, und Sie sehen mich dafür nie wieder.«

Jannis schluckte. Die Drohung war unmissverständlich. Er hatte keine Wahl.

Die Sonne verschwand hinter den Baumwipfeln. Im Zimmer wurde es dunkel, aber weder Eisenhut noch seinen Begleiter schien das zu stören.

»Also?«

»Nika tauchte vor ein paar Monaten bei unf auf«, begann Jannis stockend und wegen der fehlenden Zähne ziemlich undeutlich. »Sie ift eine alte Freundin meiner Lebenfgefährtin und behauptete, fie hätte nach einem Burn-out ihren Job gekündigt.«

Er redete und redete. Sagte alles, was er über Nika wusste. Und es war ihm völlig egal, ob er sie damit in Gefahr brachte. Sein Zorn richtete sich plötzlich auf sie. War sie nicht eigentlich schuld daran, dass er jetzt hier lag? Wieso hatte sie ausgerechnet bei ihnen Unterschlupf suchen müssen? Es interessierte ihn nicht, weshalb Eisenhut nach ihr suchte. Wenn er ihm die Wahrheit über Nika sagte, würde man ihn in Ruhe lassen, und er konnte ohne Angst weiterleben.

»Ich glaube, fie ift bei Bodenfteinf untergekrochen«, schloss er schließlich, erschöpft vom Sprechen. »Fie ift irgendwann nachtf abgehauen, ohne Auto oder Fahrrad. Durch den Wald ift ef fu Fuf eine halbe Ftunde. Ja, ich bin ficher, daff Fie fie auf Hofgut Bodenftein finden werden, bei dem Bullen. Mit dem habe ich fie neulich erft fufammen gefehen.«

*

»Die haben keinen blassen Schimmer, wo sich ihr Sohn herumtreibt«, sagte Pia grimmig, als sie ins Auto stieg. »Ich sag dir, der hat was mit dem Einbruch und Grossmanns Tod zu tun.«

»Wie konnten wir übersehen, dass Grossmann der Schwager von Theissen war?«, fragte Cem.

»Das spielte ja eigentlich keine Rolle.« Pia gurtete sich an und startete den Motor. »Oder was meinst du?«

Jemand klopfte an das Autofenster, und Pia fuhr erschrocken zusammen. Dann erkannte sie das Mädchen. Sie ließ die Scheibe herunter.

»Kann ich einsteigen?«, fragte die Schwester von Mark Theissen und blickte sich besorgt um. »Mein Vater muss mich nicht unbedingt mit Ihnen sehen.«

»Ja, klar«, erwiderte Pia überrascht. »Steig ein.«

Das Mädchen öffnete die hintere Tür und schlüpfte auf die Rückbank.

»Ich heiße übrigens Sarah«, sagte sie. Dann holte sie tief Luft.

»Es ist wegen Mark. Er ist vorgestern Abend komplett durchgedreht. Hat mit seinem Kopf immer wieder auf den Schreibtisch gehauen, bis alles voller Blut war. Irgendwas muss passiert sein. Er ist auf jeden Fall wieder voll komisch.«

»Was heißt ›wieder‹?«

»Na ja, nach der Sache im Internat …« Sarah Theissen hob vielsagend die Augenbrauen. »Das hat ihn total verändert.«

»Was war denn im Internat?«, erkundigte Pia sich.

»Er ist von einem Lehrer über zwei Jahre sexuell missbraucht worden. Meinen Eltern war das damals schrecklich unangenehm. Sie haben nie drüber gesprochen, aber ich weiß es trotzdem, weil ich die Briefe von der Polizei und den Psychologen gelesen habe.«

Pia und Cem wechselten einen Blick.

»Wie lange ist das her? Wie alt war Ihr Bruder damals?«

»Zwei Jahre. Er war vierzehn, als das alles rauskam.«

»Wie ist Mark damit umgegangen? Hat er mit Ihnen mal darüber geredet?«

»Nein.« Sarah schüttelte den Kopf. »Nie. Er hat sich völlig abgekapselt. Hatte keine Freunde und saß nur am Computer. Meine Mom musste mit ihm immer zum Psycho-Doc fahren, aber da hat er auch keinen Ton gesagt. Irgendwann haben sie's aufgegeben. Vor einem halben Jahr war dann der Prozess gegen den Dr. Schütt. Er hat's ja nicht nur mit meinem Bruder getrieben, das Schwein.«

Sie verzog angewidert das Gesicht.

»Der feige Herr Doktor hat sich in seiner Zelle aufgehängt. Das war sogar im Fernsehen, und so hat Mark wohl auch davon erfahren. An dem Abend ist er total ausgerastet. Er hat einen von Papas Golfschlägern genommen, ist aus dem Haus gerannt und hat zehn Autos zertrümmert. Dann hat er sich mitten auf die Frankfurter Straße gelegt und auf die Bu… äh … die Polizei gewartet. Sie haben ihn zu Arbeitsstunden verknackt, und deshalb ist er bei dieser Ricky im Tierheim gelandet. Auf die und ihren Freund fährt er voll ab. Und 'ne ganze Zeit war auch alles gut. Bis vor ein paar Tagen. Da hat er wieder angefangen, diese Computerspiele zu spielen. Stundenlang.«

»Welche?«

»Counterstrike. Soldier of Fortune. Rogue Spear. So was halt.« Sie strich sich eine Haarsträhne aus dem Gesicht. »Meine Eltern haben keinen Plan, was mit ihm los ist. Die hatten schon immer nur ihren eigenen Kram im Kopf.«

»Geht Mark noch zur Schule?«, erkundigte sich Cem.

»Meistens macht er blau. Die Lehrer rufen ständig an, aber das nützt nichts.«

»Wo könnte er jetzt sein?«

»Bei Ricky. Hundertprozentig.« Sie zögerte. »Sie haben doch eben zu meinen Eltern gesagt, Ricky und ihr Freund könnten Mark aufgehetzt haben. Das glaub ich auch. Ich will jetzt nicht sagen, dass Mark unsere Eltern hasst, aber es ist schon irgendwie nah dran.«

»Weshalb war Mark eigentlich auf einem Internat? Hier gibt's doch zig Schulen«, wollte Pia wissen.

»Unsere Eltern hatten zu wenig Zeit.« Sarah zuckte die Schultern. »Es fing damals grad an, richtig gut zu laufen, mit den Windparks. Meine Schwester und ich haben uns dagegen gewehrt, in ein Internat abgeschoben zu werden, aber Mark hatte null Chance. Er musste gehorchen. Sie hatten ihm eigentlich versprochen, ihn jedes Wochenende nach Hause zu holen, aber meistens haben sie's doch nicht getan. Alles andere war ja immer wichtiger als wir.«

Pia versuchte, sich an den Jungen zu erinnern, den sie

heute Vormittag nur flüchtig wahrgenommen hatte. Sein Gesicht hatte sie nicht mehr richtig vor Augen, wohl aber seine verzweifelte Miene. Er musste geglaubt haben, Friederike Franzen sei tot, und erst jetzt begriff sie, welche Angst er ausgestanden haben musste. Frau Franzen war offenbar die einzige Person in seinem Leben, die ihm so etwas wie Wohlwollen entgegenbrachte.

»Danke, Sarah.« Cem lächelte. »Das war sehr aufschlussreich für uns. Ich gebe Ihnen mal meine Karte. Rufen Sie mich bitte an, wenn Ihnen noch etwas einfällt, oder wenn Mark zu Hause auftaucht.«

»Klar. Mach ich.« Sie lächelte auch, wurde rot und schlug verlegen die Augen nieder.

»Ach, Sarah«, sagte Pia. Das Mädchen, das schon den Türgriff in der Hand hatte, blieb sitzen.

»Rolf Grossmann war Ihr Onkel, nicht wahr?«

»Ja. Wieso? Weil Mark seinen Roller fährt?«

»Nein, darum geht es nicht. Weshalb konnte Ihr Vater Grossmann nicht leiden?«

Sarah Theissen überlegte einen Moment.

»Es hatte was mit Geld zu tun«, erwiderte sie schließlich. »Onkel Rolf hatte irgendwann mal ein Patent erfunden. Die WindPro war ja früher seine Firma, also besser gesagt die Firma von meinem Opa. Damals haben die ganz normale Maschinen hergestellt. Papa hat da während seines Studiums gejobbt. So hat er auch Mama kennengelernt. Als Opa gestorben ist, haben Mama und Onkel Rolf die Firma übernommen, aber sie waren wohl beide nicht so … hm … geschäftstüchtig. Papa kam dann dazu und hat echt was draus gemacht. Onkel Rolf wollte irgendeinen Anteil haben. Kohle halt. Er hat davon geträumt, nach Spanien auszuwandern. Aber Papa hat ihn immer vertröstet, deshalb gab's dauernd Krach.«

»Okay. Danke.«

»Alles klar. Dann ... Tschüs!« Sarah stieg aus und knallte die Tür zu. Pia und Cem blickten ihr nach und warteten, bis sie um die Ecke verschwunden war, dann fuhr Pia los und wendete ein Stück weiter oben in der Straße. Im Vorbeifahren warf sie einen nachdenklichen Blick auf die Jugendstilvilla der Theissens.

»Als ich das Haus von innen gesehen habe, da dachte ich, hier muss eine glückliche Familie wohnen«, sagte sie. »Es strahlt irgendwie Geborgenheit aus. Wie man sich doch täuschen kann.«

»Alles nur Kulisse«, bestätigte Cem. »Der Junge kann einem wirklich leidtun.«

*

Pia trat aus der Dusche und griff nach dem Handtuch, das sie über den Rand des Waschbeckens gehängt hatte. Das heiße Wasser hatte ihre verkrampfte Muskulatur etwas gelockert. Sie fühlte sich angenehm entspannt und schaffte es, die Gedanken an die beiden aktuellen Fälle zu verdrängen. Am liebsten hätte sie Bodenstein angerufen und abgesagt. Sie war völlig erschöpft und sehnte sich nach einem ruhigen Abend, allein mit Christoph. Nach den drei intensiven Wochen in China hatte die Arbeit sie so sehr in Beschlag genommen, dass sie ihn in den vergangenen zehn Tagen kaum gesehen hatte. Pia kämmte das feuchte Haar straff aus dem Gesicht und steckte es mit einer Haarklemme fest, dann schlang sie das Handtuch um ihren Körper und ging hinüber ins Schlafzimmer.

»Pia?«

Christoph steckte den Kopf zur Tür herein.

»Der Grill ist an«, verkündete er. »Und dein Chef ist eben eingetroffen.«

»Na super. Ich komm gleich.« Pia beugte sich in den Kleiderschrank und wühlte nach einem bestimmten T-Shirt, fand es aber nicht. Wahrscheinlich lag es noch in dem Kleiderhaufen neben der Waschmaschine.

»Er hat eine Frau dabei.«

»Was?« Sie fuhr hoch und stieß sich dabei schmerzhaft den Kopf an. War Bodenstein wirklich so unverfroren, diese Lügenmaus mitzubringen? Das war ja wohl das Allerletzte! Sofort verschlechterte sich Pias Laune um einige Grade, aber an Christoph wollte sie ihre Verstimmung nicht auslassen. Er konnte schließlich überhaupt nichts dafür.

»Lass dir nur Zeit«, sagte er und gab ihr einen Kuss. »Ich mach schon mal den Wein auf.«

»Aber einen billigen«, rief Pia ihm nach. »Die dumme Nuss braucht keinen 95er Pomerol.«

»Ich wusste gar nicht, dass solche Schätze überhaupt in unseren Weinkellern lagern«, entgegnete Christoph belustigt. Da musste Pia auch grinsen.

»Du weißt schon, was ich meine. Nimm den Rotwein von Aldi. Der schmeckt besser, als er aussieht.«

»Geht klar.« Christoph zwinkerte ihr zu und ging hinaus. Pia gab die Suche nach dem T-Shirt auf. Sie schlüpfte in eine helle Jeans, streifte ein Top über und zog darüber einen grauen Kapuzensweater. Im Bad föhnte sie ihr Haar über die Rundbürste und schminkte sich zu guter Letzt sogar noch die Augen. Nach einem letzten kritischen Blick in den Spiegel holte sie tief Luft und ging durchs Wohnzimmer hinaus auf die Terrasse.

Bodenstein und Christoph unterhielten sich mit Rotweingläsern in der Hand; die Frau stand neben ihnen, und ihr war anzusehen, wie unbehaglich sie sich fühlte.

Richtig so, dachte Pia. Du hast hier gar nichts verloren.

»Hallo«, sagte sie und zwang sich zu einem höflichen Lächeln. Sie machte keine Anstalten, Bodenstein die Hand zu reichen. Die alte Distanz war wieder da. Mehr denn je war er ihr Chef, kein Freund der Familie, den man mit zwanglosen Küssen auf die Wangen begrüßte.

»Hallo, Pia.« Auch Bodenstein schien sich ein Lächeln abringen zu müssen. Die Anspannung stand ihm deutlich ins Gesicht geschrieben. Obwohl ihr sein Anblick vertraut war, kam er Pia heute Abend vor wie ein Fremder. »Darf ich dir vorstellen: das ist Annika. Annika, meine Kollegin Pia Kirchhoff.«

Die beiden Frauen nickten sich zu. Christoph schenkte Wein in ein Glas und reichte es Pia. Sie hatte ihn über den Anlass von Bodensteins Besuch informiert.

»Ihr habt etwas zu besprechen«, sagte er deshalb. »Lasst euch nicht stören. Ich kümmere mich um die Steaks und Würstchen.«

»Bitte.« Pia machte eine Handbewegung Richtung Tisch. Eigentlich hatte sie erwartet, mit Bodenstein unter vier Augen sprechen zu können. Stattdessen setzten sich die beiden auf die Teakholzbank, Pia nahm ihnen gegenüber auf einem der Stühle Platz. In den Büschen neben der Terrasse zankten sich zwei Amseln, das monotone Rauschen der Autobahn war hinter dem Haus kaum zu hören.

»Ich möchte mich erst einmal bei dir bedanken, Pia, dass du uns deinen Feierabend opferst«, begann Bodenstein, und seine Wortwahl brachte Pia augenblicklich in Rage.

»Du musst dich nicht bedanken«, entgegnete sie steif. »Du bist hier jederzeit willkommen. Und es ist für mich kein Opfer, mit dir hier zu sitzen. Aber vielleicht könntest du zur Sache kommen.«

Sie vermied bewusst, Bodensteins Begleiterin anzusprechen, und dieser verstand. Er räusperte sich.

»Ich habe mich in den letzten Tagen komisch verhalten, und das tut mir leid. Es war ein Schock für mich, als ich erfahren habe, dass Ludwig meinem Vater sämtliche Grundstücke vermacht hatte. Und dieses … Erlebnis am Mittwochabend ist auch nicht ganz spurlos an mir vorbeigegangen.« Es fiel ihm schwer, Schwächen einzugestehen, das wusste Pia. Aber sie baute ihm keine Brücke, sondern sah ihn nur abwartend an, während er nach den richtigen Worten suchte.

»Mein Vater war auch völlig überfordert mit der Situation«, sprach er schließlich weiter. »Ich war am Freitag bei Rademacher, gleich nachdem mein Vater mir von der Testamentseröffnung erzählt hatte. Ich wollte von ihm wissen, warum er am Dienstagvormittag bei Hirtreiter gewesen war. Er ging nicht darauf ein und kam stattdessen auf diese Wiese und das Testament zu sprechen. Ich war etwas erstaunt, dass er schon Bescheid wusste. Er sagte, er werde meinem Vater das gleiche Kaufangebot wie Hirtreiter machen. Als ich ihm davon abriet, hat er mir gedroht.«

»Gedroht? Wieso?«

»Er sagte, er wisse über die finanzielle Situation meines Bruders Bescheid und darüber, dass eigentlich das Restaurant den ganzen Betrieb unterhielte. Wenn ich nicht dafür sorgen würde, dass mein Vater sein Angebot annimmt, könnte es einen Skandal geben, der den Ruf des Restaurants ruiniert.«

»Das klingt nach Erpressung«, sagte Pia.

»Ja, das habe ich auch gesagt. Rademacher hat aber nicht lang gefackelt. Er ist am Abend zusammen mit Ralph Glöckner bei meinen Eltern aufgekreuzt. Als ich abends nach Hause kam, hatten sie sich im Haus verschanzt und saßen im Dunkeln. Sie fürchteten wirklich um ihr Leben!«

»Und die Engel hat dich beurlaubt, weil dein Vater die Wiese geerbt hat?«

»Nein. Rademacher hat behauptet, ich hätte hundertfünfzigtausend Euro von ihm verlangt, damit ich meinen Vater überrede, die Wiese an die WindPro zu verkaufen. Er hat Anzeige gegen mich erstattet. Wegen Erpressung, Nötigung und was weiß ich noch allem.«

Bodenstein lächelte freudlos. Pia drehte das Weinglas zwischen ihren Fingern und stellte es dann auf dem Tisch ab.

»Warum hast du mir das alles nicht erzählt?«, fragte sie.

»Ich wollte es ja. Aber nicht einfach so im Treppenhaus. Ich habe dich am Freitagabend angerufen und dir auf die Mailbox gesprochen, damit du mich zurückrufst.«

»Das habe ich auch getan. Aber da war dein Handy wieder mal aus.«

»Ich weiß. Das hatte einen Grund. Wir saßen alle bei meinen Eltern in der Küche, Quentin, Marie-Louise und ich, und beratschlagten, was zu tun sei. Da klopfte es, und Annika stand vor der Tür.«

Mit seiner beherrschten Miene hätte er jeden zufälligen Beobachter getäuscht, nicht so Pia. Sie kannte ihn gut genug, um an seinem veränderten Tonfall zu erkennen, wie ernst es ihm mit dieser Frau war.

»Das mit Rademacher und dem Testament war nur das eine, was ich dir erzählen wollte«, fuhr Bodenstein mit gesenkter Stimme fort. »Die andere Sache ist … ein wenig komplizierter. Du erinnerst dich an die drei Männer, die gestern Morgen in Dr. Engels Büro waren?«

»Natürlich.« Worauf wollte er hinaus?

»Das waren zwei Leute vom Staatsschutz. Und Professor Dirk Eisenhut, der Leiter des Deutschen Klima-Instituts. Annikas ehemaliger Chef.«

Pia blickte irritiert zwischen Bodenstein und der Frau hin und her. Sie verstand gar nichts mehr. Staatsschutz? Klima-Insitut?

Bevor Bodenstein weitersprechen konnte, ergriff die Frau, die Pia bisher für eine Verkäuferin in einer Zoohandlung gehalten hatte, das Wort.

»Ich bin Biogeochemikerin und habe am Institut für Meereschemie in Hamburg studiert. Seit 1995 arbeite ich für Professor Eisenhut in Berlin und habe mich auf Klimaforschung spezialisiert. Mein voller Name ist Dr. Annika Sommerfeld.«

Pia betrachtete argwöhnisch das glatte, blasse Gesicht der Frau, dann blickte sie zu Bodenstein hinüber. Glaubte er ihr das etwa? Die Lügenmaus als Klimaforscherin?

»Es sind einige Dinge vorgefallen, die mich dazu gezwungen haben, unterzutauchen und mich bei Ricky Franzen zu verstecken. Ich bin hier aufgewachsen, Ricky und ich waren früher gute Freundinnen. Ich wusste, dass sie mir keine Fragen stellen würde.«

»Aha«, sagte Pia nur. Es interessierte sie nicht die Bohne, wo Annika Sommerfeld aufgewachsen war, aber vielleicht wusste sie, wer Ludwig Hirtreiter auf dem Gewissen hatte. War das der Grund, weshalb Bodenstein sie mitgebracht hatte?

Der appetitliche Geruch von gebratenem Fleisch stieg ihr in die Nase und erinnerte sie daran, dass sie den ganzen Tag kaum etwas gegessen hatte.

»Ricky glaubte mir die Geschichte, dass ich nach einem Burn-out Zeit für mich brauchte. Aber Jannis war neugierig und fand schließlich die Wahrheit über mich heraus«, fuhr Annika Sommerfeld fort. »Am Freitag hielt mein ehemaliger Chef, Dirk Eisenhut, in Falkenstein einen Vortrag. Jannis erwähnte dort meinen Namen im Zusammenhang mit den gefälschten Gutachten der WindPro, obwohl ich ihn vorher gebeten hatte, das auf keinen Fall zu tun.«

»Warum nicht?«

»Ich habe etwas, das für Eisenhut sehr gefährlich ist. Unterlagen, die beweisen, dass er und andere namhafte Klimaforscher mit Wissen der Politik seit Jahren systematisch Daten unterschlagen, und damit die Klimaprognosen der UNO verfälschen. Wenn diese Beweise an die Öffentlichkeit gelangen, wird das die weltweite Klimapolitik schwer erschüttern und Zweifel an der Glaubwürdigkeit der verantwortlichen

Institutionen wecken. Das wäre für Eisenhut, seine Kollegen und die Politiker, die sich die Angst der Menschen vor einem möglichen Klimawandel zunutze machen, eine Katastrophe. Deshalb will Eisenhut diese Unterlagen um jeden Preis in seinen Besitz bringen.«

Pia schüttelte den Kopf. Was hatte das mit ihren Fällen zu tun? Sie warf Bodenstein einen skeptischen Blick zu, aber der hatte nur Augen für Annika.

»Mein Name hat Gewicht in der Klimaforschung«, sagte Annika Sommerfeld nun. »Vor einiger Zeit traten Gegner unserer Forschungen an mich heran und präsentierten mir ihren Verdacht. Ich erkannte, dass sie mit allem recht hatten. Aber indem ich mich auf ihre Seite stellte, geriet ich ins Visier der mächtigen Lobby der Klimaforschung und der Politik. Der Mann, der mir die Unterlagen gegeben hat, wurde ermordet und ...«

»Moment mal«, unterbrach Pia sie. »Warum erzählen Sie mir das alles?«

Sie spürte Bodensteins Blick, aber sie sah ihn nicht an. Hatte er vor lauter Verliebtheit den Verstand verloren und nahm diese abstruse Geschichte ernst?

»Wissen Sie etwas darüber, wer Rolf Grossmann oder Ludwig Hirtreiter getötet hat?«, fragte Pia. Annika Sommerfeld schüttelte den Kopf.

»Dann frage ich mich ernsthaft, weshalb wir hier sitzen«, entgegnete Pia kühl und stand auf. »Ich habe zwei Todesfälle aufzuklären und bekomme jede Menge Druck. Alles andere interessiert mich im Moment herzlich wenig. Und jetzt habe ich Hunger.«

*

Seine Schwester hatte ihm eine SMS geschrieben. Die Bullen und sein Vater suchten nach ihm. Daraufhin hatte Ricky vorgeschlagen, die Nacht in der leerstehenden Pflegerwohnung des Tierheims zu verbringen. Sie fühle sich nach dem Überfall im Haus ohnehin nicht mehr wohl, hatte sie behauptet, aber Mark wusste, dass sie es ihm zuliebe tat.

Er hatte sich geschworen, sie zu beschützen. Niemand würde ihr mehr etwas antun, solange er da war, um es zu verhindern. Sie hatten zusammen die Abendrunde gedreht, danach lauwarme Pizza gegessen und Rotwein dazu getrunken. Er hatte sich den ganzen Abend über sehr männlich und erwachsen gefühlt. Ricky behandelte ihn nie wie einen kleinen Jungen, sie nahm ihn ernst, und das tat ihm gut. Zum ersten Mal seit langer Zeit hatte er keine Kopfschmerzen gehabt.

Nun lag Mark auf der Matratze neben dem alten Klappsofa, auf dem Ricky schlief. Hellwach starrte er in die Dunkelheit. Dieser ganze Tag war aufregend und vollkommen verrückt gewesen. Zuerst die grässliche Angst, als er Ricky in der Badewanne gefunden hatte, dann das Gewehr auf dem Heuboden im Stall. Frauke mit ihren dummen Lügengeschichten! Und Jannis, der einen Unfall gehabt hatte und jetzt im Krankenhaus lag. Es war alles so unglaublich!

»Mark?«

Er hatte geglaubt, sie würde schon schlafen. Immerhin hatte sie fast eine ganze Flasche Rotwein getrunken.

»Ja?«

»Ich bin so froh, dass du da bist. Ohne dich würde ich vor Angst sterben.«

Bei diesen Worten musste er lächeln, und ihm wurde ganz warm vor Glück.

»Du bist einfach wunderbar«, sagte sie leise. »Es ist so schön, dass ich mich immer auf dich verlassen kann.«

»Aber das mach ich doch alles gerne«, erwiderte er mit rauer Stimme. Sie wusste ja gar nicht, *wie* gerne. Sie bedeutete ihm so viel, mehr als jeder andere Mensch auf der ganzen weiten Welt. Wenn er in ihrer Nähe war, dann war alles gut.

Stille herrschte in dem flachen langgestreckten Gebäude, in dem sich auch das Büro, die Futterküche und das Lager des Tierheims befanden. Mark hörte Rickys regelmäßige Atemzüge. Sie hatte erzählt, dass es Jannis wohl ziemlich übel erwischt hatte. Ein Auto war über sein Bein gefahren. Recht geschah es ihm, dem verlogenen Mistkerl! Hoffentlich blieb er ganz lange weg, am besten für immer.

Das altertümliche Schlafsofa quietschte leise.

»Mark?«

»Ja?«

»Kann ich zu dir kommen?«

Sein Herz schlug einen Trommelwirbel. Hatte er das geträumt? *Kann ich zu dir kommen?* Das hatte schon einmal jemand zu ihm gesagt. *Würde es dir etwas ausmachen, mich anzufassen? Nur ein bisschen. Das ist so schön.*

Mark schluckte.

»Ja. Klar«, sagte er leise. Die Federn des Sofas quietschten wieder, dann senkte sich seine Matratze unter ihrem Gewicht. Er rückte zur Seite, sie kroch unter die Decke und schmiegte sich eng an ihn. Die Wärme ihres Körpers elektrisierte ihn und weckte unwillkürlich Erinnerungen an einen anderen warmen Körper dicht an seinem. Stopp, dachte er. Ricky war nicht Micha. Sie würde ihm nicht weh tun. Sie suchte nur seine Nähe, weil sie sich alleine fürchtete.

Er hörte ihren Atem dicht an seinem Ohr. Spürte ihre Hand auf seinem Oberschenkel und bekam eine wohlige Gänsehaut. Sie seufzte leise, hörte nicht auf, ihn zu streicheln. Mark schloss die Augen, presste die Lippen zusammen. Der rote BH. Die feinen blonden Härchen auf ihrer Haut. Sein Atem ging schneller. Nimm bitte deine Hand da weg, wollte er sagen, bitte! Aber es war so schön. Seit Micha hatte ihn niemand mehr so zärtlich berührt. Rickys Hand glitt über seinen Bauch, ihre Finger schoben sich unter das Gummi seiner Boxershorts. Er lag da wie gelähmt. Alle möglichen Geschichten, die er auf dem Schulhof von den anderen Jungs aufgeschnappt hatte, schossen ihm durch den Kopf. Sie sprachen über dieses Thema in spöttischem, ja beinahe verächtlichem Tonfall. Ficken. Vögeln. Bumsen. Das klang schmutzig und widerlich. Genau wie das, was Jannis mit Ricky auf der Terrasse getan hatte. Das hatte nichts mit Liebe zu tun gehabt. Dabei war Liebe das Wichtigste von allem. Mark hatte keine Ahnung, was Ricky von ihm erwartete. Sein Herz raste, sein Mund war staubtrocken. Micha hatte sich aufgehängt, weil sie ihn *deswegen* vor Gericht gestellt hatten.

»Nein«, flüsterte er. »Nicht.«

»Wieso nicht?«, flüsterte Ricky. »Komm, dreh dich doch mal um.«

Er zögerte, gehorchte dann aber widerstrebend und rollte sich auf den Rücken. Plötzlich kniete sie über ihm, ihr Atem streichelte sein Gesicht, ihre Lippen fanden seine. Zärtlich erkundete ihre Zunge seinen Mund, und er hatte das Gefühl, jeden Moment zu platzen.

Na los!, schrie sein Körper, der auf die unmissverständliche Aufforderung längst reagiert hatte. *Jetzt mach schon!*

Aber Mark stemmte seine Hände gegen ihre Schultern und drückte sie ein Stück von sich weg.

»Liebst du mich?«, fragte er mit bebender Stimme.

»Ja, natürlich«, antwortete Ricky in der Dunkelheit über ihm. Sie atmete schnell, ihre Schenkel pressten sich an seine Hüften. Ihre Haut war so heiß, dass sie ihn zu verbrennen schien.

»Sag es!«, forderte er. Er zitterte vor Aufregung, fiebrige Schauer jagten durch seinen Körper. »Sag, dass du mich liebst.«

»Ich liebe dich«, murmelte Ricky und ließ sich mit einem leisen Stöhnen auf ihn herabsinken.

Mark schnappte nach Luft. Er schloss die Augen und gab sich ganz dem immer schneller werdenden Rhythmus ihrer Bewegungen hin. Alle Sorgen wurden winzig klein und lösten sich in nichts auf. Er dachte nicht mehr an Jannis oder an seine Eltern, die nicht wussten, wo er war. Vergessen waren Wut und Angst, Schmerzen und Enttäuschungen. Sein Körper explodierte in ungeahnter Glückseligkeit. Es gab nur noch Ricky und ihn, und was sie taten, war die Erfüllung all seiner Träume. Das war Liebe.

*

Sie war wütend und enttäuscht. Damit beschäftigte sich Bodenstein also, während sie nicht mehr wusste, wo ihr der Kopf stand! Eine weltweite Verschwörung von Klimaforschern – so ein hirnrissiger Quatsch! Was bezweckte diese Annika? Wollte sie Bodenstein mit dieser Geschichte imponieren?

Pia ließ sich von Christoph ein Steak auf den Teller legen.

»Warum bist du so sauer?«, erkundigte er sich.

»Hast du mitgekriegt, was die da erzählt hat?« Pia schüttelte den Kopf. »Ich kann einfach nicht fassen, dass Oliver auf so etwas hereinfällt.«

»Also, eine Klimaforscherin namens Annika Sommerfeld gibt es wirklich.« Christoph wendete ein Steak mit der Gabel. Fett tropfte in die Glut, Qualm stieg auf. »Den Namen habe ich schon mehrfach gelesen.«

Pia starrte ihn an, als habe er versucht, sie hinterrücks zu erdolchen.

»Glaubst du ihr etwa?«, schnappte sie gekränkt.

Christoph antwortete nicht, denn Bodenstein war aufgestanden und kam näher.

»Pia, das stimmt alles tatsächlich«, begann er. »Ich weiß, dass du Annika nicht leiden kannst, aber ...«

»Das hat nichts mit leiden können zu tun«, fiel sie ihm

heftig ins Wort. »Ich habe ganz andere Sorgen, und du lässt mich total im Stich! Reichen dir zwei lumpige Morde im Taunus nicht mehr aus? Willst du jetzt James Bond spielen?«

Christoph spürte die Spannung zwischen ihnen und trat diskret den Rückzug an. Er ging zum Tisch hinüber, um Annika Sommerfeld Gesellschaft zu leisten. Bodenstein steckte die Hände in die Taschen seiner Jeans und holte tief Luft.

»Ich hätte gerne gehabt, dass du dir die ganze Geschichte anhörst und mir sagst, was du davon hältst. Dein Urteil ist mir sehr wichtig.«

»Ich kann dir jetzt schon sagen, was ich davon halte«, entgegnete Pia scharf. »Nämlich nichts.«

Er sah sie schweigend an.

»Annika steht unter Mordverdacht, obwohl sie unschuldig ist«, sagte er. »Ich habe beschlossen, ihr zu helfen. Wir werden diese Unterlagen aus dem Schließfach in Zürich holen, in dem O'Sullivan und Bennett sie deponiert haben, bevor man sie umbrachte. Ich werde mit Störch vom BKA verhandeln und dafür sorgen, dass man Annika fair behandelt, wenn sie sich stellt.«

»Oliver, du bist ja völlig wahnsinnig!« Pia stellte den Teller auf den Tisch neben dem Grill. »Jetzt mal ganz ehrlich. Wie lange kennst du diese Frau? Woher weißt du, dass sie wirklich unschuldig ist? Was, wenn sie dich nur benutzt?«

Es war dunkel geworden. Nur die Lampe von der Terrasse warf einen schwachen Lichtschein auf Bodensteins Gesicht.

»Kannst du dich daran erinnern, wie du Christoph kennengelernt hast?«, fragte er mit leiser Stimme.

»Natürlich. So lange ist das ja noch nicht her.«

»Ich meine nicht die Umstände«, sagte Bodenstein. »Ich meine ... deine Gefühle.«

»Was hat das denn jetzt damit zu tun?« Pia reagierte halsstarrig, obwohl sie ahnte, worauf er hinauswollte.

»Alles. Du hast ihn kaum gekannt, und trotzdem hast

du ihm vertraut, obwohl ich damals felsenfest davon überzeugt war, dass er Paulys Mörder sei. Ich habe dich sogar verunsichert, aber du hast nie an ihm und seiner Unschuld gezweifelt.«

Pia verschränkte die Arme vor der Brust und ging durch den dunklen Garten zu der Holzbank, die unter einem Rosenbogen stand. Das war nicht dasselbe. Oder doch? Sie blieb stehen und starrte in die Dunkelheit. Nur über den Kämmen des Taunus stand noch ein schmaler rötlicher Streifen, am schwarzen Himmel funkelten die ersten Sterne. Die blühenden Büsche und die Rosen verströmten einen betäubenden Duft; es roch nach feuchter Erde und Frühling.

Es war unfair von Bodenstein, ihr die ganze Verantwortung zu überlassen. Wäre er von Anfang an wegen dieser Erbschaft aufrichtig gewesen, hätte es nicht so weit kommen müssen. Und vielleicht kam ihm die Beurlaubung nicht einmal ungelegen. So hatte er jede Menge Zeit für diese Annika.

»Ich war mir Cosima immer sicher«, sagte Bodenstein, der ihr gefolgt war. »Sechsundzwanzig Jahre lang. Und dann musste ich feststellen, dass ich sie nie richtig gekannt habe. Mit Heidi, das war ein Strohfeuer. Unwichtig. Aber Annika … du hast recht, ich kenne sie überhaupt nicht, ich weiß so gut wie nichts von ihr, außer, dass sie in einer wirklich bösen Klemme steckt. Vielleicht fehlt mir im Augenblick die Objektivität. Aber ich muss ihr helfen.«

Sie wandte ihm den Rücken zu. Wie konnte sie ihm klarmachen, dass sein Vorhaben ihn den Kopf kosten würde, wenn etwas schiefging?

»Es klingt jetzt vielleicht etwas schwülstig, Pia, aber du bist in den letzten Monaten mein Anker gewesen, als alles um mich herum den Bach hinuntergegangen ist. Versuch doch wenigstens, mich zu verstehen. Es ist mir wirklich wichtig.«

Ihr Zorn auf ihn verflog. Niemand konnte das Dilemma, in dem er steckte, besser verstehen als sie selbst. Ihr wurde bewusst, was in diesen Tagen auf ihn eingestürmt war. Schon Hirtreiters gewaltsamer Tod und der Anblick seines am Boden zerstörten Vaters hatten ihn tief erschüttert. Dann das Drama in der Dattenbachhalle, als er nur knapp mit dem Leben davongekommen war. Und schließlich Annika. Plötzlich waren Gefühle im Spiel, mit denen er nicht gerechnet hatte. Das wäre schon für einen seelisch stabilen Menschen zu viel gewesen, und mit Bodensteins seelischer Stabilität war es seit der Sache mit Cosima nicht mehr weit her.

Pia stieß einen Seufzer aus und wandte sich um.

»Es tut mir leid, wie ich reagiert habe«, sagte sie versöhnlich. »Ich bin vielleicht etwas gestresst. Und ich mach mir Sorgen um dich.«

Sie sahen sich an. In der Dunkelheit konnte sie seine Gesichtszüge nur erahnen.

»Ich weiß«, antwortete Bodenstein. »Mir tut es auch wirklich leid, dir die ganze Arbeit zu überlassen.«

»Das kriege ich schon irgendwie hin.« Pia sog nachdenklich an ihrer Unterlippe. »Was kann ich tun?«

»Eigentlich nichts. Es wäre nicht richtig von mir, dich da mit reinzuziehen. Das muss ich alleine regeln. Du solltest nur wissen, was los ist.«

»Du setzt alles aufs Spiel, wenn du dich irrst.«

»Das hast du damals mit Christoph auch getan.«

Sie lächelte, legte den Kopf schief.

»Dann pass wenigstens auf dich auf«, sagte sie mit rauer Stimme. »Ich bin nur kommissarisch Leiterin des K11. Und ich bin nicht scharf auf einen neuen Chef.«

24. Dezember 2008

»Anna!« Er lächelte erfreut, als sie sein Büro betrat, und erhob sich von seinem Schreibtisch. »Schön, dass du es noch geschafft hast. Es wäre für mich kein Weihnachten gewesen, wenn wir nicht wenigstens drauf angestoßen hätten.«

Sie war fest davon überzeugt gewesen, ihre Emotionen im Griff zu haben, sonst wäre sie nicht gekommen. Die Arglosigkeit in seinem Blick ließ sie innerlich erzittern. Er hatte keine Ahnung, welche Macht sie über ihn besaß. Sie beobachtete, wie er die Flasche Champagner aus dem Eiskühler auf dem Besprechungstisch nahm und sie öffnete. Es war wie ein Déjà-vu, wie die Wiederholung jenes Abends vor zehn Jahren, als alles angefangen hatte. Dem Champagner war ihre erste gemeinsame Nacht gefolgt, die erste von unzähligen weiteren. Obwohl sie sich dagegen wehrte, brach die alte Sehnsucht in ihrem Herzen auf. Weshalb liebte er sie nicht?

In den bodentiefen Fenstern spiegelte sich das große Büro; sie sah ihn, der sich in all den Jahren kaum verändert hatte, und sich selbst, längst nicht mehr die junge, ehrgeizige Wissenschaftlerin von damals. Alt war sie geworden, mit Falten der Verbitterung im Gesicht. Eine reizlose, graue Maus, eine alte Jungfer, an der das Leben vorbeigegangen war, weil sie sich in den falschen Mann verliebt hatte.

»Frohe Weihnachten!«, lächelte er und reichte ihr ein Glas. Nein, aus der Nähe betrachtet war er auch nicht mehr der dynamische junge Institutsleiter von damals. Sein Haar

439

war dünn geworden, er hatte Tränensäcke unter den blauen Augen. Mit einem Anflug gehässiger Zufriedenheit bemerkte sie einen deutlichen Bauchansatz und seinen unangenehmen Mundgeruch. Diese Bettina hatte einen alten Mann geheiratet.

»Frohe Weihnachten!« Sie erwiderte sein Lächeln und stieß mit ihm an. Trank einen Schluck. Der Champagner schmeckte nicht. Am liebsten hätte sie ihm den Glasinhalt ins Gesicht geschüttet und ihn angeschrien. Warum hast du mir so weh getan? Warum hast du mich betrogen? Warum hast du eine andere geheiratet?

»Was hast du denn?«, erkundigte Dirk sich. »Du siehst so unglücklich aus.«

Das Mitgefühl in seiner Stimme bohrte sich wie ein Messer in ihr Herz, sie kämpfte gegen die aufsteigenden Tränen. Ein Glas Champagner in seinem Büro, das war alles, was sie an Weihnachten je von ihm bekommen würde. Den Weihnachtsbaum in seinem Haus schmückte eine andere Frau. Bettina, mit der er morgen zu seinen Eltern fahren und Weihnachtsgans essen würde. Mit der er in ihrem Haus lebte. Es tat entsetzlich weh, daran zu denken, aber es war gleichzeitig gut. Nur, wenn sie nicht vergaß, was er ihr angetan hatte, konnte sie stark bleiben und die Sache durchziehen. Ihr wurde schwindelig. Vielleicht hätte sie vor dem Alkohol etwas essen sollen.

»Annika? Was hast du denn? Geht es dir nicht gut?«

Dirks Stimme schien weit entfernt, seine besorgte Miene verschwamm vor ihren Augen. Sie griff sich an den Kopf. Er nahm ihr sanft das Glas aus der Hand, und auf einmal lag sie in seinen Armen. Sein Gesicht war ganz nah vor ihrem und doch weit weg. Ihr Kopf fühlte sich wattig an. Plötzlich gaben ihre Beine unter ihr nach. Etwas klirrte. Wo war Dirk? Was war passiert?

Sie lag auf dem Boden, Dirk stand hinter seinem Schreib-

tisch. Er hatte einen Telefonhörer am Ohr und presste die Hand an den Kopf. War da Blut an seiner Wange? Seine Stimme klang aufgebracht. Annika blinzelte, versuchte zu verstehen, was er sagte, aber nur Bruchstücke seiner Worte drangen in ihr vernebeltes Bewusstsein.

»… hat mich angegriffen«, hörte sie. »Ich bin verletzt! Ja, beeilen Sie sich. Sie ist völlig durchgedreht … ist mit einer abgebrochenen Flasche auf mich losgegangen …«

Sie war müde. Spürte ihren Körper nicht mehr. Speichel rann aus ihrem Mundwinkel.

»Dirk«, lallte sie benommen. Und dann war alles dunkel.

Sonntag, 17. Mai 2009

Mark erwachte vom Klingeln eines Handys. Er öffnete die Augen und blinzelte verwirrt in helles Sonnenlicht. Für einen kurzen Moment wusste er nicht, wo er sich befand, doch dann fiel es ihm wieder ein, und sofort war er hellwach. Ricky musste schon aufgestanden sein, er lag allein auf der Matratze. Es war ihre erste gemeinsame Nacht gewesen, und er war einfach nur glücklich. Mark stand auf und ging hinüber in das kleine Badezimmer. Er klappte den Klodeckel hoch und pinkelte. Dann trat er ans Waschbecken, betrachtete kritisch sein Spiegelbild. Irgendwie hatte er angenommen, die vergangene Nacht müsse ihn auch äußerlich verändert haben, doch er sah aus wie immer. Ricky war in der Küche. Sie stand mit dem Rücken zu ihm am Fenster und rauchte eine Zigarette. Gerade als er sie von hinten umarmen wollte, klingelte wieder ihr Handy, und sie ging dran.

»Hallo, mein Schatz«, gurrte sie mit gesenkter Stimme. »Wie geht es dir? Konntest du ein bisschen schlafen, oder hast du Schmerzen?«

Mark wich ein paar Schritte zurück. *Hallo, mein Schatz?* Gestern Abend hatte sie doch noch ganz anders von Jannis gesprochen!

»Ja, ja. Mir geht's gut. Mark hat hier übernachtet ... Ach, Unsinn! Er hat auf der Couch geschlafen.« Sie lachte, es klang ein wenig geringschätzig. »Was glaubst du denn von mir? ... Ja, das weiß ich auch ... natürlich ... Ich komme gleich. Brauchst du irgendetwas? ... Okay. Ja, das mache ich. Ich liebe dich, mein Schatz. Ich vermiss dich. Ohne dich ist es hier ganz komisch.«

Mark musste schlucken. Plötzlich war ihm schwindelig; ein unwillkommenes Flimmern am Rand seines Gesichtsfeldes kündigte die Kopfschmerzen an. Er beugte sich nach vorne und presste die Hände gegen die Schläfen. Hatte Ricky ihm nicht erst vor ein paar Stunden versichert, sie würde *ihn* lieben? Und jetzt sagte sie dasselbe zu Jannis! Wie konnte sie das tun?

»Hey, Mark.« Ricky hatte das Gespräch beendet. »Du bist ja schon wach.«

Er hob den Kopf und starrte sie an.

»Warum hast du Jannis eben angelogen?«, wollte er wissen.

»Was meinst du?«

»Du hast so getan, als wären wir bei euch zu Hause. Und du hast ihm erzählt, ich hätte auf der Couch geschlafen. Aber das stimmt doch gar nicht.«

»Na und?« Ricky zuckte lächelnd die Schultern. »Er muss sich in seinem Zustand doch nicht unnötig aufregen.«

Mark glaubte, sich verhört zu haben.

»Hat es ... hat es dir denn gar nichts bedeutet, das mit mir, meine ich?«, würgte er hervor. »Du hast doch zu mir gesagt, du würdest mich lieben. Hast du das einfach nur so dahingesagt? Oder hast du es gerade nur einfach so zu Jannis gesagt?«

Ricky hörte auf zu lächeln.

»Ich glaub, du spinnst ein bisschen, Mark«, sagte sie. »Jannis ist mein Freund. Es geht dich gar nichts an, was ich zu ihm sage. Selbst schuld, wenn du lauschst.«

Sie ging an ihm vorbei ins Badezimmer. Mark folgte ihr.

»Aber ... aber warum hast du denn dann mit mir ... geschlafen?«

»Das wolltest du doch die ganze Zeit schon.« Sie blickte ihn an und grinste. »Und ich wollte dir eine Freude machen. Es hat dir doch auch Spaß gemacht, oder nicht?«

Das verschlug ihm die Sprache. Heiße Röte kroch ihm vom Hals aufwärts ins Gesicht. Mit ein paar Worten machte sie aus etwas Einzigartigem Gewöhnliches. Es hatte ihr rein gar nichts bedeutet, mit ihm zu schlafen.

»Jannis liebt dich nicht mehr«, stieß er hervor. »Am Freitag hat er Nika in der Küche abgeknutscht! Wäre ich nicht gerade mit den Hunden zurückgekommen, wäre es wohl nicht dabei geblieben, so scharf wie er auf die blöde Schlampe ist.«

Ricky erstarrte.

»Das denkst du dir jetzt aus«, warf sie ihm vor.

»Nein, tue ich nicht«, widersprach er und versuchte, die Nadelstiche hinter seinen Augen zu ignorieren. Er hasste den gekränkten Ton in seiner Stimme, aber er kam nicht dagegen an. Dazu pochte der Schmerz drohend in seinen Schläfen und machte ihn verrückt. Wenn er nicht innerhalb der nächsten Viertelstunde seine Tabletten nahm, war es zu spät. »Er hat lauter bescheuertes Zeug geredet, und dann hat er Nika angegrabscht und ihr unter den Rock gegriffen. Ich glaub, deswegen ist sie auch abgehauen.«

Ricky stemmte grimmig die Hände in die Seiten.

»Weshalb sagst du mir das jetzt?«, wollte sie wissen.

»Weil ich dich liebe«, entgegnete er verunsichert. Er hatte mit einer ganz anderen Reaktion gerechnet. Tränen. Damit, dass er sie trösten und sie seiner Treue und Liebe versichern konnte. »Wir gehören zusammen, Ricky. Und wir haben doch auch ein Geheimnis, nicht wahr?«

Ihr Gesicht erstarrte zu einer Maske der Wut.

»Nur falls du glaubst, mich erpressen zu können«, zischte sie und deutete mit dem Zeigefinger auf ihn, »ich weiß auch eine ganze Menge über dich!«

Mark war schockiert über die Kälte, mit der sie das sagte. Nichts war mehr übrig von der Euphorie, die er beim Aufwachen verspürt hatte. Er hatte alles kaputtgemacht!

»Ich will dich doch nicht erpressen!«, beteuerte er bestürzt. »Niemals!«

Sie starrte ihn aus schmalen Augen an.

»Bitte, Ricky, du darfst nicht sauer auf mich sein«, bettelte er verzweifelt. »Ich … ich liebe dich doch! Ich tu alles für dich!«

Mit einem Ruck wandte sie sich von ihm ab.

»Ich muss gleich zu Jannis ins Krankenhaus, und du fährst besser nach Hause, bevor dein Vater mit der Polizei auftaucht«, sagte sie. »Wir reden später über alles. Und jetzt geh raus. Ich muss aufs Klo.«

Er gehorchte. Sie wollte mit ihm reden. Später. Das bedeutete immerhin, dass nicht alles aus war. Mark klaubte im Schlafzimmer seine Klamotten zusammen und zog sich niedergeschlagen an. Dabei nahm er sich fest vor, in Zukunft nicht mehr heimlich zu lauschen, wenn sie telefonierte. Er ging in die Küche und öffnete seinen Rucksack, den er gestern achtlos auf einen der Stühle geworfen hatte. Glücklicherweise hatte er die Tabletten dabei. Er ließ ein Glas mit Leitungswasser volllaufen und schluckte gleich zwei Stück. Sein Blick fiel auf Rickys Handy, das sie auf dem Küchentisch liegen gelassen hatte. Mit wem hatte sie wohl gesprochen, bevor Jannis angerufen hatte?

Er zögerte einen Moment, massierte mit dem Handballen nachdenklich seine schmerzende Schläfe. Schließlich siegte seine Neugier, er rief die Anrufliste des Telefons auf und stutzte. Was wollte sein Vater an einem Sonntagmorgen um zehn nach sieben von Ricky? Wenn es um ihn ging, hätte sie es ihm doch gesagt, oder nicht? Er starrte das Telefon in seiner Hand an. Ihm kam ein unglaublicher Verdacht, der ein flaues Gefühl in ihm weckte. Seine Knie wurden weich.

445

Nebenan rauschte die Klospülung, rasch legte er das Handy zurück auf den Tisch.

Draußen begannen die Hunde in ihren Zwingern zu bellen. Wahrscheinlich war Rosi, die sonntags immer die Frühschicht im Tierheim hatte, im Anmarsch.

»Beeil dich ein bisschen.« Ricky erschien in der Küche. »Muss ja nicht sein, dass Rosi uns hier zusammen rauskommen sieht.«

Die Frage, weshalb sie heimlich mit seinem Vater telefonierte, brannte ihm auf der Seele, aber er fürchtete sich zu sehr vor der Antwort.

»Was hast du denn?« Sie sah ihn an.

Stumm blickte er sie an. Seine Augen tränten, so sehr hämmerte der Schmerz in seinem Kopf. Da nahm sie ihn in die Arme und küsste ihn auf die Wange.

»Ach, Mark, es tut mir leid«, flüsterte sie an seinem Ohr. »Ich wollte eben nicht so grantig sein, aber ich hab grad ziemliche Sorgen. Es war eine schöne Nacht mit dir, wirklich. Wir sehen uns später, okay?«

Sie ließ ihn los, ging zur Tür. Sein Herz pochte, und das Glücksgefühl kehrte zurück. Sie hatte ihm nicht absichtlich weh getan. Alles war wieder gut.

»Okay«, murmelte er benommen, obwohl sie ihn nicht mehr hören konnte. »Okay.«

*

Das Gespräch mit Pia hatte einen Nachklang in ihm hinterlassen. Er hatte in der Nacht kein Auge zugemacht, und das erste Mal seit Monaten war nicht Cosima der Grund für seine Schlaflosigkeit. Bodenstein stand auf, leise, um Annika nicht zu wecken, die auf der anderen Seite des Bettes lag und schlief. *Du bist mein Anker gewesen, als alles um mich herum den Bach hinuntergegangen ist.* Das hatte er ganz

spontan zu Pia gesagt, und je länger er darüber nachdachte, desto klarer wurde ihm, dass es genau so war. Ganz allmählich hatte sie sich von einer guten, verlässlichen Kollegin
zum wichtigsten Menschen in seinem Leben entwickelt. Und
ausgerechnet sie hatte er mit seinem Verhalten, das er sich
selbst kaum erklären konnte, heftig vor den Kopf gestoßen.
Das war unfair.

Bodenstein stieg mit nackten Füßen die knarrende Holztreppe hinunter und ging in die Küche. Pias Bedenken hatten
ihn ernüchtert. Mit einem Mal konnte er wieder klar sehen.
Sie hatte vollkommen recht, er setzte seine berufliche Zukunft aufs Spiel, wenn er Annika einfach half und damit
womöglich gegen Gesetze verstieß. Es musste eine andere
Lösung geben als die, die Annika vorgeschlagen hatte. Seine
Beurlaubung war eine vorübergehende Sache; Rademachers
Anzeige würde ohnehin ins Leere laufen, denn mit der Entscheidung seines Vaters, diese unselige Wiese nicht an die
WindPro zu verkaufen, war das Millionenangebot Schnee
von gestern.

Vielleicht sollte er Nicola anrufen. Er hatte ein schlechtes
Gewissen, Pia mit der Verantwortung für zwei Fälle gänzlich
allein zu lassen. Außerdem musste er dringend mehr über die
Hintergründe dieser beiden Morde erfahren, die man Annika
vorwarf. Nicola hatte die Möglichkeit, Akteneinsicht zu bekommen.

Gähnend machte er sich daran, Kaffeepulver in die Kaffeemaschine zu löffeln. Erst zwanzig nach sieben! Sein Blick fiel
aus dem Fenster. Der Tag heute würde wieder wunderschön
werden, das verriet der hellblaue Himmel über den dünnen
Nebelschleiern, die über den Wiesen ringsum lagen. Ein freier Sonntag, wie geschaffen für einen langen Spaziergang mit
Annika, bei dem man alles in Ruhe besprechen konnte. Er
füllte Wasser in den Tank der Kaffeemaschine, drückte den
Schalter und erstarrte.

Zwei dunkle Limousinen rollten auf den noch leeren Parkplatz und blieben direkt vor dem Hoftor stehen. Vier Männer in Anzügen stiegen aus und blickten sich um. Unwillkürlich machte er einen Schritt zurück. Sein Herz begann zu klopfen, als er Heiko Störch und den Dobermann erkannte. Was taten sie hier so früh an einem Sonntagmorgen? Hatten sie erfahren, dass Annika sich hier bei ihm versteckte? Aber wie sollten sie darauf gekommen sein? Die Einzige, die Bescheid wusste, war Pia. Ihm wurde übel. Er hastete ins Wohnzimmer und ergriff das Handy, das er auf dem Couchtisch hatte liegen lassen. Mit bebenden Fingern wählte er die Nummer seiner Eltern.

Die vier Männer standen noch immer neben ihren Autos und schienen sich zu beratschlagen. Störch telefonierte. Mit wem wohl?

»Geh doch endlich dran«, flüsterte er mit zusammengebissenen Zähnen und ging ungeduldig in dem kleinen Zimmer auf und ab. Endlich meldete sich sein Vater.

»Papa!«, rief er leise. »Eben sind vier Leute vom BKA auf den Hof gefahren. Ich bin sicher, sie werden dich nach Annika fragen. Du musst ihnen sagen, dass du sie über die Bürgerinitiative kennst, aber mehr nicht. Sie war nie hier. Glaubst du, du kannst das tun?«

Eine Weile hörte er nur den Atem seines Vaters am anderen Ende der Leitung, und erst da fiel Bodenstein ein, dass seine Eltern ja gar nicht wussten, wer Annika in Wirklichkeit war und was man ihr vorwarf.

»Ich soll die Polizei anlügen?«, erwiderte sein Vater verständnislos. »Deine Kollegen?«

»Papa, bitte, tu es einfach«, beschwor Bodenstein seinen Vater. »Ich erkläre dir später, warum! Annika ist in großen Schwierigkeiten, aber sie kann nichts dafür.«

Er ahnte, wie sehr es seinem gradlinigen, gesetzestreuen Vater missfiel, zu lügen, und fragte sich gleichzeitig, was er ihm später eigentlich erklären wollte. Dass man Annika wegen Mordes suchte? Großer Gott! Auf was hatte er sich da bloß eingelassen?

»Ich hoffe, du weißt, was du tust, Oliver.« Die Missbilligung in der Stimme seines Vaters war kaum zu überhören. »Gutheißen kann ich so etwas nicht.«

Die vier Männer auf dem Parkplatz hatten sich orientiert und strebten auf das große Tor zu, das in den Innenhof führte.

»Ich komme sofort rüber«, sagte Bodenstein. »Dann übernehme ich das. Aber bitte, Papa …«

Das Besetztzeichen ertönte. Sein Vater hatte einfach aufgelegt.

Bodenstein sackte auf die Couch und verbarg das Gesicht in den Händen. Als er Annika versprochen hatte, ihr zu helfen, hatte er nicht über mögliche Konsequenzen nachgedacht, darüber, dass er Unbeteiligte wie seine Eltern oder Pia mit in die Sache hineinzog. Es waren nur fünf Schritte bis zur Haustür. Er musste lediglich aufstehen, hinausgehen und Störch sagen, dass Annika oben in seinem Bett lag. Sie würden sie mitnehmen, und er wäre alle Probleme los. Warum tat er es nicht einfach?

Ein Geräusch ließ ihn aufblicken. Er hob den Kopf und blickte durch die geöffnete Tür. Annika stand auf der untersten Treppenstufe.

»Ich hab gehört, was du am Telefon gesagt hast. Sie haben mich gefunden«, sagte sie leise. »Ich hätte niemals hierherkommen dürfen. Jetzt bringe ich euch alle in Schwierigkeiten.«

Bodenstein starrte sie stumm an. Hatte Pia recht? Machte er einen Fehler, wenn er ihr vertraute? Annika erwiderte seinen Blick. Ihre Augen in dem blassen, schmalen Gesicht wirkten riesengroß, wie die eines Rehs, das erschrocken in das Scheinwerferlicht eines herannahenden Autos blickt. In dieser Sekunde fiel seine Entscheidung. Hoffentlich würde er sie niemals bereuen müssen.

»Noch haben sie dich nicht gefunden.« Seine Stimme klang heiser. »Und ich werde dafür sorgen, dass sie es nicht tun.«

*

»Ich habe heute Nacht noch einmal über alles nachgedacht«, sagte Frauke Hirtreiter, als sie auf einem der Besucherstühle vor dem Schreibtisch Platz genommen hatte. »Schlafen ging ja kaum. Diese schmalen Pritschen sind nicht unbedingt bequem.«

Sie schien Pia die Nacht im Untersuchungsgefängnis nicht nachzutragen. »Das Gewehr in meinem Schrank – ist es sicher das, mit dem mein Vater erschossen wurde?«

»Ja. Das Ergebnis aus der Ballistik war eindeutig.« Pia nickte. Es war eigenartig, hinter Bodensteins Schreibtisch zu sitzen. Die Perspektive war ungewohnt, und irgendwie fühlte es sich nicht richtig an. »Wieso fragen Sie das?«

»Hm. Ich besitze selbst ein Jagdgewehr, einen Drilling. Den habe ich mitgenommen, als ich nach einem Streit mit meinem Vater damals den Rabenhof verlassen habe. Es ist zwar nicht erlaubt, ein Gewehr einfach in seinen Schlafzimmerschrank zu legen, aber es war ja nicht geladen, und Besuch krieg ich auch nie.«

»Moment.« Pia blätterte in der Akte, bis sie Krögers Bericht vom Mittwoch gefunden hatte. Im Waffenschrank von Ludwig Hirtreiter hatten laut Liste drei Waffen gefehlt: eine Mauser 98, ein Drilling Marke Krieghoff Trumpf Kaliber 7×57R und eine Pistole P226 SIG. Im Bericht aus der Ballistik wurde die Mordwaffe als eine Mauser 98 bezeichnet. Wenn es stimmte, was Frauke sagte, dann hatte jemand die Gewehre einfach vertauscht. Aber wer? Und warum? Um gezielt den Verdacht auf Frauke zu lenken?

»Haben Ihre Brüder Schlüssel für Ihre Wohnung?«, wollte sie wissen.

»Meine Brüder?«, fragte Frauke verwundert. »Warum sollten die …«

Sie verstummte, furchte nachdenklich die Stirn.

»Sie meinen, die beiden hätten mir die Tatwaffe untergeschoben, um mich loszuwerden?«

»Genau.«

»Nein, das glaube ich nicht.« Frauke schüttelte den Kopf. »Gregor weiß gar nicht, wo ich wohne, und Matthias … dass der in seiner momentanen Situation überhaupt so weit denkt, wage ich zu bezweifeln.«

»Wer bliebe dann übrig?«

»Seitdem ich mich aus Versehen mal ausgesperrt habe und hundert Euro an diesen Halsabschneider vom Schlüssel-Notdienst zahlen musste, hängt ein Zweitschlüssel für meine Wohnung im Büro vom Tierparadies«, entgegnete Frauke langsam. Ihre Augen weiteten sich entsetzt, als sie die Bedeutung ihrer Worte begriff. »O mein Gott!«

»Das schränkt den Kreis der Verdächtigen erheblich ein«, bestätigte Pia. »Wer hat Zugang zum Büro?«

»Ricky, Nika, Jannis und ich. Du meine Güte! Das hieße ja, dass … nein!«

»Doch.« Pia nickte und lehnte sich zurück. »Frau Franzen, Herr Theodorakis oder Nika. Einer von den dreien muss es getan haben, wenn Sie es nicht selbst waren.«

Und davon ging sie nicht mehr aus. Alles, was Frauke Hirtreiter gestern gesagt hatte, hatte sich nach gründlicher Überprüfung bestätigt: Im Kofferraum des Mercedes hatten die Bilder gelegen, ebenso die Kassette, die sie aus dem Schrank im Haus ihres Vaters genommen hatte. Im Handschuhfach waren Tankquittungen von mehreren Tankstellen an der A8 und von einer AGIP-Tankstelle in der Lenggrieser Straße in Bad Tölz gefunden worden.

»Wem würden Sie denn so etwas zutrauen?«, fragte Pia.

»Ich weiß nicht«, Frauke Hirtreiter schüttelte ratlos den Kopf. »Jannis kann schon ziemlich aufbrausend sein, und er hatte einen Riesenzorn auf meinen Vater. Ricky? Nein. Sie wäre gar nicht in der Lage gewesen, Tell zu erschießen, so tierlieb wie sie ist.«

»Bliebe nur noch Nika. Über sie weiß ich eigentlich gar nichts. Erzählen Sie mir von ihr.«

»Nika.« Frauke seufzte und schüttelte den Kopf. »Die ist ein armes Ding. Vor ungefähr einem halben Jahr tauchte sie bei Ricky auf. Die beiden waren früher dicke Freundinnen gewesen. Nikas Ehe war wohl gerade in die Brüche gegangen, und sie hatte ihren Job verloren. Ach, sie tut mir immer irgendwie ein bisschen leid.«

»Warum?«

»Sie wirkt immer so … verloren und einsam, ein dünnes, zartes Geschöpf. Redet kaum. Ricky und Jannis nutzen sie nach Strich und Faden aus. Sie putzt bei ihnen zu Hause und im Laden und macht die ganze Buchhaltung für Ricky, dafür hat sie das Zimmer im Keller umsonst«, erzählte Frauke. »Sie beklagt sich aber auch nie. Offenbar gefällt es ihr, so zu leben. Dumm ist sie auf jeden Fall nicht, sie hat nur überhaupt keinen Ehrgeiz. Und eitel ist sie auch nicht gerade, so, wie sie immer herumläuft.«

Das klang nicht unbedingt nach einer Doppelmörderin, die in ein kriminelles Komplott von globalen Ausmaßen verstrickt war. Hatte Annika Sommerfeld Bodenstein Märchen erzählt, um sich interessant zu machen, oder besaß Frauke Hirtreiter so wenig Menschenkenntnis?

»Wissen Sie irgendetwas über ihre Vergangenheit? Ihre Familie?«

Frauke Hirtreiter dachte einen Moment nach, dann verneinte sie bedauernd.

»Immer, wenn ich sie mal darauf anspreche, winkt sie ab.

Ihr Leben sei nicht besonders spannend gewesen, sagt sie. Nicht der Rede wert.«

»Aber sie muss doch irgendwelche Interessen haben«, bohrte Pia beharrlich weiter. »Hobbys. Vorlieben. Bekannte?«

»Nein, hat sie nicht. Komisch, nicht wahr? Obwohl ich sie seit Monaten beinahe jeden Tag sehe, könnte ich sie kaum beschreiben. Es ist überhaupt nichts Besonderes an ihr. Gar nichts.«

Unauffälligkeit ist die beste Tarnung, dachte Pia und hatte ein noch schlechteres Gefühl als zuvor, was Annika Sommerfeld betraf. Die wenigen Killer, denen sie bei Ermittlungen, in Untersuchungsgefängnissen oder Gerichtssälen begegnet war, waren in der Realität nie die schillernden Gestalten, als die sie im Kino dargestellt wurden, sondern genauso unscheinbar wie Annika Sommerfeld.

»Obwohl«, sagte Frauke Hirtreiter in ihre Gedanken hinein, »erst neulich habe ich etwas Seltsames mit ihr erlebt.«

Sie schilderte, wie Nika eine Ladendiebin verfolgt und gestellt und dabei zwei junge Männer ziemlich gekonnt aufs Kreuz gelegt hatte. Pia lauschte neugierig.

»Jiu-Jitsu«, schloss Frauke, die sich unversehens von einer Beschuldigten in eine Zeugin verwandelt hatte. »Bis dahin war es nur überraschend, aber danach wurde es richtig komisch: Sie hat mir nämlich verboten, Ricky von der Sache zu erzählen. Ich war echt erschrocken, weil sie mich so … böse angeschaut hat. Richtig drohend. Für einen Moment hatte ich sogar Angst vor ihr. Dabei ist sie doch nur eine halbe Portion – im Vergleich zu mir.«

Hochinteressant. Annika Sommerfeld konnte also auch ganz anders. Ein plausibles Motiv, Ludwig Hirtreiter zu erschießen, hatte sie dennoch nicht. Loyalität zu Ricky und Jannis vielleicht? Oder hatten die beiden, die über ihre Vergangenheit Bescheid wussten, sie mit ihrem Wissen erpresst und quasi gezwungen, den unbequemen Alten aus dem Weg

453

zu räumen? Doch auch bei Friederike Franzen konnte Pia kein echtes Motiv erkennen. Theodorakis war nach wie vor ihr bevorzugter Verdächtiger, und die Tatsache, dass er untergetaucht war, bestärkte sie in diesem Verdacht. Es klopfte an der Tür, Cem steckte den Kopf herein.

»Kommst du mal bitte?«

Pia stand auf und ging hinaus auf den Flur.

»Sarah Theissen hat mich gerade angerufen«, sagte ihr Kollege. »Ihr Bruder ist eben nach Hause gekommen.«

Pia starrte ihn an. In ihrem Kopf begannen die Zahnrädchen zu rattern. In den vergangenen vier Tagen hatten sie Verdachtsmomente gegen alle möglichen Menschen zusammengetragen, Haftbefehle und Durchsuchungsbeschlüsse beantragt, Tathergänge und Alibis nachvollzogen und mögliche Tatmotive konstruiert, dass sie dabei das Naheliegende vollkommen übersehen hatten.

»Was hast du?«, fragte Cem mit leichter Besorgnis, als sie keinen Ton von sich gab. »Geht es dir nicht gut?«

Statt ihm zu antworten, drehte sie sich um.

»Frau Hirtreiter«, sagte sie. »Kommen Sie bitte mit? Ich habe noch ein paar Fragen, aber das können wir auch im Auto besprechen.«

»Was ...?«, begann Cem verständnislos.

»Mark Theissen«, unterbrach Pia ihn. »An den haben wir überhaupt nicht gedacht! Wie konnten wir das bloß übersehen?«

*

»Du solltest das unbedingt der Polizei melden.« Ricky saß auf einem Stuhl neben seinem Bett und machte ein besorgtes Gesicht. »Das war doch Unfallflucht.«

»Quatff«, unterbrach Jannis sie ungehalten. »Daf verdanke ich allef diefer verdammten Nika.«

»Nika?« Ricky blickte ihn überrascht an. »Was hat die denn damit zu tun?«

»Du hätteft fie vielleift mal fragen follen, wefhalb fie fich bei unf verftecken wollte. Dann wäre daf allef nie paffiert.«

»Ich verfteh dich so schlecht ...«

»Verdammt! Ift dir nicht aufgefallen, daff ich keine Fähne mehr hab?«, fuhr Jannis auf.

»Entschuldige bitte.« Ricky beugte sich vor und legte ihre Hand besänftigend auf seine. »Aber wie meinst du das mit Nika?«

Jannis blickte sie an. Dank der Ersatzbrille, die Ricky mitgebracht hatte, konnte er wenigstens wieder gescheit sehen. Einen Moment lang fragte er sich, ob sie wirklich so blöd war oder nur so tat.

»Deine Bufenfreundin hat einen Typen umgelegt und ihrem Feff irgendwelche Fachen geklaut«, entgegnete er. »Von wegen Burn-out! Jetft ift fie auf der Flucht vor der Polifei und den Flägertypen, die mir daf hier angetan haben.«

Die Verständnislosigkeit in Rickys Miene verschwand.

»Wenn es so ist, bist du doch selbst schuld«, entgegnete sie spitz. »*Du* warst es doch, der unbedingt ihren Namen groß herausposaunen musste. Wolltest dich wichtigtun, weil du eine echte Klimaforscherin kennst. Angeblich hat Nika dich davor gewarnt.«

Jannis warf ihr einen finsteren Blick zu, dann schaute er weg. Ob Eisenhut und seine Schläger Nika mittlerweile erwischt hatten? Hoffentlich! Er wollte sie nie wiedersehen, diese hinterhältige, verlogene Schlampe, die sich mit billigen Flohmarktklamotten verkleidete und dabei neben Laptop und iPhone heimlich ein paar hunderttausend Euro in ihrer Reisetasche mit sich herumschleppte! Genauso satt hatte er Ricky! Sobald er das Krankenhaus verlassen konnte, würde er seine Sachen packen und zu seiner Mutter ziehen, bis er eine andere Wohnung gefunden hatte.

»Aber du hast recht.« Ricky stand auf und begann frische Kleidung für ihn in den Schrank zu räumen. »Ich bin ehrlich gesagt auch erleichtert, dass Nika weg ist. Sehr sogar.«

»Wiefo denn daf auf einmal? Ich dachte, du wärft fo froh, daff fie dir im Laden hilft.« Selbst ohne Gebiss gelang ihm ein spöttischer Tonfall.

»Das war ich auch«, entgegnete sie frostig. »Bis ich erfahren habe, dass du scharf auf sie bist.«

Er hätte sich denken können, dass Mark es ihr bei der erstbesten Gelegenheit brühwarm erzählen würde.

»Daf war wohl eher anderfrum«, log er. Ein paar Tage musste er sich ihr Wohlwollen noch erhalten. Er wusste, wozu Ricky in der Lage war, wenn sie sauer wurde, und traute ihr ohne weiteres zu, seine ganzen Sachen in den Müll zu schmeißen. »Fie hat mich regelrecht verfolgt. Ef gibt keine andere Frau für mich als dich, Ricky. Das fwöre ich dir. Du bift das Befte, waf mir je paffiert ist.«

Ricky blickte ihn zweifelnd an und seufzte. Jannis versuchte, eine etwas bequemere Liegeposition zu finden, und stöhnte auf.

»Fag mal, könnteft du Mark bitten, daff er fich um die Webfeite kümmert? Den Nachruf für Ludwig habe ich fon formuliert, der muff irgendwo auf meinem Freibtisch herumliegen. Er foll ihn auf die Ftartfeite vornedrauf ftellen.«

»Klar.« Ricky strahlte wieder. »Das richte ich ihm aus. Ich kümmere mich um alles. Mach dir keine Sorgen. Werde lieber schnell gesund.«

»In ein paar Tagen haue ich hier ab«, erwiderte Jannis. »Ich kann fliefflich auch fu Haufe im Bett liegen.«

*

Das, was Frauke Hirtreiter ihnen auf der Fahrt von Hofheim nach Königstein erzählte, jagte Pia eine Gänsehaut über den

Rücken. Allem Anschein nach betrachtete Mark Theissen Ricky und Jannis als eine Art Elternersatz und bewunderte die beiden aus tiefstem Herzen. Immer wieder kam es vor, dass labile und traumatisierte Jugendliche aus falsch verstandener Loyalität heraus unverständliche Dinge taten, nur um dem Objekt ihrer Anbetung zu gefallen. Sie erinnerte sich an den Mordfall Pauly vor ein paar Jahren, an Lukas van den Berg und Tarek Fiedler, dem sie einige der schlimmsten Stunden ihres Lebens verdankte.

Sarah hatte sie bereits kommen sehen und wartete an der Haustür. »Er ist oben in seinem Zimmer«, flüsterte sie.

»Wo sind Ihre Eltern?«, wollte Pia wissen.

»Mama ist in der Kirche und Papa im Büro. Ich weiß nicht, wann sie wiederkommen.«

Vielleicht war es gut, dass die Eltern Theissen nicht da waren, dennoch erschien es Pia besser, das Gespräch mit dem Jungen in Anwesenheit eines volljährigen Familienmitgliedes zu führen.

»Könnten Sie dann bitte dabei sein, wenn wir mit Ihrem Bruder sprechen?«, fragte sie. Die junge Frau nickte entschlossen. Sie ging ihnen voran die Treppe hoch, blieb vor einer Tür stehen und klopfte an.

»Mark? Die Polizei ist da und will mit dir reden«, sagte sie. Als sich nichts rührte, öffnete sie die Tür. Das Zimmer befand sich in einem der Erker des Hauses, mit Parkettfußboden, großen Sprossenfenstern und einem eigenen Balkon, dessen Türen offen standen. Es war groß und akkurat aufgeräumt – ungewöhnlich für einen Sechzehnjährigen. Der Junge lag auf dem Bett, die Augen geschlossen und die Arme hinter dem Kopf verschränkt, in den Ohren die weißen Kopfhörer eines iPods. Seine Schwester ging zu ihm hin und rüttelte an seiner Schulter. Erschrocken öffnete er die Augen, fuhr hoch und zog die Stöpsel aus den Ohren.

»Hallo, Mark«, sagte Pia und lächelte freundlich. »Ich bin

Pia Kirchhoff, von der Kripo. Wir haben uns gestern schon einmal kurz im Haus von Frau Franzen gesehen.«

Mark betrachtete sie mit ausdrucksloser Miene und setzte sich auf die Bettkante. Ein Bluterguss an der Schläfe, der sich bis unter das rechte Auge zog, bestätigte, was seine Schwester über seinen Ausraster von vorgestern berichtet hatte. Sein Blick wanderte kurz zu Cem, der sich im Zimmer umsah, dann hinab auf seine Hände.

»Warum bist du gestern weggelaufen?«, fragte Pia. Er zuckte die Schultern, schob trotzig die Unterlippe vor und versteckte sich hinter einem Vorhang fettiger Haare.

»Weiß nicht«, murmelte er undeutlich. »Sie haben mich erschreckt.«

»Kann ich verstehen. Was wolltest du bei Frau Franzen?«

Wieder überlegte er einen Moment.

»Ich war morgens am Laden, aber sie kam nicht. Da hab ich bei ihr angerufen. Weil sie sich nicht gemeldet hat, bin ich zu ihr hingefahren.«

»… und hast sie in der Badewanne gefunden.«

Der Junge nickte stumm.

»Wo warst du heute Nacht?«

Keine Antwort.

»Mark, wir müssen mit dir über den Einbruch in der Firma deines Vaters sprechen«, begann Pia. »Wir haben den Verdacht …«

»Ich war's«, unterbrach er sie mit kaum verhohlener Aggressivität. »Ich war da. Aber ich hab Onkel Rolf nicht umgebracht.«

Seine Schwester zog scharf die Luft ein und legte die Hand vor den Mund. Mark beachtete sie nicht.

»Er ist einfach umgekippt und mit dem Kopf gegen das Geländer geknallt. Und dann ist er die Treppe runtergefallen. Ich wollte ihm ja noch irgendwie helfen, aber … da hat er schon nicht mehr geatmet.«

Er vermied es, Pia anzusehen, knetete nervös seine Hände, bis er es bemerkte und sie zwischen seine Knie klemmte.

»Es war aber nicht deine Idee, dort einzubrechen, oder?«

»Ist doch egal.«

»Nein, das ist es nicht.«

Mark blinzelte unter dem schützenden Haarvorhang hervor, dann zuckte er die Schultern.

»Ich wollte eigentlich nur den Hamster auf den Schreibtisch von meinem Vater legen«, gab er zu. »Um ihn zu ärgern. Und dann ist mir das mit den Gutachten eingefallen. Jannis hat dauernd davon rumgelabert. Das Passwort vom Tresor wusste ich; meine Mutter hat's in ihrem Adressbuch stehen.«

»Im Kriminallabor hat man aber nicht deine DNA an der Leiche deines Onkels Rolf festgestellt, sondern die von Jannis Theodorakis. Willst du ihn vielleicht schützen?«

»Nee, will ich nicht. Hab ich echt keinen Grund zu. Aber ich hab 'nen Pulli von Jannis angehabt, weil ich nix Schwarzes zum Anziehen hatte, und Ri…« Er brach ab, kratzte betreten an der verschorften Platzwunde über seiner Augenbraue und hoffte wohl, Pia hätte seinen Versprecher nicht bemerkt. Hatte sie aber, und sie hatte keine Zeit, um den heißen Brei herumzureden.

»Und Ricky hat dir einen Pullover von Jannis gegeben«, ergänzte sie.

»Nein.« Mark schüttelte unwillig den Kopf. »Sie hatte nix damit zu tun.«

Das bezweifelte Pia stark. Frauke Hirtreiter hatte recht: Mark würde für Theodorakis und seine Freundin alles tun. Aber war er auch fähig, einen Menschen und einen Hund zu erschießen?

»Soll ich dir sagen, was ich glaube? Frau Franzen und Herr Theodorakis haben dir gesagt, was du tun solltest. Und weil du sie so toll findest, hast du's getan. Zu dumm, dass dir dein Onkel in die Quere gekommen ist.«

»Nein!«, begehrte Mark auf. »So war's nicht!«

»Wie denn dann? Waren die beiden mit dir da? Haben vielleicht draußen gewartet, bis du drinnen die Drecksarbeit für sie gemacht hast?«

Mark schüttelte heftig den Kopf. Sein blasses Gesicht rötete sich.

»Du kannst es drehen und wenden, wie du willst, Mark, aber im Endeffekt bist du dran schuld, dass dein Onkel einen Herzinfarkt gekriegt hat und ...«

»Nein! Das stimmt nicht!«, fiel er ihr ins Wort und warf ihr einen wilden Blick zu. »Sie haben keine Ahnung!«

»Stimmt. Hab ich nicht. Aber dir nützt es nichts, wenn du uns anlügst«, entgegnete Pia kühl.

»Ich lüge nicht!«

»Mark, du bist noch nicht voll strafmündig. Egal, was du getan hast, wozu du dich hast überreden lassen, wenn du jetzt geständig bist, dann wird dir nicht viel passieren.«

Pia beobachtete, wie seine Kiefermuskulatur arbeitete. Er stand unter immensem Druck. Irgendwie musste es ihr gelingen, seine Loyalität zu dieser Ricky und Theodorakis zu erschüttern. Mit Sicherheit hatten die beiden den Jungen zu dem Einbruch angestiftet, wenn nicht gar zu dem Mord an Hirtreiter.

»Hast du gewusst, dass Frau Franzen gestern Morgen am Laden gewesen ist? Sie hat im Auto gesessen und telefoniert und ist dann wieder weggefahren. Zwei Stunden später hast du sie gefunden.«

»Ja und?«, murmelte Mark.

»Sie hat uns erzählt, sie hätte ihre Tasche im Haus vergessen und sei deswegen zurückgegangen. Da seien plötzlich die Männer im Haus gewesen. Aber sie hat uns angelogen, ihre Tasche lag auf dem Beifahrersitz ihres Autos. Und ich habe gehört, wie sie am Telefon zu jemandem gesagt hat, das sei wohl *total übertrieben* gewesen.«

Mark zuckte nur die Schultern, blickte nicht auf.

»Mit wem kann sie telefoniert haben? Wer hatte ein Interesse daran, das Arbeitszimmer von Theodorakis komplett auszuräumen, samt Computer und allen seinen Unterlagen? Kann es sein, dass er es selbst war, um eine falsche Spur zu legen?«

»Quatsch«, erwiderte Mark. »Jannis hatte 'nen Unfall. Der ist im Krankenhaus.«

»Seit wann denn das?«, fragte Pia verblüfft. Diese Neuigkeit veränderte die Lage erheblich.

»Weiß nicht. Gestern irgendwann.« Der Junge senkte den Kopf und presste die Hände gegen seine Schläfen. »Ich weiß gar nichts mehr. Was wollen Sie eigentlich von mir?«

Pia beschloss, die Unterhaltung an dieser Stelle fürs Erste zu beenden.

»Ich möchte, dass du uns aufs Kommissariat begleitest.«

»Warum denn das?« Endlich schaute Mark sie richtig an. Seine Augen glänzten unnatürlich.

»Weil wir noch ein paar Fragen an dich haben.«

»Sie können mich nicht einfach so mitnehmen!«

»Doch, das können wir. Wir sind die Polizei, die darf das.«

»Oh, ich glaube, meine Mutter ist grad zurückgekommen«, sagte Marks Schwester, die noch immer an der Tür stand und schweigend das Gespräch verfolgt hatte. Für einen winzigen Moment war Pia abgelenkt, und genau diesen Sekundenbruchteil nutzte der Junge. Er sprang auf und war an der offenen Balkontür, bevor sie überhaupt reagieren konnte

»Cem!«, rief Pia. Ihr Kollege, der am Schreibtisch gestanden und sich darauf umgesehen hatte, packte den Jungen geistesgegenwärtig am Arm.

»Lass mich los, du Arschloch!«, brüllte Mark, und mit einer Wut, die Pia verstehen ließ, was der Junge mit einem

Golfschläger anzurichten vermochte, schlug er seinen Kopf gegen den von Cem. Es knackte vernehmlich, Cem sackte benommen in die Knie, sein Griff lockerte sich. Mark versetzte ihm noch einen groben Tritt gegen den Oberschenkel, dann rannte er auf den Balkon und schwang sich über die Brüstung.

»Mark! Nein! Bleib hier!«, schrie seine Schwester mit schriller Stimme und stürzte an Pia vorbei hinter ihm her.

»Was ist denn hier los?« In der Tür erschien Frau Theissen, ihr entgeisterter Blick erfasste Cem, dem das Blut aus der Nase schoss, dann Pia und ihre Tochter auf dem Balkon. »Was fällt Ihnen ein? Wo ist Mark?«

»Gerade über den Balkon abgehauen«, erwiderte Pia und kam zurück ins Zimmer. Sie zückte mit grimmiger Miene ihr Handy. »Besorgen Sie ihm schon einmal einen guten Anwalt. Denn wenn wir ihn erwischen, wird er den ganz sicher brauchen.«

*

Er rannte durch den Garten, sprang über Gartenzäune und schlüpfte durch eine Hecke, bis er den Waldrand erreicht hatte und ins dichte Unterholz eintauchte. Das trockene Laub vom vergangenen Herbst knisterte unter seinen Schuhen, Zweige brachen knackend. Keuchend warf er sich neben einem moosbewachsenen umgestürzten Baumstamm auf den Boden, lag da und wartete, bis er wieder ruhig atmen konnte. Seine Gedanken rasten. Diese scheiß Bullentante! Wie kam die dazu, ihm diese blöden Fragen zu stellen? Woher sollte er wissen, mit wem Ricky telefoniert hatte? Was wollte die von ihm?

Verdammt! Jannis und Ricky hatten ihm versichert, man würde nicht auf ihn kommen – nie und nimmer. Mark wälzte sich auf den Rücken und zuckte zusammen. Erst jetzt merkte er, dass er sich beim Sprung vom Balkon ins Blumenbeet wohl verletzt hatte. Sein linker Knöchel schmerzte höllisch. Fluchend richtete er sich auf und schob die Tennissocke ein Stück herunter. Das Fußgelenk war schon angeschwollen. Saublöd von ihm, einfach abzuhauen! Er hätte cool reagieren und alles abstreiten müssen, so, wie Jannis es getan hatte. Der hatte den alten Hirtreiter abgeknallt und das Gewehr auf dem Heuboden versteckt, total kaltblütig! Er hingegen war jetzt so richtig verdächtig, und irgendwann würden ihn die Bullen ja doch kriegen. Ewig konnte er sich nicht im Wald verstecken. Und das wollte er auch gar nicht. Er wollte zu Ricky. Sie sehen. Mit ihr reden.

Mark atmete tief durch und streckte sich wieder auf dem Waldboden aus. Die Kopfschmerzen sprengten ihm fast die Schädeldecke weg, es war unerträglich! Außerdem hatte er Durst. Er tastete seine Hose ab und stellte erleichtert fest, dass sein Handy noch in der Hosentasche steckte. Wenn er Ricky anrief, würde sie ihn holen. Sie würden in Ruhe über alles sprechen. Ja, das war die beste Idee. Mark fummelte sein Handy heraus und klappte es auf. Kein Empfang! Na super. Mühsam kam er auf die Beine und humpelte den steilen Hang hinauf, weiter und immer weiter, dabei beobachtete er den Balken, der die Empfangsbereitschaft signalisierte. Ah, endlich! Mark lehnte sich an einen Baumstamm, entlastete den schmerzenden Fuß und rief Rickys Nummer auf. Weiter unten schlängelte sich der Ölmühlweg durch den Wald, die wenigen Autos, die dort entlangfuhren, waren klein wie Spielzeuge. Von hier aus war es nicht mehr weit bis zum Naturfreundehaus, da konnte Ricky ihn abholen. Während er mit wachsender Ungeduld darauf wartete, dass sie sich meldete, klopfte ein weiteres Gespräch an. Nummer unterdrückt. Er brach den Anruf bei Ricky ab und ging dran.

»Mark, hier ist Pia Kirchhoff«, hörte er die Stimme der Bullentante. »Wo bist du?«

»Das werde ich Ihnen grade sagen«, erwiderte er.

»Es hat doch keinen Sinn, wenn du dich versteckst«, sagte sie, und es klang nicht unfreundlich. »Sag mir, wo du bist, und ich hole dich ab. Dir wird nichts passieren, das verspreche ich dir.«

Das verspreche ich dir. Was war ihm nicht alles schon versprochen worden! Micha hatte ihm versprochen, dass von dem, was zwischen ihnen passiert war, niemand je erfahren würde. Aber er hatte gelogen, denn es hatte jeder erfahren: alle Lehrer, alle Schüler, sämtliche Eltern, das ganze Land! Im Fernsehen und in den Zeitungen hatten sie über ihn berichtet. *Mark T. (14), das jüngste Opfer des pädophilen Dr. Michael S.!* Jannis hatte ihm das Blaue vom Himmel herunter versprochen, wenn er die Gutachten besorgte, die E-Mails vom Server der WindPro kopierte, wenn er den Mund hielt und Ricky nicht sagte, dass er mit Nika geknutscht hatte. Ganz zu schweigen von all den leicht dahingesagten »Wir versprechen es dir« seiner Eltern! Alle Welt versprach dauernd irgendetwas, und niemand hielt es je ein! Mark presste die Augen zusammen. Er hielt diese bestialischen Kopfschmerzen nicht mehr aus!

»Mark!«, quakte die Stimme der Polizistin aus dem Telefon. »Bist du noch dran? Mark?«

Vielleicht orteten sie gerade sein Handy, so, wie er es erst neulich wieder im Fernsehen gesehen hatte, bei *Navy CIS*. Man musste einen Anrufer nur lang genug in der Leitung halten, und – zack! – schon hatte der Computer den genauen Standort ausgemacht.

»Jannis hat Ludwig erschossen«, sagte er mit zusammengepressten Zähnen. »Das Gewehr hat er in Rickys Stall auf dem Heuboden versteckt. Ich hab damit nichts zu tun!«

Plötzlich fühlte er sich entsetzlich elend. Er hatte Jannis verraten. Das ließ sich nicht mehr zurücknehmen. Nichts würde mehr so werden, wie es einmal gewesen war. Es war

464

vorbei. Mark ließ sich am Baumstamm hinunterrutschen, verbarg den Kopf in den Armen und fing an zu schluchzen.

*

»Bei Erfolg, hatten wir vereinbart.« Er lächelte kühl. »Sie hatten aber keinen Erfolg.«

»Wie bitte?«

»Ganz recht. Unter einer erfolgreichen Zusammenarbeit verstehe ich etwas anderes als das, was bis jetzt dabei herausgekommen ist.«

Stefan Theissen musterte die Frau, die vor seinem Auto stand, die Arme in die Seiten gestemmt. Ungeduldig war sie, nervös. Sehr nervös. Und das war kein Wunder.

»Ich habe alles getan, was Sie von mir verlangt haben!«, erwiderte sie scharf. »Ich habe die Unterschriftenlisten verschwinden lassen, ich habe dafür gesorgt, dass Ihre Leute Jannis' Krempel holen können. Und ich trage Ihnen nicht nach, dass Sie mich haben betäuben und fesseln lassen! Aber ich will mein Geld.«

Zu Beginn hatte ihm der Gedanke, ausgerechnet die Lebensgefährtin dieser Wanze Theodorakis als heimliche Verbündete zu haben, ziemlich gut gefallen. Damals war alles noch so etwas wie ein Spiel gewesen; heimliche Absprachen neben den regulären Verhandlungen waren zwar nicht legal, aber das Salz in der Suppe.

Sie hatte ihn angerufen, anonym zuerst, und ihm angeboten, die Arbeit der unliebsamen Bürgerinitiative zu torpedieren. Was kostet mich das, hatte er gefragt, und sie hatte gelacht. Was es Ihnen wert ist, hatte sie erwidert. Zwei Tage später hatten sie sich zum ersten Mal getroffen, auf dem Rastplatz Taunusblick an der A5. Sie hatte sich für so schlau gehalten, dabei hatte er ihre Stimme schon am Telefon erkannt. Wenn man nicht genau hinhörte, klang sie wie eine Männerstimme, tief und rauchig, aber irgendwie sexy. Unverwechselbar auf jeden Fall.

Bei ihrem ersten Treffen hatten sie einen Kaffee getrunken, und er hatte sie sofort durchschaut. Besonders clever war sie nicht, dafür aber absolut unverfroren, berechnend und treulos. Theodorakis' Rache war ihr völlig egal, sie hatte nur an sich gedacht. Offen und ehrlich hatte sie zugegeben, dass sie ihr Leben satthabe und nach Amerika auswandern wolle.

Dafür brauche ich Startkapital, hatte sie zugegeben. Was halten Sie von 250 000 Euro?

Er hatte überheblich gelacht und den Kopf geschüttelt. Beim nächsten Treffen hatte sie ihre Forderung eiskalt verdoppelt, und er hatte sich innerlich verflucht, denn in der Zwischenzeit hatte er das erfahren, was sie zuvor schon gewusst hatte: Ludwig Hirtreiter würde sich mit dem Verkauf der Wiese querstellen. Sie waren sich rasch handelseinig geworden, Rademacher hatte einen Beratervertrag fingiert. Theissen hatte niemals vorgehabt, ihr das Geld tatsächlich zu geben, selbst dann nicht, als sie ihn regelmäßig über alle Aktivitäten dieser Eiferer informiert hatte. Er hatte geglaubt, sie mit dem schriftlichen Vertrag unter Druck setzen zu können, doch da hatte er sich wohl geirrt. Die ganze Angelegenheit entbehrte nicht einer gewissen Ironie, war er doch letztendlich ein betrogener Betrüger.

»Wollen wir einen Kaffee trinken gehen?«, fragte er, obwohl er wusste, dass sie ablehnen würde.

»Ganz sicher nicht«, schnaubte sie. »Mein Freund liegt im Krankenhaus, ich habe keine Zeit.«

»Theodorakis ist im Krankenhaus?«

»Tun Sie nicht so, als ob Sie das nicht wüssten. Dahinter stecken doch Ihre Leute. Aber das ist auch egal. So was nennt man wohl Kollateralschäden. Was ist jetzt mit meinem Geld?«

Er konnte nicht umhin, sie ein bisschen zu bewundern.

Menschen, die wussten, was sie wollten, hatten ihm schon immer imponiert.

»Das waren nicht meine Leute«, erwiderte er, um Zeit zu gewinnen.

»Es ist mir egal, wer's war.« Ihre kalten blauen Augen sahen ohne zu blinzeln in seine. »Ich will mein Geld, wie vereinbart. Ich habe meinen Teil der Abmachung eingehalten.«

»Sogar mehr als das«, sagte Theissen. »Ich habe nämlich nicht von Ihnen verlangt, meinen Sohn gegen mich aufzuhetzen, in meine Firma einzubrechen und dabei meinen Schwager umzubringen. Soll ich die Polizei rufen? Oder meinem Sohn sagen, was für ein hinterhältiges Spiel Sie hier spielen?«

Da lachte sie. Und wirkte überhaupt nicht mehr nervös, sondern sehr selbstsicher.

»Das wagen Sie nicht«, antwortete sie. »Ich habe viel mehr gegen Sie in der Hand als Sie gegen mich. Dass Grossmann tot ist, passt Ihnen doch wunderbar in den Kram, dafür müsste ich eigentlich einen Bonus kriegen. Außerdem war ich nicht in Ihrem Büro. Ich war im Auto und habe gewartet. Auf Mark.«

»Was?« Theissen starrte sie an, als er begriff, was sie gesagt hatte.

»Genau.« Sie grinste höhnisch. »Mark hat für Jannis die Gutachten aus dem Tresor geklaut. Er hat die vertraulichen E-Mails vom Firmenserver kopiert und Jannis gegeben. Tja, es hat ihn ziemlich mitgenommen, dass sein Onkel vor seinen Augen abgekratzt ist. Und das, wo er doch so labil ist.«

Wie täuschend harmlos sie auf den ersten Blick aussah, mit den mädchenhaften blonden Zöpfen und dem hellblauen Dirndl! Theissen dämmerte, wie sehr er sich in ihr geirrt hatte. Sie war alles andere als harmlos.

»Also, was ist jetzt?«, drängte sie. »Überweisen Sie mir das Geld, oder geben Sie mir einen Scheck? Je eher Sie das tun, desto schneller sind Sie mich los.«

Theissen schluckte.

»Und wenn nicht?«

Ihre Augen verengten sich zu schmalen Schlitzen.

»Das wollen Sie nicht wissen.«

»Doch, das will ich wissen. Und zwar ganz genau.«

Er machte einen Schritt auf sie zu, aber sie blieb ungerührt stehen. Wich keinen Millimeter zurück. Sie war vielleicht einen Kopf kleiner als er, aber für eine Frau dennoch ziemlich groß und kräftig. Und zu allem entschlossen. Für sie ging es um alles oder nichts. Plötzlich kam ihm die unangenehme Erkenntnis, dass sie ihm überlegen war. Keine gute Idee von ihm, sein Auto ausgerechnet zwischen zwei Lastern zu parken, deren Fahrer irgendwo auf das Ende des Wochenendfahrverbots warteten. Keine Menschenseele war in der Nähe, und der Lärm der Autobahn würde jeden Hilferuf übertönen.

»Für den Mord an Hirtreiter kriegt Mark höchstens zehn Jahre«, sagte sie leichthin. »Er ist ja noch minderjährig.«

Theissens Inneres krampfte sich zusammen, wilder Zorn überwältigte ihn. Diese verdammte Frau! Unbemerkt hatte sie den Spieß herumgedreht.

»Was sagen Sie da?«, knirschte er. »Was haben Sie getan?«

»Ich? Gar nichts. Aber Mark möglicherweise.« Sie grinste boshaft. »Und wenn ich nicht innerhalb von vierundzwanzig Stunden das Geld erhalten habe, dann hat Mark ein riesiges Problem.«

*

Eine Einheit der Bereitschaftspolizei durchsuchte den Pferdestall von Friederike Franzen und durchkämmte die umliegenden Wiesen, leider ohne Ergebnis. Die jungen Männer und Frauen fluchten, als sie in der Bruthitze des Sonntagnachmittags Hunderte von Stroh- und Heuballen hin- und herräumen mussten. Keine Spur von einer Waffe, von der Mark behauptet hatte, sie sei hier versteckt! Theodorakis lag tatsächlich im Krankenhaus. Seine Großmäuligkeit war über Nacht verschwunden, er war im wahrsten Sinne des Wortes ein zahnloser Tiger, eingeschüchtert und geständig.

Ja, er hatte Mark zum Einbruch bei der WindPro angestiftet, ja, er hatte gelogen, und sein Alibi stimmte auch nicht, denn er war Dienstagnacht nicht um kurz vor Mitternacht, sondern erst um eins bei seinen Eltern eingetroffen, vorher war er bei seiner Ex-Freundin in Kriftel gewesen. Er hatte wie ein Wasserfall geredet, aber leider hatte er nicht das gesagt, worauf Pia gehofft hatte. Vom Gewehr im Schrank von Frauke Hirtreiter wusste er nichts, ebenso wenig von Waffen auf einem Heuboden, er wollte nicht einmal gewusst haben, dass ein Schlüssel für Fraukes Wohnung im Schlüsselkasten des Tierparadieses hing.

Tief frustriert hatte Pia sein Zimmer verlassen. Cem war auch nicht viel besser gelaunt. Seine Nase war angeschwollen, er hatte Kopfschmerzen.

»Dieser kleine Mistkerl. Wahrscheinlich hab ich eine Gehirnerschütterung«, sagte er, als sie niedergeschlagen auf einer Bank vor dem Krankenhausgebäude in der Sonne saßen und überlegten, wie sie weiter vorgehen sollten.

Pia zündete sich eine Zigarette an und streckte die Beine aus. Mark war noch nicht wieder aufgetaucht, und auch von Friederike Franzen gab es keine Spur.

»Ob Mark glaubt, dass Jannis den alten Hirtreiter und seinen Hund erschossen hat?«, überlegte Pia laut.

»Wahrscheinlich.« Cem befühlte seine Nase und zog eine Grimasse. »Diese Nika könnte es aber auch gewesen sein. Warum sonst sollte sie sich aus dem Staub gemacht haben?«

Pia blieb ihm eine Antwort schuldig. Sie wusste, wo Nika war. Was, wenn doch sie hinter dem Mord an Ludwig Hirtreiter steckte? Ob sie Bodenstein anrufen sollte? Sie zog noch einmal an der Zigarette, dann stand sie auf und drückte sie im Sand des Aschenbechers neben der Krankenhaustür aus.

»Weißt du was«, sagte sie zu Cem. »Ich hab keinen Bock mehr für heute. Morgen ist auch noch ein Tag.«

»Du hast recht. Wenn sich etwas tut, werden sie uns schon rufen.«

Am Haus von Theodorakis und Frau Franzen stand eine Streife, ebenso auf dem Feldweg in der Nähe des Stalles. Frau Theissen würde sich hoffentlich melden, sollte Mark nach Hause kommen. Die Fahndung nach ihm lief, sämtliche Polizisten in und um Königstein herum waren informiert. Sonst konnten sie nicht viel tun. Pias Handy klingelte, kaum dass sie im Auto saß.

»Mist!«, fluchte sie und verdrehte die Augen. Sie überlegte kurz, ob sie das Telefon einfach ignorieren sollte, doch dann siegte ihr Pflichtbewusstsein. Der wachhabende KvD teilte ihr mit, dass ein Mann bei ihm warte, der dringend mit ihr sprechen wolle.

»Wie heißt er?«, fragte Pia und formulierte im Geiste schon eine Ausrede.

»Eisenhut, Dirk.«

Was hatte das denn wohl zu bedeuten? Was konnte der Mann von ihr wollen? Offiziell wusste sie nichts über die Suche nach Annika Sommerfeld, und eigentlich wollte sie nicht in diese Angelegenheit mit hineingezogen werden. Auf der anderen Seite war sie neugierig. Es könnte interessant sein, etwas mehr über Bodensteins neue Liebe und Eisenhuts Sicht der Dinge zu erfahren.

»Ah ja«, sagte sie also zu ihrem Kollegen von der Wache. »Sag ihm bitte, er soll sich noch einen Moment gedulden. Ich bin in einer Viertelstunde da.«

*

Die tiefstehende Sonne blendete ihn durch die von Mückenleichen übersäte Windschutzscheibe. Kurz vor Stuttgart hatte er die A8 verlassen und fuhr vorbei an Reutlingen und Pfullingen Richtung Sigmaringen über die Schwäbische Alb. Bodenstein hatte keinen Blick für die Landschaft rechts und links der Straße. Nach dem Auftauchen von Störch und seinen Leuten heute Morgen war ihm klargeworden, dass er nicht mehr länger warten durfte. Es war nur eine Frage der Zeit, bis Annikas Verfolger sie finden würden, und schließlich konnte er sie nicht in seiner Wohnung gefangen halten. Ganz sicher waren sie einem konkreten Hinweis gefolgt. Störch würde den Gutshof zweifelsohne fortan beobachten lassen. Sie hatten wahrscheinlich gar nicht gewusst, dass er in der Wohnung im Kutscherhaus wohnte, sonst hätten sie vielleicht auch ohne Durchsuchungsbeschluss das Haus betreten und Annika gefunden. Nachdem sie wieder verschwunden waren, hatte er Quentin um sein Auto gebeten; am frühen Nachmittag waren sie losgefahren.

Annika war vor einer halben Stunde eingenickt, und das war Bodenstein ganz recht. Er brauchte Ruhe, um nachzudenken. Gleichzeitig fragte er sich, was Pia und seine Kollegen machten. Es war nicht seine Art, sich einfach aus der Verantwortung zu schleichen, schon gar nicht in der heißesten Phase der Ermittlungen. Pias nüchterne Objektivität, der selbstverständliche Meinungsaustausch mit ihr fehlten ihm. Er fühlte sich abgeschnitten von der Realität, wie ein Artist, der ohne Netz und doppelten Boden auf dem Drahtseil balancierte.

Wären doch bloß diese Zweifel nicht gewesen! In der Theorie war ihm sein Vorhaben, Annika zu helfen, notwendig und ohne Alternative erschienen, aber seitdem sie unterwegs waren, schwand die feste Überzeugung, das Richtige zu tun, mehr und mehr.

Das Navigationssystem führte ihn auf die B311 Richtung

Sigmaringen/Bodensee. Noch 28 Kilometer bis zum Ziel, Ankunft 18:17.

Er seufzte. Unter anderen Umständen hätte er die Reise genossen. Seit Jahren hatte er vorgehabt, mal an den Bodensee zu fahren, mit Cosima allerdings. Die Computerstimme dirigierte ihn quer durch Bad Saulgau, danach ging es auf schmalen Landstraßen weiter durch kleine Dörfer. Ställe mit Misthaufen davor, ein Traktor hier und da, sonst weit und breit keine anderen Fahrzeuge. Hier unten im Süden war die Natur weiter als im Taunus. Saftig grüne Wiesen wechselten sich mit dunklen Wäldern und Äckern ab, auf denen das Getreide schon kniehoch stand.

In Heratskirch bog er nach links ab. Die Straße wurde einspurig. Ein nächstes einsames Dörfchen mit einer Handvoll Bauernhäusern. Wolfertsreute.

»Annika.« Bodenstein berührte ihren Arm, sie fuhr hoch und starrte ihn erschrocken an. »Entschuldige. Aber wir sind gleich da.«

Sie blinzelte benommen und warf einen Blick aus dem Fenster.

»Da vorne geht es rechts ab nach Milpishaus«, sagte sie und beugte sich etwas vor. »Wie spät ist es?«

»Viertel nach sechs.«

»Vielleicht erwischen wir Mama alleine. Um die Zeit holt sie immer die Kühe rein.«

Sie klappte die Sonnenblende herunter und betrachtete kurz ihr Spiegelbild. Die Anspannung auf ihrem Gesicht war nicht zu übersehen. Bodenstein legte seine Hand auf ihre.

»Mach dir keine Sorgen«, sagte er.

»Du kennst meinen Stiefvater nicht. Er hasst mich«, erwiderte sie dumpf. »Ich wünschte, wir wären schon wieder weg.«

Zwei Minuten später rollte das Auto auf einen großen Hof, der von einer gewaltigen Kastanie dominiert wurde.

Das ganze Dorf bestand aus lediglich drei Bauernhöfen, der größte war der von Annikas Stiefvater, ein großes, zweistöckiges Gebäude aus düsterem rotem Backstein, eine unfreundliche Trutzburg, unter dessen tiefgezogenem Dach sich auch die Stallungen befanden. Bodenstein hielt an, sie stiegen aus. Der würzige Geruch von Kuhmist lag in der Luft. Zwei Rottweiler sprangen drohend am Gitter eines Zwingers hoch, bullige, schwarzbraune Tiere, mit deren schneeweißen Zähnen Bodenstein lieber keine Bekanntschaft machen wollte. Er streckte seine schmerzenden Bandscheiben und blickte sich um. Im Sommer mochte es ganz schön sein, im entlegensten Winkel der Schwäbischen Alb zu leben, aber wie musste es im Winter sein, kilometerweit entfernt von der nächsten Stadt?

»Mama ist sicher im Stall. Die Melkmaschine läuft«, sagte Annika neben ihm. »Komm.«

Er zögerte kurz, dann folgte er ihr in den Kuhstall, dessen Türen weit offen standen. Annika ging zielstrebig an den braun-weiß gefleckten Hinterteilen der Kühe vorbei, bog in einen Futtergang ein, in dem eine drahtige, ältere Frau in Kopftuch und Kittelschürze mit geübten, schwungvollen Bewegungen frisch gemähtes Gras an die Kühe verteilte.

»Mama«, sagte sie und blieb stehen.

Die Frau richtete sich auf und wandte sich um. Auf ihrem geröteten Gesicht machte sich ein ungläubiger Ausdruck breit, sie blickte von ihrer Tochter zu Bodenstein und zurück, dann ließ sie die Mistgabel fallen und breitete die Arme aus.

*

»Meine Bitte ist ungewöhnlich, und ich weiß nicht, ob es überhaupt richtig ist, Sie damit zu belästigen, noch dazu an einem Sonntagnachmittag. Aber es ist sehr dringend. Es geht um eine Frau, die sich im Umfeld der Bürgerinitiative aufhält, unter deren Mitgliedern Sie gerade ermitteln. Ihr Name ist Annika Sommerfeld.«

Professor Dirk Eisenhut saß auf dem Besucherstuhl, auf dem heute Morgen noch Frauke Hirtreiter gesessen hatte, und Pia hatte hinter Bodensteins Schreibtisch Platz genommen. Sie lauschte ihm aufmerksam und versuchte, ihn einzuschätzen. Kantige, scharfe Gesichtszüge, hagere Wangen, tiefliegende blaue Augen. Ein ausgesprochen attraktiver Mann, zweifellos einen zweiten Blick wert und nicht zuletzt durch die Aura der Macht, die ihn umgab, für viele Frauen sicher unwiderstehlich. Kaum verwunderlich, dass sich die graue Maus Annika unsterblich in ihren Chef verliebt hatte, denn genau das war passiert, wie Eisenhut Pia erzählte.

»Ich habe mir oft überlegt, was an meinem Verhalten diese irrigen Hoffnungen in ihr ausgelöst haben könnte.« Er sprach leise, seine Stimme war ein kultivierter Bariton. »Lange Zeit habe ich es gar nicht bemerkt. Vielleicht hätte ich rechtzeitig gegensteuern können.«

Er blickte auf, Bitterkeit im Blick.

»Noch nie habe ich mich derart in einem Menschen getäuscht wie in Annika. Sie hat mein ganzes Leben zerstört mit ihrem Wahn.«

Das überraschte Pia nun doch ein wenig. Laut Bodenstein war noch gar nichts passiert, die gefährlichen Unterlagen warteten in einem Bankschließfach auf ihren folgenreichen Einsatz.

»Sie war eine brillante Wissenschaftlerin. Hochintelligent, aber leider völlig eingleisig, eine Soziopathin. Wenn ich so zurückblicke, dann war ihr Verhalten all die Jahre über wirklich nicht normal. Sie hatte kein Leben außerhalb des Instituts. Keine Freunde, nichts. Nur mich.«

Jedes einzelne seiner Worte schürte Pias Sorge um Bodenstein. Sie hatte sich Dirk Eisenhut nach Annikas Schilderungen vollkommen anders vorgestellt, als einen vom Ehrgeiz zerfressenen, rücksichtslosen Karrieretypen, doch die Realität war eine andere. Er war ihr sympathisch.

»Ich wusste längst, dass sie sich mit O'Sullivan und seinen Leuten traf. Der Verfassungsschutz überwachte diese Gruppe ja bereits seit Jahren. Annikas Arbeit litt aber nicht darunter, ich glaubte fest an ihre Loyalität. Außerdem hoffte ich vielleicht ein wenig, der Fokus ihrer wahnhaften Liebe würde sich auf O'Sullivan richten.«

Ziemlich blauäugig, dachte Pia bei sich, sagte aber nichts.

»Am Morgen des Heiligabends war sie im Institut. Sie kam in mein Büro, mit einer Flasche Champagner. Das war ungewöhnlich, aber ich dachte mir nichts dabei. Wenn Sie einen Menschen fünfzehn Jahre lang kennen, dann trauen Sie ihm so etwas nicht zu.«

Er machte eine Pause, rieb sich gedankenverloren mit Daumen und Zeigefinger die Nasenwurzel.

»Trauen ihm was nicht zu?«, fragte Pia.

»Ich öffnete den Champagner, schenkte uns zwei Gläser ein, wir stießen auf Weihnachten an. Plötzlich nahm sie die Flasche, schlug sie auf die Tischkante und fuchtelte mit dem abgebrochenen Flaschenhals vor meinem Gesicht herum.« Seine Stimme klang gepresst. »Sie war auf einmal eine Fremde, ihre Augen … ganz leer und starr. Das wurde mir unheimlich, aber ich war zu weit vom Telefon entfernt, als dass ich den Sicherheitsdienst hätte rufen können.«

»Was wollte sie denn?«, erkundigte sich Pia. Eisenhut antwortete nicht sofort.

»Sie hat von mir verlangt, dass ich mich scheiden lasse und sie heirate«, sagte er heiser. »Es war grotesk. Sie wollte meine Frau anrufen und zuhören, wie ich ihr das sage. Und danach wollte sie mit mir zu meinen Eltern fahren, um dort Weihnachten zu feiern. Bettina und ich hatten erst im Sommer geheiratet, und ich glaube, das hat Annikas … Krankheit einen verhängnisvollen Schub gegeben. Sie muss das als tiefe Demütigung empfunden haben, und das Resultat war blanker Hass.«

Pia wartete darauf, dass er weitersprach. Eine hochintelligente Soziopathin. In ihrem Genick kribbelte eine Gänsehaut.

»Ich konnte sie überwältigen und die Polizei rufen, dabei verletzte sie mich. Man entschied, sie in die geschlossene Psychiatrie zu überstellen. Da tobte sie, bis man sie sedierte. Bis heute gibt die Klinik keine Auskunft darüber, wie Annika entkommen konnte. Es wurden Untersuchungen eingeleitet, denn der Fehler, der damals passiert ist, kostete zwei Menschen das Leben: O'Sullivan und … meine Frau.«

»Ihre Frau?«, fragte Pia überrascht.

»Ja. Bettina muss ihr arglos geöffnet haben, sie kannte Annika ja, obwohl sie immer ein ungutes Gefühl ihr gegenüber hatte. Ich habe ihre Bedenken nie ernst genug genommen.«

Er verstummte, fuhr sich mit einer Hand über das Gesicht. Es fiel ihm sichtlich schwer, weiterzusprechen.

»Was genau geschehen ist, weiß niemand. Es war am späten Nachmittag, an Silvester. Einen Tag, nachdem Annika aus der Psychiatrie geflüchtet war. Sie muss meine Frau niedergeschlagen haben, und …« Er holte tief Luft, und Pia ahnte, wie viel Kraft es ihn kostete, darüber zu sprechen. »Bevor sie das Haus verließ, hat sie Feuer gelegt. Als ich gegen halb sechs in unsere Straße einbog, stand das Haus in hellen Flammen. Die Feuerwehr war schon da, aber wegen der Kälte gefror das Löschwasser.«

»Und was war mit Ihrer Frau?«, fragte Pia teilnahmsvoll. Eisenhuts Blick richtete sich in die Ferne.

»Bettina hat das Feuer zwar überlebt, aber durch die Rauchgase und den Sauerstoffmangel hat sie eine irreparable Gehirnschädigung erlitten. Seitdem liegt sie im Wachkoma. Die Ärzte haben jede Hoffnung aufgegeben.«

»Woher wissen Sie, dass Annika Sommerfeld dahintersteckt?«

»Es gab jede Menge Spuren. In … in Bettinas Hand wurden Annikas Haare gefunden. Und es gab die Filme der Überwachungskamera.«

Er räusperte sich.

»Am Abend zuvor muss sie sich mit O'Sullivan getroffen haben. Sie hat ihn mit über vierzig Messerstichen regelrecht abgeschlachtet, die Polizei fand später die Tatwaffe in ihrer Wohnung. Ein Küchenmesser, das sie wohl schon mitgebracht hatte, um O'Sullivan umzubringen. Leider konnte sie wieder flüchten. Nach dem Anschlag auf mein Haus verlor sich von ihr jede Spur. Ich glaubte, sie habe sich vielleicht … umgebracht. Bis ich am Freitagabend ihren Namen gehört habe.«

Einen Moment war es ganz still. Die Sonne war untergegangen, im Büro war es dämmerig. Pia beugte sich vor und schaltete die Schreibtischlampe ein.

»Warum erzählen Sie mir das alles?«, wollte sie wissen.

»Den Leuten vom Verfassungsschutz geht es nur um die Aufklärung der beiden Morde«, gab er zu, ohne den Kopf zu heben. »Sie haben schon mit Ihrem Chef darüber gesprochen, ihm aber nicht deutlich genug gemacht, wie gefährlich Annika ist. Jetzt haben sie erfahren, dass Ihr Chef beurlaubt wurde und Sie die Ermittlungen leiten, deshalb werden sie morgen früh sicherlich auch mit Ihnen deswegen sprechen.«

Als Eisenhut sie wieder anblickte, war seine Miene verzweifelt.

»Verstehen Sie, ich will Annika finden, bevor Ihre Kollegen das tun«, sagte er leise und eindringlich. »Ich muss unbedingt mit ihr sprechen. Das, was mit Bettina passiert ist, lässt mir einfach keine Ruhe. Bitte, Frau Kirchhoff, helfen Sie mir!«

*

477

Er konnte kaum noch auftreten, versuchte aber, den stechenden Schmerz zu ignorieren, und lief weiter. Ein paar Meter von Rickys Haus entfernt hatte ein Streifenwagen gestanden, in dem zwei Männer saßen, und Mark war sicher, dass auch der Feldweg und der Stall beobachtet wurden. Nach Hause konnte er unmöglich gehen, seine Eltern würden es fertigbringen, die Bullen zu rufen. Seine einzige Hoffnung war das Tierheim. Irgendwie musste er seinen Fuß verarzten.

Vorhin im Wald hatte er sein Handy ausgeschaltet, damit seine Eltern nicht weiter mit Anrufen nervten oder die Bullen ihn womöglich wirklich orteten. Der Nachteil war allerdings, dass auch Ricky ihn nicht erreichen konnte. Hin und wieder schaltete er es für ein paar Sekunden ein und wählte ihre Nummer. Aber sie nahm nicht ab. Das machte ihn ganz verrückt. Er hatte keine Ahnung, was in der Zwischenzeit geschehen war. Hatte die Polizistin Jannis verhaftet? Hatten sie das Gewehr und die Pistole auf dem Heuboden gefunden?

Im Schutz der hereinbrechenden Dämmerung humpelte Mark den Wiesenweg entlang zum Waldrand. Das Tierheim lag einsam unten im Tal, das von Schneidhain zum Bangert hochführte, nachts kam niemand zufällig hier vorbei. Im Wald schlug Mark den schmalen Spazierpfad ein. Er musste langsam gehen, um nicht über Baumwurzeln zu stolpern. Als er das Tierheim erreicht hatte, war es stockdunkel, doch seine Augen hatten sich an die Dunkelheit gewöhnt. Eine Viertelstunde lang beobachtete er das Gelände, das von einem drei Meter hohen Maschendrahtzaun umgeben war.

Nichts regte sich. Kein Lichtschein fiel aus den Fenstern des flachen Verwaltungsgebäudes, nirgendwo war ein Auto zu sehen. Auf der anderen Seite des Tals leuchteten die Lichter von Königstein, weiter unten lag Schneidhain, aber der Rest des Tals bis hoch zur Landstraße, die nach Ruppertshain führte, lag im Dunkeln.

Er atmete erleichtert auf und tastete in seinem Rucksack

nach dem Schlüssel, den er heute Morgen eingesteckt hatte – als ob er geahnt hätte, dass er ihn brauchen würde. Ob es ihm mit dem verletzten Fuß gelingen würde, über den Zaun zu klettern? Das Eingangstor musste er meiden, dort hing ein Bewegungsmelder, genau wie vor der Tür des Büros. Wenn er erst mal drinnen war, würde er die Dinger ausschalten können.

Blass stand die Mondsichel am wolkenlosen Nachthimmel. Eine Eule huschte dicht über seinen Kopf. Mark blickte sich um, dann warf er seinen Rucksack über den Zaun, setzte die Fußspitze des gesunden Fußes zwischen die Maschen und stemmte sich an einer Querstrebe in die Höhe. Keuchend vor Schmerzen kletterte er bis ganz nach oben, schwang ein Bein hinüber und zögerte einen Moment, bevor er sich auf der anderen Seite herabgleiten ließ. Es gelang ihm, ohne Schmerzen zu landen, aber der ganze Zaun vibrierte. Im Innern des Hundehauses bellte ein Hund, zwei andere fielen ein, verstummten dann aber wieder. Mark hinkte über den Hof, sorgsam hielt er sich außerhalb der Reichweite der Bewegungsmelder. Er erreichte das Verwaltungsgebäude von hinten, fummelte den Schlüssel in die Tür der Futterküche und trat ein. Erschöpft ließ er sich auf den Boden sinken und blieb ein paar Minuten reglos auf den kühlen Fliesen liegen, bevor er sich auf den Weg in die Apotheke machte. Der Rollladen des vergitterten Fensters war ganz hinuntergelassen, deshalb traute er sich, das Licht einzuschalten. In den Schränken fand er Kühlgel und elastische Bandagen für seinen Knöchel, der auf die Größe einer Grapefruit angeschwollen war. Die Uhr über der Tür zeigte 22:40. Mark ging ins Büro und griff nach dem Telefon. Diesmal meldete sich Ricky schon nach dem dritten Läuten.

»Mark!«, rief sie. »Endlich! Die Polizei war hier und hat nach dir gefragt. Ich mache mir Sorgen um dich! Wie geht es dir?«

Ihr Mitgefühl tat ihm gut.

»Was machst du denn im Tierheim?«

Eine Sekunde lang fragte er sich erschrocken, wie sie das wissen konnte, dann fiel ihm ein, dass sie ja die Nummer im Display sah. Er berichtete ihr, was am Nachmittag geschehen war und weshalb er sich versteckte. Zum Glück schien sie ihm wegen heute Morgen nicht mehr böse zu sein.

»Kannst du nicht herkommen?«, bat er sie schließlich.

»Die Polizei steht vor dem Haus«, erinnerte Ricky ihn. »Wenn ich jetzt zum Tierheim runterfahre, werden die gleich Lunte riechen und hinterherkommen.« Sie stieß einen tiefen Seufzer aus. »Außerdem hab ich ein großes Problem. Als hätte ich nicht schon genug am Hals. Mein Vater liegt im Sterben, meine Mutter hat mich heute Nachmittag angerufen. Ich muss morgen zu ihnen nach Hamburg fahren, auch wenn mir das gar nicht passt.«

»Wie lange wirst du weg sein?«, fragte Mark. Der Gedanke beängstigte ihn.

»Nicht lange. Jetzt versuch ein bisschen zu schlafen. Morgen früh telefonieren wir wieder, okay?«

»Ja. Okay.«

»Gute Nacht, Mark. Bald ist alles wieder in Ordnung, vertrau mir.«

»Das tu ich«, versicherte er ihr. »Gute Nacht.«

Er saß noch eine Weile am Schreibtisch im dunklen Büro, nachdem sie aufgelegt hatte. Nika war weg, und wenn Jannis erst im Gefängnis saß, hatte er Ricky ganz für sich. Das war eine verlockende Aussicht. Er stand auf und humpelte den schmalen Flur entlang bis zu der Wohnung, in der Ricky und er die letzte Nacht verbracht hatten. Ihre erste gemeinsame Nacht. Mit einem Stöhnen ließ er sich auf die Matratze fallen und grub sein Gesicht in das Kissen, an dem noch ein Hauch von Rickys Parfüm haftete. Seine Gedanken wanderten vierundzwanzig Stunden zurück. Er vergaß die Polizei und seine Eltern und gab sich weitaus erfreulicheren Erinnerungen hin.

*

Nachdenklich betrachtete Pia das düstere Gesicht ihres Gegenübers im Halbdunkel von Bodensteins Büro, das nun auf unbestimmte Zeit ihres war. Dirk Eisenhut hatte Fakten geschildert, die schlüssig klangen. Aber war er heute Abend wirklich deshalb zu ihr gekommen? Wollte er wirklich nur mit Annika über die Ereignisse des Silvesterabends in seinem Haus sprechen, bevor es die Polizei tat? Was verschwieg er ihr? Konnte es sein, dass er tatsächlich nichts von den brisanten Unterlagen ahnte, die O'Sullivan gegen ihn zusammengetragen hatte? Oder gab es diese Unterlagen vielleicht gar nicht?

Mehr denn je hatte Pia das unangenehme Gefühl, zu wenig Puzzlestücke für ein komplettes Bild zur Verfügung zu haben. Es gefiel ihr nicht, Informationen nur häppchenweise zu bekommen und dazu noch aufpassen zu müssen, was sie sagte. Irgendetwas an Eisenhuts Geschichte passte nicht, obwohl sie nicht den Eindruck hatte, dass er log. Seine Verzweiflung schien vollkommen echt, und doch war sein Erscheinen auf dem Kommissariat eigenartig. Ein Mann mit seinen Beziehungen und Mitteln hatte es nicht nötig, eine unbedeutende Kriminaloberkommissarin um Hilfe zu bitten.

Das, was er ihr erzählt hatte, ging sie nichts an, und es interessierte sie auch nicht wirklich. Aber allmählich bekam sie echte Angst um ihren Chef, der mit einer Frau unterwegs war, die wegen Doppelmordes und gefährlicher Körperverletzung gesucht wurde.

Plötzlich klingelte Eisenhuts Handy.

»Entschuldigung«, sagte er und ging dran. Er antwortete dem Anrufer nur wortkarg, richtete sich aber dabei auf, und

Pia beobachtete, wie sich seine angespannte Miene verfinsterte.

»Schlechte Nachrichten?«, erkundigte sie sich, als er das Gespräch beendet und sein Handy wieder weggesteckt hatte.

»Nicht unbedingt.« Er lächelte zum ersten Mal, seit sie ihm heute Abend begegnet war. Ein sympathisches Lächeln, das ihren Zwiespalt verstärkte. Was interessierte sie eigentlich das Schicksal von Annika Sommerfeld? Aber wenn sie Eisenhut jetzt erzählte, dass Bodenstein mit ihr auf dem Weg nach Zürich war, würde dieser ihr das nie verzeihen. Eisenhut erlöste sie von ihrem Dilemma, denn er erhob sich von seinem Stuhl.

»Danke, dass Sie mir Ihre Zeit geschenkt haben«, sagte er. Pia stand ebenfalls auf. Sie löschte das Licht und begleitete ihn durch die Flure, die Treppe hinunter und durch die Pforte bis hinaus auf den Hof.

Es war eine wundervolle Frühsommernacht, die Luft weich und voller Düfte. Sein Händedruck war fest.

»Bitte rufen Sie mich an, falls Sie etwas hören.«

»Das werde ich.« Pia nickte. Sie blieb neben der Treppe stehen und blickte ihm mit gemischten Gefühlen nach, wie er zum Tor hinaus und zu einem dunklen Auto auf dem Besucherparkplatz ging. Verdammt, das alles war nicht ihre Sache! Sie beschloss, Bodenstein eine Warnung per SMS zu schreiben. Und dann würde sie nach Hause fahren.

*

Er lag auf dem Rücken und schnarchte leise mit halbgeöffnetem Mund. Das Mondlicht zeichnete einen schmalen Pfad auf den abgetretenen Teppichboden. Ihre Mutter hatte ihr die kleine Kassette ausgehändigt und hoch und heilig versichert, dass Herbert, ihr ungeliebter Stiefvater, nichts davon wusste. Sie war tief enttäuscht gewesen, als Annika ihr gesagt hatte, sie würden lieber gleich weiterfahren. Oliver hätte sich beinahe dazu überreden lassen, in einem der Gästezimmer zu schlafen, aber Annika hatte darauf bestanden, irgendwo im Auto zu übernachten, bis gegen acht Uhr die erste Fähre ging, auf der genügend Pendler mitfuhren, um nicht aufzufallen. Schließlich hatten sie in einem kleinen Hotel in Meersburg ein Zimmer genommen.

Annika betrachtete Bodensteins Profil und empfand in einem Winkel ihres Herzens echtes Bedauern. Er war so freundlich und so gutgläubig! Beinahe erschütternd für einen Mann in seiner Position. Aber es passierte ihr nicht zum ersten Mal in ihrem Leben, dass sie falsch eingeschätzt wurde. Vielleicht lag es an ihrer zierlichen, mädchenhaften Figur, die bei den Menschen den Eindruck der Hilflosigkeit erweckte.

Sie hatte mit ihm geschlafen, weil sie gemerkt hatte, wie sehr er in sie verliebt war. Es hatte sie keine Überwindung gekostet wie bei Jannis, unter anderen Umständen wäre es vielleicht sogar ganz angenehm gewesen, aber während Oliver sie in dem unbequemen Hotelbett mit den durchgelegenen Matratzen leidenschaftlich geküsst und geliebt hatte, hatte Annika an Dirk und die Männer in den dunklen Anzügen gedacht, denen sie am Morgen nur knapp entkommen war. Möglicherweise hatte Oliver ihren Zorn für Ekstase gehalten, es war ihr egal, Hauptsache er war glücklich. Es hatte ihr nichts bedeutet, und zwischendurch hatte sie sich bei dem Gedanken erwischt, er möge endlich fertig werden, aber das hatte er nicht bemerkt. Fünf Minuten später war er zufrieden und erschöpft eingeschlafen, und nun lag er neben ihr und träumte vielleicht von einer gemeinsamen Zukunft, die es nie geben würde.

Annika schob die Arme unter den Kopf und starrte an die mit Nut und Feder verkleidete Zimmerdecke, als plötzlich Olivers Handy auf dem Tisch ein kurzes Brummen von sich gab. Sie wandte den Kopf. Er musste es lautlos gestellt haben, denn es leuchtete nun vor sich hin. Annika richtete sich auf, schwang die Beine über den Bettrand und schlich auf Zehenspitzen zum Tisch hinüber. Der Laminatboden knarrte unter ihren nackten Füßen, aber Olivers Atem blieb ruhig und gleichmäßig. Annika nahm das Handy und ging in das kleine Badezimmer. Pia Kirchhoff hatte ihm eine SMS geschrieben.

Gerade war Eisenhut bei mir. Was er sagt, klingt vernünftig. Mit A stimmt was nicht. Ich mache mir Sorgen um dich! Ruf mich bitte dringend an!!! Jederzeit!!

So eine blöde Kuh, dachte Annika verärgert. Diese Kirchhoff, auf die Oliver so große Stücke hielt, hatte sie von Anfang an nicht leiden können, und das beruhte auf Gegenseitigkeit. Sie löschte die SMS, schaltete das Handy ganz aus und legte es lautlos wieder zurück auf den Tisch. Es durfte einfach nichts mehr dazwischenkommen.

Berlin-Wedding, 30. Dezember 2008

Sie schlug die Augen auf und blinzelte benommen in das schummerige Licht einer Stehlampe in der Ecke eines Zimmers, das sie nie zuvor gesehen hatte. Wo war sie? Was war passiert? Ein dumpfer Schmerz hämmerte hinter ihrer Stirn, ihr Mund war staubtrocken. Es war kalt. Sie versuchte, den Kopf zu heben und stöhnte unwillkürlich auf. Das war ein Hotelzimmer, zweifellos. Wie war sie hierhergekommen?

So sehr sie sich auch bemühte, ihre Erinnerungen blieben verschwommen wie ein Alptraum, an den man sich beim Aufwachen kaum noch erinnern kann. Sie hatte zu ihrer Mutter fahren wollen, weil Weihnachten war. Dann hatte Dirk angerufen und sie ins Institut gebeten. Sein Büro. Der Champagner. Ihr war schlecht geworden. Danach riss die Erinnerung ab. Und nun war sie hier. Vorsichtig wandte sie den Kopf. Die Digitalanzeige des Weckers auf dem Nachttisch zeigte 22:11. Sie blickte an sich herunter, stellte erschrocken fest, dass sie nackt war. Die Finger ihrer rechten Hand klammerten sich um … ein Messer! Sie starrte das Blut an der Messerklinge, an ihrer Hand und ihrem Arm an, begriff aber nicht, was das zu bedeuten hatte. Mühsam richtete sie sich auf, ließ das Messer los. Hände und Beine fühlten sich taub an, ihr war schwindelig, und sie musste dringend aufs Klo. Sie blickte sich in dem fremden Raum um. Über einem Stuhl neben der Tür hingen ihre Kleider, ihre Tasche stand geöffnet auf einem Tisch, Handy und Autoschlüssel lagen daneben.

Aber da standen auch Herrenschuhe und eine Reisetasche. Eine Jeans lag auf dem Boden, auf links, als sei sie in großer Eile ausgezogen worden. Ihr Herz begann zu klopfen. Sie verstand noch immer nichts. Nur mit größter Anstrengung gelang es ihr, aufzustehen. Der Schmerz explodierte in ihrem Kopf.

»Dirk?«, krächzte sie und taumelte um das Bett herum. Der grobe Teppichboden fühlte sich unter ihren nackten Füßen rau an. Erschrocken zuckte sie zusammen, als sie plötzlich eine blonde Frau vor sich stehen sah, bis sie begriff, dass es ihr Spiegelbild war. Was waren das für seltsame Flecken in ihrem Gesicht und auf ihrem nackten Oberkörper?

Sie wankte zum Badezimmer, schob die Tür auf und blieb wie versteinert stehen. Blut! Es war bis an die Decke gespritzt und an die weiß gekachelten Wände. Der leblose Körper eines Mannes lag unnatürlich verrenkt zwischen Duschwanne und Toilette in einem dunklen See. Ihre Knie drohten unter ihr nachzugeben, ihr wurde schlecht. Sie klammerte sich an den Türrahmen, um nicht umzukippen.

»O mein Gott«, flüsterte sie entsetzt. »Cieran!«

Montag, 18. Mai 2009

Er hatte kaum geschlafen, wartete seit dem Morgengrauen ungeduldig auf ihren Anruf. Der Gedanke, dass er wegen der Polizei vor ihrem Haus nicht einfach zu ihr gehen konnte, machte ihn schier wahnsinnig. Gleich sieben Uhr! Jeden Moment würde Rosi zum Füttern auftauchen! Konnte er es wagen, sein Handy einzuschalten? Wenigstens für ein paar Sekunden musste er es riskieren. Vielleicht hatte Ricky ja seine Mobilnummer gewählt. Er tippte die vierstellige PIN ins Handy, das wenig später mit einem klingenden Ton signalisierte, dass es ein Netz gefunden hatte.

Mark checkte die eingegangenen Anrufe in Abwesenheit. Mehr als zwanzig Mal hatte sein Vater versucht, ihn zu erreichen; die Anrufe ohne Nummer kamen wahrscheinlich von den Bullen. Aber nichts von Ricky. Auch keine SMS. Enttäuschung machte sich in ihm breit. Sie hatte ihm doch versprochen, sich bei ihm zu melden, bevor sie nach Hamburg zu ihren Eltern fuhr! Er konnte nicht mehr länger warten. Das Kühlgel und die Bandage hatten seinem verletzten Fuß gutgetan, der Knöchel war ein wenig abgeschwollen. In der Apotheke des Tierheims verpasste er sich einen frischen Verband und zog den Turnschuh an, dann schwang er sich den Rucksack über die Schulter und verließ das Verwaltungsgebäude.

Die Luft war frisch und klar, Tau glitzerte auf den Wiesen. Mark atmete tief durch, trat ein paar Mal vorsichtig auf.

Das würde gehen. Rosi kam aus Königstein, er würde ihr also nicht begegnen, wenn er in die andere Richtung nach Schneidhain hinunterging. Zwei Joggerinnen trabten gerade am Tor des Tierheims vorbei, als er hinaustrat, beachteten ihn aber nicht. Zehn Minuten später hatte er die ersten Häuser erreicht. Hier gabelte sich der Weg. Am Stall und am Hundeplatz war niemand zu sehen, auch die Pferde waren nicht da. Hatte Ricky sie gestern Abend noch auf eine andere Koppel gebracht? Mark überlegte kurz, dann entschied er sich dafür, die Straße zu nehmen. Der Streifenwagen, der gestern vor einem der Nachbarhäuser geparkt hatte, war nicht mehr da, und er gelangte ungesehen zu Rickys Haus. Jannis' BMW stand unter dem Carport vor der Garage, alle Rollläden waren heruntergelassen, das Haus wirkte eigenartig verlassen.

Mark stieg über das niedrige Gartentor zwischen Hauswand und Garage und ging die Kellertreppe hinunter. Unter einem der Blumentöpfe auf dem Treppenabsatz fand er einen rostigen Schlüssel, betrat das Haus durch den Keller und ging die Treppe hoch. Das Haus war dunkel. Er blieb in der Diele stehen und sah sich um. Ihn beschlich ein seltsames Gefühl. Irgendetwas war anders. Nur was?

»Ricky?«

Mark betrat das Schlafzimmer. Das Bett war ordentlich gemacht. Er ging einen Schritt weiter, sein Fuß stieß gegen ein Hindernis, das er im Dunkeln nicht gesehen hatte. Mit einer Hand tastete er nach dem Lichtschalter. Mitten im Raum standen drei Koffer und eine Reisetasche. Mark öffnete die Schränke, und sein Herz begann angstvoll zu klopfen: Die Schrankhälfte, die Ricky gehörte, war leer! Für die Fahrt zu ihren Eltern würde sie doch wohl kaum den kompletten Inhalt ihres Schrankes mitnehmen! Und plötzlich wusste er, was ihm zuvor aufgefallen war. Schnell humpelte er zurück in den Flur. Tatsächlich! Die Hundekörbe und die Katzenbäume, die sonst immer hier standen, waren weg! Wie gelähmt stand er da und spürte echte Panik, als er begriff, was das alles zu bedeuten hatte.

*

Der Nebel hing in dichten Schwaden über dem See, darüber leuchteten glühendrot die Berggipfel der Alpen im Licht des Sonnenaufgangs. Ein zauberhafter Anblick, für den außer ihm niemand Augen hatte. Die anderen Autofahrer saßen während der viertelstündigen Überfahrt in ihren Autos oder hatten sich ins Bistro aufs Oberdeck begeben. Die meisten von ihnen waren Pendler auf dem Weg zur Arbeit jenseits der Schweizer Grenze und von der spektakulären Aussicht längst nicht mehr beeindruckt.

Bodenstein stützte die Unterarme auf die feucht glänzende Reling und blickte schweigend in das schäumende Wasser. Die vier Dieselmotoren dröhnten unter seinen Füßen. Annika stand dicht neben ihm und fröstelte, aber sie hatte sich nicht ins Bistro setzen, sondern draußen bleiben wollen.

Vor einer halben Stunde hatten sie das kleine Hotel verlassen, außer einer Tasse Kaffee nichts gefrühstückt und auch nicht viel geredet. Nur selten in seinem Leben hatte Bodenstein sich morgens schon so sehr gewünscht, ein Tag möge bereits vorbei sein. Er würde ganz und gar auf sich allein gestellt sein, und das in einer Stadt, die ihm fremd war. Annika musste in Konstanz auf ihn warten, eine Einreise in die Schweiz ohne Ausweis war zu riskant. In der Bank würde er statt seines Namens das Passwort nennen, das Annika, O'Sullivan und Bennett vereinbart hatten, und dann im Tresorraum den Pilotenkoffer aus dem Schließfach holen, dessen Schlüssel in seiner Hosentasche steckte. Eigentlich konnte nichts schiefgehen, und illegal war das, was er zu tun gedachte, auch nicht unbedingt. Er hatte Urlaub und konnte diesen nach Belieben in der Schweiz verbringen.

»Es wird alles glattgehen«, sagte Annika plötzlich und legte ihre Hand an seine Wange. »Mach dir keine Sorgen.«

»Das tue ich auch nicht«, entgegnete er. Ihr Haar flatterte im Fahrtwind, ihre Augen waren so grün wie das Seewasser. »Bald ist das alles vorbei, und dann ...«

Er verstummte, strich eine Haarsträhne aus ihrer Stirn.

»Und dann?«, fragte sie leise.

Alles erschien ihm so unwirklich. War es wirklich erst eine Woche her, dass er auf Lorenz' Hochzeit mit Inka Hansen über seine kaputte Ehe gesprochen hatte? Es kam ihm vor wie ein halbes Jahr. So viel war seither geschehen. Plötzlich war Annika in sein Leben getreten, und spätestens seit der vergangenen Nacht wusste er mit Bestimmtheit, dass nichts mehr so sein würde wie vorher. Möglicherweise war es noch zu früh, um sie laut auszusprechen, diese drei simplen Worte, die in ihrer Schlichtheit jedoch genau das ausdrückten, was er empfand.

»... dann haben wir alle Zeit der Welt, uns besser kennenzulernen«, vollendete er den Satz. »Es war wunderschön letzte Nacht.«

Da lächelte sie, ein feines Lächeln, das sein Herz schneller schlagen ließ.

»Das fand ich auch«, sagte sie leise. »Und ich freue mich auf das Besserkennenlernen.«

»Ich mich auch«, erwiderte Bodenstein. Er empfand eine tiefe, ganz außergewöhnliche Zufriedenheit, als hätte er endlich gefunden, wonach er schon immer gesucht hatte. Nur diesen einen Tag galt es noch zu bewältigen, dann würde sich alles aufklären.

Zärtlich nahm er ihr Gesicht in seine Hände und küsste lange und sanft ihren Mund.

*

Die ganze Nacht hatte er kein Auge zugemacht. Mark war und blieb verschwunden. Seine Frau und er waren alle Orte abgefahren, an denen der Junge sich aufhalten konnte, hatten immer wieder versucht, ihn auf dem Handy zu erreichen.

Stefan Theissen stand am Fenster seines Büros und blickte über die Rasenflächen und die Felder zur Frankfurter Skyline, die im dunstigen Licht des Maimorgens zum Greifen nah schien.

Sie hatten Marks Lehrer und Klassenkameraden abtelefoniert und erfahren, dass die Freunde, von denen Mark erzählte, überhaupt nicht existierten. Es gab keine Kumpels, mit denen er Fußball spielte, ins Kino ging oder einfach nur herumhing, wie das Sechzehnjährige so taten. Zuerst hatten sie sich gegenseitig mit Schuldzuweisungen überhäuft, sich angeschrien und schließlich gar nichts mehr gesagt, denn es hatte nichts mehr zu sagen gegeben. Mark hatte vor ihren Augen ein nahezu perfektes Doppelleben geführt, sie beide hatten als Eltern vollkommen versagt, denn sie hatten sich aus reiner Bequemlichkeit mit den Lügen abspeisen lassen, weil ihnen alles andere wichtiger gewesen war als ihr eigener Sohn. Keiner von ihnen beiden hatte je begriffen, wie verhängnisvoll eng Marks Freundschaft mit dieser Ricky und ihrem Freund geworden war.

Selbst als sich seit ein paar Wochen die Zeichen gemehrt hatten, dass mit Mark etwas nicht stimmte, hatten sie es bei ein paar oberflächlichen Gesprächen belassen, anstatt ernsthaft nachzuforschen, weshalb der Junge ständig unter Kopfschmerzen litt und die Schule schwänzte. Ein fataler Fehler, gerade vor dem Hintergrund dessen, was Mark bereits durchgemacht hatte. Dafür gab es keine Entschuldigung.

Ein Klopfen an der Tür riss Theissen aus seinen Gedanken. Er wandte sich vom Fenster ab. Seine Sekretärin trat ein.

»Graf von Bodenstein ist hier«, sagte sie. Theissen brauchte ein paar Sekunden, um zu begreifen, dann nickte er. Er knipste ein Lächeln an, nach dem ihm nicht zumute war. Der Vorvertrag lag auf dem Besprechungstisch bereit, die Unterzeichnung war reine Formsache. Bald stünde dem Bau des Windparks und der damit verbundenen finanziellen Sanierung der WindPro nichts mehr im Wege. Dann hatte er Zeit für Mark. Er würde alles wiedergutmachen. Irgendwie.

Graf Heinrich von Bodenstein übersah Theissens ausgestreckte Hand.

»Herr Theissen, ich mache es kurz«, sagte er steif. »Das, was Sie und Ihre Handlanger getan haben, war ausgesprochen niederträchtig. Sie haben die Familie meines Freundes Ludwig mit Ihrem unmoralischen Angebot entzweit und nun auch noch Zwietracht in meiner eigenen Familie gesät. Sie haben mit Ihren Drohungen Angst und Schrecken verbreitet. Deshalb haben meine Familie und ich beschlossen, diese unselige Wiese anderweitig zu verkaufen.«

Theissen blickte den alten Mann an und hörte auf zu lächeln.

»Ich kann Ihnen die Wiese nicht geben«, fuhr Graf Bodenstein fort. »Nicht für zwei und nicht für drei Millionen. Mein Freund Ludwig wollte, dass das Tal und der Wald unberührte Natur bleiben, und ich respektiere seinen Wunsch. Alles andere könnte ich nicht mit meinem Gewissen vereinbaren. Es tut mir leid.«

Stefan Theissen nickte und stieß einen tiefen Seufzer aus. Das war das endgültige Aus. Es würde keinen Windpark Taunus geben. Und es war ihm plötzlich vollkommen egal. Er war nur noch müde, entsetzlich müde. Sein eigenes moralisches Empfinden hatte er vor langer Zeit dem Streben nach Profit und Anerkennung geopfert, hatte sich rücksichtslos legaler und illegaler Mittel bedient, um seine Ziele zu erreichen, und jetzt scheiterte er an diesem alten Mann in seinem schäbigen Tweedjackett, dem ein reines Gewissen mehr wert war als drei Millionen Euro.

Theissen wartete, bis Graf Bodenstein sein Büro verlassen hatte, dann trat er an das Sideboard und ergriff das Foto, das Mark zeigte, als noch alles in Ordnung gewesen war. Ein kleiner, blonder Junge, sensibler und ernsthafter als seine beiden älteren Schwestern. Ein Junge, verzweifelt auf der Suche nach Liebe und Zuneigung, die er in seiner Familie nicht gefunden und deshalb bei fremden Menschen gesucht hatte. Bei den falschen Menschen. Was, wenn Mark wirklich mit dem Mord an Ludwig Hirtreiter zu tun hatte? Wenn es so war, dann trug er die Schuld daran, denn er hatte nicht gut genug auf seinen Sohn aufgepasst.

*

Eine ganze Weile stand er reglos in der Diele des Hauses, unfähig, einen klaren Gedanken zu fassen. Er hörte nur seine eigenen Atemzüge, hin und wieder brummte das Aggregat des Kühlschranks in der Küche. Die gepackten Koffer, die verschwundenen Hundekörbe, die leeren Schränke, die blauen Müllsäcke neben der Haustür – hatte Ricky ihn angelogen? Wollte sie ihn verlassen? Die Frage nach dem *Warum* drängte sich unerbittlich in seinen Kopf. Was war mit dem Tierparadies und mit Jannis? Wer würde sich um die Hasen, die Meerschweinchen, die Hunde und die Katzen kümmern, an denen sie so hing? Nein, er musste sich einfach irren. Mark holte tief Luft, kämpfte die aufsteigende Übelkeit nieder. Er ging zurück ins Schlafzimmer, zog entschlossen einen der Koffer zu sich heran und ließ die Schlösser aufschnappen. Er brauchte Gewissheit.

In den ersten beiden Koffern waren nur Kleider, aber im dritten fand er Rickys Laptop. Er überwand seine Skrupel, zog ihn aus der Schutzhülle und klappte ihn auf. Rickys Passwort war ähnlich simpel wie das seiner Mutter, sie hatte es ihm irgendwann einmal gesagt und danach nicht mehr geändert. Mark saß im dämmerigen Schlafzimmer auf dem Fußboden, den Laptop auf dem Schoß, und rief Rickys E-Mails auf. Eine der ersten Nachrichten stammte von Rosi.

Klar mache ich das, hatte sie geschrieben. *Bring die Fellnasen einfach vorbei, dann kümmere ich mich um sie. Ist einfacher, als wenn ich immer zu dir fahren muss.* Die Fellnasen! Was für eine bescheuerte Bezeichnung. Typisch Rosi! Mark scrollte weiter nach unten und las Rickys E-Mail, auf die Rosi geantwortet hatte. *Liebe Rosi, ich muss für ein paar Tage verreisen. Jannis ist ja im Krankenhaus. Könntest du dich in der Zeit wohl um meine Tiere kümmern? Die Pferde fahr ich morgen früh weg, aber für die anderen finde ich auf die Schnelle nichts. Das wäre echt supernett.*

Er begriff nichts. Wieso bat sie Rosi um diese Gefälligkeit und nicht ihn? Er hatte schließlich schon oft ihre Tiere gefüttert und die Käfige saubergemacht. Und warum hatte sie die Pferde weggebracht? Für die paar Tage bei ihren Eltern? Mark starrte auf den Bildschirm.

Ganz klar, sagte er sich, Ricky wollte ihm die Verantwortung für die Tiere nicht aufbürden. Er war immerhin erst sechzehn und musste noch zur Schule gehen. Sie war rücksichtsvoll und wollte nur sein Bestes. Vielleicht war sie auch nur ein wenig durcheinander, ihr Vater lag im Sterben, das war eine Ausnahmesituation. Und dann noch das mit Jannis und Nikas Verschwinden.

Unbewusst suchte sein Gehirn nach einer zufriedenstellenden Erklärung, einer Rechtfertigung, wie immer, wenn Ricky etwas tat, was seinem Bild von ihr widersprach. Nein, sie würde ihn niemals einfach verlassen, ohne ihm das zu sagen.

Mark ging weiter die E-Mails durch. Plötzlich erstarrte er. Eine Nachricht von *Billigfluege.de* mit der Betreffzeile »Ihre Flugbuchung«.

Er klickte auf die Nachricht und las sie. Einmal. Ein zweites Mal. Das Begreifen war entsetzlich. Wie so oft in seinem Leben, wenn etwas wirklich Schlimmes geschah, traf es ihn völlig unvorbereitet. Er empfand keinen Zorn, nur abgrundtiefe, alles zermalmende Enttäuschung.

Bei Berlin, 31. Dezember 2008

Der Morgen dämmerte, als sie ihr Auto auf einen Waldparkplatz lenkte und den Motor abstellte. Sie schloss die Augen und presste ihre glühendheiße Stirn gegen das Lenkrad. Cieran war tot! Und sie hatte nackt, blutbeschmiert und mit einem Messer in der Hand auf dem Bett gelegen! Hatte sie ihn umgebracht? Aber weshalb hätte sie das tun sollen? Was hatte Cieran überhaupt in Berlin gemacht?

Sie zwang ihre Gedanken zur Ruhe, versuchte, tief und gleichmäßig zu atmen. Heute war Silvester, das hatten sie eben im Radio gesagt. Ihr fehlten also volle sechs Tage in ihrer Erinnerung. Dirk hatte ihr ein Champagnerglas gereicht, sie hatten angestoßen, getrunken. Frohe Weihnachten! Dann war ihr schlecht geworden, und Dirk hatte telefoniert. »Sie hat mich angegriffen«, hatte er gesagt, aber das stimmte doch nicht. Was war passiert?

»Verdammt«, murmelte sie. »Erinnere dich, Annika!«

Zwei Leute vom Sicherheitsdienst des Instituts waren gekommen. Grelles Licht, Wärme. Ein Stich in ihrer Armbeuge. Sie richtete sich auf, schob den Ärmel ihrer Jacke hoch und betrachtete im fahlen Licht des frühen Morgens den Bluterguss, der sich über ihren rechten Unterarm zog. Der Einstich war deutlich zu sehen, ebenso die Reste des Pflasters, mit dem eine Kanüle fixiert worden war. Man hatte sie betäubt! Und dann das Auto! Sie hatte es am Institut geparkt, als sie zu Dirk gegangen war! Wer hatte es vor dem Hotel abge-

stellt? War sie vielleicht doch selbst gefahren? Hatte sie Cie-
ran getötet? Woher hatte sie das Messer, und weshalb hätte
sie das überhaupt tun sollen?

Ihr Blick fiel auf die Uhr im Armaturenbrett. Eine Mi-
nute vor acht. Sie drehte das Radio lauter, hörte sich die
Nachrichten an. Vergeblich wartete sie auf eine Meldung
über einen Toten in einem Hotel im Wedding. Seltsam. Nur
Sekunden, nachdem sie es verlassen hatte, war die Polizei
im Hotel gewesen. Man sollte doch annehmen, dass über
einen Leichenfund in einem Hotelzimmer im Radio berich-
tet würde. Es sei denn … In ihr stieg ein unglaublicher
Verdacht auf. Sie musste schlucken. Bei ihrer Flucht aus
dem Zimmer hatte sie Cierans iPhone mitgenommen, das
kramte sie nun aus ihrer Tasche. Es war noch eingeschaltet!
Mit zitternden Fingern fuhr sie über den Touchscreen und
atmete auf, als sie feststellte, dass er keinen Code einge-
geben hatte. Rasch rief sie die gespeicherten SMS auf und
las ungläubig die letzten Nachrichten, die Cieran erhalten
hatte. Die allerletzte SMS stammte von ihr. Aber sie hatte
sie nie geschrieben.

*

Er war ihr auf Anhieb unsympathisch. Pia mochte weder
Heiko Störchs Stimme noch den überheblichen Ausdruck auf
seinem fettig glänzenden Gesicht.

»Wir haben Hinweise darauf, dass sich Ihr Chef mit einer
wegen zweifachen Mordes gesuchten Person getroffen hat«,
eröffnete er ihr, und sie sah ihm an der Nasenspitze an, wie
sehr es ihn ankotzte, freundlich sein zu müssen. Er hielt es für
unter seiner Würde, niederen Chargen wie ihr in den Hintern
kriechen zu müssen, aber offenbar sah er keine andere Chance, an Informationen zu gelangen. Seine beiden Begleiter
schenkten ihr überhaupt keine Beachtung. Die BKA-Leute

wurden allmählich Stammgäste in Dr. Engels Büro, was der Kriminalrätin nicht besonders zu gefallen schien.

»Aha.« Pia erwiderte seinen Blick mit ausdrucksloser Miene. Die beherrschte sie mittlerweile beinahe so gut wie Bodenstein.

»Machen wir's kurz«, schnarrte Störch. »Wissen Sie, wo er sich gerade aufhält?«

»Nein, weiß ich nicht«, antwortete Pia wahrheitsgemäß. »Ich habe im Augenblick auch ganz andere Sorgen als das Privatleben meines Chefs.«

»Sagt Ihnen der Name Annika Sommerfeld etwas?«

»Wenn er nichts mit meinen aktuellen Ermittlungen zu tun hat, nein.«

Ein kalter, abschätzender Blick.

»Frau Kollegin.« BKA-Bonze Störch merkte, dass er so nicht weiterkam, deshalb versuchte er es jetzt auf die kollegiale Tour. »Bodenstein ist ein alter Freund von mir aus Studienzeiten. Ich fürchte, er ist da in eine Sache hineingeraten, aus der er aus eigener Kraft nicht mehr herauskommt. Vielleicht hat ihm die Frau den Kopf verdreht, ihn angelogen, wer weiß. Helfen Sie ihm, und bewahren Sie ihn vor einem noch schlimmeren Fehler.«

»Wie kann ich das tun?«

»Nehmen Sie Kontakt mit ihm auf und bitten Sie ihn, sich mit uns in Verbindung zu setzen.«

»Okay. Das mache ich. War's das?«

»Jetzt«, beharrte Störch. »Rufen Sie ihn sofort an.«

Pia wechselte einen Blick mit Dr. Engel, dann zuckte sie die Schultern und griff nach dem Telefon.

»Passen Sie auf, dass er nicht misstrauisch wird«, kommandierte Störch. »Und stellen Sie auf Lautsprecher.«

Pia gehorchte. Wie erwartet sprang Bodensteins Mailbox an.

»Hallo, Chef«, sprach Pia aufs Band, ohne Störch dabei

aus den Augen zu lassen. »Ich habe hier ein kleines Problem und bräuchte Ihren Rat. Es ist dringend. Bitte rufen Sie mich so schnell wie möglich zurück.«

Sie legte auf. Ihr Blick begegnete dem von Nicola Engel, und sie las stummes Einverständnis. Ihrer Chefin war die Warnung, die sie Bodenstein vor allen Anwesenden aufs Band gesprochen hatte, aufgefallen, denn sie allein wusste, dass sich Pia und Bodenstein üblicherweise duzten.

»Sonst noch etwas?«

»Vorerst nicht. Danke.« Störch war sauer. »Und denken Sie dran: Diese Angelegenheit ist …«

»… topsecret«, unterbrach Pia ihn. »Schon klar.«

*

Jannis bezahlte den Taxifahrer mit dem Zwanzig-Euro-Schein, den er in die Tasche seines Bademantels gesteckt hatte, kletterte mühsam aus dem Taxi und stemmte sich auf die Krücken. Nach Marks eigenartigem Anruf hatte er vergeblich versucht, Ricky zu erreichen, bis das Guthaben auf seiner Telefonkarte aufgebraucht war.

Der Gedanke, dass im Haus eingebrochen und sein Arbeitszimmer komplett ausgeräumt worden war, hatte ihm keine Ruhe mehr gelassen. Ohne sich im Krankenhaus abzumelden, war er in Schlafanzug, Schlappen und Bademantel nach unten gehinkt und hatte sich ein Taxi genommen. Schlimm genug, dass Eisenhuts Schläger sein Portemonnaie, seinen Schlüsselbund und sein Handy mitgenommen hatten; wenn es stimmte, was Mark sagte, war alles weg, was er besaß. Der Weg vom Taxi bis zur Haustür überstieg beinahe schon seine Kräfte, Jannis war nass geschwitzt, als er auf die Klingel drückte. Warum waren die Rollläden heruntergelassen? Er klingelte ungeduldig ein zweites Mal, und endlich ging die Tür auf.

»Was ist hier los?«, fragte er Mark und schleppte sich an

ihm vorbei. Es dauerte ein paar Sekunden, bis sich seine Augen an das dämmerige Zwielicht im Innern des Hauses gewöhnt hatten. In der Diele erwartete ihn ein heilloses Durcheinander: aufgerissene Müllsäcke, Kleider, geschredderte Papierberge. Er blickte sich verständnislos um.

»Wo ist Ricky?«, wollte er wissen. »Was machst du eigentlich hier?«

Mark antwortete nicht. Er stand mit verschränkten Armen da, reglos, mit seltsam leerer Miene. Jannis war es herzlich egal, was mit Mark los war, sein Arbeitszimmer interessierte ihn viel mehr. Die schmale Wendeltreppe stellte ein beinahe unüberwindbares Hindernis dar, aber er kämpfte sich Stufe um Stufe hoch. Er hatte ein ähnliches Chaos erwartet wie unten; die völlige Leere versetzte ihm einen Schock. Das war ein Alptraum. Fassungslos starrte er auf die leeren Regale, den nackten Schreibtisch, sein Gehirn wollte nicht begreifen, was seine Augen sahen. Der Rückweg war noch beschwerlicher als der Weg nach oben, doch er konnte den Anblick einfach nicht mehr ertragen. Schwer atmend saß er schließlich auf der untersten Treppenstufe. Mark hatte sich nicht von der Stelle gerührt.

»Wann ist das passiert?« Jannis fuhr sich erschöpft mit der Hand über das schweißnasse Gesicht.

»Am Samstag schon«, erwiderte Mark. »Ricky wollte es dir nicht sagen. So, wie sie dir auch nicht gesagt hat, dass sie mit mir geschlafen hat.«

Jannis' Kopf zuckte hoch.

»Wie bitte?«

»Sie hat dir wahrscheinlich auch nicht gesagt, dass sie heute nach Amerika fliegt und den Mietvertrag für das Haus und den Laden gekündigt hat, oder?«

Jannis starrte den Jungen an. Hatte der jetzt komplett den Verstand verloren? Mark kickte mit der Fußspitze gegen einen der aufgerissenen blauen Müllsäcke.

»Ich habe das alles auch nur zufällig entdeckt«, fuhr er fort. »Genauso wie das hier.«

Er griff an seinen Hosenbund. Im nächsten Moment blickte Jannis in den Lauf einer Pistole, die ziemlich echt aussah.

»Spinnst du?« Er versuchte aufzustehen. »Tu das Ding weg!«

»Bleib sitzen«, erwiderte Mark. »Sonst schieß ich dir ins Bein.«

Ganz ruhig sagte er das. Bedrohlich ruhig. Jannis musste schlucken. Der emotionslose Ausdruck in Marks Augen jagte ihm Angst ein. Todesangst.

»Was ... was willst du?«, flüsterte er heiser.

»Wir warten hier auf Ricky«, erwiderte Mark. »Und dann will ich von euch wissen, warum ihr mich immer angelogen habt.«

*

Es gab einen Fahndungserfolg zu verzeichnen. Ralph Glöckner schien nicht zu ahnen, dass die Polizei nach ihm suchte, und war nach der Rückkehr aus dem Wochenende arglos im Goldenen Löwen aufgetaucht, um für die Woche einzuchecken.

»Der Wirt hat die Kollegen in Kelkheim informiert, und die haben zwei Streifenwagen geschickt«, berichtete Cem, während er neben Pia die Treppe hinunterging. »Er sitzt schon in Vernehmungsraum 1.«

»Wenigstens eine gute Nachricht heute«, knurrte Pia.

Glöckner war so ziemlich ihre allerletzte Hoffnung, nachdem alle anderen Verdächtigen nach und nach ausgefallen waren. Der Fall verfolgte sie seit Tagen bis in den Schlaf. Erst letzte Nacht hatte sie geträumt, Bodensteins Vater habe Hirtreiter erschossen und danach Annika Sommerfeld.

Ralph Glöckner erhob sich von seinem Stuhl, als Cem

und Pia den Vernehmungsraum betraten. Trotz seiner Größe waren seine Bewegungen geschmeidig, und selbst das unvorteilhaft bleiche Neonlicht konnte den Eindruck geballter Energie nicht mindern. Glöckner war ein Baum von einem Mann, und Pia fragte sich, wie sie diese auffällige Erscheinung auf dem Parkplatz der WindPro hatte übersehen können.

»Es geht um den vergangenen Dienstag«, begann sie, nachdem sie die Formalitäten für das Protokoll ins Mikrophon gesprochen hatte. »Wir haben erfahren, dass Sie am Abend mit Ludwig Hirtreiter gesprochen haben.«

»Ja, das stimmt«, bestätigte Glöckner, stützte die Arme auf die Tischplatte und faltete seine sonnenverbrannten Pranken. Knapp und sachlich schilderte er, wie Rademacher und er nach einem gemeinsamen Abendessen spontan nach Ehlhalten gefahren waren, um ein weiteres Mal Überzeugungsarbeit bei Ludwig Hirtreiter zu leisten. Da dieser zwar nicht bereit gewesen sei, mit Rademacher zu sprechen, wohl aber mit ihm, habe er ihn auf den Rabenhof gefahren, während Rademacher übel gelaunt auf dem Parkplatz der Krone zurückgeblieben sei. Auf der Fahrt zum Hof hatte Hirtreiter einen müden, erschöpften Eindruck gemacht. Er habe keine Lust mehr, sich zu ärgern, hatte er gesagt. Der Streit innerhalb der Bürgerinitiative und seiner Familie würde ihn zermürben. Das viele Geld interessiere ihn nicht, er fürchte nur, das Gesicht vor den anderen Leuten zu verlieren.

»Wir haben eine gute halbe Stunde geredet«, schloss Glöckner seine Aussage, »dann bin ich wieder gefahren. Hirtreiter wollte noch einmal in Ruhe über eine einvernehmliche Lösung des Problems nachdenken.«

Es gab bedauerlicherweise nicht den geringsten Grund, an dem, was er sagte, zu zweifeln. Verdammt.

»Ist Ihnen irgendetwas auf dem Hof aufgefallen?«, fragte Pia in der Hoffnung, doch noch irgendetwas Hilfreiches zu erfahren. »Ein Auto? Ein Motorroller? Hat Hirtreiter vielleicht einen Anruf bekommen?«

Glöckner legte die Stirn in Falten und dachte nach. Zu Pias Enttäuschung schüttelte er aber nach einer Weile den Kopf.

»Na ja. Trotzdem danke.« Sie rang sich ein Lächeln ab. Es war zum Verrücktwerden. »Wenn Sie gleich bitte noch das Protokoll unterschreiben würden, dann dürfen Sie gehen.«

Sie stand auf und kontrollierte ihr Handy. Bodenstein hatte sich nicht gemeldet. Verdammt. Sein gefährlicher Wettlauf mit dem Verfassungsschutz war nicht eben förderlich für ihre Konzentration. Gerade als sie sich anschickte, den Vernehmungsraum zu verlassen, schien Glöckner noch etwas einzufallen.

»Ach, Frau Kommissarin«, hielt er sie zurück, »ich glaube, da war doch noch etwas, was Sie wissen sollten.«

Sein Blick schien Pia regelrecht abzuscannen.

»Ja?«

»Ihre Frisur hat mich gerade daran erinnert.« Er lächelte und lehnte sich zurück.

»An was?« Pia trat zurück an den Tisch. Sie hatte sich morgens in der Eile die Haare zu zwei kurzen Zöpfen geflochten, statt sie zu waschen.

»Als ich zurück zum Dorf gefahren bin, da kam mir ein Auto entgegen. Na, der hat's ja eilig, hab ich mir noch gedacht. Ich musste voll in die Bremsen gehen und fast bis in den Graben ausweichen.«

Pia ließ ihr Handy sinken und starrte ihn an. In ihr stieg eine Ahnung auf, die sich mit zittrigem Herzklopfen mischte.

»Jetzt machen Sie's nicht so spannend«, drängte Cem ungeduldig. Glöckner beachtete ihn nicht.

»Am Steuer saß eine Frau. Eine blonde Frau mit Zöpfen. Vielleicht hilft Ihnen das irgendwie weiter.«

Da war er, jener magische Moment während jeder Ermittlung, der Durchbruch, auf den sie gewartet und gehofft hatte.

»O ja«, erwiderte Pia. »Ich denke, das tut es.«

*

Der Schlüssel drehte sich im Schloss, die Haustür schwang auf. Für ein paar Sekunden zeichnete sich schwarz ihr Umriss gegen die Helligkeit draußen ab. Er wappnete sich innerlich, doch beim Duft ihres Parfüms schossen ihm die Tränen in die Augen. Jannis hatte schon vor einer ganzen Weile aufgehört zu reden und stöhnte nur noch hin und wieder leise.

»Hallo, Ricky«, sagte er. Sie fuhr herum und stieß einen unartikulierten Laut des Erschreckens aus. Dann erkannte sie ihn. Der Lauf der Pistole, die sich nach zwei Stunden vertraut in seiner Hand anfühlte, zitterte leicht, als er ihn nun auf Ricky richtete.

»Mensch, Mark! Wie kannst du mich so …« Sie verstummte, als sie die Waffe in seiner Hand sah, und runzelte die Stirn. »Was tust du hier? Woher hast du die Pistole?«

Mark überhörte ihre Frage.

»Ich hab drauf gewartet, dass du mich anrufst«, sagte er und merkte selbst, wie dünn seine Stimme klang. »Und als du dich nicht gemeldet hast, bin ich hierher gekommen.«

Rickys Blick fiel auf Jannis, der auf einem Stuhl in der dunklen Küche saß, und sie riss überrascht die Augen auf.

»Schatz!«, rief sie. »Wieso bist du nicht im Krankenhaus?«

»Weil ich mich von dir verabschieden wollte, bevor du nach Los Angeles fliegst«, antwortete Jannis sarkastisch. »Du hattest das ja wohl nicht vor.«

»Wie kommst du denn darauf, dass ich nach *Los Angeles* fliege?« Sie riss die Augen auf und lächelte ungläubig. »Ich bin auf dem Weg nach Hamburg, zu meinen Eltern.«

»Ach ja? Seit wann wohnen deine Eltern in Hamburg? Vielleicht, seitdem dein Vater seinen *Konzern* verkauft hat und von seinen *Millionen* lebt?«

»Verdammt, was soll denn das?« Ricky starrte ihn ein paar Sekunden lang an. Derart unvorbereitet ertappt, fiel ihr auf die Schnelle keine neue Lüge ein. Ein Ausdruck von Unsicherheit huschte über ihr Gesicht, aber sie hatte sich sofort wieder im Griff.

»Hör doch endlich mal auf zu lügen«, fuhr Jannis sie an. »Mark hat die Bestätigung der Flugbuchung in deinem Laptop gefunden«, sagte er. »Du hast die Pferde weggebracht und die anderen Tiere auch. Und damit du dich in Ruhe aus dem Staub machen kannst, hast du mir verschwiegen, dass bei einem Einbruch mein ganzes Arbeitszimmer ausgeräumt worden ist.«

»Du hast *was*?« Sie wandte sich zu Mark um. »Was fällt dir ein, in meinem Laptop herumzuschnüffeln?«

»Ich … ich …«, stotterte er eingeschüchtert.

»Sag es doch!«, forderte Jannis ihn auf. »Erzähl ihr, was Frauke dir gesagt hat! Von wegen in Amerika studiert und reicher Vater! Pah! Noch nicht mal deine Hundetrainerscheine und Auszeichnungen sind echt. Du bist eine verlogene Schlampe, mehr nicht!«

Rickys Augen wurden schmal vor Zorn.

»Na, du musst ja gerade was sagen!«, zischte sie. »Der Windpark war dir doch immer scheißegal, du wolltest dich doch bloß rächen, dafür war dir jedes Mittel recht!«

»Das ist nur halb so jämmerlich wie deine erfundene Vergangenheit!«, erwiderte Jannis höhnisch. »Du bist echt nichts als eine leere Seifenblase!«

»Und du bist ein egoistisches Arschloch, das nur große Sprüche klopfen kann und alleine nichts auf die Beine kriegt! Ein Versager bist du!«

Fassungslos verfolgte Mark die gegenseitigen Beschuldigungen und Beschimpfungen, die immer verletzender und gehässiger wurden. Wort für Wort zerfetzten sie die Illusion von Liebe und Respekt, an die er geglaubt und sich geklammert hatte. Sie stritten wie seine Eltern, schlimmer noch. Bösartiger und vernichtender.

»Ruhe!«, schrie Mark dazwischen. »Hört auf damit!«

Er konnte es nicht länger ertragen, wie die beiden Menschen, die er am meisten auf der Welt geliebt und bewundert hatte, sich vor seinen Augen zerfleischten. Es war noch viel schlimmer als der Tag, an dem er Micha verloren hatte, tausend Mal größer die Enttäuschung und der Schmerz. Wie war er bloß auf die irrsinnige Idee gekommen, sie beide zu zwingen, ihre Lügen zu gestehen? So hatte er sich das nicht vorgestellt.

»Und du, du kleiner mieser Schnüffler«, fauchte Ricky ihn an. »Was fällt dir überhaupt ein, in meinen Sachen herumzuwühlen, he? Kannst du mir mal sagen, was du hier für eine Nummer abziehst?«

Die Verachtung in ihrer Miene war unbeschreiblich.

Mark schluckte. Nichts an ihr war mehr schön, ihr Gesicht nur noch eine hässliche Fratze, hinter der die Person zum Vorschein kam, die sie wirklich war: eine rücksichtslose Egoistin, kalt und herzlos.

»Ich will … ich will wissen, warum ihr mich so angelogen habt.« Er kämpfte verzweifelt gegen die aufsteigenden Tränen. »Ich will, dass ihr mir beide die Wahrheit sagt.«

Ricky musterte ihn und schüttelte den Kopf.

»Ts«, machte sie verächtlich. »Du bist doch nicht mehr ganz dicht! Was bildest du dir ein? Glaubst du, ich wäre dir Rechenschaft schuldig?«

Sie machte eine wegwerfende Handbewegung und lachte spöttisch. Und da geschah etwas in Marks Innerem. Es war, als ob plötzlich ein Schalter umgelegt worden wäre. Jetzt, da das Schlimmste, das er sich hatte vorstellen können, tatsächlich eingetreten war, fiel die Angst von ihm ab, dafür flammte kalter Hass in ihm auf. Sein ganzes Leben war bisher von der Furcht bestimmt worden, jemanden zu verlieren, den er liebte: erst seine Eltern, dann Micha, schließlich Jannis und Ricky. Nun hatte er sie verloren. Alle. Einer nach dem anderen hatte ihn enttäuscht, angelogen und im Stich gelassen. Wovor sollte er sich jetzt noch fürchten? Ihm war alles gleichgültig. Vollkommen gleichgültig.

»Ich hör mir das nicht mehr länger an«, sagte Ricky entschlossen.

»Bleib stehen«, warnte Mark.

»Jetzt hör auf mit dem Scheiß.« Ricky klang verärgert, sie streckte den Arm aus und griff unerschrocken nach der Pistole.

Da drückte Mark ab. Haarscharf flog die Kugel an ihrem Arm vorbei und bohrte sich in die Wand neben der Haustür. Der Knall des Schusses war viel lauter, als er erwartet hatte.

»Bist du bescheuert?«, schrie Ricky und taumelte zurück. »Du hast doch echt nicht mehr alle Tassen im Schrank, du kleiner Idiot! Um ein Haar hättest du mich getroffen!«

»Das nächste Mal treffe ich, das kannst du mir glauben«, versicherte Mark. Die Angst in ihren Augen gab ihm ein gutes Gefühl. Es war beinahe so, als säße er an seinem Computer. Doch diesmal war die Waffe in seiner Hand echt.

*

»Was soll das heißen, Sie haben die Streife abgezogen?«

»Es war Schichtwechsel. Und dann mussten wir zu einer Schlägerei in einer der Schulen hier.«

Pia musste sich bemühen, nicht zu schreien. Sie war stinksauer. Seit knapp drei Stunden war das Haus von Friederike Franzen ohne Überwachung!

»Ich will, dass in spätestens zehn Minuten zwei Streifenwagen am Haus sind«, sagte sie scharf. »Einer direkt vor dem Haus und der andere unten auf dem Feldweg. Und gebt Bescheid, wenn sich dort etwas tut.«

Sie legte auf, bevor der Kollege von der Königsteiner Polizeistation irgendwelche Einwände erheben konnte.

»Idioten«, brummte sie verärgert. Das Chefbüro war unpraktisch, deshalb saß sie wieder an ihrem eigenen Schreibtisch.

»Pia, ich hab von Frauke Hirtreiter Frau Franzens Handynummer bekommen.« Kathrin erschien im Türrahmen. »Die Anfrage bei ihrem Mobilfunkanbieter läuft schon. Außerdem habe ich einen Antrag auf Erstellung eines Bewegungsprofils von Mark Theissens Handy gestellt.«

»Sehr gut. Wir brauchen von beiden auch Einzelverbindungsnachweise.«

»Kriegen wir in der nächsten halben Stunde.«

»Super. Sag bitte Kröger Bescheid, dass er mal rüberkommen soll.«

»Mach ich.«

»Die Fahndung nach Friederike Franzen läuft«, verkündete Cem. »Ich hab ihr Autokennzeichen herausgefunden.«

Am Schreibtisch gegenüber telefonierte Kai mit der Staatsanwaltschaft wegen eines Haftbefehls. Cem rief als Nächstes die Schule von Mark Theissen an, um herauszufinden, ob der Junge zum Unterricht erschienen war. Zu Hause war er seit seiner Flucht über den Balkon nicht mehr aufgetaucht, seine Mutter war in heller Aufregung. Mit dem roten Roller konnte er nicht unterwegs sein, denn den hatte die Königsteiner Polizei seit Samstag in Verwahrung.

Pia blätterte in der Akte Hirtreiter und ließ im Geiste den vergangenen Samstag Revue passieren. Wieso hatte sie nicht viel eher erkannt, dass mit Ricky Franzen etwas nicht stimmte? Sie hatte sich komisch verhalten. Ihre Tasche war nicht in der Küche, sondern im Auto gewesen, also hatte sie gelogen! Weshalb hatte sie sich so erstaunlich schnell von ihrem Schrecken erholt? Mit wem hatte sie telefoniert? Und was lief da zwischen ihr und Mark Theissen?

»Du wolltest mich sprechen?« Kröger kam ins Büro.

»Hey, Christian. Danke, dass du so schnell gekommen bist.« Pia sog nachdenklich an ihrer Unterlippe. »Was ist mit dem Bericht über das Gewehr, das wir bei Frauke Hirtreiter gefunden haben? Ich kann ihn in der Akte nicht finden.«

»Liegt noch auf meinem Schreibtisch. Was brauchst du?«

»Habt ihr Fingerabdrücke an der Waffe gefunden?«

»Jede Menge.« Kröger runzelte die Stirn. »Wieso?«

»Wir gehen mittlerweile davon aus, dass Friederike Franzen Hirtreiter erschossen und das Gewehr später Frauke untergeschoben hat. Es wäre hilfreich, wenn wir ihre Fingerabdrücke an der Waffe hätten.«

»Haben wir einen Vergleichsabdruck von ihr?«

»Bis jetzt noch nicht.«

»Mark ist natürlich nicht in der Schule«, sagte Cem vom Nachbarschreibtisch aus. »Was machen wir jetzt?«

Das Telefon auf Pias Schreibtisch begann zu klingeln, gleichzeitig summte ihr Handy. Henning! Ausgerechnet jetzt fiel ihm ein, sich zu melden, nach vier Tagen Funkstille! Pia reichte Kröger ihr Handy.

»Hier«, sagte sie finster. »Dein spezieller Freund. Frag ihn doch bitte, was er will.«

Sie nahm den Hörer des Telefons ab. Eine aufgeregte Stimme schrie ihr ins Ohr, und sie brauchte einen Moment, bis sie begriff, dass sie den Revierleiter der Königsteiner Polizeistation am Apparat hatte. Ihr Gesicht verdüsterte sich, während sie schweigend lauschte.

»Das darf doch wohl nicht wahr sein«, stieß sie hervor. »Ich hatte ausdrücklich gesagt, dass sie vor dem Haus auf uns warten sollen! Ja ... nein ... darum kümmern wir uns. Ihr sperrt die Straße und den Feldweg ab, und zwar weiträumig. Wir sind in einer Viertelstunde da.«

Sie legte auf und blickte hoch.

»Was ist passiert?«, fragte Kai alarmiert.

»Mark Theissen hat Frau Franzen in ihrem Haus als Geisel genommen«, entgegnete Pia düster. »Und er hat gerade einen Kollegen, der an der Haustür geklingelt hat, angeschossen.«

Sie holte tief Luft, verfluchte im Stillen Bodenstein, der mit seiner Lügenmaus eine fröhliche Landpartie unternahm, und dann lautstark die Kollegen, die eigenmächtig die Überwachung des Hauses in Schneidhain eingestellt hatten.

»Kai«, sagte sie und stand auf, »du kümmerst dich um das ganze Programm. SEK, Notarzt, Psychologe, was weiß ich. Cem und Kathrin, wir fahren gleich los.«

»Kannst du mich auch gebrauchen?«, erkundigte sich Kröger.

»Klar. Immer. Und denkt an eure Westen. Wir treffen uns in drei Minuten unten auf dem Parkplatz.«

Sie schulterte ihren Rucksack und setzte sich in Bewegung. Da fiel ihr Henning ein.

»Was wollte er eigentlich?« Sie streckte die Hand nach ihrem Handy aus.

»Och, das soll er dir lieber selbst sagen«, wich Kröger aus.

»Na, komm schon. Was?«

»Wenn ich ihn richtig verstanden habe, dann hat er in England geheiratet.«

*

Alles hatte reibungslos geklappt. Ein bisschen war Bodenstein sich wie in einem Agentenfilm vorgekommen, als er die kleine Privatbank im Züricher Börsenviertel betreten und sich mit dem Codewort *Climategate* legitimiert hatte. Man hatte ihm problemlos Zugang zum Tresorraum im Keller des Gebäudes verschafft, er hatte das Schließfach aufgeschlossen und den schwarzen Pilotenkoffer herausgenommen. Zehn Minuten später hatte er wieder auf der Straße gestanden, mit klopfendem Herzen und weichen Knien. Er hatte sich unauffällig umgesehen, aber niemand hatte ihm Beachtung geschenkt. Trotzdem war er erleichtert gewesen, als er auf der Autobahn wieder Richtung Winterthur gefahren war.

Eine Stunde später hatte er Konstanz erreicht. Die Schweizer und die deutschen Grenzbeamten hatten ihn durchgewinkt, und um Punkt ein Uhr bog er auf den Parkplatz des Hotels Schiff am See direkt an der Ablegestelle der Fähre ein. Annika hatte ihn bereits kommen sehen und eilte auf ihn zu. Sein Herz wurde weit vor Glück, als er das erleichterte Strahlen auf ihrem Gesicht sah, im nächsten Moment fiel sie ihm um den Hals und küsste ihn.

»War eine spannende Angelegenheit«, grinste er.

»Oh, Oliver! Ich weiß nicht, wie ich dir das jemals danken kann!«

»Das war ja nur der erste Schritt«, gab er zu bedenken. »Ich fürchte, es wird erheblich schwieriger, mit Störch und den BKA-Leuten zu verhandeln.«

Annika ließ ihn los. Das Lächeln verschwand von ihrem Gesicht und machte Bedrücktheit Platz. Eine leichte Brise, die vom See kam, zerzauste ihr Haar. Sie schob eine Strähne hinter das Ohr.

»Was mache ich, wenn ich ihre Beweise nicht entkräften kann?«, flüsterte sie und sah ihn aus großen Augen an. »Dirk hat so viel Macht und Einfluss, ich traue ihm einfach alles zu. Er will mich aus dem Weg haben.«

»Wir leben immer noch in einem Rechtsstaat«, sagte Bodenstein voller Überzeugung und öffnete den Kofferraum. »Niemand wird bei uns einfach so ins Gefängnis gesteckt.«

»Dein Glaube an den Rechtsstaat in allen Ehren.« Annika seufzte. »Ich habe leider schon ganz andere Sachen erlebt.«

Sie wirkte so verloren und traurig, dass es Bodenstein weh

tat. Er streckte die Hand aus und strich ihr über die Wange. An einem wunderschönen Tag wie heute vor dieser herrlichen Kulisse sollte kein Platz für so düstere Gedanken sein. Der Alptraum würde für Annika bald vorbei sein, und dann würden sie jede Menge Zeit für angenehmere Gespräche und Ausflüge haben.

»Auf der Fahrt habe ich mir überlegt, dass du einen richtig guten Anwalt brauchen wirst«, sagte er. »Und mir ist auch schon jemand eingefallen. Dr. Clasing ist Strafrechtsspezialist, einer der besten in Deutschland. Ich habe ihn vor ein paar Jahren bei einem Fall kennengelernt, und er schuldet mir noch etwas. Ich werde ihn gleich anrufen, wenn du einverstanden bist.«

»Ja, natürlich bin ich das.« Sie berührte den Pilotenkoffer mit den Fingerspitzen und zog schaudernd ihre Hand wieder zurück. »Menschen, die ich gekannt habe, mussten wegen dem Inhalt dieses Koffers sterben. Es ist alles so schrecklich.«

»Komm.« Bodenstein legte den Arm um ihre Schultern und schloss energisch den Kofferraumdeckel. »Jetzt sehen wir zu, dass wir die nächste Fähre erwischen, und dann gehen wir etwas essen. Ich habe einen Bärenhunger.«

∗

Vor der Absperrung an der Straße, in der Rickys Haus lag, hatte sich bereits ein Menschenauflauf gebildet. Pia drängte sich durch, bis sie den Einsatzleiter gefunden hatte.

»Der hat die Tür aufgemacht und sofort geschossen«, sagte der Königsteiner Polizeihauptkommissar Werner Sattler aufgewühlt. »Eiskalt!«

»Wie geht es dem Kollegen?«, erkundigte Pia sich.

»Ich weiß es nicht. Als sie ihn ins Krankenhaus gebracht haben, war er ansprechbar. Zum Glück hatte er die Schutzweste an, sonst wäre er jetzt wohl tot.«

Pia blickte zum Haus hinüber. Alle Rollläden waren heruntergelassen, unter dem Carport standen Theodorakis' schwarzer BMW und der dunkle Audi von Frau Franzen. Kröger diskutierte mit Kollegen und ließ eine zweite Absperrung errichten, etwa fünfzig Meter vom Haus entfernt. Das SEK traf ein. Der dunkle Bus mit den verspiegelten Scheiben, der als Einsatzzentrale dienen sollte, wurde so nah wie möglich hinter die vordere Absperrung dirigiert. Cem kam näher, das Telefon am Ohr. Notarztwagen und Feuerwehr bogen in die Straße ein.

»Wie lange sind die beiden schon im Haus?«, erkundigte sich Cem.

»Ich weiß es nicht genau.« Sattler zuckte die Schultern und fuhr sich mit einem Taschentuch über die schweißnasse Stirn. Eine Geiselnahme hatte es in dem kleinen Taunusstädtchen noch nie gegeben, er war sichtlich überfordert.

»Wann haben Sie die Streife abgezogen?«, fragte Cem weiter.

»Herrgott, ich weiß jetzt auch, dass das ein Fehler war!«, fuhr Sattler auf. »Das müssen Sie mir nicht noch unter die Nase reiben.«

Pia öffnete schon den Mund zu einem saftigen Vorwurf, aber Cem war schneller als sie.

»Das wollte ich auch nicht«, entgegnete er ruhig. »Aber dann können wir den Zeitraum besser eingrenzen.«

Sattler überlegte einen Moment. »Gegen sieben.«

Jetzt war es halb eins. Fünfeinhalb Stunden war das Haus unbeobachtet gewesen. Eine verhängnisvolle Panne.

»Wir sollten die Nachbarn fragen«, schlug Cem vor. »Vielleicht haben die etwas beobachtet.«

»Gute Idee.« Christian Kröger nickte in Richtung des Nachbarhauses. »Da drüben wohnt die Terrorismusexpertin der Siedlung. Ich wette einen Fünfziger, dass die den ganzen Tag im Fenster gelegen haben.«

»Okay.« Cem grinste kurz. »Dann geh ich mal rüber.«

»Christian«, wandte Pia sich an Kröger. »Lass Frauke Hirtreiter holen. Außerdem soll jemand zu Theodorakis ins Krankenhaus fahren. Ich brauche einen exakten Grundriss des Hauses.«

Kröger nickte und griff zu seinem Telefon. Der Leiter der SEK-Einheit näherte sich. Pia kannte Joachim Schäfer von verschiedenen gemeinsamen Einsätzen und zwei Lehrgängen an der Polizeischule, die er geleitet hatte. Er war ein arroganter Macho, aber der beste Mann für diese Aufgabe.

»Tach«, sagte er zu Pia und setzte seine verspiegelte Sonnenbrille ab. »Was haben wir hier? Wie ist die Lage?«

Seine Männer in den anthrazitschwarzen Westen, mit schwarzen Sturmmasken vor den Gesichtern und den martialisch anmutenden schwarzen Helmen, sammelten sich am Einsatzwagen.

»Hallo, Joe. Viel wissen wir auch noch nicht.« Pia und Kröger folgten ihm in das Innere des Einsatzwagens, der bis unters Dach mit modernster Technik ausgestattet war. Rasch klärten sie den SEK-Mann und seine Leute über die vermutete Situation im Haus und die Örtlichkeiten auf.

»Der Geiselnehmer ist bewaffnet und hat bereits auf einen Kollegen geschossen«, schloss Pia. »Er ist sechzehn Jahre alt und psychisch labil. Wir müssen davon ausgehen, dass er wieder Gebrauch von seiner Waffe machen wird.«

Schäfer runzelte die Stirn, dann nickte er und gab seinen Männern knappe Anweisungen. Die beiden Scharfschützen sollten auf den Dächern des gegenüberliegenden und des benachbarten Hauses Stellung beziehen, alle anderen SEK-Männer wurden vor und hinter dem Haus von Frau Franzen postiert. Pia beneidete sie nicht um ihren Job. Es war kein Vergnügen, bei 26 Grad im Schatten in voller Kampfmontur stundenlang regungslos zu verharren, ohne die Konzentration zu verlieren.

»Gibt es schon irgendwelche Forderungen?«, fragte Joe Schäfer.

»Nein. Keine.«

Cem kletterte ins Innere des Busses. Die Nachbarn hatten, wie Kröger richtig vermutet hatte, alles beobachtet, was sich am Vormittag am Nachbarhaus abgespielt hatte. Anders als bisher angenommen, hatte Mark zwei Geiseln in seiner Gewalt, denn vor zwei Stunden war Jannis Theodorakis mit dem Taxi vorgefahren und in Bademantel und Schlappen auf Krücken im Haus verschwunden. Frau Franzen war etwas später aufgetaucht. Bereits am frühen Morgen hatte sie ihre beiden Pferde aufgeladen und weggefahren, ebenso ihre anderen Tiere, die sie im Garten hielt.

»Die Eltern von Mark sind eben gekommen«, ergänzte Cem seinen Bericht. »Und der Psychologe ist da.«

»Gut.« Pia nickte. »Ich rede mit den Eltern. Und dann rufe ich Mark auf dem Handy an.«

»Okay.« Joe Schäfer nickte. Pias Handy klingelte. Es war Kai, der ihr mitteilte, dass Friederike Franzen laut Auskunft des Mobilfunkanbieters am Samstag bei Stefan Theissen angerufen hatte. Pia musste sich das andere Ohr zuhalten, da Schäfer und Cem ebenfalls telefonierten.

»Und die beiden haben nicht nur dieses eine Mal miteinander gesprochen, sondern ziemlich häufig«, berichtete Kai. »Allein am Samstag viermal: um 7:12, um 8:15, um 9:45 und um 14:32 Uhr. Auch heute Morgen haben sie telefoniert. Eigenartig, oder?«

So eigenartig fand Pia das gar nicht, denn es bestätigte ihren Verdacht. Friederike Franzen war am Samstag nicht überfallen worden, da war sich Pia mittlerweile ganz sicher.

Potsdam, 31. Dezember 2008

Es dämmerte schon, vereinzelt krachten Böller. Frierend zog sie die Jacke enger um ihre Schultern, ihre Schuhe knirschten im Schnee. Sie bereute, dass sie das Auto am Parkplatz vor dem Yachthafen zurückgelassen hatte, denn sie hatte die Entfernung unterschätzt. Als sie endlich vor dem Tor stand und über die schneebedeckte Rasenfläche zu der Villa hinüberschaute, deren große Fenster heimelig leuchteten, war sie in Schweiß gebadet. Ihr Herz krampfte sich zusammen. Sie legte die Hände um die kalten Gitterstäbe und kämpfte gegen die Tränen. Das sollte ihr Haus sein. Sie hatte mit Dirk darin leben wollen, und jetzt hatte sich diese Bettina dort breitgemacht! Der Zaun war noch nicht fertig, das wusste sie, deshalb ging sie an der winterkahlen Hecke entlang, bis sie eine Stelle gefunden hatte, durch die sie sich mühelos hindurchquetschen konnte. Still lag der See da, die Bäume streckten ihre kahlen Äste in die frostkalte Luft. Ihr Atem stand wie eine Wolke vor ihrem Mund, und plötzlich flutete der Hass durch ihren Körper, so heiß, dass sie glaubte, der Schnee müsse unter ihren Füßen schmelzen. Ihr Herz schrie nach Rache. Dirk hatte sie belogen und betrogen, er hatte Cieran nach Berlin gelockt und getötet und wollte ihr nun den Mord in die Schuhe schieben, um sie los zu sein! Mit ein paar Schritten war sie an der Haustür und drückte auf die Klingel.

»Ach, hallo«, sagte Bettina erstaunt. »Das ist ja eine Überraschung!«

Sie war schöner, als sie sie in Erinnerung gehabt hatte. Glänzende dunkle Haare, perfekte Figur, zarte, leicht ge- bräunte Haut.

»Ist Dirk zu Hause?«, fragte sie.

»Nein.«

Misstrauen im Blick. Und auch Angst.

»Kann ich auf ihn warten?«

»Nein. Gehen Sie.«

Welche gemeinen Lügen hatte er ihr wohl über sie erzählt? Unsanft drängte sie die Frau zur Seite, stand in der großen Eingangshalle und kämpfte mit ihrem Hass. Der große, wunderschön geschmückte Weihnachtsbaum leuchtete rot und golden, im Grünen Salon war eine lange Tafel pracht- voll gedeckt. Sie erwarteten offenbar Gäste, um mit ihnen fröhlich ins neue Jahr zu feiern. Diesen Gedanken konnte sie nicht ertragen. Monate hatte sie in diesem Haus zugebracht, mit Architekten, Innenausstattern und Handwerkern. Sie hatte die Arbeiten überwacht, aus der Ruine eine prachtvolle Villa gemacht. Abend für Abend war sie mit Dirk durch die Räume gegangen, sie hatten die Fortschritte der Bauarbeiten besprochen. Wie hatte sie ahnen können, dass er das alles für eine andere Frau geplant hatte? Der Hass wurde gewaltig, wahnsinnig, stärker als alles andere. Diese Frau hatte ihr Dirk gestohlen.

»Ich rufe die Polizei, wenn Sie nicht gleich gehen«, ver- nahm sie Bettinas ängstliche Stimme hinter sich. Sie wand- te sich um. Ganz in Weiß gekleidet stand sie da auf dem schwarzweiß gemusterten Marmorboden, groß und schön, wie die Dame im Schachspiel. Und was war sie selbst? Der Bauer, der geopfert werden sollte?

Später konnte sie sich nicht mehr erinnern, wie es ge- schehen war, aber plötzlich hatte sie den Schürhaken in der Hand gehabt, und auf Bettinas makellosem Gesicht war Blut gewesen. Viel Blut. Sie erinnerte sich an einen erstaunten

Ausdruck in babyblauen Puppenaugen, an das Splittern von Porzellan und Kristall. Verschwommen die Erinnerung an flackernde Kerzen, an heißes Wachs auf ihren kalten Fingern, an den Baum, der wie eine Fackel brannte. Wie ausgehungert fraßen sich die Flammen in die langen Vorhänge, leckten an Tapeten und Decke. Sie stand da, fasziniert und abgestoßen zugleich.

Sie würde dieses Haus nicht haben, nicht diese Frau, die all das Wunderbare zerstört hatte, das zwischen ihr und Dirk gewesen war. Hinter ihr barst eine Fensterscheibe mit einem scharfen Knall, dann eine zweite. Angefacht vom Sauerstoff verwandelte sich das Feuer in ein Inferno.

»Ein gutes neues Jahr wünsch ich dir«, sagte sie zu Bettina, machte einen großen Schritt über sie hinweg und ging zur Haustür. Der 31. Dezember 2008 würde für Dirk Eisenhut ein ganz und gar unvergesslicher Tag werden, dafür wollte sie sorgen.

Marks Handy war abgeschaltet, ebenso die Telefone von Theodorakis und Frau Franzen. Frauke Hirtreiter war eingetroffen und hatte eine grobe Skizze des Hausinnern gezeichnet, die sich Schäfer und seine Leute genau ansahen. Auch Dr. Nicola Engel war erschienen und hatte die Leitung der Aktion an sich gerissen. Sie diskutierten, wie man am besten ins Haus gelangen konnte, um den Geiselnehmer mit Blendgranaten oder Tränengas unschädlich zu machen und zu überwältigen.

»Wir wissen doch gar nicht, wo er sich aufhält«, wandte Pia ein.

»Das spielt keine Rolle«, erwiderte Schäfer von oben herab. »So groß ist das Haus nicht, und wir machen so etwas nicht zum ersten Mal.«

»Aber ich bin dagegen«, sagte Pia scharf. »Wir sollten erst mit Mark sprechen.«

Der Junge war tief traumatisiert. Was seine Eltern und Frauke Hirtreiter ihr eben erzählt hatten, hatte ihr vor Augen geführt, in welcher emotionalen Ausnahmesituation sich Mark Theissen befinden musste. Was ihn letztendlich dazu veranlasst hatte, die beiden Menschen, die er über alles bewunderte, als Geiseln zu nehmen, wusste niemand.

»Versuchen wir es doch auf dem Festnetz«, schlug Pia vor. Ihr entging nicht der genervte Blick, den Schäfer mit seinen beiden Leuten wechselte. Sie waren für die schnelle Lösung, doch ihr erschien das im Hinblick auf das Leben der beiden Geiseln zu riskant.

Der Polizeipsychologe wählte die Nummer, die Frauke ihm nannte, und wartete gespannt, während das Freizeichen ertönte. Der Anrufbeantworter sprang an, mitten in der Ansage wurde abgenommen.

»Ja?«

»Mark, hier ist Günther Reul. Ich bin Psychologe, und ich möchte mit dir reden.«

»Ich aber nicht mit Ihnen.«

»Wir machen uns große Sorgen um dich. Deine Eltern sind auch hier. Willst du mit ihnen sprechen?«

Pia begegnete dem verzweifelten Blick von Marks Vater. Er und seine Frau saßen im hinteren Teil des Busses auf einer Bank.

»Nein, lasst die bloß weg«, erwiderte der Junge schroff. »Ist die Frau da, mit der ich am Samstag geredet hab?«

»Welche Frau meinst du?«, fragte der Polizeipsychologe.

»Die blonde Kripotante«, ertönte Marks Stimme aus dem Lautsprecher. »Sie soll herkommen.«

Pias Herz machte einen erschrockenen Satz. Damit hatte sie nicht gerechnet.

»Aber Mark, sie ist nicht …«, begann der Psychologe.

»Ich will die Frau«, beharrte der Junge. »Sonst niemanden. Und sie soll ein paar Dosen Red Bull mitbringen. In zehn Minuten, vor der Haustür.«

Damit legte er auf. Der Polizeipsychologe verzog resigniert das Gesicht.

»Das kommt gar nicht in Frage«, lehnte Kriminalrätin Engel kategorisch ab. »Frau Kirchhoff wird auf gar keinen Fall in das Haus gehen.«

»Was wollen Sie denn sonst machen?«, entgegnete Pia. »Außerdem glaube ich nicht, dass Mark mir etwas antut.«

»Sie sind doch gar nicht für so etwas ausgebildet.« Der Psychologe war gekränkt, die SEK-Leute argumentierten zu Recht mit der Gefährlichkeit des Jungen. Pia war weiß Gott nicht scharf darauf, die Heldin zu spielen und sich freiwillig in die Gewalt eines durchgedrehten bewaffneten Teenagers zu begeben, aber für sie gab es keine Alternative. Irgendwie musste sie den Jungen beruhigen und ihn überreden, ihr seine Waffe zu geben, bevor er ein Blutbad anrichtete und sich für den Rest seines Lebens unglücklich machte.

*

Bis Würzburg war die Fahrt problemlos verlaufen, aber danach stockte der Verkehr alle paar Kilometer, bis sie schließlich in der Höhe von Marktheidenfeld im Stau standen und nur noch im Schritttempo vorankamen. Bodenstein warf Annika einen Blick zu. Beim Mittagessen in Radolfzell war sie guter Dinge gewesen, richtig fröhlich. Bodenstein hätte ihr am liebsten vorgeschlagen, nicht sofort zurück nach Frankfurt zu fahren. Die Aussicht auf eine weitere Nacht mit ihr, bevor er sie den Kollegen übergeben musste, war verlockend gewesen, doch dann hatte seine Vernunft die Oberhand behalten. Annika war sich ganz sicher, dass ihr Stiefvater Eisenhut unverzüglich von ihrem Auftauchen unterrichtet hatte, deshalb wuchs die Gefahr, dass man sie finden könnte, von Stunde zu Stunde. Seit einer ganzen Weile hatte sie kaum ein Wort gesagt, ihr Gesicht war blass und angespannt.

»Gleich heute Abend fahren wir zu Clasing und übergeben ihm den Koffer«, Bodenstein legte seine Hand auf ihre. »Er wird die Unterlagen sicher aufbewahren.«

Es erleichterte ihn ungemein, dass Dr. Florian Clasing ohne zu zögern bereit gewesen war, Annikas Mandat zu übernehmen. Er war einer der erfolgreichsten Strafverteidiger Frankfurts. Bis geklärt war, was Annika vorgeworfen wurde, musste sie allerdings in einem sicheren Versteck bleiben, und auch dafür hatte Clasing bereits eine Idee, die er natürlich nicht am Telefon erläutert hatte. Ein paar Wochen, die schon herumgehen würden, tröstete Bodenstein sich.

Er schaltete das Radio ein, um die Verkehrsmeldungen zu hören. Die Nachrichten liefen noch.

»... *wurde ein Polizeibeamter durch einen Schuss schwer verletzt*«, sagte der zugeschaltete Reporter, und Bodenstein horchte auf. »*Bisher hat die Polizei keine Auskunft darüber gegeben, wie viele Menschen der Geiselnehmer, bei dem es sich um einen Sechzehnjährigen handeln soll, in seiner Ge-*

walt hat. Der verletzte Polizist wurde ins Krankenhaus ge-
bracht, über seinen Zustand ist derzeit nichts bekannt. Aus
Königstein, Daniel Keppler für RadioFFH.«

Ein sechzehnjähriger Geiselnehmer in Königstein? Bodenstein wurde flau im Magen.

»Großer Gott«, sagte er und griff nach seinem Handy, das
er aus Sorge, man könne es orten, nicht eingeschaltet hatte.
Annika richtete sich auf dem Beifahrersitz auf und warf ihm
einen besorgten Blick zu.

»Was tust du?«, fragte sie.

»Ich muss Pia anrufen«, entgegnete Bodenstein und tippte
die PIN ein. Sekunden später klingelte das Gerät. 7 Nachrichten auf der Mailbox, 25 Anrufe, 3 SMS. Das konnte er
später abhören und lesen.

*

Das SEK hatte rings um das Haus und auf den Dächern der
Nachbarhäuser Stellung bezogen, und man hatte sich unterdessen auf eine Vorgehensweise geeinigt. Am Lederarmband
von Pias Armbanduhr hatte der Techniker des SEK ein Mikrophon angebracht. Sie sollte im Haus die Lage sondieren
und zum Schein auf die Forderungen des Jungen eingehen.
Würde es ihr nicht gelingen, die Situation unter Kontrolle zu
bekommen, so würde der Zugriff durch das SEK nach spätestens einer halben Stunde erfolgen. Marks Mutter weinte
leise, sein Vater saß vornübergebeugt neben ihr, das Gesicht
in den Händen vergraben. Was auch immer sie getan oder
unterlassen hatten, es musste für sie entsetzlich sein, wie die
Polizisten nüchtern vereinbarten, ihren Sohn im äußersten
Notfall zu erschießen.

Als Pia den Einsatzbus verließ, summte ihr Handy. Christoph! Einen Moment überlegte sie, ob sie überhaupt dran-
gehen sollte.

»Es ist gerade etwas ungünstig«, sagte sie. »Ich bin noch im Einsatz. Wo bist du?«

»Auf dem Weg nach Hause. Ich habe gerade im Radio gehört, dass es in Schneidhain eine Geiselnahme gegeben hat«, erwiderte Christoph. »Sag bitte nicht, dass du etwas damit zu tun hast.«

»Doch«, erwiderte sie. »Leider.«

Eine ganze Weile sagte er gar nichts.

»Ist es gefährlich?«, erkundigte er sich dann mit gefasster Stimme.

Pia traute sich nicht, ihm die Wahrheit zu sagen.

»Für mich nicht«, log sie deshalb.

»Okay«, sagte er. »Dann viel Glück.«

Kaum dass er aufgelegt hatte, summte das Telefon wieder. Bodenstein! Für ihn hatte sie jetzt überhaupt keine Zeit. Sie reichte ihr Handy Christian Kröger und bat ihn, Bodenstein zu sagen, was los war. Vielleicht schaffte er es ja, sich von seiner Annika für ein paar Stunden loszureißen und herzukommen.

Sie klemmte das Sixpack Red Bull, das ein Kollege bei der Tankstelle in Königstein besorgt hatte, unter den Arm. Dann atmete sie tief durch und überquerte entschlossen die Straße, die in der grellen Nachmittagssonne wie ausgestorben dalag. Ihr Herz klopfte bis zum Hals, als sie den kleinen Vorgarten durchquerte, die beiden Stufen zur Haustür hochging und klingelte. Das Gefühl, dass in diesen Sekunden mindestens drei Scharfschützen durch die Visiere ihrer Präzisionsgewehre jeden Schweißtropfen in ihrem Gesicht erkennen konnten, war mehr als beschissen.

*

Er wartete direkt hinter der Haustür auf sie und tastete sie mit einer Hand oberflächlich ab; in der anderen hielt er die

Pistole. Pia wagte kaum zu atmen. Das winzige Mikrophon an ihrer Armbanduhr bemerkte er nicht. Vielleicht dachte er nicht daran, dass sie verkabelt sein könnte, oder es war ihm egal. Er trug dasselbe T-Shirt, das er schon am Samstag angehabt hatte, als er über den Balkon geflüchtet war, und roch nach altem Schweiß. Mit einer Hand öffnete er eine der Dosen, die Pia ihm mitgebracht hatte, setzte sie an und trank sie in einem Zug aus.

»Wo sind Frau Franzen und Herr Theodorakis?«, fragte Pia und blickte sich um. Es war stickig, warm und sehr dunkel im Haus, nur durch die Glasscheibe neben der Haustür fiel etwas Tageslicht.

»In der Küche. Und noch was …« Er ließ die leere Dose achtlos auf den Boden fallen. »Kein scheiß Psychogequatsche, okay? Ich will das Ding hier nur durchziehen, dann passiert keinem was. Aber wenn die SEK-Typen hier reinkommen, gibt's ein Unglück. Kapiert?«

»Ja, kapiert«, bestätigte Pia. Mark hatte sich verändert, seit sie vorgestern mit ihm gesprochen hatte. Seine weichen, kindlichen Gesichtszüge wirkten hart, als sei er über Nacht um zehn Jahre gealtert. Doch es war vor allem dieser unheimliche Ausdruck in seinen Augen, der Pia Sorgen bereitete. Hatte er irgendwelche Drogen genommen? Draußen hatte sie noch fest daran geglaubt, es könne ihr gelingen, Mark mit vernünftigen Argumenten zur Aufgabe zu überreden, jetzt wusste sie, dass es aussichtslos war.

In ihrer Laufbahn bei der Polizei hatte sie schon mehrmals in solche stumpfen Augen geschaut, in die Augen von Menschen, denen alles egal war, weil sie nichts mehr zu verlieren hatten.

Es stand nicht gut um die beiden Geiseln, die das zu wissen schienen. Theodorakis hatte lediglich die Hände hinter der Stuhllehne gefesselt, durch sein Gipsbein war er ohnehin nicht in der Lage, aufzuspringen und Mark anzugreifen. Doch an der grausamen und demütigenden Art, wie Mark Friederike Franzen verschnürt hatte, erkannte Pia abgrundtiefen Hass und den Wunsch nach Vergeltung.

Mark hatte den schweren Küchentisch aufrecht hingestellt und die Frau mit ausgebreiteten Armen vor die Tischplatte gefesselt, so dass es aussah, als sei sie gekreuzigt worden. Ihre Augen waren verbunden, eine Wäscheleine führte von ihrem Hals straff hinter den Tisch, und um ihren Hals spannte sich ein Halsband mit einem kleinen Kästchen.

»Muss das sein?«, fragte Pia leise.

»Sie ist ganz schön kräftig«, entgegnete Mark. »Ich hab sie k.o. schlagen müssen, um sie fesseln zu können.«

Er vermied es, sie anzusehen.

»Da drüben liegt die Kamera. Sie filmen.«

»Was soll ich filmen?«

»Das werden Sie schon sehen.« Er setzte sich auf einen Stuhl, öffnete eine zweite Dose Red Bull und kippte sie ebenso schnell weg wie die erste. »Sind Sie so weit?«

Rede mit ihm, dachte Pia. Vielleicht konnte sie irgendwie zu ihm durchdringen.

»Wieso tust du das, Mark?«, fragte sie also. »Was willst du damit bezwecken?«

»Ich hab gesagt: Kein Psychogequatsche«, fuhr er ihr über den Mund.

Pia ergriff die digitale Kamera und schaltete sie ein. Es widerstrebte ihr zutiefst, tatenlos Marks Anweisungen zu gehorchen, aber es blieb ihr vorerst nichts anderes übrig, wenn sie das Leben der Geiseln nicht gefährden wollte. Das rote Licht blinkte, sie richtete den ausklappbaren Monitor, bis sie die Frau im Bild hatte.

»Die Kamera läuft«, sagte Pia. Statt zu antworten drückte Mark auf eine Fernbedienung. Erst jetzt erkannte Pia entsetzt, um was für eine Art Halsband es sich handelte. Friederike Franzen zuckte zusammen und stieß einen furchtbaren, röchelnden Schrei aus, als der Stromstoß unerwartet durch ihren Hals jagte. Sie schluchzte, wagte aber nicht, ihren Kopf zu bewegen, wohl aus Angst, von der Wäscheleine erwürgt zu werden.

»Teletakt«, bemerkte Mark. »Benutzt Ricky gerne in der Hundeschule. Ich find's grausam, aber sie hat immer gesagt, es täte den Hunden nicht weh.«

»Hör auf damit«, sagte Pia scharf.

»Nein«, entgegnete Mark, und endlich blickte er sie an. Seine Unterlippe zitterte leicht. »Ich will nur die Wahrheit wissen. Und so lügt sie mich wenigstens nicht mehr an.«

*

Die Straße war bereits fünfhundert Meter vor dem Haus, in dem sich Mark mit seinen Geiseln verschanzt hatte, gesperrt. Schaulustige, Anwohner und Pressevertreter drängten sich hinter der Absperrung, die von grimmig dreinblickenden Polizeibeamten gesichert wurde. Dahinter parkten die Einsatzfahrzeuge: Notärzte, Feuerwehr, Mannschaftswagen des Sondereinsatzkommandos, Streifenwagen. Bodenstein hatte keine Zeit mehr gehabt, Annika vorher zu Clasing nach Frankfurt zu bringen. Es war ihm nicht wohl bei der Vorstellung, sie allein zu lassen, aber sie würde im Auto auf ihn warten müssen. Das Risiko, dass sie von jemandem erkannt wurde, war einfach zu groß.

Er zückte seinen Dienstausweis, als jemand seinen Namen rief.

»Hallo, Christoph«, sagte er zu Pias Freund, dem die Sorge ins Gesicht geschrieben stand.

»Was ist da los?«, wollte Dr. Christoph Sander wissen. Er war sichtlich aufgebracht. »Wieso dauert das so lange? Wo ist Pia?«

»Das weiß ich auch nicht«, erwiderte Bodenstein. »Ich bin

eben erst eingetroffen. Alles, was ich weiß, ist, dass es sich wohl um eine Geiselnahme handelt.«

»So schlau bin ich auch«, entgegnete Sander ruppig. »Pia hat mir vorhin am Telefon versichert, es sei für sie nicht gefährlich. Aber ich kann sie nirgendwo sehen.«

Bodenstein dämmerte, dass Sander nichts von Pias Einsatz ahnte. Wahrscheinlich hatte sie es ihm verschwiegen, weil sie wusste, wie empfindlich er reagierte, wenn sie in gefährliche Situationen geriet – und es gab wohl kaum eine gefährlichere Situation, als sich in die Gewalt eines bewaffneten Geiselnehmers zu begeben.

»Ich erkundige mich«, sagte er unbehaglich. »Warte hier.«

»Ich will nicht warten. Ich will wissen, was mit Pia ist«, beharrte Sander.

»Aber ich kann nicht ...«, begann Bodenstein, doch Sander fiel ihm ungeduldig ins Wort.

»Natürlich kannst du. Also?«

Bodenstein seufzte und bedeutete den Beamten an der Absperrung, Sander durchzulassen, obwohl er wusste, wie impulsiv Christoph Sander sein konnte. Bodenstein blickte sich um. Auf den Dächern der umliegenden Häuser waren Scharfschützen postiert, andere hockten hinter Büschen und Autos.

»Chef!« Kathrin Fachinger löste sich aus einer Gruppe von Menschen neben der geöffneten Tür eines Einsatzbusses und kam auf ihn zu. »Gott sei Dank! Da sind Sie ja!«

»Was ist hier los?«, erkundigte Bodenstein sich.

»Mark Theissen ist im Haus und hält Frau Franzen und Herrn Theodorakis als Geiseln. Er hat eine Waffe und vorhin einen Kollegen angeschossen.«

»Was verlangt er?«

»Nichts.«

»Wie – nichts?« Bodenstein runzelte die Stirn. »Er muss doch irgendwelche Forderungen gestellt haben.«

»Hat er nicht. Er wollte nur, dass Pia reinkommt. Und jetzt …«

Bodenstein hörte, wie Sander hinter ihm scharf die Luft einzog.

»Pia ist im Haus?«, fragte er und tat überrascht, obwohl er das bereits wusste.

»Ja. Ihr geht es gut. Sie ist verkabelt, und wir können jedes Wort hören, das im Haus gesprochen wird.«

»Ich will mit ihr reden«, sagte Christoph Sander entschlossen.

»Nein, das geht nicht«, erwiderte Bodenstein, der genau das schon hatte kommen sehen. »Du lenkst sie nur ab. Das ist gefährlich.«

»Ach, und mit einem bewaffneten Irren in einem Haus zu sitzen ist etwa nicht gefährlich?«, begehrte Sander auf. Seine Augen blitzten, er ballte hilflos die Hände.

»Pia weiß, was sie tut«, entgegnete Bodenstein.

»Das ist mir scheißegal!«, rief Sander wütend.

»Christoph, bitte«, beschwor Bodenstein ihn und legte ihm die Hand auf den Arm. »Es ist niemandem geholfen, wenn du hier jetzt die Nerven verlierst.«

»Ich verliere nicht die Nerven.« Sander schüttelte Bodensteins Hand ab. »Ich mache mir nur Sorgen. Und das wohl nicht ohne Grund.«

*

Bodenstein kletterte in den Einsatzbus, nickte Nicola Engel, Cem, Kröger und Ostermann zu. Auf der Bank weiter hinten saßen Marks Eltern. Stefan Theissen hatte das Gesicht in den Händen vergraben, seine Frau weinte stumm. Neben ihr saß der Polizeipsychologe und hielt ihre Hand.

»Kommen Sie her, Bodenstein«, sagte die Kriminalrätin leise. »Hören Sie sich das an.«

Er nahm zwischen ihr und dem Techniker Platz.

»... *habe nie Raumfahrttechnik in Amerika studiert*«, klang die weinerliche Stimme von Frau Franzen undeutlich aus dem Telefon. »*Meine Eltern sind auch nicht reich, und ich werde nie viel Geld erben. Ich ... ich habe das nur gesagt, um ... um mich wichtigzutun und Eindruck auf Jannis zu machen.*«

»Was soll das?«, fragte Bodenstein leise.

»Er zwingt die beiden, ihre Lügen zuzugeben«, erwiderte sie genauso leise. »Frau Kirchhoff muss das Ganze filmen. Das geht jetzt seit fast zwei Stunden so, hauptsächlich um irgendwelche privaten Nebensächlichkeiten. Wer wen mit wem betrogen hat, so etwas.«

Plötzlich ertönte Pias Stimme.

»*Frau Franzen*«, sagte sie. »*Wie war das am Samstag wirklich mit dem Überfall auf Sie in Ihrem Haus?*«

Alle im Bus richteten sich unwillkürlich auf und hielten den Atem an. Schluchzen drang aus dem Lautsprecher.

»*Der ... der war nur vorgetäuscht*«, erwiderte Ricky. »*Dein Vater wollte die Unterlagen und die Gutachten, die Jannis hatte ...*«

»*Das interessiert mich nicht*«, unterbrach Mark sie.

»Wo bist du gewesen?«, fragte Kriminalrätin Engel Bodenstein leise.

»Das erzähle ich dir später.«

»Störch setzt mich unter Druck. Er glaubt, du weißt, wo diese Sommerfeld steckt.« Sie betrachtete ihn scharf. »Hat er recht?«

Bodenstein zögerte.

»Ja, das hat er«, erwiderte er dann. »Ich weiß, wo sie ist. Aber ich werde es ihm nicht verraten.«

»Bist du wahnsinnig, Oliver?«, zischte Nicola Engel. »Diese Frau wird wegen Mordes gesucht! Wenn du sie deckst ...«

»Sie ist keine Mörderin«, fiel er ihr ins Wort. »Es geht um

viel mehr als um diese beiden Morde. Aber das erkläre ich dir später, ich verspreche es dir.«

Sie warf ihm einen abschätzenden Blick zu, dann zuckte sie die Achseln. »Ich hoffe, du hast wirklich gute Argumente. Denn sonst kann ich dich nicht länger schützen.«

»Die habe ich«, antwortete er.

Im Haus ging es weiterhin um wenig interessante Dinge. Minuten wurden zu Stunden, die Hitze im Innern des dunklen Busses beinahe unerträglich.

»Wie lange soll das noch gehen?«, murmelte Einsatzleiter Schäfer.

»Das ist mir egal«, entgegnete Nicola Engel. »Wenn die Sache ohne Blutvergießen ausgeht, kann es von mir aus noch zehn Stunden dauern.«

»*Hast du mit Nika geschlafen?*«, ertönte in diesem Moment Marks Stimme aus dem Lautsprecher, und Bodenstein, der allmählich mit Konzentrationsproblemen zu kämpfen hatte, fuhr zusammen.

»*Ja, das habe ich*«, erwiderte Theodorakis. »*Sie hat sich in mich verliebt und mich regelrecht verfolgt. Sie ist nackt vor mir herumgelaufen, wenn Ricky nicht da war. Irgendwann hab ich halt nicht mehr anders gekonnt.*«

Bodenstein musste schlucken. Es war, als ob sich unversehens ein düsterer Abgrund vor ihm auftat. Das konnte doch nicht wahr sein! Annika hatte mit diesem Kerl geschlafen? Hatte sie ihm nicht mehrfach erzählt, wie absolut widerlich er ihr immer gewesen sei? Plötzlich war er eifersüchtig, aber er zweifelte nicht an dem, was Theodorakis sagte, denn der hatte eine geladene Pistole vor Augen. Also hatte Annika gelogen. Aber warum?

*

Was war in den letzten vierundzwanzig Stunden vorgefallen, das Mark derart aus der Bahn geworfen hatte? Während Pia gehorsam die Kamera abwechselnd auf Ricky und Jannis hielt, beobachtete sie den Jungen aus dem Augenwinkel und grübelte darüber nach. Seine scheinbare Ungerührtheit bekam umso tiefere Risse, je mehr Jannis und Ricky redeten. Und das taten sie. Mark hatte Ricky irgendwann die Augenbinde abgenommen; nun kehrten sie und Jannis mit dem Blick in die Mündung der Pistole ihr Innerstes nach außen, offenbarten rücksichtslose Ich-Bezogenheit und ihre Verachtung füreinander und für ihre Mitmenschen. Es war widerwärtig.

Jannis räumte ein, Mark für seine Aktionen gegen den geplanten Windpark ausgenutzt zu haben, nachdem er erfahren hatte, wer sein Vater war. Er gab bereitwillig zu, ein totaler Egoist zu sein, ein mieser Lügner, ein Schwein. Ricky gestand, dass sie sich von Marks Vater hatte bestechen lassen, dass sie die Unterschriften vernichtet und für Geld die Arbeit der Bürgerinitiative sabotiert hatte.

Mark hörte sich das alles mit unbewegter Miene an, aber sein Blick war lebendiger geworden, nicht mehr so starr. Ob das ein gutes Zeichen war oder ein schlechtes, wagte Pia nicht zu beurteilen. Fakt war, dass er eine entsicherte Pistole in der Hand hielt, fünf Dosen dieser aufputschenden Limo getrunken hatte und seine Emotionen jederzeit außer Kontrolle geraten konnten. Noch immer war ihr nicht völlig klar, was Mark mit seinem »Tribunal«, wie er es nannte, bezweckte.

»Hast du mit Nika geschlafen?«, fragte Mark nun.

»Ja, das habe ich«, gab Jannis zu. Sein Gesicht war kreidebleich, er schwitzte stark, und das Auge, das nicht zugeschwollen war, glänzte unnatürlich. Wahrscheinlich hatte er Fieber.

»Warum?«, fragte Mark nach.

»Sie hat sich in mich verliebt und mich regelrecht verfolgt«, sagte Jannis. »Sie ist nackt vor mir herumgelaufen, wenn Ricky nicht da war. Und irgendwann hab ich halt nicht mehr anders gekonnt. Außerdem, das gebe ich zu, hatte ich gehofft, sie würde mir nützlich sein. Weil sie sich mit Windgutachten und so etwas auskannte.«

»Aber du hast doch immer behauptet, du würdest Ricky lieben. Das war also gelogen, oder?«

»Ich hab mich irgendwann mal in Ricky verliebt. Aber das wurde immer weniger. In der letzten Zeit fand ich sie nur noch schrecklich anstrengend.« Er verlagerte sein Gewicht auf dem unbequemen Stuhl und stöhnte auf. »Ich hab Durst. Bitte, ich muss was trinken.«

Mark beachtete ihn nicht.

»Und du?«, wandte er sich stattdessen an Ricky. »Hast du Jannis geliebt?«

Friederike Franzen war einer Ohnmacht nah. Die Stunden in der unbequemen Haltung, die Todesangst, die Demütigung, das alles hatte sie erschöpft, und Pia empfand trotz allem, was die Frau getan haben mochte, Mitleid mit ihr.

»V... von Anfang an schon, a... aber später n... nicht mehr«, stammelte sie. Mark hatte das Teletaktgerät kein zweites Mal benutzt, hielt die Fernbedienung aber noch immer in der Hand.

»Wieso hast du es dann zu ihm gesagt?«

»Weil ... weil ... das ... das sagt man doch eben so.«

Mark sprang von seinem Stuhl auf, trat ganz nah an Ricky heran und bohrte den Lauf der Pistole zwischen ihre Brüste.

»Nein, das sagt man nicht *einfach so*.« Er schüttelte heftig den Kopf, und endlich brach aus ihm hervor, was sich in seinem Innern aufgestaut hatte. »Ich hab dir geglaubt, dass du mich liebst! Ich habe dir immer vertraut! Und was tust du? Du lügst und lügst und lügst! Warum hast du das getan? Warum? Warum tust du mir so weh? Ich versteh das nicht!«

Plötzlich strömten die Tränen über sein Gesicht.

»Warum wolltest du einfach abhauen, ohne mir etwas zu sagen?«, schrie er. »Wieso hast du Geld von meinem Vater genommen? Wieso hast du alles, alles kaputtgemacht, was so schön war?«

Pia begriff. Mark hatte erkannt, wie er benutzt und belogen worden war, und nun war seine hemmungslose Bewunderung in Hass umgeschlagen.

Jannis stöhnte leise vor sich hin, Ricky hingegen keuchte vor Angst.

»Mark ... Mark, bitte, bitte«, flüsterte sie heiser, die Augen weit aufgerissen. »Tu mir nichts, bitte! Ich ... ich weiß, dass ich alles falsch gemacht habe ... es tut mir so leid! Ich ... ich hab nur immer an mich gedacht ... Aber denk doch an all das Schöne, was wir zusammen erlebt haben!«

»Halt's Maul, halt's Maul, halt's Maul!«, brüllte Mark, seine Stimme überschlug sich. »Ich will das nicht hören!«

Er sackte vor ihr in die Knie und schluchzte verzweifelt.

»Du hast Onkel Rolf umgebracht!«, heulte er. »Und dann bist du einfach abgehauen und hast mir nicht geholfen! Warum habt ihr mich alle im Stich gelassen?«

Jetzt wird es gefährlich, dachte Pia. Der Junge war kurz vor einem Nervenzusammenbruch, und falls er komplett ausrastete, würde es womöglich Tote geben. Sie dachte fieberhaft nach. Wenn sie versuchte, ihm die Waffe abzunehmen, und es gelänge ihr nicht beim ersten Mal, dann machte sie es damit womöglich noch schlimmer. Die Kamera war nicht schwer genug, um ihn damit niederzuschlagen. Sie musste es anders versuchen, ihn irgendwie zur Besinnung bringen.

»Sie haben Rolf Grossmann umgebracht?«, fragte sie Frau Franzen. »Wie denn das?«

Mark fuhr herum und starrte Pia an, als habe er für einen Moment ihre Anwesenheit vergessen.

»Mit dem Elektroschocker«, flüsterte er tonlos. »Ich bin

durch die Tiefgarage rein und hab sie dann über die Feuertreppe reingelassen. Und als Onkel Rolf plötzlich die Treppe hochkam, da hat sie ... da hat sie ihm den ... den Elektroschocker ... einfach so auf die Brust gedrückt. Ich ... ich hab noch alles versucht, aber ... aber er ... er war ... einfach plötzlich ... tot.«

»Wir wissen, dass du alles versucht hast, um ihn zu retten, Mark. Du kannst wirklich nichts dafür.«

»Aber ... aber Sie haben doch am Samstag zu mir gesagt, ich wär schuld, dass Onkel Rolf einen Herzinfarkt gekriegt hat ...« Er kauerte auf dem Boden, sein Blick irrte durch die abgedunkelte Küche.

»Da wusste ich ja auch noch nicht, was Ricky getan hat«, erwiderte Pia rasch. »Dass jemand versucht haben musste ihn zu reanimieren, das wusste ich aus dem Obduktionsbericht.«

Pia riskierte einen kurzen Blick auf ihre Uhr. Schon Viertel vor sieben! Sie war seit über drei Stunden hier drin, Mark und seine Geiseln erheblich länger, und mit jeder Minute, die verstrich, wurde die Situation gefährlicher. Inzwischen reichte eine Winzigkeit als Auslöser, und er würde schießen. Das musste sie auf jeden Fall verhindern. Mark Theissen war in Wahrheit nicht der Täter, er war das Opfer. Und egal, was heute noch geschehen mochte, er würde ohnehin den Rest seines Lebens büßen.

Der scharfe Brandgeruch hing in ihren Haaren und Kleidern, aber das störte sie nicht. Im Gegenteil. Es erfüllte sie mit tiefer Genugtuung. Dieser Schlampe stand das Haus so wenig zu wie Dirk. Der hatte es zwar bezahlt, aber sie hatte es gefunden und zu dem gemacht, was es heute war. Oder besser gesagt, was es bis heute gewesen war.

Sie verscheuchte den Gedanken an Bettina und konzentrierte sich auf ihre Arbeit. Im Institut war um diese Uhrzeit an Silvester keine Menschenseele mehr, eigentlich hatte sie alle Zeit der Welt, aber sie durfte nichts riskieren, deshalb beeilte sie sich. Dirk hatte weder ihre Zugangsberechtigung für die Konten gelöscht noch die Passwörter geändert, auch die TAN-Listen befanden sich noch in dem Ordner, den sie aus dem Tresor genommen hatte. Aber die geheimen Konten hatte er sowieso vollkommen ihr überlassen. Wahrscheinlich, damit er ihr die ganze Verantwortung zuschieben konnte, sollte jemals etwas herauskommen. In den nächsten Tagen würde er anderes zu tun haben, als die Kontostände zu überprüfen. Sie lächelte grimmig. So. Das war erledigt. Nachdem sie den Computer abgeschaltet und heruntergefahren hatte, stand sie auf, ging zum Tresor und legte den Ordner zurück. Dann packte sie sorgfältig die gebündelten Fünfhundert-Euro-Scheine in ihre Tasche. Zweihundertfünfzigtausend Euro, die darauf warteten, dem einen oder anderen Politiker oder Konkurrenten heimlich in die Tasche zu fließen. Sie schloss den Tresor und verließ das Büro von Professor Dirk Eisenhut, ohne sich noch einmal umzudrehen.

»Wie lange sollen wir uns das noch anhören?«, knurrte Joe Schäfer zum wiederholten Mal. »Der Junge dreht jeden Moment durch, und dann ist es zu spät!«

»Ich kann einen Zugriff zu diesem Zeitpunkt nicht verantworten«, entgegnete Kriminalrätin Engel im gleichen Tonfall. Selbst bei den Profis lagen allmählich die Nerven blank.

»Wann denn dann? Wenn er geschossen hat?«

»Nein. Wenn Frau Kirchhoff das vereinbarte Zeichen gibt.«

Die beiden sahen sich an wie zwei Kampfhähne, doch Bodenstein war zu sehr mit etwas anderem beschäftigt, um sich schlichtend einzumischen. Während sich im Haus die Lage mehr und mehr zuspitzte, kämpfte er gegen das alberne Verlangen, zum Auto zu gehen und Annika zur Rede zu stellen. Das war kindisch, aber plötzlich konnte er die Zweifel, die Pia vorgestern Abend geäußert hatte, nicht mehr mit voller Überzeugung von sich schieben. Annika hatte ihn belogen. Nur in diesem Punkt? Oder auch, was den Mord an O'Sullivan betraf? Trotz der Gluthitze, die im Einsatzbus herrschte, bekam Bodenstein eine Gänsehaut.

»Könntet ihr mal bitte alle ruhig sein«, sagte der Techniker. Er betätigte den Lautstärkeregler. »Ich kann nichts mehr verstehen.«

Kriminalrätin Engel und SEK-Einsatzleiter Schäfer verstummten prompt, und Bodenstein zwang sich, seine Gefühle für den Moment hintanzustellen. Pia war in Gefahr, das war jetzt wichtig, alles andere hatte Zeit.

»*Sie hat immer nur gelogen.*« Marks Stimme klang weinerlich. »*Im Laden hat sie die Kunden angelogen, im Tierheim hat sie die Leute angelogen ... und dann hab ich irgendwann auch angefangen zu lügen. Das ist wie eine Krankheit, eine Seuche. Das ist ansteckend ...*«

»*Der Akku der Kamera ist gleich leer*«, sagte Pia in die Stille.

»*Dann machen wir jetzt Schluss*«, erwiderte Mark.

»Ist die bescheuert?«, fuhr Schäfer auf. »Wie kann sie den Jungen so unter Druck setzen?«

Jeder im Einsatzwagen hielt die Luft an. Um jetzt noch von außen einzugreifen, war es zu spät.

»*Mark, bitte, tu jetzt nichts Falsches. Ricky ist das nicht wert. Sie wird sowieso für sehr lange Zeit ins Gefängnis gehen. Und glaub mir, das ist für sie sehr viel schlimmer, als wenn du sie jetzt erschießt.*« Pias Stimme war bewundernswert ruhig.

Stille. Niemand wagte zu atmen, wartete auf Schreie und Schüsse, doch nichts geschah. Hatte Pia die Situation im Griff?

»*Wieso … wieso geht sie ins Gefängnis?*«, fragte Mark nach einer Weile, hörbar irritiert. Er war nicht völlig durchgedreht, war noch fähig, nachzudenken. Eine winzige Hoffnung.

»*Gib mir bitte die Pistole*«, erwiderte Pia. »*Dann sage ich es dir.*«

*

Mark blickte sie an. Der Wunsch, ihr vertrauen zu können, kämpfte in ihm gegen die Angst, wieder belogen zu werden. Schweiß perlte von seiner Oberlippe, auch Pia war nass geschwitzt, ihre Kehle ausgedörrt. Sie sehnte sich nach frischer Luft und einem eiskalten Glas Wasser. Ihr linker Arm tat weh, und ihre Finger, die sich nun bereits seit Stunden um die Kamera klammerten, waren glitschig. Der Junge zögerte.

»Was passiert, wenn ich hier rausgehe?«, fragte er plötzlich unsicher. »Werden sie mich erschießen?«

»Nein, das werden sie ganz sicher nicht tun.« Pia schüttelte den Kopf. »Man wird dich festnehmen und nicht unbedingt nett mit dir umgehen, außerdem werden sie dir natürlich eine Menge Fragen stellen. Und dafür, dass du einen Polizeibeamten angeschossen hast, wirst du eine Strafe bekommen. Aber wenn du mir jetzt die Pistole gibst, wird das beim Strafmaß berücksichtigt werden, das verspreche ich dir.«

Er biss sich unschlüssig auf die Lippen, dachte nach. Die Hand, in der er die Pistole hielt, hing schlaff nach unten. Pia betrachtete ihn. Ihr Herz pochte heftig. Es war der alles entscheidende Moment.

»Mark«, sagte sie eindringlich, »bitte vertrau mir. Du kannst jetzt alles richtig oder alles falsch machen.«

Sie streckte die Hand nach der Pistole aus.

»Ich wollte niemanden verletzen«, flüsterte Mark heiser. »Ehrlich.«

»Das glaube ich dir.«

Der Schweiß rann ihr den Rücken hinab, sie musste sich zwingen, ruhig zu bleiben, ihn nicht zu drängen. Der Kühlschrank ratterte in der Stille. Jannis stöhnte, lauter diesmal. Er hatte die Augen geschlossen und zitterte am ganzen Körper. Ricky rührte sich nicht, ihre Augen hingen wie hypnotisiert auf der Waffe in Marks Hand.

»Hier«, sagte der Junge plötzlich und reichte Pia die Pistole. Vor Erleichterung wurden ihre Knie ganz weich.

»Danke, dass Sie reingekommen sind und nicht das SEK oder so geschickt haben«, sagte Mark leise. Ein zaghaftes Lächeln erschien auf seinem Gesicht. »Immer haben sie gelogen. Irgendwie lügen mich alle an. Ich war so blöd.«

»Du warst nicht blöd«, erwiderte Pia. »Du hast ihnen eben vertraut.«

»Ich glaube, ich vertrau nie mehr jemandem«, murmelte er dumpf.

Pia legte ihm die Hand auf die Schulter.

»Leider lügen die meisten Menschen«, sagte sie. »Das tut sehr weh, weil man übel enttäuscht wird. Ich habe das auch schon oft genug erlebt. Aber man lernt damit umzugehen und die Lügner zu erkennen.«

Mark stieß einen tiefen Seufzer aus.

»Meine Eltern werden stinkwütend auf mich sein.« Auf einmal wirkte er unsicher und verängstigt. »Ich hab sie nur enttäuscht.«

»Ich denke nicht, dass sie wütend sind.« Pia streichelte seinen Arm. »Eher froh, weil dir nichts passiert ist.«

»Meinen Sie?«

»Ja, das meine ich.«

Er betrachtete sie einen Moment zweifelnd.

»Woher hattest du eigentlich die Pistole?«, wollte Pia wissen.

»Sie lag bei Ricky im Kleiderschrank. Zusammen mit dem Gewehr, das vorher auf dem Heuboden war.«

Es handelte sich offenbar um die Pistole, die aus dem Waffenschrank von Ludwig Hirtreiter verschwunden war, und das war der letzte Beweis, den Pia gebraucht hatte. Sie wandte sich an Frau Franzen, aus deren Miene jetzt, da die akute Gefahr gebannt war, die Angst verschwunden war. Sie sah nur noch wütend aus.

»Könnten Sie mich hier vielleicht mal losmachen?«, forderte sie.

»Einen Augenblick werden Sie noch Geduld haben müssen«, erwiderte Pia. »Ach ja, Sie sind übrigens festgenommen. Wegen Mordes an Ludwig Hirtreiter.«

Marks Augen weiteten sich ungläubig.

»Sie hat ... nein, das glaube ich nicht.« Er schüttelte den Kopf.

»Doch, sie hat.«

»Aber ... aber sie war total fix und fertig! Sie hat geheult und ...« Mark brach ab und betrachtete Ricky angewidert. »Du bist echt das Letzte.«

Ricky starrte stumm an ihm vorbei. Pia gab Mark die Kamera und ließ das Magazin aus der Waffe gleiten. Ihr wurde kurz schwindelig. Das Magazin war leer.

31. Dezember 2008

Sie schob ihre Magnetkarte in den Schlitz und wartete darauf, dass die Schranke hochging. Doch plötzlich stand wie aus dem Boden gewachsen eine schwarz gekleidete Gestalt neben ihrem Auto und griff durch das geöffnete Fenster nach ihrem Handgelenk. Einer der Wachmänner! Ausgerechnet! Sie erschrak beinahe zu Tode, trat wie im Reflex auf das Gaspedal. Das Auto machte einen Satz nach vorne, die gelbe Schranke splitterte krachend.

»Scheiße!«, stieß sie hervor und kurbelte verzweifelt am Lenkrad, um nicht die Kontrolle über das Fahrzeug zu verlieren. Im Rückspiegel sah sie Scheinwerfer aufflammen. Mit ihrem BMW hatte sie eine reelle Chance, ihren Verfolgern zu entkommen. Sie gab Gas. Dirks Gorillas waren sicher nicht zufällig am Institut! Hatte sie irgendeinen stillen Alarm ausgelöst, ohne es zu bemerken? Oder waren sie einfach auf Verdacht zum Institut gefahren, nachdem sie ihnen gestern Nacht im Hotel entkommen war? Ihr war klar, dass Dirk hinter alldem stecken musste, und das konnte nur eines bedeuten: Er hatte erfahren, welche Gefahr ihm drohte, und wollte um jeden Preis verhindern, dass Cierans Entdeckung an die Öffentlichkeit kam.

Unter Missachtung sämtlicher Geschwindigkeitsbeschränkungen raste sie die B1 Richtung Zehlendorf entlang, die Augen immer auf den Rückspiegel gerichtet, doch obwohl es nur noch gut zwei Stunden bis Mitternacht waren, war auf den Straßen viel los. Welches Scheinwerferpaar gehörte zu dem schwarzen VW-Bus ihrer Verfolger? Am Kreuz Zehlendorf war sie zu schnell und verpasste die Abfahrt zur AVUS. Verdammt, jetzt musste sie die Potsdamer Allee entlangfahren, quer durch Steglitz und Friedenau, und da kannte sie sich überhaupt nicht aus! Zu allem Unglück stand die Nadel der Tankanzeige fast schon auf null, sehr weit würde sie nicht mehr kommen.

»Lass mich bloß nicht im Stich«, flüsterte sie ihrem Auto zu. Wenn sie es nur bis zur Straße des 17. Juni schaffte, dort konnte sie im Getümmel der Silvesterfeier vor dem Brandenburger Tor untertauchen. Vor ihr schaltete eine Ampel von Grün auf Gelb, sie gab Gas. Das Auto hinter ihr tat dasselbe. Im Licht der Straßenbeleuchtung erkannte sie, dass es der schwarze Bus war. Es war ihr nicht gelungen, ihre Verfolger abzuschütteln. An der nächsten Kreuzung riss sie das Steuer scharf nach links, ohne vorher zu blinken, schleuderte über die Gegenfahrbahn und raste immer tiefer in einen Teil der Stadt, in dem sie nie zuvor gewesen war. Der Motor stotterte, das Auto hüpfte wie ein bockiges Pferd. Sie schaffte es gerade noch in eine Seitenstraße, schaltete das Licht aus und rollte mit dem letzten Tropfen Sprit auf einen Parkplatz.

Ohne zu zögern ergriff sie ihre Tasche, stieß die Tür auf und lief los. Vielleicht gelang es ihr, ein Taxi anzuhalten oder sich einer Gruppe von Leuten anzuschließen. Sie ging schnell, hielt den Blick auf den Boden gesenkt. Erst an einer Kreuzung wagte sie, den Kopf zu heben. Da vorne war die Spree, zwischen den Häusern sah sie den Fernsehturm. Mit etwas Glück konnte sie es schaffen! Aus dem Augenwinkel nahm sie wahr, wie ein Auto neben ihr die Fahrt verlangsamte. Ihr Herz klopfte wild. Sie hatten sie gefunden! Schräg gegenüber auf der anderen Straßenseite leuchtete ein dunkelblaues Schild mit einem weißen U. Das war ihre Chance!

»Bleib stehen!«, rief jemand hinter ihr her. »Wir kriegen dich ja doch!«

Das wollen wir doch mal sehen, dachte sie und spurtete los.

»*Wir kommen jetzt raus*«, tönte Pias Stimme aus dem Lautsprecher. »*Ich habe die Waffe.*«

Die Anspannung wich, die Erleichterung war groß. Sogar Schäfer rang sich ein Lächeln ab und gab seinem Team durch, dass der Geiselnehmer entwaffnet sei und nicht geschossen werden sollte.

Alle erhoben sich von ihren Plätzen und kletterten aus dem Bus. Die Sonne stand schon tief, bald würde es dämmern, aber die Straße und der Hauseingang waren von Strahlern taghell erleuchtet. Bodenstein blieb neben Nicola Engel am Einsatzbus stehen und sah zu, wie Pia nun mit Mark aus der Haustür trat. Der Junge hatte die Hände erhoben und ließ sich widerspruchslos von zwei Beamten abführen. Marks Eltern drängten sich durch die Polizisten, Pia stand auf der Treppe und sprach mit jemandem vom SEK. Sie rief nach einem Notarzt, dann verschwand sie mit Schäfer und zweien seiner Leute im Haus. Innerhalb von Sekunden war die Straße voller Menschen, Blaulichter zuckten. Bodenstein war hin- und hergerissen zwischen dem Bedürfnis, bei Pia zu sein, die jetzt die Verhaftung von Frau Franzen vornehmen würde, und dem Wunsch, nach Annika zu sehen. Schließlich entschied er sich für Pia. Die stickige Luft im Haus verschlug ihm für einen Moment den Atem. Eine Beamtin zog die Rollläden hoch und öffnete die Fenster, Pia war mit den SEK-Leuten in ihren dunklen Monturen in der Küche. Sie telefonierte und sah zu, wie Frau Franzen von ihren Fesseln befreit wurde. Plötzlich zögerte Bodenstein und blieb in der Diele stehen. Beide Mordfälle waren gelöst, aber er hatte nichts dazu beigetragen. In den entscheidenden Augenblicken hatte er Pia und sein Team im Stich gelassen. Welche Auswirkungen würde sein Verhalten der letzten Tage auf seine Zukunft haben? Pia hatte in seiner Abwesenheit Nervenstärke gezeigt und eindrucksvoll bewiesen, dass sie in der Lage war, das K11 zu leiten. Vielleicht war er nicht mehr der richtige Mann für diesen Job.

»Wo müssen wir hin?«, fragte jemand hinter ihm.

»Geradeaus in die Küche«, erwiderte er. Ein Notarzt und zwei Sanitäter drängten sich an ihm vorbei. Da wandte Pia den Kopf und sah ihn an. Zu seiner Erleichterung flog ein Lächeln über ihr erschöpftes Gesicht.

»Hey, Chef.« Sie steckte ihr Handy weg.

»Kompliment, Pia«, sagte er leise. »Das war wirklich verdammt gute Arbeit.«

Sie sahen sich an, dann breitete Bodenstein die Arme aus.

»Vorsicht«, warnte sie ihn, »ich bin total durchgeschwitzt.«

»Macht nichts. Ich auch.« Er grinste und umarmte sie kurz, aber fest. Dann blickte er sie prüfend an. »Geht's dir gut?«

»Jetzt ja. Die Vernehmung von Frau Franzen hebe ich mir allerdings für morgen auf. Christoph ist sicher halb verrückt vor Sorge.«

»Er wartet draußen«, antwortete Bodenstein. Sie traten einen Schritt zur Seite, weil die SEK-Leute Ricky in Handschellen aus der Küche führten.

»Überleg dir mal«, sagte Pia zu Bodenstein. »Als Mark mir die Pistole gegeben hat, habe ich das Magazin rausgenommen. Es war leer. Da waren genau zwei Patronen drin gewesen.«

»Wie bitte?« Frau Franzen blieb neben ihr stehen. »Dieses kleine Arschloch hätte gar nicht schießen können?«

»Nein, hätte er nicht«, bestätigte Pia. »Tja, das konnte keiner wissen.«

Ricky Franzens Augen verengten sich, sie presste die Lippen zu einem schmalen Strich zusammen.

»Wenn ich den in die Finger kriege«, knirschte sie zornig, »dann mach ich Hackfleisch aus ihm.«

»Das wird eine Weile dauern«, entgegnete Pia trocken. »Schätzungsweise fünfzehn Jahre.«

*

Die Absperrungen wurden abgebaut, das SEK sammelte sich, um abzuziehen, und die Anwohner wagten sich wieder aus ihren Häusern. In Grüppchen diskutierten sie die aufregenden Ereignisse des Nachmittags, die noch für Wochen ausreichend Gesprächsstoff in der Siedlung bieten würden. Bodenstein hatte Pia ihrem Christoph überlassen und sprach noch kurz mit Schäfer vom SEK. Die Scheinwerfer waren erloschen, das SEK rüstete in der Dämmerung zum Aufbruch, die Beamten stiegen in die schwarzen SUVs und Limousinen, mit denen die Spezialeinheit ausgerüstet war. Höchste Zeit, Annika nach Frankfurt zu bringen.

Er sah Altunay, Kröger und Kathrin Fachinger, die bei Pia und Christoph Sander standen.

»Hallo, Chef«, lächelte Kathrin, als er zu ihnen trat. »Wir haben gerade spontan beschlossen, zur Feier des Tages noch etwas essen zu gehen. Kommen Sie mit?«

Auch alle anderen wirkten entspannt und guter Dinge. Zwei Fälle waren gelöst und die Geiselnahme glimpflich ausgegangen. Das war Grund genug, um ein wenig zu feiern, doch ihm war nicht danach zumute. Außerdem wartete Clasing auf seinen Anruf.

»Vielleicht komme ich später nach«, erwiderte er ausweichend. »Falls ich es nicht schaffe, wünsche ich euch einen schönen Abend.«

Er wandte sich um, und ging eilig die Straße entlang. Der Notarzt mit Theodorakis an Bord rauschte an ihm vorbei, gefolgt von einem Streifenwagen mit stumm geschaltetem Blaulicht. Ein Auto bremste neben ihm, die Scheibe wurde heruntergelassen.

»Oliver, denkst du daran, dass ich noch heute mit dir und Frau Sommerfeld sprechen möchte?«, sagte Nicola Engel.

»Ja, natürlich«, erwiderte er und reckte den Hals. Dort drüben, neben dem Altglas-Container, hatte er doch Quentins Auto abgestellt! Oder täuschte er sich? Von einer niederschmetternden Vorahnung erfüllt, blickte er die leere Straße hinauf und hinunter.

»Oliver! Jetzt bleib doch stehen!«

Bodenstein achtete nicht mehr auf seine Chefin, überquerte die Straße und sah sich wie betäubt um. Sein Gehirn wehrte sich gegen das Begreifen. Das Auto war weg. Annika war weg. Das durfte doch nicht wahr sein! Wie konnte sie ihm das antun?

Bodenstein setzte sich auf die Bordsteinkante und versuchte, seine Fassungslosigkeit unter Kontrolle zu bekommen. Es tat entsetzlich weh, der Wahrheit ins Auge zu sehen, aber Pia hatte recht behalten. Was war er nur für ein Idiot, dass er Annika so blind geglaubt und vertraut hatte? Er hatte für sie die sprichwörtlichen Kohlen aus dem Feuer geholt, und sie hatte sich bei der erstbesten Gelegenheit aus dem Staub gemacht. Hatte sie das etwa von Anfang an vorgehabt?

Aus der Ferne drangen Stimmen und Gelächter zu ihm herüber. Eine Autotür fiel ins Schloss, Absätze klapperten auf dem Asphalt.

»Oliver? Was ist denn?« Nicola ging vor ihm in die Hocke. Nur mit größter Willensanstrengung gelang es ihm, den Kopf zu heben. Selten zuvor in seinem Leben war es ihm so schwergefallen, drei simple Worte über die Lippen zu bringen.

»Annika ist weg«, flüsterte er heiser.

Mittwoch, 10. Juni 2009

Pia setzte den Blinker und bog in die Straße ein, die quer durch den Wald zu Hofgut Bodenstein führte. Sie brauchte noch ein paar Unterschriften von ihrem Chef, um die Akten Hirtreiter und Grossmann zur Staatsanwaltschaft schicken zu können, dann war für das K11 die Arbeit getan. Friederike Franzen hatte in der Untersuchungshaft ein paar Tage lang stur geschwiegen, doch schließlich auf Anraten ihrer Anwältin, die hoffte, bei einem Prozess auf Totschlag plädieren zu können, ein Geständnis abgelegt. Gegen Theissen und Rademacher ermittelten Kollegen anderer Dezernate wegen Betruges und Bestechung. Vor ein paar Tagen hatte Mark zu Pias Überraschung angerufen, um sich bei ihr zu bedanken. Die Staatsanwaltschaft hatte Anklage wegen gefährlicher Körperverletzung und Geiselnahme erhoben, er war in psychologischer Behandlung, aber es ging ihm einigermaßen gut. Bei einem Prozess gegen Ricky würde er in der Tötungssache Grossmann als Zeuge aussagen müssen, schlimm genug für ihn. Pias Handy klingelte, als sie gerade auf den Parkplatz des Hofguts fuhr. Am Telefon war Frauke Hirtreiter, und sie war in Plauderlaune. Dank der Erbschaft ihres Vaters hatte sie das Tierparadies in Königstein übernehmen und sich so einen Lebenstraum erfüllen können.

»Sie haben doch mal Interesse am Rabenhof geäußert«, sagte sie schließlich. »War das ernst gemeint?«

»Absolut. Wollen Sie den Hof wirklich verkaufen?«, fragte Pia erstaunt.

»Was soll ich damit? Das ist mir alles viel zu groß, außerdem birgt er wahrhaftig keine schönen Erinnerungen für mich.«

»Mein Lebensgefährte und ich suchen einen Hof hier in der Nähe«, erwiderte Pia. »Wenn Sie keine Millionen wollen ...«

»Quatsch. Der Hof ist so wenig Millionen wert, wie es die Wiese nebenan war.« Frauke Hirtreiter lachte. »Und den Windpark wird es ja nun auch nicht geben. Also, wenn Sie Lust haben und sich alles mal ansehen wollen, ich bin heute Abend ab ungefähr sieben draußen auf dem Hof.«

Sie sprachen noch ein bisschen, dann beendete Pia das Gespräch, um gleich darauf die Nummer von Christoph zu wählen. Seit Tagen hatte sie ihm vom Rabenhof vorgeschwärmt, und so bedurfte es keiner großen Überredungskünste, ihn von einer Hofbesichtigung zu überzeugen.

Pia war guter Dinge. Am Wochenende waren sie bei Henning und Miriam eingeladen. Die beiden hatten tatsächlich in England geheiratet und wollten das Ereignis nun feiern.

Vielleicht wäre Pia ein wenig eifersüchtig gewesen, in einem Winkel ihres Herzens hegte sie noch immer Gefühle für ihren Ex, aber auch sie und Christoph hatten Neuigkeiten. Sie betrachtete mit einem versonnenen Lächeln den Ring an ihrem Finger, dann stieg sie aus. Ein Traktor mit einem Rundballen Heu auf der Gabel des Frontladers bog um die Ecke, Pia erkannte Bodensteins Vater und winkte. Er hielt neben ihr an, stellte den Motor ab und stieg aus der Fahrerkabine.

»Hallo, Frau Kirchhoff.« Graf Heinrich von Bodenstein reichte ihr mit einem Lächeln die Hand. »Wie schön, dass Sie uns mal besuchen kommen.«

»Hallo, Herr von Bodenstein.« Sie erwiderte sein Lächeln. »Ich wollte eigentlich zu Oliver. Ist er da?«

»Ich glaube, er ist mit Sophia zum Schloss hochgegangen«, sagte er. »Wenn Sie möchten, begleite ich Sie.«

»Ja, gerne.«

Er ließ den Traktor stehen und wartete, bis sie die Unterlagen aus dem Auto geholt hatte. Dann schlenderten sie den asphaltierten Weg entlang, der zum Schlossrestaurant führte.

»Ich bin noch immer ganz schockiert darüber, dass Ricky Ludwig erschossen hat«, begann er nach einer Weile. »Eine solche Brutalität hätte ich ihr nie und nimmer zugetraut. Und mir will auch nicht in den Kopf, warum sie Tell erschossen hat, so tierlieb, wie sie ist.«

»Ich glaube, sie hatte gar nicht unbedingt vor, Hirtreiter etwas anzutun«, entgegnete Pia. »Sie war wütend und gekränkt, weil er sie am Abend bei der Vorstandssitzung in der Krone so beschimpft hatte, und wollte, dass er sich bei ihr entschuldigte.«

»Ja, das stimmt«, bestätigte Bodensteins Vater kopfnickend. »Ludwig ist an dem Abend leider sehr ausfällig geworden. Er hatte völlig die Beherrschung verloren.«

»Nun ja«, fuhr Pia fort, »ein Wort ergab wohl das andere, Hirtreiter beschimpfte sie wieder und behandelte sie wohl ziemlich abfällig. Und dann sagte er ihr, er hätte gerade eben von Ralph Glöckner erfahren, dass sie heimlich mit Theissen unter einer Decke stecken und die Arbeit der Bürgerinitiative sabotieren würde.«

Der alte Graf blieb stehen und sah Pia mit gefurchter Stirn an.

»Ricky«, murmelte er. »Das hat Kerstin also gemeint.«

»Wer hat was gemeint?«, fragte Pia.

»An dem Abend in der Halle«, erinnerte sich Heinrich von Bodenstein. »Da hatte mir Kerstin unbedingt etwas über Ricky sagen wollen. Sie lag auf einer Trage und die Sanitäter brachten sie gerade in den Krankenwagen, deshalb konnte sie nicht fertig erzählen, was sie beobachtet hatte.«

»Ricky hat das Chaos ausgenutzt und die Unterschriftenlisten verschwinden lassen. Das hat sie gestanden.«

»Aber warum? Sie hat doch so viel für die Bürgerinitiative gemacht!«

»Theissen hatte ihr 500 000 Euro geboten, falls es ihr gelingen sollte, die Bürgerinitiative aufs Abstellgleis zu manövrieren. Sie wollte nach Amerika, ein neues Leben anfangen.« Pia zuckte die Schultern.

»Geld.« Bodensteins Vater seufzte. »Es ist doch immer dasselbe.«

Auf dem Weg zum Schloss erzählte Pia ihm den Rest der schrecklichen Geschichte.

Bei Frau Franzen waren die Sicherungen durchgebrannt, als sie begriffen hatte, dass Ludwig Hirtreiter sie vollkommen in der Hand hatte. Sie hatte dem alten Mann, der durch seinen Alkoholgenuss nicht mehr besonders sicher auf den Beinen gewesen war, einen Stoß versetzt. Beim Stolpern hatte er das Gewehr fallen lassen, Ricky hatte es aufgehoben und verzweifelt versucht, ihn mit vorgehaltener Waffe zu dem Versprechen zu zwingen, Stillschweigen zu bewahren, aber natürlich hatte das nicht funktioniert. Hirtreiter hatte sie ausgelacht und verhöhnt. Daraufhin hatte sie ihm in den Unterleib geschossen und danach ins Gesicht. Außer sich vor Wut über den Alten, über sich selbst und die ganze Situation, die ihr vollkommen entglitten war, hatte sie den Toten anschließend noch mit dem Gewehrkolben und Tritten traktiert, bis sie wieder zu sich gekommen war.

Eine Weile gingen sie schweigend nebeneinander her, sie passierten das große Tor, ihre Schuhe knirschten auf dem Kies der Auffahrt.

»Und Tell? Warum hat sie den Hund erschossen?«, fragte Graf Bodenstein mit belegter Stimme.

»Angeblich hat er sie angegriffen«, erwiderte Pia. »Er wollte sein Herrchen verteidigen.«

»Wie sinnlos, das alles«, sagte der Graf traurig.

»Opa!«, ertönte plötzlich ein helles Stimmchen. »Opa! Wo ist dein Traktor?«

Heinrich von Bodensteins Miene hellte sich auf, als er das kleine Mädchen erblickte, das die Stufen des Schlosses hinuntersprang und mit wehendem Haar und leuchtenden Augen auf ihn zugelaufen kam.

»Die ist nach meinem Geschmack geraten«, sagte er zu Pia und zwinkerte ihr zu. »Sitzt am liebsten auf dem Traktor oder auf einem Pferd.«

Er breitete die Arme aus und fing Sophia auf.

»Na komm«, sagte er. »Dann gehen wir zwei mal Traktor fahren. Deine Mama kommt ja auch gleich.«

Pia blickte den beiden lächelnd nach, dann wandte sie sich um.

Bodenstein stand oben auf der Treppe. Schlecht sah er aus. In sein dunkles Haar mischten sich graue Strähnen, die sie vorher nie bemerkt hatte. Ein bläulicher Bartschatten spross um sein Kinn, er trug keine Krawatte. Die Geschichte mit Annika Sommerfeld hatte ihm schwer zugesetzt. Bisher hatte sie sich nicht getraut, ihn auf dieses sensible Thema anzusprechen, aber sie hatte mitbekommen, dass man mittlerweile das Auto von Bodensteins Bruder auf einem Parkplatz am Münchener Flughafen gefunden hatte. Von Annika Sommerfeld fehlte allerdings jede Spur.

»Hey«, sagte sie zu ihrem Chef. »Hast du einen Augenblick Zeit? Ich brauche noch ein paar Unterschriften von dir.«

»Ja klar.« Er nickte. »Lass uns auf die Terrasse gehen.«

Sie folgte ihm durch das Restaurant, in dem um diese Uhrzeit nichts los war, auf die Terrasse, setzte sich und legte die Akten vor sich auf den Tisch. Bodenstein machte keine Anstalten, sich zu setzen, sondern trat an die Balustrade und verschränkte die Arme vor der Brust. Eine ganze Weile sagte er nichts. Pia betrachtete ihn aufmerksam und wartete darauf, dass er anfing zu sprechen.

»Ich hätte auf dich hören sollen«, begann er schließlich. »Deine Intuition hat dich nur selten getäuscht.«

Es bereitete Pia keine Genugtuung, recht behalten zu haben. Auch wenn sie diese Annika nicht gemocht hatte, so hätte sie ihrem Chef von Herzen neues Glück gegönnt.

»In diesem Fall hätte ich mir gewünscht, ich hätte mich geirrt«, sagte sie.

»Wie auch immer. Ich war ein Idiot und habe es nur Frau Dr. Engel zu verdanken, dass die ganze Sache keine beruflichen Konsequenzen für mich hat.«

Er blickte hinunter auf die Rasenfläche.

»Ich habe mit Theodorakis gesprochen«, sagte er. »Er hatte ja einiges über Annika erfahren. Unter anderem hat er in ihre Tasche geschaut. Sie hat über hunderttausend Euro Bargeld mit sich herumgetragen. Woher hatte sie so viel Geld?«

»Aus Eisenhuts Tresor im Institut«, entgegnete Pia nüchtern. »Außerdem hat sie Gelder von Stiftungskonten unterschlagen.«

Bodenstein seufzte.

»Sie hatte einen Laptop, ein iPhone, ihre Papiere. Mir hat sie erzählt, sie sei so überstürzt aus Berlin geflüchtet, dass sie nichts hätte mitnehmen können. Ich habe ihr wirklich alles geglaubt. Wie konnte ich nur so dumm sein?«

»Du warst nicht dumm. Du hast dich in sie verliebt«, bemerkte Pia. »Dieses Erlebnis in der Dattenbachhalle hat dich ziemlich mitgenommen. Da verhält man sich nicht mehr rational.«

»Was hat sie mir noch verschwiegen? Die zwei Morde?«, fragte er dumpf. Er drehte sich um, und Pia erschrak, als sie sein zerquältes Gesicht sah. »Tag und Nacht denke ich darüber nach. Sie hat das Haus von Eisenhut angezündet, sie ist daran schuld, dass seine Frau nie mehr aus dem Koma aufwacht. Es ging ihr überhaupt nicht um die Aufdeckung einer Lüge, dieser O'Sullivan war ihr völlig egal. Sie wollte nur Rache, weil Eisenhut eine andere Frau geheiratet hatte.«

Bodenstein verstummte. Es tat Pia in der Seele weh, ihn so deprimiert zu sehen. Aber was konnte sie ihm sagen?

»Pia.« Endlich blickte er auf und stieß einen Seufzer aus. »Du bist die Erste, der ich es sage. Ich habe mir die Entscheidung nicht leichtgemacht, aber ich habe beschlossen, mich auf eine Stelle beim K11 in Berlin zu bewerben.«

»*Was*?« Pia starrte ihn ungläubig an. »Das ist jetzt nicht dein Ernst!«

»Doch. Es tut mir leid.«

So leicht würde sie ihn nicht davonkommen lassen. Sie sprang auf und ging zu ihm hin.

»Ich weiß genau, warum du ausgerechnet nach Berlin willst. Du hoffst, dort irgendetwas über sie zu erfahren. Aber du wirst dich da weder wohl fühlen noch einen Neuanfang schaffen.«

»Ich muss es versuchen.« Er sah sie an, Bitterkeit im Blick. »Meine Ehe ist im Eimer, ich wohne bei meinen Eltern und tauge gerade noch als Babysitter für Sophia. Selbst im Job kriege ich nichts mehr auf die Reihe. Was hält mich hier noch?«

Pia stemmte die Arme in die Seiten und betrachtete ihn aus schmalen Augen.

»Du wälzt dich im Selbstmitleid, statt dich zusammenzureißen«, diagnostizierte sie. »Es mag zwar ein bisschen platt klingen, aber auf Regen folgt Sonnenschein. Ich selbst bin doch wohl der beste Beweis dafür, dass es nach einer Scheidung weitergehen kann, oder etwa nicht?«

Das Handy in Bodensteins Hosentasche klingelte. Ohne Pia aus den Augen zu lassen, zog er es heraus und nahm das Gespräch entgegen. Er lauschte kurz, dann sagte er: »Wir sind schon unterwegs.«

»Was gibt's?«, erkundigte Pia sich.

»Eine Leiche«, antwortete Bodenstein. »In einem Wäldchen zwischen Liederbach und Hofheim.«

In dem Moment brach die Wolkendecke auf. Die Sonne flutete plötzlich über die Terrasse und ließ Pia blinzeln.

»Du hast doch tatsächlich schon wieder recht«, sagte er.

»Was meinst du?«

»Auf Regen folgt Sonnenschein.« Er grinste, fast ein wenig so, wie Pia es von ihm gewohnt war. »Ich werde dich in Berlin vermissen.«

»Na ja«, entgegnete Pia trocken. »Noch bist du nicht dort.«

Epilog

Samstag, 14. November 2009

»Kaffee?«, fragte Bodenstein. Sein Vater nickte, er schenkte ihm eine Tasse ein und schlug die Zeitung auf. Die Schlagzeile sprang ihm sofort ins Auge.

»*Die Vertuschung der globalen Abkühlung*«, las er und spürte, wie er zu zittern begann. »*Kurz vor dem UN-Klimagipfel in Kopenhagen wird die internationale Forschungsszene von einem Skandal um manipulierte Daten und gehackte E-Mails erschüttert. Unbekannten ist es gelungen, vom Server des Klimaforschungszentrums der University of Wales Tausende interner E-Mails und Geheimdateien mit hochbrisantem Inhalt zu kopieren und im Internet zu veröffentlichen. Der Skandal ist jedoch nicht der Datendiebstahl an sich, sondern der Inhalt der E-Mails, deren Echtheit vom Direktor des Instituts, der als Konsequenz der Ereignisse bereits von seinem Amt zurückgetreten ist, inzwischen bestätigt wurde. In den E-Mails verabreden prominente Klimaforscher, wie sie mit Kritikern und kritischen Journalisten umgehen sollen, und wie Daten so manipuliert werden können, dass sie in die offizielle These des vom Menschen verursachten Klimawandels passen. Diese Enthüllungen sind der Beweis für einen beispiellosen Versuch weltweit führender Klimaforscher, Forschungsergebnisse in betrügerischer Absicht für politische Zwecke zu verändern oder sogar zu löschen. Enorme Brisanz bekommt der Vorfall allein aus der großen Bedeutung des britischen Instituts, denn das Klimaforschungszentrum der Uni-*

versity of Wales ist eines von weltweit nur vier Instituten, die den Weltklimarat in Genf mit ›offiziellen‹ Temperaturdaten versorgen. Auch der Name des deutschen Wissenschaftlers Prof. Dirk Eisenhut, Leiter des regierungsnahen Deutschen Klima-Instituts, taucht in den E-Mails immer wieder auf. Der deutsche ›Klimapapst‹, dessen Name großes Gewicht im Weltklimarat besitzt, war bisher noch zu keiner Stellungnahme bereit, aber schon jetzt scheint sich abzuzeichnen, dass seine Glaubwürdigkeit schwer erschüttert ist. Auch ihm wird wohl nur der Rücktritt von seinen Ämtern bleiben, um weiteren Schaden von seinem Institut abzuwenden. In Anspielung auf den Watergate-Skandal spricht die angloamerikanische Presse bereits jetzt schon von einem ›Climategate‹, das die internationale Global-Warming-Fraktion zweifellos in schwerwiegende Erklärungsnöte bringen wird.«

Bodenstein schlug die Zeitung zu und nippte an seinem Kaffee, der nur noch lauwarm war. Annika hatte es tatsächlich geschafft.

Danksagung

Ein Buch zu schreiben, ist eine einsame Angelegenheit mit vielen Höhen und Tiefen, die sich über Monate hinzieht. In dieser Zeit haben mich viele Menschen unterstützt, inspiriert, motiviert, mir zugehört, mich ermutigt, mir geholfen und Verständnis dafür gehabt, dass ich oft kaum ansprechbar war. Ihnen gilt mein Dank.

Allen voran danke ich meiner wunderbaren Lektorin Marion Vazquez, die mit mir gemeinsam mit Leidenschaft und großem Engagement an diesem Buch gearbeitet hat und mir eine wirklich gute Freundin geworden ist.

Ein großer Dank an Vanessa Müller-Raidt, an meine tollen Schwestern Claudia Cohen und Camilla Altvater sowie an die besten Eltern der Welt Bernward und Carola Löwenberg für Rückhalt, Rat und Unterstützung.

Mein Dank gilt meinem Mann Harald, meiner Agentin Andrea Wildgruber, meiner Nichte Caroline Cohen, Susanne Hecker, Simone Schreiber, Catrin Runge, Anne Pfenninger und wieder ganz besonders Kriminaloberkommissarin Andrea Schulze und dem ganzen Team vom Hofheimer K11 für ihre hilfreichen Ratschläge.

Ein Riesendankeschön an die Mitarbeiter des Ullstein-Verlages für das große Vertrauen und großartige Zusammenarbeit. Stellvertretend für alle möchte ich hier Iska Peller, Kristine Kress und Christa Thabor danken.

Zum Schluss – aber nicht zuletzt – danke ich allen Lese-

rinnen und Lesern, den Buchhändlerinnen und Buchhänd-
lern, die meine Bücher mögen und mir das zeigen, sagen oder
schreiben. Es ist ein einzigartiges Gefühl zu wissen, dass es
mir gelungen ist, Ihnen ein paar spannende, unterhaltsame
Stunden zu schenken.

Nele Neuhaus, im März 2011

Anmerkungen

Dieses Buch ist ein Roman. Ähnlichkeiten mit lebenden oder verstorbenen Personen oder Begebenheiten sind rein zufällig und von mir nicht beabsichtigt. Das einzige Ereignis, das in ähnlicher Weise tatsächlich stattgefunden hat, ist der von mir in veränderter Form verarbeitete Hackerzwischenfall am Klimaforschungszentrum der University of East Anglia im November 2009, der im Vorfeld der Klimakonferenz in Kopenhagen Aufsehen erregte. Ich versichere jedoch, dass die in meiner Geschichte beteiligten Personen, Begebenheiten und Institutionen frei erfunden sind und ich keine lebenden oder verstorbenen Personen oder wirklich existierende Institutionen diskreditieren oder diffamieren möchte.

Die Liedzeilen aus Kid Rocks »All Summer Long« stammen von dem 2007 veröffentlichten Album »Rock N Roll Jesus« (Atlantic/Warner).